SILKE ELZNER

Die letzte Fehde an der Havel

SILKE ELZNER

Die letzte Fehde an der Havel

Historischer Roman

GMEINER

Immer informiert

Spannung pur – mit unserem Newsletter informieren wir Sie regelmäßig über Wissenswertes aus unserer Bücherwelt.

Gefällt mir!

Facebook: @Gmeiner.Verlag
Instagram: @gmeinerverlag
Twitter: @GmeinerVerlag

MIX
Papier | Fördert gute Waldnutzung
FSC® C083411
FSC
www.fsc.org

Besuchen Sie uns im Internet:
www.gmeiner-verlag.de

Im Ehnried 5, 88605 Meßkirch
Telefon 07575/2095-0
info@gmeiner-verlag.de

1. Auflage 2022

Herstellung: Mirjam Hecht
Umschlaggestaltung: U.O.R.G. Lutz Eberle, Stuttgart
unter Verwendung eines Bildes von: © https://commons.wikimedia.org/wiki/File:Pieter_Bruegel_the_Elder_-_The_Numbering_at_Bethlehem_-_Google_Art_Project.jpg
Druck: CPI books GmbH, Leck
Printed in Germany
ISBN 978-3-8392-0252-4

Für Volker

Karte

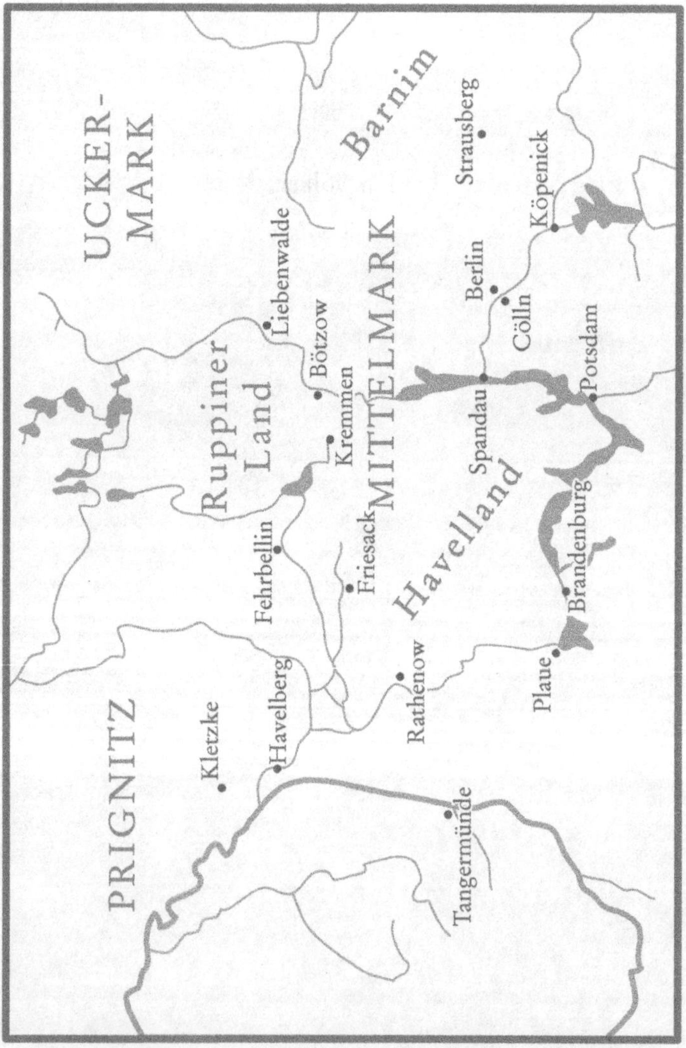
UCKER-
MARK
Barnim
Strausberg
Köpenick
Liebenwalde
MITTELMARK
Berlin
Cölln
Potsdam
Ruppiner
Land
Bötzow
Kremmen
Spandau
Havelland
Fehrbellin
Friesack
Brandenburg
Rathenow
Plaue
PRIGNITZ
Kletzke
Havelberg
Tangermünde

Der Schatz

Luchow, Juli 1401

Am fernen Ende des Ackers lag in der Sommersonne ein großer grauer Feldstein. Carl hob seinen schweren Eichenstab und deutete in die Richtung. »Etwa der dort vorn?«

Rudi nickte. »Glaubst du, der lässt sich bewegen?«

»Hiermit bestimmt«, sagte Carl zuversichtlich. »Wirst sehen.«

Rudi rieb sich den Nacken. »Ich grüble schon den ganzen Tag drüber nach, aber ich verstehe immer noch nicht, wie eine Holzstange uns helfen soll. Ich habe alles probiert. Nichts hat funktioniert!«

»Hast du was zu verlieren?«

Rudi zuckte mit den Schultern. »Nur einen Nachmittag.«

Die beiden Freunde machten sich auf zum Ackerrain.

Der Stein war ungefähr so groß wie ein Schwein. Carl nahm Maß und setzte seine Stange an. Das eine Ende bohrte er direkt neben dem Brocken in die trockene Erde. Das andere klemmte er sich unter die Achseln. Bevor es losging, spuckte er in seine Handflächen und rieb sie aneinander. Rudi, die Fäuste an den Hüften, schaute skeptisch zu.

Guten Mutes umgriff Carl den Stab mit beiden Händen und drückte auf das obere Ende. Wie erhofft verkeilte sich der untere Teil unter dem Stein. Er presste die Zähne aufeinander und arbeitete mit voller Kraft gegen den Widerstand an.

Zunächst passierte nichts. Rudi kaute nervös auf seiner Unterlippe herum, Carl ächzte vor Anstrengung. Dann geschah das Wunder: Der Hebel hob den Stein ein winziges Stück an.

Rudi jubelte. »Es funktioniert, Carl! Es funktioniert! Wenn du wüsstest, wie lange ich schon versuche, diesen verfluchten Brocken von der Stelle zu bewegen. Jetzt nur nicht aufgeben!«

Davon ermuntert legte Carl einen Zahn zu. Die beachtlichen Muskeln in seinen bloßen Armen spannten sich an. Schweiß trat ihm auf die Stirn. Er stemmte den Stab kräftig nach unten, sodass seine Füße kurzzeitig den Boden verließen. Der Stein hob sich ein weiteres Stück.

»Gleich haben wir's!«, rief Rudi.

Carl gab alles. Doch das Ende des Steckens drückte sich nur immer tiefer in die sandige Erde. Der Hebel verlor seine Wirkung, und der unliebsame Feldstein kugelte zurück in seine angestammte Position.

Mit einem Stöhnen ließ Carl von seinem Vorhaben ab.

»Warum hörst du auf? Das klappt! Du konntest den Stein an einer Seite anheben!«

Carl rieb sich die schmerzenden Handflächen. »Die Erde gibt nach.« Er sah sich suchend um. »Wir brauchen eine festere Unterlage.«

»Du meinst einen flachen Stein?«

»Ja, so etwas in der Art.«

Wie Störche staksten sie durch das struppige Gras der brachen Fläche, auf der Suche nach etwas Brauchbarem. Im Dickicht, das den Acker umgrenzte, wurde Rudi schließlich fündig. Er zeigte auf einen flachen, großen Stein, beinah eine Steinplatte. »Ist dieser hier gut?«

Carl eilte an seine Seite. »Könnte funktionieren. Aber diesmal hilfst du mit, statt nur zu gaffen.«

»In Ordnung.«

Sie bargen die Steinplatte aus dem Gestrüpp und hievten sie zu ihrem Ziel, wo sie sie vorsichtig ablegten. Nun hatten sie einen deutlichen Widerstand für den Stab.

Carl wies Rudi an, in der Mitte zu drücken, er selbst übernahm das lange Ende. Diesmal ging der Plan auf. Mit einem Keuchen hebelten sie den Widersacher aus seinem Bett und kippten ihn hintenüber. Polternd und schwankend kam der Brocken in den Sträuchern auf der anderen Seite zum Liegen. Mit der gleichen Methode rollten sie den schweren Felsen bis zum Waldrand.

Zufrieden schlenderten sie zurück. Rudi war so erleichtert über den Erfolg, dass er ins Plaudern kam. »Du ahnst ja nicht, wie dankbar ich dir für deine Hilfe bin! Das Land wirft immer weniger ab. Ich habe keine andere Wahl, als den Acker zu vergrößern. Dieser verfluchte Stein hätte das Pflügen zur Tortur gemacht!«

Carl hatte unterwegs eine Handvoll Erde aufgenommen. Gedankenverloren ließ er die feinen Körner durch die Faust zu Boden rieseln. »Hoffe, du willst nicht, dass ich dir auch noch dabei helfe.« Er sagte es im Scherz. Einem besten Freund ging man zur Hand. Da fragte man nicht nach, sondern tat es einfach.

Sie waren wieder an der Stelle angelangt, wo zuvor der Stein gelegen hatte. Während Rudi stumm die leere Kuhle betrachtete, ließ Carl den Blick übers Land schweifen. Rudis Hufe erstreckte sich von hier bis zum Dorfrand. Der Freund betrieb eine Dreifelderwirtschaft, bei der die Frucht gewechselt und jedes Jahr ein anderes Drittel brach gelassen wurde. Es war gängige Praxis. Dennoch gaben die sandigen Böden der Mark schon lange nicht mehr viel her. Die Bauern hatten arge Nöte, am Ende der Ernte genug Korn zurückzulegen, um die Aussaat fürs nächste Jahr zu sichern. Hoffentlich, so dachte Carl bei sich, würde Rudi mit dieser Landgewinnung ein höherer Ertrag beschieden sein. Nicht auszudenken, müssten er und seine Schwester Anne im Winter Hunger leiden.

»Lass uns gleich morgen mit dem Roden und Unkrautjäten beginnen. Dann kannst du im September die Wintergerste aussäen«, schlug er vor.

Doch Rudi erwiderte nichts. Er starrte auf die Stelle, an der zuvor der Stein gelegen hatte.

Über ihren Köpfen erklang ein lang gezogenes Kreischen. Carl beschattete die Augen mit der Hand und schaute nach oben. Ein Schreiadler beschrieb am blauen Himmel mit majestätischen Schlägen seine Kreise. Dicke Schäfchenwolken trieben lustlos vorbei. Sie verhießen Regen. Vielleicht würde das Wetter kippen.

Rudi bohrte neben ihm mit dem großen Zeh in der gelösten Erde herum. »Was ist denn das?« Ein seltsamer Gegenstand blitzte aus dem Dreck hervor.

Carl runzelte die Stirn. Er nahm den Eichenstab zur Hand und stieß das Ende ins Loch. Da war ein unerwarteter Widerstand. »Da ist etwas.«

Rudi stöhnte auf. »Oh nein! Bitte, Herr Jesus! Jetzt sag nicht, dass in der Brache noch mehr Felsbrocken liegen!« Er fiel auf die Knie, um in der ausgedörrten Erde zu graben. Immer mehr von dem rätselhaften Objekt trat zutage. Verdutzt hielt er inne und schaute auf. »Das ist kein Stein.«

Carl ging neben ihm in die Hocke, um genauer nachzusehen. Was Rudi freigegraben hatte, war weder ein Stein noch eine Wurzel. Vielmehr sah es aus wie von Menschenhand geschaffen. »Was zum Teufel ist das?«

Rudi strich mit seinen schwieligen Fingerkuppen über die raue Oberfläche und wischte ein paar Erdkrümel weg. »Fühlt sich an wie Leder. Komm, lass es uns ganz herausholen.«

Sie gruben weiter. Als die Erde fester wurde, nahm Carl seinen Stecken zu Hilfe.

Ein verwitterter Beutel kam zum Vorschein, so groß wie ein Kohlkopf. Rudi zerrte an einer Lederschnur und riss ihn auf. Was sie fanden, raubte ihnen für einen Moment den Atem. Sie wechselten einen verblüfften Blick.

Carl griff als Erster zu. »Was ist denn das?« Er nahm einen kreisrunden Gegenstand heraus und drehte ihn zwischen Daumen und Zeigefinger. Es war eine Münze.

»Es ist Geld! Richtig viel. Schau, der ganze Sack ist voll!« Rudis Stimme überschlug sich beinahe vor Aufregung. Er holte weitere Geldstücke hervor und legte sie ordentlich auf seiner Handfläche nebeneinander. Sie sahen alle gleich aus.

Mit einem breiten Grinsen blickten sie sich an. Das musste ein Vermögen sein!

Carl ließ sich auf den Hosenboden fallen. »Du hast einen echten Schatz gefunden, Rudi!«

Im warmen Licht der Nachmittagssonne rollte und wendete er das kostbare Stück Metall in seiner Hand. Er hielt die Münze hoch, um sie genauer zu inspizieren. Auf der einen Seite konnte er eine Krone ausmachen, die von zwei Ringen mit Schriftzeichen umgeben war, auf der anderen prangte ein Löwe.

»Du und ich, wir haben den Schatz zusammen gefunden, Carl!«, rief Rudi. »Ob der wohl viel wert ist?«

Carl rieb mit dem Daumen über die Oberfläche. Unter dem Dreck glänzte silbrig das Metall. »Glaube, ja.«

»Dann sind wir reich! Reich!«

Carls Mundwinkel zuckten. »Du bist ein gemachter Mann, Rudi.«

Rudi schaute sehnsüchtig gen Himmel. »Oh, ich werde mir das größte Haus im Dorf bauen! Und ich werde mir einen zweiten Ochsen für den Pflug besorgen. Und wenn was übrig bleibt, kaufe ich meiner Schwester ein neues Kleid.«

Das Geschwisterpaar war Pächter eines eigenen Hofs mit Gesinde, Vieh und Gerät. Ihre Eltern waren im vorigen Sommer kurz nacheinander an der Pest gestorben. Rudi, obgleich erst achtzehn und somit zwei Jahre älter als Carl, hatte als Erbe den Hof vom Grafen übertragen bekommen.

Carl grübelte darüber nach, was er mit seinem Anteil an diesem Vermögen anstellen würde. Seine Situation war anders. Im Gegensatz zu Rudi und Anne beschränkte sich sein persönlicher Besitz im Großen und Ganzen auf das, was er am Leib trug. Sein Vater erfreute sich bester Gesundheit, ebenso wie seine Mutter, und es gab einen älteren Bruder. Es war Frank, der eines Tages den Großteil des Erbes erhalten würde, nicht Carl. Jener würde sich seinen Hausstand aus eigener Kraft erarbeiten müssen.

Ihm kam eine aufregende Idee. Mit diesem Fund könnte er sich einen Hof pachten! All seine Probleme wären auf einen Schlag gelöst. Er müsste niemandem mehr auf der Tasche liegen und würde sein eigener Herr sein. Und dann …

Rudi riss ihn aus den sehnsüchtigen Gedanken. »Das wird uns keiner glauben«, sagte er düster. Sein Gesicht war mit einem Mal umwölkt.

Carl seufzte auf. Sein Freund hatte recht, wie immer. »Sie werden behaupten, wir hätten es gestohlen.«

»Ganz genau, Carl!«, rief Rudi. »Kein Bauer im Dorf hat Silbermünzen in seinem Besitz. Und wir hätten plötzlich …« Er steckte seine Hand in den Sack und ließ die Geldstücke darin klimpern, bis er sich offenbar eingestehen musste, dass seine Rechenkünste bei Weitem nicht ausreichten, um den Umfang ihres Fundes einzuschätzen. »Unzählige davon! Keiner würde uns etwas dafür geben.«

»Wir sind Bauern, keine Edelleute«, stimmte Carl widerwillig zu.

»Besagt nicht ein Gesetz, dass alle Schätze, die tiefer als die Pflugschar liegen, dem König gehören? Ich meine mich zu erinnern, so was mal gehört zu haben.«

Bleierne Enttäuschung machte sich in Carl breit. »Würde man uns niemals glauben, dass das Geld einfach nur unter einem Stein lag. Es wäre nicht zu beweisen.«

Mit einem Klimpern landeten Rudis Münzen wieder im Beutel. »Wir sollten es einpacken und verstecken. Es soll unser Geheimnis sein, von Freund zu Freund.«

Carl legte sein Geldstück ebenfalls wieder in den Sack.

Rudi band die Kordel sorgfältig zu. »Komm, wir wollen ihn woanders vergraben, damit ihn nicht doch eines Tages der Pflug zerreißt.« Er richtete sich auf und sah sich um. »Ich weiß! Lass uns das Säckchen zum Stein bringen! Dann liegt es am neuen Ackerrain und nicht mittendrin.«

Schweigend gruben sie den Schatz, der so unendlich viel verheißen hatte, im Schutz des Steines wieder ein.

Als sie damit fertig waren, klopfte sich Rudi den Staub von Händen und Kittel. Er grinste. »Zu wissen, dass dieser Reichtum auf meiner Scholle liegt, wird mich abends froh zu Bett gehen lassen.«

»Wieso denn das?«, fragte Carl.

»Es gibt mir das Gefühl, etwas Besonderes zu sein. Kein anderer Bauer kann von sich behaupten, dass er im Besitz eines solchen Schatzes ist. Doch von nun an wollen wir darüber schweigen. Auch Anne soll nichts erfahren. Sie würde sich nur unnötig Sorgen machen.«

Carl brummte. Er musste sich eingestehen, dass Rudis Entscheidung vernünftig war. Sie konnten mit dem Schatz nichts anfangen. Im Gegenteil. Ein solcher Fund würde eine Menge gefährliche Fragen aufwerfen. Es war sicherer, ihn wieder der Erde zurückzugeben. »Denkst du, wir hätten es dem Grafen melden sollen?«

»Sprich keinen Unsinn, Carl! Vergiss, dass der Schatz existiert! Es hat ihn nie gegeben, in Ordnung? So, und nun komm! Wir wollen das Werkzeug zurückbringen und für heute Feierabend machen.«

Ein wenig geknickt und mittellos wie zuvor kehrten sie nach Hause zurück.

Das Dorf, in dem sie lebten, gehörte dem Grafen von Ruppin, dem die Bauern zwar nicht hörig, aber abgabepflichtig waren. In den Urkunden der Grafschaft wurde die Siedlung unter dem Namen Luchow geführt. Für die Bewohner jedoch war es einfach nur »das Dorf«. Es bestand aus einer Handvoll größerer Höfe mit Nebengelassen im Zentrum und kleineren Katen ohne eigene Hufe und Gemüsegärten am Dorfrand. Mit den vier Hufen, die Rudis und Carls Familien jeweils bewirtschafteten, zählten sie zu den wohlhabenderen Bauern ihrer Gemeinschaft.

Die beiden Freunde umrundeten die aus Feldsteinen erbaute Dorfkirche mit dem viereckigen, trutzigen Turm, dessen obere Hälfte von Fachwerk gekrönt war. Sie befand sich am Dorfanger, dem zentralen Platz, um den sich die Gehöfte lose reihten.

Auf dem Anger war ein Löschteich, daneben standen ein paar Linden, in deren Schatten sich eine Gruppe Kinder gegenseitig nass spritzte. Ihr ansteckendes Lachen schallte zu den beiden Freunden hinüber.

Carl musste über die tobenden Rabauken lächeln. »Schau dir diese Bengel an! Sag, hast du noch einmal darüber nachgedacht, zu heiraten?«

Rudi wich seinem Blick aus. »Ich werde mich erst nach der Ernte nach einer Braut umsehen. Vorher habe ich keine Zeit.«

Carl wusste, das war nur die halbe Wahrheit. Sein bester Freund hatte vor zwei Jahren sein Herz an das schönste Mädchen im Dorf verloren. Letzten Sommer hatte sie dann überraschend geheiratet. Der Grund wurde kurze Zeit später ersichtlich: Ihr Bauch war verdächtig schnell angeschwollen. Nun hielt sie bei der sonntäglichen Messe an der Seite ihres zwanzig Jahre älteren Ehemannes einen Säugling in den Armen. Zugegeben, ein süßer Fratz, doch Rudis Traum war damit in unerreichbare Ferne gerückt.

Carl ahnte, dass sein Freund den Schmerz noch nicht verwunden hatte. Tröstend legte er ihm einen Arm über die Schulter. »Wirst schon bald eine Neue finden. So ein gut aussehender Kerl wie du wird da keine Probleme haben.«

Hinterm Löschteich kam ihnen ein etwa gleichaltriger Bursche entgegen. Trotz des warmen Wetters trug er feine Lederstiefel und einen wollenen Kittel, der im Gegensatz zu denen von Rudi und Carl weder Löcher noch Flecken aufwies. Die Haare waren frisch geschnitten, das Gesicht von Bartstoppeln befreit. Er nickte unverbindlich, um dann in entgegengesetzter Richtung davonzueilen.

Carl, der meinte beobachtet zu haben, wie der junge Mann aus der Richtung von Rudis Gehöft gekommen war, schaute verdutzt hinterher. »War das etwa Kuno?«

»Ja. Er kommt mittlerweile fast täglich vorbei. Ich glaube, er umwirbt Anne.«

Carl blieb betroffen stehen. »Tut er nicht!«

»Doch, doch. Er versucht, sie in Gespräche zu verwickeln. Stellt Fragen und beobachtet sie oft stundenlang bei der Arbeit.«

»Und ihr gefällt das?«

Rudi warf ihm einen bedeutsamen Blick zu. »Sie sagt, wenigstens einer hier im Dorf, der Interesse zeigt.«

Carl schwieg. Es war nicht so, als würde er sich nicht ebenfalls für Anne interessieren. Das Gegenteil war der Fall. Seine Gefühle für Rudis fünfzehnjährige Schwester waren in den letzten Monaten so überwältigend geworden, dass er verlernt hatte, sich ihr unbefangen zu nähern. Noch schwieriger war es, mit ihr eine Unterhaltung zu führen. Wann immer sie das Wort an ihn richtete, begann er zu stammeln und brabbelte wirres Zeug vor sich hin, ohne Sinn und Verstand. Sah sie ihn an, schmolz sein Herz dahin. Beobachtete er ihre geschmeidigen Bewegungen unter dem formlosen Kittel, fingen seine Lenden an zu lodern. Er war hin- und hergerissen zwischen dem Verlangen, jeden freien Moment in ihrer Nähe zu verbringen, und dem verzweifelten Wunsch, sich ihrem Bann zu entziehen, weil er um sein Seelenheil fürchtete.

Das war nicht immer so gewesen. Früher hatte er Anne einfach nur als eine Spielkameradin gesehen, die sogar vor den wildesten Abenteuern nicht zurückgeschreckt war. Sie war auf die höchsten Bäume geklettert, hatte die breitesten Pfützen übersprungen und war ein geschickter Gegner im Stockkampf gewesen. Ihre ständigen Neckereien hatte sie mit Fröschen im Ausschnitt büßen müssen, doch ihre Rache hatte nie lange auf sich warten lassen. So manches Mal war Carl durch einen Schulterstoß in den nächstbesten Misthaufen gestürzt. Über Jahre war sie ein festes Mitglied ihres eingeschworenen Freundeskreises gewesen – bis die Eltern sie eines Tages für die Arbeit im Haus eingeteilt hatten. Von da an war sie den Abenteuern vor der Hoftür mit enttäuschender Regelmäßigkeit ferngeblieben.

»Ich mag sie sehr wohl. Das weißt du«, sagte er schmollend.

»Aber sie weiß das nicht! Oder sie will es nicht wahrhaben. Du musst mit ihr reden, klar und deutlich, und zwar bald. Sonst kommt Kuno dir noch zuvor.«

Als Rudi Carls mürrischen Gesichtsausdruck bemerkte, fügte er aufmunternd hinzu: »Sie hätte bestimmt ein offenes Ohr für dich. Ihre Augen leuchten immer so, wenn wir über dich reden. Und ich würde mich freuen. Dann wären wir nicht nur Freunde, sondern echte Brüder.«

Carl brummte verstimmt. Reden war manchmal die schwierigste Sache der Welt. Lieber griff er einer Kuh beim Kalben in den Geburtsgang, als dass er mit Anne über seine Gefühle sprach.

Sie betraten Rudis Haus durch die scheunenartige Eingangstür. Die Diele war rauchig und dunkel. An beiden Seiten des breiten Gangs reihten sich die Unterstände fürs Vieh, das in den warmen Sommermonaten Tag und Nacht auf der Weide blieb. So roch es an diesem Tag zum Glück nur nach Rauch, nicht aber nach den Ausdünstungen der Tiere.

Am hinteren Ende der langen Diele knisterte auf dem festgestampften Lehmboden ein Feuer, in dem ein großer Grapen auf drei Füßen ruhte. Eine junge Frau mit Kopftuch beugte sich darüber und rührte mit einem Löffel in dem Gefäß. Ihr schlichtes, rundes Gesicht war von der Herdhitze gerötet, die Ärmel hatte sie bis zu den Ellbogen hochgekrempelt. Unter den schweren Brüsten hatten sich dunkle Schweißflecken gebildet.

Carl war so in Gedanken gewesen, dass er gar nicht bemerkt hatte, wie er Rudi ins Innere des Hauses gefolgt war. Er hatte sich eigentlich an der Tür verabschieden wollen. Als ihm aufging, wohin es ihn verschlagen hatte, war es zu spät. Zögerlich blieb er mitten im Raum stehen.

Anne schaute auf. Sie rieb sich den unteren Rücken und blinzelte in die Dunkelheit. »Ach, nur mein nichtsnutziger Bruder und sein schlitzohriger Freund«, sagte sie mit einem warmen Lächeln. Sie wischte sich mit dem Zipfel des Kopftuchs, den sie nach vorn über die Schulter gelegt hatte, den Schweiß von der Stirn. »Ihr beide kommt zur rechten Zeit. Lotte und ich haben gerade begonnen, den Eintopf aufzusetzen.«

Eine klapprige Magd trat durch die offene Tür von der Hofseite ein, in der Schürze geputztes und geschnittenes Gemüse aus dem Garten. Sie war eine angeheuerte Hilfskraft. Es fiel zu viel Arbeit auf dem Hof an, als dass nur die Geschwister alles hätten bewältigen können. Neben der Magd gab es zusätzlich einen Knecht, ihr Ehemann, der beim Vieh und bei der Ernte zur Hand ging. Das Paar war landlos und auf den Lohn angewiesen, den Rudi ihnen zahlte.

Anne deutete mit dem Löffel auf den Topf. »Das Wasser kocht schon, Lotte. Wirf's einfach hinein.« Sie stemmte die Fäuste an die ausladenden Hüften, die Carl schon so manches Mal um den Verstand gebracht hatten. »Nun, ich hoffe, ihr Männer habt ordentlich Hunger mitgebracht.«

Rudi grinste. »Und wie!«

Carl begann zu stammeln. »Ich glaube ... ich muss jetzt nach Hause.« Er wandte sich um und setzte zur Flucht an.

Blitzschnell schnappte ihn Rudi am Kittel. »Mach keine Sachen! Anne freut sich, wenn wir Gäste haben. Nicht wahr, Schwester?«

Carl ruckte halbherzig am Kittelstoff, um sich zu befreien. »Meine Eltern werden sich fragen, wo ich stecke. Ich sollte mich auf den Weg machen.« Im selben Moment schalt er sich einen Esel. Er hatte eine Einladung erhalten, mit Anne zu Abend zu essen, und er schlug sie aus, als wäre sie der Teufel persönlich.

Doch Rudi ließ sich nicht so einfach abschütteln. »Gib ihnen kurz Bescheid und dann komm zu uns zurück. Bring Rieke mit. Was sagst du dazu?«

Die Idee war großartig! Carl würde seine kleine Schwester mitbringen. Das gab ihm den passenden Vorwand. Es würde nichts mehr sein als ein harmloser Freundschaftsbesuch. Dennoch kam er nicht aus seiner Starre heraus.

»Komm schon, Carl«, beschwor ihn Rudi. »Ich wette, wenn du bleibst, wirft Anne auch ein Stück Räucherfleisch in den Eintopf. Ist es nicht so?«

Carl schaute unwillkürlich nach oben zum Rauchfang über der Feuerstelle, wo in luftiger Höhe ein saftiger Schinken rot leuchtend im Rauch des Kochfeuers hing.

Anne wedelte feierlich mit dem Kochlöffel. »Ich werde mich ganz besonders für euch anstrengen!«

Carl erkannte, dass er keine Wahl hatte. Alles andere wäre eine Beleidigung gewesen. »Also gut … Wenn ihr drauf besteht …«

»Siehst du, Carl, war doch gar nicht so schwierig!«, sagte Anne. »Wir können es kaum erwarten, von deinen vielen Abenteuern zu hören. Hoffentlich lässt du uns auch ab und zu mal zu Wort kommen«, fügte sie neckisch hinzu. Sie deutete mit dem Kopf auf die offene Hoftür. »Und du, mein lieber Bruder, kannst dich draußen waschen. So verdreckt lasse ich dich nicht an meine Tafel!«

Ihre Tafel – das war kaum mehr als zwei Holzbänke und ein aufgebocktes Brett, auf das sie die Holzteller abstellten.

Carl eilte auf wackligen Beinen hinaus, den schweren Eichenstab über der Schulter. Als er auf die Straße trat, schlich sich ein idiotisches Grinsen in seine Züge. Anne hatte darauf bestanden, dass er heute ihren Eintopf aß! Er würde den ganzen Abend ihrer Stimme lauschen und das Funkeln in ihren Augen bestaunen können. Bei dieser Vorstellung begann sein Herz, vor Freude schneller zu schlagen.

Doch so ein Abend wollte vorbereitet sein. Nun war es wichtig, sich von seiner besten Seite zu zeigen. Den Plan, direkt nach Hause zu gehen, warf er flugs über Bord.

In unmittelbarer Nähe des Dorfs gab es nicht nur einen, sondern gleich zwei Seen, einen kleinen und einen großen. Der kleinere war weiter entfernt. Deshalb gingen die Dorfbewohner immer zum größeren, um ihre Tiere zu tränken oder um zu fischen. Carl machte sich auf zum kleineren.

Mit einem Pfeifen auf den Lippen bog er ab auf die Viehtrift, die zur gemeinschaftlich genutzten Weide führte. Hier stand nicht nur das Vieh von Rudi und das von Carls Familie, sondern auch die Nutztiere der übrigen Dörfler. Er lehnte sich an den Zaun, um den Tieren beim Grasen zuzuschauen.

Ein Pferd trabte heran, ein zweites folgte. Es waren grobknochige Ackergäule, kräftig, aber ohne Temperament.

»Na, ihr zwei?« Er strich beiden für einen Moment über die langen Nasen und ließ sich beschnuppern. »Hab leider nichts für euch.« Die Pferde schnaubten.

Mit einem Grinsen zog er weiter.

Auf einem erhöhten Pfad durchquerte er eine feuchte Niederung. Dahinter stieg das Gelände an. Carl tauchte in einen lichten Birkenwald mit einigen wenigen Eichen und Erlen ein. Im Schatten der Bäume wurde die Sommerluft kühler und somit erträglicher. Nun konnte er ein gemächlicheres Tempo anschlagen. Unmerklich ging es bergab, bis er ein steiles Ufer erreichte, das von unzähligen Wurzeln durchsetzt war. Kaum blitzte die sonnenbeschienene Oberfläche des Sees durch die Bäume, fielen die ersten Mücken über ihn her.

Er fackelte nicht lange. Beschwingt warf er den Eichenstab von sich, zog sich den Kittel über den Kopf, entledigte sich seiner Bruche und stieg nackt, wie Gott ihn geschaffen hatte, ins klare Wasser. Knöcheltief im See stehend sog er den würzigfeuchten Duft nach Fischen, Algen und Enten ein.

Er liebte diesen See. Hier traf man nie eine Menschenseele. Nicht nur, weil das Gewässer einsam lag, sondern auch, weil im kleinen See Nymphen lebten. Das zumindest behaupteten die Alten im Dorf.

Viele fürchteten sich davor, einer Nymphe zu begegnen. Nicht so Carl. Er konnte zwar die Existenz der Wasserwesen nicht ausschließen, doch der Zauber, der von diesem Ort ausging, war größer als seine Angst vor einem nassen Tod.

Mit ausgestreckten Armen drückte er das Schilf zur Seite und setzte vorsichtig einen Fuß vor den Nächsten. Er musste aufpassen, dass er bei dem schlammigen Untergrund nicht auf einen spitzen Stein trat. Eine Haubentaucherfamilie beäugte ihn misstrauisch und schwamm eilig davon.

Schließlich schwang er sich kopfüber ins Wasser. Er seufzte innerlich auf. Nach dem langen Tag an der staubigen Luft war das Wasser eine Wohltat. Geschickt steuerte er um die Seerosen und das Schilfgras herum und brachte mit kräftigen Zügen

Abstand zwischen sich und das Ufer. Tief Luft holend glitt er mit dem Kopf unter Wasser. Er öffnete die Augen und sah nur unendliches Grün.

Als ihm die Luft ausging, tauchte er wieder auf. Nun wäre sein Bad eigentlich abgeschlossen gewesen, doch da er noch Zeit hatte bis zum Abendessen, schwamm er bis zur Mitte des Sees, wo sich eine kleine Insel befand. Sie war dicht bewachsen mit Sträuchern und einer Weide.

Es war seine Insel. Er kam seit vielen Jahren als Einziger hierher. Lauter Schätze hatte er dort im Laufe der Zeit gesammelt: eine Schnur mit Angelhaken, ein besonders schöner Stein, den er einmal am Ufer gefunden hatte, eine Holzmurmel, die er als kleiner Bengel Anne gestohlen hatte.

Seine Füße fanden festen Boden und er ging an Land und zu seinem Versteck. Mit der bloßen Hand wischte er sich das Wasser aus dem Gesicht. Die Andenken lagen aufgereiht auf einem umgestürzten Baumstamm. Nachdenklich nahm er die Murmel auf. So wie wenige Stunden zuvor die Münze rollte er nun die Holzkugel zwischen Daumen und Zeigefinger. Die glatte Oberfläche fühlte sich gut an.

Er dachte an Anne, schon wieder. Er konnte nicht aufhören, an sie zu denken. Rudi hatte recht. Carl musste mit ihr reden und ihr seine Gefühle gestehen. Er wagte zu hoffen, dass sie genauso empfand wie er. Eine Verbindung wäre für alle sinnvoll. Sie könnten Rudis Hof bewirtschaften und gemeinsam das Beste aus der Scholle holen. Carls Vater könnte ihm ein Schwein als Morgengabe überlassen, vielleicht auch ein oder zwei Hühner. So könnten sie sich ein Leben aufbauen und eine Familie gründen. Bei dem Gedanken an das, was getan werden musste, um Kinder in die Welt zu setzen, regte es sich heiß in seiner Lendengegend.

Herrje, dachte er kopfschüttelnd. Er war tatsächlich hoffnungslos verloren!

Er legte sich mit der Murmel in der Hand auf den sandigen Boden, den rechten Unterarm als Kissen unter den Kopf geschoben. Ja, heute würde er es wagen! Er würde Anne nach dem Essen bitten, mit ihm vor die Tür zu treten, und ihr seine Liebe gestehen. Er würde ihr eröffnen, dass er sich sehnlichst wünschte, den Rest seines Lebens mit ihr zu verbringen. Und hoffentlich würde sie das Gleiche erwidern.

Zu schade, dass er für seine Pläne nicht seinen Anteil am Schatz würde aufwenden können. Mit so viel Geld wäre es ein Leichtes gewesen, Anne eine sichere Zukunft zu bieten, ohne Hunger und Angst vor der Unbill der Natur. Doch Rudi hatte recht getan, die Münzen zu verstecken. Ein Bauer hatte nicht reich zu sein.

Dennoch hätte Carl zu gern gewusst, woher das Geld stammte. Vielleicht hatte ein Ritter den Schatz vergraben. Wenn es sich so verhielt, dann musste es vor Ewigkeiten geschehen sein. Es ergab keinen Sinn, dass jemand ein Vermögen so nah an einem Acker vergrub. So lief der Schatz unweigerlich Gefahr, von einem Pflug ans Tageslicht befördert zu werden. Nein, das Geld musste schon eine ganze Weile dort liegen und aus einer Zeit stammen, als noch kaum Siedler aus dem Westen in die Mark gekommen waren. Vielleicht, als es hier statt Äcker und Weiden dichte, undurchdringliche Sumpfwälder gegeben hatte …

Lautes Pferdeschnauben durchbrach die köstliche Stille. Carls Kopf fuhr hoch.

Reiter, dachte er verwundert. Seit wann verirrten sich Reiter in diese Gegend? Kam etwa der Graf zu Besuch?

Er richtete sich auf die Unterarme auf, um zum Seeufer zu blinzeln. Das Gestrüpp jenseits seiner Füße war so dicht, dass nichts zu erkennen war. Nun hörte er leises Murmeln und Lachen. Das Schnauben der Reittiere.

Dann ein metallisches Schleifen.

Carl stellten sich die Nackenhaare auf. Das waren keine einfachen Reiter – das waren Krieger!

Er wagte nicht, sich aufzusetzen. Er wollte nicht entdeckt werden. Er rollte sich auf den Bauch. Auf Ellbogen und Knien kroch er unauffällig zu einer Stelle, von der aus er die gegenüberliegende Seite besser inspizieren konnte.

Er spürte, wie jegliche Farbe aus seinem Gesicht wich. Es waren sieben Reiter, bis an die Zähne bewaffnet. Nacheinander lenkten sie ihre Tiere ans Ufer, um sie sich am Wasser des Sees laben zu lassen.

Es gab keinen triftigen Grund, warum voll gerüstete Ritter ihr Dorf aufsuchen sollten. Zweifellos führten sie Arges im Schilde. Ihm ging auf, was das bedeutete. Seine Nachbarn waren in Gefahr. Er musste sofort los und die Leute warnen.

Doch er wagte sich vorerst nicht aus der Deckung. Erst als auch das letzte Pferd gesoffen hatte und zurück in den Wald gelenkt worden war, stob Carl aus dem Gebüsch. Mit einem Satz hetzte er in den See, dass es nur so spritzte. Er atmete tief ein, streckte die Arme aus und ging mit dem Kopf unter Wasser. Mit kräftigen Tritten stieß er sich voran, teilte das Wasser vor sich mit den Fingerspitzen. Als er langsamer wurde, kam er wieder an die Oberfläche. Er füllte seine Lunge abermals mit Luft, tauchte unter. Wieder ein Stoß nach vorn. Unzählige Bläschen wirbelten an ihm vorbei, das Seewasser rauschte ihm in den Ohren, das Herz hämmerte in seiner Brust.

Endlich stieß er mit den Knien gegen festen Boden. Er stolperte die rutschige Uferböschung hinauf und schnappte sich den Eichenstab. Seinen Kittel streifte er sich eilig im Laufen über. Wie vom Teufel getrieben stürmte er los, über knorrige Wurzeln und scharfkantige Kieselsteine, tiefe Sandkuhlen und holzige Kiefernzapfen, frühzeitiges Herbstlaub und unzählige Ameisen.

Er rannte und rannte, bis seine Lungen brannten wie Feuer.

Er rannte, obwohl er wusste, dass er zu spät kommen würde.

Die Räuber

IM DORF WAR es still. Kein Hundegebell, kein Hühnergackern, kein Kinderlachen. Wie auf einem Friedhof. Carl wurde von Grauen erfüllt.

Er musste unbemerkt näher heran, doch er war völlig außer Atem. So konnte er nicht weiter. Auf Höhe der Weide blieb er einen Moment stehen, um nach Luft zu schnappen, die Hände auf die Knie gestützt. Als sich seine Atmung ein wenig beruhigt hatte, lief er geduckt weiter.

Er erreichte einen schmalen Durchlass zwischen zwei Häusern, der von den Anwohnern offenbar als Müllplatz genutzt wurde. Faulige Küchenabfälle lagen überall verstreut. Am Ende ragte ein Misthaufen auf. Von hier aus konnte man den Anger überblicken, ohne entdeckt zu werden.

Carl schlich zum Misthaufen. Im letzten Moment bemerkte er auf dem Boden vor sich einen Schatten in einer tiefroten Lache. Er fuhr erschrocken zusammen. Es war ein toter Hund. Beinah wäre er hineingetreten.

Der Anblick war erbärmlich. Am Bauch klaffte eine längliche Wunde, aus der die Gedärme quollen. Die Augen waren verdreht, die Zunge hing wie ein Lappen über den trockenen Lefzen. Das arme Tier war qualvoll verendet. Angewidert stieg er über den Kadaver hinweg.

Er erreichte den Misthaufen und riskierte einen Blick. Was er sah, bestürzte ihn. Er hatte sich verschätzt.

Auf dem Anger waren nicht sechs oder sieben Ritter, sondern mindestens ein Dutzend. Sie hatten die Dorfbewohner zusammengetrieben wie Vieh. Männer, Frauen und Kinder standen aufgereiht in der Mitte des Platzes. Carl entdeckte seine Eltern, seine Geschwister, Kuno und seinen Vater, den ältlichen Pfarrer und Rudi mit Anne. Anne! Aus Furcht um sie wurde sein Mund ganz trocken.

Von seinem Versteck aus beobachtete er, was als Nächstes geschah. Einige der Ritter waren damit beschäftigt, einen Karren mit Säcken, Fässern und Kleinvieh zu beladen. Drei weitere hielten die Menge mit ihrer bloßen Anwesenheit in Schach. Unbewegt sahen die Dörfler zu, wie man ihnen ihr Eigentum raubte.

In Carl stieg heißer Zorn auf. Waren sie etwa alle verdammt, dabei zuzuschauen, wie man ihnen ihr hart erarbeitetes Hab und Gut nahm? Atemlos verfolgte er das weitere Geschehen auf dem Platz.

Einer der Ritter stach aus der Gruppe heraus. Vielleicht, weil er auffällig schlank und groß gewachsen war. Oder vielleicht, weil er sich auf seinen langen Beinen bewegte wie jemand, der sich an jedem Ort zu Hause fühlte. Vielleicht aber auch, weil er als Einziger das Schwert offen in der Hand hielt. Eine dunkle Flüssigkeit klebte an der Spitze.

Blut, dachte Carl entsetzt. Dann fiel ihm der getötete Hund ein. Das Blut rührte wohl daher. Zumindest hoffte er das.

Die Männer trieben ein paar Schweine auf den Anger. Sie zogen ein Seil durch die Nasenringe, um die Tiere am Karren anzubinden. Dann kehrten sie seelenruhig zurück in die Häuser, wahrscheinlich, um weitere Beute zu machen.

Das taten die nicht zum ersten Mal, vermutete er. Wer nur waren diese Kerle?

Sein Blick fiel auf das Wappen auf dem Wams des blond gelockten Anführers. Es ähnelte nicht dem des Grafen von Ruppin. Das waren Fremde. Räuber.

Fieberhaft überlegte er, was er tun sollte. Er überschlug die Anzahl der Dorfbewohner und kam zu dem Ergebnis, dass er wohl der Einzige war, der dem Zusammentreiben entgangen war. Er war völlig auf sich allein gestellt und würde wohl keine weitere Hilfe erwarten können. Nachdenklich wog er den schweren Eichenstab in der Hand. Im Notfall war er eine erstklassige Waffe. Doch nicht, wenn man es mit einem Dutzend dieser Ritter aufnehmen wollte.

Der blonde Mann, der mit gezücktem Schwert die Reihe der Bauern auf und ab geschritten war, blieb neben Anne und Rudi stehen. Die Geschwister waren die Einzigen, die ihre Köpfe nicht demütig gesenkt hielten. Er grinste Anne ins Gesicht. Sie starrte mit verengten Augen zurück.

Carl hielt erschrocken die Luft an.

Der Ritter machte einen Schritt auf Anne zu. Er trat so nah heran, dass sie blinzeln musste, und legte den Kopf schief. »Wer von euch ist in diesem Dorf der Vorsteher, Kleine?«, fragte er zuckersüß.

Anne schwieg. Ihre Augen versprühten puren Hass.

Der Ritter wiederholte sein Ansinnen, im gleichen freundlichen Tonfall wie zuvor. »Ich fragte, wer von euch jämmerlichen Bauern ist der Vorsteher?«

Carl schaute wieder zu seinem Vater, den die Dörfler zu ihrem Vorsteher gewählt hatten. Jener stand mit zittrigen Knien neben Carls Mutter, die Kapuze seiner Gugel tief in die Stirn gezogen. In Gedanken schickte Carl ihm Anweisungen. Schweig, alter Mann! Gib dich ihm nicht zu erkennen!

Als Anne nicht antwortete, fasste der Ritter ihr sanft unters Kinn. »Dieses Dorf gehört dem Grafen von Ruppin. Ich will, dass man ihm eine Botschaft übermittelt. Deshalb frage ich dich ein letztes Mal: Wer von euch ist der Vorsteher?«

Eine Botschaft, dachte Carl. Das konnte bedeuten, dass der Ritter ein paar Worte weitertragen ließ. Es konnte aber auch heißen, dass er dem Grafen einen abgeschlagenen Kopf schicken wollte.

Zögerlich hob Carls Vater den Arm.

Nein, bitte schweig doch, flehte Carl stumm.

Sein Vater senkte den Arm wieder. Carl ließ vor Erleichterung die Luft entweichen.

Der Ritter hielt Anne immer noch am Kinn fest. Langsam kam er näher, bis sich beinah ihre Nasenspitzen berührten. Er schmunzelte anrüchig. Schließlich schlug Anne die Augen nieder. Ihr Widerstand war gebrochen.

Mit einem Grinsen ließ der Ritter sie los und stolzierte die Reihe von Bauern weiter entlang. »Ihr glaubt bestimmt, wir würden euch bestehlen, Bauern. Doch das ist nicht der Fall.« Er blieb auf Höhe der Frau stehen, die Rudi gern geheiratet hätte. Sie drückte ihren Säugling an die Brust, die Augen auf die nackten Füße gerichtet.

Der Ritter trat an sie heran und legte den Kopf schief. Zärtlich strich er über den weichen Flaum auf dem Haupt des schlafenden Kindes. Dabei berührte er wie zufällig den Busen der Mutter. Bevor er noch mehr versuchen konnte, schob sich ihr Ehemann schnell dazwischen. Auch er wagte nicht, aufzuschauen.

Der Ritter grinste über den jämmerlichen Protest. Er wandte sich mit einem amüsierten Schnalzen ab und rief: »Der Graf von Ruppin hat bei uns eine gewaltige Rechnung offen. Wir nehmen uns nur das, was uns zusteht.«

»Warum klopft Ihr dann nicht direkt beim Grafen an?«, fragte eine Stimme hinter ihm.

Der Ritter fuhr auf dem Absatz herum. Die Männer, die mit dem Beladen des Wagens beschäftigt gewesen waren, hielten in ihren Verrichtungen inne und blickten sich um.

Carl blieb vor Schreck beinah das Herz stehen. Der Einwurf war von Anne gekommen.

Der Ritter schlenderte zu ihr zurück. »Was sagst du da, Weib?«

Carl schickte ein Stoßgebet gen Himmel. Zu gern hätte er ihr zugerufen: »Bitte, Anne, sei still! Lass sie alles einpacken und davonziehen! Wir werden uns beim Grafen beschweren. Er wird es für uns richten. Leg dich nicht mit diesen Männern an!«

Doch Anne war Anne. Sie ließ sich nicht den Mund verbieten. Einmal in Fahrt war sie nicht mehr zu bremsen. Mit klarer Stimme erwiderte sie: »Ich sagte, mein Herr, warum bedient Ihr Euch nicht direkt beim Grafen? Warum fallt Ihr stattdessen feige in unser Dorf ein?«

Carl atmete scharf ein. Das Wort »feige« hing bedrohlich in der Luft.

Der Ritter tauschte einen Blick mit seinen Männern. Sie brachen alle gleichzeitig in Gelächter aus.

Anne zuckte zusammen, doch sie hob das Kinn.

»Du gefällst mir, Weib. Wie lautet dein Name?«

Einer der Räuber richtete ein Fass auf, das er aus einem der Häuser gerollt hatte, und klopfte sich den Staub von den Händen. Er war ebenfalls blond und sah dem Anführer ein wenig ähnlich. »Ein bisschen kratzbürstig, die Kleine. Genau nach deinem Geschmack, Bruder.«

Der Ritter grinste. Breitbeinig baute er sich vor den Geschwistern auf. Er steckte das Schwert in die Scheide und hob die Hand, um Anne abermals ans Kinn zu fassen. Diesmal jedoch war er nicht zärtlich, sondern grob. Er presste ihre Lippen zu einem grotesken Kussmund zusammen. »Na, hat es dir plötzlich die Sprache verschlagen, Weib?«

Erneuter Zorn wallte in Carl hoch. Seine Hände ballten sich zu Fäusten. Dieser Fremde machte Anne Angst. Er überlegte, wie er ihr zu Hilfe kommen konnte.

»Ist sie dein Weib?«, fragte der Ritter Rudi. »Hast es ja ganz gut getroffen. Ansehnlich genug ist sie ja.« Er wendete Annes Kinn nach rechts und links, um ihr Gesicht genauer zu betrachten. »Wenn auch ein wenig füllig.«

Rudis Lippen bewegten sich, doch es kam kein Laut heraus.

Im Rücken des Ritters tat Carls Vater einen Schritt nach vorn. »Herr, ich bitte Euch! Ich bin der, den Ihr sucht. Ich bin der Vorsteher.«

Der Ritter ignorierte ihn. Er starrte prüfend in Annes Gesicht, als wäre sie eine Zuchtstute. »Wie ist dein kleines Weib so im Bett, Bauer?«, wollte er von Rudi wissen. »Bestimmt ist sie eine wilde Katze.«

Rudi wurde bleich wie ein Gespenst. Flehend berührte er den Ritter an der Brust. »Bitte, Herr …«

Als hätte Rudis Berührung ihn verbrannt, ließ der Ritter jäh Annes Kinn los und wich zurück. Er starrte auf die Stelle, die Rudi angefasst hatte, und verzog das Gesicht.

Dann ging alles ganz schnell. Der Ritter griff mit der Linken an seinen Gürtel, wo er in einer Lederscheide einen langen Dolch trug, zog die Klinge und rammte sie mit tödlicher Präzision in Rudis Brust. Bevor ihm das Blut über die Hand laufen konnte, ließ er das Heft los und trat zurück.

Rudi röchelte. Sofort bildete sich ein roter Fleck auf seinem Kittel. Verwundert glotzte er die Waffe in seiner Brust an. Er öffnete den Mund, doch heraus kam nur roter Schaum. Die Augen verdrehten sich, sodass nur noch das Weiße zu sehen war. Dann sackte er in sich zusammen.

Anne schlug die Hände vor den Mund und stolperte mit einem erstickten Schrei zurück.

Carl wurde es schlagartig übel. Dieser Schweinehund hatte Rudi getötet!

Der Mord brachte Bewegung auf den Anger. Alle drängten dichter zusammen, die Frauen und Kinder begannen zu weinen.

Der Ritter trat kopfschüttelnd an die Leiche. Mit einem Ruck zog er den Dolch aus Rudis Brust. Um die Wunde bildete sich ein roter See.

Anne entwich ein klägliches Wimmern. Blitzschnell war der Ritter bei ihr. Wieder packte er sie am Kinn und hielt ihr die Klinge mit dem Blut ihres Bruders vor die Nasenspitze. Sie riss die Augen weit auf und keuchte.

Carl sah rot. Wenn er jetzt nichts unternahm, würde Anne die Nächste sein!

Mit einem unartikulierten Schrei stürzte er hinter dem Misthaufen hervor. Er hielt direkt auf den Ritter zu, bereit, ihn mit der Holzstange zu Brei zu schlagen.

Doch so überraschend und unerwartet Carls Auftauchen auf dem Dorfanger war, so ungünstig war sein Plan. Ein schwarzhaariger Ritter erkannte die Gefahr und stellte sich ihm mit seinem eisenbeschlagenen Schild in den Weg.

Carls Zorn war übermächtig. Mit der primitiven Waffe führte er einen linkischen Hieb aus. Es knallte laut, als er die Mitte des Schildes traf. Die Wucht war so gewaltig, dass der Ritter nach hinten umkippte. Auch Carl verlor das Gleichgewicht. Um sich zu fangen, machte er einen Schritt nach vorn, doch es wollte ihm nicht gelingen. Mit dem ganzen Gewicht landete er auf seinem rechten Arm. Der geprellte Ellbogen schickte Schmerzwellen durch seinen Körper. Die Eichenstange entglitt ihm und rollte auf Nimmerwiedersehen davon.

Auf dem Boden liegend machte er eine Bestandsaufnahme. Seine Knie schmerzten, der Arm war taub, doch ansonsten ging es ihm gut. Nur sein Kittel war ihm bis zum Bauchnabel hochgerutscht. Da er die Bruche am Seeufer zurückgelassen hatte, war er darunter nackt. Angesichts der nacktärschigen Darbietung brachen die Räuber in herzhaftes Gelächter aus.

»Das war der mutigste und zugleich dümmste Angriff, den ich seit Langem erlebt habe!«, rief der Anführer.

Carl stieg das Blut zu Kopf, aber er ließ die Scham nicht zu, die sich in ihm breitmachen wollte. Er musste Anne retten, bevor es zu spät war. Er schickte ihr eine stumme Botschaft. Lauf, Anne, lauf in die Wälder!

Doch Anne war nicht sie selbst. Bewegungslos starrte sie den Leichnam ihres Bruders an. Carl musste sie anders in Sicherheit bringen. Hastig rappelte er sich auf.

Rudis Mörder hielt sich vor Lachen den Bauch. Carl trennten nur wenige Schritte von ihm. Mit wildem Gebrüll und bloßen Händen stürzte er sich auf ihn. Sein Kopf rammte direkt in das erheiterte Gesicht. Das Gelächter brach abrupt ab. Der Ritter stöhnte auf und es knirschte vernehmlich. Beide taumelten sie in den Dreck. Carl fiel auf den Ritter. Der Dolch mit Rudis Blut flog im hohen Bogen davon.

Auge in Auge sah Carl sich plötzlich Rudis Mörder gegenüber. Das Gesicht des Ritters war blutverschmiert, der Ausdruck in seinem Blick benommen. Carl legte den Kopf in den Nacken und holte aus für einen zweiten Hieb.

Diesmal war sein Gegner schneller. Eine knallharte Faust traf ihn am Kiefer. Der Schmerz war ungeheuerlich. Carl schmeckte Blut. Verwirrt stellte er fest, dass ihm so etwas wie eine Murmel auf der Zunge lag. Er spie sie angewidert aus. Als er sah, was es in Wirklichkeit war, war er fassungslos. Der Bastard hatte ihm einen Zahn ausgeschlagen.

Doch so einfach gab Carl nicht auf. Er wollte abermals zum Angriff übergehen, da bemerkte er im Augenwinkel, wie jemand auf ihn zustürzte. Es war der schwarzhaarige Ritter mit dem Schild, den er über den Haufen gerannt hatte. Fluchend holte der Kerl mit dem Stiefel aus und trat zu.

Die Stelle unterhalb von Carls Rippen flammte auf. Er stieß ein Keuchen aus. Der Tritt hatte gesessen. Er rutschte von seinem Gegner und wartete zusammengerollt darauf, dass der Schmerz verging. Der schwarzhaarige Mann packte ihn an den Haaren und wälzte ihn flach auf den Bauch. Er fixierte Carl mit einem Knie im Rücken. Dabei machte er sich nicht die Mühe, Carls nackten Hintern zu bedecken.

Der blonde Ritter kam auf die Beine und las ächzend den Dolch auf. Mit dem Ärmel betupfte er vorsichtig seine blutende Nase. Als er sprach, klang es ein wenig verschnupft. »Und wer bist du, Bauer?«

Carl antwortete nicht. Sein Gesicht lag im Staub. Er biss die Zähne zusammen. Der Schmerz war kaum zu ertragen.

»Er ist mein Sohn, bitte tut ihm nichts«, meldete sich Carls Vater zu Wort.

»Dein Sohn? Und du?«

»Ich bin der Vorsteher. Mein Name ist Frank der Ältere.«

Dem Ritter lief das Blut ungehemmt aus der gebrochenen Nase. Er machte keine Anstalten, die Blutung zu stillen. »Dein Sohn, ja?«

»Ja, mein Herr. Bitte tut ihm nichts! Er ist ein sehr ungestümer junger Mann.«

Der Ritter schnaubte. Dann rief er: »Bauer!«

Carl wusste, er war gemeint. Er hob mühsam den Kopf.

Mit dem Dolch zeigte der Mann auf Anne. »Siehst du dieses Weib? Du wolltest sie vor mir beschützen, nicht wahr? Deshalb warst du so dumm und bist aus der Deckung gekommen, statt deine eigene Haut zu retten.«

Carl erkannte, dass er alle Trümpfe verspielt hatte. Er verlegte sich aufs Betteln. »Bitte, tut ihr nichts, Herr!«

»Wieso nicht?«

Carl zögerte. Dann sagte er kläglich: »Sie ist mir das Wichtigste auf der Welt.«

Der Ritter lachte auf. »So, ist sie das?«

Er schlenderte zurück zu Anne. Blitzschnell packte er zu und nahm sie von hinten in den Schwitzkasten. Das Messer drückte er an ihren Hals. Auf seinem blutverschmierten Gesicht bildete sich ein teuflisches Lächeln. »Dann schau genau hin, Bauer! Denn das ist das letzte Mal, dass du sie sehen wirst.« Rückwärts zerrte er Anne ins erstbeste Haus.

Ein Raunen ging durch die Menge. Niemand wagte es, die Stimme im Protest zu erheben.

Die Tür der Kate stand weit offen, ein schwarzes Viereck in der weißgetünchten Fachwerkwand. Geräusche eines Kampfes drangen nach außen. Ein Rumpeln, dann ging etwas Irdenes zu Bruch. Ein Klatschen wie von einer Ohrfeige. Ein Aufprall, als hätte jemand ein schweres Möbelstück umgestoßen.

»Au! Du kleines Biest!«, schallte es zornig zu ihnen herüber.

Anne schrie: »Lass mich los, du Hurensohn!«

Das erneute Klatschen einer Ohrfeige. Wieder ein Rumpeln.

Carl stöhnte.

Der Kerl, der Carl in Schach hielt, knurrte: »Jetzt wird es ihr so richtig schön besorgt, was, Bauer?«

Der Hohn war zu viel. Carl konnte nicht untätig liegen bleiben und Anne ihrem Schicksal überlassen. Er mobilisierte seine letzten Kräfte. Den Schmerz ignorierend rutschte er unter dem Kerl durch und rollte sich auf die Seite. Doch sein Bewacher war schneller. Er sprang auf die Füße und trat Carl in die Weichteile. Die Pein war unerträglich. Ihm wurde speiübel und er sah Sterne. Es war, als hätte man ihm die Hoden abgerissen.

Der Kerl zog eine Hanfschnur hervor. Er fesselte Carl die Handgelenke, stand auf und zog Carl grob an der Fessel mit hoch. Doch Carl konnte nicht aufstehen. Seine Beine gehorchten ihm nicht. Im Schritt brannte es wie ein Höllenfeuer. Er kam nur auf die Knie.

Der Ritter erkannte, dass Carl in diesem Zustand wehrlos war. Er begnügte sich damit, dass sein Gefangener in dieser Position verharrte. Er zückte sein Schwert und hielt es Carl unters Kinn. »Eine falsche Bewegung und du bist tot.«

Anne schrie abermals, doch diesmal kamen die Schreie stoßweise. Sie gingen Carl durch Mark und Bein. Tränenblind starrte er auf die Kate, in der sich soeben Unbeschreibliches abspielte. Seine liebe, teure Anne! Dieser Sauhund tat ihr Gewalt an, und er konnte nichts dagegen tun!

Schließlich verstummten die Schreie. Der langbeinige Anführer trat wieder vor die Tür, das blutverschmierte Gesicht eine Fratze des Grauens. Wie eine Fackel trug er in der linken Hand einen brennenden Kienspan. Breit grinsend deutete er damit auf Carl. »Den da nehmen wir mit.«

Carl brüllte vor Entsetzen auf. Der Schmerz war vergessen. Vor Angst entwickelte er Bärenkräfte. Er hatte nur noch einen Gedanken: Er musste fliehen, in die Wälder, weit fort von hier! Er zerrte wie wild an den Fesseln und versuchte, auf die Füße zu kommen.

Sein Bewacher wollte es nicht darauf ankommen lassen. Er ließ das Schwert sprechen. Mit einer winzigen Drehung des Handgelenks schlitzte er Carl am Hals die Haut auf. Als dieser spürte, wie ihm das Blut warm in den Ausschnitt rann, hörte er sofort auf zu zappeln. Er wusste, eine falsche Bewegung, und die scharfe Klinge würde ihm die Kehle durchtrennen.

Er suchte den Blick seines Vaters in der Hoffnung, dass dieser Einspruch einlegen würde. Doch sein Vater war vor Furcht wie gelähmt, genauso wie der Rest der Familie. Seine Mutter betete, seine kleine Schwester Rieke weinte still. Frank schüttelte stumm den Kopf und hob hilflos die Hände.

»Los jetzt!«, sagte sein Bewacher. Er zerrte Carl hoch, und diesmal konnte er stehen. Mit einem kräftigen Stoß schubste er ihn zu dem Karren, den die Räuber mit ihrer Beute beladen hatten.

Carl taumelte nach vorn. Alles in ihm schrie nach Flucht. Doch das war nicht möglich. Er war gefesselt und unbewaffnet. Außerdem hätte er seine gesamte Familie schutzlos zurücklassen müssen. Zu welchen Schandtaten diese Männer in der Lage waren, das hatten sie gerade erst eindrucksvoll bewiesen.

Aus dem Augenwinkel sah er, wie der Anführer ausholte und den brennenden Kienspan, den er aus der Kate mitgebracht hatte, hoch in die Luft schleuderte. Die Fackel machte eine vollständige Umdrehung und landete treffsicher auf dem Strohdach der Kate, in der sich Anne befand. Das vom langen Sommer getrocknete Material fing unverzüglich Feuer.

Carl schrie auf. »Nein!«

Der schwarzhaarige Ritter gab ihm einen Schlag auf den Hinterkopf. »Schnauze.«

Benommen torkelte Carl zur Seite. Der Ritter schubste ihn. »Na los, weiter!«

Ein Knappe eilte mit einem Seil herbei. Sie banden Carl die Hände vor den Körper, dann wanden sie das lose Ende um eine Öse am Karren und knoteten es fest.

Währenddessen saßen die Männer auf und gaben den Pferden die Sporen. Lautstark umrundeten sie den Anger und wirbelten Staub auf. Mit großem Jubel beugten sie sich in ihren Sätteln tief nach unten und sammelten brennbares Material ein. Sie entzündeten es an dem lodernden Strohdach der Kate, dann umkreisten sie den Platz ein zweites Mal und verteilten das Feuer auf die anderen Dächer. Hilflos mussten die Dörfler zusehen, wie die Männer die Häuser in Brand steckten.

»Bleibt wohl nicht viel von übrig, wenn wir mit dem Dorf fertig sind«, sagte Carls Aufpasser. Er überprüfte ein letztes Mal Seil und Knoten und wandte sich zufrieden ab. Der Knappe führte sein Pferd herbei und er trottete davon.

Der Rauch drang Carl scharf in die Nase. Fluchend ruckte er an seinen Fesseln, doch der Strick schnitt ihm nur noch tiefer in die Handgelenke. Die Erkenntnis, dass er Anne nicht helfen konnte, brachte ihn beinah um den Verstand.

Der schlaksige Anführer der Gruppe schwang sich als Letzter in den Sattel. Er ritt einen prächtigen Apfelschimmel. Mit hoch erhobenem Haupt trabte er zur Spitze, sein Gefolge fiel hinter ihm ein.

Der Kutscher ließ die Peitsche knallen und der Ochse kam in Bewegung. Der Wagen, an den Carl gefesselt war, rollte knarrend an.

Carl spürte einen Zug am Seil.

Ihm blieb nichts anderes übrig, als mitzulaufen.

Stundenlang, so kam es Carl vor, stolperte er am Ende des Zuges dem Ochsenkarren hinterher. Dabei war er mit seinen bangen Gedanken völlig allein.

Alles war so schnell geschehen! Rudi war tot, ermordet von diesem blonden Ritter. Nie wieder würde Carl mit seinem besten Freund einen Pflug reparieren, die Pferde striegeln oder auf der Bank vor seinem Haus einen Krug Bier leeren. Und Anne? Was war mit Anne geschehen? Hatte der Ritter sie nicht nur geschändet, sondern auch getötet? Sie war nicht mehr aus der Kate gekommen. Was, wenn der Ritter sie bewusstlos zurückgelassen und ihr das Dach über dem Kopf angezündet hatte? Hatte jemand aus dem Dorf sich die Mühe gemacht, statt den eigenen Hof zu retten Anne aus dem brennenden Haus zu ziehen? Die Sorge um sie war unerträglich, und sie wuchs mit jedem Schritt.

Nach einiger Zeit erreichte die Reisegruppe einen aufgeschütteten Weg, der durch einen feuchten Wald schnitt. Von Menschenhand gepflanzte Buchen und Birken standen Spalier und hielten das Erdreich des Damms mit ihren Wurzeln fest. Zu beiden Seiten schimmerten dort, wo fauliges Laub den Blick freigab, dunkle Pfützen. Dahinter erstreckte sich in beklemmender Endlosigkeit ein im Wasser stehender Wald aus dornigem Gestrüpp und dürren Bäumen. Carl fühlte sich furchtbar verloren. Er war in seinen sechzehn Lebensjahren nie über das Nachbardorf hinausgekommen.

Horden von Mücken fielen über ihn her. Sie zerstachen ihm die Beine, Arme und das Gesicht. Da seine Hände gefesselt waren, konnte er sich nicht zur Wehr setzen. Vergeblich zuckte er mit dem Kopf, um sie zu vertreiben. Die Stiche juckten. Er hätte alles dafür gegeben, sich kratzen zu können.

Der lange Marsch war anstrengend. Carl wurde immer träger. Irgendwann geriet er ins Straucheln und stolperte über den eigenen Fuß. Schmerzhaft schlug er der Länge nach hin. Seine gebrochenen Rippen protestierten. Kiefernnadeln und kleine Kieselsteine schürften ihm die Haut auf. Für einen Moment befürchtete er, dass ihm die Schultern aus den Gelenken gerissen würden.

Der Karren rollte unbeirrt weiter. Offenbar hatte die Gruppe seinen Fall nicht bemerkt. Carl brüllte um Hilfe.

Der Zug kam zum Stehen. Schnell rappelte er sich wieder auf. Seine Knie und die Ellbogen waren blutig gescheuert.

Einer der Ritter trabte zu ihm zurück. »Ich an deiner Stelle würde nicht noch einmal hinfallen. Ein zweites Mal halten wir nicht für dich an.«

Carl nickte erschrocken.

Der Mann ritt zurück an die Spitze. Der Kutscher ließ die Peitsche knallen und der Karren setzte sich in Bewegung. Carl taumelte hinterher.

Mit der Zeit wurde er so müde, dass ihm immer wieder die Augen zufielen. Der Wunsch, sich hinzusetzen, wurde übermächtig. Doch er wusste, dass der Ritter nicht gescherzt hatte. Noch einmal würden sie nicht für ihn anhalten. Um den Takt zu halten und wach zu bleiben, begann er zu zählen. Sobald er die Eintausend erreicht hatte, fing er wieder von vorn an.

Kurz vor Einbruch der Dunkelheit hielten die Ritter in einem trockenen Waldstück an. Für Carl war es keinen Augenblick zu früh. Wie ein Priester in der Kirche, die gefesselten Hände zum Gebet erhoben, fiel er auf die aufgeschürften Knie.

Die Männer entfachten unter ein paar hohen Kiefern ein Feuer. Einer kletterte auf die Ladefläche des Karrens und angelte vier Hühner aus einem Käfig. Er drehte dem gackernden Federvieh die Hälse um und verdonnerte die Knappen zum Gefiederrupfen. Andere füllten Krüge mit Bier. Brotlaibe machten die Runde.

Carl setzten sie abseits an einen Baumstamm. Mit den gebundenen Händen im Schoß durfte er ihrem Treiben zuschauen und wurde nicht weiter behelligt. Er lehnte sich an den Baum und schloss die Lider. Er war völlig erledigt.

»He, du! Etwas zu essen.«

Ein Kanten Brot prallte ihm gegen die Brust. Er kullerte nach unten und endete in seinem Schoß.

Carl riss die Augen auf. Die Sonne war untergegangen. Einzig das Feuer spendete ein rötliches Licht. Er musste kurz weggenickt sein.

Vor ihm hatte sich der schwarzhaarige Ritter aufgebaut, den er bei seinem waghalsigen Angriff zu Fall gebracht hatte. Er hatte einen ordentlich gestutzten Vollbart, die Augen funkelten belustigt. Er hockte sich vor Carl und drückte ihm einen Daubenbecher in die gefesselten Hände. »Etwas Wasser. Nun, ich hoffe, du kannst so trinken, denn wir werden dich gewiss nicht losbinden.«

Carl starrte auf den Becher und leckte sich die Lippen. Er war mit einem Mal unglaublich durstig. »Ja.«

Der Ritter klopfte ihm auf die Schulter und ließ die Hand dort einen Moment liegen, um die Muskeln zu befühlen. »Ein bärenstarker Kerl. Dabei bist du noch nicht einmal richtig ausgewachsen. Wo willst du denn nur hin mit deiner Kraft, wenn du erst mal groß bist?«

Carl erwiderte nichts und der Ritter erwartete keine Antwort. Er kehrte zum Feuer zurück, wo ihm der blond gelockte Anführer einen Schlauch reichte. Der Ritter legte den Kopf in den Nacken und gönnte sich einen kräftigen Schluck.

Met, erkannte Carl. Das war guter Met, den seine Mutter für Franks Geburtstag gemacht hatte. Und jetzt rann er die Kehlen dieser Räuber hinab!

Er schlürfte von seinem Becher. Das Wasser schmeckte köstlich, doch es war zu schnell getrunken. Er fühlte sich nicht erfrischt, sondern durstiger als zuvor. Er probierte von dem Kanten Brot.

Beim Kauen dachte er über seine Lage nach. Er war ein Gefangener, und die Ritter hatten offenbar die Absicht, ihn weit fortzubringen. Doch das durfte er nicht zulassen! Er musste zurück zu seiner Familie. Er musste Rudi auf dem Friedhof beerdigen und herausfinden, was aus Anne geworden war. Hoffentlich hatte der Kerl sie nicht getötet. Carl hatte keine Zweifel, dass der Fiesling dazu in der Lage war. Die Kaltblütigkeit, mit der er Rudi den Dolch in die Brust gestoßen hatte, bewies, dass dieser Mann keine Skrupel kannte.

Die Sache war klar. Er musste bei erster Gelegenheit fliehen. Doch wie sollte er es anstellen? Er war gefesselt, seine Füße waren blutig. Und er wusste den Weg zurück nicht. Davon abgesehen war es nicht unwahrscheinlich, dass man ihm auf Pferden hinterhersetzen und ihn in kürzester Zeit einholen würde. Er würde Umwege finden müssen, quer über die morastigen Lüchen und durch die feuchten Wälder, da, wo selbst Pferde nicht gut vorankamen. Das würde länger dauern als der Weg hierher und sogar noch länger, wenn er sich verlief. Konnte er es schaffen? Schließlich führte er nichts bei sich, was ihm das Überleben in der Wildnis erleichtert hätte: kein Essen, kein Trinken oder ein Messer, nicht einmal eine Bruche. Ein Fehler aus Unachtsamkeit und er würde da draußen sterben.

Die Männer ließen sich die gebratenen Hähnchen schmecken und spülten sie mit reichlich Met und Bier herunter. Angesichts der Essensdüfte lief Carl das Wasser im Mund zusammen. Er starrte zu den Rittern an den Lagerfeuern, doch er war zu stolz, um nach mehr Brot zu fragen. Es war nicht die erste Nacht, die er hungrig zu Bett ging.

Stattdessen beobachtete er aufmerksam das Treiben rund ums Feuer. Mit der Zeit fand er heraus, dass der Name des Anführers, des Kerls, der Anne ins Haus gezerrt und geschändet hatte, Dietrich war. Neben ihm hockte sein Bruder, Johann, ebenfalls blond und vermutlich jünger. Den dunkelhaarigen

Mann mit Vollbart, der Carl das Essen gebracht hatte, nannten sie Kaspar.

»Kaspar, hast du noch etwas Met für mich?«, rief plötzlich einer der Kerle mit deutlichem Lallen in der Stimme.

Der Angesprochene hielt den Schlauch in die Höhe. »Komm her, Bertram, und hol's dir!«

Der Mann namens Bertram kam schwankend auf die Füße und stakste durch das ausgeladene Gepäck zu Kaspar hinüber. Sein Weg führte ihn an Dietrich vorbei. Blitzschnell schnappte dieser sich einen langen Ast. Er rammte ihn Bertram zwischen die Beine, um ihn zu Fall zu bringen. »Du bist so betrunken, Bertram, kannst ja kaum noch stehen!«

Bertram ruderte mit den Armen. Wider Erwarten gelang es ihm, die Balance zu halten. Die Männer lachten dennoch über den Streich.

Damit hätte Bertram es gut sein lassen sollen, doch zu Carls Überraschung stürzte er sich nun im Gegenzug auf Dietrich. Er warf den Anführer wie einen gewöhnlichen Mann auf den Rücken und drückte ihm den Unterarm auf die Kehle. Mit den Fingerknöcheln überm Scheitel verpasste er ihm eine kräftige Abreibung. Die Männer wieherten vor Vergnügen.

Dietrich schlug mit den Händen um sich, bekam Bertram am Kragen zu fassen und zerrte ihn zu Boden. Sie rangelten wie zwei Bengel.

Die Gruppe grölte. Mit den Fäusten in der Luft feuerten sie ihren Anführer an. »Dietrich! Dietrich!«

Der Kampf endete, als Dietrich rittlings auf Bertram zum Sitzen kam, dessen Arme unter die Oberschenkel geklemmt. Er nahm eine Handvoll Kiefernnadeln und stopfte sie Bertram in den Mund. Bertram spuckte sie prustend aus.

Dietrich stand auf und zog seinen Gegner auf die Füße. Er richtete ihm die Kleidung, dann gaben sie sich einen Handschlag und nahmen einträchtig nebeneinander Platz. Carl hatte staunend zugesehen. Er hätte nicht gedacht, dass dieser Dietrich eine solche Respektlosigkeit durchgehen lassen würde.

Doch offenbar sonnte er sich in den Anfeuerungsrufen seiner Männer.

Kaspar reichte Bertram den Met. Während jener trank, wies Dietrich einen Knappen an, ihm ein sauberes, feuchtes Tuch zu bringen. Behutsam tupfte er sich das getrocknete Blut aus dem Gesicht. »Johann, zeig auf deine Fresse, damit ich sehe, was ich tue.«

Sein Bruder deutete mit dem Finger im eigenen Gesicht auf die Stellen, die bei Dietrich blutverkrustet waren. »Der Bauer hat dir ganz schön eine verpasst.«

»Der verdammte Zinken ist gebrochen«, murrte Dietrich. Er berührte versehentlich einen empfindlichen Punkt und sog scharf die Luft ein.

Kaspar nahm den Schlauch zurück. »Du solltest die Nase richten lassen, wenn wir wieder in Kletzke sind. Sonst siehst du für den Rest deines Lebens aus wie ein Wegelagerer.«

»Bin ich das nicht in gewisser Weise auch – ein Wegelagerer?«

Kaspar gluckste.

Johann sagte: »Der beste von allen!«

Dietrich tupfte weiter. »Zu gern würde ich Graf Günthers Gesicht sehen, wenn einer dieser verlotterten Bauern vor seinem Burgtor auftaucht.« Er verstellte die Stimme zu einem Piepsen. »Da waren böse Männer, Herr! Die haben uns alles geraubt, was uns kostbar war!«

Kaspar schmunzelte. »Geschieht ihm recht! Er hätte seine Schulden bei dir nicht so auf die lange Bank schieben sollen. Dir blieb ja gar nichts anderes übrig, als dich selbst zu bedienen.«

»Und wie wir uns bedient haben«, sagte Johann und machte eine ausladende Bewegung mit dem Arm. »Schau, was wir alles haben einsacken können. Diese Bauern werden von Jahr zu Jahr reicher.«

Dietrich ließ die Hand mit dem Tuch sinken. »Kaspar, was denkst du? Muss sie wirklich gerichtet werden?«

»Es sieht schlimm aus. Ich bin mir noch nicht mal sicher, ob der Medikus viel wird ausrichten können.«

Dietrichs gute Laune verpuffte auf einen Schlag. Seine Stimme nahm einen bedrohlichen Klang an. »So ein verdammter Bockmist! Wenn das wahr ist, lass ich die Hunde auf den Bauern los.«

Carl zuckte zusammen. Der Bauer – damit war er gemeint. Er war dafür verantwortlich, dass die Nase gebrochen war. Und er musste diesem Kaspar recht geben: Der krumme Zinken, der jetzt noch dazu blau und angeschwollen war, sah fürwahr grausig aus. Er würde Dietrich das zuvor attraktive Gesicht für den Rest seines Lebens entstellen.

»Wenn dir jemand dumm kommt, sag einfach, es sei eine Kriegsverletzung«, schlug Johann trocken vor.

»Genau. Die Damen sind ganz verrückt danach«, pflichtete Kaspar ihm mit geheuchelter Überzeugung bei.

Dietrich schaute zweifelnd von einem zum anderen.

Dann prusteten sie alle drei los.

Dietrich zog seinen Dolch, um ihn ebenfalls mit dem Tuch zu säubern. »Wen interessiert schon die Meinung der Damen? Wer nicht spurt, wird gefügig gemacht.«

Einer der Männer rief: »Wir hätten ein paar von ihnen mitnehmen sollen! Jetzt hattest nur du deinen Spaß!«

Seine Kameraden hoben die Krüge. »Ja, ein paar Jungfrauen für uns. Der gerechte Lohn!«

»Lohn?«, erwiderte Dietrich. »Das war ja wohl ein Kinderspiel für euch! Als ob euch die Bauern große Probleme bereitet hätten!« Er wandte sich wieder der Reinigung seiner Klinge zu. »Außerdem sind mir diese Dorfschlampen zuwider. Alle viel zu dreckig. Die Weiber in den Städten sind mir da lieber. Die behängen sich mit Schmuck und parfümieren sich die Mösen.«

Johann und Kaspar nickten zustimmend. Gedankenversunken starrten sie in die Flammen, so als würde jeder für sich in seinen eigenen Erinnerungen schwelgen.

Abartige Schweine, dachte Carl angewidert.

Einer der Ritter fragte: »Hast du diesen Kerl mit der Gugel gesehen, Johann? Dem schlotterten so die Knie, dass ich nur darauf gewartet habe, dass er sich anpissen würde.«

Johann verstellte die Stimme. »Tut ihm nichts, Herr! Er ist mein Sohn!«

Das brachte nicht nur Dietrich und Kaspar zum Lachen, sondern auch den Rest der Gruppe.

Einer der Waffenknechte flötete: »Bitte, ich tue alles für Euch, Herr. Nur verschont meinen Sohn!«

»Nehmt mein Weib. Es ist sehr willig!«

»Oder nehmt gleich mich. Mein Arsch ist ganz jungfräulich!«

Die Runde brüllte ausgelassen.

Kaspar reichte Dietrich einen frischen Hühnerbollen. »Sie haben offenbar noch nicht begriffen, dass der Herrgott sie einzig in die Welt gesetzt hat, damit sie uns dienen und mit Nahrung versorgen.«

»Ungewaschenes Gesindel, zu nichts zu gebrauchen. Und eine Beleidigung fürs Auge. Diese unförmigen, farblosen Kutten! Ob einer mehr oder weniger, das ist doch völlig gleich.«

Dietrich biss herzhaft in die Keule. Sein Blick fiel auf Carl, der ihn wutentbrannt anstarrte. Mit dem Bollen deutete er auf ihn. »Bis auf den da. Der könnte mir gefallen. Was für ein Bär. Dumm und mutig noch dazu.«

Seine beiden Freunde folgten dem Fingerzeig. Sie grinsten.

Kopfschüttelnd legte Johann eine Scheibe Käse auf sein Brot, um es im Feuer zu rösten. »Dumm auf jeden Fall. Ein Bauer mit einem Stock gegen mehr als ein Dutzend Männer in Waffen. Was für ein Tölpel.«

Dietrich starrte weiter in Carls Richtung. Er nahm einen neuen Bissen vom Fleisch und verzog das Gesicht. Offenbar schmerzte die gebrochene Nase.

Carl schaute genau in seine Augen. Selbst in der Dunkelheit konnte er erkennen, dass sie eisblau waren. Ihm kam es vor, als blickten sie in die tiefsten Abgründe seiner Seele. In seinem Hals bildete sich ein dicker Knoten. Schnell wandte er sich ab.

Als wäre es eine Aufforderung gewesen, stand Dietrich auf und schlenderte zu ihm hinüber. Mit dem Bollen in der Hand hockte er sich vor ihn hin. Um Carl ins Gesicht zu schauen, verrenkte er theatralisch den Hals. »Schon fertig mit Glotzen, Bauer?«

Carl hob unwillig den Kopf. Diese Augen waren unglaublich blau. Er zwang sich dennoch, nicht noch einmal wegzuschauen. »Was ist aus Anne geworden?«

»Anne?«

»Die Frau, die du in die Hütte gezerrt hast.«

»Ach, du meinst die wilde Katze?«

»Anne. Sie hat einen Namen.«

»Namen sind belanglos.« Dietrich richtete sich zu seiner vollen Statur auf. »Der Bauer will wissen, was aus der wilden Katze geworden ist. Ihr erinnert euch? Die Kleine, der ich es heute so richtig besorgt habe.«

Die Männer unterbrachen ihre Gespräche.

»Eins kann ich euch sagen«, fuhr Dietrich belustigt fort. »Einen prachtvollen Hintern hatte die.« Mit den Händen formte er in der Luft ein pralles Gesäß. »Ich konnte gar nicht genug bekommen.« Zur Verdeutlichung machte er rammelnde Bewegungen.

Die Ritter johlten und hoben anfeuernd die Fäuste.

Carl kämpfte gegen seinen Zorn an.

Dietrich ging wieder in die Hocke. Er kam Carl so nah, dass er das gebratene Huhn in seinem Atem riechen konnte. »Doch nicht so prächtig wie dein Hintern, Bursche. Sag mal, macht man das bei euch Bauern so? Seid ihr immer so nackig unter euren Kitteln?«

Carl erkannte, dass Dietrich ihm bewusst eine Antwort schuldig geblieben war. Er wiederholte seine Frage. »Was ist aus ihr geworden? Hast du sie getötet?«

»Du bist der Sohn des Dorfschulzen?«

Carl wandte den Blick ab.

»Wenn es so wäre, dann wäre das dein Glück. Jeden anderen Trottel hätte ich am nächsten Baum aufgehängt, wenn er so ungeschickt ist, mir die Nase zu brechen.«

»Ja. Mein Vater ist der Dorfschulze«, räumte Carl zähneknirschend ein.

»Na bitte, geht doch! Das sind gute Neuigkeiten, Bauer. Denn das bedeutet, dass ich dich auf meine Burg bringen werde, um von deiner Familie ein Lösegeld zu verlangen.«

»Lösegeld?«

»Ja, so wird das für gewöhnlich gehandhabt. Obwohl ich normalerweise Bürgersleute und Adlige entführe. Keine Bauern.«

»Aber wir haben kein Geld!«

Dietrich stutzte. Der Gedanke war ihm offenbar noch nicht gekommen. Dann hellte sich seine Miene auf. »Naturalien. Ihr Bauern zahlt ja auch die Pacht an den Grundherrn in Naturalien, nicht wahr? Ein paar Kühe und Schweine oder so. Danach lasse ich dich wieder frei.«

»Aber wir haben kein Vieh mehr! Die Männer haben uns heute alles genommen!«

Dietrich tat verblüfft. »Ist das so? Nun, dann muss dein Herr Vater eben den weiten Weg zum Grafen gehen und sich von dort etwas borgen. Ich bin mir gewiss, Günther wird darüber sehr erfreut sein. Er liebt seine Bauern.«

Carl sackte enttäuscht zusammen. Dieser Dietrich hatte keine Ahnung von der Welt der Bauern! Der Graf würde keinen Finger für einen Bauernlümmel rühren. Die Dörfer waren voller junger, starker Menschen. Da stellte die Verschleppung eines Einzelnen keinen großen Verlust dar. »Er wird meinem Vater nichts geben.«

»Meinst du? Nun, dann wird dein Vater wohl den Druck erhöhen müssen. Denn ich werde dich nicht eher zurückgeben, bis mich jemand bezahlt hat. So lange wirst du meine Gastfreundschaft in Anspruch nehmen dürfen, und wenn es Jahre dauert.«

Carl fuhr entsetzt auf. »Das kannst du doch nicht machen!«

Dietrichs Miene verfinsterte sich. Er drückte Carl das Ende des Hähnchenbollens auf die Brust. »Sag mir nicht, was ich machen oder nicht machen kann, Bauer! Oder willst du vielleicht doch lieber am nächsten Baum aufgeknüpft werden? Nacktärschig, wie du bist, wird es für meine Männer ein prächtiges

Schauspiel werden. Die wollten schon immer mal wissen, was mit einem Pimmel passiert, wenn ein Unglücklicher am Galgen hängt.«

Carl biss sich auf die Zunge.

Grinsend richtete sich Dietrich wieder auf. »Mach dir mal keine Sorgen, Junge! Dein Vater wird eine Lösung finden. Er wird dem Grafen so lange in den Ohren liegen, bis Günther uns noch mehr von dem schickt, was uns zusteht. Am Ende ist immer Gerechtigkeit am Werk.«

»Das ist keine Gerechtigkeit.«

»Ist es nicht?« Dietrich schien ernsthaft erstaunt. Er nagte die letzten Reste vom Knochen ab. »Was weißt du denn von der Welt, Bauer? Was gerecht ist und was nicht, das bestimme immer noch ich.«

Er warf den Bollen über die Schulter und wischte sich die Finger am Wams ab. »Du gefällst mir. Mir hat schon lange keiner mehr so beherzt Widerstand geboten. Und kräftig bist du obendrein. Ich kann dir gar nicht verdenken, dass du dich ins Geschehen geworfen hast, als du deine Schlampe vor mir schützen wolltest. Aus dir könnte man einen guten Krieger machen.«

»Anne ist keine Schlampe!«, brüllte Carl erzürnt. »Und überhaupt: Ich pfeif drauf, was man aus mir machen kann!«

Dietrich lachte auf. »Der Kerl hat Schneid. Ich sollte ihn in den leeren Bärenkäfig sperren und ihm ab und zu einen Knochen zuwerfen. Er würde mich maßlos amüsieren.«

»Du wirst mich nirgendwo einsperren!«

»Oh doch, das werde ich. Und ich werde dich brechen.«

Das wollen wir doch mal sehen, dachte Carl. Bevor er sich bremsen konnte, stieß er hervor: »Bei nächster Gelegenheit laufe ich davon.«

Dietrichs Mundwinkel zogen sich höhnisch nach oben. »Gewiss wirst du das. Du wirst laufen und laufen, bis du nicht mehr laufen kannst. Und – lass mich raten: Eines Tages wirst du zurückkommen und mir im Bett die Kehle durchschneiden.«

Carl spuckte aus. »So sicher wie das Amen in der Kirche.«

Die Männer wieherten los.

»Der Bauer verspricht eine Menge Kurzweil«, sagte Johann.

Dietrich wandte sich ab. »Für heute reicht's. Vielleicht unterhalte ich mich morgen wieder ein bisschen mit ihm. Die Reise ist lang.«

Carl erschrak. »Wie weit ist es bis zu dieser Burg?«

Dietrich blieb ihm die Antwort schuldig. Er ging in den Wald, um zu pinkeln.

»Wie weit?«, wiederholte Carl bang seine Frage.

»Noch zwei Tage auf der Straße, Bursche«, antwortete Kaspar mit einem Schulterzucken. »Ich hoffe, du bist gut zu Fuß.«

Am nächsten Morgen kamen sie zu einem Fluss, der in etwa drei Pferdelängen breit war. Das Ufer, an dem sie zum Stehen gekommen waren, war flach, doch schon wenige Schritte weiter begann ein Waldstück, wo das Wasser tief in die Erde schnitt.

Dietrich, der vorneweg geritten war, schnalzte mit der Zunge. »Verflucht! Es ist Sommer! Warum führt der ausgerechnet heute Hochwasser?«

Voller Ungeduld trieb er sein Pferd in den rauschenden Fluss. Auf seinem Streitross versank er bis zu den Stiefeln im Wasser. Er lenkte den Apfelschimmel zur anderen Seite, wendete und kam auf demselben Weg wieder zurück.

»Die Furt ist noch zu benutzen. Nur für die Schweine wird der Pegel zu hoch sein. Ihr da«, er zeigte mit der linken Hand auf sechs Ritter, »nehmt sie vorn in den Sattel.«

Die Ankündigung löste bei der Gruppe allgemeine Erheiterung aus.

»Was machen wir mit dem Bauern?«, fragte Kaspar.

»Der kann laufen.«

»Wenn er strauchelt, zieht ihn die Strömung unter Wasser.«

Carls Herz schlug schneller. Er sah eine Möglichkeit, wie er entkommen konnte. Er versuchte, seine Aufregung zu verbergen.

Dietrich ritt zu ihm hinüber. »Kannst du schwimmen?«

Carl verzog keine Miene. »Nein.«

»So ’n Pech. Du musst da rüber. Das Wasser wird dir an manchen Stellen bis zur Brust gehen.«

»Er kann doch auch neben mir auf dem Bock sitzen«, wandte der Kutscher ein.

»Das Bad wird ihm guttun. Er stinkt, so wie alle Bauern«, erwiderte Dietrich.

Carl hob die Hände. »Lös mir die Handfesseln. Fürs Gleichgewicht.«

Dietrich musterte ihn. Seine blauen Augen funkelten.

Carl war der Blick so unangenehm, dass er wegschauen wollte, doch er zwang sich, noch nicht einmal zu blinzeln. Sein Fluchtplan würde aufgehen, er war sich sicher.

Dietrichs Mundwinkel zuckten. Schließlich wandte er sich gleichgültig ab. »Warum nicht? Bindet ihn los.«

Carl konnte sein Glück kaum fassen. Er hatte eine zweite Chance bekommen! Er würde fliehen und nach Hause zurückkehren!

Zum ersten Mal seit seiner Verschleppung verspürte er Hoffnung. Der Weg zurück zum Dorf würde nicht einfach sein. Vielleicht würde er sich verlaufen, vielleicht würde er ein, zwei Nächte allein und ohne Nahrung im Wald verbringen. Doch all das nahm er gern in Kauf, wenn es bedeutete, dass er diesen Räubern im letzten Moment entwischen konnte.

Die Gruppe durchquerte die Furt. Als Erstes wurden die Kühe zum anderen Ufer getrieben. Der Strom tobte und sprudelte um ihre massigen Leiber, doch die Tiere fanden festen Grund unter den Hufen und erreichten sicher die gegenüberliegende Seite. Dann war der Ochse mit dem Wagen dran. Auch er meisterte den Fluss ohne Probleme.

Nun kam Carl an die Reihe. Kaspar öffnete seine Fesseln und schubste ihn in Richtung Furt. Das Ufer war nicht besonders steil. Vorsichtig kletterte er die Böschung hinab. Das Wasser war kalt, eine Wohltat für seine geschundenen Füße. Er blickte zurück. Ein paar der Männer sahen ihm gelangweilt zu, andere waren abgestiegen, um sich an einem Busch zu erleichtern.

Er setzte einen Fuß vor den nächsten. Das Wasser sprudelte um ihn herum, erst um die Knöchel, dann um die Knie. Aus dem Augenwinkel versuchte er, unbemerkt seine Umgebung abzumessen. Der Fluss war recht breit und jenseits der Furt tief genug, um zu schwimmen. Noch ein Stückchen weiter, und das Wasser würde ihm bis zur Hüfte gehen. Das sollte reichen. Er würde einen Sturz vorgeben, mit dem Kopf unter die Oberfläche gleiten und sich mitreißen lassen. Auf den ersten Blick würde es so aussehen, als würde er ertrinken.

Hinter ihm begannen die Männer, ungeduldig zu murren.

Dietrich pfiff durch die Zähne. »He, Bauer, nicht einschlafen! Ich weiß, euer Pack hat's nicht so mit Waschen, aber das bisschen Wasser schadet dir nicht.«

Seine Männer grunzten vergnügt, so wie sie es bei fast jeder seiner Äußerungen taten.

Carl ließ sie lachen. Er würde ihre Häme bald nicht mehr ertragen müssen.

Nach zwei weiteren Schritten war er in der Mitte des Flusses angelangt. Der Moment war gekommen.

Mit einem Schrei, der sein Erschrecken vortäuschte, hob er die Arme, holte Luft und ließ sich fallen. Gurgelnd ging er unter. Er machte sich ganz leicht und ließ sich forttreiben. Die Strömung nahm ihn dankbar auf und trug ihn davon. Es klappte besser als gedacht!

Prustend tauchte er wenig später im tiefen Wasser auf. Er schrie und schlug um sich. »Hilfe! Hilfe!«

Die Männer schauten verblüfft zu. Sie hatten wohl nicht erwartet, dass ein Kerl mit dem Kreuz eines Bären einfach so versinken konnte.

Dietrich verschränkte die Arme und legte den Kopf schief. Er machte keine Anstalten ihn zu retten, genau so, wie Carl es sich erhofft hatte. Für Dietrich war er nur ein ärmlicher Bauer, ein wertloses Leben.

Carl schaute sich unauffällig um. Er war schon um die fünfzig Schritt abgetrieben. Er beschied, dass dies ausreichte und er nicht weiter den Ertrinkenden zu spielen brauchte. Er streckte die Arme aus und schwamm los. Angetrieben von der Strömung nahm er rasant Fahrt auf.

Dietrich stieß einen Fluch aus. »Schneller als gedacht. Na los, ihr Hornochsen, einer von euch, hinterher!«

Der Zorn seines Entführers beflügelte Carl noch mehr. Er frohlockte innerlich. Mit kräftigen Armbewegungen pflügte er durch das Wasser. Vor ihm begann dichte Uferböschung und dahinter lag der Wald. Wenn er es bis dorthin schaffte, würden sie ihn nicht mehr erreichen können, weil das Ufer zu steil war und die Bäume zu nah beieinanderstanden. Er legte all seine Kraft in die Arme und schwamm um sein Leben.

Ein galoppierendes Pferd tauchte am Ufer in seinem Blickwinkel auf. Es schloss auf. Carl beschleunigte. Der Reiter löste die Füße aus den Steigbügeln und glitt aus dem Sattel. Mit drei Sätzen war er im Fluss und schnappte nach Carls Kittel.

Carl spürte einen Zug, der ihn zurückhielt. Er fuhr herum. Es war Johann.

In Panik schlug er um sich. Noch war nicht alles verloren. Er musste kämpfen. Er ballte die Pranke zur Faust, um sie Johann ins Gesicht zu rammen. Schwungvoll holte er aus, doch der Widerstand des Wassers verlangsamte seine Bewegungen. Er traf zwar Johanns Kiefer, doch es lag keine Wucht mehr im Schlag.

Johann schüttelte den Kopf und langte nach Carl. Eine flache Hand legte sich auf seinen Scheitel. Johann drückte zu und stemmte sich selbst nach oben. Carl öffnete den Mund zum Protest und schluckte fischiges Wasser. Dann ging er unter.

Entsetzt riss er die Augen auf. Das Flusswasser war trüb und aufgewühlt. Zappelnd wand er sich hin und her. Johann drückte noch fester. Carl ging die Luft aus. Er versuchte, etwas von Johanns Kleidung zu fassen zu bekommen. Johann wich ihm aus und Carl griff ins Leere. Bestürzt begriff er, dass sein Gegner nicht beabsichtigte, ihn wieder auftauchen zu lassen. In seinen Augen hatte Mordlust gestanden. Johann wollte ihn ersäufen.

Der Gedanke lähmte ihn. Er dachte an seine Mutter und an seinen Vater, an Frank und Rieke, an Rudi und Anne, sogar an Kuno. Er erinnerte sich plötzlich an den würzigen Duft von Heu nach der Ernte, die Weichheit eines Kuheuters beim Melken, das verhaltene Grunzen von frisch geborenen Ferkeln.

Im letzten Moment ließ der Druck auf seinen Kopf unvermittelt nach. Carl schoss nach oben und schnappte gierig nach Luft.

Johann zog ihn am Kragen ans Ufer. Helfende Hände erwarteten sie dort. Sie zerrten Carl an Land und legten ihn ins kühle Gras. Er war völlig erschöpft. Röchelnd kam er auf dem Bauch zum Liegen.

Er war am Boden zerstört. Sein Fluchtversuch war gescheitert. Von nun an würden sie noch besser auf ihn aufpassen. So eine Chance würde nie wieder kommen.

Dietrichs durchnässte Stiefel tauchten vor ihm auf. »Du Esel kannst also nicht schwimmen? Glaubst du, ich bin schwachköpfig, oder was?«

Die Welt vor Carls Augen drehte sich. Ihm dämmerte, dass Dietrich sich nicht hatte täuschen lassen und dass er das alles von vornherein geplant hatte. Er hatte irgendwie gewusst, dass Carl bei der Frage, ob er schwimmen konnte, nicht die Wahrheit sagte, damit er die Gelegenheit zur Flucht nutzen konnte. Und gleichzeitig hatte er richtig eingeschätzt, dass Carl sich nicht schnell genug davonmachen würde. Doch er hatte Carls Spiel mitgespielt, wie um ihm zu beweisen, dass er ihm immer einen Schritt voraus sein würde.

Dietrich ging fort und kam kurz darauf zurück.

»Das war ein sehr mutiger, sehr dummer Versuch von dir, mir eins auszuwischen, Bauer. Damit du nicht auf noch mehr Ideen dieser Art kommst, werde ich dir jetzt eine Lehre erteilen. Kaspar, zieh ihm den Kittel hoch.«

Kaspar entblößte Carls Hintern.

Nicht schon wieder, dachte Carl. Was fanden sie nur alle an seinem bloßen Gesäß? Er zog den Kittel wieder runter.

Etwas Hartes, Längliches traf ihn an der Schulter. Carl keuchte auf. Der Schlag war unerwartet gewesen. Dietrich hatte ihm mit einer Rute eins übergezogen.

Der Ritter seufzte theatralisch. »Das würde ich an deiner Stelle bleiben lassen. Du hast meine Geduld schon über die Maßen strapaziert. Kaspar, noch mal.«

Kaspar zog Carl den Kittel ein zweites Mal bis zu den Schulterblättern hoch. Diesmal wehrte Carl sich nicht.

Dietrich nahm hinter ihm Position auf. Als Trockenübung schwang er die Rute durch die Luft. Sie machte ein sausendes Geräusch.

Carl fürchtete sich nicht vor dem Schlag. Es war nur ein biegsamer Stock. Die meisten Kinder wuchsen mit der Rute auf, auch Carl. Viel schlimmer war die Demütigung.

Er legte die Hände über dem Kopf zusammen und stählte sich innerlich für den Schlag. Er fühlte sich hundeelend.

Ein beißender Schmerz schnitt ihm über den unteren Rücken, von einer Niere zur anderen. Er jaulte auf.

Johann grunzte vergnügt.

Ein erneuter Hieb, diesmal auf die Schulterblätter.

Noch ein Schlag, das Gesäß.

»Ein Jammer«, sagte Dietrich. Mit der Spitze kitzelte er Carl zwischen den Backen. Die Ritter feixten. Dietrich schlug abermals zu, treffsicher auf die gleiche Stelle.

Carl schossen vor Scham und Schmerz heiße Tränen in die Augen. Er wollte sich nicht die Blöße geben und vor den Männern losheulen. Er fasste den Entschluss, seine Angst in Zorn zu verwandeln. Beim nächsten Hieb schwor er sich, dass ihm dieser Dietrich das büßen würde. Jeden Schlag, den er heute von ihm erfuhr, würde er ihm eines Tages doppelt zurückzahlen.

Dietrich drosch weiter auf ihn ein. Carl zählte mit. Zwanzig, dreißig …

Sein Peiniger zog sich das Wams aus und wischte sich den Schweiß von der Stirn. Einunddreißig. Carl winselte. Er fragte sich, ob die Striemen bluteten. Es fühlte sich so an.

Die Männer begannen zu grummeln.

»Lass gut sein, Dietrich«, sagte Kaspar, als sie bei vierzig angekommen waren. »Er hat seine Lehre erhalten. Wir müssen weiter.«

Dietrich schlug abermals zu, wieder auf den Hintern. Er ächzte vor Anstrengung.

»Wir wollten noch vor Mittag an der Mühle sein«, sagte Kaspar.

»Verzieh dich, Kaspar. Ich bin noch lange nicht fertig mit ihm«, schnauzte Dietrich. Ein erneuter Hieb.

Carl zuckte zusammen.

Kaspar gab einen verstörten Ton von sich und wandte sich ab.

Jetzt waren es nur noch Dietrich und Carl.

Dietrich schlug zu, Carl zählte.

Am Ende waren es achtzig Schläge.

Die Quitzows

Kletzke, Januar 1402

Die Leute auf der Burg waren verlässlich. Sie brachten regelmäßig Essen und tauschten den Eimer aus, der Carl für die Notdurft diente. Einmal morgens und einmal abends. Nie öfter. Deshalb war er so verblüfft, als sich am Morgen die Tür bereits zum zweiten Mal öffnete.

»Mann, ganz schön finster«, hörte er eine Stimme sagen. »Ah, geh weg, du widerliche Ratte!«

Carl schluckte einen Löffel Frühstücksbrei hinunter und blinzelte in die Dunkelheit. Die Schritte im Gang ließen erahnen, dass es sich um zwei Besucher handelte. Er hüstelte.

»Aufmachen.«

Das Klimpern eines Schlüsselbunds war zu hören, dann das metallische Schleifen eines Schlüsselbarts im Schloss. Zwischen Carls Verschlag und der Tür war ein Gitter eingelassen. Es wurde quietschend geöffnet.

Dietrich trat schwungvoll ein. »Sei gegrüßt, Bauer!« Sein Begleiter, ein Waffenknecht, befestigte hinter ihm eine Fackel an einer Wandhalterung.

Carl löffelte weiter. Er gab vor, seinen ungebetenen Gast nicht zu bemerken.

»Ist köstlich, der Brei, nicht wahr? Im Sommer geben wir immer frische Erdbeeren hinein.«

Carl schnaubte verächtlich.

Dietrich sagte zu dem Waffenknecht: »Arno, sei so gut. Reich mir diesen Schemel dort. Du kannst im Gang warten.«

»Ja, Dietrich.« Der Waffenknecht zog sich zurück.

Dietrich pflanzte sich auf den Hocker und sah sich um. »Hätte nicht gedacht, dass es so düster ist.« Er gluckste. »Kein Wunder, dass einem da die Ratten vor die Füße laufen. Da wird man ja mit der Zeit blind!«

Carl schaute mit humorloser Miene auf. Dietrich saß grinsend vor ihm, die blonden Locken noch feucht von einer morgendlichen Wäsche, die Kleider adrett, die Stiefel an seinen weit von sich gestreckten Beinen geputzt. Seine Nase war zwar verheilt, aber Kaspar hatte recht behalten: Sie saß nun ein wenig krumm in dem ansonsten ebenmäßigen Gesicht. »Wie lange bin ich schon in diesem Verlies?«, fragte er.

Dietrich klemmte sich die Hände unter die Achseln und blies die Backen auf. »Hm, mal sehen ... Du hast die Mauer erklommen kurz nach Allerheiligen ... Also ich schätze, so ein paar Wochen?«

»Was für ein Tag ist heute?«

»Es ist der vierte Tag nach Dreikönig.«

Carl war zu erschüttert, um weiter Gleichgültigkeit zu heucheln. Vor Schreck bekam er einen Hustenanfall. Als er wieder zu Luft gekommen war, rief er: »Ich bin seit über sechs Wochen hier drin?«

Dietrich wirkte ebenfalls überrascht. »Ach, ist es wirklich schon so lange? Ist mir gar nicht aufgefallen! Weißt du, zuerst das Fasten im Advent, dann die ganzen Vorbereitungen zur Weihnachtszeit ...«

»Du hast mich sechs Wochen lang eingesperrt? In dieses feuchte, kalte Loch?«

»Na, so schlimm ist es nun auch wieder nicht. Wir haben dir schließlich eine Decke gegeben, oder nicht?«

Statt einer Antwort hustete Carl abermals los.

Dietrich legte den Kopf schief und sah ihn mitleidig an. »Nun ja, du hast nicht ganz unrecht. Ein wenig kalt und feucht ist es tatsächlich. Das hatte ich nicht bedacht.« Er sah sich um. »Wenn ich mich recht erinnere, hatten wir dich zuvor in einer Turmkammer untergebracht. Die war warm und trocken. Aber da war es dir wohl zu langweilig. Sonst wärst du uns nicht ausgebüxt ...«

Carl stellte die leergegessene Schale neben sich ab. »Du hältst mich seit Juli wie einen Gefangenen auf der Burg, Dietrich! Was glaubst du, was ich tun würde? Däumchen drehen?«

Dietrich zuckte mit den Schultern. »Von mir aus hättest du dir auch den ganzen Tag einen runterholen können.«

»Also, wie lange muss ich noch im Kerker sitzen?«

Dietrichs Zähne blitzten in der Dunkelheit auf. »Siehst du, gut, dass du danach fragst, Bauer. Deswegen bin ich nämlich gekommen.«

In Carl keimte Hoffnung auf. »Du willst mich freilassen?«

»Freilassen? Nein, davon war nicht die Rede.«

»Meine Eltern haben also immer noch kein Lösegeld gezahlt?«

Dietrich schüttelte bedauernd den Kopf. »Dein Vater war vor ein paar Wochen zwar bei uns. Doch er hat lediglich um Aufschub gebeten.«

»Was? Er war hier?«

»Ja, kurz vor Weihnachten. Ich habe ihn wieder weggeschickt. Er ist danach direkt zum Grafen von Ruppin. Aber wie es scheint, hattest du recht. Der Graf ist nicht bereit, für deine Freilassung zu zahlen. Das meinte zumindest dein Vater, als er vor einigen Tagen wieder vor dem Tor auftauchte.«

Carl ließ sich ernüchtert zurückfallen. Die Wand hinter ihm war grob behauen und eiskalt, doch er spürte weder die scharfen Kanten noch die Kälte, die sich durch seinen fadenscheinigen Kittel schlich. »Mein Vater war wenige Schritte von mir entfernt, und du hast mich nicht gehen lassen. Ich durfte ihn nicht einmal sehen.«

Dietrich hob entschuldigend die Hände. »Tja!«

»Es war Weihnachten!«

»Jetzt, wo du's sagst ... Der alte Herr sah genauso enttäuscht aus wie du. Das perfekte Ebenbild. Wie der Vater, so der Sohn.«

»Muss ihm das Herz gebrochen haben«, murmelte Carl.

»Ja, man kann nicht gerade behaupten, dass er mit seinen Gefühlen hinterm Berg gehalten hat. Es war der reinste Jammer. Er hat den ganzen Betrieb aufgehalten. Am Ende mussten wir ihn vom Hof jagen.«

Carl schloss die Augen. »Du Arschloch.«

»Nun ja, die Sache ist die, Bauer. Dieses ›Arschloch‹ hat sich was für dich überlegt. Da ich nun weiß, dass für dich kein Lösegeld zu erwarten ist, werde ich die Situation anders lösen.«

»Kann mir kaum vorstellen, dass du mich einfach so gehen lassen wirst.«

»So ist es. Ich habe mir daher überlegt, dass du deine Schulden bei mir abarbeiten wirst.«

»Schulden?«

»Ja, Schulden.« Dietrich stutzte. »Oder, Moment ... Ach, was auch immer. Jedenfalls, du bist ein großer und kräftiger junger Mann. Ich kann große und kräftige junge Männer gut gebrauchen. Auf Burg Kletzke gibt es immer allerhand zu tun.«

»Und wenn ich mich weigere?«

»Dann gibt es die Peitsche.«

»Und wenn ich bei der Arbeit davonlaufe?«

»Ein drittes Mal? So dumm bist selbst du nicht, Bauer. Du weißt doch noch nicht einmal, in welche Richtung du musst! Aber lass dir gesagt sein: Wenn wir dich erwischen, bist du endgültig dran. Noch mal sperren wir dich nicht ein. Beim nächsten Mal knüpfen wir dich auf. Auch meine Geduld ist irgendwann am Ende.«

Carl starrte ihn an. In Dietrichs Miene stand Gelassenheit. Er meinte es völlig ernst.

Das Schlimme war, Dietrich hatte recht. Carl hatte selbst nach einem halben Jahr auf der Burg keine Ahnung, wo genau er sich befand. Er war die meiste Zeit weggesperrt gewesen und hatte nur mit sehr wenigen Burgbewohnern Kontakt gehabt. Würde er die Flucht wagen, würde Dietrich ihn wahrscheinlich in ein, zwei Tagen aufgreifen und an Ort und Stelle töten.

»Wie lange muss ich für dich arbeiten?«

Dietrich rieb die Fingerknöchel aneinander. »Hm … Vielleicht drei, vier Jahre? Wir schauen mal, wie gut du dich machst.«

»Drei, vier Jahre? Aber das ist viel zu viel!«

»Das Maß bestimme ich. Wäre ja noch schöner, wenn ich mir von einem Bauern vorschreiben lassen würde, wie viel mir der Aufenthalt wert ist«, sagte Dietrich streng.

»Das kannst du nicht tun!«

Dietrich stand auf. »Ich bin nicht hier, um zu verhandeln. Das ist mein letztes Angebot. Es ist entweder das, oder du bleibst so lange in diesem dunklen Loch, bis du verreckst. Noch hast du eine warme Wolldecke und Mahlzeiten. Aber wenn der Schnee schmilzt und ich auf Reisen bin, kann es passieren, dass man dich hier drin vergisst.«

Carl zögerte. Er hustete nun schon eine ganze Weile. Zwar waren seine Glieder durch die fade, doch reichhaltige Kost und regelmäßige Leibesübungen noch kräftig. So ein festsitzender Husten wie seiner konnte jedoch selbst bei jungen Menschen ein Vorbote des Todes sein.

Dietrich ging zurück zur Gittertür, den Schemel in der Hand. Carl blieb nicht viel Zeit. Er musste sich schnell entscheiden.

»Warte!«

Dietrich wandte sich zu ihm um. »Ja?«

»Sag mir wenigstens, was aus dem Mädchen geworden ist.«

»Welches Mädchen?«

»Das du geschändet hast.«

Dietrich kniff die Augen zusammen. »Welches davon?«

Carl klappte vor Entsetzen der Mund auf. »Welches? Na, das aus meinem Dorf!«

»Ich kann mich echt nicht erinnern. Mit der Zeit kommt man durcheinander.«

»Die wilde Katze.«

Dietrich lachte bei der Erinnerung auf. »Ach, du meinst die mit dem fetten Hintern.«

Carl schnaubte.

»Sie lag dir tatsächlich am Herzen, oder, Bauer?«

»Lag? Dann ist sie also tot? Du hast sie umgebracht?«

Dietrich nahm die Fackel aus der Halterung und durchschritt das geöffnete Gitter. Sein Gefolgsmann zog den Schlüsselbund klimpernd hervor und steckte den Schlüssel ins Schloss. »Also, was ist nun, Bauer? Sollen wir dich hier drin lassen, oder kommst du mit? Du könntest heute Nacht in der trockenen Halle beim Gesinde schlafen. Es gibt Gesang und Kurzweil. Dralle Weiber und Bier in Strömen.«

Das Schloss im Gitter klickte vernehmlich. Carl überlegte fieberhaft. Ein weiteres Klicken. Der Schlüssel wurde abgezogen. Jemand stellte den Schemel geräuschvoll auf den Boden.

»Du willst es mir nicht sagen, oder, Dietrich?«, rief er. »Du willst mich unwissend lassen, bis ich verrückt werde.«

Dietrich trat ans Gitter und steckte die Unterarme hindurch. Er lehnte die Stirn gegen die Eisenstangen und seufzte auf. »Ach, Bauer! Was kümmert dich diese kleine Schlampe? Es gibt unzählige Frauen auf der Welt! Du solltest sie vergessen und nach vorn blicken. Wäre besser für dich.«

Carl fluchte innerlich. Dietrich spielte mit ihm wie eine Katze mit der Maus. Er würde ihm niemals verraten, was Anne zugestoßen war. Es gab nur einen Weg, wie er die Wahrheit herausfinden konnte. Er musste von hier verschwinden. Doch das war nicht möglich, wenn er sich weiterhin in ein Verlies wegsperren ließ. Er würde einen Bund mit dem Teufel eingehen müssen.

Er würde für Dietrich arbeiten.

Eine Zeit lang zumindest.

Mühsam kam er auf die Beine. »In Ordnung. Ich komme mit.«

Dietrich grinste. »Dacht ich's mir.«

Zum ersten Mal seit über sechs Wochen trat Carl ins Freie.

Er bekam einen Riesenschrecken. Seit man ihn eingebuchtet hatte, war über Kletzke der Winter hereingebrochen. Der Wind blies eisig, und die Dächer der Holzhäuser im Innern des Burgbereichs waren von einer weißen, glitzernden Schicht überzogen. In der Luft lag der Geruch von Schnee.

Carl hatte gedacht, dass es im Verlies unerträglich kalt wäre. Nun ging ihm auf, dass das steinerne Gemäuer den Frost in Wahrheit abgehalten hatte. Draußen war es noch viel kälter. Er wickelte sich fester in seine Decke ein.

Für einen Moment verharrten sie auf dem oberen Treppenabsatz, von wo aus sie einen guten Überblick hatten. Der Burghof war voller Menschen und Tiere. Der Lärm, den sie verursachten und den die steinernen Mauern zurückwarfen, war enorm. Überall wurde gehämmert und geklopft, Vieh blökte, Hunde bellten.

Dietrich sah sich fingerschnippend um. »Wo steckt denn nun schon wieder Predöhl, dieser faule Sack?«

Der Waffenknecht deutete mit dem stumpfen Ende seines Spießes in eine Richtung. »Da drüben. Am Tor.«

»Ach ja, richtig. Fabelhaft. Folgt mir.«

Dietrich schritt voran. Er bahnte sich einen Weg durch die Menge, der Kleidung nach eine Mischung aus Burgbewohnern und Bauernvolk aus der Umgebung. Carl trippelte zähneklappernd hinterher.

Dietrich rief mit einem Winken: »Götz, zu mir!«

Der Kopf eines Mannes am Haupttor fuhr hoch. Er stand in einem Halbkreis mit ein paar Knechten und glich eine Liste ab. Als er seinen Herrn erkannte, ließ er sie ohne ein Wort stehen und eilte ihnen entgegen. Wie Dietrich trug er einen dicken Mantel aus Wolle und feste Stiefel.

»Du kennst doch den Bauern, oder?«, fragte Dietrich.

Predöhl musterte Carl von oben bis unten. »Nie gesehen.«

»Er ist schon seit ein paar Monaten bei uns, aber die letzte Zeit hat er viel im Kerker gesessen.«

»Das würde seine jämmerliche Kleidung und den wilden Bart erklären.«

»Ich habe entschieden, dass er genug gefaulenzt hat und für sein Essen von nun an arbeiten soll.«

Predöhl nickte. »Was soll er tun?«

»Das überlasse ich dir. Ich kann mich mit solch einem Kleinkram nicht beschäftigen. Schau ihn dir an. Er ist groß und kräftig.«

Wie um das Gegenteil zu beweisen, überfiel Carl ein erneuter Hustenanfall.

Predöhls Augenbrauen zogen sich zusammen. »Er gehört ins Bett mit einer warmen Suppe.«

»Nichts da. Schau dir an, was heute los ist! Wir können jeden Mann gut gebrauchen. Gib ihm etwas zu tun! Aber wenn er Werkzeug benutzt, achte darauf, dass man ihm nicht den Rücken zukehrt. Ich traue ihm jede Dummheit zu.«

»In Ordnung.«

Dietrich schlug ihm mit der Linken auf die Schulter. »Vorzüglich. Ich wusste, auf meinen Hofmeister kann ich mich verlassen. So, ich muss nun weiter. Arno, begleite mich in die Halle!« Er machte auf dem Absatz kehrt und ließ Carl mit Predöhl allein.

Predöhl musterte die bibbernde Gestalt vor sich. »Zunächst einmal müssen wir dich einkleiden. Mit diesen Lumpen hältst du keinen Tag durch. Komm, lass mal schauen, was die Gewandkammer der Wachleute bereithält.«

Er schritt voraus, Carl folgte ihm. Der Boden war vereist. Carl musste aufpassen, dass er nicht auf den überfrorenen Pfützen ausrutschte.

»Da vorn links ist ein Wassertrog«, erklärte Predöhl im Vorbeigehen. »Da kannst du dich waschen. Eventuell musst du erst die Eisdecke durchbrechen. Sie ist außer morgens nicht sehr dick, der Ellbogen sollte ausreichen. Trinken würde ich allerdings nicht davon, denn wir lassen ab und zu die Pferde dort saufen.«

Carl nickte.

»Wenn du Durst hast, frage um Erlaubnis und lass dir den Weg zur Küche zeigen. Die Frauen halten bei so einem Wetter immer einen Topf mit heißem Würzwein bereit. Aber ich warne dich! Herumlungernde Taugenichtse sehen wir nicht gerne. Wir alle schuften hart, und wenn die Arbeit vorbei ist, wird hart gefeiert.«

Sie erreichten einen Turm in der Außenmauer. Predöhl zückte einen Schlüssel vom Gürtel und sperrte die ebenerdige Tür auf. »Verfluchter Mist! So dunkel! Warte einen Moment!«

Er eilte davon und kam mit einem brennenden Kienspan zurück. Carl folgte ihm hinein.

»So, dann wollen wir mal sehen. Was trägst du da überhaupt unter der Decke?«

Carl zitterte so heftig, dass er kaum ein klares Wort herausbrachte. »Meinen Kittel, Herr. Doch es ist ein kurzer Sommerkittel.«

Predöhl prustete los. »Herr? Das kannst du dir in Kletzke sparen. Ich bin Götz von Predöhl. Kannst mich Götz oder Predöhl nennen, ich höre auf beides.«

Er machte sich auf, in den Regalen herumzukramen, die man entlang der Wände der kreisrunden Kammer aufgestellt hatte. Er reichte Carl einen Ballen. »Bitte sehr! Das ist gute, gewalkte Wolle. Und dazu ein paar Beinlinge. Die kannst du an deiner Bruche befestigen.«

»Hab keine Bruche.«

Predöhl hielt verdutzt inne. »Du hast keine Bruche?«

»Ist eine lange Geschichte.«

»Seit wann bist du ohne Bruche?«

»Sommer.«

»Heißt das, du hast die ganze Zeit auf dem nackten Arsch in deiner Zelle gesessen? Bekommt man da keine Frostbeulen?«

»Schlimmeres.«

Predöhl starrte ihn für einen Moment an und blinzelte. Dann wandte er sich räuspernd ab. »Gut, also keine Bruche. Das ist ein Problem. So was müssen wir erst für dich nähen lassen. Wir bewahren in dieser Kammer kein Leinenzeug auf.« Er wühlte sich durch die dicken Stapel von Stoffen und zog etwas Neues hervor. »Aber ich habe eine Hose für dich. Die sollte passen. Dazu diesen Kittel. Ein Mantel mit Kapuze … und«, er sah sich suchend um, »heute ist dein Glückstag, da sind ein paar alte Stiefel.«

Carl nahm sie zögerlich entgegen. »Zu klein.«

»Wie sieht das für dich aus? Wie ein Wochenmarkt? Nimm sie oder lauf weiter in Lumpen herum. Aber dann wunder dich nicht, wenn dir die Zehen abfrieren. Das soll schon mal vorgekommen sein.«

Carl gab sich geschlagen. Er ließ die Decke zu Boden fallen und zog den Kittel über den Kopf.

Predöhl verschränkte die Arme vor der Brust und betrachtete ihn unverhohlen. »Keinen Augenblick zu früh, wie es mir scheint. Dein Bauernkittel hing ja am letzten Faden.«

Carl zog den neuen Kittel an. Er passte leidlich.

Predöhl pfiff durch die Zähne. »Ganz schön breites Kreuz! Und diese Beine … Sag mal, hat Dietrich nicht gesagt, du wärst wochenlang im Verlies gewesen?«

Carl erwiderte nichts. Er schlüpfte in die Hose und in die zu engen Stiefel. Sogleich wurde ihm wärmer. Er richtete sich auf.

»Geht doch. Für einen Moment hatte ich befürchtet, dass dir der Kittel auch nicht passt. Los, zieh den Mantel drüber! Du wirst ihn brauchen, denn du wirst den Rest des Tages draußen arbeiten.«

Sie traten wieder ins Freie.

Predöhl führte Carl eine lange Schlange von Fuhrwerken entlang, die ordentlich in einer Reihe aufgestellt waren. Am Ende türmte sich ein riesiger Misthaufen.

Er zeigte darauf. »Siehst du den großen Haufen dort?«

Carl nickte.

»Für uns ist es nur ein Haufen Scheiße, aber die Bauern sind so gierig darauf, dass sie uns dafür Eier und Getreide geben. Deine Aufgabe wird sein, den Mist auf die Karren zu verladen.« Er wedelte einen Mann heran. »Thomas kümmert sich darum, dass die Bauern den gerechten Preis zahlen. Du schaufelst so lange, bis er Stopp sagt.«

Carl schaute an dem Misthaufen hoch. »Wo kommt das alles her?«

»Von den Ställen. Da sammelt sich mit der Zeit ganz schön was an. Du kannst von Glück sagen, dass Winter ist. Im Sommer stinkt es erbärmlich. Trotzdem«, er klopfte ihm freundschaftlich auf die Schulter, »ich möchte nicht mit dir tauschen müssen, Bursche. Na ja, du weißt ja, wo du dich nach getaner Arbeit waschen kannst. Thomas, wenn der Kerl eine Schaufel in der Hand hat, würde ich ihn besser nicht aus den Augen lassen. Er kommt geradewegs aus dem Kerker.« Predöhl machte sich davon und ließ Carl mit Thomas zurück.

Thomas starrte ihn mit bebenden Nasenflügeln an. Er war stämmig und klein. »Hast du was ausgefressen?«

»Was, ich? Nein!«

»Warum hat man dich dann für diese Aufgabe eingeteilt?«

»Weiß auch nicht.«

»Bist du dumm, oder was?«

»Nein … Herr?«

»Nichts da mit ›Herr‹. Hier gibt es nur einen Herrn, und das ist der Burgherr. Und selbst der mag es nicht, wenn man ihn so anspricht. Los, worauf wartest du, muss ich dir erst eine Kopfnuss verpassen, bevor du loslegst?«

Carl eilte davon, um sich eine Schaufel zu besorgen. Er war überrascht, wie gut es sich anfühlte, wieder ein bodenständiges Werkzeug in der Hand zu halten. Mist schaufeln, ja, das konnte er gut.

Thomas zeigte mit dem Finger auf den ersten Karren. »Gib dem da vierzig Schaufeln voll und dem daneben zwanzig. Du weißt doch, wie viel vierzig ist, oder?«

»Ich kann zählen«, erwiderte Carl. Im letzten Moment verkniff er sich das »Herr«.

»Immerhin etwas.« Thomas ging zu den Ställen.

Carl machte sich ans Werk. Sein Körper war zwar durch den Husten geschwächt, doch seine Muskeln und Gelenke freuten sich über die harte, ehrliche Arbeit. Es dauerte nicht lange und er hatte einen guten Rhythmus gefunden. In kürzester Zeit lief ihm der Schweiß den Rücken hinunter.

Er belud die ersten beiden Wagen. Zwischenzeitlich kam Thomas zurück. Er zeigte sich erstaunt über den Fortschritt. Diesmal gab er ihm die erforderlichen Mengen für gleich sechs Karren, bevor er zu den Ställen zurückging.

Carl schaufelte weiter.

Bald war der untere Teil des Berges abgetragen. Carl kletterte ein Stück hinauf. So ließen sich die Ladeflächen noch besser erreichen.

Nachdem er auch diese sechs Wagen befüllt hatte, gönnte er sich eine kurze Verschnaufpause. Er hoffte, dass Thomas von den Ställen zurückkehrte, um ihm weitere Anweisungen zu geben.

Von der Spitze des Misthaufens aus hatte er einen erstklassigen Blick über den Burghof. Es war nicht das erste Mal, dass er den Innenhof von Burg Kletzke sah. Schließlich hatte er nicht die ganze Zeit seit seiner Ankunft im Kerker verbracht. Allerdings war er überwiegend in einem der Türme eingesperrt gewesen. Er war vor Langeweile und Einsamkeit fast verrückt geworden. Von morgens bis abends hatte er Liegestütze gemacht, hatte sich selbst beigebracht, auf Händen zu laufen, und den Tisch in seiner Kammer mit den Beinen gestemmt. Es war ein kläglicher Ersatz gewesen für die körperliche Arbeit, die er sonst verrichtet hatte, doch es hatte ihn kräftig gehalten.

Das hier jedoch, dachte er, als er die Schaufel in den Misthaufen rammte und die Geschäftigkeit um sich herum aufsog wie ein Schwamm, war entschieden besser zu ertragen.

Burg Kletzke war ein quadratischer Bau mit einer hohen Mauer aus dicken Feldsteinen. Sie lag nicht auf einer Anhöhe, sondern mitten in einem Sumpf. An allen vier Ecken war sie von runden Wehrtürmen geschützt. Auch das einzige Tor, durch das sich heute die Schlange wartender Bauernkarren zog, wurde von Türmen flankiert. Hinter Carl erstreckte sich der Burgfried, ein rechteckiger Kasten mit einer Halle und der Kemenate darüber. Er war wenig wohnlich und hatte nur winzige, unverglaste Fenster, durch die es an so unwirtlichen Tagen wie diesem schrecklich zog. Die anderen Seiten des Hofs säumten Wirtschaftsgebäude aus Fachwerk: Ställe, Scheunen, eine Schmiede, eine Brauerei, Werkstätten, ein Waschhaus und noch so einiges mehr. Eine Burg, so dachte Carl nicht zum ersten Mal, war ein faszinierender Ort.

Thomas kam aus den Ställen und sah Carl oben auf dem Misthaufen stehen. Staunend betrachtete er die wartende Schlange von Bauernkarren. »Hast du die etwa auch schon fertig? Das machst du richtig gut! Du bist schnell, das mag ich.«

Carl kletterte wieder hinunter. Das Lob schmeichelte ihm.

»Hast du Durst? Du könntest uns beiden etwas Würzwein besorgen«, sagte Thomas.

»Weiß nicht, wo die Küche ist.«

»Weiß nicht, wo die Küche ist«, äffte ihn Thomas nach. Er deutete mit dem Kinn zu einer offenen Tür am Burgfried. »Da vorn ist sie. Bist du etwa nicht nur blöd, sondern auch blind?«

Carl lehnte die Schaufel an die Burgmauer und begab sich auf den Weg. Erstaunt stellte er fest, dass er guter Dinge war. Mit beschwingten Schritten näherte er sich der offenen Tür, durch die verführerische Düfte strömten. Er vernahm Frauengelächter. Neugierig steckte er den Kopf hinein.

Da waren zwei Frauen. Die eine zerlegte ein Kaninchen, die andere rollte Teig aus. Zunächst bemerkten sie ihn nicht, doch dann schaute die Frau mit dem Kaninchen auf und runzelte die

Stirn. Sie fuchtelte mit dem blutigen Messer in seine Richtung. »Und was willst du hier? Vor lauter Bittstellern kommt man gar nicht mehr zum Arbeiten.«

Die Bäckerin hielt sich die Nase zu. »Pfui Deibel! Du stinkst!«

Im hinteren Teil der Küche öffnete sich eine Tür. Eine junge Magd mit geröteten Wangen stapfte mit einem Korb Äpfeln herein. Sie warf Carl einen beiläufigen Blick zu. Ächzend stellte sie den Korb auf dem Boden ab, strich sich die langen, glatten Haare aus dem Gesicht und trocknete sich mit dem Ärmel die Stirn. Es war heiß in der Küche. »Kein Wunder, dass der stinkt. Ich hab den Kerl eben im Hof gesehen. Da stand er oben auf dem Misthaufen und hat fleißig geschaufelt.«

Die Frau mit dem Kaninchen grinste breit. »Fleißige Kerle haben wir gern, auch wenn sie stinken.« Sie deutete mit dem Messer auf einen Tontopf in der Glut. »Bist du gekommen für einen Becher Würzwein?«

»Eigentlich zwei, gnädige Frau.«

Die Frauen brachen in Gelächter aus.

»Gnädige Frau? Der Kerl gefällt mir!«, rief die Magd mit den roten Bäckchen.

Die Köchin sagte: »Da, bediene dich! Becher stehen dort drüben auf dem Bord.«

Carl trat zögerlich ein. Ihn umhüllte eine Wolke aus Wärme und herrlichen Düften. Er hatte seit Wochen nichts Anständiges mehr gegessen und ihm lief das Wasser im Mund zusammen. Er nahm die Kelle zur Hand und befüllte zwei Becher. Aus dem Augenwinkel bemerkte er, wie alle drei ihn begafften.

»Du bist neu, oder?«, fragte die Magd.

»Nicht ganz«, sagte Carl ausweichend. Es war gar nicht so einfach, beim Eingießen den teuren Wein nicht zu verschütten.

»Hast du Hunger?«

»Nein«, log er.

Die Becher waren voll. Er wollte sich eilig mit ihnen davonmachen, da knurrte sein Magen laut auf.

Die Frauen brachen zum zweiten Mal in Gelächter aus.

Carl lief rot an. Am liebsten wäre er im Boden versunken.

Die Bäckerin klopfte die Handflächen aneinander, um sie vom Mehl zu befreien. Sie griff in einen Korb, der auf dem Tisch stand. »Komm, mein Junge. Ein kräftiger Kerl wie du muss ordentlich essen.«

Carl starrte auf das Gebäck in ihrer Hand. Es war aus hellem Weizenmehl gebacken. »Danke, aber glaube nicht, dass ich das annehmen sollte. Ist bestimmt für die Familie des Burgherrn gedacht.«

»Oh doch, du kannst, Bursche. Wenn die Bäckerin dir etwas anbietet, darfst du es nehmen.«

Carl schaute zweifelnd von der Köchin zur Magd und zurück zum Gebäck. War dies eine Falle? »Danke, aber muss wieder an die Arbeit. Sonst bekomme ich einen Haufen Ärger.«

Die Bäckerin stellte sich ihm in den Weg und hielt ihm das Brötchen hin. Der Duft nach warmem Gebäck kitzelte ihn in der Nase. »Dann nimm's mit. Glaub mir, je länger du mit uns darüber streitest, desto mehr wirst du dich verspäten.«

»Na gut.« Seufzend stellte er die Becher ab und wollte soeben zugreifen, da rief die Bäckerin: »Oh nein! Mit solchen Dreckpfoten fasst du mir das gute Essen nicht an.«

Carl schaute hilfesuchend zu der rundlichen Frau mit dem Kaninchen.

»Wasch dich eben schnell! Der Trog ist bei den Ställen.«

Carl war wie erstarrt. Zum Waschen war keine Zeit. Draußen warteten die Bauern darauf, dass er ihre Wagen belud. Er bezweifelte nicht, dass in Dietrichs Haushalt bei faulen Nichtsnutzen die Peitsche zum Einsatz kam.

Die junge Magd erkannte seine Not und hatte Erbarmen. Sie nahm der Bäckerin das Gebäck aus der Hand. »Hier, lass mich dich füttern«, sagte sie milde.

Sie riss ein Stück ab und hielt es ihm hin. Er machte überrascht den Mund auf. Sie stopfte das Brot hinein, und er kaute folgsam. Die beiden Frauen widmeten sich kommentarlos wieder ihren Aufgaben.

Der kleine Bissen war schnell verzehrt. Die Magd hielt ihm mehr hin. Sie war einen ganzen Kopf kleiner als er und sehr zierlich. Als er den Mund öffnete, funkelten ihre hellgrünen Augen amüsiert. Sie steckte den Fetzen hinein und strich ihm dabei wie zufällig mit dem Daumen über die Lippen.

Er glotzte sie verdutzt an. Hatte er sich das eingebildet oder hatte sie das mit Absicht getan? So oder so, sein Glied schwoll an. Er war dankbar für den Mantel, unter dem er seine Reaktion verstecken konnte.

»Macht Spaß, dich zu füttern.« Sie gab ihm mehr.

Als wollte sie ihn nachahmen, öffnete sie dabei selbst den Mund. Er starrte auf ihre rosaroten, weichen Lippen. Es war wie eine Einladung. Er schaute verwirrt weg.

Sie schmunzelte über seine Verlegenheit. »Wie ein Vögelchen.«

Kaum war das letzte Stück verspeist, schnappte er sich die beiden Becher und flüchtete aus der Küche. Er war völlig durcheinander.

Thomas saß auf einem Baumstumpf und reinigte sich mit dem Dolch die Fingernägel.

Carl reichte ihm den heißen Wein. »Entschuldige, dass es gedauert hat. Die Frauen hatten zu tun und waren nicht sehr hilfsbereit«, log er.

Thomas blies den Dampf fort und betrachtete ihn amüsiert. »Ich habe gar nicht lang gewartet. Du musst dich nicht sorgen. Und die Bauern, na, die haben sowieso den lieben langen Tag Zeit. Die kennen nur Sonnenaufgang und Sonnenuntergang. Was dazwischen passiert, in welcher Reihenfolge und wann, ist ihnen egal. Du musst deswegen nicht gleich rot werden.«

Carl zog den Kopf ein. »Ich bin rot im Gesicht?«

»Du leuchtest förmlich.«

»Oh!«

Carl kostete von seinem Becher. Noch nie zuvor hatte er gewürzten Wein getrunken, nur das säuerliche, wässrige Gesöff bei der Messe. Dieser hier war herrlich. Die Frauen hatten ihn mit Honig gesüßt und mit Kräutern und Gewürzen verfeinert. Es war das köstlichste Getränk, das je über seine Lippen gekommen war. Als der Alkohol warm durch seine Glieder strömte, dachte er, dass er sich problemlos daran gewöhnen könnte.

Thomas fing seinen entrückten Gesichtsausdruck ein. »Ist gut, nicht wahr?«

»Himmlisch.«

»Einen Becher nur, sonst bist du mir zu angesäuselt. Danach wird dir die Arbeit leichter von der Hand gehen. Obwohl ich mich bei dir nicht beschweren muss. Du weißt, kräftig anzupacken. Da kann sich so mancher eine Scheibe von abschneiden.«

Schweigend leerten sie ihre Becher. Die wartenden Bauern scharrten mit den Füßen und stellten ihren Unmut mit reichlich Murren zur Schau.

»Du bist noch nicht lange hier, oder?«, fragte Thomas.

»Eigentlich schon. Bin nur nicht viel herumgekommen. Vor allem in der Kammer in dem Turm da vorn, da kenne ich mich gut aus.«

Thomas lachte nicht. »Weißt du, wo die Aborte hinführen?«

Carl blickte sich um. »Nach draußen?«

Thomas schüttelte den Kopf. »Du bist wirklich nicht der Hellste. Ja, natürlich nach draußen. An der Rückseite der Burg sind Erker angebracht, so wie dieser dort, siehst du den? Der Unterschied ist, dass man diese Erker unten offengelassen hat, damit die Herrschaft da reinscheißen kann.«

»Verstehe.«

»Ja, ist auch nicht schwer zu begreifen, oder? Wenn du also deinen Becher ausgetrunken hast, bringst du ihn wieder zurück in die Küche, und dann schnappst du dir die Schubkarre da vorn und deine Schaufel. Du gehst durch das Tor zur Rückseite der Burg, immer an der Mauer entlang, sonst fällst du mir noch in den Graben. Dort schaufelst du dann die Scheiße in die Karre und kippst sie im Hof auf dem Misthaufen aus. Hast du das verstanden?«

»Du willst, dass ich die Burg verlasse? Was, wenn ich nicht wieder zurückkomme?«

»Das würde ich mir gut überlegen. Nur ein Narr würde sich allein in diese Sümpfe wagen. Hast du denn noch nie von den Wilen gehört?«

»Wilen?«

»Die kannten schon die alten Slawen. Du weißt schon, die Heiden. Wilen sind junge, hübsche Mädchen, die genau auf so einen unwissenden Kerl wie dich warten. Sie tanzen in den Wäldern auf Lichtungen, dort, wo Erdbeeren und Pilze wachsen, und sie machen sich einen Spaß daraus, Männer ins Verderben zu führen.«

Carl lief es trotz des Alkohols in seinen Adern eiskalt den Rücken hinunter. Er hatte von Nymphen gehört, aber die Wilen waren ihm neu. »Und die leben da draußen?«

»Willst du etwa sagen, dass ich lüge? Da kannst du jeden in Kletzke fragen.« Thomas machte eine ausschweifende Armbewegung, die den gesamten Burghof umfasste.

Carl schaute sich beklommen um. Mit den Sümpfen hatte er bereits Bekanntschaft gemacht, damals, bei seinem ersten Fluchtversuch im Sommer. An jenem Tag im September war das Wetter noch warm gewesen. Bedauerlicherweise war er nicht weit gekommen. Nach nur etwa einer Meile hatten sie ihn eingeholt und zurückgebracht. Er hatte nicht gewusst, dass die Sümpfe von Wilen bevölkert waren. So gesehen hatte er offenbar Glück gehabt, dass er rechtzeitig aufgegriffen worden war. »Ist das schon öfter vorgekommen?«

»Viele Male! Nur ein Lebensmüder würde sich da alleine raustrauen.«

»Was tun die Wilen, wenn sie einen Mann erwischen?«

»Woher soll ich das wissen? Bisher ist keiner zurückgekehrt, der davon hätte berichten können.«

Carl stutzte. »Aber warum weiß man dann überhaupt von den Wilen, wenn noch nie eines ihrer Opfer zurückgekommen ist?«

Thomas spuckte aus. »Willst du jetzt klugscheißen, oder was?«

»Nein … ich frage mich nur …«

»Also, worauf wartest du? Willst du den leeren Becher ewig festhalten und mir Löcher in den Bauch fragen? Die Bauern warten.«

Thomas drückte Carl seinen Becher in die Hand und stand auf. Mit einem Pfiff winkte er einen Knecht heran, der sich unbemerkt vorbeischleichen wollte. »Du da, schnapp dir eine Schaufel und beginn zu schippen. Die Bauern haben nicht den ganzen Tag Zeit!«

Der Angesprochene ließ die Arme sinken und schleppte sich unwillig zum Werkzeugschuppen, um eine Schaufel zu besorgen.

Carl brachte die Becher zurück. Er war erschüttert von der Nachricht, dass sich unheilvolle Wesen vor den Toren der Burg versteckten. Bisher hatte er angenommen, dass es nur das unwegsame Gelände war, um das er sich sorgen musste. Als er Dietrich heute Morgen aus dem Verlies gefolgt war, hatte er gehofft, dass der Frost im Boden ihm nun nützlich sein würde. Jetzt erkannte er, dass der Sumpf gar nicht das eigentliche Problem gewesen war.

Wie unwissend er doch noch war! Überall lauerten Gefahren. Er musste schnell lernen, wollte er in dieser Welt überleben.

Er beschloss, von nun an nicht mehr zu schweigen, sondern möglichst viele Fragen zu stellen.

Als die frühe Winterdämmerung über Kletzke hereinbrach, rief Thomas ihn zu sich. Carl war gerade mit der vollen Schubkarre durch das Tor gekommen. Der Burghof hatte sich wie von Geisterhand geleert. Der Misthaufen war vollständig abgetragen.

Thomas fegte die letzten Reste an die Burgmauer. »He, du da. Komm her zu mir. Stell die Scheiße da ab.«

Carl tat, wie ihm geheißen, und kam hustend und mit schweren Beinen hinüber. Er hatte den ganzen Tag hart geschuftet. Ihm tat jeder Knochen weh.

Thomas stützte sich auf seinen Besenstiel. Seine Augen leuchteten. »Das hast du richtig gut gemacht heute.«

»Danke«, murmelte Carl.

»Du kannst dich jetzt waschen und dann rüber in die Halle gehen. Das Essen wird ausgeteilt.«

Carl wandte sich ab, um zum Trog zu schlurfen.

»Junge?«

Carl drehte sich um. »Ja?«

»Wie heißt du eigentlich?«

»Carl.«

»Kannst du gut mit Pferden umgehen, Carl?«

»Ich mag Pferde. Aber mit Kühen und Schweinen kenne ich mich besser aus.«

Thomas grübelte. »Nun ja, das ist nicht so recht vergleichbar. Vor allem nicht mit den Schlachtrössern, die wir im Stall stehen haben.« Er zögerte. »Ach, sei's drum. Du bist kräftig und nicht faul. Ich könnte dich gut gebrauchen. Ausmisten wirst du schon können, so viel hast du mir heute bewiesen. Und wer weiß, vielleicht lernst du nebenher den Umgang mit Pferden. Du musst dafür nichts wissen, dabei geht es mehr ums Gefühl.«

»Weiß nicht, was Predöhl davon halten wird. Glaube, er ist für mich zuständig.«

»Der ist froh, wenn er eine Sorge weniger hat. Ich werde noch heute Abend mit ihm sprechen. Also, ist es abgemacht?«

Carl konnte kaum fassen, dass man ihm eine Wahl ließ. Wenn es darum ging, morgen wieder den Abortdreck zu schaufeln oder in einem warmen Stall zu arbeiten, dann war die Antwort für ihn klar. »Gern.«

Thomas grinste. »Klasse! Ich hab das Gefühl, wir werden gut miteinander auskommen. So, und nun spute dich, oder du bekommst nur noch die Reste.«

Carl eilte zum Wassertrog. Er legte Mantel und Kittel ab und wusch sich ausgiebig mit dem eiskalten Wasser. Den ganzen Tag hatte er sich darüber Sorgen gemacht, wie es weitergehen würde. Jetzt hatte er seinen Platz auf der Burg gefunden. Er würde in den Ställen unter Thomas arbeiten. Zumindest so lange, bis er sich einen Fluchtplan überlegt hatte.

Die Halle von Kletzke war einer von zwei Räumen in der Burg, die im Winter gewärmt wurden. Der andere war die Kemenate darüber, die den Frauen und Kindern des Burgherrn vorbehalten war. Die Halle musste für alle übrigen Bewohner reichen, nur sie bot genug Platz für Versammlungen. Hier wurde beraten und gerichtet, gesponnen und gespielt, gegessen und gezecht.

Jetzt am Abend standen entlang der Wände lange Tische, aus Brettern und Böcken errichtet, und zu beiden Seiten Bänke. Carl war spät dran: Fast jeder Platz war besetzt. Die Halle dröhnte von Hunderten Stimmen, lautem Hundegebell und fröhlichem Kinderlachen.

Der Burgherr, seine Familie, Ehrengäste und die engsten Freunde saßen am fernen Ende auf einem hölzernen Podest. Im Gegensatz zu den langen Reihen fürs einfache Volk befand sich auf ihrem Tisch eine weiße Tischdecke. Es gab silbrig glänzende Krüge und Kerzenleuchter, gereicht wurden üppige Gerichte, überwiegend Wild und großes Geflügel.

Carl ließ den Blick über die gut gefüllten Bänke gleiten. Er fühlte sich verloren. Ihm wurde schmerzlich bewusst, dass er trotz des halben Jahres auf der Burg keinen der Bewohner richtig kannte.

»He, du da! Komm, sitz bei mir!«

Er fuhr überrascht herum.

Es war die junge Magd aus der Küche. Sie deutete auf den Platz gegenüber. »Bei mir ist noch ein Plätzchen frei.«

Erleichtert ging er zu ihr hinüber. Ein Stück altbackenes Brot mit einer Mulde in der Mitte lag für ihn bereit, so als hätte man auf ihn gewartet. Er setzte sich hin.

Eine Frau mit einem Steinguttopf eilte herbei und füllte ihm den Kanten mit einem Eintopf aus Steckrüben. »Wohl bekomm's!«

Er nickte ihr zum Dank zu.

Die Magd winkte ein Mädchen heran, das Bier verteilte. »Gib dem Mann etwas zu trinken! Er hat den ganzen Tag schwer gearbeitet.«

Das Mädchen stellte Carl einen Krug hin.

»Danke«, sagte er zu der Magd.

Sie reichte ihm über den Tisch die Hand. »Ich bin Mette. Und du bist …?«

Er schüttelte die Hand. »Carl.« Er hatte einen Bärenhunger.

Sie machte eine einladende Geste. »Bitte, iss! Es schmeckt gut.«

Er langte zu. Es war gar nicht so einfach ohne Messer und Löffel. Er war froh, dass er sich die Hände ausgiebig am Trog gewaschen hatte.

Sie stützte ihr Kinn auf und sah ihm beim Essen zu. »Du musst ja halb verhungert sein.«

Er nickte.

»Und woher kommst du, Carl?«

»Aus Luchow.« Hoffnungsvoll fügte er hinzu: »Kennst du es?«

»Nein, aber ich kenne mich auch nicht besonders gut aus. Ich stamme aus Kletzke, dem Dorf vor den Toren der Burg. Ist Luchow weit weg?«

Er spülte den Eintopf mit Bier runter. »Drei Tagesreisen.« Verdutzt setzte er den Krug ab. »Das ist kein Dünnbier.«

»Dietrich hält nicht viel von Dünnbier, zumindest nicht am Abend. Du glaubst ja gar nicht, wie oft wir die Betrunkenen von den Bänken kratzen müssen, wenn zum Schlafen aufgeräumt wird.«

Er schaute sich um. Die Stimmung war tatsächlich auffällig gelöst. Sein Blick glitt zum Podest, wo Dietrich mit seiner Familie speiste. Das gezierte Benehmen an jenem abseitsstehenden Tisch schien im Vergleich dazu wie aus einer anderen Welt. »Die Dame an seiner Seite ist bestimmt seine Gemahlin?«

Mette seufzte auf. »Ja, ist sie nicht wunderschön? Und so gebildet. Ihr Name ist Elisabeth.«

Neben der Dame saßen zwei Knaben mit ihrer Amme. Noch bevor Carl die Frage stellen konnte, erklärte Mette: »Die beiden Söhne. Der Stammhalter ist Dietrich der Jüngere, den wir Didi nennen, und der Kleine heißt Kuno. Man hat ihn nach Dietrichs Vater benannt, der all das hier aufgebaut hat.«

»All das hier?«

»Der alte Kuno hat dafür gesorgt, dass die Quitzows heute diesen fantastischen Aufstieg im märkischen Adel erleben. Er hat viele kluge Entscheidungen für die Familie getroffen. Zum Beispiel hat er dafür gesorgt, dass Dietrich sich mit der edlen Elisabeth Schenk von Landsberg vermählen konnte.«

Carl betrachtete die Herrschaften auf dem Podest und aß weiter.

»Er ist letztes Jahr gestorben«, erklärte Mette. »Kuno der Ältere, meine ich. Dietrich war untröstlich.«

Auf dem Podest erhob sich die Amme mit den Kindern. Die Knaben umarmten ihre Mutter und bauten sich artig vor ihrem Vater auf. Dietrich rückte vom Tisch ab, um sich ihnen zuzuwenden. Er stellte eine Frage und lauschte mit ernstem Gesichtsausdruck ihren Antworten, dann gab er ein paar Worte zurück. Die Knaben grinsten und wippten vor Freude auf und ab. Dietrich strich dem Jüngeren übers Haar und kniff dem Älteren in die Wange, doch es war nur eine Finte. Er schoss vor und kitzelte beiden in die Seiten. Die Kinder stoben quiekend davon, die Amme eilte hinterher. Dietrich schaute ihnen amüsiert nach, bevor er sich wieder seiner Gattin zuwandte. Carl war verblüfft. Er hätte nicht gedacht, dass Dietrich so ein Familienmensch war.

Mette riss ihn aus den Gedanken. »Und wie bist du hier gelandet, wo doch dein Luchow so weit weg ist?«

Er widmete sich wieder seinem Eintopf. Mit drei Fingern schaufelte er sich die groben Stücke in den Mund. »Willst du nichts essen?«

»Bin schon fertig. Ich arbeite gewissermaßen an der Quelle. In der Küche kann man immer was abstauben. Hast du ja heute gesehen.«

»Stimmt.«

»Also?«

»Dietrich hat mein Dorf überfallen und mich verschleppt.«

Sie lachte auf. »Ja, das klingt ganz nach ihm!«

Carl wurde zornig. »Dazu hatte er kein Recht! Er hat die Häuser angezündet und Menschen ermordet.«

Sie nickte ernst. »Das ist hart. Wer ist euer Grundherr?«

»Der Graf von Ruppin«, erwiderte er mürrisch.

»Ach, der«, sagte sie und winkte ab. »Die Fehde ist mittlerweile bereinigt, soweit ich weiß.«

»Fehde?«

»Du weißt nicht, was eine Fehde ist?«

Er schüttelte den Kopf. Ihm fiel auf, dass er in letzter Zeit häufiger Dinge nicht wusste, die für jeden anderen eine Selbstverständlichkeit zu sein schienen.

Sie warf den Hunden ihre halb gegessene Brotscheibe zu und wischte sich die Hände an der Schürze ab. »Also, stell dir vor, dir würde jemand Geld schulden. Was würdest du tun?«

Carl grübelte darüber nach und trank von seinem Bier. Der Alkohol stieg ihm wohlig zu Kopf. »Ich würde zu meinem Vater gehen. Der ist in unserem Dorf der Richter für kleinere Streitigkeiten.«

»Gut, ich nehme mal an, dein Vater wäre unparteiisch und gerecht, auch wenn du sein Sohn bist. Und nun mal angenommen, er würde einen Urteilsspruch fällen. Er würde etwa bestimmen, dass die Gegenpartei zahlen muss. Sie glauben aber, sie schulden dir gar nichts. Oder sie behaupten, dass du dich bei der Höhe des Betrags irrst. Jedenfalls würden sie nicht zahlen. Was würde dann passieren?«

»Ich würde wieder zu meinem Vater gehen.«

»Und der würde mit der anderen Partei sprechen?«

»Denke schon.«

»Und dann würde die andere Seite sich fügen und zahlen?«

»Ich hoffe es.«

»Hast du schon einmal erlebt, dass dein Vater jemanden zwingen musste, klein beizugeben?«

»Nein, aber er ist auch angesehen im Dorf und kümmert sich.«

Sie überkreuzte die Arme vor der Brust. »Eben.«

»Eben?«

»Das ist nämlich der Haken an der Sache. Dietrichs Richter ist nicht dein Vater, sondern Jobst von Mähren.«

Den Namen hatte er schon einmal gehört. »Das ist der Landesherr, oder?«

»Genau. Er ist der Markgraf von Brandenburg. Und den interessiert es einen Scheißdreck, was in der Mark passiert.«

Carl schob sich den letzten Bissen Brot in den Mund. Er fragte sich, ob er noch mehr zu essen bekommen würde, wenn er darum bat. »Aber warum interessiert es ihn nicht? Ist doch seine Grafschaft.«

»Weil er König der Deutschen werden will! Er ist nie hier. Er kommt nur vorbei, wenn er Geld braucht für seine Intrigen und seine Scharmützel irgendwo in der Ferne. Deshalb muss Dietrich Streitigkeiten auf eigene Faust klären.«

Carl dachte darüber nach. »Und was hat mein brennendes Dorf damit zu tun?«

Sie schlug sich mit der flachen Hand gegen die Stirn. »Mensch, verstehst du denn nicht? Der Graf stand bei Dietrich in der Kreide, hat aber nicht gezahlt. Dietrich wollte es vor Gericht bringen, doch das Gericht tagt nicht. Und weil weder der Markgraf noch Graf Günther ihre Hintern hochbekommen haben, hat Dietrich eben alles selbst geregelt und sich genommen, was ihm zustand.«

»Aber das ist nicht gerecht!«

Sie zuckte mit den Schultern. »Natürlich ist es das. Jeder tut das so in der Mark.«

»Aber es sind Unschuldige dabei zu Schaden gekommen.«

»Ja, das ist bedauerlich«, gab sie zu. Sie legte den Kopf schief und drückte tröstend seinen Unterarm. »Tut mir echt leid für dich.«

»Schon gut«, murmelte er. »Ist ja nicht deine Schuld.«

Sie lächelte flüchtig, dann rief sie: »He – vielleicht noch etwas Brot?«

Er nickte und Mette ließ ihre Beziehungen spielen. Auch einen zweiten Krug stellte man vor ihm ab. Er nahm einen kräftigen Zug und rülpste vernehmlich.

Sie lachte. »Du bist wirklich ein Bär von einem Mann! Ich mag das.«

Carl setzte beschämt den Krug ab und konzentrierte sich wieder auf seinen Eintopf.

Mette fragte: »Und jetzt, wo du in Kletzke gelandet bist, schaufelst du den Dreck weg?«

»Morgen fange ich in den Ställen an.«

»Oh, das ist gut! Thomas ist ein netter Kerl. Er wird dich anständig behandeln. Er schlägt seine Leute nur ganz selten, und wenn, dann ist es höchstens eine Maulschelle. Obwohl, bei deiner Statur wird er es sich bestimmt zweimal überlegen.«

Als er nichts sagte, bot sie an: »Wenn du magst, helfe ich dir morgen Abend, den Bart zu stutzen.«

»Danke, nicht nötig.«

»Na komm, keine falsche Bescheidenheit! Ich mache so was gern. Außerdem bin ich neugierig, was sich hinter diesem Busch verbirgt. Diese braunen Augen verheißen mehr.«

Er schaute auf. Sie hatte sich aufrecht hingesetzt und strahlte ihn an. Ihm fiel auf, dass ihr Gewand ein wenig zu eng war und dass es sich über ihren Brüsten spannte. Der gedehnte Stoff schlug Wellen. Er stellte sich vor, wie er langsam mit dem Finger diese Wellen entlangfuhr. Und dann die Täler. Von einer Brustwarze zur anderen. Angestrengt kämpfte er gegen den Drang an, die Idee in die Tat umzusetzen. Das musste das Bier sein.

»Na komm, Carl! Ich werde auch ganz vorsichtig sein, versprochen!«

Er gab sich geschlagen. »Na gut.«

»Wunderbar. Morgen nach dem Essen, ja? Du brauchst dich um nichts zu kümmern. Ich werde alles besorgen. Wir suchen uns eine ruhige Ecke am Ende der Halle und du kannst dich einfach nur zurücklehnen und entspannen.«

Ihm fiel wieder ein, wie sie ihn am Vormittag in der Küche gefüttert hatte. Sie hatte ihm mit dem Daumen sanft über die Lippen gestrichen und den eigenen Mund einladend geöffnet. Die Erinnerung an diesen Moment durchflutete ihn mit einer ungeahnten Erregung. Nun bekam er endgültig einen Steifen. Er war dankbar, dass er auf einer Bank in einer dunklen Halle saß.

Mit einem Räuspern wechselte er das Thema. »Was ist deine Aufgabe auf der Burg?«

»Ich bin als Magd in Anstellung. Ich helfe mal hier aus und mal da. Manchmal bin ich oben bei der Herrin, dann wieder hole ich Lebensmittel aus dem Keller für die Küche. Ich helfe beim Holzscheitetragen, beim Wäschefalten, miste den Kaninchenstall für die Kinder aus.« Sie zuckte mit den Schultern. »Solche Dinge eben.«

»Seit wann bist du auf der Burg?«

»Seit ich zwölf bin.« Sie zählte an den Fingern ab. »Dies ist mein dritter Winter. Es ist gute Arbeit. Sicher. Das Geld schicke ich zu meinen Eltern. Sie sind dankbar für jeden Pfennig.«

Carl gähnte. Es war ein langer Tag gewesen. Das Bier und das herzhafte Essen hatten ihn schläfrig gemacht. Er blickte sich um, doch die Leute in der Halle machten keine Anstalten, die Tafel aufzuheben und sich auf die Schlafenszeit vorzubereiten.

Die Einzige, die den Saal verlassen hatte, war Dietrichs Gattin Elisabeth. Doch Dietrich war kein Kind von Traurigkeit. Er hatte eine Magd auf seinen Schoß gezogen und vergrub den Kopf in ihrem tiefen Ausschnitt.

Carl war zu gleichen Teilen fasziniert wie entrüstet. »Geht es in diesem Haushalt immer so zu?«

»Wenn nicht grad mehr Damen anwesend sind oder ein Bischof … Obwohl … Es gibt so einige Kirchenmänner, die lassen sich den Spaß mindestens genauso gern gefallen. Du glaubst ja gar nicht, wie viele von den Pfaffen es faustdick hinter den Ohren haben. Noch mehr Bier?«

Carl hatte genug für heute. »Also, weißt du, ich …«

Er wurde von lautem Tuten unterbrochen. Sein Kopf fuhr herum. In der Ecke spielte ein Spielmann auf. Die Halle brach in Jubel aus.

Carls Banknachbarn hakten sich bei ihm ein, um mit ihm zu schunkeln. Zunächst sträubte er sich, doch dann ergab er sich der Übermacht und machte dümmlich grinsend mit. An Schlaf war vorerst nicht zu denken.

Mette nickte ihm wissend zu und wedelte erneut eine Magd heran. »He, Mädchen!«

Der Feuersturm

Kletzke, August 1402

»Duck dich, Carl!«

Carl wich aus – zu langsam. Die eisenharte Faust schoss vor und landete einen perfekten Treffer. Sein schweißnasses Gesicht schien vor Schmerz zu explodieren.

Die Menge raunte, doch er bekam es kaum mit. Alles drehte sich. Er hob die Arme, zog den Kopf ein und stolperte rückwärts. Mit einem lauten Bums fiel er auf den Hosenboden. Die Zuschauer sprangen im letzten Moment zur Seite, um ihm Platz zu machen.

Benommen hielt er inne. Der Schmerz ging strahlenförmig von seinem Kiefer aus. Er schmeckte Blut, denn die Lippe war aufgeplatzt. Mit der Zungenspitze fuhr er sich über die Zahnreihen. Zum Glück hatte er nicht schon wieder einen Zahn verloren. Mittlerweile fehlten ihm zwei, einer davon unten vorn. Das

Volk auf der Burg behauptete seitdem, sein Grinsen hätte etwas Verwegenes.

»Komm schon, Carl, auf mit dir! Ich habe meinen ganzen Wochenlohn auf dich gesetzt.« Das war Thomas.

Carl nickte und zog sich behäbig auf die Füße. Der Schädel dröhnte, vor seinen Augen tanzten Sterne. Er schüttelte den Kopf, um ihn zu klären.

Der Kerl vor ihm, ein Söldner mit einem halben rechten Ohr, tänzelte siegessicher auf der Stelle, beide Fäuste so wie Carls mit Lumpen umwickelt. »Na los, Bauer! Gib mir Gelegenheit, dir so richtig eine reinzuhauen!«

Carl blinzelte und die Sterne vergingen. Angefeuert von den Zuschauern wagte er einen Schritt nach vorn, hastig, um den Gegner zu überraschen. Er deutete einen halbherzigen Faustschlag mit der Linken an und zielte auf die Nase. Der Söldner riss die Arme hoch. Das war sein Fehler, denn er gab damit seine Deckung auf. Carl holte blitzschnell aus und verpasste ihm einen kräftigen Stoß in die Nieren. Der Halbohrige jaulte auf, ob aus Zorn oder aus Schmerz, war nicht zu sagen. Carl tänzelte vorsichtshalber ein Stück zurück.

Die Menge jubelte. Es war eindeutig, wo beim Publikum die Sympathien lagen. Fast alle hatten Geld auf den schlagkräftigen Bauern aus Thomas' Stall gesetzt.

»Carl, der nächste Schlag muss mindestens genauso gut sitzen. Der ist noch lange nicht müde.« Das war wieder Thomas.

Carl nickte und beobachtete seinen Gegner genau. Fehler wie der vorhin waren gefährlich. Jedes Mal, wenn der Söldner einen Treffer landete, haute es Carl sprichwörtlich aus der Wäsche. Das Gute: Der Kerl war zwar bärenstark, aber er bewegte sich träge. Carl musste also nur dafür sorgen, dass der nächste Hieb nicht noch einmal so gut saß.

Er wagte einen erneuten Vorstoß und zielte abermals mit einem Haken aufs Gesicht. Diesmal war es jedoch keine Täuschung. Wie erhofft verzichtete der Söldner auf die Abwehrhaltung und schützte seine Nieren.

Volltreffer! Die Erschütterung ging Carl von den Fingerspitzen bis zur Schulter. Der Kopf seines Gegners flog zur Seite. Er strauchelte ein paar Schritte zurück, um aus Carls Reichweite zu kommen, doch er blieb auf den Beinen. Kaum hatte er sich gefangen, stürzte er sich mit einem jähzornigen Knurren erneut auf Carl.

Jener hob die Fäuste. Er hatte mittlerweile gelernt, welche Kniffe der Söldner bevorzugte. Leichtfüßig wich er dem nächsten Hieb mit einem Ducken aus. Der Schlag ging ins Leere, sein Gegner gab einen verdutzten Laut von sich. Carl nutzte den winzigen Moment der Verwirrung, um ihm die Faust ins Gesicht zu rammen.

Der Kopf des Söldners klappte nach hinten um. Carl hörte die Nase brechen. Blut spritzte ihm entgegen.

Die Menge wurde wild.

Sein Gegner war schwer beeinträchtigt. Er trippelte unsicher auf der Stelle, hob die umwickelte Faust und wischte sich über die Mundpartie. Der Lumpen kam blutrot zurück. Er starrte auf die Hand und grunzte erstaunt. Das Gesicht nahm einen Ausdruck an, der nichts Gutes versprach. Carl stählte sich innerlich für die Vergeltung.

Doch dazu kam es nicht mehr. Halbohrs Augen rollten plötzlich in den Höhlen zurück, sodass nur noch das Weiße zu sehen war. Sein ganzer Körper wurde schlaff, die Knie knickten ein. Mit einem Knall schlug er der Länge nach auf dem Boden auf.

Die Zuschauer brachen in euphorischen Jubel aus.

Der Söldner blieb bewegungslos liegen. Carl drückte einen Fuß in seine Seite und bekam nur ein Grummeln zurück. Der Kerl zeigte kein Interesse an einer Fortführung des Kampfes.

Thomas platzte in die provisorische Kampfarena und riss Carl den Arm hoch über den Kopf. »Wir haben einen Sieger!«

Die Zuschauer, überwiegend Stallburschen, Waffenknechte und Handwerker, stürzten alle gleichzeitig zur Mitte, um Carl um den Hals zu fallen. Er musste sie sanft von sich drücken, um nicht zerquetscht zu werden.

Thomas half ihm, sich aus der Menge zu befreien. »Sachte, Männer! Unser Boxmeister hat ganz schön was einstecken müssen. Kommt heute Nachmittag wieder! Dann werden die Gewinne ausgeteilt.« Er legte seinem Schützling einen Arm um die Schultern und klopfte ihm auf die nackte Brust. »Mannomann! Ich habe noch nie jemanden so zuschlagen sehen. Deine Fäuste sind aus Stahl.«

Carl verzog das schmerzende Gesicht zu einem Grinsen.

»Heute Abend gibt's für dich ein Stück Schweinebraten. Meine Frau bringt ihn extra vorbei. Hast du dir verdient.«

»Freu mich schon drauf, Thomas.«

Er hörte eine bekannte Stimme hinter sich. »Glückwunsch, Bauer. Dem hast du ganz schön die Fresse poliert.«

Carl fuhr überrascht herum.

»Du siehst ganz schön mitgenommen aus. Dieses blaue Auge wird mächtig zuschwellen.«

Thomas gab Carl einen Knuff. »Er wird's überleben. Er ist mein bester Kämpfer im Stall. Ich habe noch keinen erlebt, der ihm das Wasser reichen kann. Meine Kinder nennen ihn schon den Nasenbrecher.«

Dietrich tippte sich schmunzelnd mit dem Zeigefinger gegen die eigene Nase. »Wäre ich nie drauf gekommen.«

Thomas lachte.

Dietrich winkte Carl zu sich heran. »Komm, Bauer! Lass uns ein paar Schritte gehen. Gewiss willst du dir das Blut aus dem Gesicht waschen.«

Carl ließ sich von Dietrich zum Trog führen. Das Wasser sah herrlich erfrischend aus. Er steckte gleich den ganzen Kopf hinein. Prustend tauchte er wieder auf. Als er sich die Tropfen aus den Augen wischte, zuckte er zusammen. Dietrich hatte recht: Das linke würde ihm bald zuschwellen. Er wickelte die Lumpen von den Fäusten, rollte die Stoffstreifen sorgfältig auf und legte sie auf eine Kiste.

Dietrich sah ihm dabei zu. »Das war ein spannender Kampf, Bauer. Du machst so was öfters, oder?«

»Nur sonntags nach dem Ausmisten, wenn es nicht all die zusätzliche Arbeit in den Ställen gibt. Vorausgesetzt, es findet sich ein Gegner.«

»Und du hast Spaß daran?«

»Ja, irgendwie schon. Und Thomas' Frau schickt dann Fleisch von zu Hause. Sie wohnt mit den Kindern im Dorf.« Carl zuckte mit den Schultern. »Ich esse nicht so gern Gemüseeintopf.«

»Man sagt, hier auf Kletzke gebe es immer weniger Männer, die sich dir entgegenstellen möchten.«

»Der Söldner war neu. Wusste wohl nicht, was ihm blüht.«

»Ausgezeichnet! Ich mag dich von Mal zu Mal mehr.«

Carl schlug die Augen nieder.

»Sag mal, Bauer. Wie alt bist du jetzt eigentlich?«

»Achtzehn oder so.«

Dietrich schmunzelte. Dann rief er: »Komm mit!«

Er führte Carl zu einer hölzernen Treppe an der Außenmauer, die zum Wehrgang hinaufführte. »Achtzehn! Ach, ich erinnere mich gut. Ein verrücktes Alter. Da ist man voller Kraft und Zorn.«

Carl nickte nachdenklich.

Während sie einer nach dem anderen die Stufen erklommen, sagte Dietrich: »Thomas hat erzählt, dass du dich machst in den Ställen.«

»Er ist ein guter Lehrmeister. Streng, aber gerecht.«

»Er behauptet, du machst doppelt so schnell Fortschritte wie die anderen Stallburschen. Du hast Talent.«

»Die Arbeit mit den Gäulen liegt mir. Hast übrigens ein ganz fantastisches Pferd.«

»Sandteufel? Ja, ein tolles Streitross. Doch nicht jeder kann mit ihm gut umgehen. Er hat eine Menge Temperament.«

»Man muss ihm nur gut zuhören. Manche Burschen wissen nicht, wie das geht.«

Dietrich blieb verdutzt stehen. »Was meinst du damit: ›zuhören‹?«

»Sich auf ihn einlassen. Mit ihm reden. Ihm nicht einfach einen Willen aufzwingen. Ist das falsch?«

»Nein, das ist goldrichtig! So wild und ungestüm der Gaul mitten im Kriegsgetümmel ist, so schreckhaft und eigenwillig ist er, wenn er gelangweilt im Stall steht. Man muss auf ihn eingehen. Das hast du richtig erkannt, sehr gut!«

Sie erreichten den Wehrgang, von wo aus man einen weiten Blick über das Moor hatte.

Seit seiner Entlassung aus dem Verlies hatte Carl nicht noch einmal probiert zu fliehen. Gewiss, es gab immer reichlich zu tun und er schlief nicht sonderlich bequem auf der Strohschütte in der Halle. Doch Thomas hatte Carl in den Ställen so hart rangenommen, dass ihm all seine Fluchtpläne irgendwie abhandengekommen waren. Er mochte die Arbeit mit den Pferden und die Kameradschaft der Männer. Seit Monaten hatte er nicht mehr ernsthaft darüber nachgedacht, nach Hause zurückzukehren.

»Thomas sagt, du kommst außerordentlich gut im Sattel klar.«

Das war nicht übertrieben. Carl rühmte sich damit, bisher noch nicht einmal von einem Pferd abgeworfen worden zu sein, ganz gleich wie bockig der Gaul war. »Thomas ist ein guter Lehrer.«

»Ja, das ist er.«

Dietrich schaute eine Weile stumm über die Moore und die angrenzenden Wälder. Als Carl sich schon zu wundern begann, warum der Burgherr ihn hierhergeführt hatte, sagte dieser: »Ich will dich vor eine Wahl stellen, Bauer.«

Das sind ja ganz neue Töne, dachte Carl. Als ob Dietrich ihm bisher jemals eine Wahl gelassen hätte.

»Du könntest weiterhin bei Thomas in den Ställen arbeiten und Mist schaufeln.« Dietrich machte eine dramatische Pause. Carl hielt gespannt den Atem an.

»Oder du wirst mein Waffenknecht und kommst diesen September mit mir auf Feldzug.«

Carls erste Reaktion war Abwehr. Niemals würde er ein Schlachtfeld betreten. Es war viel zu gefährlich.

Dietrich grinste, als er seinen Gesichtsausdruck einfing. »Na, na, sehe ich da etwa Angst in deinen Augen?«

»Nein.« Carl wandte sich schnell ab. »Es ist nur … Ich glaube nicht, dass ich ein guter Krieger wäre.«

Dietrich brüllte auf und schlug mit der flachen Hand auf die Zinne. »Warst du grad nicht selbst dabei, als du diesen Kerl zu Brei geschlagen hast? Du wärst ein vorzüglicher Kämpfer!«

»Nicht dasselbe.«

»Nein, da hast du allerdings recht. Es ist nicht dasselbe. Der Krieg ist gnadenlos. Es geht um Leben und Tod. Ein Fehler, und du stehst nicht wieder auf. Aber der Lohn ist ungleich höher.«

»Wüsste nicht, was ich für mich dabei gewinnen könnte.«

Dietrich griff an seinen Gürtel. Er löste die Kordel eines kleinen Lederbeutels und holte eine Münze hervor. Mit der Rechten ergriff er Carls Pranke, öffnete die Finger und drückte das Geldstück in die Handfläche. »Das hier zum Beispiel.«

»Was ist das?«

»So eine dämliche Frage kannst auch nur du stellen. Das ist dein erster Sold, solltest du zusagen.«

»Nein, ich meine, was für eine Münze ist das?«

»Ein Heller.«

Carl drehte und wendete das Geldstück in der Hand. Es war winzig, hauchdünn und federleicht. Zu unscheinbar, um von Wert zu sein. »Damit kann man etwas kaufen?«

»Aber ja doch. Zum Beispiel ein paar schöne Stunden mit der Müllerin.«

Carl rieb nachdenklich mit dem Daumen über die Oberfläche. »Sag, Dietrich, wenn eine Münze größer ist und auf der einen Seite eine Krone hat und auf der anderen einen Löwen – was ist sie dann?«

Dietrich stutzte. »Ein Prager Groschen.«

»Und was kann man damit kaufen?«

»Ein Pferd zum Beispiel.«

Carl lief ein eiskalter Schauer den Rücken hinunter. »Ein ganzes Pferd?« Rudis Schatz hatte Hunderte solcher Groschen enthalten.

»Nun ja, vielleicht nicht gerade ein Pferd wie Sandteufel, aber ein solides Reittier bekommt man schon dafür.«

Carl nickte.

»Also, was ist nun? Machst du mit? Ich bin morgen fort und rekrutiere auch an anderen Orten. Aber zunächst wollte ich in den eigenen Reihen nachfragen.«

Carl betrachtete weiter fasziniert die Münze in seiner Hand. »Was ist das für ein Krieg?«

»Was geht es dich an?«

»Wenn ich schon für eine Sache sterben soll, möchte ich wenigstens wissen, worum es geht.«

Dietrich schüttelte amüsiert den Kopf. »Du bist echt ein komischer Kerl. Der Erste, der mich fragt, warum wir auf Kriegszug gehen.« Er stützte die Hände auf die Feldsteinmauer und blickte übers Land. Ein Reh hatte sich bis zum Waldrand getraut und starrte sie über die baumlose Freifläche hinweg an, bevor es flink im Dickicht verschwand. »Ich habe mich von den Grafen von Ruppin anwerben lassen. Sie sind ein Bündnis mit den pommerschen Herzögen eingegangen.«

»Wozu?«

»Herzog Swantibor von Pommern-Stettin will sein Territorium erweitern. Sie haben die Ruppiner Grafen um Hilfe gebeten. Im Norden haben sie schon so einiges erreicht, aber sie sind noch lange nicht fertig.«

Carl war befremdet. »Die Pommern können doch nicht einfach so hier einfallen und sich nehmen, was ihnen nicht gehört!«

»Solange sie gut zahlen, soll es mir recht sein. Die Stadt Bötzow mit den dazugehörigen Mühlen haben sie bereits erobert. Um ihre Position zu sichern, warten sie darauf, dass ich nun zusammen mit den Ruppinern für sie Strausberg nehme.«

»Moment mal. Die Ruppiner Grafen ... Einer davon ist mein Grundherr, oder? Graf Günther?«

»Die Grafen sind Günther und sein jüngerer Bruder Albrecht, richtig.«

»Aber warst du nicht mit ihnen befehdet?«

»Schon lange vorbei. Was kümmern mich diese alten Geschichten? Die Brüder zahlen gut, und da bin ich gern zur Stelle. Unsere beiden Häuser verbindet eine enge Freundschaft. Mein Vater hat immer gern mit den Ruppinern zusammengearbeitet.«

»Aber hatten die nicht Schulden bei dir?«

»Ach ja.« Dietrich verschränkte die Arme und lehnte sich mit dem Rücken an die Zinne. »Belanglos. Schon vergessen.«

»Schon vergessen?«, wiederholte Carl ungläubig. Die Fehde war lange beendet, und niemand hatte es für notwendig gehalten, ihm davon zu erzählen und ihn freizulassen?

»Bündnisse kommen und gehen. Mal ist man Freund, dann wieder Feind. So ist der Lauf der Welt. Oh, schau mal, meine Familie.«

Dietrich deutete mit dem Kinn auf die Reiter, die sich im Hof versammelten. Eine bewaffnete Eskorte. Dietrichs Gattin ritt in ihrer Mitte einen braunen Zelter. Neben ihr zappelten die beiden Söhne auf ihren Ponys. »Sie machen einen Ausritt. Die Kinder sollen ihr Reiten im Gelände üben.«

Carl folgte seinem Blick. Elisabeth trug ein kostbares Gewand, das man kunstfertig um sie herum drapiert hatte. Die goldenen Haare trug sie hochgesteckt, darüber lag ein Schleier. Sie sah zauberhaft aus.

»Die beiden Jungen sind mein ganzer Stolz.«

»Wie alt sind sie?«

»Sieben und fünf. Didi muss jetzt im Herbst den Hof verlassen. Ich werde ihn zu Kaspar schicken, auch wenn es mir das Herz brechen wird.«

»Warum schickst du ihn weg?«

»Er muss ein Mann werden, kein Weichei. Aber Kaspar wird gut auf ihn aufpassen und ihm alles beibringen, was man als Ritter wissen muss. Er ist mein bester Freund.«

»Hm.« Carl schwieg. Es irritierte ihn, dass Dietrich so vertraulich mit ihm sprach. Schließlich war Dietrich der Herr dieser Burg und hätte sich mit einem Stallburschen wie ihm nicht abzugeben brauchen. »Frau Elisabeth sieht wieder einmal bezaubernd aus«, wagte er anzumerken.

»Sie ist das Beste, was mir je in meinem Leben passiert ist. Sie ist voller Klugheit und Eleganz. Ich bin mir gewiss, ohne sie würde ich dem Wahnsinn anheimfallen. Sie ist es, die mich unter den Lebenden wandeln lässt, ohne dass ich dabei völlig den Verstand verliere.«

Carl schaute ihn überrascht an. Er wusste nichts darauf zu sagen. Unbeholfen stimmte er schließlich zu. »Frauen sind eine feine Sache.«

Dietrich richtete sich neugierig auf. »Was ist eigentlich mit deiner kleinen Magd? Hast du sie schon gebumst?«

Carl schnappte nach Luft. »Bitte was?«

»Na, ob du sie endlich gevögelt hast? Jeder Volltrottel kann sehen, dass du ihr seit Monaten wie ein geiler Bock hinterherläufst. Dir müssen doch so richtig die Eier wehtun. Oder bist du etwa noch Jungfrau?«

Carl schoss das Blut in den Kopf, mehr aus Scham als aus Zorn. »Das geht dich nichts an.«

Dietrich lachte auf. »Stimmt, es geht mich eigentlich gar nichts an. Aber ich war auch mal jung, und ich weiß, was in deinem Hirn vorgeht. Du willst zum Zug kommen. Und die kleine Magd ist heiß. Du solltest schnell zugreifen, bevor es jemand anders tut.«

Carl fühlte sich ertappt. Dietrich hatte genau ins Schwarze getroffen. Er verbrachte tatsächlich jede freie Minute mit Mette. Er schätzte ihre offene Art und bewunderte, wie sie den harten Alltag auf der Burg unerschütterlich meisterte. Immer, wenn er mit ihr zusammen war, stellte er sich insgeheim die ungeheuerlichsten Dinge vor, die er gern mit ihr angestellt hätte. Doch er war zu schüchtern, um den ersten Schritt zu wagen. Und warum auch sollte sich das mit Abstand hübscheste Mädchen der Burg auf ihn einlassen? Sie hatte Angebote genug. Gestern Abend erst hatte er beobachtet, wie sie mit einem der Waffenknechte hinter der Schmiede verschwunden war.

Dietrich stieß ihm sanft mit dem Ellbogen in die Seite. Carl zuckte zusammen. Die Rippen waren von seinem Zweikampf mit dem Söldner geprellt.

»Kopf hoch, Bauer! Hier ist ein Rat von Mann zu Mann. Komm und zieh mit mir in den Krieg. So steigst du von heute auf morgen von einem Stallburschen, der Pferdescheiße schaufelt, zu einem kriegserprobten Kämpfer auf. Überleg es dir also gut, denn es gibt viel zu gewinnen und kaum etwas zu verlieren.«

Die Bluttaufe

Strausberg, September 1402

VERDROSSEN SCHLENDERTE CARL durch Dietrichs gewaltiges Feldlager vor Strausberg. Er langweilte sich. Seit er dem Heeresruf gefolgt war, war nichts weiter passiert, als dass sie vor den Toren der Stadt die Zelte aufgeschlagen hatten. Seit zwei Wochen schnitten sie die Bürger vom Nachschub ab und warteten auf den Befehl zum Sturm.

Er hasste es, zur Untätigkeit verdammt zu sein. Wenn er geahnt hätte, dass Krieg so langweilig war, wäre er lieber bei Thomas' Pferden geblieben.

»He, du da mit den starken Armen, komm mal her!«

Carl schaute sich um. Einer der neuen Waffenknechte, die Dietrich angeworben hatte, saß breitbeinig vor einem Zelt. Sein Gesicht war von Pocken vernarbt, doch seine Augen blickten freundlich. Er deutete auf einen runden Klapptisch, auf dem drei Würfel lagen. »Schon mal gewürfelt?«

Carl kam näher. »Nein, wie geht das?«

Der Mann grinste und lud ihn mit einer Geste ein, gegenüber Platz zu nehmen.

Carl ließ sich auf den wackligen Hocker sinken.

»Es ist eine Wette. Der Einsatz ist eine Münze. Du würfelst zuerst, mit drei Würfeln. Dann schaust du auf die Punkte. Gefällt dir dein Wurf, muss ich im Anschluss versuchen, eine höhere Punktzahl zu werfen. Schaff ich das, gehört alles Geld mir. Gelingt es mir nicht, kriegst du alles.«

»Aha.«

Sein Gegenüber hob den Zeigefinger. »Doch aufgepasst! Wenn dir dein erster Wurf nicht gefällt, kannst du auch ein Risiko eingehen. Wenn du magst, ist ein weiterer Wurf erlaubt, also noch mal alle drei Würfel. Erspielst du jetzt weniger Punkte, verlierst du sofort.«

»Verstanden.«

»Wenn du zweimal geworfen hast, gibt auch mir das zwei Versuche, dich zu übertreffen. Und bei drei Würfen drei!«

Der Waffenknecht lehnte sich zurück und grinste. Carl musterte ihn argwöhnisch. Irgendetwas sagte ihm, dass sein Gegenüber seine Unerfahrenheit im Würfelspiel auszunutzen gedachte. Nachdenklich kratzte er sich am Nacken und nahm einen Würfel auf, um ihn von allen Seiten zu betrachten.

Der Waffenknecht sagte: »Weil du es noch nie gemacht hast, spielen wir so lange gegeneinander, bis einer von uns dreimal gewonnen hat. So bekommst du ein besseres Gefühl dafür, worauf es ankommt.«

»Wie sehe ich die Punktzahl?«

»Du zählst die Augen. Hier, diese schwarzen Punkte. Man zählt sie zusammen. Schau mal!« Er nahm Carl den Würfel ab und tat zur Veranschaulichung einen Probewurf. »Sechs und drei und zwei. Macht zusammen …« Er begann, an den Fingern abzuzählen.

»Elf«, murmelte Carl fasziniert.

»Wie hast du das so schnell gezählt?«

»Ich habe es einfach ausgerechnet. Sind ja nur Zahlen.«

Der Kerl grinste und streckte die Hand aus. »Klaus von Klöden.«

Carl schüttelte sie. »Carl. Und du sagst, man spielt um Einsätze?«

»Ja, hast du etwas Geld dabei?«

Carl dachte an die Münze, die Dietrich ihm geschenkt hatte. »Ich habe einen Heller.«

Klöden lachte auf. »Einen einzigen Heller? Pass auf, dass du nicht alles auf einmal ausgibst!«

Carl überlegte. Der Heller bedeutete ihm nichts. An die Trosshuren traute er sich nicht heran und er wurde ausreichend mit Bier und Proviant versorgt. Was hatte Dietrich nicht erst vor einigen Wochen auf der Wehrmauer gesagt? Für ihn gab es wenig zu verlieren und viel zu gewinnen.

Er rückte sich den Sitz zurecht und machte es sich bequem. »In Ordnung. Lass es uns versuchen.«

Klöden strahlte. »Klasse!« Er winkte ein paar Männer zu sich heran. »Kommt, es gibt Spaß!«

Das lockte ein gutes Dutzend Schaulustige an. Ein wenig Unterhaltung kam ihnen offenbar allen recht.

»Ich habe dich noch nie hier gesehen«, sagte Klöden, während die Männer um sie herum eifrig Wetten untereinander abschlossen. »Bist du neu angeworben oder kommst du aus dem Lager der Ruppiner?«

»Bin neu. War davor in Kletzke bei den Ställen.« Ein wenig säuerlich bemerkte er, dass die Männer fast alle mit einem Gewinn Klödens rechneten. Er fragte: »Kann ich den Einsatz auch erhöhen?«

»Wie willst du das anstellen? Du hast nur einen Heller zur Verfügung.«

»Was, wenn ich mir einen weiteren leihe und ihn ebenfalls einsetze? Wäre das möglich?«

»Ich schätze schon, ja«, sagte Klöden zögerlich.

Carl schaute in die Runde. »Hat jemand von euch einen Heller zu verleihen? Ich zahle ihn spätestens zurück, wenn die Stadt fällt.«

Die Männer wechselten irritierte Blicke. Augenscheinlich kannte ihn keiner von ihnen gut genug, dass er ihm ein Darlehen gewähren wollte.

Einer sprach aus, was wohl alle dachten. »Und wenn du bei Stürmung der Stadt fällst? Dann bleibe ich auf deinen Schulden sitzen.«

»Für dein Vertrauen will ich dir mehr zurückgeben, als du mir geliehen hast. Sagen wir, ich poliere dir die Rüstung, sollte ich verlieren?«

Der Mann grübelte darüber nach. Das Geschäft war für ihn kaum durchschaubar. Auch die anderen wirkten ratlos. Sie konnten offenbar nicht nachvollziehen, dass Carl, der noch nie gewürfelt hatte, plötzlich so komplizierte Vorschläge unterbreitete. Nun hatte der Mann sich allerdings schon so weit auf das Angebot eingelassen, dass er drohte, sein Gesicht zu verlieren, würde er den Handel ausschlagen. Er brummte verstimmt und schnipste das Geldstück auf den Tisch. »Einverstanden. Ich leihe dir das Geld.«

Klöden legte seinerseits nach, um die Wette zu halten. »Na dann, los geht's, Carl! Bist du bereit?«

Carl nickte.

»Du zuerst!«

Carl fing an.

Nach wenigen Minuten waren sie in einen zähen Zweikampf verstrickt. Der Ausgang der ersten beiden Runden war ausgeglichen. Zunächst gewann Klöden, dann Carl. Kurz darauf stand es zwei zu zwei. Die Zuschauermenge verdoppelte sich. Alles fieberte angesichts des auf dem Spiel stehenden Geldes lautstark mit.

Klöden reichte die drei Würfel über den Tisch. »Du bist wieder dran und darfst anfangen. Wer diese Runde gewinnt, bekommt das Geld.«

Carl ließ die Spielwürfel in der hohlen Faust klickern. Er grinste verwegen. Er mochte Zahlen und er liebte dieses Spiel. »Mir scheint's, das Glück ist mir heute hold!«

Unvermittelt schloss sich eine feste Hand um seine Faust und zerdrückte ihm beinah die Finger. Er schaute erschrocken auf.

Es war Dietrich. »Ich glaube, ich hatte Würfelspiele im Lager verboten.« Mit dem Stiefel stocherte er in dem Haufen mit Münzen herum. »Besonders, wenn dabei Wetteinsätze die Runde machen.«

Carl wurde blass. Er schaute zu Klöden, der ihn herausgefordert hatte, die Wette anzunehmen. Zu seiner Verwunderung lachte dieser auf.

»Den Tag möchte ich erleben, an dem du den Männern das Würfelspiel verbietest, Dietrich! Du bist ja nur sauer, weil du nicht selbst einen Wetteinsatz beisteuern konntest!«

Dietrich grinste sein teuflisches Grinsen und ließ Carls Hand mit den Würfeln los. »Du hast mich durchschaut. Na los, Bauer, zeig Klöden, wie's richtig geht!«

Carl würfelte. Er benötigte nur einen kurzen Blick. »Vier, zwei und eins.« Er wog blitzschnell seine Chancen ab. Die Summe war sieben. Das war sehr niedrig. Klöden könnte ihn leicht überbieten und dadurch das gesamte Spiel gewinnen. Andererseits bestand die Möglichkeit, mit einem zweiten Wurf den ersten zu übertreffen und es damit Klöden nicht ganz so einfach zu machen.

Bevor die Umstehenden die Punktzahl zusammengerechnet hatten, hatte Carl seinen Entschluss gefasst. Er würde es riskieren. Er sammelte die Würfel für einen zweiten Versuch ein.

Während er sie in der Faust klackern ließ, wurde ihm klar, dass er die richtige Entscheidung getroffen hatte. Die Regeln und Wahrscheinlichkeiten in diesem Spiel waren für ihn mühelos zu durchschauen.

Er machte seinen zweiten Wurf.

Ein Zuschauer rief: »Zwei, fünf, sechs!«

Carl schaute Klöden an. Er konnte sich das Grinsen nicht verkneifen. »Bitte schön, versuch dich daran!«

»Dreizehn!«, kam es aus der Zuschauermenge.

Klöden grummelte verstimmt. Er wandte sich säuerlich zum Zurufer um. Zweifelsohne wusste er, dass es schwer sein würde, den Wurf zu übertreffen.

Er probierte es dennoch. Er scheiterte zunächst beim ersten, dann beim zweiten Versuch. Er hatte verloren.

Mit einem schiefen Lächeln reichte er Carl die Hand. »Was soll ich sagen? Wohl verdient, mein Freund!« Er schob Carl die Einsätze zu. »Bitte sehr, dein Gewinn.«

Carl sammelte die Münzen auf und zahlte seinen Gläubiger wie versprochen aus.

»Jetzt muss ich meine Rüstung doch selber putzen«, sagte dieser und klopfte Carl anerkennend auf die Schulter.

Die Menge zerstreute sich gut gelaunt.

Klöden blieb sitzen. Er musterte Carl mit verschränkten Armen und schiefem Kopf. »Sei ehrlich. Jetzt, wo alle weg sind, kannst du es mir verraten. Hast du irgendwie geschummelt?«

»Nein, nur gut aufgepasst.«

Klöden wechselte einen Blick mit Dietrich, der mit den Achseln zuckte. Er stand auf. »Jetzt bist du ein gemachter Mann, Carl. Die Huren werden sich vor dir in Acht nehmen müssen.«

Dietrich gluckste. »Huren? Dieser Bursche ist so keusch wie die Mönche in Lehnin! Obwohl, wenn ich es recht bedenke, ich glaube, er ist sogar noch eine Spur keuscher. Für manche dieser Brüder möchte ich meine Hand nicht ins Feuer legen.« Er winkte Carl zu sich heran. »Komm, Bauer, lass uns ein paar Schritte gehen!«

Carl verabschiedete sich von Klöden und gesellte sich an die Seite seines Dienstherrn.

Dietrich führte ihn fort. »Wie ich sehe, hast du dich im Lager gut eingelebt. Die Männer mögen dich.«

»Gefällt mir unter den Söldnern. Sind alles nette Kerle.«

»Ja, das müssen sie auch sein. Sie müssen sich aufeinander verlassen können. Besonders heute Abend.«

»Wieso?«

»In wenigen Stunden, kurz vor Sonnenuntergang, werden wir die Stadt stürmen.«

Carl blieb erschrocken stehen. »Wir werden kämpfen?«

Dietrich lachte. »Jetzt schau doch nicht so verdutzt! Hattest du etwa für einen Augenblick vergessen, warum du hier bist?«

Das hatte er in der Tat.

Dietrich hob den Gegenstand in die Luft, den er die ganze Zeit in der Linken gehalten hatte. »Mir ist aufgegangen, dass du keine Ausrüstung mitgebracht hast.«

»Wusste nicht, dass ich das zu tun habe. Hätte ich mir allerdings auch gar nicht kaufen können. Hab kein Geld.« Er grinste, als er sich an seinen Gewinn erinnerte. »Hatte kein Geld.«

Dietrich drehte den Gegenstand in seiner Hand zur genaueren Begutachtung hin und her. »Weißt du, was das ist?«

»Ein Morgenstern, oder?«

»Ganz richtig. Mit der dornigen Spitze kann man wunderbar Schädel zertrümmern.«

Angesichts dieser Vorstellung musste Carl schlucken.

Dietrich zeigte ihm das untere Ende. »Schau, ein Lederriemen. Da kannst du dein Handgelenk durchstecken. So rutscht dir die Waffe nicht einfach so aus der Hand, wenn du zum Beispiel einen Schild triffst. Da, nun nimm schon!« Er hielt Carl den Morgenstern hin.

Dieser nahm den Kolben zögerlich entgegen. Die Waffe lag schwer in der Hand. Der Metallkopf mit seinen Spitzen sah grausig aus.

»Man braucht einiges an Muskelkraft, um ihn effektiv einzusetzen, aber da muss ich mir bei dir keine Sorgen machen. Du bist ein Hüne mit dem Kreuz eines Bären und Oberarmen wie Baumstämme. Du wirst durch die Reihen der Feinde gehen wie ein Bauer mit der Sense durch die Wiese.« Der Vergleich schien Dietrich zu gefallen und seine eisblauen Augen blitzten auf. »Du solltest ein wenig üben, damit der erste Strausberger dich nicht völlig unvorbereitet trifft.«

»Du willst, dass ich damit kämpfe?«

Dietrich seufzte. »Ich weiß, ich weiß. Es ist nicht gerade eine ritterliche Waffe. Aber seien wir mal ehrlich, ein Ritter bist du ja auch nicht. Ich hätte dir lieber einen Spieß gegeben, denn damit kannst du dir den Feind besser vom Leib halten. Doch der Spieß braucht Erfahrung und mehr Übung.«

Carl schluckte. Langsam ging ihm auf, dass er hierhergekommen war, um Menschen zu töten. Bei dem Gedanken drehte sich ihm der Magen um.

Dietrich missdeutete seinen Gesichtsausdruck. »Falls es dich beruhigt, ich führe ebenfalls immer einen Morgenstern bei mir.« Er senkte verschwörerisch die Stimme, so als ob er ein Geheimnis preisgeben wollte. »Um aufrichtig zu sein, es ist meine liebste Waffe. Ein Schwert ist doch für Weicheier. Viel zu sauber.« Er zog Carl weiter mit sich fort. »Komm, ich lasse soeben die Männer zusammenrufen, damit wir den Angriffsplan durchsprechen. Ich will, dass jeder genau weiß, wo er wann zu sein hat.« Er rieb sich vergnügt die Hände. »Das wird ein Spaß!«

Carl blieb stehen. »Komme gleich nach.«

»Wo willst du hin?«

»Geld wegbringen.«

Dietrich lächelte verständnisvoll. »Dann bis später!«

Carl wankte zu seinem Lager zurück, den schweren Morgenstern in der Hand. Er war so aufgeregt, dass ihm das Blut in den Ohren rauschte. Heute Abend sollte es also losgehen. Ein Kampf auf Leben und Tod.

Auf einmal fürchtete er sich.

In seinem Zelt traf er einen Kameraden, Heinrich, der seine Schlafdecke ebenfalls dort ausgerollt hatte. »Was ist denn das?«, fragte er.

Carl hielt die Waffe hoch. »Mein Morgenstern. Ich soll damit kämpfen.«

»Na dann, viel Vergnügen! Lass niemanden zu nah an dich ran, das ist mein Ratschlag für dich.«

Carl verstaute die Münzen in seiner Decke und rollte sie zusammen. Er wusste nicht, was passieren würde, wenn der

Angriff schiefging. Aber sollten sie Hals über Kopf die Zelte abbrechen und fliehen müssen, wollte er sichergehen, dass das Geld mitkam.

Der Waffenknecht schaute ihm dabei zu, wie er die Decke mit einem Hanfseil verschnürte. »Bist du überhaupt mit Rüstung gekommen?«

Carl stand auf und klopfte sich den Staub von den Knien. »Nein.«

»Du willst so kämpfen, in einem Wams aus Wolle?«

Carl zuckte mit den Schultern. »Ist alles, was ich hab.«

Heinrich schnalzte mit der Zunge und ging zu seinen Sachen. »Mein alter Lederüberwurf. Dann hast du wenigstens ein bisschen Schutz.« Er überreichte Carl ein ärmelloses Oberteil aus dickem Leder. Es war erstaunlich schwer.

»Danke.«

»Nichts zu danken. Man weiß nie, was in der Schlacht geschehen wird. Vielleicht bist du derjenige, der demnächst meine Haut retten wird? Und das wirst du nur können, wenn du bis dahin überlebst. Das ist meine alte Ausrüstung, die ich für den Notfall mitgenommen habe. Wenn du magst, kannst du sie behalten.«

Carl zog sich den Lederüberwurf über den Kopf. Er bestand aus unzähligen rautenförmigen Lederstücken, die wie Schuppen übereinandergelegt und fest mit einer Lederschnur vernäht waren. Da er keine Ärmel besaß und einen großzügigen Halsausschnitt hatte, saß er gut. Er schützte zwar nur die Leibesmitte, aber es war besser als nichts. Carl grinste selig.

Heinrich nickte zufrieden. »Mit dem Morgenstern in der Hand und diesem Überwurf wirst du den Feind schon allein mit deinem Anblick das Fürchten lehren!«

Zu zweit machten sie sich auf zum zentralen Versammlungsplatz.

Dann hieß es abermals warten.

Als die Sonne vier Fingerbreit über dem Horizont stand, sammelte sich das Heer vor den Toren der Stadt. Carl fühlte sich wie eine Ameise in einem unüberschaubaren Meer aus Fußsoldaten. Er war einem Rottmeister zugeteilt worden, der für eine kleinere Abteilung von Kämpfern, eine Rotte, zuständig war. Ein grobschlächtiger Kerl, der vor allem auf seine eigene Sicherheit bedacht war und Carl keine weitere Beachtung schenkte.

Es gab keine ausgeklügelte Strategie. Man hatte den unberittenen Waffenknechten lediglich gesagt, dass sie in Richtung Tor zu stürmen hatten, sobald der Befehl dazu kam. Den Söldnern war das abendliche Bier verweigert worden, was die Stimmung kräftig angeheizt hatte.

Die Gebete waren lange gesprochen, das Heer gesegnet. Dietrich war nach vorn geritten, um ein letztes Mal mit den Stadträten, die sich auf der Mauer über dem Tor versammelt hatten, Beleidigungen auszutauschen.

Carl schlug das Herz heftig in der Brust.

»Bist ein bisschen blass um die Nase. Dein erstes Mal?«, fragte ein Waffenknecht neben ihm. Als Carl nicht antwortete, sagte er: »Ist für jeden irgendwann das erste Mal. Ich bin Ottokar.«

»Carl.«

»Du musst reichlich Beute machen, Carl«, sagte Ottokar. »Es gibt heute keinen Sold. Dafür wurde die Stadt zur Plünderung freigegeben.«

»Gut zu wissen.«

»Kleiner Rat. Halt dich an die Straßen rund um die Hauptstraße. Da denkt keiner dran. Die meisten stürzen sich immer ins erstbeste Haus. Und dann ist es egal, wer Freund ist und wer Feind. Besser, man hält sich da raus, sonst hat man plötzlich eine Ruppiner Klinge im Rücken.«

»Werd's mir merken. Danke.«

Ottokar deutete mit dem Spieß nach vorn. Dietrich war zu seinen Rittern zurückgekehrt. »Gleich geht's los. Gott sei mit dir!«

»Und mit dir.«

Carl hatte gute Sicht nach vorn. Alle warteten auf Dietrichs Befehl. Schließlich hob dieser den linken Arm. Er hielt sein

Schwert in die Luft. Die Männer hörten auf zu murmeln. Es wurde totenstill.

Alle Blicke gingen zu den Bogenschützen, die etwas abseits standen. Sie spannten Pfeile ein, die in Öl getaucht waren und todbringende Flammen an ihren Spitzen trugen.

Dietrich riss den Arm nach unten. »Abschuss!«

Im hohen Bogen segelte ein lautloser Schwarm aus Sternschnuppen in Richtung Stadt. Carl legte den Kopf in den Nacken, um ihren unheilvollen Flug zu verfolgen. Er hatte so etwas noch nie zuvor gesehen. Die glühenden Tropfen waren schaurig schön.

Die Schützen hatten gut gezielt. Die Brandpfeile landeten auf den hölzernen Dächern der Wiekhäuser und setzten sie in Brand. Auf der Mauer kam Bewegung auf.

»Feuer! Feuer!«, erscholl es auch aus der Stadt.

Auf dem Wehrgang wurden sofort Löscharbeiten in Angriff genommen.

Man ließ der Bürgermiliz keine Zeit zum Sammeln. Dietrich gab den erneuten Befehl. Ein weiterer Feuerregen folgte. Die Männer um Carl scharrten ungeduldig mit den Füßen.

»Komm schon!«, sagte Ottokar und spuckte aus.

Ohne Pause gab Dietrich den Befehl für die dritte Salve.

Endlich ertönte in der Stadt das Läuten, auf das sie alle gewartet hatten: die Feuerglocke.

Dietrich klappte sein Visier herunter und riss den Arm mit dem Schwert hoch. »Sturm!«

Hunderte Kehlen brüllten gleichzeitig los. Dietrich rammte die Sporen in die Flanken seines Schlachtrosses. Sandteufel legte die Ohren an und machte einen Satz nach vorn. Die anderen Pferde fielen mit ein, ihre Hufe wirbelten im hohen Bogen Erde und Gras auf.

Carl blinzelte. Ihm war Dreck in die Augen gespritzt. Für einen kurzen Moment war er blind. Er rieb mit der Linken und hielt seine Waffe in der Rechten fest umklammert. Hinter ihm drückte es in den Rücken. Er stolperte nach vorn.

Der Rottmeister trieb seine Männer unbarmherzig an. »Vorwärts, ihr feigen Schwanzlutscher! Die Strausberger erwarten euch schon!«

Die Stadtmauer war ein imposantes Bauwerk aus Stein, gut fünfzehn Ellen hoch und mit Zinnen besetzt. Sie hätte jedem Sturm standgehalten. Die Tore hingegen waren lange Jahre vernachlässigt worden. Dietrich hatte das gewusst. Er hielt sich nicht mit der Mauer auf, sondern lenkte den Hauptteil der Reiterei gegen das Tor. Die Ritter schützten einen Rammbock, der unerbittlich auf die morschen Holzbohlen einschlug. Der Rest hämmerte mit Streitäxten auf die rostigen Metallschienen ein. Die nachdrängenden Fußsoldaten kamen den Reitern zu Hilfe und erhöhten den Druck auf die altersschwachen Scharniere.

Steine und Geschosse stürzten von oben auf sie herab. Wer konnte, duckte sich unter seinem Schild. Doch nur die wenigsten waren so gut gewappnet. Von überall her erklangen Schmerzensschreie. Carl fluchte. Er hatte noch nicht einmal einen Helm.

Wie durch ein Wunder blieb er unverletzt.

Nicht jeder kam so glimpflich davon. Ottokar brüllte vor Schmerz auf. Ein Pfeil hatte ihn an der Schulter verletzt. Er kam ins Straucheln und stürzte. Carl versuchte, die Hand auszustrecken, um ihn hochzuziehen, doch er stand zu dicht gedrängt. Die Menge drückte ihn weiter und trieb ihn fort. Er verlor den Waffenknecht aus den Augen.

Der Druck wurde unerträglich. Carl befand sich mitten in einer Masse aus schwitzenden, brüllenden Leibern. Die Luft war stickig, der Lärm ließ ihm die Ohren klingeln, das Atmen wurde ihm zur Qual. Ellbogen trafen ihn ins Gesicht. Er starrte auf den Helm seines Vordermanns. Sein verzerrtes Spiegelbild kam ihm fremd und unwirklich vor. Warum nur hatte er sich auf diesen Irrsinn eingelassen?

Vor ihnen dröhnte rhythmisch der Rammbock. Der Krach heizte die Stimmung zusätzlich an. Ohne es zu merken, schrie er selbst aus voller Lunge.

Das Splittern von Holz. Das geschwächte Tor gab nach! Ein Ruck ging durch die Reihen. Die Menge stürzte mit einem gemeinschaftlichen Satz nach vorn.

Der unerwartete Schwung riss Carl beinah um. Seine Füße hoben vom Boden ab, doch die anderen hatten ihn so eingepfercht, dass er nicht stürzen konnte.

Der Weg war frei. Wie eine unaufhaltsame, unheilbringende Flut strömten die Ruppiner und Dietrichs Männer durch das aufgebrochene Tor in die Stadt.

Vor ihnen lag die staubige Hauptstraße mit der versprenkelten Bürgermiliz. Die Ritter setzten sich sofort vom Feld ab und preschten nach vorn. Sie überließen das Fußvolk seinem Schicksal, damit sie als Erste Beute machen konnten.

Carl erkannte verblüfft, dass seine Rotte trotz des Geschiebes zusammengeblieben war. Die Bürgermiliz nahm das Dutzend Eindringlinge in die Zange. Seine Kameraden wurden in heftige Zweikämpfe verwickelt. Carl fand sich in der Mitte wieder, neben dem mürrischen Rottmeister.

»Kämpf schon, du Arschloch!«, brüllte dieser.

Carl hob die Waffe, unschlüssig, wohin er sich wenden sollte.

Und dann stand er auf einmal völlig frei.

Ein Mann der Bürgermiliz kam ihm entgegen, in den Händen ein Spieß, die Augen schreckgeweitet. Die Fingerknöchel um die Holzstange traten weiß hervor. Seine Bewegungen waren plump und behäbig. Beherzt hob er die metallene Spitze und zielte auf Carls Brust.

Carl holte instinktiv mit dem Morgenstern aus. Der Schlag war kraftvoll, doch er ging ins Leere. Ihm entwich ein Knurren. Es war ungewohnt für ihn, mit einer Waffe zu kämpfen.

Der Strausberger hielt ihn mit dem Spieß auf Abstand. Er griff nicht an, sondern wartete ab. Vielleicht hoffte er, dass er Carl lange genug ablenken konnte, bis ihm ein anderer in den Rücken fiel. Carl musste schnell handeln, doch sein Arm war nicht so lang wie ein Spieß. So konnte er seinen Gegner niemals treffen. Es gab nur eine Möglichkeit: Er musste einen Trick anwenden.

Er senkte den Morgenstern und bot sich regelrecht an. Sein Gegner fühlte sich herausgefordert. Er trat nach vorn und vollführte einen schneckengleichen Stoß. Carl wiederholte seinen Scheinangriff. Der Kerl antwortete wie erwartet, doch die Metallspitze sackte immer tiefer in Richtung Boden. Der Mann ermüdete von der schweren Waffe. Als er seinen Fehler erkannte, zog er verängstigt den Spieß weit über Carls Kopf nach oben.

Beim dritten Mal wagte Carl den Vorstoß. Er duckte sich unvermittelt und schlüpfte unter der Stange hindurch. Leichtfüßig sprang er nach vorn und richtete sich wieder auf. Nun stand er dem Strausberger mit nur einer Schrittweite Abstand gegenüber.

Sein Gegner riss vor Überraschung die Augen auf. Er hatte nicht damit gerechnet, dass Carl sich ihm so weit nähern würde.

Carl nutzte das Zögern des Mannes aus. Er hob den Arm und holte mit dem Morgenstern aus. Die Waffe fand ihr Ziel. Die Eisenspitzen bohrten sich in den Kopf des Strausbergers. Die Schädeldecke knickte ein, der Kerl stöhnte auf.

Carl blinzelte. Er hatte ein wenig Blut und Hirnflüssigkeit in die Augen bekommen. Schnell wischte er sich mit dem Ärmel ab. Vor ihm brach sein Gegner mit grotesk eingedelltem Gesicht leblos zusammen.

Carl starrte auf den Gefallenen zu seinen Füßen. Er hatte jemanden erschlagen. Dieser Mann hat vor wenigen Augenblicken noch gelebt, und nun war er tot.

Er war das gewesen.

Er horchte in sein Herz. Empfand er Mitleid mit seinem Opfer? Nein, stellte er verwundert fest. Er fühlte überhaupt nichts. Allenfalls war er ein wenig irritiert darüber, wie leicht es ihm von der Hand gegangen war.

Er wandte sich ab. Es gab keine Zeit zu verlieren. Der nächste Strausberger wollte gefällt werden.

Er knöpfte sich einen Mann in einem hellgrauen Wams vor, ein Bäckergeselle. Der Kerl kämpfte mit einer Axt. Diesmal war es ein Kampf auf Augenhöhe. Mit einem gezielten Schlag traf

Carl ihn gegen die Schulter. Der Strausberger ließ mit einem Schrei die Waffe fallen und kippte um. Wimmernd rollte er sich auf den Rücken und fuchtelte in Todesangst in der Luft herum. Die Axt war ihm aus der Hand geglitten, sein rechter Arm unnütz geworden.

Carl dachte nicht weiter nach. Es gab nur ihn oder den Gesellen. Er hob den Morgenstern über den Kopf und ließ ihn mit Schwung auf das Gesicht sausen. Unter der Wucht war der Schädel weich wie Butter. Das Wimmern verstummte.

Er ließ die Waffe gleich noch einmal niedergehen. Und ein drittes Mal. Als er sicher war, dass der Kerl ihm nicht weiter gefährlich werden konnte, suchte Carl sich den nächsten Gegner.

Von da an ging alles ganz schnell. Fast jeder Schwung saß. Der Griff seiner Waffe wurde glitschig vor Blut. Es war zum Glück nicht seins.

Carl stolperte weiter, die Hauptstraße hinunter, den Weg, den die Ritterschaft genommen hatte. Er war wie in einem Rausch. Die Luft stank nach Blut, nach Scheiße und Erbrochenem, nach Staub und Rauch. Die Häuser zu beiden Seiten standen nach dem Beschuss mit Brandpfeilen lichterloh in Flammen. Die Bürger hatten versäumt, die Dächer vorsichtshalber in Wasser zu tränken.

Überall herrschte Chaos. Kühe, Schweine und Ziegen rannten kopflos und blökend durch die Straßen und brachten so manchen zu Fall. Frauen und Kinder eilten vorbei, in den Händen ihre Wertsachen. Sie kamen nicht weit, denn die Fußknechte erschlugen sie von hinten. Es war, als ob sich das Höllentor geöffnet hätte und der Teufel persönlich zu Besuch gekommen wäre.

Als ein Großteil der Bürgermiliz dahingemetzelt war, entspannte sich die Lage. Die Söldner begannen, sich an der Stadt gütlich zu tun.

In einer Gasse stieß Carl auf den Kameraden, der ihm das Lederwams geschenkt hatte. Seine Hosen waren heruntergelassen und er pumpte zwischen den Schenkeln eines kreischenden Mädchens, das zwei andere an den Armen festhielten. Carl blieb stehen.

»He, alter Freund! Komm rüber!«, keuchte Heinrich. »Die beiden sind schon fertig. Du kannst als Nächstes.«

Carl wandte sich ab. Die gellenden Schreie weckten in ihm unangenehme Erinnerungen an Anne.

Er lief weiter. Die meisten Häuser um ihn herum brannten wie Fackeln. Die Hitze war überwältigend. Wie Glühwürmchen in der lauen Abendbrise stoben Funken durch die Luft. Der Rauch ließ seine Augen tränen. Er hielt sich die Armbeuge vor Mund und Nase und kämpfte sich weiter.

»Carl! Hinter dir!«, schrie jemand.

Er fuhr herum und hob den Morgenstern.

Vor ihm stand ein Schmied mit weit aufgerissenen Augen. Aus seinem Bauch schaute eine blutige Schwertspitze heraus. Sie verschwand wieder, als Klöden sie herauszog. Der Schmied sackte in sich zusammen.

Der pockennarbige Waffenknecht runzelte die Stirn. »Das war knapp, Carl. Du musst deine Augen überall haben!«

»Danke. Ich habe ihn nicht kommen hören.«

Klöden gesellte sich an seine Seite. Er war wie ein prunksüchtiger König mit Goldketten und Juwelen behangen. An seinem Gürtel klimperte ein voller Beutel. Beim Gehen zog er das Bein nach.

»Bist du verletzt?«, fragte Carl.

»Nur ein Kratzer. Du?«

»Nein.«

»Glück gehabt! Wo willst du hin?«

»Weiß nicht.«

Sie erreichten den Marktplatz mit der Kirche. Das Gotteshaus war aus Stein erbaut, die schwere Holztür stand einladend offen. Wahrscheinlich hatten hier viele Bürger vorsorglich Schutz gesucht.

Rund um den Platz war die Ritterschaft damit beschäftigt, die großen Bürgerhäuser zu plündern. Sie waren von den Pferden abgestiegen, um die Schätze aus den Stuben zu holen. Edle Tuche, Geschmeide und teure Möbelstücke flogen im hohen Bogen aus Türen und Fenstern.

Die Freunde erspähten Dietrich. Jauchzend zog er mit Sandteufel auf dem Marktplatz seine Kreise. Er hatte die Zügel losgelassen und lenkte das Pferd mit den Schenkeln. Er sah aus, als wäre er auf der Jagd.

»Ein Teufelskerl!«, sagte Klöden bewundernd.

Carl nickte.

Plötzlich zwängte sich am fernen Ende des Marktplatzes ein fettleibiger Strausberger aus einer Gasse. Für einen Moment lehnte er sich an die Hauswand und schnappte nach Luft. Der Kleidung nach zu urteilen war er ein Kaufmann. Er trug ein teures Wams und kostbare Seidenschuhe. Mit den Augen maß er den Platz zwischen sich und der Kirche ab. Schließlich beschloss er, es zu riskieren. Keuchend und mit vorgeschobenem Bauch preschte er los.

Dietrich gab Sandteufel die Sporen und hielt direkt auf den Kaufmann zu. Der Mann hatte keine Chance. Dietrich schnitt ihm den Weg ab und schwang seinen Morgenstern. Sein Opfer schrie auf und riss abwehrend den Arm hoch. Es nützte ihm nichts. Die Waffe traf ihn am Kopf und zerschmetterte ihm den Schädel. Er stürzte und brach blutüberströmt zusammen.

Dietrich lenkte Sandteufel zur Mitte des Platzes zurück. Als er Carl und Klöden bemerkte, trabte er mit leuchtenden Augen zu ihnen hinüber. Sein Gesicht war mit feinen roten Tröpfchen gesprenkelt. »Na, Bauer, wie gefällt dir das? Wie viele Männer hast du schon getötet?«

Carls blickte zur Waffe in seiner Hand. Blut, Haare und Gehirnmasse klebten daran. »Hab nicht mitgezählt.«

»Schon Beute gemacht?«

Carl schüttelte den Kopf. »War beschäftigt.«

Dietrich lachte auf. Mit einem irren Ausdruck in den Augen schaute er sich um. »Dann jetzt schnell, Bauer! Auf dem Marktplatz wirst du nicht fündig werden. Das werden die Ritter nicht zulassen. Aber entlang der Hauptstraße kann man ebenfalls guten Gewinn machen. Da findest du auch jede Menge Jungfrauen. Klöden kann dir zeigen, wo.«

»Werde ich gleich tun«, sagte Carl.

Dietrich schnalzte mit der Zunge. »Komm, lass mich dir eine Freude machen.«

Er trabte zu dem Kaufmann und rutschte aus dem Sattel. Gleichgültig schleuderte er den Morgenstern von sich und zückte den Dolch. Er hackte der Leiche einen Finger ab und kehrte zu Fuß zurück. Unterwegs ruckelte er an dem Finger, bis er den Ring befreit hatte. »Schau mal, Bauer, für deine Tapferkeit.«

Carl nahm das Geschenk entgegen. Es war ein Siegelring, wie ihn Kaufleute trugen. Er war alt und abgenutzt, aber an den Kanten war noch der Glanz des Goldes auszumachen.

»Danke.« Weil er nicht wusste, was er anderes hätte tun sollen, steckte er sich den Ring an den Finger. Er passte wie angegossen.

Dietrich legte ihm einen Arm um die Schultern. Carl kräuselte die Nase. Seinen Dienstherrn umgab eine Wolke aus Schweiß, Blut und Tod.

»Ich wusste, aus dir wird ein passabler Kämpfer, Bauer! Und nun hör mir genau zu.«

Carl betrachtete den Ring. Er hatte noch nie etwas so Kostbares besessen.

»Hörst du zu?«

»Ja, Dietrich.«

»Das, mein Lieber, war nur der Anfang.«

Carl sah ihn an. »Nur der Anfang?«

Dietrichs blaue Augen leuchteten. Er machte mit dem Arm eine ausschweifende Bewegung, so als stünden sie auf einer Felsklippe und würden ein wunderschönes Panorama betrachten. Carl und Klöden folgten Dietrichs Blick. Für einen Moment verschwanden die brennenden Häuser vor Carl und er sah eine vertraute Welt aus Lüchen und Mooren, Sandböden und Kiefernwäldern.

»Bald schon wird ganz Brandenburg von den Quitzows hören. Ganz Brandenburg!«, schwärmte Dietrich. »Unser Name wird in aller Munde sein. Sie werden uns fürchten wie das Höllenfeuer! Was sagst du dazu?«

Carl nickte beeindruckt.

Dietrich stupste mit dem Finger gegen seine Brust. »Und du, Bauer, hast das unbeschreibliche Glück, meinen Aufstieg in Blut und Asche hautnah mitzuerleben.«

Der Gewandhändler

Fehrbellin, Oktober 1402

Zum ersten Mal nahm Dietrich Carl zu etwas mit, was die Quitzow-Brüder scherzhaft eine »Kleine Reiterei« nannten. Gemeint war ein Überfall auf den Bischof von Lebus.

Im Gegensatz zu den Großen Reitereien wie die Eroberung der Stadt Strausberg war an Kleineren Reitereien immer nur eine handverlesene Auswahl von Männern beteiligt, die Besten der Besten. Obwohl Carl es nicht wollte, schmeichelte es ihm, dass Dietrich ihm persönlich für diese Aufgabe ausgewählt hatte.

Hinter ihnen lagen aufregende Wochen. Nach dem Fall von Strausberg hatte Dietrich angeordnet, die Dörfer der Umgebung zu plündern. In wendigen Verbänden hatten sie sich ans Werk gemacht. Die Methode war fast immer dieselbe: Sie verschossen Brandpfeile, trieben das Vieh weg und leerten die Scheunen. Ihre Überfälle waren eine Heimsuchung ähnlich der Pest.

Viele Bauern verließen nach einem Besuch der Quitzows ihre Heimat und zogen weit weg, um den ständigen Fehden in der Mark zu entkommen.

Natürlich konnte Carl seine Augen nicht davor verschließen, dass er nun anderen das antat, was man vor zwei Jahren seiner Familie und seinem Dorf angetan hatte. Doch er verdrängte die Schuldgefühle und rief sich in Momenten der Schwäche in Erinnerung, dass er jetzt Teil einer Truppe war, die füreinander einstand. Wer mochte schon zur Verliererseite gehören? Die Ritter und Waffenknechte der Quitzows waren seine neue Familie geworden. Und der blond gelockte Mann, der sie anleitete, war der allmächtige Vater über allem.

Ihr Trupp an diesem Tag bestand aus zwanzig Reitern, fünf davon ausgeschickt von den Grafen von Ruppin. Dietrich ritt vorneweg auf seinem Apfelschimmel, den Kopf stolz erhoben. Sie überquerten eine weitläufige Brenndoldenwiese, deren weiße Pracht längst verblüht war. Ein zäher Wind blies aus Osten und ließ das trockene Laub in den Kronen der Erlen rauschen. Drei Rotmilane drehten am wolkenverhangenen Himmel ihre Kreise.

Carl klappte den Kragen des Mantels hoch, um seinen Nacken besser vor der Kälte zu schützen. Der Herbst war über die Mark hereingebrochen, und der Wind war frisch.

Klöden zwinkerte ihm zu. »Pass auf, Carl!« Er holte tief Luft. »Dietrich!«, brüllte er über das Klappern der Rüstungen hinweg. »Wann führst du uns in ein Hurenhaus? Meine Börse platzt vor lauter Münzen! Ich bekomme nie Gelegenheit, das Geld auszugeben.«

Die anderen fielen mit ein. »Ja, wird mal wieder Zeit!«

Dietrich drosselte sein Pferd. Er gesellte sich zwischen Klöden und Carl.

»Du willst wohl mal wieder die Sau rauslassen, was, Klaus?«

»Was soll ich sonst mit dem Geld anstellen?«

»Und was ist mit dir, Bauer?«

Carl gab sich gleichgültig. »Ist noch alles im Reinen.«

Dietrich prustete los. »Also immer noch Jungfrau, he? Mensch, wann besorgst du es der Kleinen endlich?«

»Von welcher Kleinen sprechen wir?«, fragte Klöden.

»Die Magd mit den roten Bäckchen und den langen braunen Haaren.«

Klöden grübelte. Sein Gesicht hellte sich auf. »Mette? Ja, die ist wirklich süß. Die würde ich auch nehmen, wenn sie mich ranließe.«

»Da kannst du wieder mal sehen, wie dumm unser Bauer ist. Das Mädchen würde ihn nämlich gern mal ranlassen.« Er hob die Stimme zu einem weibischen Wimmern. »Aber er traut sich nicht!«

Johann grunzte. »Wie niedlich!«

Carl stieg das Blut zu Kopf. »Ich ziehe kein junges Mädchen hinter den Stall, nur, weil ich gerade Lust dazu habe.«

Dietrich grinste. »Die hat's schon mit der halben Ritterschaft getrieben. Oder macht sie bei dir etwa einen auf keusch?«

Carl wandte den Blick ab und starrte blind geradeaus. Er mochte es nicht, wenn man ihn aufzog. Ihm war klar, er war selbst schuld. Seine krankhafte Schüchternheit lud die Männer geradezu dazu ein, sich über ihn lustig zu machen. Dabei konnte er seit Monaten an nichts anderes mehr denken. Kletzke war der reinste Sündenpfuhl! Die Halle, die sie alle bis auf die Burgherrenfamilie zum Schlafen teilten, tönte bis in die frühen Morgenstunden von den Liebesakten der Bewohner wieder. Und das, obwohl die meisten verheirateten Paare, so wie Thomas, private Quartiere im Dorf bezogen hatten. In dieser Umgebung konnte man ja nur an das Eine denken!

»Brauchst du jemanden, der dich an die Hand nimmt? Ich kann dir bestimmt helfen und sie für dich warm machen«, bot Dietrich an.

»Danke, nicht nötig.«

»Du weißt aber schon, wo du das Ding reinstecken musst, oder?«, stichelte Dietrich weiter.

Johann ließ sich zurückfallen und mischte sich ein. »Wir sollten Wetten abschließen. Ich sage, Carl tut es noch in dieser Woche mit ihr. Wer macht mit?«

Dietrichs eisblaue Augen blitzten auf. »Ich bin dabei. Ich sage zwei. Klöden?«

»Drei Wochen und länger. Der Bursche ist so verklemmt, er würde selbst dann nicht zustoßen, wenn sie feucht und mit gespreizten Beinen vor ihm läge.«

Sie brachen in amüsiertes Wiehern aus.

Carl presste die Lippen aufeinander. Er war zugleich beleidigt und peinlich berührt.

»Die Wette gilt«, rief Dietrich fröhlich.

Kurz darauf runzelte er die Stirn. Am Horizont öffnete sich der Blick auf einen großen See mit einer Anlegestelle für eine Fähre. »Mir scheint's, wir sind da.«

Die Reiter stiegen in einiger Entfernung ab. Sie führten die Pferde in einen nahe gelegenen Wald und banden sie dort an. Im Schutz von Bäumen und Büschen schlichen sie sich so nah wie möglich an die Anlegestelle heran, um sich auf die Lauer zu legen. Nun hieß es warten.

Der Bereich um den See war bis auf eine Gruppe von Reitern am gegenüberliegenden Ufer menschenleer. Eine Fähre setzte soeben über.

»Dieser See sieht komisch aus«, flüsterte Carl.

»Wieso?«, raunte Klöden.

»Das Schilf steht überall, nicht nur am Ufer, so als ob das Wasser sehr flach wäre.«

»Das ist das Rhinluch«, erklärte Klöden. »Im Sommer trocknet es so weit aus, dass es nur noch ein Moor ist. Aber jetzt im Herbst muss eine Fähre fahren, die die Ländchen miteinander verbindet.«

Carl wusste, Ländchen nannte man die höher gelegenen Stellen in der Mark Brandenburg, die wie Inseln aus den Niederungen hervorstanden.

Klöden stupste ihn an. »He, wenn du wissen willst, ob die Kleine sauber ist, sag nur Bescheid. Ich opfere mich gern.«

»Haha, sehr lustig. Ich glaube, wir haben genug auf meine Kosten gelacht.«

»Kann ja sein, dass du denkst, dir könnte das Ding abfallen.«
Carl schwieg beleidigt.
»Nimm's nicht so schwer. Wir kochen alle nur mit Wasser.«
»Ist nicht so, als ob ich nicht wollte.«
»Dann tu's doch einfach, du Depp. Ist doch nichts dabei.«
Carl brummte.
Nach einiger Zeit spürte er leichte Erschütterungen. Der Boden unter ihnen hatte angefangen zu beben. Pferdehufe.
Sein Herzschlag beschleunigte sich. »Sie kommen.«
Die bewaffnete Eskorte einer höhergestellten Person erreichte die Anlegestelle. Die Garde war in Livree, gut gerüstet und ritt kräftige Pferde. In ihrer Mitte befand sich ein fettleibiger Mann mit einer Mitra auf dem Kopf. Es war der Bischof von Lebus. Die Reisegruppe erwartete die Ankunft der Fähre.
Klöden pfiff leise durch die Zähne. »Ganz schön viele Tiere.«
»Wie viele schätzt du?«, flüsterte Dietrich.
»Sechsundfünfzig Pack- und Reitpferde«, antwortete Carl.
Dietrichs Kopf fuhr herum. »Wie hast du das so schnell gewusst, Bauer?«
»Hab's überschlagen.«
»Nicht schlecht! Und wie viele Männer?«
»Dreißig, den Bischof nicht mitgerechnet.«
»Verdammt! Mehr als ich dachte. Wir müssen vorsichtig sein.«
Die Fähre legte an. Ein unbeteiligter Passagier ging an Land und schlug den Weg nach Osten ein, ein anderer blieb an Bord.
Der Bischof schwang sein fettes Bein über den Widerrist des Pferdes. Drei Wachen eilten mit einem hölzernen Gestell herbei. Er ließ sich langsam aus dem Sattel gleiten und unter Mithilfe auf die Holztreppe setzen. Sein Gesicht lief vor Anstrengung tiefrot an und er schnaufte vernehmlich.
Johann grinste hämisch. »Schaut euch an, wie feist unser verehrter Landeshauptmann geworden ist, während die Pommern die Mittelmark verwüsten und die Bauern erschlagen.« Dass er eigenhändig die Pommern dabei unterstützt hatte, die Mittelmark zu verwüsten, erwähnte er nicht.

»Du bist es, der der Landeshauptmann der Mittelmark sein sollte, Johann, nicht dieser Fettwanst«, flüsterte Dietrich.

»Eines Tages werde ich das bestimmt sein, irgendwo.«

»Der Markgraf sieht nicht, wie viel härter man hier durchgreifen sollte«, sagte Dietrich.

Carl wusste, die Brüder hatten nichts als Verachtung für den Bischof übrig, der in ihren Augen einen schwachen und unwürdigen Fürsten vertrat.

Der Mann auf der Fähre kletterte von Bord. Er breitete die Arme aus und kam dem mächtigen Kirchenmann entgegen. Carl sah, dass er Prunkkleidung trug. Sein wallendes braunes Haar war sauber in der Mitte gescheitelt.

Dietrich zischte: »Der Herzog von Mecklenburg-Stargard. So ein eitler Gockel.«

Stargard fiel auf ein Knie und senkte das Haupt. Der Bischof streckte ihm die Hand für einen Kuss hin.

»Was haben die beiden vor?«, fragte Carl.

Dietrich rieb ihm freundschaftlich mit den Handknöcheln über den Schopf. »Ah, mein kleiner Bauer. Will immer alles wissen.« Doch es war keine Rüge. Bereitwillig erklärte er: »Stargard ist ebenfalls Landeshauptmann, allerdings in der Prignitz.«

»Da, wo Kletzke liegt, oder?«

»Ja, richtig. Er ist also sozusagen unser Landeshauptmann. Oder zumindest wünscht er, er wäre es.«

»Warum dieses geheime Treffen?«

»Meine Vermutung: Dem Bischof ist die Lage zu heiß geworden, und er will Stargard sein Amt abtreten.«

»Aber Stargard ist doch bereits Landeshauptmann.«

»Er kann den Hals halt nicht voll genug bekommen. Er will die Kontrolle über zwei Gebiete.«

Carl nickte. »Verstehe. Und was jetzt?«

»Abwarten.«

Der Bischof und der Herzog stiegen in die schwankende Fähre. Der Fährmann nahm einen langen Stecken zur Hand und stieß sich vom Ufer ab. Was auch immer die beiden zu bereden hatten, sie wünschten keine Zeugen.

Dietrich rückte ein wenig von seinem Ausguck ab. Er wandte sich an die, die ihm am nächsten waren. »Gleich geht es los. Es sind leider mehr Waffenknechte, als ich gedacht habe. Also müssen wir sie überraschen. Wir dürfen nicht zögern. Ich will alle Pferde, alle Waffen, alles Geschmeide. Was ihr mit den Wachen anstellt, ist mir gleich. Verstanden?«

Die Männer gaben flüsternd die Anweisungen an die hinteren Reihen weiter.

Gebannt erwarteten sie das Zeichen zum Angriff. Dietrich hob die linke Faust.

Die gelangweilten Wachen des Bischofs begannen derweil, miteinander zu plaudern. Einige stiegen ab, kramten Proviant aus den Satteltaschen und nahmen die Helme ab, um zu essen. Andere suchten zum Pinkeln einen Baum auf. Sie ahnten nicht, dass ihnen ihre Nachlässigkeit gleich teuer zu stehen kommen würde.

Dietrich grunzte. »Was für überbezahlte Volltrottel.« Er ließ die Faust sinken und brüllte: »Angriff!«

Auf allen vieren krabbelte er aus dem Versteck und zog sein Schwert. Carl und die anderen folgten. Mit lautem Gebrüll fielen sie über die Waffenknechte her.

Die Männer des Bischofs waren völlig überrumpelt. Kopflos eilten sie zu ihren Waffen.

Carl knöpfte sich einen Kerl mit O-Beinen vor, der sich mit heruntergelassener Hose an einem Baum erleichtert hatte. Ohne Vorwarnung schwang Carl seinen Morgenstern und holte aus. Der Kerl fuhr herum und riss die Augen auf. Carl erwischte ihn an der Schläfe. Der Mann sackte bewusstlos zusammen. Carl legte nach und zertrümmerte ihm den Schädel. Er hatte längst gelernt, dass sich zu große Milde rächen konnte.

Er wandte sich dem nächsten zu, ein zarter Jüngling mit blonden Locken, die ihn an Dietrich erinnerten. Er hatte gleich nach Abfahrt des Bischofs den Helm abgenommen, eine Entscheidung, die er nun wahrscheinlich bereute. Er sank flehend auf die Knie und wimmerte um Gnade. Carl kam seinem Wunsch nach und gab ihm ein schnelles Ende. Der Jüngling fiel nach vorn um und blieb liegen.

»Carl! Von links!«

Das war Klöden. Sie gaben einander immer Rückendeckung.

Im Augenwinkel nahm er eine Bewegung wahr. Er tat einen Schritt zur Seite und wich aus. Klöden kam zu seiner Unterstützung und erwischte den Wachmann mit seinem Schwert am Rücken. Die Knie des Mannes knickten ein und er sank zu Boden. Klöden schnitt ihm die Kehle durch.

Carl holte Luft. Das war knapp gewesen. Sie tauschten einen Blick und nickten einander zu.

Dietrich rief: »Einhalten!«

Carl schulterte den Morgenstern und sah sich um. Der Überfall war blitzschnell vorbei gewesen. Sie hatten ein regelrechtes Blutbad angerichtet. Die meisten Wachen waren getötet worden. Ein Drittel ergab sich und warf die Waffen davon. Carl zählte nach. Er hatte zwei der Männer erschlagen. Es erfüllte ihn immer wieder mit Staunen, wie leicht es ihm von der Hand ging.

Dietrich sagte zu den Wachen: »Mit dem Bauch auf den Boden! Hände über den Kopf!« Er ging im Kreis um die Überlebenden herum. Mit einem Ruck zog er ihnen nacheinander die Hosen bis zu den Knien herunter. »Was für weiße Ärsche! Na los, Männer, steckt ihnen ein Stöckchen hinein.«

Lachend sammelten seine Männer Zweige ein und klemmten sie den überwältigten Wachmännern zwischen die Pobacken. »Das wird euch lehren, auf Wache nicht so unachtsam zu sein! Ihr solltet euch schämen!«

Die Quitzow-Leute durchwühlten die prall gefüllten Satteltaschen.

Auch Klöden griff in einen Sack und zog eine Handvoll Geldmünzen hervor. »Nicht schlecht!«

Ein anderer hielt eine goldene Monstranz in die Höhe. »Das ich das mal erleben darf!«

Dietrich ging ebenfalls durch das Gepäck. Er schnaubte vergnügt. »Dieser Hohlkopf von Bischof ist mit seinem gesamten Hausrat angereist.«

Er entdeckte einen prachtvoll mit Goldfäden bestickten Chormantel und einen reich verzierten Krummstab. Grinsend zog er den Mantel über und hob weihevoll den Stab in die Luft. »Und? Was sagt ihr?«

Carl und die anderen lachten. Dietrich sah in den falschen Gewändern aus wie ein Gaukler.

Eine der Wachen am Boden rief voller Entrüstung: »Entehre nicht die Insignien unserer bischöflichen Gnaden, sonst bist du der Hölle sicher!« Das begrünte Stöckchen in seinem Hintern wippte fröhlich hin und her.

Dietrich schaute auf ihn herab. »Ich bin mir gewiss, in der Hölle wartet schon ein warmes Plätzchen für mich. Du kannst dir deine Warnung also sparen.« Er beschattete die Augen und inspizierte das Geschehen auf dem See. Der Überfall war unbemerkt geblieben.

Ein anderer meldete sich zu Wort. »Der Bischof wird schreckliche Rache nehmen!«

Dietrich fuhr zu ihm herum. »So, wird er das? Dann sollte er besser mit Stargard zu einer gütlichen Einigung kommen. Er wird das Bündnis nun mehr denn je brauchen. Der Bischof allein kann mir nichts anhaben.«

»Aber, der Bischof ist der Landes…«

Dietrich hob den Krummstab wie einen Prügel über den Kopf. »Schweig! Wer jetzt noch das Maul aufreißt, dem stoße ich mein Schwert in den Leib, und zwar von hinten nach vorn wie bei einem Spanferkel.«

Die bildhafte Drohung entlockte seinen Leuten ein Glucksen.

Johann zeigte mit ausgestrecktem Arm auf die Fähre. »Schau, der Bischof hat dich endlich bemerkt!«

Dietrich, im Mantel und mit Stab in der Hand, begab sich zum Ufer. Er brüllte hinüber. »Gefalle ich dir, Bischof?«

Er ging ein paar Schritte am Wasser entlang, doch er holte nicht weit aus, wie er es sonst immer tat, sondern schleppte sich dahin, eine perfekte Nachahmung des fettleibigen Kirchenmanns. Aus dem kostbaren Bischofsstab wurde der Gehstock eines Greises, den er respektlos in den feuchten Ufergrund rammte.

Sein Gefolge brach in donnerndes Gelächter aus.

Das Gesicht des Bischofs war eine teigige, blasse Scheibe. Unbewegt starrte er zum Ufer, zu entgeistert, um gegen das Gespött zu protestieren. Einzig Stargard behielt einen kühlen Kopf. Fuchtelnd gab er dem Fährmann Anweisungen. Die Fähre entfernte sich zügig und glitt zum gegenüberliegenden Seeufer, wo die bewaffnete Eskorte des Herzogs wartete.

Johann überkreuzte die Arme. »Er holt Hilfe.«

Dietrich grinste. »Seine Rache wird fürchterlich sein. Welch Schmach für seinen Freund, den Bischof!«

»Zunächst müssen sie den See umrunden.«

»Ich weiß. Wir haben viele Meilen Vorsprung. Kein Grund zur Eile.«

Er kehrte zu den am Boden liegenden Wachen zurück. Mit dem Krummstab berührte er sanft den Stock im Hintern des Mannes, der ihm mit der Hölle gedroht hatte. Dieser winselte gequält auf.

»Du hast Glück, dass meiner Ansicht nach heute schon genug Blut vergossen wurde. Doch sei versichert, dass ich mir deine Fresse gemerkt habe für den Tag, an dem wir uns wiedersehen.« Er wandte sich an seine Gefolgsleute. »Auf geht's. Die vielen Pferde werden uns verlangsamen, und wir haben noch einen weiten Weg vor uns.«

Sie saßen auf und verschwanden so schnell, wie sie gekommen waren.

Der Überfall war ein voller Erfolg gewesen. Nicht nur hatten sie den Landeshauptmann bis auf die Knochen blamiert, sie hatten ihm sechsundfünfzig Pferde und diverse Kirchenschätze abgenommen.

Carl warf einen letzten Blick über die Schulter. Die Wachleute kamen langsam auf die Füße und zogen sich verschämt die Stöckchen aus den Ärschen. Unbewaffnet und ohne Pferde blieb ihnen nichts anderes übrig, als auf Stargards Verstärkung zu warten.

Dietrich und seine Männer waren bester Laune. Auf dem Weg nach Hause konnten sie gar nicht aufhören, über das fette bischöfliche Gesicht und die Entrüstung des Herzogs zu lachen.

»Der feine Herr wird Tränen weinen, wenn er sieht, dass wir mit dem gesamten Kirchenschatz abgehauen sind«, sagte Dietrich. Er trug nach wie vor den golddurchwirkten Mantel.

»Ob Stargard ihn trösten wird?«, fragte Johann.

»Entweder Stargard oder die Novizen, die vor ihm auf die Knie gehen müssen. Jeder weiß, dass der Bischof von Lebus ein Kinderficker ist.«

Das stimmte nicht. Zumindest hatte Carl noch nie von solchen Gerüchten gehört. Es sorgte dennoch für allgemeine Erheiterung. Die Männer liebten Anzüglichkeiten und Schmähungen.

Klöden rief: »Der Herzog wird es sich nun zweimal überlegen, ob er das Amt des Landeshauptmanns übernehmen will. Du hast es ihm richtig schön gezeigt, Dietrich!«

Auf einem einsamen Waldweg kam ihnen wenig später ein Kaufmann entgegen. Er steuerte ein schwer beladenes Fuhrwerk und wurde von einer bewaffneten Eskorte aus drei Reitern begleitet. Dietrich war so guter Stimmung, dass er ihm keine Beachtung schenkte.

Der Händler war längst vorbeigezogen, da überlegte er es sich jedoch unvermittelt anders. »Ach, warum nicht?«, murmelte er vor sich hin und hieß seine Männer anzuhalten. Er machte ein Zeichen mit dem Krummstab und sechs von ihnen wendeten kommentarlos ihre Pferde, um dem Kaufmann hinterherzusetzen.

Der Vorderste zog sein Schwert. Ohne Vorwarnung hieb er dem hintersten Mann der Eskorte in den Rücken. Der Waffenknecht klappte tödlich getroffen aus dem Sattel, sein Reittier scheute und brach aus.

Die Panik des Gauls war ansteckend. Die Zugpferde vor dem Karren blieben stehen, die Tiere der beiden übrigen Wachleute warfen die Köpfe hoch. Als könnten sie das Blut riechen, verdrehten sie die Augen und stiegen auf die Hinterbeine.

Dietrichs Mann kam mit blutiger Klinge auf sie zu. Offenbar beschieden die beiden Waffenknechte, dass es vernünftiger war, die Zügel fahren zu lassen, statt für einen mickrigen Sold abgeschlachtet zu werden. Sie legten sich tief über die Hälse ihrer Pferde und galoppierten davon.

Der Kaufmann auf dem Kutschbock blieb schutzlos zurück. Er hob die Hände als Zeichen der Schicksalsergebenheit in die Höhe. »Ich bin unbewaffnet. Tut mir nichts! Ich habe Frau und Kinder.«

Johann trabte näher heran. Er hob die Kuhhäute an, mit denen die Waren auf dem Karren gesichert waren. »Was hast du geladen?«

»Edle Stoffe, mein Herr. Aus Flandern.«

»Und woher kommst du?«

»Aus Magdeburg, mein Herr.«

»So wie ich das sehe, befindest du dich nicht auf dem Weg zwischen Magdeburg und Flandern. Du bist über das Ziel hinausgeschossen.«

»Eine Auftragsarbeit. Ich wollte den Überschuss einem befreundeten Kaufmann in Cölln vorbeibringen. Zur Begutachtung.«

Die Brüder tauschten einen Blick. Wortlos wägten sie ab, ob sie sich die Mühe machen sollten, den Kaufmann gefangen zu nehmen.

Dietrich zuckte mit den Schultern. »Wir nehmen ihn mit. Ich wette, die Gilde in Magdeburg zahlt uns eine fette Belohnung.«

Der Kaufmann senkte resigniert das Haupt. »Das will ich doch hoffen.«

»Wir auch, um deinetwillen. Komm, folge uns!«

Der Händler wendete sein Fuhrwerk und reihte sich in die lange Prozession aus Waffenknechten und geraubten Pferden ein.

Bei Einbruch der Dunkelheit machten sie an einem Flussufer Rast.

Dietrich zeigte auf den Fluss und sagte zu den Rittern aus Ruppin: »Das ist die Temnitz. Hier werden wir uns morgen früh trennen. Ihr nehmt euren Anteil mit nach Lindow für die Grafen und wir wenden uns nach Westen. Der Kaufmann aber ist unser.«

Keiner dachte daran, ihm zu widersprechen.

Sie machten sich auf, die Zelte aufzuschlagen und die Pferde zu versorgen.

»Bauer!«

Carl eilte herbei.

»Du sorgst dafür, dass der Kaufmann nicht so dumm ist, allein in den Wald zu laufen. Gib ihm Essen und Trinken. Wenn wir morgen früh aufwachen und er ist weg, kostet dich das den Kopf. Verstanden?«

Carl nickte eifrig. »Soll ich ihn vielleicht besser fesseln?«

Dietrich lief tiefrot an. Für einen Moment sah er aus, als wollte er Feuer speien. Er packte Carl am Mantelaufschlag. »Hast du dämlicher Volltrottel mich das tatsächlich gerade gefragt?«

Carl starrte ihn an. Was hatte er gesagt, dass die Stimmung so schnell umgeschlagen war? »Nun ja …«

Dietrich zerrte an dem Kragen, so als wollte er Carl zur Besinnung schütteln. »Hast du Arschloch mich allen Ernstes gefragt, ob du unsere Geisel fesseln sollst?«

Carl rutschte das Herz in die Hose. Vor Schreck wusste er nicht, was er erwidern sollte. Eine Stimme in seinem Kopf sagte ihm, dass es besser war, zu schweigen.

Dietrich ließ ihn los. Er zeigte mit dem Daumen auf Carl und fragte in die Runde: »He, alle mal herhören! Hat dieser Hornochse mich das gerade wirklich gefragt?«

Die Männer lachten verhalten, hielten aber nicht in ihren Verrichtungen inne. Keiner wollte sich einmischen und Dietrichs Zorn auf sich lenken. Carl trat der Schweiß aus allen Poren.

Dietrich machte einen Schritt nach vorn. Obwohl er einen halben Kopf kleiner war als Carl, sah er mit dem mittlerweile verschmutzten Bischofsmantel furchterregend aus. Die eisblauen Augen trafen Carl mit voller Härte.

Drohend hob Dietrich den Finger. Er stand so nah, dass Carl deutlich die Zwiebeln in seinem Atem riechen konnte. »Wenn du mir noch einmal eine so dumme Frage stellst, Bauer, schneide ich dir die Eier ab und die Zunge raus. Dann stopfe ich dir die Eier in die Fresse, bis du daran erstickst. Ist das bis zu deinem dicken Bauernschädel durchgedrungen?«

Carl erbleichte. »Verstanden.« Eilig schob er hinterher: »Entschuldige.«

Dietrich sah ihn mit bebenden Nasenflügeln an, dann wandte er sich mit einem Schnauben ab und ließ ihn stehen. Carl blieb mit klopfendem Herzen zurück.

Auf wackligen Beinen ging er zu seiner Satteltasche, um ein Seil hervorzuholen. Er fesselte die Geisel an den Handgelenken. Seine Hände zitterten.

Danach blieb nicht viel zu tun. Er kauerte sich neben den Kaufmann und dachte darüber nach, was soeben geschehen war. Dietrichs unerklärlicher Stimmungsumschwung wegen einer Nichtigkeit hatte ihn bis ins Mark erschüttert. Es war kein Geheimnis, dass sein Dienstherr temperamentvoll durchs Leben schritt. Doch Carl glaubte nicht, dass er etwas so falsch gemacht hatte, dass er diesen übermäßigen Zorn verdient hatte. Vor allem aber war er von den anderen enttäuscht. Niemand war ihm zu Hilfe geeilt und hatte ihn vor Dietrich in Schutz genommen. Ihm wurde klar, dass die Solidarität seiner Kameraden Grenzen kannte.

Als das Essen bereitet war, besorgte er zwei Portionen Eintopf und Bier. Er stellte sicher, dass der Gefangene die Nahrung eigenständig zum Mund führen konnte, und kaute selbst lustlos auf seinem Mahl herum.

Der Kaufmann sagte: »Ich bin Hans Sterkow aus Magdeburg. Und wie heißt du?«

Carl hatte nicht die Absicht, freundschaftliche Bande zu knüpfen. Er wollte nur so gut wie möglich seine Aufgabe erledigen und Dietrich nicht noch einmal enttäuschen.

Sterkow suchte seinen Blick. »Ihr habt viele Pferde dabei. Und dann dieser Mantel und der Stab. Habt ihr etwa einen Bischof überfallen?«

Carl rückte von dem Kaufmann ab. Er wünschte sich Klöden herbei. Doch die Männer am Feuer mieden ihn nach dem Vorfall, so als wäre er ein Aussätziger.

Sterkow ließ nicht locker. »Wer ist dein Anführer? Der blonde Mann, der dich so angefahren hat?«

»Dietrich von Quitzow«, murmelte Carl widerwillig. »Hatte ja recht. War eine dumme Frage.«

»Quitzow. Etwa der Sohn vom alten Kuno?«

»Genau der.«

»Und was hat der hier im Ruppiner Land verloren?«

»Wir haben den Bischof von Lebus ausgeraubt.« Carl biss sich auf die Zunge. Die Antwort war ihm einfach so herausgerutscht. Offenbar war er wirklich so dumm, wie alle von ihm behaupteten.

Sterkow schwieg betroffen. Schließlich sagte er: »Wie frevelhaft.«

Carl verspürte den Drang, sich zu verteidigen. »Der Bischof ist nicht gerade bekannt für seinen frommen Lebenswandel. Er wird die paar Pferde und die Kleinodien kaum vermissen.«

»Ein Mann der Kirche, Bursche! Den Quitzows ist gar nichts heilig, wie's mir scheint.«

Carl schwieg. Er machte sich nichts vor. Er war genauso schuldig wie die anderen.

»Danke fürs Essen, Junge. Ich hatte nicht erwartet, dass man mich verköstigen würde.«

»Gern geschehen.«

Sterkow bedachte ihn mit einem forschenden Blick. »Ich frage mich, wie kommt so ein anständiger Kerl wie du dazu, sich diesen Rittern anzuschließen und plündernd und raubend durch die Lande zu ziehen?«

»Wer sagt, dass ich mich angeschlossen habe?«

»Bist du nicht freiwillig hier?« Sterkow reckte übertrieben den Hals, um Carls Handgelenke zu begutachten. »Ich sehe keine Handfesseln an dir.«

Carl vergrub die Hände zwischen den Oberschenkeln. »Das war einmal. Aber heute ist es anders.«

»Wie ist dein Name, Bursche?«

Er zögerte. »Carl.«

»Stammst du aus dieser Gegend?«

»Weiß nicht. Dietrich hat mich verschleppt. So wie dich.«

Der Kaufmann pfiff leise durch die Zähne. »Aha – daher also weht der Wind. Du bist da so hineingeraten.«

»Und wenn's so wäre?«

»Dann trifft dich keine Schuld an diesem Lebenswandel.«

Carl dachte darüber nach. Er beschied, ein Stückchen näher aufzurücken. »Was tut eigentlich so ein Kaufmann?«

Sterkow lachte. »Willst du das wirklich wissen?«

»Ja. Ihr Kaufleute seid so märchenhaft reich. Wie schafft ihr das?«

»Nun …« Sterkow machte es sich auf dem harten Waldboden bequem. »Wir gehen ein großes Risiko ein. Wir transportieren teure Waren aus fernen Ländern in die Mark Brandenburg, um sie hier zu verkaufen. Das Wagnis lassen wir uns etwas kosten. Denn wie du siehst, oftmals geht dabei etwas schief.«

»Tut mir leid.«

»Muss es nicht. Dem Kerl da drüben sollte es leidtun. Aber solange ich nicht gefoltert werde und zu meiner Familie zurückkehren darf, werde ich Gott für seine Gnade dankbar sein. Hast du Kinder?«

Carl schüttelte den Kopf.

»Wünschst du dir eines Tages welche?«

»Ich denke, eines Tages, ja. Mit der richtigen Frau.«

»Hast du sie schon gefunden, diese Frau?«

Carls erster Gedanke galt Anne. Doch dann schob sich Mette vor sein geistiges Auge. Mette, die ihm immer Essen aus der Küche zusteckte und ihn dabei wie zufällig mit den Brüsten streifte. »Glaube, ja.«

»Na, in dem Fall solltest du dir schnellstmöglich ein Haus bauen und dein Mädchen heimführen. Dieses Räuberleben ist doch nicht das Wahre! Du hast bestimmt schon einiges an Geld beiseitegelegt, oder?«

Carl nickte. Seine Schatulle war randvoll. Er wusste nicht, wofür er das Geld ausgeben sollte.

»Hör auf meinen Ratschlag, Bursche. Werde ein anständiger Mann, auf den dein alter Herr stolz sein kann.«

Carl senkte den Kopf und schluckte. Die Erwähnung seines Vaters, der für ihn einen Winter lang erfolglos nach Kletzke und zum Grafen und zurück nach Kletzke gelaufen war, schmerzte. Bevor er zu gefühlsduselig wurde, fragte er: »Mit was handelst du?«

»Ich kaufe teure Stoffe in Brügge auf. Das liegt weit entfernt in Flandern. Man ist viele Wochen unterwegs. Doch die Reise lohnt sich. Dort findet man die beste Qualität. Menschen aus aller Herren Länder fahren eigens dorthin, um Stoffe zu kaufen.«

»Woher weiß man, welche Straße man nehmen muss, um nach Brügge zu gelangen?«

»Das ist eine gute Frage! Ich glaube, die hat mir noch nie jemand gestellt. Also, pass auf! Es gibt im Deutschen Reich zwei große Handelsstrecken, die Via Imperii und die Via Regia. Die erste geht von der Ostsee bis nach Rom, die zweite vom fernen Moskau bis nach Santiago de Compostela. Sie treffen sich in einer Stadt namens Leipzig. Schon mal davon gehört?«

»Nein. Dann ist Leipzig also voller Händler?«

»Die Stadt brummt nur so! Aber das wollte ich dir gar nicht erzählen. Um auf deine Frage zurückzukommen, wenn man die Via Regia findet, dann braucht man sich nur nach Westen wenden, also dorthin, wo die Sonne untergeht. Bei Frankfurt wendet man sich nach Norden, bis man fast das Meer erreicht.«

»Aber wie finde ich von hier aus Leipzig?«

»Warst du schon mal in Berlin-Cölln?«

»Nein.«

»Nun, solltest du irgendwann einmal im Leben dorthin kommen, kannst du von dort über die Via Imperii nach Süden reisen. Dann erreichst du Leipzig und somit auch die Via Regia, die dich nach Brügge bringt.«

Carl schwieg, während er versuchte, all diese Informationen zu verarbeiten.

»Das Reisen eines Kaufmanns mag zwar schwierig sein und oftmals gefährlich, aber man lernt dabei eine ganze Menge«, sagte der Kaufmann.

»Was zum Beispiel?«

»Na, Sprachen zum Beispiel! In Brügge geht es zu wie im Turm zu Babel. Da sind Genuesen und Katalanen und Skandinavier und Engländer ...« Sterkow kam ins Schwärmen.

Carl hörte ihm fasziniert zu. Er hatte nie zuvor darüber nachgedacht, wie die Welt jenseits der bekannten Gefilde aussah. Der Kaufmann hatte seine Neugierde geweckt. »Und wie sehen diese Menschen aus? So wie wir?«

»Die meisten schon. Natürlich tragen sie andere Gewänder, und einige haben auch feuerrote Haare ...« Er grinste, als Carl große Augen machte. »Und dann gibt es die Mauren, die haben dunkle Haut und schwarzes Haar.«

»Nicht wahr!«

»Nein, es stimmt! Ach, Carl, ich wünschte, du könntest es mit eigenen Augen sehen. Du bist so ein neugieriger junger Mann. Ich glaube, das wäre genau das Richtige für dich.«

»Vielleicht könnte ich auch ein Kaufmann werden?«, überlegte Carl.

»Leider nein. Zum Kaufmannsein muss man geboren sein. Dein Vater hätte ein Kaufmann sein müssen. Aber das ist er nicht, oder?«

»Nein, er ist ein Bauer.«

»Lebt er noch?«

Carl zuckte mit den Schultern. »Ich denke, ja.«

»Dann solltest du zu ihm heimkehren. Er würde sich gewiss sehr freuen, dich wiederzusehen. Nimm deine Braut mit. Baut euch ein schönes Haus und bestellt das Land. Macht eine Menge Kinder und werdet dort in Frieden alt. Dieses Räuberleben ist doch nichts für dich.«

Ich weiß, dachte Carl. Ich weiß. Sein Blick ging sehnsüchtig in die Ferne.

Der Held

Kletzke, Oktober 1402

Carl starrte in das Halbdunkel der Halle. Es war kurz vor der Ausgabe des Abendmahls, und Dietrich hatte ihn für alle gut sichtbar auf dem Podest aufgestellt. Wie am Pranger, dachte Carl beschämt. Dabei war seine heutige Verwandlung in einen Helden unfreiwillig geschehen.

Ein Meer aus Gesichtern hatte sich ihm erwartungsvoll zugewandt. Der schwere Geruch von Kohl waberte in der Luft, doch die Steinguttöpfe waren unberührt, denn Dietrich hatte noch vor dem Essen eine wundersame Geschichte angekündigt.

Brüderlich legte er den Arm um Carl und drückte ihn demonstrativ. Carl grinste schief und ließ die Schultern hängen.

»Hört gut zu! Kaum hatten wir uns gestern von den Ruppinern getrennt, da ging das Theater los! Der Sturm war so gewaltig, dass es uns beinah aus den Sätteln riss! So ein Jaulen! Man konnte sein eigenes Wort nicht mehr verstehen. Wir hatten Mühe, all die geraubten Pferde zusammenzuhalten!«

Er legte eine dramatische Pause ein und drückte Carl abermals an sich. Carl machte gute Miene zum bösen Spiel und lockerte die Muskeln, damit Dietrich überhaupt eine Chance hatte, ihn zu bewegen.

Wild gestikulierend fuhr Dietrich fort. »Plötzlich prescht dieser Bauer in einem Mordstempo an mir vorbei! Ich denk noch, nun ist der Trottel völlig durchgeknallt!«

Das Publikum brach in Gelächter aus. Carl schoss das Blut in den Kopf. Er wollte fort von hier, nur fort.

»Da greift der Bauer auf einmal ganz frech seitlich in meine Zügel! Ich sage zu mir, ich sag, Dietrich, jetzt hat aber sein letztes Stündlein geschlagen! Diese Unverfrorenheit verzeihe ich ihm nie! Doch was macht der Bauer? Er schnappt sich die Zügel und treibt Sandteufel an. Ich weiß nicht, wie er es anstellt. Der Gaul macht einen Satz nach vorn und fällt in einen Galopp, Nase an Nase mit seinem Gaul. Ich klammer mich nur noch am Sattel fest und denke: Das war's! Gleich stehe ich vor der Himmelspforte.«

Dietrich machte eine Pause und schaute grinsend in die erwartungsvollen Gesichter. Mit gespielter Verlegenheit hüstelte er in seine Faust. »Verzeihung. Vor der Höllenpforte, natürlich.«

Die Menge röhrte über den Scherz. Die hinteren Reihen trommelten mit den Krügen auf die Tafeln.

»Da reitet er mit mir wie der Teufel durch den Sturm, der Wind zerrt an meinen Locken. Ich weiß gar nicht, wie mir geschieht! Und kaum haben wir drei Schritte zurückgelegt, da stürzt auf einmal dieser Riese von einem Baum mit der größten Krone, die man sich vorstellen kann, auf die Stelle, wo ich mich gerade noch befunden habe.« Mit den Händen unterstrich Dietrich das Gesagte.

Durch die Zuschauermenge ging ein Raunen.

Dietrich klopfte Carl anerkennend den Oberarm. »Doch nichts davon ist geschehen. Nichts! Ich stehe so unversehrt vor euch wie an jedem anderen Tag. Denn der Bauer hat mir heute das Leben gerettet!«

Die Menge trommelte und stampfte mit den Füßen. »Bravo!«

Thomas rief über alle hinweg: »Das ist mein Junge!« Seine Tischnachbarn lachten.

Dietrich schlug ergriffen mit der Faust gegen die Brust und wandte sich an Carl. »Von ganzem Herzen: danke, Bauer!«

Carl winkte ab.

»Nein, wirklich! Ich danke dir!« Dietrich nahm Carls Gesicht in beide Hände und pflanzte ihm vor allen Anwesenden einen Kuss auf den Mund.

Damit hatte Carl nicht gerechnet. Er taumelte erschrocken zurück. Dietrichs Kuss verweilte wie ein unheilvoller Schatten auf seinen Lippen. Mit aller Kraft kämpfte er gegen das Bedürfnis an, sie mit dem Ärmel abzuwischen.

Dietrich war ahnungslos. Er deutete auf die Ehrentafel und schob Carl dorthin. »Nimm Platz, Bauer! Heute speist du mit mir und meiner Familie.« Er rückte wie ein Diener seinem Gast den Stuhl zurecht.

Carl nahm Platz. »Äh, danke.«

Elisabeth nickte ihm zu. »Der Held des Tages.«

Er räusperte sich. »Frau Elisabeth.«

Der kleine Kuno sah ihn mit leuchtenden Augen an. Seit Didi bei Kaspar Gans in den Pagendienst getreten war, war er das einzige Kind an der Tafel. »Hast du wirklich Vater das Leben gerettet?«

»Es war mehr Glück als Verstand«, entgegnete Carl.

Dietrich wollte nichts davon hören. »Keine falsche Bescheidenheit! Ich wusste immer, dieser Kerl mag zwar dumm wie Brot sein, aber er hat ein waches Auge und ist schnell wie der Wind. Etwas vom Hirsch?«

»Ich werd's mal probieren.«

Dietrich legte eigenhändig eine Bratenscheibe auf den Zinnteller.

»Wir stehen auf ewig in deiner Schuld«, sagte Elisabeth.

Carl schlug die Augen nieder. Er war Dietrichs Gattin nie zuvor so nah gewesen. Sie war noch schöner, als er vermutet hatte. Der Duft, der sie umgab, ähnelte dem einer Sommerwiese im August und weckte in ihm bittersüße Erinnerungen an Zuhause. »Hab's gern getan, gnädige Frau«, zwang Carl sich zu sagen. Als sich eine ihrer Augenbrauen kritisch hob, fügte er schnell hinzu: »Dietrich ist wie ein Vater für mich.«

Dietrich strahlte. »Weise Worte! Nun lang tüchtig zu! Bekommst ja nicht alle Tage so etwas Gutes zu essen.«

Carl griff sein Speisemesser und legte los. Pflichtschuldig aß er seine Mahlzeit bis auf den letzten Krümel auf. Genießen konnte er sie nicht, da er die Blicke der Burgbewohner auf sich spürte. Seine heutige Tat hatte ihn zu einer kleinen Berühmtheit gemacht. Nun war er der Waffenknecht, der dem Herrn dank seiner Geistesgegenwärtigkeit das Leben gerettet hatte.

Nach dem Essen verabschiedete sich Elisabeth mit Kuno und der Amme. Dietrich beschloss, mit Johann in den Ställen nach dem Rechten zu sehen. Sie hatten so viele bischöfliche Pferde heimgeführt, dass sie hatten improvisieren müssen. Da er nicht allein an der hohen Tafel sitzen wollte, kehrte Carl zum einfachen Volk im unteren Teil der Halle zurück. Unterwegs angelte er sich vom Tablett einer Magd einen vollen Bierkrug. Er fand einen leeren Sitzplatz auf den Bänken und ließ sich darauf fallen.

Das Bier war kühl und erfrischend. Er gönnte sich einen kräftigen Schluck und stellte den Krug ab. Seine beiden großen Hände legte er links und rechts davon flach auf die Tischplatte. Fasziniert studierte er die winzigen Markierungen auf dem goldenen Siegelring an seinem Finger.

Es war ihm unbegreiflich, dass er heute Dietrich das Leben gerettet hatte. Hätte er auch nur eine Sekunde nachgedacht, er hätte es nicht getan. Vor allem nach der Sache mit dem Kaufmann. In Carl hatte sich ein ganz neuer Hass auf Dietrich zusammengebraut. Wie hatte er über die letzten Monate vergessen können, dass dies der Mann war, der Anne auf dem Gewissen hatte? Oder eben nicht. Carl wusste nicht genau, was sich in der Kate ereignet hatte. Dass Dietrich es ihm nicht sagen wollte, machte es nur noch schlimmer.

Mette tauchte aus dem Nichts auf. Rittlings nahm sie auf der Bank Platz, entwendete ihm, ohne um Erlaubnis zu fragen, seinen Bierkrug und leerte ein gutes Drittel. Mit einem erfrischten Seufzer stellte sie das Bier zurück. Sie schmunzelte. »Carl, der Held. Klingt so viel besser als Carl, der Bauer.«

Er schaute auf. Mettes Wangen waren gerötet, die Haare hatten sich aus dem Zopf gelöst, die Augen leuchteten. »Irgendwie musste ich ja deine Aufmerksamkeit für mich gewinnen.« Die Worte kamen ihm schwer über die Lippen. Der ungewohnte Wein von der hohen Tafel hatte ihn kräftig angesäuselt.

Sie lachte unbekümmert auf. »Du dummer Bauer! Meine Aufmerksamkeit hattest du doch vom ersten Tag an!«

Sein Herz stolperte. Er räusperte sich und schaute wieder auf die Hände. »Um ehrlich zu sein, es ging alles so schnell. Hab gar nicht weiter drüber nachgedacht. Hätte ich mehr Zeit gehabt, weiß nicht, ob ich mich nicht anders entschieden hätte.«

Sie legte ihre schmale Hand auf Carls. »Das sind harte Worte.«

»Nur die Wahrheit.«

»Ich dachte, du und Dietrich wärt Freunde geworden.«

»Niemals. Ich verachte ihn aus tiefstem Herzen.« Er formte mit seinen Pranken zwei Klauen. »Am liebsten würde ich ihn mit bloßen Händen töten.«

Sie schaute ihn beklommen an. »Was hat er getan, Carl?«

Er atmete tief durch.

»Was ist es, was dir einen solchen Kummer bereitet?«

»Weißt du, ob Dietrich schon mal eine Frau getötet hat?«

Sie rückte entsetzt ab. »Mensch, senk die Stimme! Willst du, dass dich jeder hört?«

»Jetzt sag schon!«

»Was weiß ich? Denkst du, er nimmt mich mit, wenn er auf Streifzug geht?«

»Wann auch immer ich dabei bin, sind es nur Männer, die er fällt.«

»Da hast du's.«

»Aber vielleicht hast du ja mal was gehört hier auf Kletzke. Du kennst doch jeden. Was sagen die Leute so?«

»Die Leute sagen gar nichts! Sie sind ja nicht so lebensmüde wie du.«

Carl nickte.

»Also, warum stellst du so komische Fragen?«

»Ich glaube, Dietrich hat jemanden getötet, den ich mal geliebt habe.«

»Daher der bedrückte Gesichtsausdruck. Etwa deine Frau?«

»Die Frau, die ich heiraten wollte.«

Sie hob die Hand, um ihm das stoppelige Gesicht zu streicheln. Er schloss die Augen und ließ es sich gefallen. »Carl, was genau ist passiert?«, fragte sie besorgt. »Ist es geschehen, als Dietrich dich entführt hat?«

»Würde er eine Frau töten? Ja oder nein? Was denkst du, Mette? Bitte, ich muss es wissen!«

Sie zögerte. Für einen Moment befürchtete er, dass auch sie ihm eine Antwort schuldig bleiben würde. Schließlich sagte sie tonlos: »Ja.«

Er nickte stumm. Seine Vermutung war bestätigt. Dietrich hatte Anne getötet.

Schwungvoll hob er den Krug an die Lippen und leerte ihn in einem Zug. Dabei ging einiges daneben. Mit dem Ärmel wischte er sich übers Kinn.

»Alles in Ordnung?«, fragte Mette und tupfte mit dem eigenen Ärmel ein paar verlorene Tropfen an seinem Kinn weg.

»Bestens.« Er stand auf und zog sie an der Hand hoch. »Komm mit!«

»Wohin gehen wir?«

Er führte sie aus der schummrigen Halle in eine noch dunklere Nische neben der Treppe. Im Schutz der Dunkelheit zog er sie in die Arme. Sie schmiegte sich an ihn und legte den Kopf in den Nacken, um ihn aus grünen Augen anzusehen. Er nahm ein Aroma von Äpfeln und frisch gebackenem Brot wahr, so wie an dem Tag, an dem er sie das erste Mal gesehen hatte.

Diesmal zögerte er nicht. Wie ein Verhungernder küsste er sie auf die rosaroten Lippen. Sie öffneten sich für ihn und er schob forsch die Zunge vor. Mettes Mund war angenehm feucht und warm. Er spielte mit ihr, saugte an ihrer Zunge und vergrub die Finger in ihrem Haar. Sie stöhnte auf und knabberte an seiner Unterlippe. Als er bemerkte, wie sie seinen Kuss erwiderte, ja, ihn ebenfalls mit der Zunge erkunden wollte, drängte er sie gegen die Wand. Mit seinen schwieligen Händen fuhr er über ihre prallen Rundungen. Sie antwortete, indem sie sich ihm entgegenwölbte. Die Spitzen ihrer Brüste unter seinen Daumen wurden im Nu fest.

Die Zartheit ihrer Formen überwältigte ihn. Sein Schwanz wurde so hart, dass er ihm unangenehm in der Hose drückte. Er küsste ihren Hals, folgte dem Schwung des Schlüsselbeins und ließ die Hände tiefer und tiefer bis unter ihren Rock gleiten. Dort angekommen stellte er fest, dass sie bereits feucht war. Er streichelte sie sanft. Auch das schien ihr zu gefallen, denn sie öffnete die Beine.

»Worauf wartest du noch?«, stöhnte sie. »Lass es uns tun! Jetzt gleich.«

Seine Lenden brannten. Ohne weiter darüber nachzudenken, ob sie sich dafür am rechten Ort befanden, öffnete er die Schnur der Bruche und holte seinen steifen Schwanz hervor. Er hob sie an, sie war zierlich und federleicht. Sie spreizte die Beine und er senkte sie vorsichtig auf sich herab. Er war fasziniert davon, wie gut es passte. Als er ganz in ihr war, schlang sie die Beine um ihn und küsste ihn wieder.

Langsam glitt er vor und zurück, jede Bewegung köstlicher als die zuvor. Er bemerkte kaum, wie er immer schneller wurde. Mette keuchte und atmete heiß in seinen Nacken. Ihre Lüsternheit brachte ihn beinah um den Verstand. Es war zu viel. Schließlich konnte er sich nicht mehr zurückhalten. Mit süßem Bedauern ergoss er sich in sie.

Als es vorbei war, stellte er sie zurück auf die Füße und schloss mit einem Grinsen die Bruche. Er hatte es tatsächlich getan! Er hätte die Welt umarmen können. Er wollte es gleich morgen noch einmal mit ihr tun. Oder vielleicht früher? Wie lange, bis er wieder bereit war …?

Doch bevor er etwas sagen konnte, gab Mette ihm eine gewaltige Ohrfeige.

»Au! Wofür war das?«

Sie war fuchsteufelswild. »Willst du Volltrottel mir etwa ein Kind machen?«

»Dachte, du wolltest es auch …?«

»Ja, aber da zieht man sich rechtzeitig zurück! Man macht es nicht bis zum Schluss, verstehst du, Carl? Wenn ich ein Kind bekomme, verliere ich meine Anstellung. Ich kehre als gefallene Frau in mein Dorf zurück. Es wäre die größte Schande für meine Eltern!«

Das hatte er nicht bedacht. Überhaupt hatte er gar nicht viel gedacht. Er senkte ernüchtert den Kopf. »Tut mir leid.«

»Deine Entschuldigung kannst du dir sonst wohin stecken, Bauer!« Sie fuhr herum, um davonzustürmen.

Schnell schnappte er sich ihr Handgelenk und zog sie zurück. »Ich schwöre: Wenn es dazu kommt, werde ich dich heiraten.«

Mit einem ungläubigen Schnauben ließ sie den Blick an ihm hoch- und runtergleiten. »Ja, klar, Carl. Das sagen sie alle.«

»Versprochen! Ich lasse dich nicht sitzen. Niemals.«

Sie zögerte.

»Mein Kind wird nicht als Bastard durchs Leben gehen«, fügte er hinzu.

Ihre grünen Augen wurden unvermittelt weich. »Das würdest du tun?«

»Natürlich, Mette. Ich liebe dich.«

Der Hinterhalt

Kletzke, Januar 1403

Die langen Wintermonate in Kletzke waren unangenehm. Draußen goss es mal wieder in Strömen. Die Tierhäute, die man über die Fensteröffnungen gespannt hatte, hielten die Feuchtigkeit nur unzureichend ab und es zog an allen Ecken und Enden. Trotz des großen Feuers im Kamin war es kalt in der Halle.

Bibbernd saßen die Männer beisammen und kümmerten sich um die Pflege von Rüstzeug und Waffen.

»Ob Dietrich wohl bald freigelassen wird? Was denkst du, Predöhl?«, fragte Klöden, die Stirn vor Sorge zerfurcht.

Predöhl ließ den Putzlappen sinken und starrte düster ins prasselnde Feuer. »Würde langsam mal Zeit. Seit Wochen sitzt er jetzt schon in Spandau ein! Da hat er es bestimmt auch nicht besonders bequem …«

»Ohne Dietrich ist es nur halb so lustig!«, warf Arno ein.

Klöden sagte: »Wenn er nicht bald zurück ist, suche ich mir eine neue Anstellung. Kletzke ist die zugigste Burg, die ich kenne. Hat keinen Sinn, länger rumzuhängen und darauf zu warten, dass etwas passiert.«

Arno reckte die Faust in die Luft. »Dieser verfluchte Stargard!«

»Jetzt, wo er auch noch Hauptmann der Mittelmark ist, glaubt er, er könne über das Land herrschen wie ein Gott!«, sagte Predöhl.

»Kann man Dietrich da nicht irgendwie rausholen?«, fragte Carl.

Predöhl schnaubte. »Hast du schon mal die Feste in Spandau gesehen? Kein Mensch kommt da einfach so raus!«

Klöden sagte bitter: »Stargard hat ganze Arbeit geleistet. Er hasst Dietrich.«

Kein Wunder, dachte Carl bei sich. Der Überfall am See von Fehrbellin war ja auch eine ungeheuerliche Frechheit gewesen. Stargard hätte sein Gesicht verloren, hätte er Dietrich für seine Unverfrorenheit nicht zur Rechenschaft gezogen.

Arno legte behutsam einen Brustpanzer zur Seite, um sich dem nächsten Teil zu widmen. »Sag mal, Bauer, solltest du nicht eigentlich bei den Pferden sein?«

»Thomas hat mir freigegeben. Bei dem schlechten Wetter haben wir nur das Nötigste gemacht.«

Predöhl nickte ihm anerkennend zu. »Finde ich gut, dass du hier mithilfst. Wie du siehst, die Männer hassen nichts mehr, als ihr eigenes Zeug zu pflegen.«

Klöden warf ihm aus Protest einen Lappen an den Kopf. »He! Sag nicht, dass wir faul sind!«

»Ich sag ja nur, dass es vorbildlich ist, dass er mithilft. Er hätte ja auch mit Ihr-wisst-schon-wem im Heu verschwinden können!«

Das brachte Predöhl ein zustimmendes Grummeln von allen Seiten ein.

Carl grinste. Seit jenem Abend vor einem Vierteljahr waren er und Mette ein Paar. Sie verbrachten jede freie Minute miteinander und sie hatte nur noch Augen für ihn. Das hatte Carl bei den Männern Hochachtung eingebracht – und jede Menge Neid.

»Du glaubst ja gar nicht, wie viele von uns gern mal mit dir tauschen würden, Carl!«, sagte Klöden.

Arno nickte beipflichtend. »Die Kleine ist heiß!«

Carl wollte etwas darauf erwidern, da tauchte Mette am fernen Ende der Halle auf. Sie hatte einen leeren Korb an die Hüfte geklemmt und hielt zielstrebig auf ihn zu. Die versammelte Mannschaft begann zu grölen.

Predöhl pfiff durch die Zähne. »Schaut mal, wer da kommt! Wenn das nicht die faule Mette ist!«

Die anderen lachten.

Mette bedachte Predöhl mit einem humorlosen Blick, der weiter zu Carl glitt. Für einen Moment fragte dieser sich, ob er etwas falsch gemacht hatte, denn der säuerliche Gesichtsausdruck blieb. »Carl, kannst du mal kurz aushelfen?«, fragte sie. »Ich muss etwas von da hinten holen.«

Er unterdrückte halbherzig ein Grinsen. Ein Vorwand, mal wieder.

Predöhl polterte los: »Ich brauche dringend deine Hilfe, Carl!«

»Du bist so viel stärker als ich, Carl!«, ergänzte Arno.

Klöden legte theatralisch den Handrücken an die Stirn, um mit der anderen seinen Putzlappen zu Boden fallen zu lassen. »Rette mich!«

Die Darbietung war zu komisch. Sie alle wieherten los, auch Carl.

Mette starrte ihn erbost an. »Also, was ist? Kommst du nun, starker Mann?«

Er setzte eine ernste Miene auf und legte Rüstteile und Bimsstein beiseite. Unter Beifall erhob er sich.

»Pass auf, dass du nicht über ihren Rockzipfel stolperst!«, rief Predöhl.

Carl folgte Mette zum anderen Ende der Halle. Predöhl sagte etwas Unverständliches und erneutes Gelächter flackerte auf. Carl machte hinter Mettes Rücken eine anrüchige Geste. Die Männer johlten.

Hinter dem Podest war eine mannshohe Nische eingelassen, die durch einen gewobenen Vorhang vom Rest der Halle abgetrennt war. Hier wurden die Einzelteile für die Tafel und zusätzliche Stühle für die Herrschaft aufbewahrt.

»Ich weiß gar nicht, wo mir der Kopf steht!«, seufzte Mette. »Seit der Herr von Plaue und seine Gattin Frau Agnes bei uns eingezogen sind, sind wir von morgens bis abends nur noch am Rennen.«

Der Herr von Plaue – das war Dietrichs Bruder Johann. Er hatte seinen Haushalt vorübergehend nach Kletzke verlegt, weil Dietrich seit Wochen dank Stargard in Spandau einsaß.

»Sie sieht mir gar nicht wie jemand aus, der sehr anspruchsvoll ist«, bemerkte Carl. Er interessierte sich eher weniger für Frauenkram.

»Sie ist eine Bredow«, antwortete Mette bedeutungsschwanger, so als ob Carl mit dieser Zuteilung etwas anfangen könnte. »Nur zwanzig Lenze alt, aber eine graue Maus. Ein Trauerkloß. Sie weint immerzu, kann Kletzke nicht ausstehen.«

»Vielleicht vermisst sie ihre Familie?«

Mette wedelte mit der Hand. »Was ist sie? Ein kleines Kind? Elisabeth tut alles, um ihr das Leben in unserer unwohnlichen Burg so angenehm wie möglich zu gestalten. Einmal die Woche wünscht die Dame ein heißes Bad in der Kemenate.«

»Mir tut sie ein wenig leid. Johann lässt kein gutes Haar an ihr.«

»Er ist ihr nicht sehr zugetan, das stimmt. Das Gerücht geht um, er habe sie nur genommen, weil Agnes' Vater die Burg in Plaue als Mitgift beigesteuert hat. Seitdem ist Johann schlossgesessen, und das schmeichelt ihm ungemein.«

Kopfschüttelnd schlüpfte sie hinter den Vorhang. Er folgte ihr. Im Halbdunkel machte er entlang der Wände Utensilien wie Tischtücher, Kerzenständer und Bienenwachskerzen aus. »Also, was genau brauchst du?«

Sie setzte den Korb ab und zog den Vorhang fest hinter ihm zu. Ihre Arme schlangen sich um seine Mitte. »Dich.«

Sie küsste ihn. Sie schmeckte süß, nach Bratäpfeln.

Er schmunzelte. »Wieder in der Küche genascht?«

»Ich hätte dir was mitgebracht. Aber dann dachte ich mir, ich bringe dir etwas viel Besseres vorbei.«

»Und das wäre?«

Sie schmiegte sich an ihn wie ein Kätzchen. »Na, mich, Dummerchen!«

Er lachte und küsste sie noch einmal. Er überlegte, ob er es wagen konnte, sie hier, hinterm Vorhang, schnell zu nehmen. Seine Waffenbrüder erwarteten nichts anderes.

Mettes Hand wanderte flink nach unten und zerrte an seiner Kordel. »Lass mich dir helfen.«

Er grinste verzückt. So ging das schon eine ganze Weile mit ihr. Sie war unersättlich. Immer wieder fand sie Gelegenheiten und Ausreden, um mit ihm kurz an einen stillen Ort zu verschwinden. Ihr neuer Spitzname »Faule Mette« kam nicht von ungefähr. Mal abgesehen von ihren unerklärlichen Fehlzeiten hing sie genauso wie Carl mit dem Kopf in den Wolken und konnte ihre Aufgaben nur nachlässig erledigen. Nachts, wenn sie nebeneinander in der Halle lagen, war es nicht besser. Sie waren so verrückt aufeinander, dass sie kaum noch zum Schlafen kamen.

Mit einem wollüstigen Brummen drehte er sie um und hob ihr die Röcke hoch. »Komm her, du freches Mädchen!«

Er wollte soeben loslegen, da vernahm er hinter dem Vorhang Johanns Stimme.

Mette richtete sich kerzengerade auf. »Still!«

Carl lauschte angestrengt. Johann war ganz nah, auf dem Podest. Ein zweites Paar Stiefel gesellte sich hinzu.

Fluchend ordnete Mette ihre Kleidung. Carl zog eilig die Bruche hoch. Ertappt wie unartige Kinder harrten sie mit gesenkten Köpfen hinterm Vorhang aus.

Die fremde Stimme sagte: »Ich bringe schlechte Kunde, Johann. Dietrich konnte nicht aus Spandau befreit werden.«

»Verfluchter Deibel!«

Quietschend nahm jemand auf dem Podest Platz. Ein zweiter Stuhl wurde zurechtgerückt. »Was ist passiert, Christian?«

»Stargard hat sein neues Amt leider Gottes fest im Griff. Er ist nicht wie Lebus. Er weiß, was er zu tun hat. Und er schaut voraus. Als unsere Stiftsvasallen mit eurem Heer anrückten, um Dietrich zu befreien, kam er uns entgegengezogen und hat uns am Wernitzer Wald in ein Gefecht verwickelt. Darauf waren wir nicht vorbereitet. Es wurde ein widerliches Gemetzel.«

Carl horchte auf. Er hatte nicht gewusst, dass es einen Befreiungsversuch für Dietrich gegeben hatte. Predöhl zumindest hatte es immer so erscheinen lassen, als würden hier in Kletzke alle nur die Hände in den Schoß legen und gar nichts tun. Johann hatte offenbar auf eigene Faust etwas angestrengt. So wie es klang, hatte er sich mit dem Erzbischof von Magdeburg verbündet, um Dietrich aus Spandau herauszuholen. Der Besucher musste ein erzbischöflicher Gesandter sein.

»Hat Stargard viele Gefangene gemacht?«, fragte Johann.

»Jede Menge. Rund sechzig Männer! Sie wurden in einem regelrechten Triumphzug in die Neustadt Brandenburg geführt und dem Volk präsentiert.«

Johann pfiff durch die Zähne. »Sechzig Leute? Von dem Lösegeld können sie die Stadt ein zweites Mal mit einer Mauer umfassen.«

»Wohl wahr. Aber Johann, hör mir zu. Es kommt noch schlimmer.« Der Besucher ächzte. »Entschuldige, bei so einem Wetter habe ich immer das Reißen.«

»Lass mich dir einen heißen Backstein aus der Küche besorgen, Christian.«

»Nein, nein, ist schon in Ordnung. Wir haben Wichtiges zu besprechen.«

Carl scharrte in seinem Versteck mit den Füßen. Er befand sich zur falschen Zeit am falschen Ort. Was hier besprochen wurde, war nicht für seine Ohren bestimmt. Doch jetzt war es zu spät, sich zu offenbaren. Er würde mit Mette warten müssen, bis die Luft wieder rein war.

»Du kennst Busso von Alvensleben?«, fragte der Gesandte namens Christian.

»Er ist ein guter Freund von uns und einer der wichtigsten Vasallen deines Erzbischofs.«

»Er war ein guter Freund, Johann«, korrigierte Christian trocken. »Er ist tot.«

»Er fiel am Wernitzer Wald?«

»Nein. Er war einer von den sechzig. Die Bürger der Stadt Brandenburg haben ihn öffentlich auf dem Marktplatz hingerichtet.«

Ein Stuhl fiel polternd zu Boden. »Sie haben was?«

»Sie haben ihm wie einem Verbrecher den Kopf abgeschlagen.«

»Warum zum Kuckuck haben sie kein Lösegeld verlangt?«

»Sie haben keins gewollt. Bussos Familie und der Erzbischof von Magdeburg haben ihnen insgesamt 1.000 Schockgroschen geboten. Der Rat hat abgelehnt.«

»1.000 Schockgroschen? Und sie haben abgelehnt?«

Carl und Mette schauten einander an.

Johann sagte etwas gefasster: »Das ist ein Rechtsbruch! Busso war kein Verbrecher, den man einfach so hinrichten darf. Er wurde während einer Fehdehandlung gefangen genommen.«

Der Mann seufzte. »Ich weiß, Johann. Ich weiß.«

Johann erwiderte so lange nichts darauf, dass Carl sich fragte, ob die beiden vielleicht weitergezogen waren. Er bedeutete Mette, kurz am Vorhang vorbeizulinsen. Sie lugte durch den Spalt und schüttelte den Kopf.

Der Stuhl wurde wieder geräuschvoll aufgestellt. Johann schimpfte. »Das werden uns die Brandenburger büßen! Einen Edelmann auf dem Marktplatz einfach so hinzurichten! Was haben die vor? Wollen sie den übrigen neunundfünfzig Getreuen ebenfalls die Köpfe abschlagen?«

»Man könnte es ihnen nicht verdenken.«

»Wie bitte?«

»Die Bürger sind der Fehden müde, Johann. Jedes Mal sind sie die Leidtragenden. Sie erhoffen sich zweifellos, ein Ende der ewigen Scharmützel zu erreichen.«

»Der Einzige, der diese Fehde beenden kann, ist Stargard«, maulte Johann. »Er muss meinen Bruder freigeben. Vorher gebe ich keine Ruhe. Doch offenbar dreht der eitle Gockel lieber Däumchen und lässt stillschweigend Morde wie diesen zu.«

»Du darfst den Herzog nicht unterschätzen. Er ist mit ganz anderen Wassern gewaschen als der Bischof von Lebus. Dietrich hätte den Bischof nicht so lächerlich machen dürfen. Das war ein großer Fehler! Lebus hat nach der Sache am See sein Amt als Landeshauptmann freudestrahlend abgegeben und Stargard hat das Amt genauso freudestrahlend aufgenommen. Er hasst euch Quitzows.«

»Stargard ist ein gottverdammter Hurensohn.«

Christian räusperte sich verlegen. »Der Erzbischof will wissen: Was gedenkst du zu tun, Johann? Gewonnen habt ihr mit diesem Feldzug rein gar nichts. Eure Streitmacht wurde aufgerieben. Stargard wird Dietrich noch in einem Jahrzehnt nicht freilassen. Er glaubt, dass er so den Landfrieden in der Mark sichern kann.«

»Landfrieden in der Mark. Drauf geschissen! Wenn man Busso einfach so wie einen Räuber hinrichten konnte, was hält Stargard davon ab, nicht auch meinem Bruder den Kopf abzuschlagen? Nein, das können wir nicht zulassen.«

»Wollen wir nicht wenigstens ein letztes Mal versuchen, einen Boten zu Jobst von Mähren zu schicken? Es ist sein Land. Er muss diesem Treiben Einhalt gebieten.«

Johann schnaubte verächtlich. »Jobst von Mähren? Wer ist das?«

Der Gesandte lachte auf.

»Nein, nein, das müssen wir selbst klären«, sagte Johann entschieden. »Doch wir dürfen keine Zeit verlieren, so viel steht fest. Dietrich muss da raus, und zwar schnell. Ich traue Stargard alles zu.«

»Ich denke, der Erzbischof und auch die Stadt Magdeburg werden da einer Meinung mit dir sein. Bestimmt hast du schon einen Plan?«

»Richte unserem Freund, dem Erzbischof, aus, die Quitzows machen weiter. Unsere Feinde haben die Rechnung ohne den Bruder gemacht. Ich werde alles auffahren und eine starke Truppe zusammenstellen. Altstadt und Neustadt von Brandenburg werden für ihren Frevel gestürmt und die Gefangenen befreit, und wenn es das Letzte ist, was ich tue.«

»Aber Dietrich wird das nicht befreien. Er sitzt in Spandau ein.«

»Wenn Stargard mitbekommt, wie wir mit den ihm verbündeten Städten verfahren, wird er einsehen, dass man einen Quitzow nicht wegsperren kann, ohne dass dafür jemand bluten muss.«

Der Gesandte klatschte sich tatenkräftig auf die Oberschenkel. »Abgemacht. Ich werde den Erzbischof bitten, dass er dafür Männer schickt.«

»Ich danke dir.«

Die Stühle wurden quietschend über das Podest geschoben, dann entfernten sich knarzende Schritte. Das Gemurmel der Stimmen wurde leiser.

Mette fuhr erschrocken zu Carl herum. »Johann will die Stadt Brandenburg überfallen?«

»Sieht so aus. Er will Rache nehmen für diesen Busso und außerdem Stargard unter Druck setzen, damit er Dietrich freilässt.«

»Sag mir, du machst bei so etwas nicht mit!«

»Wie stellst du dir das vor? Ich bin ein Gefolgsmann. Wenn die Quitzows mich zu den Waffen rufen, muss ich folgen.«

»Johann ist kein geschickter Feldherr. Er ist viel zu impulsiv. Jeder weiß das.«

»Umso wichtiger, dass er gute Leute um sich schart.«

»Du bist nicht einmal freiwillig hier! Sie haben dich verschleppt. Hast du das etwa vergessen?«

»Hab ich nicht.«

Das machte sie wütend. »Warum solltest du dann für ihre Sache kämpfen?«

»Hab einen Eid geleistet.«

»Mach mir nichts vor, Carl! Ich sehe das Leuchten in deinen Augen.«

»Weiß nicht, wovon du sprichst.«

»Du willst ebenfalls, dass Dietrich heimkehrt. Du vermisst ihn.«

»Quatsch. Dietrich kann mir gestohlen bleiben.«

Im selben Moment erkannte er, dass es eine Lüge war. Sein Leben in Kletzke sagte ihm immer noch zu. Auf der Burg hatte er es einigermaßen warm, es gab genug zu essen und neuerdings ein süßes Mädchen, das die unglaublichsten Dinge mit ihm anstellte. Wohin sollte er also sonst wollen?

Doch seine Waffenbrüder hatten recht. Seit Dietrich gefangen war, gab es kein Gelächter mehr, keine Reitereien und keine Aussicht auf reiche Beute. Nicht mehr lange und die ersten Waffenknechte würden weiterziehen, um sich woanders zu verdingen. Klöden hatte so etwas bereits angedeutet. Die Vorstellung, dass seine Zeit im Dienst der Quitzows zu Ende ging, erfüllte Carl mit Grauen. Es fühlte sich an, als würde er sein Zuhause ein zweites Mal verlieren.

»Komm, Mette, lass uns holen, was auch immer du brauchst. Ich muss zurück zu den anderen.«

Wenige Wochen später war es so weit.

Klöden rieb grummelnd die Handflächen aneinander. »In diesem alten Gemäuer kommt einem ja das Grausen!« Er erschauderte, so als ob er die Kälte förmlich spüren könne, dabei war es Anfang März und das Wetter ausgesprochen mild.

Carls Blick wanderte nach oben. Sie versteckten sich in einer Kirchenruine, deren Dachstuhl vor über hundert Jahren von einem Sturm zerstört worden war. Gurrende Tauben nisteten im zerfetzten Gebälk.

Predöhl war schon den ganzen Tag übellaunig. Er fuhr Klöden gereizt an: »Wir sind immer noch in einer Kirche, du abergläubisches Sackgesicht!«

»In einer wahren Kirche spürt man Gottes Anwesenheit. Dieser Ort ist gottverlassen«, erwiderte jener. Er schaute misstrauisch zum frühlingshaften Himmel.

Johann war mit drei Schritten bei ihnen. »Jetzt haltet doch mal alle beide die Fresse!«, schnauzte er. »St. Nikolai ist ein ehrwürdiges Gotteshaus. Es wurde von gottesfürchtigen Menschen erbaut.«

Klöden reckte herausfordernd das Kinn. »Und wo sind sie, diese gottesfürchtigen Menschen? Ich sehe nur Sümpfe und Dornenbüsche.«

»Sie sind weggezogen. Oder man hat ihr Dorf dem Erdboden gleichgemacht. Was weiß denn ich? Es ist ohnehin unsinnig, eine neue Siedlung so knapp vor einer bestehenden zu errichten. Wenn man diesen Leuten etwas vorwerfen kann, dann, dass sie zu dämlich geplant haben.«

Das ließ Klöden endlich verstummen.

Seit einem halben Tag erst lagerten sie in St. Nikolai, wenige hundert Schritte vom Plauer Stadttor der brandenburgischen Altstadt entfernt. Die Ruine war seit Jahren berüchtigt und galt als Räubernest. An diesem Tag verbargen sich rund dreißig von Johanns besten Kämpfern dort.

Klöden sprang unvermittelt auf.

»Wo willst du hin?«, fragte Johann erbost. Die Nerven lagen bei allen blank.

»Ich hab Hunger.«

»Nichts da! Du kommst jetzt mit! Du auch, Carl. Und ihr, Johann, Heinrich und Ludwig.« Er deutete mit dem Speisemesser auf die befreundeten Adligen Treskow, Isenburg und Neuenburg, die sich seiner Sache angeschlossen hatten.

Rückseitig schlichen sie aus der überfüllten Ruine. Die Pferde waren vor dem Westportal angebunden. Sie stiegen auf und wandten sich Richtung Norden.

Bald gelangten sie zum bewaldeten Hang des Harlungerbergs. Die Tiere schnaubten und stampften auf dem federnden Waldboden, als sie sich an den Aufstieg machten. Oben angekommen blitzten die roten Mauern eines weiteren Kirchenbaus durch die dicht stehenden Bäume. Es war die Wallfahrtskirche St. Marien.

Klöden sah sich unbehaglich um und schlug ein Kreuz. »Noch so ein gruseliger Ort!«

Johann fuhr auf. »Jetzt halt doch endlich dein schändliches Maul! St. Marien ist ein ordentlich geweihtes Heiligtum! Es ist der Jungfrau Maria gewidmet.«

»Es ist ein heidnischer Ort, jeder weiß das.«

»Heidnischer Ort?«, fragte Carl.

»Die Slawen haben hier ihrer Gottheit Triglaw gehuldigt. Dem Dreiköpfigen.«

»Ein dreigesichtiger Gott?« Die Vorstellung jagte Carl einen Schauer über den Rücken.

»Die drei Häupter stehen für Himmel, Erde und Hölle.« Klöden klemmte die Hände unter die Achseln. »Das ist gar kein gutes Zeichen.«

»Was meinst du damit?«, wollte Carl wissen.

»Erst St. Nikolai, dann St. Marien. Von einem entweihten Ort zu einem umgeweihten Ort.«

Isenburg schnalzte mit der Zunge. »Ganz schön abergläubisch, Klaus.«

Klöden linste nervös über die Schultern. »Man überbaut keine slawischen Heiligtümer! Wer weiß, ob uns die Heidengötter deswegen nicht immer noch zürnen?«

Je weiter Klöden sich in den Gedanken hineinsteigerte, desto unruhiger wurde er.

Johann hob bedrohlich die Faust. »Still jetzt! Jeder weiß, dass die Heidengötter keine Macht mehr besitzen. Das Einzige, was zählt, ist die Lehre unseres Herrn Jesu Christi. Und nun halt's Maul mit deinem gotteslästerlichen Geschwätz oder ich lass dir die Zunge rausreißen.«

Klöden schloss den Mund, aber seine Miene sprach weiterhin Bände.

Carl, Treskow, Isenburg und Neuenburg wechselten hinter Johanns Rücken verstörte Blicke. Klödens unheilvolle Vorahnungen verbreiteten Unbehagen und Johanns spürbare Anspannung trug wenig dazu bei, die Lage zu beruhigen. Wenn doch nur Dietrich da gewesen wäre!

Predöhl hatte den gleichen Gedanken. Er raunte Carl zu: »Wird Zeit, dass Dietrich wieder zu uns zurückkommt!«

Carl nickte. Um das zu erreichen, waren sie hier.

Sie passierten ohne weitere Vorkommnisse die Kapelle auf der Kuppe des Berges und stießen auf der anderen Seite am Fuße des Hangs auf den Rest ihres Heeres. Es waren um die dreißig Söldner und Ritter, genauso viele, wie sie in St. Nikolai zurückgelassen hatten.

Carl war verblüfft. »Wo ist der Rest? Wo ist der Tross?« Er hatte mit einer ganzen Streitmacht gerechnet. Schließlich waren sie gekommen, um eine Stadt zu stürmen.

Predöhl antwortete: »Das ist alles.«

»Das sind viel zu wenige!«, rief Klöden pessimistisch.

»Sind es nicht!«, brüllte Johann.

»Was, wenn es schiefgeht?«, wagte Carl zu fragen.

»Dann ziehen wir uns auf meine Burg nach Plaue zurück. Sie befindet sich nur zwei Wegstunden entfernt, mit Pferden sogar schneller.«

Carl war alarmiert. »Wo liegt Plaue?« Er befürchtete, bei einem ungünstigen Ausgang der Schlacht vom Rest des Heeres getrennt zu werden und sich allein und orientierungslos in der Wildnis wiederzufinden.

»Wende dich nach Südwesten, wo die Nachmittagssonne steht, und folge dem Seeufer bis zu einem Fischerdorf. Du kannst es gar nicht verfehlen.«

Johann ritt vor den Trupp, um letzte Anweisungen zu geben. »Männer! Der Tag ist gekommen! Heute werden wir die Brandenburger Bürger lehren, was es heißt, unsere Leute gefangen zu nehmen und ihnen wie räudigen Räubern den Kopf abzuschlagen!«

Zustimmendes Gemurmel erhob sich aus den Reihen.

»Wie ihr wisst, befindet sich in St. Nikolai der restliche Teil des Heers. Eure Aufgabe wird es sein, einen Sturm auf die Stadtbefestigung vorzutäuschen. Wir«, er zeigte auf sich selbst und die, die mit ihm hergeritten waren, »werden direkt auf das Plauer Tor zuhalten.« Er deutete auf die Ritter zu seiner Linken. »Ihr macht euch an der altstädtischen Mauer nördlich davon zu schaffen. Und ihr«, damit meinte er die Ritter zu seiner Rechten, »kümmert euch um den Abschnitt vom Tor bis zur Havel.«

Die Männer murmelten zustimmend.

»Ich will nicht, dass ihr unnötig euer Leben riskiert. Denkt daran, wir wollen nicht sogleich die Stadt erstürmen. Unser Ziel ist es, die Bürger zuerst vor die Tore zu locken, damit sie sich schutzlos aufs offene Feld begeben.«

Er machte eine Pause und schaute eingehend in die Gesichter seiner eigenen Getreuen und in die der Magdeburger. Carl wurde mulmig. Er erkannte Zweifel in Johanns Augen, so als wäre er von seinem Plan selbst nicht so recht überzeugt.

»Das Bürgeraufgebot wird die Tore öffnen, um uns nachzustellen. Dann wird die Truppe, die wir in St. Nikolai versteckt halten, aus ihrem Versteck kommen und ihnen in die Flanke fallen. Damit werden sie nicht rechnen. Das wird ein Kinderspiel!«

Die Männer nickten beipflichtend.

»Wenn wir die Ausfallmannschaft eingekesselt haben, haltet euch nicht damit auf, Gefangene zu machen. Schlagt sie alle tot, und dann geht es gleich weiter in die ungeschützte Stadt.«

Zustimmendes Kopfnicken.

Johann reckte die Faust in die Luft. »Heute wird die Altstadt fallen! Für ihre Schandtat an Busso von Alvensleben und für meinen Bruder Dietrich! Brandenburg wird bis auf die Grundmauern niederbrennen! Kein Edelmann soll jemals wieder von einer Bürgerschaft wie ein Verbrecher hingerichtet werden!«

Alle schrien durcheinander.

»Ja!«

»Wir wollen Gerechtigkeit!«

»So ist es!«

»Und Genugtuung!«

»Für Busso! Für Dietrich!«

Johann hob die Stimme, um die Männer zu übertönen. »Der Eiterpickel Brandenburg soll von den Landkarten verschwinden! Und wir wollen heute unsere Brüder aus der Gefangenschaft befreien!«

»Ja!«

»Wir werden nichts zurücklassen außer Asche, Verderben und Tod!«

»Richtig so, Johann!«

»Unsere Botschaft soll Stargard, Jobst von Mähren und den König unmissverständlich erreichen. Niemand in der Mark wird sich jemals wieder gegen die Quitzows und den Erzbischof von Magdeburg stellen!«

Der Jubel schwoll an. Die Pferde zuckten nervös mit den Ohren.

Carl fand, Johann war ein lausiger Redner, jedenfalls nicht so mitreißend wie Dietrich. Doch die Worte, die er sagte, waren ohnehin gleich. Fast jeder kannte jemanden, der jemanden kannte, der seit dem Gefecht am Wernitzer Wald hinter dieser Stadtmauer inhaftiert war.

Johann ließ den Priester ein letztes Gebet sprechen und die Streitmacht segnen. Dann gab er den Befehl zum Aufbruch. Der Zug setzte sich in Bewegung.

Carl reihte sich mit seinem Pferd, einem flinken und aufmerksamen Wallach aus Thomas' Stall, zwischen Klöden und Predöhl ein. Der Morgenstern war wie immer einsatzbereit an seiner Seite. Johann ritt mit seinen Freunden Ludwig von Neuenburg, Johann von Treskow und Heinrich von Isenburg voraus. Keiner sprach ein Wort.

Am Fuß des Berges teilten sie sich in drei Gruppen auf. Johann leitete den Hauptsturm aufs Tor. Carl wurde ihm zugeordnet. Klöden, neuerdings Rottmeister, übernahm den Angriff auf der flussnahen Seite. Predöhl sollte sich mit seinen Leuten dem Mauerabschnitt nördlich des Tors widmen.

Für einen kurzen Moment herrschte Ruhe in den Reihen. Jeder stimmte sich auf seine Art auf das bevorstehende Gefecht ein – manche beteten, andere entleerten die Blase, der nächste pfiff leise vor sich hin.

Carl setzte seinen Helm auf und überprüfte ein letztes Mal alle Gurte an Pferd und Harnisch. Er hatte sich von seinem Sold eine bessere Ausrüstung zugelegt, trug jetzt neben einem Kettenhemd auch einen lädierten Schild. In Gedanken sprach er ein Gebet und schlug ein Kreuz. Seine Sinne waren geschärft. Er war bereit.

Johann gab das Zeichen für den Angriff.

Mit einem Brüllen reckten sie ihre Waffen in die Luft.

Carl drückte die Fersen in die Flanken seines Pferdes. Das Tier stürmte los.

Sie ritten in loser Formation. Das Trommeln der Hufe auf dem sumpfigen Untergrund der Auen beschleunigte seinen Herzschlag. Er liebte dieses Gefühl. Es versprach Aufregung und Abenteuer.

Auf der Hälfte der Strecke teilten sie sich auf und flogen auf die ihnen zugewiesenen Abschnitte der Mauer zu. Carl folgte Johann in Richtung Plauer Tor.

Man erwartete sie bereits sehnsüchtig. Über dem Tor war ein enormer Backsteinturm mit Fachwerküberbau. Kaum waren die Angreifer in Schussnähe, ging eine erste Salve aus Pfeilen auf sie nieder. Doch sie waren noch zu weit entfernt, als dass die Schüsse gezielt waren. Carl schützte sich und seinen Gaul mit dem Schild. Durch die Schlitze des verbeulten Helms behielt er Johann im Blick. Dieser hatte sein Pferd bereits in den ersten der beiden gefluteten Gräben getrieben.

Carl hielt besorgt die Luft an und hetzte hinterher. Hoffentlich warteten unter der Wasseroberfläche keine Überraschungen! Häufig waren im Grund der Gräben eisenbewehrte Holzpfähle eingelassen. Ein zu hastiger Sprung ins Wasser konnte einen unvorsichtigen Mann und sein Pferd pfählen.

Doch wie sich herausstellte, war seine Sorge unbegründet. Johann gelangte sicher zum anderen Ufer. Carl atmete auf. Das war sehr gewagt gewesen!

Dann kamen ihm Zweifel. Ob Johann das gewusst hatte? Oder hatte er die Gefahr einfach ignoriert?

Zügig durchquerte er ebenfalls den Graben, dann den zweiten. Er hatte Glück. Weder traf sie ein Geschoss, noch wurden sie unter Wasser aufgespießt.

Wenige Augenblicke später hatte er das Tor erreicht. Weitere Pfeile schlugen surrend neben ihnen ein, doch ihre Taktik, an drei Abschnitten der Mauer gleichzeitig anzugreifen, hatte die Bürgermiliz auf den Wehrgängen ausgedünnt. Brandenburg konnte nicht mit genügend Schützen aufwarten, um ihnen angemessen von allen Seiten zuzusetzen. Stattdessen prasselten nun vor allem Steine, Eier und faules Gemüse auf sie nieder. Carl hielt den Schild über sein Pferd, um zu verhindern, dass es von einem Geschoss am Kopf erwischt wurde.

Mit dem Morgenstern in der Rechten schlug er auf das Tor ein. Es war keine geeignete Waffe, um gegen Holz anzugehen, doch Johann hatte ihm versichert, dass man nicht darauf sann, das Tor zu zerstören. Für die Bürger sollte es lediglich so wirken, als versuchte man, das Tor zu erstürmen. Also übte er sich darin, jede Menge Lärm zu verursachen.

Allen Widrigkeiten zum Trotz verlief der Angriff nach Plan. Einige der Ritter hatten einen handlichen Rammbock mitgebracht. Sie stiegen aus den Sätteln und machten sich daran, gegen das Tor zu hämmern. Das Dröhnen war ohrenbetäubend. Carl gab den Männern mit seinem Schild notdürftigen Schutz. Dennoch nahm er aus dem Augenwinkel wahr, wie Johanns Zuversicht schwand. Seine Bewegungen wurden immer fahriger.

Johann sah sich um. »Wie läuft es im Norden und Süden?«, rief er über den Krach hinweg.

Carl antwortete: »Die Bürgerwehr wiegt sich in Sicherheit. Sie lässt sich nicht so leicht herausfordern.«

Johann stieß einen Fluch aus. Er prüfte den Sonnenstand. Gerade als er etwas erwidern wollte, traf den Mann neben ihm ein Pfeil seitlich in den Hals. Seine Hand fuhr mit einem Aufschrei an die Stelle und er rutschte aus dem Sattel.

Das festigte Johanns Entschluss. »Rückzug!«

Er wendete das Pferd und steuerte die Kirchenruine an. Dazwischen lag ein weites Feld. Carl folgte ihm auf dem Fuße. Die übrigen Männer fielen mit ein.

Links und rechts von Carl schlugen erneut Pfeile ein. Er trieb seinen Gaul an, als wäre der Teufel persönlich hinter ihnen her. Plötzlich spürte er einen scharfen Schmerz am linken Oberarm.

Sein Ärmel war zerrissen, darunter kam Blut zum Vorschein. Im Gegensatz zu seinem Torso war der Arm nicht durch das Kettenhemd geschützt. Er musste von einem Pfeil erwischt worden sein, doch glücklicherweise hatte er ihn nur gestreift. Trotzdem war sein Arm durch den Schmerz nutzlos und schwach geworden. Nun musste Carl mehr denn je seinem Pferd vertrauen. Mit nur einem Arm konnte er ein unwilliges Tier nicht durch ein dunkles, kaltes Gewässer zwingen.

Gott sei Dank war der Gaul ebenso wenig wie er erpicht darauf, noch längere Zeit im Pfeilhagel zu verbringen. Todesmutig stürzte sich das Teufelsbiest in den Wassergraben und kam mit einem Satz am anderen Ende wieder heraus. Auch den zweiten nahm es, ohne zu zögern.

Braver Gaul, dachte Carl erleichtert. Du sollst einen Namen bekommen. Er würde sich etwas Passendes für ihn überlegen.

Direkt hinter dem äußeren Graben sammelten sie sich. Noch wurden vereinzelt Pfeile abgefeuert, doch sie erreichten die Angreifer nicht mehr. Auf den Zinnen kehrte Ruhe ein. Johann suchte sich einen freien Aussichtspunkt, um die Lage auszuspähen. Nach und nach stießen auch die restlichen Reiter zu ihnen.

Der Schmerz in Carls Arm verschlimmerte sich mit jeder Minute. Er hatte nicht geahnt, dass Streifschüsse so schmerzhaft sein konnten. Während sie warteten, hing er gekrümmt im Sattel. Der gesamte Arm brannte wie Feuer, die Finger waren eiskalt.

Klöden kam an seine Seite geritten. »Alles in Ordnung? Du zitterst. Kannst du reiten?«

Carl biss die Zähne zusammen und nickte. »Nur ein Streifschuss.«

»Sehr unsauber. Der Pfeil ist regelrecht durch das Fleisch gefetzt.«

»Wird schon wieder«, sagte Carl, damit Klöden endlich die Klappe hielt.

Predöhl blinzelte zur Stadt. »Warum folgen sie uns nicht? Wenn sie klug wären, würden sie uns jetzt nachsetzen, um uns für immer von hier zu vertreiben.«

»Undisziplinierte Bürgermiliz. Sie werden einige Zeit brauchen, um das Tor zu öffnen. Warten wir ab, was passiert.«

Angespannt starrten die Männer zur Stadt. Es war totenstill. Für Carl wirkte der Augenblick wie eine halbe Ewigkeit. Der Schweiß brach ihm aus allen Poren.

Schließlich öffnete sich das schwere Tor. Die ersten Bürger strömten mit Spießen und Äxten bewaffnet hervor.

Johann atmete auf. »Endlich! Ich hätte wenig Lust gehabt, sie ein weiteres Mal zu kitzeln. Macht euch bereit! Wenn um die fünfzig von ihnen zu sehen sind, stürmen wir los. Unsere Freunde im Versteck übernehmen die südliche Flanke. Die Brandenburger werden sich voll und ganz auf uns konzentrieren und nicht erwarten, dass jemand von der Seite kommt.«

Klöden musterte Carl. »Du solltest besser zur Kirche zurückkehren und dort abwarten.«

»Das würde die Aufmerksamkeit auf unser Versteck lenken.«

»Du kannst den Arm ja kaum heben.«

»Ist nur der linke. Hab ja zum Glück zwei.«

»So ein Scheißdreck! Ich hab's doch gewusst! Die ganze Sache steht unter keinem guten Stern.«

»Nun mach mal halblang. Noch lebe ich.«

Mit angehaltenem Atem warteten sie auf das Signal zum Gegenangriff. Erst als Johann zufrieden feststellte, dass der Strom aus der Stadt abgerissen war, gab er den Befehl zum Angriff. Sie stürmten los.

Ihre Gegner stellten keine Gefahr dar. Die wenigsten Brandenburger waren beritten. Es war ein Leichtes, durch den Feind hindurchzureiten, ihm den Rückweg abzuschneiden und ihn mit der Waffe niederzumähen.

Carls linker Arm brannte zwar wie Feuer, aber er kam auch ohne zurecht. Das Pferd ließ sich mit Schenkeldruck gut steuern. Es war fantastisch. Er würde sich nie wieder ein anderes leihen. Von Zeit zu Zeit warf er einen heimlichen Blick auf die Kirchenruine. Der Hinterhalt ließ sich Zeit.

»Wo bleiben die denn?«, rief er über den Lärm Klöden zu.

»Ich sag dir, Carl, kein guter Stern!«, brüllte dieser zurück.

Johann drängte sich zwischen sie. »Und ich sagte, Fresse halten!« Er stob weiter nach vorn und verwickelte einen berittenen Patrizier in einen Zweikampf.

Carl suchte sich ebenfalls ein neues Opfer. Ein wenig würden sie die Brandenburger noch hinhalten können.

Klöden schrie aufgeregt seinen Namen. »Carl, Carl!«

Carl stöhnte auf. Der Depp begann, ihm gehörig auf die Nerven zu gehen. Er ignorierte ihn.

Als Carl ihm keine Aufmerksamkeit zollte, steuerte Klöden sein Pferd zu Johann hinüber. »Johann! Da!«

Johann kämpfte sich frei und folgte dem Fingerzeig. Er wurde blass. »Verfluchter Mist!«

Nun war auch Carl beunruhigt. Er schlug mit dem Morgenstern einem Brandenburger gegen den Helm. »Was denn?«

»Stargard.« Johanns Stimme klang belegt.

»Heilige Scheiße.« Stargard war gekommen und er war nicht allein. Ein zweiter Bannerträger zeigte ein Wappen mit drei schwarzen doppelköpfigen Pferden.

Johann von Treskow parierte an Johanns Seite einen Schlag gegen seinen Schild. »Und da sehe ich Wichard von Rochow, diesen elendigen Verräter!«

Die Heere, die sich von Norden näherten, waren ihnen zahlenmäßig weit überlegen. Carl schätzte sie auf um die dreihundert Mann. Dreihundert gegen ihre sechzig.

Johann schrie panisch: »Rückzug, Rückzug!«

Sie wendeten die Pferde, doch es war zu spät. Die Vorhut erreichte sie, noch bevor der Letzte von diesem Fiasko erfahren hatte. Die Leute des Landeshauptmanns trieben einen tiefen Keil in ihre Reihen.

Carl sah sich einem wild entschlossenen Ritter gegenüber. Weil ihm nichts anderes übrig blieb, holte er mit dem Morgenstern aus. Gleichzeitig lenkte er mit den Schenkeln das Pferd ab, um aus der Gefahrenzone zu gelangen. Es war eine Sache, gegen eine unberittene Bürgermiliz zu kämpfen. Das hatte er sich mit einem verwundeten Arm gerade noch zugetraut. Gegen ausgebildete Waffenknechte und Ritter hatte er jedoch in seinem geschwächten Zustand kaum eine Chance.

Johann hackte blind herum auf der Suche nach einem Fluchtweg aus dem Chaos. Vor ihm öffnete sich ein Schlupfloch. »Hier lang, Männer!«

Isenburg, Neuenburg und Treskow setzten ihm nach. Predöhl, Klöden und Carl folgten. Wie vom Teufel besessen hetzten sie über das matschige Feld und flüchteten an St. Nikolai vorbei in die Wälder am Hang des Harlungerbergs.

Der kopflose Galopp sandte Schmerzwellen durch Carls Körper. Hoffentlich ist das keine Falle, dachte er. Er traute Stargard auch das zu. Mit der verschwitzten Rechten klammerte er sich am Sattel fest.

Sie hatten Glück im Unglück. Stargard und Rochow waren offenbar erst in letzter Sekunde hinzugeholt worden. Sie hatten keine Zeit gehabt, einen ausgeklügelten Plan zu entwickeln, um flüchtenden Kämpfern den Weg abzuschneiden.

Johann führte sie ins unwirtliche Marschland. Nach etwa drei Meilen zügelten sie die erhitzten Pferde.

Johann nahm den Helm ab. Er war bleich wie der Tod. »Diese Hurenböcke haben Stargard zu Hilfe gerufen. Sie hatten nie die Absicht, uns hinterherzusetzen. Sie wollten uns nur hinhalten und ablenken.«

Isenburg zog ebenfalls den Helm ab. Das lange Haar klebte ihm in Nacken und Bart. »Stargard ist mit allen Wassern gewaschen. Man darf ihn nicht unterschätzen.«

»Sollen wir warten, ob sich noch jemand uns anschließt?«, fragte Predöhl.

»Wer kann, wird sich, so wie wir, nach Plaue aufmachen. Meine Burg ist der nächstsichere Ort. Wir werden dort auf Nachzügler warten.«

»Und wenn keiner mehr kommt?«

Johann spuckte aus. »Dann hat dieser Schweinehund heute über vierzig neue adlige Gefangene gemacht.«

Die Rückkehr

Kletzke, Oktober 1403

Die Blätter hatten sich draußen zu einem leuchtenden Gelb verfärbt. Carl war zurück in Kletzke. Gelangweilt mistete er einen der Unterstände im Stall aus.

Seine Gedanken wanderten zu dem Überfall auf Brandenburg vor einigen Monaten. Er machte sich nichts vor. Er hatte teuflisches Glück gehabt. Sein Arm war nicht brandig geworden und gut verheilt. Die ganze Geschichte stellte eine völlig neue Erfahrung für ihn dar. Er hatte auf der Verliererseite eines Gefechts gestanden und war gerade so mit dem Leben davongekommen. Er hatte erkannt, dass man nicht immer als Held heimkehrte. Die Stimmung auf der Burg befand sich seitdem auf dem absoluten Tiefpunkt.

Zu Beginn war sein verletzter Arm sehr schwach gewesen. Nicht einmal einen Löffel hatte er halten können. Thomas hatte einen Blick darauf geworfen und ihn wieder für die Arbeit im Stall eingeteilt. Wer so dumm war, sich als Waffenknecht verdingen zu wollen, der durfte darüber nicht seine anderen Pflichten versäumen. Es wäre Carl ohnehin nicht recht gewesen. Die Aufgaben wurden ja nicht weniger, nur weil einer von ihnen ausfiel. Die Rosskur hatte ihm jedenfalls einen guten Dienst geleistet. Mittlerweile war sein linker Arm wieder genauso belastbar wie der rechte.

Allerdings würde es in nächster Zeit keine weiteren Versuche geben, Dietrich aus der Haft zu befreien. Stargard hatte sein Ziel erreicht. Das Fiasko von Brandenburg hatte Johann einen gehörigen Schrecken versetzt. Die Quitzows verhielten sich seit sechs Monaten still und leckten ihre Wunden.

Und das, so stellte Carl mit einem mürrischen Brummen fest, war ihm gar nicht recht. Es verdross ihn, nur Stalldienst zu leisten ohne Aussicht auf weitere Gefechte. Er fühlte sich furchtbar rastlos.

Das Tor öffnete sich und Mette kam die verwaiste Stallgasse hinuntergeschlendert. »Nanu? Wo stecken sie denn alle?«, hörte er sie verwundert sagen.

Er schaute auf.

Als sie um die Ecke in seinen Unterstand lugte, war ihr Blick verschmitzt. »Da versteckst du dich also! Und? Wie geht es meinem wackeren Kriegshelden heute?«

»Keine Veränderung zu gestern.« Er stützte sich auf die Mistgabel. »Die anderen sind schon auf dem Weg zur Halle für das Abendmahl.«

»Sieh an, sieh an. Dann sind wir also ganz allein …« Sie stellte sich auf die Zehenspitzen und er küsste sie.

»Wo treibt sich Thomas rum?«, fragte sie.

»Auf der äußeren Koppel. Der braucht noch eine Weile.«

»Und der Stall?«

»Kann warten«, beschied er.

Er lehnte die Mistgabel an die Wand und drängte Mette in die leere Unterbringung gegenüber. Es war der Unterstand für Sandteufel. Seit Dietrichs Festnahme vor einem Jahr war er verwaist. Trotzdem hielten sie das Stroh sauber, so als ob man ihn jeden Moment zurückerwartete.

Mette stieß ihn mit einem kühnen Grinsen gegen die rückseitige Wand und nestelte an seiner Bruche. Sein Körper reagierte sofort. Mit einem Stöhnen streckte er die Arme weit von sich und lehnte sich an die grob gezimmerte Bretterwand. Die Zeiten in Kletzke mochten ereignislos sein, doch so ließ es sich aushalten.

Sie seufzte und ging vor ihm auf die Knie. »Mein starker Held!«, säuselte sie.

Carl schloss die Augen. Er rief sich – nicht ganz ehrenhaft – Anne ins Gedächtnis. Anne, wie sie über die Steine am Bach hüpfte und dabei ihren Rocksaum benässte. Anne, wie sie laut kreischend mit einem Netz Maikäfer fing. Anne, wie sie mit nackten Beinen auf einem Ast saß und ihn mit Brombeeren bewarf.

Sein Atem kam schon bald stoßweise. Das würde nicht lange brauchen. Mette machte ihre Sache viel zu gut. Vielleicht sollte er ihr etwas Neues vorschlagen. Etwas, was das Ganze hinauszögern würde.

Er öffnete die Augen. Auf der anderen Seite der halbhohen Wand stand ein Geist mit eisblauen Augen. Die Erscheinung war so unerwartet, dass Carl heftig zusammenfuhr und Mette reflexartig von sich stieß. Sie landete rückwärts im Stroh. In seiner Verwirrung kam ihm das erstbeste Wort über die Lippen, das in seinem Kopf herumschwirrte. »Anne!«

Im selben Moment verfluchte er sich. Er hatte Mette sagen wollen. Mette.

Sie wischte sich verwirrt über den Mund. »Was zum Teufel, Carl?«

Im Gang gluckste es vergnügt. »Mann, Mann, Mann.«

Es war Dietrich. Leibhaftig. Er stützte die Unterarme auf die halbhohe Wand. »Wie es scheint, hat sich einiges getan, seit ich das letzte Mal hier war.«

Carl war zu verdattert, um auch nur die Hose zuzumachen. Sprachlos gaffte er seinen Dienstherrn an, der nach einem ganzen Jahr so unangekündigt auf seiner Burg wieder aufgetaucht war.

»Und, Bauer, habe ich die Wette nun gewonnen? Oder war es doch Klöden?«

Leichtfüßig kam Mette wieder auf die Beine. In ihrem Haar steckten verirrte Strohhalme. »Wette?«, fragte sie argwöhnisch und schüttelte den Rock aus.

»Die Männer und ich haben mit dem Bauern gewettet, wie lange er braucht, um dich rumzukriegen, Schätzchen.«

»Ist das so?« Sie wurde feuerrot und stapfte mit funkelnden Augen zu Carl hinüber. Schuldbewusst zog er den Kopf ein. Sie gab ihm eine schallende Backpfeife. Weil das ihrer Meinung nach wohl nicht ausreichte, spuckte sie ihm auch noch ins Gesicht. »Du Mistkerl!«

An Dietrich vorbei stürmte sie aus dem Stall.

Der Burgherr schaute ihr schmunzelnd hinterher. »Ich mag die Kleine. Sie hat Temperament. Schon wieder so eine wilde Katze.« Sein Blick fiel auf Carls Schritt. Er wedelte mit einem Strohhalm herum. »Es stimmt also doch, was die Leute über große Hände sagen. Na los, Bauer, pack das Ding wieder ein, oder willst du mich etwa neidisch machen?«

Während Carl seine Kleidung in Ordnung brachte und die Spucke aus dem Gesicht wischte, wandte sich Dietrich ab. »Komm mit nach draußen. Es gibt da jemanden, der dich vermisst hat.«

Vor dem Stalltor kaute Sandteufel gelangweilt auf seinem Gebiss herum.

Carl klopfte ihm das schweißnasse Fell. »He, mein alter Freund!«

»Hast du ihn vermisst?«

»Ja.«

»Er muss abgerieben und versorgt werden.«

Carl strich dem Pferd zärtlich über den Nasenrücken. »Mach ich.« Erstaunlicherweise war sein Ärger plötzlich wie weggeblasen.

»Und? Du hast mir immer noch nicht gesagt, wer die Wette gewonnen hat. Ich gedenke nämlich, meinen Gewinn einzustreichen, so er mir denn zusteht.«

Carl musterte ihn über die Schulter hinweg. Dietrich war zwar lange fort gewesen, doch die Haft war augenscheinlich nicht zu unangenehm für ihn gewesen. Er sah gepflegt und gesund aus. Seine blauen Augen strahlten in einem sonnengebräunten Gesicht um die Wette.

»Johann hat gewonnen.« Ein stolzes Grinsen schlich sich in Carls Züge, das Dietrich erwiderte.

Er deutete mit dem Daumen über die Schulter zum Bergfried. »Mach dir keine Sorgen, Bauer. Die kriegt sich bald wieder ein. Sie ist dir völlig verfallen, das sieht man sofort.«

Carl senkte geschmeichelt den Kopf. Er machte sich daran, das Pferd von Sattel und Gepäck zu befreien.

Er hatte angenommen, dass Dietrich sich nun zur Halle begeben würde, um seine Rückkehr publik zu machen und seinem Bruder und seiner Gattin um den Hals zu fallen. Doch unerklärlicherweise lehnte sich jener mit verschränkten Armen und wippendem Bein an den Trog und schaute Carl bei der Arbeit zu.

»Gibt es sonst noch etwas, was sich hier während meiner langen Abwesenheit ereignet hat?«

»Johann ist mit seiner Gattin eingezogen, um nach dem Rechten zu schauen.«

»Das ist mir bekannt.«

»Vor sechs Monaten haben wir mit den Magdeburger Stiftsvasallen die Altstadt von Brandenburg überfallen. Doch Stargard hat uns überrascht.«

»Davon habe ich ebenfalls gehört. Von Stargard persönlich. Ihm ist richtig einer abgegangen, als er mir die Kunde in meine Zelle brachte.«

Carl legte den Sattel sicher auf einem Bock ab. Er griff zu einem feuchten Lumpen, um Sandteufel den Schweiß abzureiben.

»Es ist herzerwärmend, dass mein Bruder es wenigstens versucht hat. Auch wenn er stümperhaft vorgegangen ist. Wenigstens hat man die Gefangenen am Ende anstandslos ziehen lassen.«

»Sie haben ein Lösegeld gezahlt?«

Dietrich grinste sein teuflisches Grinsen. »Nun ja. Das haben sie zwar versprochen, aber natürlich denkt keiner daran, das Versprechen zu halten.«

Carl ließ den Lappen sinken. »Aber sie haben ihr Wort gegeben!«

»Und die Brandenburger Bürger waren auch mächtig erbost darüber, dass sie meineidig wurden. Sie haben Briefe geschrieben und sich schrecklich empört. Weißt du, was sie getan haben, als diese Schmähbriefe nicht ausreichten?«

»Sie haben Stargard abermals um Hilfe gebeten?« Im selben Moment fragte sich Carl, wie es kam, dass Dietrich nach so langer Gefangenschaft wieder zurück war und sich mit ihm unterhielt, als seien sie alte Freunde.

Dietrich lachte sich amüsiert ins Fäustchen. »Das hätte vielleicht etwas gebracht. Doch stattdessen hat man Bilder von ihren Gesichtern an den Pranger geschlagen. Bilder von ihren Gesichtern! Und der Rat hat ein Gemälde in Auftrag gegeben, das die Adligen beim Totentanz zeigen soll. Ihre meineidigen Finger sollen blau gefärbt gewesen sein.« Er gluckste auf. »Was für dämliche Hurenböcke!«

Dietrichs Heiterkeit war so ansteckend, dass auch Carl mit einfiel.

Dietrich stieß sich vom Trog ab. »Sei es, wie es sei, Bauer. Ich glaube, ich kann mich nicht länger davor drücken heimzukehren. Danke für die Kurzweil.«

Carl nickte höflich.

Er wollte sich soeben wieder der Pferdepflege zuwenden, da sagte Dietrich: »Willst du denn gar nicht wissen, warum mich Stargard freigelassen hat?«

Carl zuckte mit den Schultern. »Warum?«

»Unser lieber Markgraf Jobst von Mähren ist mal wieder klamm. Also ist er überraschend in die Mark zurückgekehrt, um Geld einzutreiben. Und nebenbei hat er auch meine Freilassung erwirkt. Er ist wirklich noch dämlicher, als ich gedacht habe.«

Der Geist

THOMAS' STIMME DONNERTE durch den Stall. »Bauer!«

Carl plumpste vor Schreck der Striegel ins Stroh. Thomas nannte ihn nie »Bauer«. Ihn beschlich ein ungutes Gefühl.

Er steckte den Kopf aus Wodjanois Unterstand. Das war der Name, den er dem Gaul gegeben hatte, der ihn im Pfeilhagel sicher durch die Gräben von Brandenburg getragen hatte. Klöden hatte ihm versichert, es sei die Bezeichnung für den Wassergott der Slawen.

Der Stallmeister kam die Stallgasse hinuntergestapft. An einem Strick führte er ein verdrecktes Pferd, in dessen wachsamen Augen der Schalk blitzte.

»Ja?«

»Schon mal diesen Gaul gesehen?«

»Ja. Ist der Neue. Hab ihn rausgebracht. Kommt als Nächstes dran.«

»Was heißt, du hast ihn rausgebracht?«

»Hab ihn draußen vor der Stalltür angebunden. Was sonst?«

Thomas baute sich schnaufend vor ihm auf. Er war tiefrot angelaufen, auf der Stirn pochte gefährlich eine Ader. Carl hatte ihn noch nie so aufgebracht gesehen.

»Weil der Gaul auf dem Weg nach Havelberg war! Ich musste ihn eben aus den Sümpfen zurückholen. Er war so schnell, dass die Torwachen nur staunen konnten.«

Carl deutete zur Wand mit den Haken. »Kann nicht sein. Ich hatte ihn doch ange...« Er brach ab. Da hing immer noch der Strick, mit dem er das Tier hatte anbinden wollen.

Ein Stallbursche, Otto, mischte sich aus dem Unterstand nebenan ein. »Hab's dir vor einiger Zeit gesagt, Carl. Ist wohl auf der einen Seite rein und auf der anderen gleich wieder raus.«

Carl zog unbewusst die Schultern ein. »Muss ich übersehen haben.«

Thomas platzte der Kragen. »Hast du eine Ahnung, was so ein Schlachtross wert ist? Weißt du, was passiert wäre, wenn der weggekommen wäre? Das hättest du dein Lebtag nicht mehr abbezahlt!«

Carl fuhr sich mit der Hand durch den Schopf. »Kann echt nicht sagen, wie das passiert ist, Thomas. Ich pass nächstes Mal besser auf, versprochen.« Wenn es ein nächstes Mal gibt, fügte er in Gedanken hinzu. Thomas war so zornig, dass Carl ernsthafte Zweifel kamen, ob er jemals wieder im Stall würde arbeiten dürfen.

Thomas starrte ihn mit glühenden Augen an. »Eigentlich sollte ich dir jetzt eine gewaltige Maulschelle verpassen …« Er brach ab und schaute kopfschüttelnd zu Boden. »Doch du bist der Letzte, gegen den ich meine Hand erheben würde.«

»Kannst du aber ruhig machen. Ich schlag nicht zurück«, sagte Carl zerknirscht.

Thomas' Mundwinkel zuckten. Ein wenig besänftigter sagte er: »Nächstes Mal wird es gleich die Peitsche sein. Verstanden?«

»Alles klar. Tut mir wirklich leid.«

»Was ist nur los mit dir, Carl?«

»War ein Fehler. Soll nicht wieder vorkommen.«

»Das ist nicht die erste Unachtsamkeit in den letzten Wochen.«

Otto brachte sich ein zweites Mal ein. »Der Bauer hat Liebeskummer!«

Thomas kniff die Augen zusammen. »Ist das so?«

Carl las den Striegel vom Boden auf und machte sich wieder an die Arbeit. »Nun ja …«

Mette sprach seit Dietrichs Rückkehr kein Wort mehr mit ihm. Dessen beiläufige und doch wohl kalkulierte Bemerkung an jenem Tag im Stall hatte sie tief verletzt. Carl war davon ausgegangen, dass sich das alles nach ein paar Tagen wieder einrenken würde, denn Mette war zäh und ließ für gewöhnlich das meiste an sich abprallen. Doch er hatte sich geirrt. Seit sie von der Wette wusste, mied sie Carl wie die Pest.

»Die kleine Magd?«

»Ist halt ein Weib.«

»Was soll das heißen?«

»Weiber neigen zu Zank. Weiß jeder.«

Thomas stemmte die Hände an die Hüften. »So? Tun sie das? Wusste gar nicht, dass du so ein Frauenversteher bist.«

Otto kicherte.

»Frauen sind so. Kannst jeden in der Halle fragen.«

Thomas runzelte die Stirn. »Carl. Du weißt, ich bin verheiratet.«

»Und?«

»Wenn man verheiratet ist, lernt man das eine oder andere über Frauen. Deshalb weiß ich: Wenn meine Frau nicht mehr mit mir redet, dann, weil ich etwas sehr Dummes angestellt habe. Nicht, weil sie zänkisch ist.«

»Aha.«

»Hast du vielleicht etwas sehr Dummes getan, Carl?«

Er drehte Thomas den Rücken zu und striegelte weiter. »Vielleicht.«

»Dann solltest du mit ihr reden und das wieder ins Lot bringen.«

»Ja, ich weiß.«

»Sie fehlt dir.«

»Ein bisschen.«

»Geh hin. Rede mit ihr.«

»Ja, später.«

Thomas entriss ihm den Striegel.

»He!«, rief Carl verdattert.

»Jetzt gleich. Los! Ich kann dich hier im Stall nicht gebrauchen, wenn du so unachtsam wirst.«

»Aber die Pferde …«

»Du hast für den Rest des Nachmittags frei. Otto kann deinen Teil übernehmen.«

Sofort ertönte Protest aus dem anderen Unterstand. »Was?!«

Carl seufzte. »In Ordnung. Danke, Thomas.«

»Nur Mut. Sie wird dir schon nicht den Kopf abreißen.«

Wenn du wüsstest, dachte Carl. Mit bangem Herzen begab er sich auf die Suche.

Er entdeckte Mette in einer abgelegenen Ecke des Wirtschaftshofs. Trotz der eisigen Kälte war sie damit beschäftigt, die Wäsche der Herrschaft zum Trocknen aufzuhängen. Die feuchten Wäschestücke an den Leinen schlugen und flatterten im Herbstwind.

Er atmete tief durch und überquerte den matschigen Hof.

Dietrichs jüngerer Sohn Kuno fiel ihn wie ein kläffender Schoßhund von der Seite an. »Carl, Carl, reitest du mit mir aus? Bitte!«

»Ein andermal, Kuno. Hab zu tun.«

»Och Mann, immer hast du zu tun! Du arbeitest doch gerade nicht bei den Pferden, oder? Und trotzdem hast du keine Zeit für mich.«

Carl blieb stehen. Ihn trennten um die fünfzig Schritte von Mette. Der frische Wind hatte kurzzeitig gedreht und blies ihr nun in den Rücken, sodass ihr der Rock gegen das Gesäß gedrückt wurde, was ihre runden Formen voll zur Geltung brachte. Sie sah entzückend aus.

Er ging vor Kuno in die Hocke. »Na gut, Bübchen. Ich verspreche, ich reite mit dir am Sonntag aus, in Ordnung? Gleich nach dem Kirchgang.«

Kuno schüttelte heftig den Kopf, dass die blonden Locken nur so flogen. »Am Sonntag kann ich nicht. Ich muss mein Lesen üben. Sonst kriege ich am Montag vom Kaplan wieder die Rute. Tante Agnes hat extra versprochen, mir zu helfen. Bitte, Carl!« Seine blauen Kinderaugen nahmen eine flehende Weichheit an.

Carl seufzte. Sein Blick wanderte von Kuno zu Mette. Ihr Wäschekorb war fast leer. Wenn er länger zögerte und mit einem Kind stritt, würde sie bald ihre Aufgabe erledigt haben und den Korb zurück in die Wäschekammer bringen.

»Pass auf, ich hab eine Idee. Wie wäre es, du reitest heute mal zur Abwechslung statt auf deinem Pony auf mir?«

Kuno machte große Augen. »Auf dir? Aber wie soll das gehen?«

Carl führte ihn an der Hand zu einer halbhohen Mauer. »Na los, steig da drauf.«

Der Knabe, agil wie sein Vater, kletterte hinauf.

Carl beugte sich mit krummen Rücken vor ihn hin. »So, jetzt ein Bein über meine Schulter.«

»Holla!«

»Nun das andere.«

Das Kind saß. Carl richtete sich schwankend auf und Kuno quiekte entzückt. Er riss Carl an den Haaren, als wären sie Zügel. »Auf geht's!«

»Au! Vorsicht, nicht in meine Augen fassen.«

»Tut mir leid. Aber die Aussicht von hier oben ist grandios!«

Carl lächelte. »Grandios« war ein neues Wort, das Kuno erst diese Woche von ihm gelernt hatte und nun offenbar sinnvoll anzuwenden wusste.

»Ausgezeichnet. So, jetzt müssen wir uns aber sputen. Möchte nämlich gern mit Mette reden. Halt dich fest, denn dein Pferd wird eine Runde traben.« Er hielt die Füße seines Reiters gut fest und fiel in einen leichten Trab.

Kuno reckte die Faust in die Luft, so als schwenkte er ein Schwert, und rief jauchzend: »Hüa, hüa!«

Lautstark legten sie die Strecke zu den Wäscheleinen zurück und kamen hinter Mette zum Stehen. Sie wandte sich nicht zu ihnen um.

»Mette«, sagte Carl.

Sie ignorierte ihn.

Kuno, der die feinen Untertöne einer Erwachsenenunterhaltung noch nicht verstand, rief: »Mette, schau mal, wer da ist!«

Es hatte den gewünschten Effekt. Seufzend wandte sie sich mit einem nassen Leinenhemd in der Hand zu ihnen um. Sie schenkte Kuno ein warmes Lächeln. »Hallo, Kuno.«

»Carl ist heute mein Pferdchen! Wir machen einen Ausritt!«

»Das ist toll, Kleiner.« Sie blickte zu Carl. Das Lächeln erlosch. Wortlos wandte sie sich ab, wrang und schlug das Hemd aus und befestigte es an der Leine.

Carl hatte geahnt, dass es nicht leicht werden würde. Er versuchte eine neue Taktik. »Kann ich dir vielleicht helfen?«

Sie fuhr herum. »Du«, sie spuckte das Wort regelrecht aus. »Du willst mir bei der Wäsche helfen? Bist du dir da ganz sicher? Ist dir das nicht zu unmännlich, du großer Held?«

Kuno trommelte auf Carls Kopf. Er schaute auf.

»Carl, hast du dich mit Mette gestritten?«

»Wir haben uns nicht gestritten, Kleiner.«

»Oh doch, das haben wir!«, fauchte Mette. »Dein Pferdchen ist nämlich ein riesiger Mistkerl.«

Kuno klappte vor Erstaunen der Mund auf. »Sie hat dich Mistkerl genannt, Carl.«

»Wahrscheinlich zu Recht.« Er griff den Jungen unter die Achseln und hob ihn von seinen Schultern.

Kuno zappelte mit den Beinen in der Luft. »Aber ich will weiter reiten!«

»Ein andermal. Und dann wieder auf deinem Pony. Verspreche, ich zeig dir dann den Ort, wo die Wilen im Sommer tanzen.«

Der Knabe zupfte seine Kleidung zurecht, eine Kopie seines Vaters. Er strahlte. »Abgemacht!«

Carl wuschelte ihm über den Schopf und der Junge eilte im Laufschritt zum Burgfried.

Mette betrachtete Carl mürrisch. »War das etwa Absicht?«

»Was meinst du?«

»Dass du hier mit dem Kind auf den Schultern aufkreuzt. Willst du mich weichmachen?«

»Nein, das war Zufall.«

Er beugte sich nach unten und fischte ein Wäschestück aus dem Korb.

Sie riss es ihm aus der Hand. »Das mache ich lieber selbst! Du verstehst davon nichts.«

»Wie du meinst.«

Mit zusammengepressten Lippen hing sie es an die Leine.

Als sie das nächste Teil aufnahm, sagte er: »Mette, bitte, können wir nicht einen Moment miteinander reden?«

Sie schmiss das Hemd zurück in den Korb und stemmte die Hände an die Hüften. »Nun gut. Ich fange an. Mit einer Frage. Aber ich verlange, dass du aufrichtig bist und mich nicht anlügst.«

»Gut.«

»Was willst du eigentlich vom Leben, Carl?«

Die Antwort war leicht. »Dich.«

Sie schnaubte ungläubig. »Ja, klar.«

»Ist wahr!«

»Vielleicht glaubst du, dass es wahr ist. Doch du irrst dich.«

»Warum sagst du das?«

»Weil du mich wie eine Hure behandelst! Du verschacherst und verhöhnst mich vor deinen so genannten Freunden. Du lässt mich glauben, dass ich dir nichts wert bin.«

Er ließ den Kopf hängen. Sie hatte recht. Er hatte sich gemeinsam mit den Jungs über sie lustig gemacht, um dazuzugehören. Jetzt, wo sie es ihm so deutlich vor den Latz knallte, ging ihm auf, wie dämlich er sich benommen hatte. »Hab dich gekränkt, Mette. Das wollte ich nicht. Tut mir leid.«

»Und du lügst mich an.«

»Was? Nein!«

»Dann lass mich dir eine weitere Frage stellen, großer Mann. Vielleicht kommst du dann auf die Lösung. Warum bist du immer noch hier? Warum bist du nicht geflohen, als du die Möglichkeit dazu hattest? Bei eurem missglückten Sturm auf Brandenburg? Die Quitzows hätten zweifellos angenommen, du wärst gefallen. Du hättest in wenigen Tagen in deinem Dorf sein können. Ich weiß, du würdest es finden, wenn du nur danach suchen würdest.«

Es war eine berechtigte Frage. Er hatte sie sich ebenfalls gestellt. Vielleicht nicht in dem Moment, als er eine schnelle Entscheidung hatte treffen müssen. Da war er einfach, ohne zu denken, dem Mann gefolgt, der ihre Mission angeführt hatte, Johann. Hinterher jedoch, als er in der Halle von Plaue versucht hatte, trotz des Schmerzes Schlaf zu finden, da hatte er sich gefragt, warum er nicht mit Verstand gehandelt hatte. Warum hatte er nicht eine andere Richtung eingeschlagen, fort von Kletzke? Mit einem Pferd zwischen den Beinen hätte er die Gegend so lange absuchen können, bis er sein Dorf gefunden hätte.

Mittlerweile glaubte er, die Antwort zu kennen. »Weil ich dich brauche, Mette. Ich bin nicht geflohen, weil ich zu dir zurückkehren wollte.«

»Und das glaubst du tatsächlich? Oder machst du mir jetzt wieder etwas vor?«

»Das glaube ich tatsächlich.«

Sie schüttelte fassungslos den Kopf. »Du bist so ein Narr.«

»Was? Aber wieso? Was habe ich nun schon wieder Falsches gesagt?«

Sie tat einen Schritt auf ihn zu und stupste mit dem Finger gegen seine breite Brust. »Weil ich nichts für dich bin, Carl. Siehst du denn nicht selbst, dass in deinem Herzen ein Geist herumspukt? Ich werde niemals dort Einlass finden, solange sie darin wohnt.«

Sie sprach von Anne. Er schluckte trocken. Die Worte beschworen in ihm eine lange unterdrückte Trauer hervor. »Das war einmal. Anne ist tot. Du hast recht, sie ist ein Gespenst. Doch ich hab dieses Gespenst ziehen lassen. Deshalb bin ich immer noch hier. Für dich.«

Ihre sorgfältig aufgebaute Fassade stürzte ein. Sie brach in Tränen aus. »Du Mistkerl hast mir das Herz gebrochen!«

Er griff ihre Hände. Sie waren steifgefroren von der Kälte. Er begann, sie zu kneten. »Tut mir leid. Wird nie wieder vorkommen. Versprochen. Von heute an werde ich zu dir stehen. Ich will dein Mann sein, mit Haut und Haaren.«

Sie schluchzte. »Wenn du mein Mann sein willst, dann heirate mich!«

Er senkte den Kopf. »Das kann ich nicht. Noch nicht.«

»Aber du hast es versprochen, Carl, damals! Weißt du nicht mehr?«

»Ich hab versprochen, dich zu heiraten, solltest du ein Kind von mir erwarten. Aber so ist es nicht gekommen.«

»Jetzt brichst du mir schon wieder das Herz.«

»Bitte verzeih! Das ist nicht meine Absicht. Aber lass mich dir jetzt etwas versprechen. Ich werde dich heiraten. Nur nicht sofort. Ich muss noch was erledigen. Erst dann kann ich anfangen zu leben.« Er umschloss ihre Hände und führte sie zum Mund, um sie mit seinem Atem zu wärmen.

Sie sah ihn durch einen Schleier von Tränen an. »Das wirst du niemals tun. Du und ich, wir beide wissen das. Es wird nie geschehen. Du wirst Dietrich niemals töten.«

Ihre Worte machten ihn unvermutet zornig. »Warum nicht? Glaubst du, ich bin dazu nicht in der Lage? Ich hab auf dem Schlachtfeld Dutzende Männer getötet!«

»Das ist etwas anderes, und du weißt das! Du wirst ihn nicht töten, weil du ihn liebst. Du liebst Dietrich von Quitzow wie einen Vater.«

Er starrte sie wortlos an.

Sie seufzte auf. »So, wie wir ihn alle hier lieben.«

»Ich liebe ihn nicht.«

Sie lächelte traurig. »Oh doch, das tust du, du Narr.«

Er wollte etwas antworten, irgendetwas. Er wollte ihr sagen, dass sie ihn falsch einschätzte. Doch die Worte wollten ihm nicht über die Lippen kommen. Er schloss verbittert den Mund.

»Carl, die Sache ist die: Wo Liebe ist, da ist auch Hass. Du hasst dich selbst dafür, dass du von Dietrich nicht mehr lassen kannst. Dass er dich um seinen kleinen Finger wickelt und dich nach seiner Pfeife tanzen lässt, und dass du das auch noch bereitwillig geschehen lässt.«

»Das tut er nicht«, murmelte er trotzig.

»Dieser Hass, Carl – er frisst dich innerlich auf.«

Er zuckte schwer getroffen zusammen.

Sie befreite ihre Hände, um ihre Arme um ihn zu schlingen, und legte die Wange an seine Brust.

Hatte sie ihm vergeben? Zaghaft drückte er sie an sich.

»Ach, du dummer, dummer Mistkerl!«, flüsterte sie. »Ich wünschte nur, du würdest das eines Tages auch selbst erkennen.«

Mit Dietrichs Rückkehr brach eine erneute Zeit der Kleinen Reitereien an. Jobst von Mähren residierte wieder am böhmischen Hof und Dietrich nutzte seine Abwesenheit, um zahlreiche Fehden mit den Nachbarn anzustrengen. Es war für ihn der einfachste Weg, seinen Einfluss und seinen Reichtum zu mehren. Seine einjährige Inhaftierung in Spandau hatte ihn nichts gelehrt.

Sie knüpfen nahtlos da an, wo sie aufgehört hatten. Von einem Tag auf den anderen sah Carl sich wieder täglich im Sattel. Er war kein einfacher Stallknecht mehr, sondern ein hoch geschätzter Waffenknecht an der Seite seines Dienstherrn.

Nachdem er sich mit Mette ausgesprochen hatte, hatte sie ihn noch in derselben Nacht an seiner Schlafstatt besucht. Sie hatte sich rittlings auf ihn gesetzt und sich so lange an ihm gerieben, bis sie leise aufgestöhnt hatte. Er hatte ihr fasziniert dabei zugeschaut und ihre Brüste geknetet. Anschließend hatten sie sich geliebt, als wäre nie etwas zwischen ihnen vorgefallen.

Kurzum, alles war beim Alten und er war glücklich.

Monate später war Dietrich mit seinen Männern auf dem Weg zur Ortschaft Fischbeck unterwegs. Von hier legte die Fähre nach Tangermünde ab, eine prächtige Handelsstadt am westlichen Ufer der Elbe mit einer für den Kaiser erbauten Burg. Es war ein strahlend schöner Sommertag. Vom Fluss blies eine sanfte Brise mit feucht-kühler Luft.

Sie waren wie immer bester Stimmung.

Dietrich ließ sich auf Sandteufel zurückfallen und gesellte sich an Carls Seite. »Was sagst du, Bauer? Ist die Elbe nicht ein wunderschöner Fluss?«

Carl stimmte freimütig zu. »Zweifellos der größte, den ich je gesehen habe. Wohin all das Wasser wohl geht?«

Dietrich gluckste vergnügt. »Schon wieder so eine Frage, die nur du stellen kannst, Bauer!« Er richtete das Wort an die rund zwanzig Männer in seinem Gefolge. »Er will wissen, wohin der Fluss geht. Na, wer weiß es?«

Keiner konnte eine Antwort liefern.

Dietrich klärte Carl auf. »Die Elbe fließt an der Hansestadt Hamburg vorbei bis ins Meer. Deshalb siehst du hier diese vielen Lastenkähne. Sie bringen Waren an die Küste. Von dort werden sie in alle Welt verschifft.«

Carl schaute staunend der schnell dahinströmenden Elbe nach. Ihm war nie in den Sinn gekommen, dass ein Fluss eine Verkehrsstraße sein konnte. Bisher hatten Flüsse für ihn nur Hindernisse dargestellt, die einem lästigerweise im Weg waren, wenn man von einem Ort zum nächsten gelangen wollte. Brücken gab es in der Mark nur selten, und wenn, dann waren sie mit einem Zoll belegt. Wer konnte, mied Brücken. Ihm ging auf, dass für Kaufleute wie Hans Sterkow aus Magdeburg die Elbe ein wahrer Segen sein musste.

»Liegt Magdeburg auch an der Elbe?«, fragte er.

»Ja, das tut es in der Tat, Bauer! Wie hast du das gewusst?«

»Nur geraten.«

»Die Stadt Tangermünde, die du gleich am anderen Ufer sehen wirst, ist durch den Handel reich geworden. Jeder, der Waren die Elbe hinunter schifft, muss hier halten und einen Zoll entrichten.«

Also ist es wohl doch keine so praktische Art zu reisen, dachte Carl. Wenn man auf dem Fluss ebenfalls Zoll zahlte, war es unter Umständen günstiger, die Straße zu nehmen. Ein Kaufmann würde wahrscheinlich wissen, welche Route zu bevorzugen war. Er stellte sich vor, wie es wohl wäre, als Kaufmann seine Handelswege zu planen, um trotz der anfallenden Zölle den größtmöglichen Gewinn herauszuschlagen.

Dietrich riss ihn aus seinen Gedanken. »Als ich aus Spandau entlassen wurde, bin ich auch ein Stück weit auf einem Fluss gereist. Aber da war es die Havel. Die ist nicht ganz so breit wie die Elbe.« Er grinste teuflisch. »Du glaubst ja gar nicht, was mir dabei alles passiert ist!«

Carls Neugierde war sofort geweckt. Dietrich war ein erstklassiger Geschichtenerzähler. »Schieß los!«

»Also, von Spandau aus bin ich erst mal auf einen dieser Kähne gestiegen. Man nennt sie übrigens Prahme. Es war gar nicht so einfach, Sandteufel an Deck zu bringen. Du kennst meinen Gaul ja. Schreckhaft ohne Ende. Der Lastkahn war allerdings auch kleiner als die, die du da vorne siehst, schließlich ist die Havel nicht so breit. Jedenfalls, der Schiffer hatte ein hübsches junges Weib, das ist mir sofort ins Auge gesprungen. Die hatte so richtig dicke Titten und einen unglaublich fetten Arsch.«

Die Männer in Hörweite schmunzelten. Die Geschichte war ganz nach ihrem Geschmack und versprach jede Menge Anzüglichkeiten.

Dietrich blickte in die Runde. Er grinste, als er merkte, dass die anderen an seinen Lippen hingen. »Ich habe sofort gesehen, dass die Kleine verrückt nach mir ist. Den ganzen Tag hat sie mir schöne Augen gemacht und mich in ihren Ausschnitt schauen lassen, während ihr Kerl vorn am Schiff beschäftigt war. Und als die Nacht hereinbrach und das Schnarchen am Bug immer lauter wurde, stand sie auf einmal im Mondschein vor mir, hob den Rock und wollte von mir gevögelt werden.«

»Da hast du bestimmt nicht Nein gesagt, Dietrich!«, rief Arno.

»Wie könnte ich so eine Bitte abschlagen? Schließlich habe ich den Ruf der gesamten Ritterschaft zu verteidigen! Also habe ich meine Hose geöffnet, und sie hat sich auf mich draufgesetzt und geritten wie einen geilen Hengst.«

Die Männer prusteten vergnügt. Die bildhafte Ausmalung gefiel ihnen.

»Was bist du nur für ein Hurensohn! Dem Alten das Weib auszuspannen!«, rief Predöhl.

»Sie hat so gestöhnt dabei, ihr habt ja keine Ahnung! Himmel, war die laut! Wir dümpeln also in der Wildnis und sie schreit und stöhnt, dass die Tiere im Unterholz vor Schreck ins Wasser springen. Ich denke noch: Wenn sie so weitermacht, kommt ihr Alter und wirft mich über Bord. Und jetzt ratet mal, was als Nächstes passiert?«

»Der Schiffer kommt vorbei!«, sagte Arno.

»Du Bastard hast ihm ja auch seine Frau abtrünnig gemacht!«, rief Predöhl.

»Kannst die Finger von keinem Weib lassen!«, sagte Bertram.

Dietrich hob die Linke und schüttelte den Kopf. »Nein, nein. Es war ganz anders! Sie war es, die nicht von mir lassen konnte. Ich war völlig unschuldig an dieser Situation.«

Die Reitergruppe brach in wieherndes Gelächter aus.

»Und was ist dann passiert? Als der Alte vorbeikam und euch beim Vögeln erwischt hat?« Die vorwitzige Frage kam von Justus, Dietrichs fünfzehnjährigem Knappen, der heute zum ersten Mal dabei sein durfte.

»Nun, das Weib hüpft also auf mir auf und ab, dass die Titten nur so hin und her schwingen. Sie stöhnt und schreit: ›Gib's mir, Ritter, gib's mir!‹ Da kommt ihr Alter daher und ich denke: ›Oh weh! Jetzt ist es aus!‹ Doch was macht er?«

»Ja, Dietrich, was macht er?«, fragte Arno. »Spann uns doch nicht so auf die Folter!«

Dietrich grinste breit. »Der Alte holt seinen Schwanz raus und fragt: ›Darf ich mitmachen?‹«

Die Männer johlten auf.

»Und, durfte er?«, fragte Carl.

»Natürlich durfte er! Nachdem ich mit seinem Weib fertig war, habe ich es ihm auch noch so richtig besorgt. Sein Arschloch war hinterher größer als ein Ochsenauge.«

Das Gefolge brüllte vor Lachen.

Carl konnte nicht mehr. Hilflos schnappte er nach Luft. Er wischte sich eine Träne aus dem Augenwinkel und sagte: »Dietrich, was bist du nur für ein Teufelskerl!«

Dietrichs Gesichtsausdruck wurde schlagartig finster. »Wie hast du mich gerade genannt, Bauer?«, fragte er frostig.

Carl kicherte. »Teufelskerl!«

»Was soll das heißen? Willst du mich etwa der Sodomie bezichtigen?«

Carl gluckste hilflos.

Dietrich starrte ihn aus eisblauen Augen an. Er lächelte nicht.

Carl dämmerte, dass die Stimmung gefährlich zu kippen drohte. Schnell rief er sich zur Ordnung, doch die Heiterkeit wollte weiter aus ihm heraussprudeln. »Nur, dass du ein Teufelskerl bist, Dietrich.«

»Sagst du das, weil ich es mit einem Mann getrieben habe?«

Carl hielt die Luft an. Das Gelächter um ihn herum war verstummt. Die Männer gaben vor, die liebliche Elblandschaft zu betrachten.

Er fluchte in Gedanken. Sie lieferten ihn aus. Das kam ihm nur allzu bekannt vor.

»Hab es schmeichelnd gemeint, Dietrich. Nicht als Beleidigung.«

Dietrich schnauzte ihn an. »Wie kann das eine Schmeichelei sein, Bauer, wenn du jemanden als Teufel bezeichnest? Bist du etwa der Ansicht, ich werde auf direktem Weg in die Hölle fahren?«

»Nun …« Carl sah sich hilfesuchend um, doch die anderen mieden seinen Blick. »Ich … ich dachte ja nur …« Plötzlich hatte er einen Einfall. »Hattest du nicht selbst einmal gesagt, du würdest eines Tages vor der Höllenpforte enden?«

Die stahlharte Hand schoss vor wie ein Blitz. Carls Kopf flog zur Seite. Er schmeckte Blut. Er hatte sich wegen der Ohrfeige auf die Zunge gebissen.

Dietrich fuchtelte mit dem Finger vor seiner Nase herum. »Sag das noch einmal, Bauer, und ich mache dich eigenhändig hier und jetzt kalt.«

Carl traten wie einem kleinen Kind die Tränen in die Augen. Seine Wange brannte. Er war wie erstarrt. »Bitte, Dietrich, vergib mir! War nicht böse gemeint. Wollte nur lustig sein.«

Dietrich richtete sich zu seiner vollen Größe auf. »Er wollte nur lustig sein«, äffte er ihn nach. »Das war aber nicht lustig,

Bauer! Das war ganz und gar nicht lustig! Oder war das für euch etwa lustig, Männer?«

Die anderen murmelten irgendetwas vor sich hin, um zu bekunden, dass keiner von ihnen über Carls Worte hatte lachen können.

Besten Dank, dachte Carl verdrossen. Schöne Kameraden seid ihr mir!

Dietrich streckte fordernd die Hand aus. »Reich mir deinen Morgenstern.«

»Was, aber wieso?«

»Je länger du zögerst, desto eher werde ich bereit sein, dir damit den Schädel einzuschlagen. Doch wenn du ihn mir sofort aushändigst, werde ich ihn einfach nur bei mir behalten, bis der Überfall vorbei ist.«

»Bis der Überfall vorbei ist?« Carl sah erschrocken in die Runde. In Arnos Augen stand Mitleid. Das war kein neues Spiel für Dietrich, ging Carl auf. Das hatte er schon anderen angetan. Er hatte ihnen die Waffe genommen und sie in die Schwerter seiner Feinde reiten lassen. Ihm kam ein grauenvoller Gedanke. Ob sie das wohl überlebt hatten?

Er zögerte. Ohne Morgenstern war sein Schicksal besiegelt. Er würde völlig wehrlos sein. Doch er hegte keinen Zweifel, dass Dietrich Ernst machen und ihn hier und jetzt töten würde, wenn er sich der Strafe nicht unterwarf. Er überzeugte sich verzweifelt, dass es besser war, unbewaffnet zu kämpfen, in der Hoffnung, irgendwie zu überleben, als noch in diesem Augenblick von Dietrichs Hand erschlagen zu werden.

Er händigte seinem Dienstherrn die Waffe aus.

Dietrich nahm den Kolben entgegen und befestigte ihn an seinem Sattel. »Und den Helm.«

Carl hob an zu protestieren, aber im letzten Moment rief er sich klugerweise zur Ordnung. Es wäre zwecklos gewesen.

Widerstrebend hielt er Dietrich den Helm hin. Sein Dienstherr schnappte zu und schleuderte ihn im hohen Bogen davon. Carl sah ihm bedauernd hinterher.

»So, für heute kämpfst du ohne Waffe. Wenn du das überlebst, Glückwunsch. Wenn nicht, hast du dir das selbst zuzuschreiben. Dein scheußliches Schandmaul kannst du dir in Zukunft verkneifen. Ich mag vieles sein, aber kein Sodomit.«

Er gab Sandteufel die Sporen und ritt zur Spitze.

Carl blieb verloren zurück. Vergeblich kämpfte er gegen ein Wirrwarr aus Gefühlen an.

Da war Scham, weil er vor aller Augen so scharf zurechtgewiesen worden war. Er wusste, dass er eigentlich nichts falsch gemacht hatte. Predöhl hatte Dietrich einen Hurensohn genannt und war ungestraft davongekommen. Hinzu gesellte sich die nackte Angst, weil er in ein Gefecht reiten sollte, ohne sich verteidigen zu können. Und über allem schwebte bodenlose Enttäuschung, weil keiner der Männer den Versuch unternommen hatte, Dietrichs Zorn abzufedern. Er ritt zwar in einer Gruppe von Kameraden, doch das galt nur so lange, bis sich ihr Dienstherr gegen einen von ihnen stellte. Beklommen fragte er sich, ob im Kampf auch nur einer von ihnen zu seiner Hilfe eilen würde.

Er beschloss, dass es ein guter Zeitpunkt war zu beten. Es gab einiges, was er noch mit Gott besprechen wollte, bevor er aus dieser Welt schied. Doch die Angst lähmte ihn. Immer wieder wanderten seine Gedanken zu den Ereignissen, die ihn überhaupt hierhergeführt hatten.

In der Mark Brandenburg hatte sich seit Dietrichs Rückkehr einiges ereignet. Im Juni war die unheilvolle Nachricht in Kletzke eingetroffen, dass der wichtigste Verbündete der Quitzows, der Erzbischof von Magdeburg, überraschend gestorben war. Nun gab es niemanden mehr, der ihnen Truppen zur Verfügung gestellt hätte, um Stargard und der ihm ergebenen Doppelstadt Brandenburg ans Bein zu pinkeln.

Graf Günther von Schwarzburg, der lange die Geschäfte des Bistums geführt hatte, wurde zum neuen Erzbischof berufen. Prompt führte er tiefgreifende Änderungen ein. Seine erste Amtshandlung bestand darin, die über zweihundert Jahre alte

Fehde zwischen der Stadt Brandenburg und seiner Residenzstadt Magdeburg aus der Welt zu schaffen, um den Rücken frei zu haben für einen Angriff auf Anhalt.

Die Entwicklung hatte Johann in höchstem Maß beunruhigt. Er befürchtete, dass der Erzbischof als nächsten Schritt seine gierigen Finger nach Burg Plaue ausstrecken würde.

Der Konflikt um die Burg war nicht neu. Das Erzbistum Magdeburg hatte seit jeher ein Interesse an Plaue. Sie kontrollierte einen bedeutenden Havelübergang und lag vor den Toren der Stadt Brandenburg. Mit dem neu geschlossenen Bund würde der Erzbischof gute Karten haben, Johann aus seiner Burg zu verjagen.

Das war jedoch nicht alles. Erschwerend kam hinzu, dass Jobst von Mähren den Vater des Erzbischofs, verwirrenderweise ebenfalls ein Schwarzburger namens Günther, zum neuen Landeshauptmann der Alt- und Mittelmark ernannt hatte. Er hatte Stargard dafür sogar aus seinem Amt gestoßen. So hatte der Erzbischof von Magdeburg nun also nicht nur die Stadt Brandenburg auf seiner Seite, sondern auch den mächtigen Landeshauptmann der Alt- und Mittelmark, seinen Vater.

Für die Quitzows gab es nur einen Weg, wie sie auf die neue politische Lage reagieren konnten. Sie mussten frühzeitig ein Zeichen setzen und deutlich machen, dass man einen Quitzow besser nicht zum Feind hatte. Die Schwarzburger, Vater wie Sohn, mussten ermuntert werden, sich vorerst anderen Belangen zuzuwenden, damit sie das Interesse an Burg Plaue verloren. Wenn das erledigt war, würde man sich darum bemühen, neue Verbündete zu finden.

Zu diesem Zweck war Dietrich auf dem Weg zur Fischbecker Fähre. Man hatte Wind bekommen, dass Schwarzburg der Ältere, der Landeshauptmann, an diesem Tag zu Gesprächen nach Tangermünde überzusetzen gedachte.

Der Anlegesteg tauchte am Horizont auf. Das bewaffnete Gefolge des Landeshauptmanns wartete, wie erhofft, am Ufer auf dessen Rückkehr aus Tangermünde.

Dietrich rieb sich frohlockend die Hände. Sie waren zum rechten Zeitpunkt eingetroffen. Er gab den Befehl zum Anhalten und wendete sein Pferd.

»Wir werden im gestreckten Galopp stürmen. Ihr macht dabei Lärm wie eine Slawenbande, damit der Leibgarde Hören und Sehen vergeht. Doch Achtung! Sie gehören zum Landeshauptmann. Wir dürfen es also nicht zu bunt treiben und ihnen einfach die Kehlen durchschneiden. Kesselt sie ein, versucht, möglichst niemanden zu töten, und pocht sie gehörig aus.«

Auspochen – das Wort hatte Carl erst bei Dietrich gelernt. Es bedeutete »bis auf den letzten Groschen ausrauben«.

»Haben das alle so weit verstanden? Gut. War ja auch nicht so schwer. Bauer, du führst den Sturm an.«

Carl riss entsetzt die Augen auf. »Aber Dietrich! Du willst, dass ich unbewaffnet in eine Leibgarde reite, während hinter mir die Männer mit den Säbeln rasseln und einen Höllenlärm veranstalten? Das ist mein Todesurteil!«

»Wenn es das ist, dann soll es wohl so sein«, erwiderte Dietrich unbekümmert. Er trieb die Fersen in die Flanken seines Gauls. »Und auf geht's.«

Carl blieb keine Wahl. Er schickte ein letztes Stoßgebet gen Himmel und trabte an. Er warf einen Blick über die Schulter. Er wollte sichergehen, dass sich der Rest der Truppe ihm anschließen würde. Sie taten es.

Ein wenig erleichterter gab er seinem Pferd die Sporen und zog an Dietrich vorbei. Er lehnte sich im Sattel nach vorn, bis seine Nase fast den Hals berührte, und galoppierte auf den Feind zu. Die Männer hinter ihm begannen, wie eine ganze Horde Barbaren zu grölen. Er sandte ein letztes Stoßgebet gen Himmel. Bitte, bei Jesu Füßen, lass mich das überleben!

Seine Gegner sahen ihnen verwirrt entgegen. Sie waren von dem plötzlichen Ansturm, der von den Elbauen über sie hereinbrach, überrascht. Doch Carl machte sich nichts vor. Das Gefolge des Landeshauptmanns war voll gerüstet mit Schwertern und Spießen. Ihnen würde genug Zeit bleiben, eine Abwehr zu formieren, um gnadenlos zurückzuschlagen.

Instinktiv griff er dorthin, wo er sonst den Morgenstern aufbewahrte. Seine Hand fand nur entsetzliche Leere. Ich werde sterben, hier und jetzt, dachte er panisch. Erschlagen wie ein gewöhnlicher Räuber.

Er zählte die Wachleute. Nur zehn, erkannte er. Wir sind viel mehr.

Verhaltene Hoffnung stieg in ihm auf, die sich sogleich in Wohlgefallen auflöste. Als Unbewaffneter war er selbst bei nur zehn Gegnern hoffnungslos unterlegen. Das galt besonders für Kämpfer mit erstklassiger Ausbildung, woran bei der Garde des Landeshauptmanns kein Zweifel bestand.

Er hatte Glück. Eine günstige Lücke tat sich unvermittelt auf. Das gab ihm frische Hoffnung. Er steuerte direkt darauf zu.

Mit lautem Gebrüll tauchte er in die Gruppe ein.

Die Leibgarde riss irritiert an den Zügeln und wich aus. Sie hatten erwartet, dass er abdrehen oder abbremsen würde.

Einzig ein Wachmann mit bulligem Kreuz besaß genug Geistesgegenwart, um zum Schlag auszuholen. Carl starrte auf die Klinge. In der strahlenden Sommersonne blitzte sie gleißend auf. Sein Blick blieb an Parierstange und Pommel hängen. Beide waren auffällig gearbeitet. Die Waffe eines Mannes, dem der Krieg alles bedeutete.

Der Kerl nahm Schwung und führte einen gezielten Hieb von rechts nach links aus.

Carl spürte, wie das Schwert ihn an der Stirn streifte und nach oben abrutschte. Der Schmerz war brennend. Für einen Moment befürchtete er, man hätte ihm die Schädeldecke abgeschlagen. In Todesangst klammerte er sich fest und stürmte weiter.

Das war's, dachte er. Das war nur der erste Streich. Jetzt werden sie mich töten. Gleich wird mir jemand von hinten die Wirbelsäule durchtrennen.

Doch nichts weiter geschah. Er sauste durch die Gruppe hindurch und tauchte am anderen Ende wieder auf. Er konnte es kaum fassen. Er war nicht aus dem Sattel gerutscht. Und er lebte.

Er riss das Pferd herum, bevor es in die Elbe setzen konnte. Mit zittriger Hand betastete er seine Kopfhaut. Sie war unversehrt. Dennoch rann ihm jede Menge Blut in die Augen und nahm ihm die Sicht. Er befühlte die Stirn und zog die Finger zurück, als ihn ein heißer Blitz durchfuhr. Der Schnitt war sehr tief. Er wischte das Blut fort. Mit klopfendem Herzen schaute er zu, wie seine Kameraden die Leibgarde in hitzige Zweikämpfe verwickelte. Sie versuchten, den Gegner zu umzingeln und zur Aufgabe zu zwingen.

Alles in Carl schrie nach Flucht. Jederzeit konnte einer der Wachmänner ausbrechen und versuchen, sich ihn vorzuknöpfen. Er würde keine Chance haben. Doch eine Flucht kam nicht in Frage. Es gab nur einen Weg, wie er Dietrichs Gunst wiedererlangen konnte. Er musste zurück in den Kampf.

Er gab Wodjanoi die Sporen und ritt zurück, mitten ins Geschehen.

Es war der pure Wahnsinn. Er machte sich auf das Schlimmste gefasst. Jederzeit rechnete er damit, dass er von hinten durchbohrt würde.

Doch Fortuna war abermals auf seiner Seite. Die Männer waren mit sich selbst beschäftigt. Tatenlos und blind vom Blut in seinen Augen stand er unbeachtet mitten im Getümmel.

»Aufgabe!«, donnerte es über den Schlachtenlärm hinweg.

Das war der Hauptmann der Leibgarde. Dietrich hatte ihn überwältigt und hielt ihm die blanke Spitze seines Schwerts an die Kehle.

Seine Leute stießen Flüche aus und ließen die Klingen sinken.

»Entwaffnet euch!«

Sie warfen die Waffen auf die feuchten Elbauen.

Carl atmete auf. Er hatte es tatsächlich überlebt!

Arno trottete an seine Seite. »Respekt, Mann. Hätte nicht gedacht, dass du da heil wieder rauskommst.«

Auch die anderen warfen ihm anerkennende Blicke zu. Carl war rehabilitiert. Erleichtert wischte er sich mit dem Ärmel das Blut aus den Augen.

Dietrich rief: »Nicht übel, Bauer! Du bist geritten wie der Teufel! Ich habe immer gewusst, dass du einer meiner Besten bist.« Er ließ den Hauptmann los und ritt zu Carl hinüber. Seine Augen funkelten, als er Carl zuraunte: »Ich will, dass dir jemand auf Kletzke zeigt, wie man mit einem Schwert umgeht. Damit kannst du noch viel mehr Schaden anrichten. Warte hier!«

Er trabte im Kreis, bis er fand, wonach er gesucht hatte. Freudestrahlend rutschte er aus dem Sattel und hob eines der Schwerter auf. Er begutachtete es fachmännisch von allen Seiten und überreichte es Carl mit dem Heft voran. »Glückwunsch! Jetzt bist du stolzer Besitzer einer eigenen Klinge.«

Carl streckte den Arm aus, um das Geschenk entgegenzunehmen. Vor Zittern konnte er ihn kaum ruhig halten. Dietrich entging es nicht. Er schmunzelte.

Carl betrachtete fasziniert das Schwert. Es lag schwer und verlässlich in seiner Hand. Es war eine wunderschöne Waffe, kunstvoll verarbeitet, wahrscheinlich sehr teuer. An der Spitze klebte Blut. Dann erkannte er den verzierten Pommel. »Das ist mein Blut«, murmelte er.

Dietrich strahlte. »Ich wusste, dass du das überlebst, Bauer! Ich wusste das! Du hast doch nicht ernsthaft geglaubt, dass ich dich sinnlos in den Tod reiten lassen würde?«

Carl schüttelte den Kopf. Mit dem Finger strich er über die blutverschmierte Klinge.

»Du bist mir doch nicht böse deswegen?«, fragte Dietrich.

»Nein, alles gut.«

Das Bündnis

Berlin-Cölln, September 1404

Der Berliner Bürgermeister Henning Perwenitz wusste, wann es klüger war, Feinde zu Freunden zu machen. Jahrelang hatte er sich über die Machenschaften der Quitzows ereifert und vergeblich dem Landesfürsten seine Beschwerden vorgebracht.

An diesem Abend jedoch bewirtete er sie wie Könige aus dem Morgenland.

Schwerfällig kam er am fernen Ende der Tafel auf die Füße. Die Festgesellschaft verstummte und alle Blicke richteten sich auf ihn. Er war ein behäbiger Mann und seine kostbare Robe spannte sich über einen weit ausladenden Bauch. Mit dem Ärmel betupfte er sich die Stirn, dann nahm er den Pokal in seine wurstigen Finger und hielt ihn hoch für einen Trinkspruch. »Hoch die Kelche! Auf die Retter von Berlin! Auf die Quitzows!«

Die Gäste hoben ihre Trinkgefäße. Es waren keine Kelche, sondern vielmehr edle Glaspokale aus venezianischem Glas.

»Auf die Quitzow-Brüder! Die Retter von Berlin!«

Dietrich strahlte übers ganze Gesicht. Er saß mit seinem Bruder zur Rechten des Bürgermeisters. Wie ein Büßer legte er die flachen Handflächen aneinander und nahm die Huldigung mit geheuchelter Bescheidenheit entgegen.

Kein Wunder, dass er sich so freut, dachte Carl einige Plätze weiter. Eine solche Ehrung war wie Öl auf Dietrichs flammendes Ego. Was diesen Abend für ihn besonders köstlich machte, war die Tatsache, dass nicht irgendwer die Quitzows zur Tafel geladen hatten, sondern die Ratsherren und Kaufleute der Doppelstadt Berlin-Cölln.

Es war der dritte Tag in Folge, dass sich die reichsten Patrizier darum rissen, die Quitzows und ihre Getreuen mit allen Ehren zu bewirten. Heute hatte der Bürgermeister alles aufgeboten, was die Lager hergaben. Berlin-Cölln war eine Stadt der Kaufleute mit besten Handelsverbindungen von Skandinavien bis zum Orient. Die Tafel bog sich unter den exotischsten Speisen aus aller Welt.

Carl konnte sich nicht erinnern, jemals so gut gegessen zu haben. Er bediente sich am geschmorten Rinderbraten und legte sich eine großzügige Scheibe auf den Teller. Die Sauce schmeckte nach Pfeffer und einem fremdländischen Gewürz, das er nicht einordnen konnte. Es war köstlich. Er wusch den Braten mit einem Schluck Rheinischen runter und seufzte zufrieden. Dies war zweifellos der gerechte Lohn für all die Gefahren und Entbehrungen der letzten Zeit.

Hinter ihnen lagen aufregende Monate voller Schlachten und Scharmützel. Dietrich hatte sich vom Berliner Rat und der Kaufmannsgilde anheuern lassen, die Pommern aus dem Norden zu vertreiben. Jene hatten sich angemaßt, die Handelswege zu blockieren und den Wohlstand der Doppelstadt zu gefährden. Man hatte Dietrich daher die Bürgermiliz und ein Söldnerheer zur Verfügung gestellt, das er mit Männern aus den eigenen Reihen verstärkt hatte.

Auch Johann hatte der Berliner Rat für die Sache eingespannt. Da bekannt war, dass der jüngere Quitzow-Bruder vor allem nach hohen Ämtern gierte, hatten die Kaufleute ihm für 800 Schockgroschen das Amt des Landeshauptmanns der Mittelmark angetragen. Dass eigentlich Schwarzburg dieses Amt innehatte und man sich damit über Jobst von Mährens Wünsche hinwegsetzte, war allen Beteiligten angesichts der unsicheren Lage im Land günstigerweise entfallen.

Das war im Sommer 1404 geschehen, ein Jahr nach dem Streich gegen den Schwarzburger Landeshauptmann und seinen Sohn, den Erzbischof. Der Überfall auf die Leibgarde hatte Wirkung gezeigt. Der Erzbischof hatte es nicht gewagt, Hand an Johanns Burg Plaue zu legen.

Carl hatte sich nach Tangermünde zeigen lassen, wie man ein Schwert schwang, und war Dietrichs Ruf gefolgt. Wieder hatten sie Strausberg geplündert und die Pommern vertrieben, in deren Auftrag Dietrich ironischerweise noch vor wenigen Jahren eben diese Stadt erobert hatte. Dann hatten sie sich Bötzow zugewendet und hier ebenfalls einen schnellen Erfolg erzielt. Die Ratsherren in Berlin und Cölln hatten sich die Hände gerieben. Für die festgesetzten Besatzungsmannschaften beider Städte waren aus Pommern hohe Lösegelder zu erwarten.

Nachdem auch der Barnim befreit worden war, waren die Quitzows im Triumphzug wieder durch das Oderberger Tor in die Stadt eingeritten. In den Straßen von Berlin hatte sie das größte Freudenfest erwartet, das Carl je erlebt hatte. Hübsche Mädchen hatten ihnen Blumen vor die Hufe gestreut, an den Straßenecken hatten Spielleute aufgespielt und die Häuser waren mit bunten Bändern geschmückt gewesen.

Sie waren Helden.

Mit einem Schmunzeln stellte Carl das kostbare Weinglas ab. Er erinnerte sich an seine erste Erstürmung von Strausberg. Dietrich hatte ihm damals auf dem Marktplatz angekündigt, dass die Quitzows eines Tages in der gesamten Mark Brandenburg in aller Munde sein würden. Er hatte nicht zu viel versprochen. Die Quitzows waren auf dem Höhepunkt ihrer Macht angelangt. Und Carl war an vorderster Front dabei gewesen und hatte ihnen auf dem Weg dorthin geholfen.

Er betastete die Narbe an seiner Stirn. Sie schmerzte schon lange nicht mehr, doch die Ränder zu beiden Seiten glichen aufgeworfenen Dämmen um einen tiefen Graben. Mette hatte mit der Zunge geschnalzt, als er so lädiert nach Hause gekommen war. Sie hatte nie gefragt, wie er die Narbe erworben hatte.

»Eine große Narbe hast du da, Ritter«, sagte die junge Dame, die zu seiner Rechten saß. Geziert schob sie sich mit einer Messerspitze kleine Fetzen Schwanenfleisch zwischen ihre Lippen.

Er ließ ertappt die Hand sinken. »Hatte Glück, dass es nur bei dieser Narbe geblieben ist. Beinah wär's die obere Kopfhälfte gewesen.« Er räusperte sich. »Bin allerdings kein Ritter, gnädige Frau. Nur ein Waffenknecht.«

»Ach, da gibt es einen Unterschied? Ich dachte, jeder, der beritten mit einem Schwert in der Hand in den Krieg zieht, ist ein Ritter.«

»Ritter sind von adligem Geblüt«, erklärte er. »Meine Herkunft ist eher bescheiden.«

Sie legte das Speisemesser auf den Tisch und rückte interessiert auf. »Wie aufregend! Bitte, erzähl mir mehr!«

Er glotzte auf ihren großzügigen Ausschnitt. Schnell wandte er den Blick ab, doch es war zu spät. Es war ihr nicht entgangen.

»Glaube nicht, dass es von Interesse wäre.«

Sie legte lächelnd den Kopf schief. »Das werde ich dann ja sehen.«

»Nun gut.« Ihm fiel ein Kniff ein, den Dietrich häufig anwandte, um das Gespräch schnell wieder von sich weg zu lenken. »Im Gegenzug würde ich gern mehr über Euch erfahren.«

Eine reizende Röte überzog ihre Wangen. »Oh! Aber gern.«

Er suchte nach den richtigen Worten und entschied sich für eine Halbwahrheit. »Ich komme aus einem kleinen Dorf im Ruppiner Land, gnädige Frau. Als ich ein junger Bursche war, hat Dietrich mich bei sich aufgenommen, hat mir die Möglichkeit gegeben, das Reiten und das Waffenhandwerk zu erlernen. Hab ihm viel zu verdanken.« Das entsprach nicht ganz der Wahrheit, doch dies war weder die richtige Zeit noch der richtige Ort, um die Fakten auf den Tisch zu legen.

»Dann hast du bestimmt schon in einigen Gefechten mitgekämpft.«

Er konnte sich einen gewissen Stolz nicht verhehlen. »Ja. Ich war in Strausberg dabei – diesmal war es das zweite Mal – und in Brandenburg. In Fehrbellin. Bei Tangermünde …«

»So viel Krieg! Aber ich wusste gar nicht, dass es in den letzten Jahren bei Tangermünde eine Schlacht gegeben hat. Meine Base wohnt dort.«

»Nun …« Voller Schrecken ging ihm auf, dass die Hälfte der Erlebnisse, die er aufgezählt hatte, Fehden geschuldet waren. Es waren keine ehrbaren Kriege gewesen, sondern Racheakte und Drohgebärden eines Mannes, den viele, Adlige wie Bürger, hinter vorgehaltener Hand einen Verbrecher schimpften. Dass Dietrich am heutigen Abend von den Ratsherren der bedeutendsten Stadt der Mark so geehrt wurde, durfte nicht darüber hinwegtäuschen, dass er tief im Innern ein Schuft und Dreckskerl war.

Carl zuckte mit den Schultern. »War eher ein bescheidenes Gefecht. Hat sich wohl nicht bis Berlin herumgesprochen.«

»Das wird's gewesen sein!«

Er nutzte die Pause, um sich noch einmal am Rinderbraten zu bedienen. »Jetzt Ihr. Was ist Eure Geschichte?«

Sie lächelte. »Mein Name ist Marianne. Ich bin fünfzehn Jahre alt und mein Vater ist in diesem Jahr der Bürgermeister. Er ist außerdem Vorsitzender der Kaufmannsgilde.« Sie machte eine Pause, offenbar unschlüssig, ob sie fortfahren sollte. »Und … ich bin heute Abend schrecklich gelangweilt gewesen, bis ich dich kennenlernen durfte.« Unterm Tisch legte sich eine Hand auf seinen Oberschenkel und drückte beherzt zu. »Das sind ganz schön kräftige Beine. Kommt das vom vielen Reiten?«

Er schluckte den Bissen in seinem Mund hinunter und sprang auf. »War schön, Euch kennenzulernen, gnädige Frau! Doch jetzt muss ich los. Mein Gaul fühlte sich heute Mittag ein wenig heiß an. Muss schauen, dass er kein Fieber bekommt.«

Sie verzog enttäuscht den Mund. »Ich hoffe, du kommst gleich zurück? Ich würde gern wissen, wie du zu dieser grausigen Narbe gekommen bist.«

Unfähig, weiter diese gezierte und höfliche Unterhaltung aufrechtzuerhalten, flüchtete Carl aus der Stube. Er stürzte die Stiege hinunter und in den Stall. Hier stand Wodjanoi. Der Bürgermeister hatte Dietrich erlaubt, für die Dauer ihres Besuchs die Pferde bei ihm unterzustellen.

Wodjanoi begrüßte ihn mit einem erfreuten Schnauben. Carl strich ihm über die Mähne. Das Tier war natürlich kerngesund. Er nahm eine Bürste zur Hand und begann, über das seidige Fell zu streichen. Wodjanoi dankte es ihm mit einem sanften

Nasenstüber. Carl beschloss, in dieser stillen Gesellschaft den Rest des Essens auszusitzen.

Er dachte an Mette. Seit ihrem Gespräch vor über einem Jahr waren die Wogen wieder geglättet. Er war in letzter Zeit viel unterwegs gewesen, doch wenn er auf Kletzke war, waren sie unzertrennlich. Ihm gelüstete es nicht nach anderen Weibern, wollte ihr treu sein, in Worten wie in Taten. Manche bezeichneten diese Art der Beziehung als wilde Ehe. Das kam oft vor bei Leuten von einfachem Stand.

Aber er spürte Mettes wachsende Unzufriedenheit. Er vermutete, dass sie sich ein Kind von ihm erhoffte. Doch er war peinlich darauf bedacht, es nicht so weit kommen zu lassen. Die wenigsten Waffenknechte hatten Familie. Diese Art zu leben hielt nicht dazu an, Kinder in die Welt zu setzen.

Es war tiefschwarze Nacht, als Dietrich mit Johann polternd die Treppe herunterkam, gefolgt vom Rest der Festgesellschaft. Sie überquerten den Hof und verließen das Anwesen über das Tor. Carl legte die Bürste beiseite und schloss sich ihnen an.

Die Gesellschaft war bis zu den Haarwurzeln betrunken. Lachend und schunkelnd zogen sie durch die Straßen zur Herberge. Die Ratsherren leuchteten eigenhändig den Weg.

Die Brüder waren so besoffen wie schon lange nicht mehr. Dietrich hakte sich bei Johann ein. »Was für einen Rummel die für uns veranstalten, Johann! Was kommt als Nächstes? Wie viel mächtiger können die Quitzows noch werden?«

»Die Landeshauptmannschaft im Havelland fehlt natürlich noch! Schließlich lebe ich dort.«

Dietrich hickste. »Du glaubst allen Ernstes, Jobst von Mähren wird dich dazu berufen? Du weißt, dass es die Berliner waren, die dir die Mittelmark anvertraut haben, nicht unser werter Markgraf.« Die vielen Silben gingen ihm schwer über die Lippen.

»Ich pfeife auf unseren Markgrafen! Schon jetzt erhebe ich überall Steuern! Da kann ich mich gleich mit dem dazu passenden Titel schmücken.«

»Sie zahlen, weil du ihnen sonst mit Gewalt drohst.«

»Und? Das ist die einzige Sprache, die sie verstehen.«

Dietrich lachte. »Wie wahr!«

Sie kamen an der Herberge an. Dietrich blieb so abrupt stehen, dass er beinah gestürzt wäre. Er kniff die Augen zusammen und blinzelte an der Fachwerkfassade hoch. »Ui, sind wir etwa schon da?«

Die Ratsherren bauten sich in einem Spalier auf.

»Werte Gebrüder Quitzow!«, begann der Bürgermeister mit tragender Stimme. »Unser Dank für euer Bemühen, die Pommern aus dem Land zu jagen und die Handelswege nach Osten wieder sicher zu machen, soll ewig für die Nachwelt nachglühen. Das Bündnis, das wir mit eurem Haus geschlossen haben, ist wie ein Geschenk Gottes. Seid versichert, dass es uns schwerfällt, das Ausmaß unseres Dankes und unserer Verehrung gebührend zum Ausdruck zu bringen.« Anhand der blumigen Sprache war für alle ersichtlich, dass auch Perwenitz etwas zu tief ins Glas geschaut hatte.

Dietrich winkte großzügig ab. »Keine Ursache! Haben wir doch gern gemacht.«

»Als einen letzten Dank für eure Mühen haben wir uns erlaubt, deine Schlafkammer mit einigen Gaben zu füllen, lieber Dietrich. Wir hoffen, dass sie dir Freude bereiten werden. Sie kommen von Herzen. Wir vertrauen darauf, dass wir weiterhin auf deine Hilfsbereitschaft zählen können.«

Dietrich verbeugte sich feierlich. »Jederzeit!«

Johann nickte den Ratsherren dankend zu. Er schob Dietrich durch die Tür und die Treppe hinauf. »Kommt, Männer! Jeder von euch darf sich was aussuchen!«

Carl und die anderen stürmten hinterher. Sie erklommen die wacklige Holzstiege und blieben verblüfft in der offenen Tür zu Dietrichs Kammer stehen.

Der Tisch und der Fußboden waren über und über mit Gaben bedeckt. Da waren Weinflaschen und Damastdecken, bunt schillernde Seidengewänder, silberbeschlagenes Zaumzeug,

Fässer mit Bernauer Bier, Zinngeschirr aus Sachsen, kostbares Geschmeide, exotisches Obst und fette Schinken.

Das war es jedoch nicht, was die Männer ins Staunen gebracht hatte.

Auf dem Bett in der Mitte der Kammer rekelten sich zwei knapp bekleidete Mädchen, den Ausschnitt ihrer dünnen Gewänder tief nach unten geschoben. Der unschuldige Ausdruck in ihren Mienen stand in scharfem Kontrast zu ihren sündig rot geschminkten Lippen. Carl fiel auf, dass auch die Brustwarzen rot angemalt waren.

»Sapperlot!«, rief Arno und fuhr sich mit der Hand übers Gesicht, so als könnte er seinen Augen kaum trauen.

Predöhl pfiff durch die Zähne.

Dietrich stand mit einem Mal kerzengrade. Er wirkte überhaupt nicht mehr betrunken. »Schade, dass Kaspar jetzt nicht da ist …«, murmelte er.

Er wandte sich um zum Türrahmen und sah jedem seiner Männer einzeln ins Gesicht. Die Wahl war schnell getroffen. »Du und du, ihr beide bleibt hier. Der Rest kann sich etwas aussuchen und sich dann verziehen.«

Carl und Klöden schauten einander überrascht an. Dietrich hatte auf sie beide gezeigt. Wortlos rückten sie in eine Ecke und sahen den anderen dabei zu, wie sie sich an den Geschenken bedienten.

Nachdem jeder seinen Anteil genommen hatte, scheuchte Johann sie wieder die Treppe hinunter. »Na los, ihr habt's gehört! Hinaus mit euch! Sucht euch einen Strohsack in der Gaststube!«

Dietrich fragte: »Und was ist mit dir, Bruder? Machst du auch mit?«

Die Mädchen kicherten. Die Blonde sagte: »Je mehr, desto lustiger!«

Johann zuckte mit den Schultern. »Ach, weißt du, Dietrich, ich glaube, ich habe genug für heute. Zwei Damen, zwei Kerle – das sollte selbst dir reichen. Wir sehen uns morgen früh in alter Frische wieder.«

Beim Hinausgehen warf er Carl und Klöden einen süffisanten Blick zu. »Und euch beiden Täubchen wünsche ich viel Spaß heute Nacht!«

Der Überfall

Liebenwalde, November 1407

»Glaubst du an Gott, Klöden?«

»Was ist denn das für eine Frage, Carl? Natürlich glaube ich an Gott! Du etwa nicht?«

»Die meiste Zeit schon. Aber manchmal, da frage ich mich, ob wir uns Seine Anwesenheit nicht einfach nur einbilden.«

Klöden sah ihn entrüstet von der Seite an. »Warum solltest du das denken, Carl? Schau dich um. Siehst du nicht, wie Gott diesen Wald geschaffen hat? Wie der Herrgott uns tagtäglich nährt und über uns wacht?«

»Meinst du, das tut er?«

»Wie viele Male hast du im Kampf gedacht, du hättest dein Leben verwirkt? Wie oft hat er dich da errettet? Denk an die Narbe auf deiner Stirn! Es hätte auch ein Auge sein können! Aber Gott hat das verhindert. Er hat es verhindert, weil er dich liebt.«

Carl dachte darüber nach. »Aber wenn es einen Gott gibt, wie kann er es dann zulassen, dass das Land in eine solche Gesetzlosigkeit verfällt? Wie kann er dulden, dass die Menschen einander belügen und betrügen? Dass sie durch die Wälder streifen, rauben und morden?«

Klöden brummte verstimmt. Die Antwort war auch für ihn offenbar nicht leicht zu finden. Sie lagen bäuchlings Schulter an Schulter, ein wachsames Auge auf die Vorgänge vor ihnen auf der Straße. Stöhnend verlagerte er sein Gewicht, was etliche Zweige zum Knacken und altes Herbstlaub zum Knistern brachte.

»Hör mal, Carl. Ich weiß, du kommst aus einem Dorf und hast Mitleid mit den Bauern, die herrenlos durchs Land streifen und sich in ihrer Not nehmen, was ihnen nicht gehört. Ja, sie leiden Hunger. Ja, sie verlieren ihre Häuser. Aber es macht sie dennoch zu Verbrechern. Und Verbrecher gehören aufgeknüpft. Und dass in letzter Zeit immer häufiger zerlumpte Gestalten an den Wegkreuzungen baumeln, ist nun wirklich nicht Gottes Schuld.«

Auf dem Weg hierher waren sie an gleich zwei solcher Kreuzungen vorbeigekommen. Es hatte Carl das Herz gebrochen, die unseligen Gesetzlosen mit leeren Augenhöhlen in der kalten Winterluft pendeln zu sehen.

»Wessen Schuld ist es dann?«

Klödens Blick wanderte zu den Quitzow-Brüdern. Sie standen wenige Schritt entfernt auf der Straße. Bei ihnen war ihr guter Freund aus Kindheitstagen, Kaspar Gans zu Putlitz, den schwarzen Bart sauber gestutzt. Wartend fuhren sie mit den Stiefelspitzen die festgefrorenen Wagenrillen entlang und drehten die Schwerter in den Händen.

Klöden schnalzte mit der Zunge. »Weißt du was, Carl? Ich schenk dir das hier.« Er legte seine Klinge weg und nestelte am Ausschnitt herum. An einer Lederschnur zog er ein schlichtes Holzkreuz ans Tageslicht. »Damit du deinen Glauben nicht verlierst. Sei versichert, Gott ist immer und überall. Und wenn wir nicht verstehen, warum etwas passiert, dann liegt es daran, dass wir einfache Geschöpfe sind, die den großen Plan nicht durchschauen.«

Carl nahm das Kreuz ehrfürchtig entgegen. »Du willst mir das wirklich schenken?«

»Wieso nicht? Ich mag dich, Carl. Bist ein toller Kerl. Fleißig. Immer zur Stelle, wenn man dich braucht. Schnell mit der Waffe. Treu.«

»Danke.« Carl war gerührt. Er steckte den Kopf durchs Band.

»Jetzt mach mal nicht so eine große Geschichte draus! Ist nur aus Holz. Ich hab's bei irgend so einem Wanderprediger erstanden.«

Carl ließ den Anhänger unter der Kleidung verschwinden. Klöden war zweifellos sein bester Freund. Nach der Episode in Dietrichs Kammer in Berlin wusste er seine Freundschaft mehr denn je zu schätzen. Es war eine Nacht, die Carl am liebsten für immer aus dem Gedächtnis gestrichen hätte. Er vermutete, auch Klöden würde das Thema nie wieder freiwillig aufgreifen.

Seufzend nahm er seine kauernde Haltung im Schutz der winternackten Sträucher ein. Das Schlimmste an seinem Leben als Waffenknecht war das ständige Warten in bitterer Kälte.

Ein Rauschen ließ ihn aufhorchen. In den Baumkronen raschelte und knackte es leise. Dietrichs Knappe Justus hangelte sich geschickt einen Baumstamm hinunter. Er hatte in einer uralten Eiche am Waldrand nach ihrem Opfer Ausschau gehalten.

Aufgeregt schlug er sich zwischen die anderen in die Büsche am Wegesrand. »Sie sind hier!«

Dietrich schnipste mit den Fingern. »Wusst ich's doch!«

Er nahm zusammen mit Johann und Kaspar in der Mitte des Weges Haltung an und sah den Neuankömmlingen erwartungsvoll entgegen.

Der Hinterhalt war bis ins Detail geplant. Für den Uneingeweihten befanden sich nur drei Männer auf der Straße. In Wahrheit jedoch lauerten zu beiden Seiten im Unterholz zwei Dutzend Bewaffnete.

Klappernd und scheppernd näherte sich ihnen der Reisezug. Wenige Schritte vor den Quitzows kam er zum Stehen. Die Stimmung war sofort bedrohlich. Klingen wurden schleifend aus den Scheiden gezogen.

»Sieh an, sieh an«, sagte der Mann hinter dem Bannerträger, dem dieser Überfall galt. Er hatte schulterlanges braunes Haar, in das sich ein paar graue Strähnen geschlichen hatten. Es war in der Mitte ordentlich gescheitelt.

Dietrich schulterte sein nacktes Schwert. »Stargard! Die Überraschung ist ganz unsererseits. Wir sind erstaunt, dich in der Mark Brandenburg anzutreffen. Hast du dich etwa verlaufen?«

»Erstaunt? Mir scheint es, als hättet ihr auf mich gewartet! Es ist die falsche Jahreszeit zum Brombeerensammeln.«

»Kaspar hat ein Vögelchen zwitschern gehört, dass du unterwegs sein könntest, um dich mit unserem lieben Markgrafen in Berlin zu treffen.«

Der Herzog lehnte sich souverän im Sattel zurück. »Und wenn es so wäre?«

»Nun, dann wäre es wohl besser, du würdest auf der Stelle wieder umkehren und in dein schönes Mecklenburg zurückreisen.«

»Ich befürchte, das wird nicht möglich sein, Johann.«

»Du weißt, was sonst passiert, Stargard.«

Der Herzog kniff kurzsichtig die Augen zusammen und ließ den Blick über die Büsche gleiten. »Also, raus mit der Sprache! Wie viele Männer verstecken sich am Wegesrand?«

Die Kämpfer gaben sich nicht zu erkennen. Wann sich die Waffenknechte offenbaren sollten, das würde Dietrich vorgeben, nicht ihr Opfer.

»Ist es wahr, dass Jobst dir ein zweites Mal die Landeshauptmannschaft antragen will? Er will dir schon wieder die Mittelmark geben?«, fragte Johann.

»Dass er mich aus dem Amt geworfen hat, ist ein großer Fehler gewesen. Das hat Jobst wohl endlich selbst erkannt. Er hat lange genug zugeschaut, wie ihr beide den Schwarzburger an der Nase herumgeführt habt. Er war ein schlechter Landeshauptmann und gehörte abgesetzt.«

»Schwarzburg war noch nie Landeshauptmann der Mittelmark. Meinem Bruder gehört das Amt.«

Stargard lachte höhnisch. »Unrechtmäßig! Es steht ihm nicht zu, sich Landeshauptmann der Mittelmark zu nennen. Der Landeshauptmann kann nur vom Fürsten ernannt werden, nicht von einer Kaufmannsstadt!«

»Die Berliner haben sich in den letzten vier Jahren nicht beschwert!«

»Weil ihr beide sie euch gnädig stimmt! Sie dürfen auf gute Einnahmen durch den Handel hoffen, weil ihr die Straßen offenhaltet. Doch nebenher missbraucht ihr eure Macht und pocht die Dörfer eurer Gegner aus. Euch geht es doch gar nicht darum, das Land zu befrieden! Ihr wollt nur euren Reichtum mehren!«

Kaspar überkreuzte die Arme. »Du sagst das so, als ob es verwerflich wäre.«

Die Männer im Gefolge des Herzogs schnappten entrüstet nach Luft.

Stargard zog sein Schwert. »Also, was ist? Wollt ihr mich nun überfallen oder wollt ihr mit mir über einem Humpen Bier plaudern? Ich habe nicht die Absicht, wieder nach Hause zurückzukehren. Der Markgraf erwartet mich in Berlin. Ich bin fest entschlossen, das Amt anzunehmen, sollte er es mir antragen.«

Dietrich hob die linke Hand.

Das war das verabredete Zeichen. Von allen Seiten kamen gerüstete Männer aus dem Gebüsch gestürmt. Die Pferde des Herzogs verdrehten die Augen und trippelten auf der Stelle.

Johann fragte: »Wählst du den Tod, Stargard? Oder reicht es, wenn wir nur dein Geleit zur Strecke bringen?«

In Stargards Augen flackerte Angst auf. Dennoch sagte er tapfer: »Das Amt überlasse ich dir nur über meine Leiche. Brandenburg hat Frieden verdient. Und wenn der Fürst so schwach ist, dass er es selbst nicht vollbringt, möchte ich der Mann sein, der an seiner statt mit Gerechtigkeit und Stärke für Frieden sorgt.«

Das reichte Dietrich als Kampfansage. Er hob sein Schwert und rief: »Metzelt sie alle nieder!«

Mit Gebrüll stürzten sie sich auf die voll gerüsteten Reiter.

Es war ein waghalsiger Angriff. Unberitten war es beinah unmöglich, einen Ritter und sein Ross in ernsthafte Bedrängnis zu bringen. Doch die Quitzows hatten sich im Laufe der Jahre einen Trupp aus todesmutigen Teufeln zusammengestellt, die sich lieber ein Schwert in den Leib hätten rammen lassen, als vor Dietrich wie ein Schwächling dazustehen.

Carl knöpfte sich einen grauhaarigen Haudegen vor. Er hatte einen bissigen Gaul, der versuchte, den Angreifer auf Abstand zu halten. Doch Carl war wendiger als die meisten und kräftig obendrein. Mit dem ersten Streich verletzte er das Pferd am Vorderlauf. Der nächste traf den Reiter in die ungeschützte Kniekehle.

Der Gevatter rutschte von seinem zusammenbrechenden Reittier und fiel auf die Knie. Bevor er Gelegenheit hatte, sich nach ritterlicher Manier formell zu ergeben, schnitt Carl ihm die Kehle durch. Sein Gegner fasste sich an den Hals, der Ausdruck in den gebrochenen Augen voller Unglauben. Blut sprudelte zwischen den Fingern hervor. Mit einem Gurgeln brach er zusammen. Es war gegen die guten Sitten, einen Ritter zu töten, der sich ergeben wollte. Doch dies war die Art zu kämpfen, die Carl im Haushalt der Quitzows gelernt hatte. Es war ihm nie in den Sinn gekommen, die fehlende Moral zu hinterfragen.

Er wollte sich soeben dem Nächsten zuwenden, da rief Stargard: »Einhalt! Der Kampf ist vorbei!«

Dietrich hatte den Herzog aus dem Sattel gezogen und hielt ihm das Schwert an den bloßen Hals. Sein Adamsapfel hüpfte panisch. Das sonst so sorgsam gekämmte Haar klebte ihm wirr an der Stirn.

Dietrich knurrte: »Sag deinen Leuten, sie sollen die Waffen weit fortwerfen. Schön säuberlich auf einen Haufen, wenn's genehm ist.«

»Ihr habt ihn gehört, Männer.«

Die Wachen murrten. Schwerter, Dolche und Kampfäxte flogen im hohen Bogen davon.

»Sie sollen sich nackt machen.«

»Nackt?«, rief Stargard entrüstet. »Aber es ist November!«

»Sie werden hierbleiben, bis wir mit dir verschwunden sind. Doch wir brauchen einen Vorsprung.«

»Was habt ihr mit mir vor? Bitte, Dietrich! Das ist wohl alles ein Scherz!«

Kaspar steckte sein Schwert zurück in die Scheide. »Siehst du jemanden lachen, Stargard?«

Dietrich drückte die Klinge noch eindringlicher gegen Stargards Kehle.

Der Herzog sah ein, dass es klüger war nachzugeben. »Schon gut, schon gut! Ich habe verstanden. Los, Männer. Ihr habt den Quitzow gehört. Nackt bis auf die Unterwäsche.«

»Ganz nackt«, sagte Dietrich.

Sein Gefolge lachte.

Widerwillig begannen die Wachen, sich gegenseitig von Rüstteilen, Kettenhemden und Kleidung zu befreien. Es dauerte eine halbe Ewigkeit. Dietrich hielt solange den Herzog geduldig mit dem Schwert am Hals in Schach.

»Wir können uns das wirklich sparen«, jammerte Stargard. »Ich bin bereit, für meine Freilassung zu zahlen. Bitte, nennt mir eine Summe! Ich bin mir gewiss, wir können uns einig werden.«

Die Brüder und Kaspar wechselten einen Blick. Alle drei brachen in heiteres Gelächter aus.

»Lösegeld?«, fragte Johann.

Stargard biss vor Zorn die Zähne zusammen. »Dass das nicht billig wird, habe ich mir schon gedacht. Aber meine Gattin und mein Bruder werden das Geld aufzutreiben wissen.«

Johann legte einen Arm über Kaspars Schultern. Grinsend betrachteten sie den im Dreck knienden Herzog.

»Wer hat denn von Lösegeld gesprochen, du eitler Gockel? Du glaubst doch nicht wirklich, dass wir dich noch einmal gehen lassen werden?«

Die Fischerin

Plaue, Februar 1408

Mette schlenderte quer durch die überfüllte Halle zu Carl hinüber und setzte sich auf seinen Schoß. Sie kraulte ihm die langen Nackenhaare. »Die sollte ich dir mal wieder schneiden. Oder willst du sie dir hinten zusammenbinden?«

Er legte einen Arm um sie. »Wie hättest du es lieber?«

»Ich mag sie lang. Es lässt dich wilder aussehen. Ungezähmter. Ich werde schauen, ob ich bei Frau Agnes ein Lederbändchen für dich schnorren kann.«

Er lächelte und drückte sie fester an sich. Zu frieren brauchten sie heute in der Halle von Burg Plaue nicht. Es war zwar der Marientag, Anfang Februar, doch die vielen Leiber und die ausgelassene Feststimmung erhitzten den Saal mehr, als ein Feuer es je vermocht hätte.

»Wie geht es denn eigentlich Frau Agnes?«, fragte er. »Immer noch so sauertöpfisch?«

»Das kannst auch nur du fragen, du Tölpel! Glaubst du, es macht ihr Freude mit anzusehen, wie ihr Gatte vor dem versammelten Hof einer Dirne in den Ausschnitt greift? Seit Tagen will sie nicht mehr ihre Kammer verlassen. Sie bräuchte Frau Elisabeth an ihrer Seite. Aber die ist ja in Kletzke.«

Carl schaute zum Podest. Während die Spielleute eine Weise nach der anderen aufspielten, hielt der Hausherr Johann von Quitzow eine grell geschminkte Dirne auf dem Schoß und ließ ein gütiges Auge über seinen Haushalt schweifen. Neben ihm weilte Stargard, die langen Beine von sich gestreckt. Für gewöhnlich war er ebenso wenig ein Kind von Traurigkeit wie sein Gastgeber, doch heute wirkte er blass und weggetreten.

Seit einigen Monaten war der Herzog nun in den Händen der

Quitzows. Nichts, nicht einmal ein Drohbrief von Jobst von Mähren, hatte die Brüder dazu bewegen können, dem Anwärter auf die Landeshauptmannschaft die Freiheit zu schenken. Alle Lösegeldgebote hatte man dankend abgelehnt.

»Vielleicht sollte Frau Agnes ihrem Mann öfters im Bett zu Willen sein. Dann bräuchte Johann nicht abschweifen«, sagte Carl.

Mette sah ihn empört an. »Was weißt denn du, was in deren Schlafkammer passiert?«

Er verdrehte die Augen. »Glaub mir, mehr, als du denkst.« Und das nicht gerade freiwillig. Wenn Johann getrunken hatte, konnte er erstaunlich rührselig werden.

»Was schätzt du, wie lange werden wir noch auf Plaue sein? Wann wird uns Dietrich wieder abholen?«

»Keine Ahnung. Hoffe, bald. Kann Plaue nicht viel abgewinnen.«

»Du vermisst Dietrich.«

»Vielleicht. Ein wenig.«

Ein neues Lied wurde angestimmt. Einige Paare stürzten zur Tanzfläche, andere begleiteten die wilde Melodie mit fröhlichem Händeklatschen.

Carl runzelte die Stirn. »Findest du nicht auch, dass Stargard heute erstaunlich nervös wirkt? Rührt seinen Krug nicht an. Er muss der nüchternste Mann in der ganzen Halle sein.«

»Irgendetwas ist anders«, stimmte sie zu. »Vielleicht hat er eine heimliche Nachricht von seiner Familie erhalten? Der Bäckergeselle, der ihm für gewöhnlich Verpflegung bringt, kam heute später zurück als sonst. Als ob ihn jemand in der Stadt aufgehalten hätte. Er wirkte richtig komisch auf mich. Wär doch möglich, dass bei dem Herzog zu Hause was passiert ist?«

Als die Brandenburger Neustädter erfahren hatten, dass der Herzog von Mecklenburg-Stargard bis auf Weiteres als ein »Gast« auf der benachbarten Burg Plaue wohnen würde, hatten sie darum gebeten, ihm Köstlichkeiten aus den städtischen Kellereien, Bäckereien und Küchen vorbeischicken zu dürfen.

Johann, der im Grunde genommen Stargard nichts Böses wollte und ihm sogar innerhalb der Wehrmauern Freigang gewährte, hatte schulterzuckend eingewilligt. So legte beinah täglich einer der Gesellen den weiten Weg in die Stadt zurück, um im Rathaus ein paar Gaumenfreuden abzuholen, die dem gefangenen Herzog die Haft versüßen sollten.

»Hat heute jemand einen Blick in den Korb geworfen?«, fragte Carl.

»Nicht, dass ich wüsste. Glaubst du, Stargard heckt was aus?«

»Schau ihn dir an. Ist ein wirklich schlechter Schauspieler.«

Die Musik verstummte und wurde von einem Pochen abgelöst. Ein Holzstab wurde rhythmisch auf den Fußboden geschlagen. Die Gespräche des Haushalts brachen ab. Unzählige Hälse reckten sich in die Richtung, aus der der Radau kam.

Ein bunt gekleideter Gaukler trat auf. Er sah komisch aus, fand Carl. Sein linker Beinling war grün, der andere rot. Auf dem Kopf trug er eine Narrenkappe mit Schellen, die bei jeder Kopfbewegung leise bimmelten.

»Wer von euch möchte heute Abend eine Geschichte hören?«

Begeisterter Jubel rollte durch die Halle. Johann riss seinen Krug hoch und vergoss versehentlich etwas Bier auf den Ausschnitt der Dirne. Schnell vergrub er sein Gesicht an ihrem Hals, um das Verschüttete aufzulecken. Sie warf lachend den Kopf in den Nacken.

Der Gaukler rief: »Eine Sage aus der Heimat. Über die Gründung einer Stadt. Wer ist dabei?«

Erneut hob ein Geschrei an, das ihn ermuntern sollte loszulegen.

»Nun gut!« Er stieg auf einen wackligen Tisch, der von Resten des Abendmahls bedeckt war. »Einen Krug für mich«, forderte er. »Bevor es los geht, will erst die Kehle geölt werden!«

Hilfsbereite Hände versorgten ihn eilig mit dem Gewünschten.

Mit einer ausschweifenden Armbewegung wandte er sich an die versammelte Dienerschaft, die Waffenknechte und den Burgherrn. »Vor langer, langer Zeit, bevor unser Herr Jesus Christus die Erleuchtung über die heidnischen Slawen brachte, da lebte in dieser Gegend ein großer und bedeutender Fürst namens Wilzan.« Den wendischen Namen sprach er mit einem furchterregenden Gesicht aus. Die jüngsten Kinder brachen in Tränen aus, die älteren stießen sich kichernd mit den Ellbogen in die Rippen.

»Wilzan war Herr über alle Länder zwischen Spree und Havel. Doch da er nicht überall sein konnte, setzte er einen Krul ein, der für ihn über einen Teil des Reiches herrschen sollte. Ein Krul war ein Unterkönig, der den slawischen Hevellern ein gerechter Regent sein sollte.«

Ein Raunen ging durch die Halle. Nicht wenige sahen offenbar Parallelen zum Markgrafen Jobst von Mähren und dem Landeshauptmann Johann von Quitzow.

»Der Krul hatte eine große Burg. Nicht so prächtig wie diese hier, nein! Nicht so fest gemauert wie Burg Plaue. Aber sie war stark und gut gesichert. Zwei Erdwälle zogen sich kreisförmig um das Gelände. In der Mitte stand ein mächtiger Turm aus Bruchsteinen und den dicken Stämmen jahrhundertealter Bäume.«

Er genehmigte sich einen weiteren Zug aus dem ihm hochgereichten Krug. »Doch der Krul war grausam! Und zornig!« Er reckte die Faust in die Luft, um diesen Zorn zu verdeutlichen. »Denn er war voller Trauer! Sein einziger Sohn war beim Kampf gegen die deutschen Eroberer gefallen.«

Er legte eine Pause ein und schritt über Tontöpfe und Brotteller hinweg von einem Ende des Tisches zum anderen. Die Hunde liefen schnappend mit, in der Hoffnung, einen herunterfallenden Leckerbissen zu erhaschen.

»Da der Krul einen Erben brauchte, wählte er einen jungen, rüstigen Mann namens Chocus. Doch zwischen den beiden Männern herrschte keine Liebe. Sie blieben sich fremd.«

Der Gaukler trat versehentlich gegen einen Holzbecher. Er fiel scheppernd zu Boden und rollte davon. Zwei der Hunde hetzten miteinander raufend hinterher.

»Eines Tages ging Chocus auf Wolfsjagd. Ja, er war ein unerschrockener Krieger und fürchtete sich nicht vor den scharfen Reißzähnen der wilden Biester. Da zog ein fürchterlicher Sturm auf! Der Himmel wurde schwer und düster und mächtige Blitze zuckten durch die Wolken. Es öffneten sich die Schleusen und der Regen drohte, das ganze Land in den Fluten zu versenken. Chocus musste Schutz suchen und den Sturm aussitzen.«

Mit Storchenschritten stakste er zurück zum anderen Ende der Tafel.

»Am nächsten Morgen brach die Wolkendecke auf und Chocus traute seinen Augen kaum. Da stand am Ufer des Flusses eine junge Fischerin, die wohl lieblichste Maid, die er je gesehen hatte.«

Mette wandte den Kopf und schenkte Carl ein Lächeln. Er drückte ihr als Antwort einen Kuss auf die Wange.

»Chocus war sogleich bis über beide Ohren in sie verschossen. Ja, wer wäre das nicht, frage ich euch? Sie war das schönste Mädchen weit und breit! Auch die Maid verliebte sich sofort in unseren tapferen Helden. Sie beschlossen, ein gemeinsames Heim in den Eichenwäldern einzurichten, denn hier war die Fischerin zu Hause.«

Der versammelte Hofstaat hing an den Lippen des Gauklers. Selbst Johann hatte die Finger von der Dirne genommen und hörte aufmerksam zu.

»Sie verbringen den gesamten Sommer zusammen, doch dann bricht der Winter übers Land herein. Chocus erkennt, dass es Zeit ist, der Fischerin seine wahre Identität preiszugeben. Die hat er nämlich vor ihr verheimlicht, um sie zu schützen. Als sie von seiner wichtigen Aufgabe vernimmt, drängt sie ihn, zum Krul zu gehen, schließlich hat er als dessen Nachfolger eine Pflicht zu erfüllen. Chocus verspricht, in nur drei Tagen zu ihr zurückzukehren, um sie als seine Braut heimzuführen, selbst wenn der Krul dagegen sein würde. Unwillig macht er sich über die zugefrorenen Sümpfe auf den Weg zurück zu seiner Burg.«

»Das wird nicht gut enden«, murmelte Mette. »So etwas endet nie gut.«

»Als Chocus die Burg erreicht, findet er alles verändert vor. Der Krul war gestorben und der Oberkriwe, das war der heilige Mann dieses Volks, hatte seinen eigenen Sohn auf den Thron gesetzt. Er befiehlt seinen Männern, Chocus zu ergreifen und ihn in den Kerker zu werfen.«

Der Gaukler ballte die Fäuste. »Zum Glück ist unser Chocus ein Held! Er entflieht dem Kerker und flüchtet zu seinem König, dem Wilzan. Dieser hilft ihm, zur Fischerin zurückzukehren. Doch, oh weh! Welch Übel! Die Zeit ist zu schnell verstrichen! Aus drei Tagen sind neun geworden! Als Chocus den Eichenwald erreicht, da liegt seine Geliebte dort erfroren. Sie ist tot. Ja, und sie ist weiß, weiß wie Schnee!«

Trotz der Hitze in der Halle lief es Carl plötzlich eiskalt den Rücken hinunter. Ihm war, als hätte er diesen Satz schon einmal gehört.

Mette sah in besorgt an. »Ist dir nicht wohl?«

Er schüttelte stumm den Kopf.

Der Gaukler fuhr fort. »Chocus ist voller Pein, genauso wie ich, wie ihr, heute. Nein, noch mehr. Nehmt euren Schmerz und fühlt ihn doppelt, dreimal so stark! So fühlt sich unser Held, dem die Liebe gestorben ist! Er ist so voller Trauer, dass sein Haar über Nacht schlohweiß wird. Man sagt, er habe nie wieder in seinem Leben gelacht.«

Carl schluckte trocken. Ihm war speiübel. Das musste das viele Bier sein. Er drückte Mette an sich und vergrub die Nase in ihren Nacken. Unter ihrer warmen Haut spürte er den kräftigen Herzschlag.

»Wilzan will Chocus beistehen in seiner Trauer. Er entscheidet, Chocus die drei Inseln zu schenken, auf denen er mit der Fischerin gelebt hat. Unser trauernder Held baut daraufhin eine neue Burg. Er nennt sie in seiner Sprache Poztupimi. Das bedeutet ›Unter den Eichen‹.«

Ein staunendes Raunen ging durch den Reihen, als einigen der Zuhörer aufging, um welchen Ort es sich handelte. Schnell wurde die Lösung an die anderen weitergegeben.

»Potsdam«, flüsterte Mette. »Er spricht von der Gründung Potsdams.«

Carl nickte abgelenkt. Vor seinen Augen drehte sich alles.

Die Zuhörer brachen in begeisterten Applaus aus und trommelten mit den Fäusten auf den Tischplatten herum. Der Gaukler verbeugte sich galant und warf großzügig Handküsse in die Menge.

Carls Blick wanderte zum Podest. Johann hatte sich wieder seiner Dirne zugewandt. Stargard war verschwunden.

Er war sofort alarmiert. Hastig drückte er Mette einen Kuss in den Nacken. »Ich gehe mal kurz frische Luft schnappen.«

Sie ließ ihn ziehen. Er trat hinaus ins Freie und sog die eisig kalte Februarluft ein. Die Halle war viel zu verraucht vom Feuer gewesen. Kein Wunder, dass ihm so übel geworden war!

Es war eine finstere, mondlose Nacht. Im Licht einer einsamen Fackel an der Wand wirbelten dicke Schneeflocken. In der frischen Schneedecke entdeckte er plötzlich neue Stiefelspuren. Sie führten weder zur Latrine noch zu dem Turm, in dem der Herzog untergebracht war. Vielmehr beschrieben sie den direkten Weg zu einer Treppe, über die man den Wehrgang der Außenmauer erreichte. Jetzt war klar, was Stargard den ganzen Abend schon im Sinn gehabt hatte.

Carl riss die Fackel aus ihrer Halterung und rannte los, immer den Fußspuren im Schnee hinterher. Die Holztreppe war vereist. Er nahm zwei Stufen auf einmal und betete, dass er sich nicht dabei den Hals brechen würde.

Oben angekommen schaute er sich aufmerksam um. Keiner der Wachmänner war zu sehen. Es war das übliche Problem. Bei kaltem Wetter hielten sich Wachleute niemals lange draußen auf, sondern wärmten die Finger über dem Kohlebecken in der Wachstube.

Carl musste nicht lange suchen, um einen Hinweis über Stargards Verbleib zu finden. Der Herzog hatte sich nicht die Mühe gemacht, seine Flucht zu verbergen. Wenige Schritte weiter war ein Seil an den Zinnen der Mauer befestigt. Carl lugte über den

Mauerrand. Das Ende baumelte verlassen in der Schwärze der Nacht. Stargard war tatsächlich getürmt!

»So ein verdammter Mist!«

Er eilte in die Halle zurück, um Johann den Ausbruch zu melden.

Die Suchmannschaften waren in kürzester Zeit zusammengestellt. Carl schloss sich Johann an, der mit seinen Jagdhunden die nähere Umgebung absuchen wollte. Es bestand Hoffnung, dass Stargard nicht weit gekommen war. Dennoch hatte Johann vorsichtshalber berittene Trupps ausgeschickt, die in alle Richtungen, aber besonders entlang der Straße zur Neustadt Brandenburg, fahnden sollten.

Johann und Carl hingegen folgten den Spuren zum Ufer der Havel.

Johann beleuchtete die Eisfläche vor ihnen. »Der Fluss ist zugefroren.«

Die Hunde pressten ihre Nasen auf das Eis und jaulten auf.

»Er ist da rüber«, sagte er.

»Sollen wir es wagen? Wird das Eis uns tragen?«, fragte Carl.

Johann schwenkte die Fackel. »Ich kann keine Risse ausmachen. Wir sollten es vorsichtig versuchen.«

»Hoffentlich wurde er nicht erwartet. Wenn man ihn mit Pferden in Empfang genommen hat, ist er längst über alle Berge.«

»Dafür sind ja meine Reiter ausgeschwärmt. Keine Sorge, Carl! Stargard kommt nicht weit. Er ist nicht besonders schlau. Wir werden ihn finden.«

»Ich gehe vor«, bot Carl an. »Wenn das Eis bricht, kannst du dich zurück ans Ufer retten.«

Doch alles ging gut. Das Eis knackte zwar, aber es hielt stand. Die Meute schoss vor und erreichte die Böschung auf der gegenüberliegenden Seite als Erste.

Wenige Augenblicke später vernahmen sie ein erbärmliches Jaulen. Es kam nicht von den Hunden, sondern von einem Mann. Schlitternd legten sie die letzten Schritte auf dem Fluss zurück.

Eine verängstigte Stimme rief in der Dunkelheit: »Johann, bist du das? Oder jemand anderes? Bitte helft mir!«

Stargard erschien im flackernden Lichtkegel der Fackel. Die Hunde, die in ihm eher einen Spielkameraden als ein Beutetier sahen, sprangen mit wedelnden Ruten an ihm hoch.

Johann legte den Kopf in den Nacken und lachte brüllend auf. »Hast du Volltrottel etwa deinen Mantel vergessen?«

Stargard ließ die Schultern hängen. Er hatte seine Hände unter die Achseln geklemmt und zitterte am ganzen Körper. Die Lippen waren blau angelaufen. »Ich habe keinen mehr. Du hast ihn mir abgenommen. Schon vergessen?«

»Vielleicht hätten dir die Neustädter dann zum Seil auch einen Mantel schicken sollen.«

»D-das konnte ja keiner ahnen. Ich d-dachte, meine Gemahlin holt mich ab.«

»Nicht gekommen?«, fragte Carl.

»Nein, n-niemand da.«

Johann hielt sich japsend den Bauch. »Ich habe selten eine so bescheuerte Geschichte gehört!«

»K-können wir jetzt wieder z-zurückgehen, Johann? V-vielleicht in die Halle? Ich … ich glaube, ich br-brauche einen Gl-glühwein.«

Carl versuchte vergeblich, ein Lachen zu unterdrücken. Er biss sich auf die Zunge und schaute zur schwach erleuchtenden Burg am gegenüberliegenden Ufer.

Stargard prustete los. »Ihr ha-habt ja r-recht. Das war wirklich d-dämlich!«

Nun konnte auch Carl nicht mehr an sich halten. Er tauschte einen Blick mit Johann und röhrte los.

Alle drei lachten aus vollem Hals und schlugen sich auf die Knie.

Johann winkte Stargard zu sich heran. Er legte den Arm um ihn und teilte mit ihm seinen Mantel. »Komm, alter Freund! Lass uns zurückkehren. Ich befürchte allerdings, auf Zuwendungen von Seiten der Neustädter wirst du in Zukunft verzichten müssen.«

Stargard stieß einen Seufzer aus. »Wie schade! Sie-sie machen die b-besten Kutteln. Meinst du, d-dein Koch k-könnte sich mal … daran … pr-probieren?«

Johann schüttelte erheitert den Kopf. »Ich glaube, mein Lieber, ich lasse dich besser verlegen. Was hältst du von Bötzow? Das ist schön weit weg von den Brandenburgern. Und da die Berliner mit ihrem derzeitigen Landeshauptmann – sprich, mir – zufrieden sind, kann ich mir sicher sein, dass sie dir nicht zur Flucht verhelfen werden.«

Das Auge

Plaue, Juni 1408

Es WAR EIN brüllend heißer Tag. Carl machte seit dem frühen Morgen im Burghof Trockenübungen. Seine Brust und die Oberarme glänzten vor Schweiß.

Er übte jeden Tag. Sein Schwert war schon lange nicht mehr zum Einsatz gekommen und er befürchtete, die erforderliche Wendigkeit zu verlieren, die eine solch elegante Waffe erforderte. Klöden hatte ihn immer wieder gewarnt, nicht zu träge zu werden. Wer zum Haushalt der Quitzows zählte, wusste nie, wann der nächste Einsatz kam. Carl war, wie so oft, allein – die anderen waren zum Schwimmen an die Havel gegangen.

Johann schlenderte zu ihm hinüber. Er lehnte sich in den Schatten an die Wand der Schmiede und schaute ihm mit verschränkten Armen eine Weile beim Parieren zu.

»Langeweile?«, rief er schließlich.

Carl nahm Haltung an. Johann war ein umgänglicher Dienstherr und er verspürte bei ihm ebenso wenig wie bei Dietrich Berührungsängste. »Will nur in Form bleiben.«

»Kann nie schaden.«

Carl erkannte eine unerwartete Gelegenheit, eine Bitte hervorzubringen. Er zögerte kurz, dann fasste er sich ein Herz. »Darf ich ehrlich sprechen?«

»Ich bitte darum.«

»Ich vermisse meine Frau.«

»Die kleine Magd? Wie hieß sie noch?«

»Mette.«

»Ja, richtig. War mir entfallen. Ein süßes Ding. Du hast Glück. Mehr jedenfalls als ich.«

Das war ein Territorium, das Carl lieber nicht betreten wollte. Schnell sagte er: »Hab sie seit einem halben Jahr nicht gesehen. Weiß nicht einmal, ob sie noch lebt.«

»Sie ist nicht hier?«

Carl stöhnte innerlich auf. Die Menschen ganz oben auf der Leiter konnten manchmal erstaunlich unaufmerksam sein, wenn es um das Leben der kleinen Leute ging. »Sie ist im Februar mit Dietrich mitgegangen. Als er Stargard abgeholt und nach Bötzow gebracht hat.«

»Dann ist sie in Bötzow?«

»Glaube nicht. Die Rede war von Kletzke. Für Frau Elisabeth.«

Johann griff sich ans Kinn. »Hm, ja, das ist ein Problem. Und du musstest zurückbleiben, um die Burg zu verstärken.«

»Besteht denn immer noch Gefahr durch den Erzbischof von Magdeburg? Können wir weiterhin jederzeit angegriffen werden?«

»Nein, es sieht nicht mehr danach aus. Weißt du, als der Erzbischof seinen Krieg mit Anhalt beendet hat, da hatten wir berechtigte Sorge, dass er sich als Nächstes Plaue vorknöpfen könnte. Doch ich war fleißig und habe den großen Staatsmann gegeben. Ich habe mich mit den Brandenburgern vertragen. Wenn er tatsächlich mit dem Gedanken spielt, die Burg zu belagern, wird er sich andere Verbündete suchen müssen.«

Carls Herz schlug schneller. Er sah seine Chance gekommen. »Also könnte ich wieder nach Kletzke zurückkehren?«

Johann sah ihn mit unbewegtem Gesicht an. Er sagte nichts.

Carls Hoffnung sank. Er vermisste Mette sehr. War es möglich, dass Johann ihm dieses Glück neidete, weil er selbst in einer lieblosen Ehe gefangen war?

Plötzlich zogen sich Johanns Mundwinkel nach oben. Er lächelte. Carl atmete erleichtert auf.

»Du fällst wohl gern mit der Tür ins Haus, oder, Bauer? Aber ja, warum nicht? Ich werde dich zurück nach Kletzke schicken. Wie klingt das? Dietrich kann mir jemand anders herschicken.«

Carl konnte sein Glück kaum fassen. »Wäre das möglich? Kann man mich austauschen?«

Johann ging ein paar Schritte, die Hände hinterm Rücken verschränkt. »Nun ja, ich tue es nicht gern. Weißt du, Carl, ich kann dich gut leiden. Du bist tapfer und schnell. Doch wenn dir das Weib so am Herzen liegt, kann ich nicht dafür verantwortlich sein, dass man euch länger trennt.«

Carl war überwältigt. Seinen Mut, den Missstand anzusprechen, der sein Gemüt belastete, hatte sich ausgezahlt. »Das ist … das ist zu großzügig.«

Johann winkte ab. »Nicht der Rede wert. Freut mich für dich, dass ihr einander so gernhabt. Ich hatte ja weniger Glück mit meiner Sippe.«

Carl räusperte sich. Bitte keine Bettgeschichten, dachte er beklommen.

Doch Johann war schon einen Gedanken weiter. »Zuvor musst du jedoch noch einmal für mich kämpfen. Du musst dich ganz für mich einsetzen. Willst du mir das versprechen?«

»Alles, Johann! Sag, was du planst.«

»Komm, lass uns in den Schatten gehen. Die Magd dort vorn soll uns ein kühles Bier aus dem Keller bringen.« Er winkte dem Mädchen, das vor der Küchentür Erbsen geschält hatte. Sie machte sich sofort auf, das Gewünschte zu besorgen. Als sie in dem schwarzen Loch der Burgküchentür verschwand, schaute Johann ihr versonnen hinterher.

Carl zog sich wieder das Leinenhemd an, das er für das Training abgelegt hatte, und wischte sich mit dem Ärmel den Schweiß von der Stirn.

»Vielleicht hast du gehört, dass der Onkel meiner Frau vom Erzbischof entführt und erpresst wurde«, sagte Johann.

»Der Bischof von Brandenburg, nicht wahr? Er wurde auf dem Weg nach Ziesar gefangen genommen. Danach saß er acht Monate lang in Milow ein und musste ein Lösegeld zahlen.«

»Ein und dasselbe.«

Carl nickte.

»Nun hat mich Bischof Henning um Hilfe gebeten. Er gehört schließlich als Agnes' Onkel zur Familie. Ich will daher ein Heer zusammenstellen, um dem Erzbischof einzuheizen.«

Carls Herz schlug schneller. Er hatte die Schnauze voll von Trockenübungen. »Ein richtiges Gefecht?«

»Es soll Schwarzburg wehtun. Henning und ich, wir wollen ihn militärisch schwächen. Der Erzbischof soll brav innerhalb seiner eigenen Landesgrenzen bleiben und seine gierigen Klauen bei sich behalten.«

»Nicht nur Rache also?«

Die Magd kam mit zwei schäumenden Krügen zurück.

Johann schenkte ihr ein Lächeln. »Danke, Schätzchen.«

Sie nahmen sogleich einen kräftigen Zug und seufzten erfrischt auf.

»Genau das Richtige bei diesem Wetter«, sagte Johann und Carl stimmte zu.

Johann fuhr fort: »Für den Bischof ist es Vergeltung. Doch für mich ist es auch oberste Pflicht. Ich bin der Landeshauptmann. Ein solches Vorgehen wie das des Erzbischofs gehört bestraft.«

»Verstehe.«

»Der Erzbischof hat einen alten Freund von mir zu den Waffen gerufen. Kuno von Wulfen. Als Kinder haben wir oft miteinander gespielt. Wir haben uns immer um die süßen Kuchen der Bäckerin gezankt und mit Stöcken aufeinander eingedroschen. Wer hätte gedacht, dass aus dem Spiel eines Tages Ernst wird?«

Carl langweilte die Politik. Es gab einen Kampf und Johann hatte in Aussicht gestellt, dass er zu Mette zurückkehren konnte. Nur das zählte. »Und wenn diese Schlacht geschlagen ist, kann ich nach Kletzke gehen?«

Johann legte ihm eine Hand auf die Schulter und sah ihn ernst an. »Das ist mein Versprechen an dich, Carl. Willst du mir dafür im Gegenzug schwören, in diesem Kampf mein drittes Auge zu sein?«

»Natürlich. Werde alles tun, um dich zu schützen.«

Johann gab ihm ein wohlwollendes Tätscheln und nahm einen weiteren Schluck aus dem Krug. »Du bist ein toller Kerl, Carl. Dietrich hat gut daran getan, dich in den Dienst zu nehmen. Und ich habe gut daran getan, dich eine Zeit lang auf Burg Plaue zu halten. Ich wusste, ich kann mich auf dich verlassen.«

Diese aus voller Überzeugung gesprochenen Worte kamen Carl einige Wochen später wieder in den Sinn, als er sich mitten im Kampfgetümmel gegen Kuno von Wulfen wiederfand.

Das Gefecht fand unweit eines Dorfs namens Gloina statt. Die Sonne stand sengend heiß am Himmel und die Stimmung war durch die unbarmherzige Hitze gleich doppelt aufgeheizt.

Zu Beginn war es eine Schlacht wie jede andere. Carl hatte wenig Mühe, den Überblick zu behalten. Auf dem Rücken seines Gauls kämpfte er an Johanns Seite, jederzeit bemüht, diesen so gut wie möglich zu schützen. Alles verlief nach Plan. Johanns Männer hatten die Oberhand.

Doch um die Mittagszeit begann die Situation zu kippen. Eine dicke gelbe Wolke umhüllte die Kämpfer. Der Boden unter den unzähligen Hufen der Pferde war durch die sommerliche Hitze staubtrocken. Es wurde immer schwieriger, sich zu orientieren. Auf die Rüstungen und Schilder der Reiter legte sich eine feine Staubschicht aus märkischem Sand. Die Wappen wurden unlesbar. Immer öfter fragte sich Carl, ob er Freund oder Feind gegenüberstand.

Das Atmen wurde zur Qual. Er musste husten. Der Staub fand jede Ritze und legte sich auf seine schweißnasse Haut. Er hätte alles dafür getan, den Helm abzunehmen, um sich kurz über die Augen zu wischen. Weil er es nicht konnte, zwinkerte er lediglich gegen den Juckreiz an. Als er wieder freie Sicht hatte, war Johann verschwunden.

Sein Kopf fuhr herum. Wo zum Teufel war Johann? Oh bitte, Herr Jesus, sag nicht, dass er gefallen ist, flehte er voller Angst.

Seine Sorge um Johann war echt, doch tief im Herzen fürchtete er vor allem um sein eigenes Leben. Er wusste, Dietrich würde ihm so etwas nie verzeihen. Ihm kam eine Vision, wie dieser ihm zur Strafe bei lebendigem Leib die Haut abzog.

In Panik suchte er den Boden ab. Er konnte kaum etwas sehen. Dennoch war er sich fast sicher, dass Johann nicht vom Pferd gestürzt sein konnte. Vielleicht hatte man ihn gefangen genommen?

Jemand hinter ihm rief mit ausgestrecktem Arm: »Da!«

Carl blickte auf und sah ihn sofort. Johann hatte eine günstige Lücke gefunden. Der Hauptmann der Gegenseite, Kuno von Wulfen, stand frei und ungeschützt. Johann hatte sich im Alleingang nach vorn gekämpft, um ihn zu stellen.

Carl rutschte das Herz in die Hose. Das war Irrsinn! Johann war völlig ungesichert zwischen den feindlichen Reihen. Es kam einem Selbstmord gleich. Er musste ihn da rausholen, bevor Schlimmeres passierte. Er gab Wodjanoi die Sporen und das Pferd machte einen Satz nach vorn.

Johann hatte keinen besonders großen Vorsprung, doch Carl wurde immer wieder von der Gegenseite aufgehalten und in Zweikämpfe verwickelt. Er war zornig auf Johann. Was er getan hatte, war purer Leichtsinn. Es erinnerte ihn an den Sturm von Brandenburg, als Johann ohne nachzudenken in die Gräben gestürzt war. Das war keine kühle Berechnung gewesen, ging

Carl nun auf. Johann war einfach nur ein Draufgänger, der lieber dem Ruhm nachjagte, als sich um seine eigene Sicherheit zu sorgen.

Carl hackte auf jeden ein, der sich ihm in den Weg stellte. Immer wieder wurde er zurückgeworfen. Er warf verzweifelte Blicke in Johanns Richtung. Dann sah er, dass alle Hilfe zu spät kommen würde.

Johann hatte die Lanze gehoben und galoppierte direkt auf Kuno von Wulfen zu. Wulfen sah ihm unbeirrt entgegen. Seelenruhig, so schien es Carl, richtete er seine eigene Lanze aus.

Zu Carls Verzweiflung dachte Johann nicht daran, abzudrehen. Im Gegenteil. Er betrachtete es offenbar als ritterliche Herausforderung, so als wäre er auf einem Turnier. Er lehnte sich noch tiefer nach vorn und trieb seinen Gaul an.

Doch Carl wusste, kein Ritter, gleich, wie gut gerüstet, war unbezwingbar.

Was als Nächstes geschah, war erschreckender als Carls schlimmster Albtraum. Wulfens Lanze suchte und fand ihr Ziel. Knirschend drang sie in den Sehschlitz von Johanns Visier. Wo sie sich verdickte, blieb sie stecken. Johanns Kopf knickte nach hinten ab, sein Pferd stieg auf die Hinterbeine. Wulfen ließ die Stange los, sie rutschte aus dem Visier und Johann brüllte wie ein verwundetes Tier auf. Er riss die Zügel herum. Das Pferd verdrehte die Augen und scheute.

Dies wäre für Johann die Chance zur Flucht gewesen. Stattdessen verfiel er in eine Art Starre. Er ließ die Zügel los und heulte auf. Sein Schlachtross, vergeblich auf Anweisungen wartend, verharrte fest im Chaos. Johann warf die Lanze von sich und riss sich den Helm vom Kopf. Er schlug die Hände vors Gesicht.

Zwei Ritter aus seinem Lager drängten sich zwischen die beiden Kontrahenten und lenkten Wulfen ab, um Johann vor größerem Schaden zu bewahren.

Carl erreichte ihn. »Johann!«, brüllte er über den Schlachtenlärm hinweg. »Carl hier. Zeig her.« Aus dem Augenwinkel nahm er wahr, dass sich um sie herum ein schützender Ring gebildet hatte.

Johann ließ die Hände sinken. »Ist es schlimm?«

Carl starrte in eine rote Höhle. An der Wange klebten verschmierte Überreste. Sein Magen machte eine Rolle rückwärts.

»Dein Auge, Johann. Es ist weg. Du hast es verloren.« Wie sonderbar, dachte er. Es klang, als ob Johann das Auge nur verlegt hätte und bald wiederfinden würde.

Johann entwich jegliche Gesichtsfarbe. Mit dem verbliebenen Auge starrte er auf das Schlamassel und das Blut in seiner Handfläche. »Ich habe mein Auge verloren?«, fragte er fassungslos. »Mein Freund hat mir mein Auge genommen?«

Carl schluckte. Er musste sich zusammenreißen, wollte er Johann nicht vor die Füße kotzen. »Sieht echt schlimm aus.« Sofort biss er sich auf die Zunge. Nicht hilfreich, Carl, nicht hilfreich.

Johann wischte sich die Reste des Auges am Oberschenkel ab. Sein Mund verzog sich zu einer feinen, geraden Linie. Er schaute sich um und entdeckte Wulfen wenige Schritte entfernt. Sein alter Freund stand frei und beobachtete aus der Ferne Johanns Reaktion.

Johann zog seinen Panzerbrecher, eine schmale Stichwaffe. Er stieß einen markerschütternden Schrei aus und preschte nach vorn.

Carl war völlig überrumpelt. Er stürzte auf Wodjanoi hinterher.

Johanns Zorn war auf einmal grenzenlos. Er kämpfte sich bis zu Wulfen durch, den Griff des Messers unter die Achsel geklemmt, die Parierstange gegen die Brust. Wulfen hob verteidigend die Lanze. Diesmal duckte sich Johann daran vorbei. Die Spitze des Panzerbrechers rammte sich in Wulfens Achselhöhle.

Wulfen brüllte auf. Schwung und Schmerz hoben ihn aus dem Sattel. Er ließ die Waffe fallen und landete schwer im Staub. Sein Gaul sprang wie ein Reh zur Seite und sah zu, dass er davonkam.

Johann rutschte vom Pferd und zerrte Wulfen den Helm vom Kopf. »Du widerlicher Schweinehund! Schau, was du angerichtet hast!«

Wulfen lag wie ein Käfer auf dem Rücken im märkischen Sand. Er starrte in das entstellte Gesicht. »Das … das wollte ich nicht!«

»Wir waren Freunde!«

»Ich wollte das nicht!«

»Auge um Auge!«

Johann holte aus und rammte Wulfen den spitzen Panzerbrecher ins rechte Auge.

Die Klinge versank ein gutes Stück in der Höhle. Wulfen entwich ein Stöhnen. Der Körper bäumte sich hilflos auf.

Johann befreite die Waffe mit einem Ruck. »Du Bastard!« Er stieß ins linke Auge, das Gesicht verzerrt zu einer Maske des Grauens.

Es war nicht genug. Wie besessen hackte er auf Wulfen ein.

Carl schaute vom Sattel aus zu. Er erinnerte sich, wie Johann damals bei seiner Entführung versucht hatte, ihn umzubringen. Wie er seinen Kopf unter Wasser gedrückt und da gehalten hatte, bis er beinah ersoffen wäre. Damals schon war ein mörderischer Zug in Johanns Wesen gewesen. Heute wurde Carl erneut Zeuge, wie dieser Teil seines Charakters zutage trat. Wie hatte er es vergessen können?

Dann fielen ihm Klödens Worte ein, als sie Schulter an Schulter im Gebüsch auf Stargard gewartet hatten. »Denk an die Narbe auf deiner Stirn! Es hätte auch ein Auge sein können! Aber Gott hat das verhindert.« Dann der letzte Satz: »Er hat es verhindert, weil er dich liebt.«

Carl schüttelte den Kopf. Es war ein barbarisches Gemetzel, eines Adligen unwürdig. Er konnte nicht länger tatenlos zusehen. Johann würde jeglichen Respekt seiner Männer verlieren. »Johann, kannst aufhören!«

Es war sinnlos. Es war nicht zu sagen, ob Johann ihn nicht gehört hatte oder ob er ihn einfach ignorierte. Er machte weiter, selbst als Wulfen längst tot war.

Es gab nur eine Möglichkeit, das Schlachten zu beenden. Carl winkte einen Rottmeister heran und deutete auf ihren Anführer. »Der Hauptmann des Erzbischofs ist gefallen.«

Der Rottmeister nickte nüchtern und wandte sich ab. »Ich will sehen, dass sich die gegnerischen Truppen jetzt ergeben.«

Der Bauer

Köpenick, August 1408

Mette kuschelte sich tiefer in seine Armbeuge. »Liebst du mich noch?«

Carl stöhnte auf. Sie brauchte nichts weiter zu sagen. Er wusste, dass dies wieder einer dieser Tage sein würde, an denen er mit ihr aneinandergeraten würde.

Er betrachtete das Laub über seinem Kopf, das durch das Sommerlicht saftig grün aufleuchtete. Eine Drossel hatte sich auf einen der Äste gesetzt und zwitscherte selbstvergessen vor sich hin.

»Bist die Einzige für mich, wenn du das wissen willst.«

»Das ist nicht dasselbe. Ich fragte, liebst du mich?«

Er drückte sie noch fester an sich und wünschte sich gleichzeitig ganz weit fort. »Warum?«

Sie richtete sich auf den Ellbogen auf und funkelte ihn an. »Warum?«, wiederholte sie erbost. »Warum sagst du nicht, dass du mich liebst? Es ist eine einfache Frage. Das ging dir doch sonst immer so leicht über deine wortkargen Lippen!«

Weil ich mir da nicht mehr so sicher bin, dachte er. Weil du niemals die sein wirst, die ich wirklich will. »Na schön. Ich liebe dich. In Ordnung?«

Sie starrte ihn aus tränenfeuchten Augen an. »Ich hasse dich.«

Er seufzte auf. Da war er wieder, dieser Streit. So wie immer häufiger in letzter Zeit. Es war beinah, als legte sie es darauf an.

Er rückte von ihr ab und setzte sich auf. Mit aufgestützten Unterarmen beobachtete er die Spree, die in einem blauen Band hinter den dichten Büschen still an ihnen vorüberglitt. Er konnte sich nicht helfen. Er war sauer. »Warum tust du das? Warum zerstörst du diesen einzigen friedlichen Moment, den wir haben?«

»Warum kannst du mich nicht lieben?«, fragte sie zurück.

Er brauchte sich nicht nach ihr umzudrehen, um zu wissen, dass sie weinte.

»Tue ich doch, Mette. Tut mir leid, dass ich das nicht sogleich gesagt habe.« Er brachte es dennoch nicht fertig, sie anzusehen.

Sie zog ihm den Mantel weg, mit dem sie sich bei ihrem Liebesakt vor neugierigen Blicken geschützt hatten, und rollte sich beleidigt auf die Seite. »Du bist ein Mistkerl. Du benutzt mich nur.«

»Stimmt nicht.«

Als keine Erwiderung kam, linste er über die Schulter.

Mette hatte sich zu einer Kugel zusammengerollt und das Gesicht in den Händen vergraben. Der Mantel, den sie ihm gestohlen hatte, bedeckte sie nicht vollständig. Ein Stück ihres nackten Gesäßes schaute heraus. Sie merkte es nicht.

Er ließ sie weinen. Manchmal glaubte er, dass sie diese Momente für sich brauchte. Sie musste sich mit diesen Gesprächen selbst Schmerz zufügen, in der Hoffnung, dass er dadurch ebenfalls etwas empfand, notfalls eben auch Schmerz.

Es war unbestreitbar, dass Mette ihm kostbar war. Sie war seit vielen Jahren seine Gefährtin. Doch etwas zwischen ihnen hatte sich verändert. Sie waren lange getrennt gewesen. In all der Zeit hatte er sich zwar nach ihr verzehrt, hatte keine andere ansehen können. Seit er jedoch zurück war, fühlte er sich von ihr erdrückt. Sie war ungebührlich anhänglich geworden.

Voller Bitterkeit ging ihm auf, dass die Frage nach seinen Gefühlen zur Unzeit kam. Hätte sie ihn gefragt, als er noch in Plaue gewesen war, hätte er ihr die Antwort geben können, die sie hören wollte. Nun ertappte er sich immer öfter dabei, dass er sich nach Dietrichs nächster Kleiner Reiterei sehnte. Wenn es so weit war, würde er sich freiwillig melden, Gefahren hin oder her.

Nach der Schlacht bei Gloina hatte man Johann schwer verletzt zurück zur Burg Plaue gebracht. Er hatte großes Glück gehabt. Nicht jeder hätte den Verlust eines rechten Auges so gut weggesteckt.

Das hatte auch Johann erkannt. Sobald das Fieber abgeklungen war, hatte er Carl zu sich bestellt und ihm von seiner Bettstatt aus eröffnet, dass er niemand anderem als sich selbst die Schuld an dieser Verwundung gab. Er war unachtsam und leichtsinnig gewesen. Zu Carls Erleichterung hatte er sich an sein Versprechen erinnert und ihn zurück nach Kletzke geschickt.

Carl hatte sich sofort auf den Weg gemacht und dort erfahren, dass der Haushalt nach Köpenick umgesiedelt war. Hier befand sich eine Wasserburg am Zusammenfluss von Dahme und Spree, vor deren Toren sich auf einer Flussinsel ein windschiefes Fischerdorf angesiedelt hatte.

Abermals war er auf sein Pferd gestiegen und hatte es nach Osten gelenkt. Als er durch das Burgtor geritten kam, hatte Dietrich ihn mit offenen Armen willkommen geheißen. Es war an Carl gewesen, von Johanns Verwundung zu berichten. Doch da jener nicht nur überlebt, sondern obendrein die Schlacht gegen den Erzbischof von Magdeburg gewonnen hatte, hatte niemand Carl den Kopf abgerissen.

Es war schattig unter den Bäumen, und Carl begann zu frösteln. Er machte es sich wieder auf der Wolldecke bequem und schmiegte sich von hinten an Mettes warmen Körper. Sie hatte mittlerweile aufgehört zu weinen. Sanft küsste er ihren Nacken.

»Wie fühlt es sich an, wenn man einen Menschen tötet?«, fragte sie.

»Wen willst du töten? Etwa mich?«

Sie kicherte. »Du Mistkerl! Ja, manchmal will ich das. So wie gerade eben.«

»Tut mir leid. Weißt doch, dass ich ein gefühlloser Tölpel bin, der Frauen nicht versteht. Bitte verzeih mir.«

»Ich verzeihe dir. Wie immer. Ich bin eine Närrin, weil ich dich über alles liebe, aber ich verzeihe dir.«

Sie klang nicht bitter, als sie dies sagte. Sie rollte sich zurück auf den Rücken. Ihre traurigen Augen waren wieder voller Wärme für ihn. »Es tut mir auch leid, Carl. Ich weiß, es sind kostbare Momente, wenn wir uns sonntagnachmittags davonstehlen und ein wenig Zeit für uns haben. Ich sollte meine Zweifel für andere Tage aufheben.«

Er strich ihr die Haare aus der Stirn und küsste sie sanft. »Nein, hast recht. Hab dich verletzt.«

Sie kuschelte sich mit dem Kopf wieder in seine Armbeuge. »Du hast trotzdem meine Frage nicht beantwortet.«

»Welche Frage?«

»Wie es ist, einen Menschen zu töten.«

»Warum willst du das wissen?«

»Ist es schwer?«

Er grübelte darüber nach. »Nein, eigentlich ganz leicht. Vielleicht, weil ich so gefühlsstumpf bin. Schalte einfach ab.«

»Jetzt geht mir so einiges auf.«

Er grinste. »Ist eine besondere Situation auf dem Schlachtfeld. Da denkt man nicht mehr. Man fühlt auch nichts. Man versucht nur, schneller zu sein als der andere.«

»Und wie war es beim ersten Mal? Hast du da auch nichts gefühlt?«

Er dachte an Strausberg zurück. »Weiß nicht mehr. Ehrlich. Hab's völlig vergessen.«

»Denkst du, wenn du eines Tages Dietrich tötest – wirst du dann deine Gefühle ebenfalls ausschalten? Oder wird dir das etwas bedeuten?«

»Das würde mir tatsächlich etwas bedeuten. Es würde mir Genugtuung geben.«

»Oder würdest du trauern um ihn?«

»Warum sollte ich?«

»Ich würde frohlocken, wenn du es endlich tätest. Ich hasse Dietrich«, zischte sie.

Er lachte. »Sind ja ganz neue Töne von dir! Ich dachte, du liebst ihn so, wie wir ihn alle lieben?«

»Ich hasse ihn, Carl! Er ist ein Scheusal. Ich wünschte, du wärst nicht so ein Feigling und würdest ihn endlich zur Strecke bringen.«

Der Vorwurf machte ihn zornig. »Bin kein Feigling!«

»Warum tust du es dann nicht? Warum schneidest du ihm nicht in der Nacht die Kehle durch?«

Besorgt suchte er ihren Blick. »Ist etwas passiert? Hat er dir etwas getan?«

»Nein, nein, alles bestens«, sagte sie schnell und drehte den Kopf weg.

»Du lügst mich an.«

Sie lächelte matt. »Warum sollte ich das tun? Nein, mach dir keine Sorgen. Vielleicht möchte ich einfach nur, dass du mich von hier fortführst und heiratest. Das ist alles. Ich bin halt ein dummes Mädchen, das Träume vom Leben hat.«

Er seufzte. Jetzt fing sie schon wieder davon an. Es war Zeit zu gehen. »Gibt keinen Grund zu heiraten. Bin auch so treu.«

»Ich weiß nicht, ob ich dir das abnehmen kann.«

Er stöhnte innerlich auf. Er wusste, sie sagte dies nur, um ihn herauszufordern. Sie suchte schon wieder Streit. »Mette, sieh mal. Die anderen Männer in unserem Trupp sind fast alle verheiratet. Die streunen trotzdem herum und geben ihren Sold für die Trosshuren aus. Ist also völlig gleich, ob man verheiratet ist oder nicht. Treue erreicht man nicht dadurch, dass die Kirche die Verbindung segnet. Was ist dir wichtiger? Dass ich dir treu bin oder dass ich dir vor einem Priester ein Versprechen gebe?«

»Deine Treue ist mir wichtiger.« Sie fuhr mit den Fingerspitzen über den Flaum auf seiner Brust. »Ich bin dir auch treu, weißt du«, fügte sie unnötigerweise hinzu.

Er küsste ihren Scheitel. »Weiß ich doch.«

Ihre Hand wanderte suchend nach unten, unter den Mantel. Sie griff zu und begann, ihn zu streicheln. »Ach weißt du … Vielleicht träume ich einfach nur davon, dass du mich von hier fortbringst, so wie ein edler Ritter seine Prinzessin. Du hast so viel Geld angehäuft. Wir könnten uns einen Hof nehmen und irgendwo neu anfangen. Wir könnten ehrlicher Arbeit nachgehen und das Land bestellen. Aufbauen statt zerstören. Klingt das für dich denn nicht auch verlockend?«

»Klingt für mich ganz und gar nicht verlockend«, sagte er verärgert. »Wer will in diesen Zeiten schon ein Bauer sein? Möchtest du etwa zusehen, wie dein Dorf überfallen, dein Vieh geraubt und dein Haus niedergebrannt wird? Möchtest du von Söldnern geschändet werden? Willst du von heute auf morgen alles verlieren, was du dir mit Schweiß und Blut aufgebaut hast?«

»Möchtest du denn gar keine Kinder?«, flüsterte sie.

Da war es. Das war es, was sie belastete.

»Du etwa?«

»Gehört das nicht dazu? Wenn man sich liebt …«

Ja, dachte er. Wenn man sich liebt. Dass er keine Kinder wollte, bedeutete das im Umkehrschluss, dass er Mette nicht liebte? »Weiß nicht.«

»Der kleine Kerl könnte genauso neugierig sein wie du, Carl. Oder ein Mädchen …« Sie brach ab, als sie seinen entschlossenen Gesichtsausdruck sah.

»Nein.«

»Aber wieso nicht?«

»Mette, ich bin ein Waffenknecht. Ich ziehe in den Krieg. Das ist es, was ich bin. Kinder haben da keinen Platz.«

Sie setzte sich auf. »Du bist ein Bauer. Tief im Herzen weißt du, dass es so ist.«

Er schoss hoch. »Bin alles, nur kein gottverdammter Bauer!«, donnerte er. Er deutete auf die Narbe auf seiner Stirn, die Striemen auf seinem Rücken, die Lücken in seinem Gebiss. »Sieht so für dich ein Bauer aus?«

Sie starrte ihn wortlos an. Ihre Apfelbäckchen nahmen eine gelbliche Farbe an. Es raubte ihr den Zauber, der sie sonst umgab. »Aber was bleibt uns dann?«, fragte sie mit unüberhörbarem Beben in der Stimme.

»Keine Ahnung, Mette. Wirklich nicht.« Er drückte sie an der Schulter zurück auf den Boden und rollte sich zwischen ihre Beine. »Und jetzt still! Die Sonne steht schon tief.«

Der Markgraf

Berlin-Cölln, November 1408

DIETRICH FUHR HERUM und knurrte die massive Eichentür an. »Wie lange will er mich denn noch hier warten lassen?« Seit einer gefühlten Ewigkeit lief er wie ein räudiger Hund im Käfig auf und ab und machte dabei knarzende Geräusche auf dem blank polierten Dielenboden.

Kaspar studierte mit einem halb amüsierten Gesichtsausdruck die Wappen der Adelsfamilien an den vertäfelten Wänden. »Alles Absicht, Dietrich. Du darfst dich nicht so reizen lassen.«

Dietrich biss sich in die Faust. »Arrr! Ich will, dass das jetzt endlich alles klappt!«

Klöden tauschte hinter seinem Rücken einen mitleidigen Blick mit Kaspar aus. »Es wird klappen, sei unbesorgt.«

Dietrich ließ sich auf einen freien Stuhl sinken und wippte mit dem Bein. Mit der Faust schlug er sich in die flache Hand.

»Johann muss aus dem Gefängnis freikommen! Mein Bruder ist kein Mann, den man monatelang wegsperren kann.«

»Der Markgraf wird es richten«, sagte Kasper. »Hab Vertrauen.«

»Doch zunächst hält er mich hin, als wäre ich ein Hundeschinder!«

Sie warteten im Vorraum des Hohen Hauses in Berlin – Dietrich, Kaspar, Klöden und Carl. Sie waren als Bittsteller gekommen und mussten sich in Geduld üben. Und das war für Dietrich die wohl schwerste Übung überhaupt. Er hatte sich für den Anlass herausgeputzt und trug einen neuen grünen Samtmantel und bestickte Schuhe. Die blonden Locken waren frisch gewaschen und von der Tochter der Wirtin, bei der sie untergekommen waren, mit Hilfe von Honigwasser in Form gebracht worden. Sie waren früh am Morgen gekommen, doch mittlerweile knurrten ihnen die Mägen.

Dietrich schmiss die Hände in die Luft und sprang auf. »Was macht er nur da drin? Es geht niemand hinein und es kommt keiner heraus. Er kann unmöglich in einer so langen Sitzung stecken.«

Klöden blickte seufzend zur Tür. »Wahrscheinlich macht er gar nichts. Er hockt da drin und dreht Däumchen.«

Kaspar grinste und wackelte mit den schwarzen Augenbrauen. »Oder er holt sich bei dem Gedanken, dass er dich warten lassen kann, einen runter.«

Bei der Vorstellung senkte Klöden belustigt den Kopf.

»Als ob der noch einen hochkriegen würde …«, knurrte Dietrich. Er schritt weiter von einer Ecke des Raums zur anderen. »Wenn all das vorbei ist, und falls es zu meiner Zufriedenheit abläuft, dann lassen wir es richtig krachen. In Ordnung, Männer? Wozu sonst sind wir in einer großen Stadt!«

Klöden deutete mit dem Kopf auf Carl. »Der da wird nicht mitkommen wollen.«

»Wieso nicht?«, fragte Kaspar. »Ich kenne ein sauberes Haus, Carl. Du musst dir keine Sorgen machen.«

»Der Bauer übt sich in Treue. Er hat was mit einer der Mägde. So eine kleine Schlampe, die ihn seit Jahren an den Eiern hat.«

Klöden grinste. »Deine Mette muss davon nichts erfahren. Wir alle schweigen wie ein Grab.«

Carl betrachtete seine Stiefelspitzen. »Danke, aber hab heute keine Lust.«

Die anderen lachten schallend auf.

Dietrich gluckste. »Hast du etwa deinen Schwanz verloren?«

Carls Blick ging von Dietrich zu Kaspar und Klöden. Er wusste, er stand kurz davor, sein Gesicht zu verlieren, mal wieder wegen Mette.

»Er schaut drein wie ein begossener Hund!«, rief Klöden amüsiert.

Dietrich durchquerte den Raum und blieb vor ihm stehen, wie üblich ein wenig zu knapp für Carls Wohlbefinden. »Was ist los, Bauer? Du glaubst doch nicht wirklich, dass du für den Rest deines Lebens einer einzigen Frau treu sein kannst, oder?«

»Hab's versprochen, Dietrich.«

»Aber es ist unmöglich. Keiner von uns kann das. Wir sind Männer.«

»Auch Männer können treu sein«, erwiderte Carl störrisch.

»Aber warum sollten sie? Glaub mir, es wäre für deine Mette sogar besser, wenn du dich ab und zu mal woanders austoben würdest.«

Kaspar und Klöden nickten zustimmend.

»Warum?«, fragte Carl zweifelnd.

»Ja, liegt das denn nicht auf der Hand? So was hilft, die Beziehung im Gleichgewicht zu halten. Jeder hält es so.«

»Da ist was dran«, stimmte Kaspar zu.

Carl grübelte darüber nach. So, wie sie es sagten, klang es naheliegend. »Also gut. Kann's mir ja wenigstens mal anschauen.«

»Sehr gut. Du wirst es nicht bereuen«, sagte Dietrich.

In diesem Moment ging die Tür auf.

Es war ein Schreiber. Er deutete eine Verbeugung an. »Er hat nun Zeit für dich.«

Dietrich schritt voran. Als der Schreiber die Tür hinter ihm schließen wollte, legte er ihm die Linke auf den Unterarm. »Die kommen mit. Sie sollen meine Zeugen sein.«

Der Beamte wechselte einen Blick mit dem Markgrafen am fernen Ende des Saals. Jobst von Mähren wartete hinter einem massiven Tisch, auf dem sich Berge von Pergamentrollen und Papieren stapelten. Er machte eine einladende Geste. »Tretet alle ein.«

Carl war tief bewegt. Zum ersten Mal im Leben sah er den Landesherrn der Mark Brandenburg. Alles an Jobst strahlte Macht und Selbstsicherheit aus, von den kostbaren Gewändern zu den Seidenschuhen, von den sorgfältig frisierten Haaren bis zu den beringten Fingern, an denen unzählige Edelsteine funkelten. Carl wusste, Jobst war ein Verwandter des Königs, ein Vetter, und damit einer der wichtigsten Männer des Reiches. Außerdem zählte er zu den nur sieben Kurfürsten, die den König durch Wahl einsetzten. Das Gerücht ging um, dass er selbst Ambitionen auf den römisch-deutschen Thron verfolgte. Warum nur, dachte Carl frustriert, war er dann bloß so ein lausiger Herrscher?

Jobst grinste breit. »Unser lieber Dietrich von Quitzow!« Er nickte Kaspar zu. »Lieber Kaspar Gans zu Putlitz.«

Die anderen beiden in Dietrichs Gefolgschaft erkannte er nicht und er schätzte sie anhand ihrer Gewandung treffend als Nichtadlige ein. Deshalb blieb die Begrüßung bei ihnen aus. Er bedeutete Dietrich und Kaspar, Platz zu nehmen. »Es freut mich, dass ihr den Weg hierher gefunden habt.«

Der Schreiber schritt zu einem Pult und nahm eine Feder auf. Niemand dachte daran, Carl und Klöden ebenfalls Sitzplätze anzubieten. Sie verschränkten die Hände hinterm Rücken und warteten in gebührlichem Abstand.

Dietrich rückte sich den Stuhl zurecht. »Die Freude ist ganz meinerseits. Ich hoffe, die Reise nach Berlin war nicht allzu beschwerlich?«

Jobst winkte müde ab. »Nicht der Rede wert. Nach den

Wochen im Feld bin ich froh, dass ich mein Haupt wieder auf ein Federkissen betten kann.«

»Ihr habt gekämpft?«, fragte Dietrich. Eine scheinheilige Heuchelei. Er wusste immer bestens über alles und jeden Bescheid. Er wollte nur eine günstige Grundlage für die Verhandlungen mit dem Markgrafen schaffen. Jobst war vor wenigen Tagen siegreich aus Scharmützeln in der Lausitz hervorgegangen.

»Ein paar kleinere Gefechte. Der Adel der Lausitz hat sich zu viel herausgenommen. Sie mussten alle einmal ordentlich zurechtgestutzt werden.«

»Es ist gut, dass Ihr hart durchgegriffen habt. Die Lausitz ist rechtlos. Man wird froh sein, dass jetzt wieder ein starker Herrscher vor Ort ist, der für Ordnung sorgt.«

Dietrich strich dem Markgrafen jede Menge Honig um den Bart. Diesem schien es gar nicht aufzufallen, dass man sich ihm nur anbiedern wollte, um höhere Ziele zu erreichen. Geschmeichelt fuhr er sich mit dem Handrücken übers Kinn.

Dietrich legte die Hände auf den Bauch und verschränkte die Finger ineinander. »Zum Glück ist in der Mark Brandenburg alles so weit in Ordnung.«

Die Augen des Markgrafen wanderten von seinem Gegenüber zu dessen Begleitung – von Kaspar über Carl zu Klöden. Sie alle machten eine ausdruckslose Miene. Keiner wollte ihm das Gefühl vermitteln, dass man ihn verhöhnte. »Im Vergleich zur Lausitz, die ein lahmer Hund ist, ist die Mark Brandenburg ein wilder Wolf«, erwiderte er.

»Da sprecht Ihr ein wahres Wort, mein lieber Markgraf! Die Mark Brandenburg muss man mit eherner Hand regieren. Da müssen kluge Entscheidungen gefällt werden.«

»Deswegen bin ich hergekommen. Um Entscheidungen zu fällen.«

Es wäre das erste Mal, dachte Carl gallig. Der Markgraf war nie in seinem Land anwesend, es sei denn, es ging darum, Geld einzustreichen, um anderswo Kriege zu führen – in Ungarn, Luxemburg und Böhmen.

»Das trifft sich gut«, sagte Dietrich gut gelaunt. »Ich bin hier, um Euch Vorschläge zu unterbreiten, die der Mark Brandenburg zuträglich sein werden.«

Jobsts Augen wanderten abermals zu den drei Zeugen.

Er traut dem Braten nicht, ging Carl auf. Und das zu Recht. Dietrichs Unterwürfigkeit und Freundlichkeit waren so aufgesetzt, dass es beinah beleidigend war.

»Hast du dich deshalb so herausgeputzt wie ein Pfau?«

Dietrich zuckte zusammen und betrachtete verschämt seinen Aufzug. Er rutschte auf der Sitzfläche hin und her und zupfte an seinem Wams. »Wie meint Ihr das, mein lieber Herr Markgraf?«

»Nun, ich frage mich, ob das bedeuten soll, dass du dein Räuberleben endlich ablegen willst. Für gewöhnlich liegst du doch eher im Unterholz und überfällst meine Freunde.«

Jetzt verstand Dietrich, worauf Jobst anspielte. Er hob das Kinn. »Stargard ist mir eines Tages einfach so in die Arme gelaufen. Seid versichert, dass ich mich zu keinem Zeitpunkt im Unterholz befunden habe.«

Die Mundwinkel seines Gegenübers zuckten amüsiert. »Er ist seit Monaten in deiner Gewalt.«

»Ungefähr ein Jahr.«

»Man hat mir angetragen, dass alle Vorschläge für Lösegeld von euch Quitzows abgelehnt worden seien.«

»Der Herzog ist uns mehr wert als alles Geld der Welt.«

»Man ist in Mecklenburg nicht gerade glücklich über eure Sturheit.«

»Das kann ich mir vorstellen.«

Dem Markgrafen riss der Geduldsfaden. »Ich verlange, dass du den Herzog von Mecklenburg-Stargard umgehend freigibst!«

»Gern, doch nicht ohne Gegenleistung.«

»Ich bin gespannt.«

»Ihr wisst, dass mein Bruder Johann derzeit ebenfalls gefangen gehalten wird?«

Dem Markgrafen entglitten alle Gesichtszüge. »Seit wann?«

»Seit ein paar Wochen. Und nun ratet mal, wer ihn gefangen hält.«

»Stargards Bruder«, tippte Jobst.

»Ganz genau. Wenn also die Mecklenburger ihren Herzog wiedersehen wollen, dann wissen sie ja jetzt, was wir im Gegenzug verlangen. Das könnt Ihr ihnen gern ausrichten.«

Der Markgraf schüttelte frustriert den Kopf. »Warum kann sich nicht wenigstens eine dieser märkischen Adelsfamilien benehmen und an die Gesetze halten? Warum tut jeder in der Mark immer das, was er gerade will?«

Dietrich lehnte sich entspannt zurück. »Werdet Ihr mit den Mecklenburgern sprechen?«

»Wo sitzt er ein?«

»In Ziesar. Zusammen mit rund hundert weiteren Adligen.«

Jobst winkte seinem Schreiber. »Jaja, lass einen Brief aufsetzen!« Zu Dietrich sagte er: »Dein Bruder soll vor Weihnachten wieder zu Hause sein.«

»Danke.«

»Ich habe gehört, dass Johann ein Auge verloren hat?«

»Es war sehr knapp.«

»Er soll gruselig aussehen. Warum bedeckt er es nicht?«

»Was weiß ich? Bin ja nicht seine Mutter.«

»Wie wahr.« Jobst angelte sich eine Zinnkanne und drei Becher. Er schüttete sich selbst und seinen Gästen roten Wein ein.

»Es ist gut, dass mein Bruder bald wieder freikommt. Er wird im Havelland schmerzlich vermisst.«

»Ich habe schon gehört, dass er dort die Aufgaben des Landeshauptmanns versieht.« Er reichte die beiden Becher über den Tisch. Kaspar nahm den seinen mit einem Nicken entgegen.

Dietrich trank einen Schluck. »Er macht seine Sache gut.«

»So hat man es mir versichert«, gab Jobst widerwillig zu.

»Wie ich höre, ist die Stelle in der Mittelmark aber weiterhin unbesetzt.«

»Das mag daran liegen, dass Stargard in Bötzow einsitzt.«

Dietrich grinste. »Daran mag es liegen.«

»Ich ahne, dass den Quitzows nicht daran gelegen ist, dass ich den Herzog als Landeshauptmann der Mittelmark einsetze.«

Dietrich seufzte. »Nun … Da mein Bruder ja im Havelland schon so gut aufgeräumt hat, dachten wir …«

»Johann von Quitzow wird niemals Landeshauptmann der Mittelmark werden.«

»Nun ja, de facto ist er das ja eigentlich bereits. Die Berliner und die Frankfurter fanden, es sei eine wunderbare Idee. Und tatsächlich herrscht jetzt Frieden auf dem Barnim.«

»Ich habe den Ratsherren deswegen schon meinen Unmut kundgetan. Wer Landeshauptmann ist, das wird von mir entschieden. Wo kommen wir denn da hin, wenn plötzlich jeder denkt, er könne über meinen Kopf hinweg handeln?«

Carl wechselte einen verstohlenen Blick mit Klöden, der um Fassung rang.

»So wird mein Bruder also sein Amt in der Mittelmark abgeben müssen?«, fragte Dietrich.

»Nein. Weil er es nie besessen hat. Die Ernennung war unrechtmäßig.«

»Doch auch Stargard soll nicht der Landeshauptmann sein.«

Jobst runzelte die Stirn. »Was spricht dagegen?«

»Wenn er es werden soll, wird er auf Nimmerwiedersehen verschwinden. Seine Familie wird noch nicht einmal ahnen, wohin sie ihr Lösegeld schicken soll.«

Jobst betrachtete ihn stumm und drehte den Becher in der Hand.

»Es ist viel passiert in letzter Zeit, lieber Markgraf«, fuhr Dietrich fort. »Wir haben starke Verbündete. Seit wir Quitzows ein wachsames Auge auf die Vorgänge in der Mark haben, herrscht Ruhe.«

Alle im Raum wussten, dass das nicht stimmte. Die Fehde zwischen Magdeburg und der Doppelstadt Brandenburg war nur eines der zahlreichen Strohfeuer, die immer wieder aufloderten. Doch Jobst war zu selten hier. Er hatte zu wenig Einblick, um überzeugend mit Lösungsvorschlägen herauszurücken.

Er brummte verstimmt. »Nun gut. Ich werde Stargard nicht zum Landeshauptmann machen. Aber dein Bruder soll es ebenfalls nicht werden. Ich hoffe, dass damit eure Fehde beendet ist.«

Carl wusste, das war Dietrich genug. Hauptsache, der eitle Gockel konnte ihm nicht weiter gefährlich werden.

»In Ordnung.« Dietrich trank einen Schluck von seinem Wein, zweifellos, um seine Genugtuung zu überspielen.

»Gibt es sonst noch etwas, weswegen du hergekommen bist?«, fragte Jobst.

»Eigentlich wollte ich nur meine Treue bekräftigen und fragen, ob es etwas gibt, mit dem ich Euch zu Diensten sein kann.«

Jobst warf einen misstrauischen Blick zu Dietrichs Begleitern. Sie alle studierten die Wandteppiche, auf denen Landschaften und Jagdszenen abgebildet waren. »Das weiß ich zu schätzen, Dietrich von Quitzow. Deine Treue und Unterstützung ist mir teuer.«

»Die Sache ist die: Ich habe Einiges ansparen können. Und nun überlege ich, wie ich all das viele Geld sicher und gewinnbringend anlegen kann.«

Carl wusste, das war nicht gelogen. Sein Dienstherr war in den letzten Jahren königlich reich geworden. Doch die wenigen Ländereien, die zu der Familie derer von Quitzow gehörten, hätten ihm niemals diesen Reichtum beschert. Das Vermögen stammte vor allem aus Raubzügen, Lösegeldforderungen und Erpressungen.

Jobst heuchelte Desinteresse. »Anlegen? Hast du etwa Genaueres im Sinn?«

»Die Stadt Strausberg.«

Carl klappte vor Schreck der Mund auf. Schnell schloss er ihn wieder.

Der Markgraf seufzte auf. »Ich bin bereit, darüber nachzudenken. Was würdest du mir denn dafür bieten?«

»600 Schockgroschen. Wäre das angemessen?«

Jobst zögerte nur einen kurzen Augenblick. Er war ein miserabler Verhandler. »Das ist ein gerechter Preis für die Verpfändung einer Stadt von dieser Größe.«

»Natürlich müsste ich mir dann dort eine Burg bauen. Die Stadt wird ja ständig von den Pommern bedroht.«

»Verständlich. Meine Zustimmung hast du dazu.«

»Ich bräuchte jede Menge Bauholz.«

»Ich erteile dir Erlaubnis, im Bürgerwald zu fällen.« Er nickte dem Schreiber zu, der die Einzelheiten festhielt.

Dietrich setzte ein gewinnendes Lächeln auf. »Und Rathenow. Das hätte ich auch gern.«

»Hast du denn so viel Geld?« In Jobsts Blick stand blanke Gier. In Gedanken war er offenbar bereits dabei, die unverhofften Einkünfte so umzuverteilen, dass er seinem Traum vom Königsthron noch ein Stückchen näher kam.

»Ich kann dir auch hierfür 600 Schockgroschen bieten.«

Der Markgraf konnte sein Glück kaum fassen. Er grinste breit. »Es soll dein sein. Ich verpfände es dir gern.«

»Und die Burg Friesack.«

»Die willst du auch noch?«

»Wer will schon eine feuchte Burg im Sumpf? Aber ich dachte mir, es kann ja nicht schaden.«

»Es tut mir leid. Friesack kann ich dir nicht geben. Zumindest vorerst nicht. Da wirst du dich gedulden müssen, bis der Pachtvertrag ausläuft.«

»Ich komme darauf zurück.«

»Einverstanden.«

Dietrich leerte seinen Becher und stand auf. Für ihn war die Unterredung damit beendet. Dass nicht er es sein sollte, der ein Gespräch zum Abschluss brachte, sondern der über ihm stehende Markgraf, fiel ihm in seiner Arroganz nicht auf. Es kam ihm so selbstverständlich von der Hand, dass es auch Jobst nicht in den Sinn kam, die Respektlosigkeit in Frage zu stellen.

Der Markgraf umrundete den Tisch, um seine Gäste zur Tür zu geleiten. »Ich werde die Urkunden aufsetzen lassen. Wann können wir mit dem Geld rechnen?«

»Ich habe alles gleich mitgebracht.«

»Das ist ja ausgezeichnet! Bitte frag unten nach dem Kämmerer. Der wird alles Weitere veranlassen.«

Dietrich war an der Tür angekommen. Er verneigte sich.

Jobst legte seine Hand auf die Türklinke. »Wie gefällt es der Familie denn in Köpenick? Ich habe gehört, ihr seid von Kletzke dorthin übergesiedelt.«

»Sie lieben Köpenick.«

Die Augen des Markgrafen verdunkelten sich. »Das freut mich. Dann hat es sich ja gelohnt, dass du dir die Burg widerrechtlich angeeignet hast. Köpenick gehört mir.«

Dietrichs Lächeln fror ein. »Ich habe Euch soeben 1.200 Schockgroschen überschrieben. Das ist ein kleines Vermögen. Wir wollen uns doch jetzt nicht um Köpenick streiten, oder?«

Jobst sah ihn schweigend an. Keiner im Raum konnte vor noch zurück. Der Markgraf hielt die Klinke fest umklammert. »Es wäre mir herzlich egal, was mit der Burg dort passiert. Aber mir sind reichlich Beschwerden von den Köpenickern angetragen worden.«

»Sie fürchten um ihre Unabhängigkeit. Verstehe schon. Wenn es sie glücklich macht, übertrage ich ihnen die Gerichtsbarkeit.«

»Das würde es. Und der Berliner Rat ist ebenfalls nicht zufrieden mit dir.«

»Der Berliner Rat ist niemals zufrieden«, sagte Dietrich nüchtern. Er versuchte, seine Bestürzung zu verbergen, doch Carl kannte ihn gut genug, um durch die aufgesetzte Gelassenheit hindurchzusehen. Berlin war seit Jahren der wichtigste Verbündete der Quitzows. Von Unzufriedenheit war nie die Rede gewesen. Dass die Ratsherren ihren Unmut zunächst an den Markgrafen angetragen hatten, statt mit Dietrich zu sprechen, war ein unentschuldbarer Vertrauensbruch.

»Köpenick schützt mit der Spree eine bedeutsame Handelsstraße. Die Burg ist eine Zollstätte«, sagte Jobst.

»Das ist mir bewusst.«

»Es macht die Berliner unruhig, dass du vor ihren Toren Quartier bezogen hast.«

»Das muss es nicht.«

»Dann werde ich das dem Rat so übermitteln. Doch ich habe das Gefühl, sie wollen, dass ich beides, Burg und Stadt, wieder an mich nehme. Dann müsstest du dir schnellstmöglich ein neues Zuhause suchen.«

»Womit wir wieder bei Friesack wären.«

Der Markgraf grinste. »Womit wir wieder bei Friesack wären.«

Am nächsten Tag ließen sie sich auf einem Prahm zurück nach Köpenick bringen. Es war ein sonniger Wintertag und Carl hatte sich auf Deck ein gemütliches Plätzchen gesucht, von wo aus er den Enten im Schilf am Ufer der Spree zuschauen konnte.

Der lieblichen Aussicht zum Trotz: Sein Herz war schwer. Vor Sonnenuntergang würde er wieder auf Mette stoßen. Und er befürchtete, dass er ihr nicht mehr in die Augen schauen konnte.

Dietrich nahm ungefragt neben ihm Platz. »So grummelnd heute? Gestern Nacht schien dir doch recht gut gefallen zu haben? Oder irre ich mich?«

»War in Ordnung.«

»Das klang gestern noch ganz anders, Bauer! Was auch immer da hinter dem Vorhang vor sich ging, wir fühlten uns alle sehr gut unterhalten. Wusstest du, dass du röhrst wie ein Hirsch?«

Dietrich war nach dem Gespräch mit Jobst von Mähren in Feierlaune gewesen und hatte, wie versprochen, eine Runde im Freudenhaus spendiert. Carl hatte sich zu Beginn gesträubt, war dann aber eingeknickt. Nun verabscheute er sich für seine Schwäche.

»Kann ich dir eine Frage stellen, Dietrich?«

Dieser lachte auf. »Ist es schon so weit bei dir gekommen? Stellst du jetzt Fragen, ob du Fragen stellen darfst? Nur zu, du stellst mir doch ständig Fragen! Ich weiß nur nicht, ob ich die richtige Antwort für dich parat habe.«

»Wie ist es, verheiratet zu sein?«

»Willst du etwa heiraten?«, fragte Dietrich verblüfft.

Carl zuckte mit den Schultern. »Wenn's so wäre?«

»Nun, dann wärest du noch dümmer, als ich gedacht habe. Warum solltest du heiraten wollen?«

»Weil sie das so will.«

»Hast du sie etwa geschwängert?«

»Nein.«

Dietrich legte die Arme um seine aufgestellten Knie und beobachtete die Enten im Schilf. »Also, wenn ich mir hätte aussuchen können, wen ich heirate, dann gewiss nicht eine hässliche Magd mit hängenden Titten. Da verkaufst du dich unter Wert! Du bist ein verdammt gut aussehender Kerl. Hast du nicht gesehen, wie viele hübsche junge Dinger wir in Köpenick rumlaufen haben? Wenn du es geschickt anstellst, kannst du jede davon haben.«

Das war keine hilfreiche Antwort. Carl musste sich eingestehen, dass er nichts anderes erwartet hatte. Er schalt sich einen Narren, dass er Dietrich überhaupt nach dessen Meinung gefragt hatte. »Ist ja auch nicht so wichtig.«

»Du denkst, du hast sie letzte Nacht betrogen? Ist es nicht so?«

Carl senkte den Kopf.

»Jetzt gib dich mal nicht heiliger als alle anderen! Wir sind Männer. Bei uns läuft das halt so.«

»Wenn es rauskommt, wird sie's mir nie verzeihen. Sie hat schon recht. Bin ein Mistkerl.«

»Na, na! Ich kann nicht glauben, dass du dich von der kleinen Schlampe so gängeln lässt.«

Schlampe. Hängende Titten. Dietrichs Missachtung für die Frau, die seit so vielen Jahren an Carls Seite war, war offenkundig. Carl hätte nun zu Mettes Verteidigung springen und ihn scharf zurechtweisen müssen. Doch ihm fehlte die Kraft dazu. Oder die Leidenschaft.

Oh Gott, dachte er unglücklich. Was tue ich nur? Ich liebe sie tatsächlich nicht mehr …

»Hab sie betrogen. Das kann man gar nicht schönreden.«

»Aber, aber! Es war doch nur eine Wirtshaushure! Das hat nichts zu bedeuten.«

»Dennoch war's eine andere Frau.«

»Aber es war kein Herz dabei! Ein nüchternes Tauschgeschäft. Dienstleistung gegen Geld. Außerdem kannst du nichts dazu! Du bist ein Mann. Es liegt in unserer Natur, jede Gelegenheit beim Schopfe zu packen.«

»Ging doch all die Jahre auch ohne …«

»Du liebst sie doch, oder nicht?«

Carl zuckte mit den Schultern.

»Wenn du dir nicht sicher bist, wie du zu ihr stehst, ist sie wohl nicht die Richtige für dich. Gibt es da vielleicht noch jemand anders?«

Anne, dachte Carl, und sein Magen zog sich krampfhaft zusammen. Anne. Und du Schweinehund hast sie mir genommen. »Da ist niemand«, sagte er düster.

Dietrich zog von irgendwoher ein Stück Käse hervor. Er brach eine Ecke ab und reichte sie Carl. »Nun ja. Die Ehe ist nicht nur schlecht. Ich vergöttere meine Gattin. Sie hat mir meine beiden Söhne geschenkt.«

»Frau Elisabeth ist eine ganz besondere Frau.«

»Die beste.«

»Mette will Kinder. Doch ich will kein Bauer sein, niemals wieder.«

»Das ist eine kluge Entscheidung. Du hast es in meinem Haushalt so weit gebracht. Warum solltest du einen Schritt zurückgehen?«

»Hab ich ihr auch gesagt.«

Dietrich drückte ihm vertraulich die Schulter. »Siehst du, da hast du deine Antwort. Heirate nicht. Es besteht kein Grund dazu. Und wenn du ganz ehrlich zu dir bist, du brauchst sie nicht. Du bist kräftig und jung. Du hast einen guten Ruf, bist einer meiner besten Krieger. Wärst du nicht so furchtbar schüchtern, du könntest jede da draußen haben.«

Carl biss in den Käse. Er war krümelig und trocken. Am liebsten hätte er ihn wieder ausgespuckt und den Rest den Enten als Futter zugeworfen, aber er wollte Dietrich nicht vor den Kopf stoßen.

»Weißt du, Frauen sind kompliziert«, sinnierte Dietrich. »Ich glaube, sie fühlen viel intensiver als wir. Sie können nicht verstehen, dass wir nicht genauso gefühlsduselig sind. Und weißt du, was das größte Dilemma ist? Je mehr Zeit man mit einer verbringt, desto mehr will sie einen vereinnahmen. Wie ein bissiger Köter schnappen sie zu, als sei man ein saftiger Knochen, und dann lassen sie einen nicht wieder los.«

Carl seufzte. Der Vergleich entsprach dem, was er selbst gerade erlebte. Mette war so anhänglich geworden, dass er sich schier erdrückt fühlte. Sie ließ ihm keine freie Minute mehr, wenn er in Köpenick war.

»Jeder kann sehen, dass dieser Herzschmerz dich betrübt. Das hast du nicht nötig. Nicht für eine Frau.«

Carl nickte kraftlos. Dietrich hatte recht. Er musste eine Entscheidung fällen. Er konnte Mette nicht länger hinhalten und so tun, als hätten sie eine gemeinsame Zukunft. Ihre Vorstellungen vom Leben waren grundverschieden. Sie wollte Kinder und ein Heim, er nicht.

Es war nicht gerecht ihr gegenüber. Er musste sie ziehen lassen, damit sie mit jemand anders ihr Glück fand. Wenn er sie heute Abend wiedersah, würde er ihr sagen, dass es an der Zeit war, getrennte Wege zu gehen.

Die Wile

Friesack, Januar 1410

Carl hauchte in seine klammen Fäuste und starrte angestrengt in das grenzenlose Nichts einer unwirtlichen Winterlandschaft. Er hatte sich vor einiger Zeit aus der Halle geschlichen und lungerte nun auf dem Wehrgang von Dietrichs neuer Stammburg Friesack herum. Dichter Nebel drückte auf die baumlosen, sumpfigen Niederungen und erstickte jedes Geräusch.

Wenn es die Wilen tatsächlich gibt, dachte er, dann leben sie genau hier. Sie hocken hinter diesen mageren Grasbüscheln, an denen zäh der Raureif klebt. Dort drüben bei dem alten Baumstumpf, dessen dunkler Umriss wie ein abgebrochener Reißzahn aus dem Sumpf aufragte. Sie warteten auf ihn, wollten ihn zu sich locken, verführen und ins Verderben ziehen.

Dietrich kam ihm in den Sinn. Dietrich war wie eine Wile. Carl konnte seinem Lockruf ebenso wenig widerstehen, wie er wahrscheinlich dem Zauber dieser mystischen Wesen hätte standhalten können.

Es war eine erschreckende Erkenntnis. Carl stand unter Dietrichs Bann. Ganz gleich, was ihm durch Dietrich widerfuhr – Schmerz, Demütigung, Lebensgefahr –, er konnte nicht mehr von seinem Dienstherrn lassen. Er war ihm ausgeliefert. Eine eisige Gänsehaut kroch ihm über Nacken und Schultern. Er musste sich unwillkürlich schütteln.

Seit fast zehn Jahren nun lebte er im Haushalt der Quitzows. Zehn Jahre, in denen er hätte fliehen und nach Hause zurückkehren können! Doch er war an Dietrichs Seite geblieben. Nicht nur das. Er hatte sein Leben für ihn riskiert, war mit ihm in jede Schlacht geritten.

Bereute er seine Entscheidung? Nein, von Reue konnte man nicht sprechen. Doch er stieß auf eine tief vergrabene Scham. Und Trauer. Und Zorn.

Er seufzte auf. Wie sollte er sich nur aus diesem Bann befreien? Er wusste weder ein noch aus.

»Sei gegrüßt, Carl!«

Er fuhr herum. Es waren Dietrichs Söhne Didi und Kuno, nun zwölf und zehn Jahre alt und beide kleine Kopien ihres blond gelockten, langgliedrigen Vaters. Sie versahen fern des Elternhauses ihren Pagendienst, der eine im Haushalt von Kaspar, der andere bei den verschwägerten Bredows. Mit vierzehn würde der Ältere ein Knappe werden, die Vorstufe zum Ritter. Dann würde man ihm neben vielen weiteren Fertigkeiten den Umgang mit Pferd und Waffe beibringen.

Die Jungen waren für Weihnachten und Neujahr nach Friesack zurückgekehrt. Die Jahre fern von zu Hause hatten ihnen den nötigen Feinschliff verpasst, den man von den Sprösslingen einer führenden Rittersfamilie erwartete.

»Carl, warum bist du nicht in der warmen Halle?«, fragte Didi schnaufend, kaum, dass sie die Stufen zum Wehrgang erklommen hatten. »Wir haben dich schon überall gesucht.«

Carl lächelte. Die Jungen hatten einen Narren an ihm gefressen. Von allen Waffenknechten ihres Vaters war er ihnen der liebste. »Wollte gerade dorthin zurück. Warum sucht ihr mich denn?«

»Wir hatten gehofft, dass du uns eine Geschichte erzählst«, sagte Kuno. »Etwas vom Schlachtfeld.«

Jugendträume, dachte Carl. Der Wunsch nach Ruhm und Ehre, heldenhaft errungen in Blut und Schmerz. Er wusste, für die beiden Knaben war er ein Vorbild. Natürlich war er nicht der einzige Waffenknecht in den Diensten ihres Vaters, der von Heldentaten hätte berichten können. Doch seine breiten Schultern und die große Statur, die grausige Narbe auf der Stirn, der fehlende Zahn in seinem Lächeln, das alles regte die Fantasie der Kinder an.

»Zunächst will ich euch über Burg Friesack erzählen. Wollt ihr's hören?«

Die Knaben gesellten sich an seine linke und rechte Seite und spähten mit ihm zusammen über die Zinnen der Mauer auf das nebelverhangene Land. »Schieß los, Carl! Du bist immer noch der beste Geschichtenerzähler!«, sagte Didi.

»Um ehrlich zu sein, ist es gar keine richtige Geschichte. Eigentlich wollte ich euch nur erzählen, wieso man Burgen wie diese baut und wie man sie einnimmt.«

Kuno war empört. »Burg Friesack ist nicht einzunehmen! Deshalb hat Vater sie ja gewollt und unsere Familie hierher umziehen lassen. Sie ist die sicherste Burg in der gesamten Mark Brandenburg! Besser noch als Kletzke!«

»Euer Vater ist ein kluger Mann. Friesack ist in der Tat sehr schwer einzunehmen. Das Land drumherum ist unwegsam, der Boden so feucht, dass man direkt mit den Stiefeln darin versinkt. Auch Pferde kommen nicht weit. Ein Ritter hätte es noch schwerer, wegen des Gewichts der Rüstung.«

Didi nickte. »Deshalb erreicht man die Burg nur über diesen einen Weg. Den bohlenbeschlagenen Knüppeldamm, der bis zum Tor führt.«

»Richtig, es gibt nur diesen einen Zugang, der hoch genug liegt, dass er trocken bleibt. Doch er ist schmal, sodass man darüber keinen Angriff leiten kann. Ein einzelnes Fuhrwerk kann ihn befahren. Bei zweien wird es schon recht eng. Ein ganzes Heer findet garantiert nicht ausreichend Platz.«

Kuno grinste stolz. Seine Nase war von der Kälte gerötet. »Also ist es die sicherste Burg der Welt! Sie ist umgeben von Morast, es gibt nur einen schmalen Zugang, und von den Gräben, Mauern und Türmen haben wir noch gar nicht gesprochen.«

Carl wuschelte ihm über den Kopf. »Und doch hat jede Burg eine Schwachstelle. So auch Friesack.«

Didi kniff die Augen zusammen. »Wie das?« Ähnlich wie sein Vater wusste er nicht, gut mit Kritik umzugehen.

»An Tagen wie diesen, wenn es bitterkalt ist, ist der Sumpf überfroren. Wollte ich eine Burg wie Friesack angreifen, würde ich's an einem Wintertag probieren.«

»Weil der Boden knochenhart wird und man ein Heer von allen Seiten heranführen kann?« Kuno strahlte. Er freute sich, dass er die Zusammenhänge begriffen hatte.

»Ganz genau. Dann braucht man viele Männer, um die Wehrgänge alle zu besetzen und zu verteidigen.«

Didi schlug mit der flachen Hand auf die Mauerkante. »Aber dann bleiben noch diese dicken Mauern. Die sind nicht so einfach zu überwinden.«

»Richtig. Am Ende muss man die Burg wohl immer noch belagern oder die Mauern todesmutig erstürmen. Dagegen gibt es kein Allheilmittel.«

»Also sind wir sicher hier!«, rief Kuno triumphierend.

»Natürlich seid ihr sicher«, tönte es hinter ihnen.

Ihr Vater war unbemerkt hinzugekommen. Er zog seinem Jüngsten wohlwollend die Kapuze über den dichten Lockenschopf. »Ich würde meine Familie doch nicht in Gefahr bringen wollen. Macht der Bauer euch etwa Angst?«

»Hab ihnen nur erklärt, wie man am besten eine Sumpfburg erobert. Vielleicht können sie das Wissen irgendwann einmal gebrauchen.«

Dietrich grinste. »Wenn sie aus meinem Holz geschnitzt sind, werden sie beide große Kriegsherren. Da kommt jeder Hinweis gelegen.«

»Carl, kommst du jetzt mit in die warme Halle?« Kuno trippelte ungeduldig auf der Stelle. Seine Lippen waren blau angelaufen und die Zähne klapperten beim Sprechen aufeinander.

Sein Vater schob ihn zur Treppe. »Geht vor, Kinder. Der Bauer kommt bald nach. Macht einen Umweg über die Küche und holt euch da einen Napf Suppe ab. Ihr zwei seht aus wie kleine Eiszapfen.«

Die Knaben verabschiedeten sich höflich und schritten die Holzstufen hinab, immer beide Hände am Geländer. Die Stufen waren wegen des Eises rutschig und daher gefährlich. Der ältere Bruder stellte sicher, dass der jüngere nicht falsch auftrat und fiel.

Dietrich schaute ihnen verträumt hinterher. »Mein ganzer Stolz. Wenn Didi erwachsen ist, wird er der größte Quitzow sein, den das Land je gesehen hat. Ich will ihn in den hohen Adel verheiraten. Er soll unser Geschlecht unvergesslich machen.«

Das sind größenwahnsinnige Pläne, dachte Carl, verkniff sich aber den Kommentar. Stattdessen sagte er mit Blick auf den Sumpf: »Der Nebel hängt so fest, die Sicht ist praktisch gegen null.«

»Deshalb sind die Wehrgänge voll besetzt. Doch ich erwarte eigentlich keinen Ärger. Reine Vorsichtsmaßnahme.«

»Hast dir mächtige Feinde gemacht in den letzten Monaten.«

»Die Berliner sind für mich keine mächtigen Feinde! Was glaubst du, was sie tun werden? Dass sie mir ein Bürgerheer schicken und mich hier ausräuchern? Dazu haben sie kein Geld und niemanden, der ihnen zu Hilfe kommt.«

»Und Köpenick?«

»Sie könnten eines Tages daran denken, die Burg in Köpenick zu erobern. Möglich. Aber ich hab da meine Zweifel. Die Festung ist von allen Seiten von Wasser umgeben und gut geschützt. Ja, sie haben vielleicht von Jobst das Dörfchen vor den Toren erhalten und sie mögen glauben, dass ihnen auch die Burg dazu gehört, aber die werde ich ihnen niemals freiwillig überlassen.«

»Weil sie eine Zollstelle ist.«

»Stimmt. Wer auf der Spree an Köpenick vorbei will, muss zahlen. Wo kämen wir denn da hin, wenn die Zollstelle plötzlich in die Hände der Berliner fällt? Dann entrichtet niemand mehr einen Zoll!«

»Und was sagt der Markgraf dazu? Er hatte angeordnet, dass Burg und Stadt zu übergeben seien.«

Dietrich lachte sich ins Fäustchen. »Wer?«

Carl wollte soeben ansetzen zu erklären, da erkannte er, dass Dietrich ihn aufzog. Leicht beschämt schloss er den Mund wieder. »Den Quitzows kann niemand mehr etwas anhaben«, sagte er.

»So ist es. Überleg doch mal, Bauer! Mein Bruder und ich, wir sind die Herren des Havellands! Wir erheben Steuern und keiner kann etwas dagegen sagen oder unternehmen. Erinnere dich an die frommen Mönche vom Kloster Lehnin. Die haben geglaubt, dass sie uns die Fischereirechte in der Havel streitig machen können! Doch wir haben sie eines Besseren belehrt. Und, ist ihnen da jemand zu Hilfe geeilt?«

Carl schüttelte den Kopf. Die frommen Brüder hatten sich in der Tat geschlagen geben müssen. Seitdem blieb dem Kloster nichts anderes übrig, als den Fisch teuer einzukaufen.

»Ganz recht«, sagte Dietrich. »Die scheißen sich alle aus Angst vor uns in die Hose. Schau! Wir haben zwei wichtige Havelübergänge. Burg Plaue und die Stadt Rathenow. Friesack sichert den Zugang nach Norden zur Grafschaft Ruppin und Bötzow, das uns ja auch gehört, beschützt die Zuwege vom havelländischen Glien in den Barnim. Wir haben die Berliner Kaufmannschaft in der Zange mit Strausberg im Norden und Köpenick im Osten. Keiner kommt an uns vorbei, wenn wir es nicht gestatten. Im Süden besitzen wir die Stadt Saarmund, wo wir den Zoll für den Warenverkehr in Richtung Sachsen eintreiben.«

Carl, der nie eine Karte der Mark Brandenburg gesehen hatte und nicht in der Lage gewesen wäre, diese zu lesen und zu verstehen, nickte. Dietrich hatte in einem solchen Brustton der Überzeugung gesprochen, dass kein Zweifel bestand, dass so gut wie alle wesentlichen Orte der Mark in den Händen der Quitzows waren. Dietrich war ein Stratege. Mit seinen Eroberungen und Erwerbungen hatte er es geschickt angestellt. Niemand konnte mehr gegen ihn angehen.

»Sollte irgendjemand daran denken, einen Quitzow vor Gericht zu zerren, werden wir einfach nicht erscheinen! Ich möchte mal erleben, wer dagegen Einspruch erhebt.« Er grinste sein teuflisches Grinsen und der eisblaue Blick ging verträumt in die Ferne. »Außerdem haben wir Kaspar auf unserer Seite. Er ist Landeshauptmann der Altmark und der Prignitz. Zu allem Überfluss hat ihm Jobst zudem das Marschallamt übertragen.«

»Mächtiger als der Markgraf selbst.«

Dietrich drosch Carl freundschaftlich auf die Schulter. »Habe ich es dir nicht versprochen, dass wir einen sagenhaften Aufstieg erleben werden?«

»Ist genauso eingetroffen, wie du gesagt hast. Damals in Strausberg.« Beinah hätte er hinzugefügt: »Als du wie ein Teufel auf deinem Höllenross durch das brennende Inferno geritten bist und dich am Leid der Bürger gelabt hast.« Doch er biss sich auf die Zunge. Er war ja nicht lebensmüde. Die Mauern von Friesack waren hoch.

Befriedigt wandte sich Dietrich wieder dem Ausblick zu. »Aufgestiegen in Blut und Asche. So viel besser, als ein armseliges Dasein auf den sandigen Böden des Ruppiner Landes zu fristen, nicht wahr?«

Carl schwieg.

»Also, was ist? Sollen wir zurück in die Halle gehen? Ich weiß, es müffelt da drin ein wenig, aber es ist weitaus wärmer als draußen.«

»Bleibe noch eine Weile hier, wenn's dir nichts ausmacht.«

Dietrich stützte grinsend die Unterarme auf die Mauer. »Du bist auf der Flucht. Im Winter kann man sich kaum aus dem Weg gehen. Da müssen wir alle zusammenrücken und können uns nicht ausweichen, nicht wahr?«

Carl brummte verstimmt. Dietrich war ein guter Beobachter. »Ich habe letzte Nacht einen großen Fehler begangen.«

»Schon wieder, Bauer? Hattest du nicht gesagt, du wolltest die Finger von der kleinen Magd lassen?«

»Bin ein Narr.«

»Das wird noch böse enden mit euch beiden. Wenn du ständig zu ihr zurückkehrst, wird sie sich weiter Hoffnung machen. Und jedes Mal, wenn du anschließend einem anderen Weib beiliegst, wird sie dir am nächsten Tag die Augen auskratzen wollen.«

Carl ließ seufzend die Schultern sacken. »Ich weiß. Und sie hat allen Grund dazu. Auf der einen Seite stoße ich sie von mir, auf der anderen werde ich immer wieder schwach und kehre zu ihr zurück. Sie ist rasend vor Eifersucht.«

»Mach dir keinen Kopf. Sie hat keine Ansprüche auf dich anzumelden.«

Carl sagte dazu nichts.

»Meine Gattin mag deine Mette sehr gern …«

»Sie ist nicht ›meine‹ Mette. Sie ist nur Mette.«

»Wie auch immer. Die Frauen verstehen sich gut. Das Mädchen heult sich regelmäßig bei ihr aus. Die Sache ist die: Ich schaue mir das nun schon eine ganze Weile an. Doch jetzt ist Schluss damit! Ich will mehr Nachwuchs. Dieser Unfrieden im Haus lässt bei allen die Säfte hochkochen. Meine Gattin wird nicht ein weiteres Mal empfangen, wenn ihr die Gefühle ständig durchgehen, weil sie glaubt, dass man dem Mädchen das Herz bricht.«

Carl schluckte trocken. »Verstehe. Wird nie wieder vorkommen.«

»Ich kann sowieso nicht nachvollziehen, was du an ihr findest. Sie ist faul und taugt zu nichts.«

Die Kritik weckte in Carl einen unverhofften Zorn. »Sie ist trotz allem eine tolle Frau! Und obendrein eine Freundin deiner Gattin.«

»Ich weiß. Das ist ihr Glück. Sonst hätte ich die kleine Schlampe schon längst vor die Tür gesetzt.«

Die Taufe

Tangermünde, August 1410

Der prächtige Festsaal der Kaiserburg von Tangermünde war verschwenderisch in Kerzenlicht getaucht und bis auf den letzten Platz besetzt.

»Ich hätte nicht gedacht, dass wir alle vier Quitzow-Brüder noch einmal an einen Tisch kriegen würden.« Der blond gelockte Mann neben Carl streckte seine Hand aus. »Henning von Quitzow, der Jüngste im Bunde.«

Carl schüttelte verwundert die dargebotene Hand. »Carl. Man nennt mich den Bauern.«

»Ein Ritter?«

»Waffenknecht.«

»Im Dienst meines großen Bruders?«

»So ist es.«

Henning deutete mit dem Kopf auf einen Mann am anderen Ende der Tafel. »Das da drüben ist Conrad.«

Carl folgte dem Blick. Die Familienähnlichkeit war unverkennbar. »Auch ein Bruder?«

»Richtig. Nach Dietrich und Johann ist er der Dritte in der Folge.« Er kicherte. »Man nennt ihn den Guten Quitzow.«

»Warum denn das?«

»Weil er sich aus den ganzen Fehden raushält. Er hockt auf seinem Anwesen in Hohenwalde und läuft lieber dem Rock einer Bürgerstochter aus Frankfurt hinterher. Eine Frau, die er niemals haben kann.«

Carl betrachtete den unscheinbaren Mann am anderen Ende des Saals. Conrad sah Dietrich zwar zum Verwechseln ähnlich, eine jüngere Version seines Dienstherrn, doch im Gegensatz zu ihm trank er nicht und sprach mit seinen Tischnachbarn kein Wort. »Ein eher schüchterner Geselle.«

»Er hasst es, unter Leuten zu sein und begafft zu werden. Er ist ein wenig menschenscheu, verstehst du?«

Sie waren an diesem Tag zusammengekommen, um die Taufe von Kaspar Gans zu Putlitz' jüngstem Sohn zu feiern. Doch nicht nur dort hatte sich Nachwuchs eingestellt. Auch für Dietrich von Quitzow hatte sich seit dem Gespräch auf der Friesacker Wehrmauer vor sieben Monaten ein Herzenswunsch erfüllt. Was sie damals noch nicht hatten ahnen können: Trotz des Zanks im Haus hatte Elisabeth längst empfangen. Vor sechs Wochen hatte sie einen strammen Knaben zur Welt gebracht, dem sie den Namen Johann gegeben hatten.

Vor einigen Tagen war die Taufe in Friesack gefeiert worden. Danach war man in einem langen Zug aus Getreuen und Bediensteten über Rathenow nach Tangermünde gereist, um dort die glückliche Begebenheit ein zweites Mal und diesmal gemeinsam mit dem besten Freund Kaspar zu feiern. Die prächtige Kaiserburg von Tangermünde gehörte nämlich seit einiger Zeit ihm. Er hatte sie von niemand Geringerem als Jobst von Mähren gepfändet, der auf diese Weise abermals seine hohen Schulden im Reich getilgt hatte. Es war eine kalkulierte und gelungene Zurschaustellung der Quitzows und ihrer Macht. Carl würde nie die Reaktionen der Bauern und Bürger vergessen, die den illustren Reisezug auf dem Weg nach Tangermünde mit offenen Mündern bestaunt hatten.

Henning schmatzte mit den Lippen. »Du willst bestimmt wissen, wo ich die ganzen Jahre gesteckt habe, oder? Ich war auf der Domschule in Havelberg. Ich will Bischof werden. Deshalb geht es nach all den Feierlichkeiten schnurstracks fürs weitere Studium nach Paris.«

Carl nickte beeindruckt. Paris. Es klang fremdländisch und weit weg. »Gibt es denn in Paris noch mehr zu lernen?«

»Da gibt es eine große Universität.«

»Was ist das, eine Universität?«

»Wie eine Schule, aber für höhere Studien. Der Besuch ist kostspielig. Doch Männer aus der ganzen Welt kommen dorthin, um zu lernen.«

»Als Bischof wirst du deinen Brüdern immer gut unter die Arme greifen können.«

»Du hast unseren Plan durchschaut! Dietrich will, dass ich ihm den Weg zu noch mehr Macht auf Erden ebne.« Er hob die Hand, um dahinter die nächsten Worte im Vertrauen zu sprechen. »Ich werde außerdem sicherstellen, dass ihm sein Weg in den Himmel nicht völlig verbaut ist.«

Sie tauschten einen verschwörerischen Blick und grinsten. Henning von Quitzow war Carl sympathisch.

»Und wer ist der Rest der Taufgesellschaft?« Niemand hatte sich die Mühe gemacht, ihm die Namen zu all diesen Gesichtern zu nennen.

Henning deutete diskret auf den Kopf der Familie. »Dietrich kennst du ja. Daneben ist Elisabeth, an deren Seite ihr Bruder Albrecht Schenk von Landsberg auf Teupitz. An Dietrichs anderer Seite ist Kaspar, dann seine Gattin Anna von Bülow. Da vorn hätten wir ein paar Adlige, die mit uns verbündet sind, unter anderem Hans von Torgau, die Gebrüder von Holzendorf und der Bischof von Brandenburg.«

Er ratterte die Namen herunter, doch Carl verlor schnell die Übersicht und schaltete ab. Er ließ den Blick schweifen, zu den dunklen Ecken des Saals, dort, wo das Gesinde unauffällig auf weitere Aufgaben wartete. Da stand Mette, in der Hand einen irdenen Krug, um für die Gäste auf Abruf nachzuschenken. Ihre grünen Augen waren voller Kälte. Er schaute schnell weg.

Ihre Beziehung hatte in den letzten Tagen einen erneuten Tiefpunkt erreicht. Er war selbst schuld. Sie hatte ihn nach dem Tauffest auf Friesack in den Armen einer anderen Magd erwischt. Sein Lohn war die kräftigste Ohrfeige gewesen, die er je kassiert hatte, und dabei hatten ihn in der Vergangenheit schon so einige gestandene Kerle geohrfeigt.

»... meinen einäugigen Bruder kennst du ja – Gott, ich wünschte, er würde eine Klappe über diesem Loch tragen, da vergeht einem ja der Appetit! Daneben seine Frau Agnes. Und das da ist Albrecht von Uchtenhagen und dort sitzt Heinrich von Stechow«, schloss Henning mit einem Seufzen. Er genehmigte sich einen kräftigen Schluck. Ihm war nach der langen Aufzählung offenbar die Kehle trocken geworden.

»So viele Adlige von Rang und Namen!«

»Die Quitzows sind die Herren im Land! Man tut gut daran, sie sich nicht zum Feind zu machen.«

Das glaubte er Henning gern. Er hob lustlos den Löffel und ließ ihn auf den Teller zurückfallen. »Ein Jammer, was heute alles übrig geblieben ist.«

»Hast du den Grünkohl probiert? Da ist Hammel drin. Einfach köstlich!«

»Bringe keinen Bissen mehr runter. Was für eine Völlerei!«

»Gräm dich nicht. Was übrig bleibt, wird an der Pforte ausgegeben. Die haben auf dem Marktplatz schon Tische und Bänke aufgestellt für das bevorstehende Festmahl.«

Wie die Könige, dachte Carl. Sie benehmen sich wie die Könige.

Ihm wurde übel. Gewiss, die Quitzows waren Adel, das stand außer Frage. Aber sie waren beinah übermächtig geworden. Nichts konnte sie mehr aufhalten.

Es wäre ihm weniger sauer aufgestoßen, hätte er darauf vertrauen dürfen, dass die Quitzows mit Gerechtigkeit und Güte regierten. Doch sie waren nur auf den eigenen Vorteil bedacht. Wer nicht mitzog, wurde wie eine Laus zwischen ihren Fingern zerquetscht. Und dabei dachte Carl noch nicht einmal an das einfache Volk. Niemand war mehr vor ihnen sicher. Sie waren eine Landplage geworden.

Er schüttelte den Kopf, um die hässlichen Gedanken zu vertreiben. Die Quitzows waren seine Gastgeber. Er saß an ihrer Tafel und trank ihren Rheinischen. Er hatte vom Safran gekostet und von den Austern, von der Biersuppe und vom Spanferkel. Er hatte es sich auf ihre Kosten gutgehen lassen.

Und sie waren noch so viel mehr als seine Gastgeber. Sie waren seine Dienstherren. Er hatte geschworen, treu zu dienen, ihnen notfalls bis in den Tod zu folgen. Wie konnte er da diese Abscheu für sie empfinden?

Er warf einen weiteren unvernünftigen Blick in die dunkle Ecke. Mettes Augen schossen ihm noch immer Giftpfeile zu. Doch die Blässe in ihrem Gesicht sorgte ihn. Sie sah aus, als fehlte ihr jede Menge Schlaf.

Nein, sagte er sich sogleich. Sie würde sein Mitleid nicht wollen.

Er reichte seinem Tischnachbarn die Hand. »Henning, freut mich, dich kennenzulernen. Aber ich suche mir jetzt einen ruhigen Ort, um meinen Rausch auszuschlafen. Wir zechen seit zwei Tagen durch.«

Er erhob sich schwankend, um sich unauffällig aus dem Staub zu machen, vielleicht auch, um sich hinter der nächsten Ecke zu übergeben. Die Übelkeit wurde immer schlimmer.

Henning legte ihm eine Hand auf den Unterarm. »Du kannst jetzt nicht gehen! Schau, die Spielleute werden gleich aufspielen! Man räumt schon die ersten Tische beiseite. Heute wird getanzt, bis uns die Füße bluten.«

Carl stöhnte auf. Geschlagen ließ er sich wieder auf die Bank fallen.

Kurz darauf erklangen die Lauten, Schalmeien, Flöten und Trommeln. Der Lärm war ohrenbetäubend, obwohl man die Fenster zur Elbe hin aufgestemmt hatte, um die laue Nachtluft einzulassen. Die ersten Gäste sprangen auf und eilten händeklatschend zur Saalmitte, um zu tanzen.

Carl war völlig aufgeschmissen. In seinem Dorf hatte man zwar ebenfalls getanzt, bei Taufen, auf Hochzeiten, zur Ernte. Doch es waren weniger gezierte Schritte gewesen, eher ein fröhliches Herumspringen im Kreis, die Arme ineinander verschränkt, die Füße abwechselnd hoch in die Luft. Nun, und im Haushalt der Quitzows war es schon immer eher derb zugegangen.

So ganz anders als die Tänzer im Burgsaal zu Tangermünde! Sie bewegten kaum die Körper. Die Betonung lag auf den kleinsten Gesten, angedeuteten Kopfbewegungen, ja, manchmal nur einem Augenaufschlag und einem Lächeln der Damen. Diese Art zu tanzen war ihm fremd.

Er suchte sich ein Plätzchen an der Wand und lehnte sich an. Mette hatte den Saal verlassen. Er vermutete, dass man sie der Küche zugeteilt hatte, wo nun der Abwasch zu erledigen war.

Nach einigen Liedern wurden Stimmen um ihn herum laut. »Der Totentanz, spielt den Totentanz!«

Er wandte sich an Henning, der sich neben ihm angelehnt hatte, um das Treiben aus der Ferne zu beobachten. »Was ist das?«

»Nur ein dämlicher Scherz. Man wählt einen männlichen Tänzer aus, der sich im Kreis der Damen so lange auf der Stelle drehen muss, bis er vor Schwindel umfällt. Er legt sich dann flach auf den Rücken und stellt sich tot.«

»Wie sonderbar.«

»Die Damen lieben diesen Tanz! Dazu gehört nämlich auch, dass jede von ihnen abwechselnd zum Toten geht, um ihn auf den Mund zu küssen. Viele erhoffen sich dabei, endlich die Lippen ihres Angebeteten zu schmecken. Wenn jede einmal zum Zug gekommen ist, steht der Tote wieder auf und man tanzt weiter.«

»Besser also, wenn ein Junggeselle den Toten spielt.«

»Richtig. Alles andere wäre reichlich unmoralisch.« Henning zeigte auf den Unglücklichen, den ein paar Damen kichernd in die Mitte der Tanzfläche zogen. »Und schau, sie haben beschlossen, dass mein scheuer Bruder Conrad den Toten spielen soll. Der arme Kerl. Wenn das mal kein Omen ist!«

Am nächsten Morgen trat man gemeinsam die Heimreise an. Die Festgesellschaft versammelte sich am Fuße der Burg, um mit der Fähre zum anderen Elbufer überzusetzen.

In der Nacht war das milde Wetter gekippt. Der Fluss tobte in grauen Wogen an ihnen vorbei und überspülte die Uferwiesen.

Die Damen hatten sich auf höheren Grund gerettet. Die Schals fest um die Schultern gewickelt weigerten sie sich, die feuchte Wiese bis zur Fähre zu überqueren, aus Angst, sich dabei nasse Füße zu holen. Einige der Herren boten daher galant an, sie auf ihren Rücken bis zum Ufersteg zu tragen.

Carl kämpfte im peitschenden Wind gegen einen fürchterlichen Kater an. Der Streit mit Mette hatte ihn dazu verführt, mehr vom Wein zu trinken, als ihm guttat. Die halbe Nacht hatte er sich in einen Eimer übergeben, den er sich brüderlich mit Henning geteilt hatte.

Am Steg wartete die Fähre bereits auf die Fahrgäste. Der Anblick war traurig. Der Sturm hatte die schmückenden Girlanden in Fetzen gerissen, die Blumenzier vorn am Bug war verwelkt.

Henning kam die in den Fels gehauene Treppe hinunter. Er sah frisch aus wie der junge Frühling, ganz im Gegensatz zu seinem blassen Bruder Conrad, den er am Arm mit sich zog. »Carl! Da bist du ja!«, brüllte er.

»Nicht verkatert heute Morgen?«

»Wo kämen wir da hin? Du etwa?«

Carl brummte. Die Aussicht, in diesem Zustand die Elbe überqueren zu müssen, war nicht gerade verlockend.

Henning zeigte auf die Kisten und Fässer am Ufer. »Es ist durch die Taufgeschenke allerhand Gepäck hinzugekommen. Wir sollen wieder mehrfach übersetzen, und zwar in gleicher Reihenfolge wie bei der Anreise. Auf welchem Schiff bist du gekommen?«

»Auf dem ersten, mit Dietrich und seinem Schwager Albrecht.«

Henning klopfte dem Bruder neben sich den Rücken. Dessen Augen waren blutunterlaufen. »Wie Conrad. Dann kann ich ihn dir ja getrost anvertrauen. Er ist ein wenig grün um die Nase.«

»Werde schauen, dass er beim Kotzen nicht ins Wasser fällt.«

Conrad murmelte: »Schert euch nicht um mich! Ich schaff das schon allein.«

Henning redete über ihn hinweg, als wäre er gar nicht da. »Ist gut, danke dir. Ich bin dann mit meinen Schwägerinnen auf der zweiten Fähre.« Er ließ Conrad in Carls Obhut zurück.

Conrad schloss die Augen und knickte an den Knien ein.

Carl fing ihn auf und zog ihn zurück auf die Füße. »Holla! War es so schlimm gestern?«

»Der Wein hatte es in sich. Eigentlich rühre ich keinen Tropfen an. Aber wenn einem das Herz so schwer ist wie mir, kann es passieren, dass man zu tief ins Glas schaut.«

Was du nicht sagst, dachte Carl.

Er suchte mit den Augen die Reisegruppe nach Mette ab. Er wusste, sie war ebenfalls im gleichen Boot angereist, also würde sie bei der Rückreise wieder mit ihm an Bord gehen. Und tatsächlich, einer der Knechte war ihr soeben dabei behilflich, über die Bordwand zu steigen.

Carl legte einen Arm um Conrad. »Bereit? Dann können wir jetzt an Bord gehen. Umso schneller sind wir auf der anderen Seite.«

Dietrichs Bruder nickte widerwillig. Er folgte Carl über die matschigen Uferwiesen ins Boot. Die Sitzbänke waren entlang der Reling angebracht, sodass die Fahrgäste einander gegenübersaßen. Gepäck und Pferde waren zu ihren Füßen vertäut.

Sie wählten einen Platz in der vorderen Hälfte. Mette hatte es sich weiter hinten bequem gemacht und Carl wollte nicht während der Überfahrt ihren stechenden Blick ertragen müssen.

Dietrich betrat zusammen mit dem Fährmann als Letzter das Boot. Als er einen Fuß aufs Deck setzte, neigte sich das gesamte Schiff bedrohlich nach Steuerbord. Die Damen quietschten vor Vergnügen, die Gäule wieherten. Sofort warf man sich auf Backbord, um die Schieflage wieder auszugleichen.

Der Kapitän sagte: »Wir sollten ein bisschen vom Gepäck abladen.«

Dietrich wollte nichts davon wissen. »Auf dem Hinweg hat es auch funktioniert. Wir müssen unser Gewicht nur gleichmäßig verteilen.«

Conrad stand auf. »Flut und Wind peitschen die Wellen hoch. Vielleicht sollte ich besser auf die nächste Fähre warten.« Er machte einen Schritt nach vorn. Abermals begann das ganze Boot gefährlich zu schwanken und die Damen quiekten.

Dietrich legte ihm die Hand auf die Brust. »Nichts da. Wir setzen uns jetzt alle brav hin und lassen uns auf die andere Seite bringen. Ist doch nicht weit!«

Conrad ließ sich seufzend wieder auf die Bank sinken.

Der Fährmann machte die Leinen los. Mit einer langen Stange stieß er das Boot vom Ufer ab.

Die Strömung war reißend. Sie gewannen schnell an Fahrt.

Dietrichs Schwager grinste gut gelaunt in die Runde und zwinkerte in Conrads Richtung. »Ob das mal gutgeht?«

Conrad wurde immer blasser.

»Alles in Ordnung?«, fragte Carl ihn besorgt.

Kopfschüttelnd schloss Conrad die Augen und atmete bemüht ein und aus.

»Wenn du kotzen musst, dann nach hinten, ja?«

Conrad nickte.

Der Schiffer reckte den Hals und stieß einen Fluch aus. »Wir treiben ab. Wenn das so weitergeht, sind wir bald in Hamburg!«

Mit der Stange stemmte er sich gegen die Strömung. Die Fähre machte eine Drehung und stellte sich quer. Auf der Seite stromaufwärts stieg das Wasser an. Erste Wellen brachen über die Bordwand und fluteten das Deck. Die Damen, die um ihre teure Garderobe fürchteten, sprangen auf. Das Boot kam ins Schlingern.

»Sachte, sachte!«, rief der Kapitän. »Alle wieder hinsetzen!«

Die Damen weigerten sich, auf den nassen Bänken Platz zu nehmen. Das Boot neigte sich noch mehr zur Seite. Die Damen klammerten sich aneinander fest. Eine rutschte dennoch auf dem nassen Deck aus und stürzte zu Boden. Drei Herren standen auf, um ihr hochzuhelfen. Carl spürte, wie sein Rücken gegen die Bordwand gedrückt wurde. Die Schräglage verschlimmerte sich.

In diesem Moment riss Conrad die Augen auf. »Verfluchte Scheiße!« Er schlug sich mit der Hand auf den Mund und fuhr herum. Lautstark erbrach er sich über die Bordwand in den Fluss.

Carl hielt ihn an den Schultern fest. Die Fähre lag quer in der Strömung. Um nicht vornüberzufallen, verhakte er seine Füße in den Aufbauten. Conrad würgte, bis nichts mehr kam. Carl bemerkte, wie seine Nase der Wasseroberfläche immer näher kam. Das Boot drohte zu kippen.

Da geschah das Unglück. Eine große Woge erfasste die andere Seite. Die Fähre hob sich und kippte um. Die Frauen schrien vor Entsetzen auf. Carl und Conrad rutschten kopfüber in die tosende Elbe.

Carls Kleider sogen sich sofort voll Wasser. Es war eiskalt. Das Entsetzen trieb ihm die Luft aus den Lungen. Er fühlte, wie er nach unten gezogen wurde.

In Panik schlug er um sich. Ihn erwischte etwas Hartes, Schweres am Kopf. Der Schmerz dröhnte durch seinen ganzen Körper. Er schnappte nach Luft. Doch da war keine Luft, nur Wasser und grünes Sprudeln. Wieder wurde er getroffen, diesmal an der Schulter. Er sank und sank. Das war's, dachte er. Jetzt ist es vorbei.

Nur knapp verfehlte ihn ein eisenbeschlagener Huf. Der Beinahetreffer schüttelte ihn wach. Er wollte noch nicht sterben! Er strampelte sich frei und suchte sich einen Weg zum Licht.

Nach Luft schnappend durchstieß er die wogende Oberfläche. Das war knapp! Er blickte zurück. Nun erst wurde das gesamte Ausmaß der Tragödie ersichtlich.

Chaos war ausgebrochen. Die Fähre lag auf der Seite in der Strömung. Der Inhalt – Damen, Gepäck, Pferde, Männer – klammerte sich im Wasser an dem fest, was sie fanden. Der Lärm und das Geschrei waren ohrenbetäubend.

Brennend heiß fiel ihm Conrad ein. Ich habe ihn verloren, dachte er bestürzt. Henning hat mir seinen Bruder anvertraut und ich hab ihn verloren!

Er brüllte Conrads Namen. Es kam keine Antwort.

Er füllte seine Lungen mit Luft und steckte den Kopf unter die aufgepeitschte Oberfläche. Das Wasser war aufgewühlt und trüb. Er konnte keine Armlänge weit schauen. Er schwamm ein paar Tauchzüge, in der Hoffnung, auf Conrad zu stoßen, doch die Sicht war zu schlecht. Als ihm die Atemluft ausging, tauchte er wieder auf.

Der Fluss hatte Carl während des kurzen Tauchgangs mitgerissen. Er war nun gut fünfzig Schritte von der Unglücksstelle entfernt. Nach Wasser tretend schaute er zurück.

Die Fähre lag zur Hälfte im Wasser. Die Fracht verteilte sich über eine große kreisförmige Fläche. Sie wurde entweder ins Uferschilf gespült oder verschwand auf Nimmerwiedersehen die Elbe hinunter. Einige der Unglücklichen versuchten, sich an den Kisten festzuhalten, doch die meisten verloren den Halt und gingen unter.

Nur zwei der Passagiere schienen Herr der Lage zu sein. Sie waren zu den Pferden geschwommen und hatten zwei der Tiere mit dem Dolch losgeschnitten. Eins davon war Sandteufel. Dietrich kletterte auf den Rücken des Gauls und schwamm mit ihm ans Ufer. Ihm folgte sein Schwager Albrecht, ebenfalls auf einem Pferd.

Das sieht ihnen ähnlich, dachte Carl bitter. Sie lassen alle anderen um sich herum ersaufen und retten nur ihre eigene Haut.

Das Wasser war eisig, die Strömung unbarmherzig, seine Kleidung schwer. Carl musste sich in Sicherheit bringen, wollte er nicht ein Opfer der Fluten werden. Er gab seine Suche nach Conrad auf und rettete sich ans gegenüberliegende Ufer.

Mit letzter Kraft zog er sich an Land. Im hohen Schilfgras kam er auf dem Rücken zum Liegen. Seine erschöpften Arme fühlten sich an wie Blei. Er starrte zum stürmischen Augusthimmel und betete für die verlorenen Seelen dieses schrecklichen Schiffsunglücks.

So viele waren in den Fluten umgekommen, unschuldige Frauen und Männer! Für einen Moment trauerte er um den schüchternen Conrad, den er hatte beschützen wollen. Er war der Gute Quitzow gewesen, der Beste von den vieren. Doch Gott hatte entschieden, ausgerechnet ihn ertrinken zu lassen und nicht seinen selbstsüchtigen, arroganten und grausamen Bruder Dietrich.

Carls Herz krampfte sich zusammen, als er sich erinnerte, dass Mette ebenfalls auf der Fähre gewesen war. Konnte sie schwimmen? Er wusste es nicht, doch es war wenig wahrscheinlich. Sie könnte von einem der Gepäckstücke auch unglücklich am Kopf getroffen worden sein. Oder sie hatte sich in den Aufbauten verkeilt und war vom Boot unter Wasser gedrückt worden. Die Strömung war reißend gewesen, hatte selbst Carl in kürzester Zeit erschöpft.

Hatte er sie noch irgendwo gesehen? Nein, gestand er sich ein. Sie musste ertrunken sein.

Die Vorstellung war ungeheuerlich.

Mette war tot.

Er schluchzte auf. Der Schmerz war zu viel, der Verlust nicht tragbar. Sein Magen, gereizt vom Besäufnis der letzten Nacht, begehrte auf. Er rollte sich auf die Seite und übergab sich in den nach Entengrütze stinkenden Uferschlamm.

Die Trauer war ein dunkler Schatten auf seiner Seele. Er konnte sich ein Leben ohne Mette nicht vorstellen. Sie war immer an seiner Seite gewesen. Treu. Liebevoll. Verständnisvoll. Und nun war sie tot.

Er würgte trocken nach, doch sein Magen war leer. Dann vernahm er in seinem Rücken ein Rascheln.

Enten, war sein erster Gedanke.

Er wandte sich um und zuckte vor Schreck zusammen. Auf Händen und Füßen kroch ein Wassergeist aus den Fluten. Eine Nymphe.

Nein, keine Nymphe.

»Mette?«, fragte er ungläubig.

Sie war sichtlich mitgenommen. Die grünen Augen in ihrem blassen Gesicht wirkten elfenhaft, die Haare klebten ihr nass und verknotet am Schädel. Auf Händen und Knien zog sie sich über den schlammigen Untergrund bis zu ihm. Erschöpft ließ sie sich auf den Hintern plumpsen. Sie war von Kopf bis Fuß schlammverschmiert.

Sie starrte aufs Wasser. »Carl, du hast es geschafft.«

Er setzte sich auf. Gemeinsam betrachteten sie den Fluss. Das Geschrei im Wasser hatte nachgelassen. Da war keine Wiedersehensfreude, keine Erleichterung. Nur das geteilte Staunen, dass man soeben dem Tod von der Schippe gesprungen war.

Carl fing sich als Erster. »Dietrich hat's ebenfalls überlebt! Ich habe gesehen, wie er sich auf seinem Pferd ans Ufer gerettet hat.«

Sie spuckte aus. »Dietrich, Dietrich, immer nur Dietrich! Er ist ein noch größerer Mistkerl als du!«

Er warf ihr einen schuldbewussten Blick aus dem Augenwinkel zu. Ihr Mund war eine starre, schmale Linie in ihrem blutleeren Gesicht.

»Du zitterst ja! Komm, wir wollen uns den anderen anschließen! Bestimmt finden wir an der Anlegestelle Hilfe.« Mühsam kam er auf die Beine.

Sie schien ihn nicht gehört zu haben.

Er reichte ihr die Hand. »Na los. Schon klar, du bist nicht gut auf mich zu sprechen. Darfst auch gleich wieder sauer sein. Aber jetzt brauchst du eine warme Decke oder du holst dir in den nassen Sachen den Tod.«

»Carl, du Narr! Bist du wirklich so dämlich? Hast du immer noch nicht begriffen? Das ist der Moment, auf den du die ganze Zeit gewartet hast!«

Er schaute sie verwirrt an. Zunächst verstand er nicht. Dann dämmerte ihm, was sie andeutete. »Du meinst, ich kann nach Hause gehen?«

»Sie werden dich für tot halten. Ertrunken, so wie all die anderen. Keiner wird dich vermissen.«

Er wusste weder vor noch zurück. Er schaute über die Schulter. Dietrich und Albrecht waren weiter geritten zur Fischbecker Anlegestelle, um von dort Boote zur Unglücksstelle zu schicken. Am fernen Ufer stand die Festgesellschaft und winkte hilflos mit den Armen.

»Nach Hause«, murmelte er. Es klang wie eine Verheißung.

Mit einem Mal spürte er so heftiges Heimweh, dass ihm Tränen in die Augen schossen. »Ich kann zu meinen Eltern zurückkehren. Keiner würde es bemerken. Sie werden denken, ich wäre ertrunken.«

Er schaute sich um, doch sie waren im Schilfgras nicht entdeckt worden. Er konnte sich hier und jetzt unbemerkt davonmachen. Das Herz raste wie wild in seiner Brust. Nach Hause.

Kopflos stolperte er los in Richtung Straße. Er vergaß, sich zu verabschieden. Er wollte nur noch fort.

Sie rief seinen Namen. »Carl!«

Er blieb stehen und schaute zurück.

Sie saß da, zitternd. »Nimm mich mit!«

Er zögerte. Ein Teil von ihm wollte sie an seiner Seite wissen. Tief im Herzen wusste er jedoch, dass es keine gute Idee war. Sie würden sich nur immer wieder gegenseitig Schmerz zufügen. »Nein, Mette, besser nicht. Bleib du bei Dietrich und Elisabeth.«

»Du musst mich mitnehmen!«

»Du weißt, wir sind nicht gut füreinander.«

»Ich bekomme ein Kind, Carl.«

Der Gedanke war so abstrus, dass er laut auflachen wollte. »Ein Kind? Kann nicht sein.«

Ihre Augen wurden dunkel. »Du warst in letzter Zeit nicht immer vorsichtig. Und du Mistkerl weißt es.«

Sie hatte recht, und diese Erkenntnis schnürte ihm die Kehle zu. Er war ein Narr gewesen! Er war leichtsinnig geworden, weil das ständige Auf und Ab seine Leidenschaft immer wieder aufs Neue entfacht hatte. Wenn sie sich geliebt hatten, dann war es mit voller Seele und ohne Verstand geschehen, zornig, innig und alles vereinnahmend. Er hatte nicht an ein Morgen gedacht.

Er unterdrückte einen Fluch. Er hatte nicht an ein Morgen gedacht und nun musste er den Preis dafür zahlen. Er fragte das Erstbeste, was ihm in den Sinn kam. »Wer sagt, dass es meins ist?«

Ihr klappte vor Entrüstung der Mund auf. Sie kam auf die Füße und stapfte auf ihn zu. Ihre grünen Augen funkelten ihn erbost an. Für einen kurzen Augenblick dachte er, dass sie ihn schlagen würde.

Sie schnappte sich sein Handgelenk und legte die Pranke auf ihren Bauch. Die feste Wölbung war deutlich zu spüren.

Da drin wuchs ein neues Leben heran.

Vor Liebe krampfte sich sein Herz schmerzhaft zusammen.

Ihm fehlten die Worte.

Im Gegensatz zu Mette.

»Fahr. Zur. Hölle. Bauer.«

Die Heimkehr

Irgendwo in der Mark Brandenburg, August 1410

Da sie nicht wussten, wo sie mit der Suche nach Carls Dorf beginnen sollten, wandten sie sich nach Norden, in Richtung Kletzke. Sie erwarteten nicht, auf der Straße Reiter aus dem Quitzow-Gefolge zu sehen, und sie sollten recht behalten.

Um die Mittagszeit brach die Wolkendecke auf und machte den Weg frei für eine kräftige Sommersonne. Haare und Kleidung waren in der warmen Luft in kürzester Zeit getrocknet.

Entlang des Weges sammelte Carl wilde Brombeeren, die Mette in ihrer Schürze mit sich führen konnte. Als sie an einem Brunnen auf einem Dorfanger vorbeikamen, zog er für sie beide Wasser, das sie aus seiner hohlen Hand tranken.

Am Nachmittag wurde die Hitze unerträglich. Sie suchten unter einem schattigen Baum Zuflucht. Mette setzte sich einige Schritte entfernt ins Gras. Getroffen über ihre Missachtung betrachtete er ihren Rücken.

Nach ein paar Minuten kam sie auf die Füße und ließ sich bei ihm nieder. Sein Herz machte vor Freude einen kleinen Satz.

Sie bot ihm von den Beeren an. »Wie willst du dein Dorf finden? Gibt es irgendetwas, an das du dich erinnerst?«

Er griff zu und schob sich eine der süßen Beeren zwischen die Lippen. »Gab einen See.«

Sie schnaufte. »In Brandenburg gibt's Tausende Seen.«

»Da war eine Insel in der Mitte.«

»Ja, das grenzt es ja fabelhaft ein«, erwiderte sie.

Er warf ihr einen gekränkten Blick zu. »Hast du einen besseren Vorschlag?«

»Schließ die Augen.«

»Wieso?«

»Beschreib mir dein Dorf.«

»Was soll das bringen? Dietrich hat es niedergebrannt. Als ich ging, standen viele der Häuser in Flammen.«

»Auch die Kirche?«

»Nein, die war abseits auf dem Anger. Und sie war aus Stein.«

»Schließ die Augen.«

Diesmal folgte er ihrer Bitte.

»War sie komplett aus Stein?«

Er dachte darüber nach. »Nein. Der obere Teil des Kirchturms war aus Fachwerk.«

»Was gab es noch auf dem Anger?«

»Große Linden, alte Linden. Und einen Löschteich, immer grün und voller Teichlinsen.«

»Gab es dort auch einen öffentlichen Ziehbrunnen, so wie hier?«

»Nein. Die Brunnen waren rund um die Höfe verteilt.«

»In welche Himmelsrichtung seid ihr fortgegangen? Wo stand die Sonne?«

Er versuchte, sich seinen Höllenmarsch angebunden am Karren in Erinnerung zu rufen. Er hatte auf alles geachtet, nur nicht auf die Sonne. Doch als er länger darüber nachdachte, fiel ihm ein, dass ihm die schrägstehende Abendsonne die Sicht genommen hatte. »Wir sind nach Westen gegangen.«

»Südwesten oder Nordwesten?«

Er zögerte. »Nordwesten, glaube ich.«

»Also müssen wir von Kletzke aus in südöstlicher Richtung suchen.«

»Ich erinnere mich, dass wir über einen Damm gekommen sind. Erst ging's durch einen Wald. Aber dann kam ein Knüppeldamm mit splittrigen Holzbohlen.«

»War da ein Fluss?«

»Ja! Eine Furt. Wir sind hindurch. Haben mich dort mit der Rute geschlagen, weil ich ihnen fast entwischt wäre.«

Sie nickte. »Was auch immer dir sonst noch einfällt, Carl, lass es mich wissen. Außerdem sollten wir die Bauern auf unserem Weg befragen, ob sie von deinem Dorf gehört haben. Vielleicht kann uns jemand die Richtung weisen.«

Er öffnete die Augen und seufzte. »Ich bezweifle es. Denen bedeuten Namen nicht viel. Interessiert die nicht, wie die Welt drei Tagesreisen weiter aussieht. Ein reisender Händler, der wüsste, wo's langgeht.«

Sie zog die Knie an, legte die Arme darüber und schloss die Lider. Ihm wurde bewusst, wie blass sie war, die Lippen trocken. Sie sah todmüde aus.

»Tut mir leid«, murmelte er.

Sie öffnete die Augen und runzelte die Stirn. »Was tut dir leid?«

»Was ich zu dir gesagt habe. Dass ich Zweifel habe, ob es meins ist. Ist mir so rausgerutscht.«

»Du warst nicht du selbst. Ich hätte es dir früher sagen sollen, nicht unter solchen Umständen.«

Er zog sein Wams aus und knüllte ihn zusammen. »Hier, streck dich aus. Dann geht's dir wieder besser, wenn wir weiterlaufen wollen.«

»Danke.« Sie bettete ihren Kopf auf das provisorische Kissen im Schatten der Buche. Nach wenigen Atemzügen war sie eingeschlafen.

Er betrachtete sie versonnen in ihrem Schlummer. Sie war sichtlich erschöpft, doch es beraubte sie nicht ihrer Schönheit. Die Wimpern waren so zart. Trotz der Blässe war eine leichte Röte auf ihre Wangen zurückgekehrt.

Ich werde Vater, dachte er, erstaunt über diesen ungewohnten Gedanken. Diese Frau trägt mein Kind in ihrem Bauch.

Auf einmal wollte sein Herz vor Glück zerspringen. Die Aussicht, dass er einen Sohn oder eine Tochter bekommen würde, um die er sich kümmern und die er beim Aufwachsen begleiten würde, schickte heiße, euphorische Wellen durch seinen Körper. Er hatte nicht gewusst, dass er solch eine Liebe empfinden konnte. Liebe für ein Wesen, das noch nicht einmal auf der Welt war. Und Liebe für die Frau, die das alles möglich machte.

Seufzend legte er sich neben Mette ins Gras und schloss die Augen. Er würde das mit ihr wieder bereinigen. Sie hatten einander in den letzten Monaten viele Worte an den Kopf geworfen, die nicht so gemeint gewesen waren. Dietrich hatte ihm Gift ins Ohr geträufelt und ihn dazu gebracht, seine Werte in Frage zu stellen. Doch jetzt, wo sie all das weit hinter sich ließen, würde sich auch ihre Beziehung wieder verbessern. In seinem Dorf würden sie Frieden finden.

Die Vorstellung spendete ihm Trost. Er schlief ebenfalls ein.

Sie erwachten am späten Nachmittag, als ein paar geschwätzige Bäuerinnen zum Brunnen kamen, um Wasser zu holen. Aus der Ferne wurden sie beäugt. Eine schüttelte mit einem Räuspern den Kopf, eine zweite schnalzte mit der Zunge, die dritte überkreuzte die Arme.

Geweckt von dem Räuspern fuhr Carl hoch. Er rüttelte Mette wach. Benommen kam sie auf die Beine, er legte sein Wams wieder an. Dann machten sie sich daran, vor Anbruch der Dunkelheit möglichst viel Wegstrecke hinter sich zu bringen.

Sie erreichten das nächste Dorf. »Hast du Hunger?«, fragte er.

Sie nickte. Sie wirkte blasser als am Morgen. »Seit dieses Kind in mir wächst, könnte ich von morgens bis abends unentwegt essen.«

Und ich Trottel füttere sie mit einer Handvoll Brombeeren, dachte er reumütig.

Er bedeutete ihr, sich auf einen umgefallenen Baumstamm am Wegesrand zu setzen, und klopfte beim erstbesten Bauern an. Für ein paar Münzen, die er am Gürtel trug, erstand er bei der Bauersfrau zwei gekochte Eier, ein Stück Wurst und einen harten Käse. Sie teilten sich die Wegzehrung beim Weiterlaufen.

Am Abend pochten sie abermals an eine Tür. Der Bauer verzog den Mund und wollte ihnen die Tür ins Gesicht schlagen, da legte ihm sein Weib mit einem Blick auf Mette eine Hand auf den Arm. »Ist es dein Erstes?«

Mette nickte überrascht.

Die Bauersfrau sagte zu ihrem Mann: »Wir sollten wenigstens die Nächstenliebe zeigen, die man Maria und Josef entgegengebracht hat.« Sie deutete mit einem Nicken nach rechts. »Ihr dürft in der Scheune schlafen. Morgen früh beim Hahnenschrei seid ihr aber gleich wieder auf dem Weg. Bleiben könnt ihr nicht.«

»Wir können zahlen«, sagte Carl schnell.

Das stimmte sie zuvorkommender. »Ich schaue mal, ob ich ein paar Decken auftreiben kann. Morgen früh gibt es eine Schale Brei.«

Sie bedankten sich und ließen sich den Weg zur Scheune zeigen. Dort war es nach dem heißen Tag stickig. Sie waren so erschöpft, dass sie auf der Stelle einschliefen.

Am Morgen waren sie nach der Schale Gerstenbrei bald wieder unterwegs. Zu ihrer Enttäuschung hatte die Bäuerin nicht mit einer Wegbeschreibung aushelfen können. Sie hatte ihnen jedoch ein paar süße Äpfel als Wegzehrung mitgegeben, die sie als zweites Frühstück im Gehen aßen.

Um die Mittagszeit stießen sie auf einen Mönch in schwarzweißer Kutte, der mit einem Sack auf dem Rücken und einem Wanderstab die gleiche Richtung eingeschlagen hatte. Er hatte sich gegen die Sonne eine Kappe aus Filz auf die Tonsur gebunden. Sie grüßten höflich.

Als sie ihn überholen wollten, rief er sie zurück. »He da! Wohin des Weges?«

Sie wechselten einen hoffnungsvollen Blick.

Carl sagte: »Luchow. Kennst du es, Bruder?«

»Ist es im Ruppiner Land?«, fragte der Klosterbruder.

Carls Herz machte einen Satz. Konnte es sein, dass der Mönch sein Dorf kannte? »Ja! Du hast davon gehört?«

»Es liegt auf meinem Weg. Ich reise öfters zwischen Tangermünde und Neuruppin. Ich trage Nachrichten zwischen den Klöstern hin und her. Wollen wir ein Stück zusammen gehen?«

Sie schlossen sich ihm erleichtert an. Ihr Irrweg hatte ein Ende.

»Wie weit ist es bis Luchow, Bruder …?«

»Jacobus.« Der Mönch lächelte und rund um seine Augen bildete sich ein Kranz von Lachfältchen. »Wir können morgen da sein. Das Wetter ist ja günstig und die Straßen passierbar.«

»Carl und Mette. Dich schickt der Himmel.«

Bruder Jacobus grinste. »Das höre ich öfter. Doch auch ich bin froh, dass wir ein Stück zusammen gehen. Ich schätze Gesellschaft auf Reisen.«

Mittags machten sie Rast an einem Bach. Der Mönch öffnete seinen Sack und verteilte einen Großteil seines Proviants.

»Vielen Dank, aber wir trinken nur einen Schluck Wasser. Heute Abend werde ich bei einer Bäuerin ein Brot oder einen Käse kaufen.«

Der Mönch wollte nichts davon wissen. »Es sind milde Gaben der Gemeinde, die nicht mir allein zustehen. Bitte, nimm reichlich. Dein Weib muss gut essen. Sie ist ja in anderen Umständen.«

Carl glotzte ihn an. Dies war nun das zweite Mal, dass jemand auf Anhieb erkannt hatte, dass Mette schwanger war. »Wie hast du das gewusst?« Er schaute zu ihr hinüber. Sie hatte es sich einige Schritte weiter am Bachufer bequem gemacht und hielt die Füße ins kühle Wasser.

»Meine Mutter hatte fünfzehn Kinder. Der Herrgott hat zwar beschieden, dass nur drei davon leben sollen, aber ich bin mit den Anzeichen einer Schwangerschaft vertraut. Dein Erstes, mein Sohn?«

Carl nickte benommen.

»Es ist ein Wunder Gottes. Nichts auf der Welt kann richtiger sein, als Sein Werk zu loben und sich in Seinem Sinne zu vermehren. Das Kind wird dir viel Freude bringen.«

Carl nahm vom dargebotenen Brot und brachte den größeren Teil Mette. Er setzte sich wieder zu Bruder Jacobus in den Schatten.

Der Blick des Mönchs fiel auf das Holzkreuz, das Carl um den Hals trug. »Führst du deine Braut heim, oder warum finde ich euch beide mutterseelenallein auf der Straße?«

»War lange Zeit fort. Jetzt hoffe ich, dass wir in meinem Dorf das Land bestellen können.«

»Getreide?«

Carl zuckte mit den Schultern. »Denke schon. Macht doch jeder so. Roggen und Gerste. Was sonst?«

»Wein, natürlich!«

»Wein?«

»Die Kirche benötigt immer Wein.«

»Ist das nicht schwierig? Kenne niemanden, der sich daran versucht hätte.«

Der Mönch biss ein Stück vom Käse ab und kaute vergnügt. »Eben das möchte mein Kloster ändern! Wir helfen Bauern, die sich darauf einlassen wollen, es mit Wein zu probieren. Wenn es klappt, zahlen wir einen guten Preis dafür.«

»Weiß nichts über den Weinanbau. Glaube nicht, dass ich genügend produzieren könnte.«

»Komm im Winter auf ein paar Wochen zu uns Dominikanern nach Neuruppin! Die Brüder werden dir alles beibringen, was du wissen musst. Wir werden dir junge Rebstöcke mit auf den Weg geben, ohne Kosten. Die pflanzt man am besten im Januar oder Februar um.«

Carl dachte darüber nach. Es klang verlockend. Die Böden der Mark waren sandig und ertragsarm. Es war sinnvoll, sich nach Feldfrüchten umzusehen, die einen höheren Gewinn versprachen. »Wenn wir uns in Luchow eingerichtet haben, mag ich über dieses Angebot weiter nachdenken. Zumindest einen Teil der Fläche könnte ich dafür beiseitestellen.«

»Es sollte ein sonniges, warmes Plätzchen sein. Der beste Boden, den du hast.«

»Werde drüber nachdenken«, versprach Carl abermals.

Der Mönch nickte zufrieden. Schweigend beendeten sie ihre Mahlzeit.

»Darf ich dir eine Frage stellen, Bruder?«, fragte Carl, nachdem er den letzten Bissen verzehrt hatte.

»Selbstverständlich.«

»Wenn man stirbt, dann wird entschieden, ob man in den Himmel oder in die Hölle kommt. Ist das richtig?«

»Nicht so ganz. Es gibt einen dritten Ort nach dem Tode. Das Fegefeuer.«

»Was ist das?«

»Es ist ein Ort für all die Seelen, die man nicht zuteilen kann. Die weder gut noch böse sind. Im Fegefeuer wird entschieden, welche Richtung die Seele einschlagen wird. Bis dahin ist sie dort gefangen.«

»Ein Ort für all jene, die gottesfürchtig waren, sich jedoch etwas zu Schulden haben kommen lassen?«

»Ganz recht. Es ist immer noch ein verlorener Ort, aber es ist nicht die Hölle, wo einen nichts als Qualen und Marter bis in die Unendlichkeit erwarten. Im Fegefeuer kann man wieder das gutmachen, was man vielleicht nicht immer richtig gemacht hat im Leben.«

Carl dachte darüber nach. »Wer also käme dorthin? Ein Mörder?«

Der Mönch schüttelte den Kopf. »Ein Mörder, der nicht bekennt, kommt geradewegs in die Hölle. Da gibt es kein Erbarmen. Nein, Menschen wie du und ich, die einfachen Sünder, die kommen ins Fegefeuer.«

»Aber wer kommt dann direkt in den Himmel?«

»Die Heiligen. Die Selbstlosen. Die Unschuldigen. Die, die nie von Gottes Wegen abgewichen sind. Kleine Kinder zum Beispiel.«

»Also wird mein Weg der ins Fegefeuer sein …«

»Dein Aufenthalt wird dort gewiss nicht lang sein. Du siehst nicht aus, als hättest du viel Böses angestellt.« Jacobus kramte in seinem Sack herum und bot Carl mehr vom Schinken an.

»Ich habe Menschen getötet, Bruder.«

Der Mönch zuckte nicht zusammen. »War es aus Neid oder Habsucht?«

»Hab Befehle befolgt. Als Waffenknecht.«

Bruder Jacobus brummte wissend. »Das ist beklagenswert. Aber ich sehe, dass du keine Wahl hattest. Hast du Buße getan?«

Carl nickte. Dietrich war immer peinlich darauf bedacht gewesen, dass jedes Mitglied seines Haushalts am Sonnabend in den Beichtstuhl stieg.

»So wird es eintreffen, wie ich gesagt habe! Du wirst nur einen kurzen Aufenthalt im Fegefeuer befürchten müssen. Dein Weib und deine Familie sollen für dich beten, damit du schnell in den Himmel aufsteigen kannst.«

Carl beobachtete Mette, die sich das kühle Nass rauschend über die Füße gleiten ließ. Sie knabberte gedankenverloren an dem Brot, doch als sie seinen Blick auf sich spürte, schaute sie auf. Ein flüchtiges Lächeln huschte über ihr Gesicht.

Er würde sich mit ihr gut stellen müssen, dachte er. Nicht nur, weil er ihre Fürbitte fürs Jenseits benötigte, sondern auch, weil er mit ihr ein neues Leben beginnen wollte und sie die Mutter seiner Kinder sein würde. Es würde ihm nicht allzu schwerfallen. Da war immer noch dieses Kribbeln, wenn sie ihn so ansah. Er lächelte zurück.

»Danke, dass du mir das erklärt hast, Bruder.«

»Keine Ursache.«

»Kann ich dir noch eine Frage stellen?«

»Jederzeit.«

»Was passiert, wenn man einen Menschen aus anderen Gründen tötet?«

»Du meinst, aus Notwehr? Oder mit mörderischen Absichten?«

»Aus Rache.«

Die Augenbrauen des Mönches zogen sich missbilligend zusammen. »In dem Fall fährst du geradewegs zur Hölle. Nichts und niemand wird dich dann noch retten können.«

Carl senkte den Kopf.

»Gibt es etwas, das du beichten möchtest? Es zählt eigentlich nicht zu meinen Aufgaben. Aber wenn du dein Herz erleichtern willst, dann ist es meine Christenpflicht, mit dir darüber zu sprechen.«

»Danke, Bruder. Gibt nichts zu beichten.«

Noch nichts, fügte er in Gedanken hinzu.

Nach dem Gespräch war der Mönch Carl gegenüber auffällig kurz angebunden. Vielleicht hatte ihn der Verdacht beschlichen, dass der Fremde mit dem breiten Kreuz ein kaltblütiger Mörder war. Dennoch machte er sich nicht in der Nacht auf und davon, sondern blieb treu an ihrer Seite.

Als sie am folgenden Tag eine Weggabelung erreichten und Bruder Jacobus ihnen mit dem Wanderstab den Weg wies, konnte er Carl nicht mehr in die Augen schauen. Er nahm sich jedoch Zeit, um Mette und das ungeborene Kind zu segnen. Er gab der werdenden Mutter ein wenig von dem Schinken mit.

»Ihr geht über diesen Dammweg und dann durch den Wald. Verlasst nicht den Pfad, sonst verirrt ihr euch. Die Gegend ist sehr dünn besiedelt. Ihr könntet Tage brauchen, bis ihr wieder auf eine Seele stoßt. Das Dorf werdet ihr hinter den Bäumen erreichen.«

»Danke, Bruder Jacobus«, sagte Carl.

Der Mönch musterte ihn skeptisch. Sein Blick glitt zum Holzkreuz auf Carls Brust. Er rang mit sich, dann sagte er: »Überleg es dir mit dem Wein. Es könnte euch gerade in schlechten Getreidejahren sehr entgegenkommen. Nur ein kleiner Weinberg reicht, um für das Kloster zu produzieren.«

»Werd's mir durch den Kopf gehen lassen.«

Der Mönch verabschiedete sich und setzte seinen Weg nach Neuruppin allein fort.

»Erkennst du die Gegend wieder?«, fragte Mette.

»Zu lange her. Vielleicht besser, du hältst noch ein wenig an dem Schinken fest für den Fall, dass der Mönch sich geirrt hat.«

Sie machten sich auf zu dem beschriebenen Pfad. Carl studierte die Umgebung. Nichts, von dem, was er sah, kam ihm bekannt vor. Je weiter sie gingen, erst durch eine Niederung, dann durch einen Wald, desto größer wurden ihm die Zweifel, dass es der richtige Weg war. Hoffentlich hatte der Mönch nicht gelogen, um Carl für seine Verfehlungen büßen zu lassen. Doch er beschied, dass es besser war, seine Befürchtungen vorerst für sich zu behalten.

Am späten Nachmittag lichtete sich der Wald unmerklich. Hundegebell und Kinderlachen schallten ihnen entgegen. Mette warf Carl einen hoffnungsvollen Blick zu. Ihr Schritt beschleunigte sich. Er fiel mit ihr ein.

Sie kamen um die nächste Wegbiegung. Zwischen den Bäumen tauchte ein steinerner Kirchturm auf. Er hatte einen Fachwerkaufbau.

Carl vergaß zu atmen. Da war es. Da war Luchow!

Seine Beine drohten, unter ihm einzuknicken. Er ging in die Hocke, faltete die Hände und legte seine Stirn auf die Unterarme. Er war zurück.

»Ist es das, Carl? Ist es das?«, fragte Mette aufgeregt.

»Das ist es. Wir sind zu Hause.«

Sie zog ihn wieder auf die Füße. »Dann komm! Worauf wartest du?«

Benommen taumelte er mit ihr den Pfad hinunter.

Da war es, sein Dorf. Seine kleine Gemeinschaft. Der Dorfanger, wie er ihn das letzte Mal gesehen hatte. Jedoch ohne seinen toten Freund, ohne die Feuer, ohne das Leid und die Trauer, die über sie alle hinweggefegt waren und ihnen die Unschuld genommen hatten.

In der heißen Augustsonne lag der Platz beinah verlassen da. Nur ein paar Bengel piesackten mit Stöcken die Enten im Löschteich. Er kannte keins der Kinder.

Ich bin ja auch zehn Jahre fort gewesen, dachte er. Ein dicker Knoten bildete sich in seinem Magen. Zehn Jahre waren eine halbe Ewigkeit.

Mette schaute sich fiebrig um und zerrte an seinem Oberarm. »Und, erkennst du es wieder? Ist es dein Dorf? Ist es Luchow?«

Er betrachtete die Häuser zu beiden Seiten des Angers. Nicht alle kamen ihm bekannt vor. Doch die meisten waren so, wie in seiner Erinnerung.

Das Feuer. Dietrich hatte einiges in Brand gesteckt. Sie müssen in den letzten Jahren neu aufgebaut worden sein. Mit einem schmerzhaften Stich im Herzen fiel ihm sein Elternhaus ein. Ob es noch das Alte war?

Mette hatte den gleichen Gedanken. »Welches ist deins? Wo wohnen deine Eltern?«

Er zeigte mit bebendem Finger auf das Haus unweit der Kirche. Es sah aus, wie er es zuletzt gesehen hatte. Nur das Strohdach hatte man vor einigen Jahren erneuert. Und der Zaun war geflickt worden. »Das da.«

Sie zog ihn weiter. »Komm, sie werden außer sich sein vor Freude. Ihr Sohn kehrt heim!«

Betäubt ließ er sich zum Haus seiner Kindheit führen. Die Haustür zur Straßenseite war verschlossen, doch das Tor zum Hof stand sperrangelweit auf. Unter der großen Kastanie im Hof droschen zwei kleine Jungen, Zwillinge, mit Holzschwertern aufeinander ein. Sie waren so in ihr Spiel vertieft, dass sie die Fremden nicht kommen sahen. Im Hausschatten auf einer

Bank saß eine Bauersfrau mit Kopftuch. Sie stillte ein etwa zweijähriges Kind. Sie hatte die Augen geschlossen und die nackten Füße von sich gestreckt.

Der angebundene Hofhund schlug an.

Die Frau blinzelte. Sie verdeckte die Sonne mit der flachen Hand und setzte sich aufrecht hin.

Carl löste sich von Mette und ging ihr entgegen. Er glaubte kaum, seinen Augen zu trauen. Es war seine Schwester, doch sie war über Nacht eine erwachsene Frau geworden. »Rieke?«

»Du bist ein Geist.«

»Ich bin's. Carl. Bin zurück.«

Sie schlug mit der freien Hand ein Kreuz. »Carl ist tot.«

Es klang harsch. Er wechselte einen hilflosen Blick mit Mette.

Die Bäuerin entzog dem Kind die Brust und stellte es neben der Bank auf die Füße. Mit fahrigen Händen zog sie sich das Kleid zurecht, um sich zu bedecken. Das kleine Mädchen protestierte lauthals und klammerte sich an ihren Rock, doch sie hatte keine Augen dafür.

»Bin nicht tot«, sagte Carl. »War nur fort. Jetzt bin ich wieder da, Riekchen.« Er war der Einzige gewesen, der seine Schwester so genannt hatte.

Sie sprang auf die Füße. Mit einem Aufschrei legte sie die wenigen Schritte zurück und fiel ihm um den Hals. »Du bist es wirklich!« Sie zog seinen Kopf heran und küsste ihm die Wangen. »Mein Bruder ist wieder da!«

Mit einem herzzerreißenden Schluchzen vergrub sie ihr Gesicht an seiner Brust. Er drückte sie fest an sich und legte das Kinn auf ihren Scheitel. Es war das süßeste Gefühl.

»Wo hast du all die Jahre gesteckt, Carl? Wir dachten, als Vater das Geld nicht für dich auftreiben konnte, dass man dich getötet und verscharrt hätte.«

»War eine Geisel. Doch man hat mich gut behandelt.«

Sie rückte von ihm ab und kniff ihn in die Hüften. »Das kann man sehen. Du bist wohl genährt.« Sie schielte an ihm vorbei. »Und wer ist das da an deiner Seite?«

Mette trat näher und ergriff Carls Hand. »Ich bin sein Weib. Mein Name ist Mette.«

Rieke musterte sie neugierig. »Sei auch du gegrüßt, Mette.« Sie winkte die beiden Knaben heran. »Das sind deine Neffen, Carl. Das sind Frank und Anton.« Sie hob das Mädchen auf, das an ihrer Brust gesaugt hatte und ihr auf wackligen Beinen hinterhergetapst war. »Und das ist Ina. Kinder, das hier ist euer Onkel Carl. Er war lange fort.«

Er begrüßte die Kinder, die die Köpfe in den Nacken gelegt hatten und ihn staunend betrachteten. Dann nahm er sich die Zeit, um sich gründlich umzusehen. »Zuerst dachte ich, es sei alles beim Alten. Alles gut in Schuss. Doch anscheinend ist einiges passiert, seit ich fort war.«

Ihre Augen verdunkelten sich. »Es sind nicht nur schöne Dinge geschehen, Carl. Vielleicht setzen wir uns und ich hole dir und Mette etwas Dünnbier.«

Sie ließen sich zu der Bank im Schatten führen. Er bedeutete Mette, Platz zu nehmen, und zog sich selbst den Schemel heran, der neben dem Scheunentor stand. Rieke kam bald darauf mit drei Krügen zurück.

»Es ist warm, verzeiht. Aber es löscht den ärgsten Durst.«

Nachdem sie alle einen Schluck getrunken hatten und Ina auf den Schoß ihrer Mutter geklettert war, um dort mit Daumen im Mund einzudösen, sagte Carl: »Was ist passiert?«

Seine Schwester legte eine Hand auf sein Knie. »Unsere Eltern sind an der Pest gestorben. Es tut mir leid.«

Er hatte so etwas befürchtet. »War ein Priester bei ihnen?«

»Sie hatten ein gutes Ende, sei dir da gewiss. Sie gingen in Frieden, nur wenige Tage voneinander.«

»Dann gehört das alles jetzt Frank?«

»Frank ist mit ihnen gegangen. Es war ein schlimmes Jahr für unsere Gemeinschaft. Alte wie Junge starben wie die Fliegen.«

Er schluckte und wechselte einen Blick mit Mette. Ihre Augen drückten tiefstes Bedauern aus.

»Werde sie später auf dem Friedhof besuchen. Zeigst du mir die Gräber?«

»Du wirst sie auch ohne mich finden. Sie liegen nicht weit von Rudi entfernt. Direkt am Chor.«

»Rudi und Anne.« Er ließ die Schultern sacken.

»Anne? Nein, Anne wohnt drei Häuser weiter.«

Sein Kopf fuhr hoch. »Sie lebt?«

»Ja, wir haben sie rechtzeitig aus dem brennenden Haus ziehen können.«

Unter ihm tat sich ein tiefes Loch auf, in das er urplötzlich hineingesogen wurde. Er legte eine Pranke auf Riekes Hand und rang nach Fassung.

Anne lebte! Dietrich hatte sie nicht getötet.

Und dann schlich sich ein hässlicher Gedanke ein, der ihm den Magen umdrehte.

Anne lebt, und ich Volltrottel habe Mette mit nach Luchow gebracht.

Zu spät ging ihm auf, dass er seine Gefühle nicht unter Verschluss gehalten hatte. Er hob den Blick. Mette hatte in seinem Mienenspiel jeden einzelnen seiner Gedanken gelesen. Ihre grünen Augen waren voller Gift für ihn. »Das sind ja ganz wunderbare Neuigkeiten«, sagte sie gallig.

Rieke legte ihre zweite Hand auf seine. »Carl, hör mir zu. Anne hat kurz nach deinem Verschwinden geheiratet. Sie hat ihre eigene Familie. Sie wird sich freuen, dich zu sehen, aber du solltest dich nicht einmischen.«

Er nickte beschämt. Nach seiner unverblümten Bekundung während des Überfalls wusste seine Schwester offenbar, welchen Platz Anne in seinem Herzen einnahm.

»Und dieser Hof … als du fort warst und Frank tot, da stand ich plötzlich ganz allein da. Ich habe also einen Ehemann genommen, der sich um mich und um den Hof kümmert. Sein Name ist Hans.«

Er hörte nur mit einem halben Ohr zu. »Ich kenne ihn. War immer anständig.«

Anne lebt. Sie lebt!

»Er wird sich freuen, dass mein verlorener Bruder heimgekehrt ist. Wir werden ihn bei Anbruch der Dunkelheit wiedersehen.«

Sie leerten gemeinsam ihre Krüge, doch Carl war nicht in der Lage, dem Gespräch zu folgen. In ihm tobte ein Sturm der Gefühle. Er ließ die Frauen sich austauschen und einander kennenlernen und starrte blind in das Laub des Kastanienbaums, der den Platz zwischen Haus und Scheune beschattete.

Anne lebt, dachte er immer wieder. Anne lebt und ich Tor bin nicht früher zurückgekommen und habe stattdessen wie ein kleiner Junge Krieg gespielt.

Nachdem er seinen Krug geleert hatte, fragte er nach der genauen Lage der Gräber. Rieke beschrieb sie ihm. Er machte sich auf den Weg, während die Frauen gemeinsam mit der Magd im Hof das Feuer fürs Abendessen anschürten.

Er verließ das Anwesen durch das offene Tor und überquerte den Anger. Bis zum Friedhof waren es nur wenige Schritte. Er war mit Feldsteinen säuberlich ummauert. Vor drei schlichten Holzkreuzen blieb er stehen, um ein Gebet zu sprechen.

Bin zurück, Vater, sagte er in Gedanken. Tut mir leid, dass ich nicht früher heimgekehrt bin. Tut mir leid, dass ich euch so viel Kummer bereitet habe. Ich will es wieder gutmachen. Ich will von nun an ein gottgefälliges Leben führen. Ich will eine Familie haben und das Land bestellen und hier alt werden. Ich will die Schwachen beschützen und sie nicht ausrauben. Ich will etwas zurückgeben.

Er wusste nicht, ob seine Eltern ihn im Himmel hörten. Doch die Hoffnung, dass es so war, spendete ihm unendlichen Trost.

Als er zurückkam, hing der Kessel dampfend überm Feuer. Ein Mann stand mit dem Rücken zu ihm im Hof und starrte mit verschränkten Armen in die Flammen.

Carl machte sich mit einem Räuspern bemerkbar. Hans fuhr überrascht zu ihm herum. Er glotzte Carls breite Brust an. Dann erkannte er, dass sein verlorener Schwager einen ganzen Kopf größer war als er selbst. Der mürrische Gesichtsausdruck wich einem verhaltenen Lächeln. Er streckte die Arme weit aus. »Carl, du hast Rieke den schönsten Tag ihres Lebens bereitet! Sei uns willkommen!«

Carl ließ sich bereitwillig, aber ein wenig steif, vom Ehemann seiner Schwester umarmen. Auch Hans war erwachsen geworden.

Beim Essen fragte sein Schwager: »Was sind deine Pläne, Carl? Bleibst du nun für immer im Dorf? Oder wirst du in eine Stadt ziehen, wo sich viele Möglichkeiten für dich auftun könnten?«

Carl wechselte einen Blick mit Mette, die seit der Offenbarung, dass Anne noch am Leben war, wortkarg geworden war. »Ich will hier meine Kinder aufwachsen sehen. Will der Familie helfen. Euch helfen. Teil der Gemeinschaft sein.«

»Das ist gut.« Etwas in Hans' Stimme ließ vermuten, dass seine Freude nicht ganz aufrichtig war. »Wir werden dir unter die Arme greifen, damit du dich gut einlebst.«

Bevor es völlig dunkel wurde, räumten sie die Bänke zurück an die Hauswand, löschten das Feuer und begaben sich ins Haus. Drinnen war es noch finsterer als draußen und man konnte kaum die Hand vor Augen sehen. Carl begrüßte dies. Für heute hatte er genug Neuerungen zu verkraften gehabt. Er wusste nicht, wie er mit einem veränderten Elternhaus umgegangen wäre.

Rieke schickte das Gesinde zum Schlafen in die Tierunterstände, die jetzt im Sommer verwaist dalagen. Sie bot Mette und Carl die ferne Ecke bei ihnen in der Diele an. Von irgendwo her zog sie Strohsäcke und Kissen hervor und stellte sicher, dass sich ihre Schwägerin gut einrichtete. Dann nahm sie mit ihrem Mann den angestammten Platz ein, den früher ihre Eltern belegt hatten.

Carl drehte sich in der Dunkelheit zu Mette um und strich ihr mit dem Handrücken sanft über den Oberarm. »Wir sind zu Hause«, flüsterte er.

Sie brummte mürrisch und wandte ihm den Rücken zu.

Ihr Verhalten stieß ihn vor den Kopf. Doch er wollte nicht schon wieder mit ihr streiten. Er ließ sie grummeln. Er redete sich ein, dass sie Zeit brauchte. Sie würde sich an die neuen Verhältnisse gewöhnen. Spätestens, wenn sie sich ein Heim gemacht hatten.

Der Schlaf wollte sich dennoch nicht einstellen. Hellwach lag er in dem finsteren Haus, in dem er aufgewachsen war, und sog die vertrauten Gerüche nach Rauch, Stroh und feuchter Erde ein, während in den Wänden die Mäuse kratzten.

Ich bin daheim, dachte er immer wieder erstaunt. Und Anne lebt.

Der Gedanke ließ sein Herz höher schlagen, auch wenn Eifersucht seine Freude trübte. Anne hatte einen Weg gefunden, ohne ihn glücklich zu werden. Sie hatte geheiratet. Er konnte es ihr nicht verdenken. Schließlich hatte er wiederum Mette an seiner Seite. Jeder hatte getrennt vom anderen sein Leben gelebt. Man tat, was man tat, um zu überleben.

Nachdem alles zur Ruhe gekommen war, vernahm er tuschelnde Stimmen. Seine Schwester und sein Schwager stritten miteinander. Hans war aufgebracht, Rieke versuchte, ihn zu beruhigen. Carl meinte, einzelne Worte herauszuhören. Es ging um ihn und Mette.

Er seufzte. Seine Heimkehr würde einige Probleme mit sich bringen. Es war nicht so leicht, wie er sich das vorgestellt hatte.

Wenig später wurde es kurzzeitig still im Raum. Es raschelte. Die gezischten Worte in der Dunkelheit verwandelten sich in ein verhaltenes Lachen. Hans stöhnte auf, Rieke antwortete mit einem unterdrückten Seufzer.

Himmel hilf, dachte Carl. Er hatte mit vielem gerechnet. Doch er hatte nicht erwartet, dass er eines Tages seiner Schwester beim Beilager zuhören würde.

Er drehte sich auf die Seite, um wenigstens eins der Ohren dauerhaft zuhalten zu können. Gleichzeitig rückte er zu Mette auf. Sie schlief ebenfalls nicht. Er küsste ihren Nacken, doch sie schüttelte ihn ab wie eine lästige Fliege.

Als er am nächsten Morgen erwachte, war es taghell. Er setzte sich auf und rieb sich die Augen, um sich umzusehen.

Mit Befriedigung stellte er fest, dass sich nicht viel verändert hatte. Noch immer schlief man auf dem Boden. Die Feuerstelle befand sich mitten im Raum, war Lichtquelle, Wärmespender und Kochfeuer in einem. Es gab keinen Kamin, sondern lediglich ein Loch im Dach, in das es bei schlechtem Wetter hineinregnete. So wie ihre Mutter damals, hatte Rieke Kräuter gesammelt und an die Balken gehängt, als Heilmittel und zum Würzen der Speisen. Da waren Holzregale entlang der Wände, auf denen Geschirr aus Holz und Ton aufbewahrt wurde. Am Webstuhl war ein halb fertiges Stück Wollstoff eingespannt, das man zu Kleidung verarbeiten würde, grob und erdbraun. Auf dem Boden standen geschlossene Gefäße mit Vorräten, Fässer für Bier und Körbe mit Stroh zum Aufbewahren von Eiern. Verderbliches, das geräuchert werden sollte, und all das, was man gut vor Mäusen schützen musste, hing überm Feuer oder in der Nähe davon von der Decke. In einer Ecke lagen eine Spindel und Kinderspielzeug: Holzschwerter und Lumpenbälle, eine Puppe mit Fratzengesicht, ein geschnitztes Pony.

Es war alles so, wie er es in Erinnerung hatte, und das gab ihm ein wohliges Gefühl der Erleichterung.

Mit steifen Beinen stand er auf und trat hinaus ins Freie. Er fühlte sich wie gerädert. Die Nacht war kurz und voller Sorgen gewesen.

Rieke saß, wie am Tag zuvor, auf der Bank und stillte das kleine Mädchen, das sie Ina getauft hatten. Die Morgensonne schien ihr ins Gesicht. Als sie Schritte hörte, öffnete sie die Augen. Sie hob eine Hand an, um sie zu beschatten. »Bruder, ich hoffe, du hast gut geschlafen.«

»Wie ein Stein«, log er. Er ging zur offenen Regentonne, um sich Gesicht und Nacken zu waschen. »Wo steckt Mette?«

»Deine Frau ist ein Schatz. Sie hat sich gleich um die Hühner gekümmert und dann hat sie sich auf einen Spaziergang durchs Dorf gemacht.«

»Wirklich?« Bei der Vorstellung drehte sich ihm der Magen um. Die Dörfler würden sich voller Neugierde auf Mette stürzen. Sie würden wissen wollen, wer sie war. Und Mette würde sich als Carls Weib ausgeben und er würde nichts davon ungeschehen machen können.

»Willst du einen Happen essen? Da vorn in der Kiste sind ein paar Birnen. Wenn die Kleine getrunken hat, können wir uns zur Kirche aufmachen.«

»Kirche?«

»Es ist Sonntag.«

»Oh.« Er stibitzte eine Birne aus der Kiste, zog sich einen Schemel heran und setzte sich zu seiner Schwester. »Hans ist auf dem Feld?«

»Er will nachschauen, wie weit das Getreide ist. Wir müssen wohl diese Woche anfangen.«

»Was habt ihr gesät?«

»Roggen.«

»Kluge Wahl.«

Er verspeiste seine Birne und vermied es dabei, seiner Schwester beim Stillen zuzuschauen. Er war Vorgänge dieser Art nicht gewohnt. In Dietrichs Halle hatte es außer Elisabeth keine Schwangeren oder Mütter gegeben.

Sie bemerkte seine Verlegenheit. »Du wirst dich schnell daran gewöhnen müssen.«

»Wie meinst du das?«

»Das Stillen. Überhaupt. Das alles. Das ganze Kinderkriegen. Mette ist doch schwanger, oder nicht?«

»Hast du das etwa auch gleich gesehen?«, fragte er verdattert.

»Nein. Aber sie hat es mir erzählt heute Morgen.«

»Wunderbar«, grummelte er und machte sich an das Birnengehäuse. Die Birne war saftig und die süße Flüssigkeit rann ihm über die Finger.

»Freust du dich denn nicht? Ein Kind!«

»Schätze, ich muss das noch sacken lassen. Bis vor wenigen Tagen wusste ich selbst nichts davon.«

Rieke lächelte nachsichtig. »Verstehe.«

Nein, du verstehst nichts, dachte er düster. Mette ist schwanger und Anne ist nicht tot.

»Wenn du eine Frau nehmen und dich so gepflegt kleiden konntest, gehe ich davon aus, dass man dich nicht zehn Jahre lang weggesperrt hat?«

Er mied ihren Blick. »Musste arbeiten. Mist schaufeln und so.«

»Haben sie dich viel geschlagen?«

»Nein, wieso?«

»Na, die Narbe auf deiner Stirn.«

Seine Hand ging reflexartig dahin. »Nein, das hab ich mir selbst zuzuschreiben. Sag, Riekchen, warum ist Hans sauer auf mich?«

»Ist er doch gar nicht.« Sie wechselte mit Ina die Brust.

»Klang letzte Nacht anders.«

Sie seufzte. »Er macht sich Sorgen, das ist alles.«

Er leckte sich die Finger sauber. »Warum? Bin kräftig. Ich kann für mein Essen arbeiten. Und bei der Ernte helfen. Wir können weitere Flächen im nächsten Jahr urbar machen.«

»Das ist es nicht, Carl. Er macht sich Sorgen, dass du ihm den Hof wegnimmst.«

Er warf ihr einen verblüfften Blick zu. »Warum sollte ich das tun?«

»Du bist der letzte verbliebene Sohn unserer Eltern. Wir dachten ja, du wärst tot, also fiel der Hof an mich. Durch die Heirat kam er zu meinem Ehemann. Jetzt bist du plötzlich aufgetaucht. Hans glaubt, du willst dein Erbe einfordern.«

»Oh.«

»Ich weiß, dass du uns nicht einfach so vor die Tür setzen würdest. Aber dem Gesetz nach bist du der Besitzer. Hans hat nichts mehr zu melden, jetzt, wo du hier aufgekreuzt bist.«

»Kannst ihm ausrichten, dass ich nicht vorhabe, euch den Hof zu nehmen.«

Ihr blieb vor Erstaunen der Mund offen stehen. »Aber warum nicht? Es ist deiner!«

Er seufzte und fuhr sich durch die Haare. »Riekchen, kann ich ganz ehrlich zu dir sein?«

»Nur zu, Bruder. Jederzeit.«

»Ich hab nichts davon geplant. Da war immer nur der Traum, zurückzukehren, eines Tages. Über die Feinheiten habe ich mir nie Gedanken gemacht.«

»Wir sind alle so froh, dass du zurück bist.«

Er nahm ein Stöckchen zur Hand, das neben seinem Fuß im Staub gelegen hatte, und begann, Linien in den Sand zu malen. »Ich fühle mich so verloren.«

Als sie nichts sagte, schaute er ratlos auf.

Ihr Blick war warm, beinah mütterlich. »Das musst du nicht. Wir finden hier einen Platz für dich. Wenn du den Hof willst, dann sei versichert, dass er dir rechtmäßig zusteht. Natürlich wären wir dir dankbar, wenn du uns nicht vor die Tür setzt.«

Er tat es mit einer Geste ab. »Er soll in eurer Hand bleiben. Ist seit Jahren euer Zuhause. Ihr sollt nicht heimatlos sein. Nein, das ist es nicht, was mich verloren macht.«

»Sondern?«

»Riekchen, ich habe nicht damit gerechnet, dass Anne noch lebt.«

Sie ließ sich mit dem Rücken gegen die Hauswand fallen. »Ach.«

Ihre Tochter blickte mit milchverschmiertem Mündchen auf. »Will runter, Mama!« Energisch strampelte sie sich aus der Umarmung frei. Rieke setzte sie ab. Kaum auf den eigenen Füßen rannte sie zu ihren Brüdern, so schnell die stummeligen Beine es vermochten, um mit ihnen im Hof zu spielen.

Rieke schob den Ärmel zurück auf die Schulter. »Und jetzt hast du Mette.«

Er warf ihr einen gequälten Blick zu. »Was soll ich denn nur machen?«

Sie sah ihn streng an. »Ich verstehe nicht, was die Frage soll. Du hast ein Weib und Anne hat einen Mann. Da gibt es keine Fragen zu stellen.«

»Ich weiß.«

»Carl, schlag dir das ganz schnell aus dem Kopf! Du wirst nicht zu Anne gehen und ihr deine Liebe bekennen, hörst du?

Sie ist nicht dein. Du hast Mette und sie wird dir ein Kind gebären. Du wirst vernünftig sein und ihr ein Heim bereiten.«

Er zog wie ein gescholtener Junge den Kopf ein. Meine kleine Schwester hat mehr Verstand als ich, dachte er bedrückt.

Sie stand auf. »Komm. Wir wollen die anderen an der Kirche treffen. Anne wird auch dort sein. Aber du wirst keine Dummheiten machen, die mich vor der gesamten Gemeinde in Verlegenheit bringen, verstanden?«

Er nickte beklommen und brachte den Schemel zurück an seinen angestammten Platz.

Rieke sammelte die drei Kinder und die Magd ein. Zusammen legten sie den kurzen Weg zum Gotteshaus zurück.

Die Nachricht von Carls Rückkehr hatte sich wie ein Lauffeuer im Dorf verbreitet. Die gesamte Nachbarschaft fiel über ihn her wie ein Schwarm Heuschrecken. Freunde aus Kindheitstagen schlossen ihn in die Arme und schoben ihren Nachwuchs in die vorderste Reihe, damit sie über den Riesen staunen konnten, der sich plötzlich wieder in ihre Gemeinschaft eingefunden hatte.

Carl kam ebenfalls aus dem Staunen nicht mehr heraus. Viele seiner Nachbarn hatte er das letzte Mal gesehen, als sie sich noch nicht hatten rasieren müssen. Jetzt waren sie auf einmal alle erwachsen und hatten eigene Familien.

»Es ist so schön, dass du zurückgekehrt bist«, sagte der greise Pfarrer Joachim, der sich schon vor Carls Geburt im Dorf um die Seelsorge der Bewohner gekümmert hatte. Er umarmte ihn herzlich und führte ihn am Arm in die kühle Kirche. Im letzten Moment entdeckte Carl Mette in der Menge. Er winkte sie zu sich heran, damit sie zusammen hineingehen konnten.

Beim Gottesdienst erzählte der Pfarrer der Gemeinde das Gleichnis vom verlorenen Sohn. Carl spürte in seinem Rücken, wie alle Blicke auf ihn gerichtet waren. Wenn es so ein Wunder gab wie seine unversehrte Rückkehr, und das nach so vielen Jahren, was sonst konnte Wundersames in ihrer aller Leben geschehen? Sein plötzliches Erscheinen hatte den Bauern Hoffnung gegeben.

Die Aufmerksamkeit machte ihn rastlos. Trostsuchend griff er Mettes Hand. Zu seiner Enttäuschung entwand sie sich wie ein glitschiger Fisch und rückte sogar ein Stück von ihm ab.

Sie war ihm immer noch böse, erkannte er mit einem Seufzen. Oder schon wieder? Er konnte es nicht mehr sagen.

»Wir müssen reden«, raunte er ihr zu.

Ihr Gesicht blieb unbewegt. Sie antwortete nicht.

Als am Ende der Messe alle nach draußen strömten, registrierte Carl über die Menge hinweg am Ausgang Annes vertrautes Profil. Obwohl so lange herbeigesehnt, kam es für ihn überraschend.

Ihr Blick war voller Fragen und bohrte sich tief in sein glühendes Herz. Sie hatte sich nicht verändert. Nicht für ihn jedenfalls. Sie war immer noch Anne, so wie sie ihn in all den Jahren in seinen Träumen besucht hatte.

Einen hastigen Herzschlag später wurde der Ausdruck in ihren Augen plötzlich leer, so als sei er ein Fremder. Sie wandte sich ab und verließ zügig das Gebäude. Er wollte zu ihr eilen, die Kirchgänger in seinem Weg beiseite stoßen, doch dann bemerkte er die Hand, die sich auf ihren oberen Rücken zwischen die Schulterblätter gelegt hatte, um sie hinauszuschieben. Sie gehörte zu Kuno.

Heftige Eifersucht nahm von Carl Besitz. Er musste sich zusammenreißen, dass er nicht hinterher stürzte, um Kuno die Faust ins Gesicht zu rammen. Dieser widerliche Drecksack hatte Anne zur Frau genommen, kaum, dass Carl verschwunden war! Er hatte ganz genau gewusst, dass er kein Anrecht auf sie hatte. Er hatte dennoch nicht gezögert, sie ihm einfach wegzunehmen.

Aufgebracht drängte er nach draußen, um Kuno zur Rede zu stellen. Doch Anne und ihre Familie sammelten sich nicht wie die anderen auf dem Kirchhof, um mit den Nachbarn zu plaudern, sondern machten sich auf den Weg die Dorfstraße hinunter. Sie hatten zwei Knaben und genauso viele Knechte im Schlepptau.

Carl reckte den Hals, um über die Köpfe der Leute hinweg ihren Fortgang zu verfolgen. Komm zurück, schrie es in ihm. Doch natürlich hörte sie es nicht.

Der Pfarrer sprach ihn wie aus einem Nebel von der Seite an. Carl besann sich, wo er sich befand, und dass er Mette bei sich hatte, und dass er Rieke versprochen hatte, sich zu benehmen, und dass die kleinen Mädchen ihm Blumen vom Wegesrand hinhielten, und dass er immer noch von allen angegafft wurde, und setzte ein Lächeln auf.

»Carl, magst du mir nicht dein Weib vorstellen?«

Er räusperte sich. »Das ist Mette, Vater.«

»Ihr erwartet zusammen ein Kind?«

»Ja, Vater.«

»Dann seid ihr in Gottes Angesicht getraut worden?«

In Mettes Augen stand eisiger Hass.

Carl schüttelte den Kopf. »Nein. Die Umstände haben es uns nicht erlaubt, den Bund der Ehe einzugehen.«

Der Pfarrer klatschte in die Hände und rieb erfreut die Handflächen aneinander. »Das ist verständlich, mein Sohn. Doch sorgt euch nicht! Nächsten Sonntag nach der Messe werde ich euch beide miteinander vermählen. Dann ist alles wieder im Lot.«

Wenn du wüsstest, Pfaffe, dachte Carl. Hier ist gar nichts im Lot.

»Und wo wirst du mit deinem Weib leben, Sohn?«

»Vorerst bei meinem Schwager und meiner Schwester. Dann sehen wir weiter.«

Der Pfarrer rieb abermals die Handflächen aneinander. »Auch hier habe ich eine Lösung! Im Dorf steht ein Gehöft frei. Der alte Wulfried ist voriges Jahr ohne Erben gestorben. Das Dach müsste neu gedeckt werden, aber nach der Ernte können wir alle mit anpacken und euch helfen, das Haus auf Vordermann zu bringen. Es gibt gutes Land dazu, ganze zwei Hufen. Die Grafen werden es neu verpachtet sehen wollen. Ich werde vorschlagen, dass man euch Pacht, Zins und Bede für die ersten zwei, drei Jahre erlässt, damit ihr euch was aufbauen könnt. Möchtet ihr es euch nicht einmal ansehen?«

Mette warf Carl einen fragenden Blick zu.

Zwei Hufen. Das war nur halb so viel, wie seine Eltern bewirtschaftet hatten. Je nach Boden würde es sie kaum über den Winter bringen. Aber es war ein Anfang. Mit Wein wäre es vielleicht zu schaffen.

Er schaute über Mettes Schulter hinweg die Straße hinunter. Anne war nicht mehr zu sehen.

»Danke, Vater. Klingt wie eine gute Idee.«

Der Neuanfang

Luchow, Oktober 1410

Rieke räumte die letzten Sitzgelegenheiten unter der Linde beiseite, während Carl die Reste des Festes wegkehrte. Die bunten Bänder, die sie am Nachmittag in die Äste des Baums gebunden hatten, flatterten in der leichten Nachtbrise.

Sie stemmte mit einem Stöhnen die Hand in den unteren Rücken. »Was genau stimmt nicht zwischen Mette und dir?«

Carl schob vorsichtig den Besenkopf unter eine schlummernde Gestalt. Der alte Werner war als letzter Gast des Einstandsfests vor einiger Zeit auf der Bank weggesackt. Carl ließ ihn noch eine Weile seinen Rausch ausschlafen, bevor er ihn nach Hause geleiten wollte. »Wovon sprichst du?«

»Ihr habt euch beide nichts zu sagen. Habt ihr euch gestritten?«

»Nein, alles bestens, Schwester.«

»Was du nicht sagst. Du glaubst wohl, ich wäre völlig bescheuert.«

Er richtete sich auf und stützte sich auf den Besen. »Solltest besser meine werte Gattin fragen.«

»Das habe ich bereits. Von Frau zu Frau. Sie ist genauso verschlossen wie du.«

Kopfschüttelnd stellte er den Kehrbesen an die Wand zurück. Er warf einen prüfenden Blick über die Schulter zum Haus und winkte Rieke zu sich heran. Er senkte die Stimme. »Komm, lass uns ein paar Schritte gehen.«

Carls neuer Bauernhof reihte sich bei den ärmlicheren Gehöften am Rand des Dorfs ein. Die Grafen hatten sich bereit erklärt, ihm für die ersten drei Jahre die Pacht zu erlassen. Angesichts der Verwüstungen durch das Fehdewesen, die Pest und die Ertragsarmut der Böden war man froh, dass sich ein kräftiger Mann gefunden hatte, der die Brachen neu bestellen wollte.

Carl hatte sich die Entscheidung nicht leicht gemacht. Einen vollen Tag hatte er damit verbracht, die unkrautbewachsenen Ackerflächen abzuschreiten, mit Mette das nach Mist stinkende Wohnhaus auf Herz und Nieren zu prüfen und die Möglichkeiten abzuwägen. Ob nach all den Jahren als Waffenknecht noch ein Bauer in ihm steckte? Ihm war bewusst, dass er vieles vergessen oder verlernt hatte. Doch dann hatte er sich dabei ertappt, wie er in Gedanken einen Teil des Ackers bereits für einen Weinberg beiseitestellte. Die Aussicht, etwas so Gewagtes zu probieren, hatte sein Herz schneller schlagen lassen. Am Ende hatte er beim Pfarrer eingeschlagen.

Die Gemeinschaft hatte sie tatkräftig unterstützt. Zum Dank hatte Carl ein Fest organisiert. Als die ersten Familien mit Pasteten und Apfelmost eingetroffen waren, der lahme Fritz seine Laute hervorgezogen und die Nachbarskinder Stöcke mit Brotteig ins funkenschlagende Feuer gehalten hatten, da hatte er erkannt, dass er die richtige Entscheidung getroffen hatte. Hier würde er sich etwas aufbauen, auf das er stolz sein konnte.

Er verließ mit Rieke den Hof. Am Brunnen vorbei erreichten sie die Rückseite seiner baufälligen Scheune. Dort lag ein umgestürzter Baumstamm. Vor ihnen ruhte in der Dunkelheit der verwilderte Gemüsegarten. Carl seufzte innerlich. Eine weitere Baustelle, die sie so schnell wie möglich anzugehen hatten.

Er nahm breitbeinig auf dem Stamm Platz, stützte die Ellbogen auf die Knie und knetete die Hände. »Mette glaubt, dass ich Anne nachstelle.«

Rieke strich den Rock glatt und gesellte sich zu ihm. »Und, tust du es?«

»Nein! Anne ist mit Kuno verheiratet. Hab bisher kein einziges Wort mit ihr gewechselt. Sie waren noch nicht einmal heute Abend eingeladen.«

»Warum sollte Mette dann so reagieren?«

Er hob die Pranken, um seinen Kopf in ihnen zu vergraben. »Weil ich ein Mistkerl bin, schätze ich.«

Sie strich ihm tröstend über den runden Rücken. »So ein Unsinn.«

»Sie kennt mich besser als jeder andere Mensch! Sie weiß, was in mir vorgeht. Manchmal ist sie mir richtig unheimlich. Ich glaub, sie kann Gedanken lesen.«

»Und wie sehen deine Gedanken aus?«

Er warf ihr einen gequälten Blick zu. »Ich bin rasend vor Eifersucht! Verfluche mein Schicksal. Ich male mir in den schönsten Farben aus, wie ich Kuno den Hals umdrehe.«

Sie schmunzelte. »Na, na.«

»Weiß schon, wie schlimm das klingt. Es ist nicht gerecht. Ich hab Mette nicht verdient. Sie braucht einen Mann, der sie von ganzem Herzen liebt.«

»Und das bist du nicht? Du hast sie doch soeben erst geheiratet.«

»Hab sie geheiratet, weil sie schwanger ist. Wäre sie es nicht, ich hätte sie wohl aus dem Haus gejagt, damit ich Anne nachstellen kann.«

»Hättest du nicht. Denn du bist ein anständiger Kerl.«

Er raufte sich die Haare. Bin ich nicht, wollte er sagen. Ich habe geraubt und gemordet und es hat nicht viel gefehlt, dann hätte ich noch dazu Bauersfrauen wie dich geschändet.

Doch keines dieser Bekenntnisse kam über seine Lippen. Er schwieg beschämt.

»Möchtest du hören, was ich denke?«

Er nickte.

»Ich glaube, du liebst Mette über alles. Und ich glaube auch, dass sie dich mindestens genauso liebt. Doch ihr steht euch selbst im Weg. Du solltest mit ihr reden. Es täte euch beiden gut.«

»Ich weiß. Werde ich tun.« Von Schwermut erdrückt schloss er für einen Moment die Augen und atmete tief die kühle Nachtluft ein. »Aber erst muss ich den alten Werner nach Hause bringen. Der findet in der Dunkelheit sonst nicht den Weg.«

»Lass dich nicht aufhalten. Ich komme allein zurecht. Es sind ja nur wenige Schritte.«

Sie kehrten zurück zum Haus und Rieke gab ihm zum Abschied einen schwesterlichen Kuss auf die Wange.

Carl rüttelte Werner aus dem Schlummer. Während sein Gast mit wohl dosierten Grunzlauten langsam zur Besinnung kam, besorgte Carl sich eine Fackel, die ihnen den Weg zu dem Haus leuchten sollte, das der alte Mann allein mit drei Kühen bewohnte.

Arm in Arm schlurften sie die verlassene Dorfstraße hinunter. In der Nähe grunzte ein streunendes Schwein.

Werner sagte lallend: »Es ist so schön, dass du wieder da bist, Carl! Viel zu viele sind gestorben oder abgewandert in den letzten Jahren. Doch du hast neuen Wind in unser Dorf gebracht.«

»Ohne die Gemeinschaft hätte ich es nicht geschafft. Tat gut zu sehen, wie alle mit angepackt und das Dach neu gedeckt haben. Die vielen Spenden, die wir für den Haushalt und fürs Kind bekommen haben, das Saatgut für den Garten, das Werkzeug …«

»Wir Bauern halten zusammen.«

»Ja, das tun wir«, stimmte Carl zu und biss sich gleichzeitig auf die Zunge.

Verräter, schrie eine Stimme in seinem Kopf. Du bist ein elendiger Verräter! Bist ein gottverdammter Bauernräuber und du hast es ihnen nicht gesagt, weil sie dich sonst am nächsten Baum aufgeknüpft hätten.

»Was wirst du als Erstes säen?«, fragte Werner.

»Wintergerste. Das Saatgut werde ich mir noch irgendwoher besorgen müssen. Hab ein wenig Geld übrig.«

»Das ist gut, Junge. Ein Bauernhof ohne Getreide ist kein richtiger Bauernhof.«

»Überlege auch, Wein zu pflanzen.«

»Wein? Wer hat denn von so etwas Schwachsinnigem gehört? Der wird doch nie wachsen!«

»Die Mönche von Neuruppin fördern den Weinanbau für ihre Liturgie. Schätze, der Wein muss für diesen Zweck nicht einmal gut sein.«

»Tu, was du nicht lassen kannst. Fällst du halt auf die Schnauze damit.«

Sie umrundeten eine mächtige Pfütze, die im Mondlicht silbrig glänzte.

»Deine Mette ist ein tolles Mädel«, sagte Werner nach einer Weile. Seine Worte waren kaum mehr als ein Nuscheln. »Sehr zart und hübsch.«

»Danke. Bin auch sehr froh, dass sie mich wollte.«

»Besser als so manch andere hier. Die Hälfte der Weiber ist doch verdorben. Wusstest du zum Beispiel, dass die fette Anne ihrem Mann einen Bastard untergeschoben hat?«

Carl blieb verwirrt stehen. Er verstand kein Wort. »Einen Bastard?«

Werner fuchtelte aufgebracht mit der knorrigen Hand in der Luft herum. »Ja, schau dir den Jungen doch mal genauer an! Keiner im Dorf sieht so aus wie er. Blonde Locken und blaue Augen. Na, von Kuno kann der jedenfalls nicht kommen. Der ist dunkel wie die Nacht. Ebenso wie ihr Zweitgeborener.«

Heftige Übelkeit stieg in Carl auf. »Blond und blauäugig?«

»Du weißt genau, wovon ich spreche. Der Ritter hat ihr diesen Bastard angehängt. Eine Schande ist das. Sie hätte das Kind ersticken sollen, als es zur Welt kam, schnell und heimlich, bevor jemand etwas davon mitbekommt. Stattdessen behandelt sie ihn wie einen Prinzen.«

»Tut sie das?«

Werner nickte eifrig. »Sie umhegt und pflegt ihn. Wenn die anderen Jungen Steine nach ihm werfen, geht sie zu den Müttern und stellt sie zur Rede. Doch keiner will etwas mit ihr oder dem Kind zu tun haben. Sie ist eine Schande fürs ganze Dorf.«

Die Übelkeit machte einem glühend heißen Zorn Platz. »Glaube nicht, dass sie eine Wahl hatte«, erwiderte Carl erbost. »Wenn man sie geschändet hat und sie deswegen schwanger wurde.«

Werner hob mahnend den Finger. »Der Herrgott hat sich schon was dabei gedacht! Ein Kind der Schande, in unseren Reihen. Dass sie ihn nicht verstößt, macht es gleich doppelt verwerflich. Sie hätte ihn längst rausschmeißen sollen.«

»Ist erstaunlich, dass jeder meint, zu wissen, was der Herrgott sich so denkt. Vielleicht sind wir alle gar nicht so schlau, wie wir meinen, und Sein Plan ist ein ganz anderer.«

Werner sah ihn mit katarrhgeplagten Augen an. »Du bist ein anständiger Kerl, Carl. Du hättest die Anne damals nehmen sollen. Du hättest ihr die Flausen wieder ausgetrieben. Einen Bastard großzuziehen, als wäre er ein Kind der Liebe!« Er schüttelte verständnislos den Kopf. »Eine Hure und ein Hurensohn. Und das in unserer Mitte.«

Sie legten die letzten Schritte zu Werners Haus zurück. Carl war außer sich vor Zorn. Werner war ein betrunkener Narr, der keine Grenzen kannte. Morgen würde er sich nicht an dieses Gespräch erinnern, geschweige denn, wie er nach Hause gelangt war. Doch Carl war sich auch bewusst, dass der alte Mann nur das aussprach, was alle im Dorf dachten. Eine Frau in ihrer Gemeinschaft war geschändet worden und erdreistete sich, das Kind der Schande vor dem Hass der Gemeinde zu verteidigen. Das brachte sie nun ebenfalls ins Abseits. So wie jeden, der zu Anne stand. Mit einem Mal bekam er eine unerwartete Hochachtung für Kuno. Er hatte Anne nach der Geburt nicht verstoßen, sondern war an ihrer Seite geblieben.

Sie waren am Ziel angekommen.

»Da sind wir ja.« Carl hatte vorgehabt, Werner sicher bis zu dessen Haustür zu geleiten, doch nun ließ er ihn aus Ärger am Zaun stehen. Sollte der alte Knacker doch auf den letzten Schritten stürzen und sich den Hals brechen!

Werner war zu verdattert, um zu protestieren.

Brütend kehrte Carl zu seinem eigenen Haus zurück. Dietrich hatte Anne ein Kind gemacht! Die Vorstellung war so befremdend, dass sie geradezu lächerlich war. Offenbar hatte er nie richtig hingeschaut, wenn er Annes Familie bei der Messe gesehen hatte. Zu sehr war er darauf bedacht gewesen, vor Mette keinen unvorsichtigen Blick mit Anne auszutauschen. Doch etwas sagte ihm, dass Werner sich die Geschichte nicht ausgedacht hatte. Es musste sich genau so zugetragen haben.

Er horchte in sein Herz hinein. Nein, er war nicht böse auf Anne. Sie traf keine Schuld. Vielmehr war es Dietrich, dem er in diesem Moment die Augen hätte auskratzen können. Der ahnte gewiss nicht einmal, dass er ein Kind gezeugt hatte. Und wahrscheinlich wäre es ihm gleich gewesen.

Ich bin ein naiver Hohlkopf, dachte er stumpf und blieb mitten auf der nächtlichen Straße stehen. Natürlich wäre es Dietrich egal gewesen! Warum sollte er sich darum scheren? Zweifellos war die halbe Mark Brandenburg mit seinen Bastarden bevölkert! Was machte da einer mehr oder weniger aus?

Doch dies ist nicht irgendein Bastard, dachte er erregt. Er war Annes Bastard und der Grund, warum sie die Dorfgemeinschaft ausstieß. Kein Wunder, dass sie Woche für Woche nach der Messe schnell wieder nach Hause zurückkehrte und beim Erntedankfest gar nicht erst erschienen war. Er hatte es sich selbst zugeschrieben. Nun erkannte er, was hier in Wahrheit geschehen war. Anne war nur ein Geist unter Lebenden.

Zermürbendes Mitleid, brennend und ätzend, stieg in ihm hoch und drohte, ihm die Luft abzuschnüren.

Auf seinem Hof angekommen, setzte er sich draußen auf die Bank, um sich wieder zu fassen. Er wollte auf keinen Fall das Haus mit Mette darin betreten und dabei so ein Gefühlschaos in sich auskämpfen. Es wäre ihr gegenüber nicht fair gewesen. Rieke hatte völlig recht. Er musste sich mit Mette versöhnen und für Harmonie sorgen. Sie hatte sich nichts zu Schulden kommen lassen. Sie war einfach nur schwanger geworden. Solche Dinge geschahen tagtäglich. Dass sie den Lebensweg gemeinsam beschreiten mussten, lag nun in seiner Verantwortung. Hätte er besser aufgepasst, wäre all das nicht passiert. Und Rieke hatte wohl auch recht mit ihrer Einschätzung, dass Mette und er einander liebten. Gewiss, sie konnte ihn zur Weißglut bringen. Aber hatte sie nicht selbst einmal zu ihm gesagt, wo Liebe war, da war auch Hass?

Ja, erkannte er erstaunt. Er liebte sie tatsächlich. Auf eine andere Art als Anne, nicht innig und herzlich, sondern feurig und leidenschaftlich. Mette und er waren wie Öl und Wasser. Sie stießen sich gegenseitig ab und befüllten dennoch dasselbe Gefäß.

Der Gedanke gab ihm neue Zuversicht. Gemeinsam würden sie es schaffen, Mette und er.

Er stand auf und schlich ins Haus.

Mette hatte sich schlafen gelegt, doch auf dem Boden brannte für ihn ein Talglicht.

Aus der Ecke kam ein lautes Schnarchen. Es war der neue Knecht, den Carl eingestellt hatte. Arndt war ein alter Säufer, den sie für Obdach und Verpflegung hatten anwerben können. Er war ein landloser Kossäte, der nach einem selbstverschuldeten Brand zu allem Überfluss sein Wohnhaus verloren hatte. Das hatte ihn davon überzeugt, bei Carl und Mette eine unbezahlte Anstellung anzunehmen.

Die erste Nacht in unserem eigenen Haus, dachte Carl feierlich und zog sich aus. Er faltete die Kleidung, legte sie säuberlich auf der Truhe ab und löschte das Licht. Mit einem zufriedenen Brummen schlüpfte er neben seiner Frau unter die warme Decke.

Sie war wach.

»Unser erstes gemeinsames Heim«, sagte sie.

»Gefällt es dir?«

»Es ist ein baufälliger Saustall voller Mäuse in den Wänden und Tauben im Dachstuhl. Aber immerhin haben wir ein Dach. Ich glaube, man kann was draus machen.« Der Klang ihrer Stimme verriet, dass sie grinste.

»Wird ein paar Monate dauern. Doch wir werden es uns hier gemütlich machen. Versprochen.«

Sie rückte näher und bettete den Kopf auf seine Brust. Er legte verwundert den Arm um sie. Das war mehr Körperkontakt, als sie seit Friesack angeboten hatte.

»Die Frauen des Dorfes waren sehr nett zu mir. Sie haben mir gezeigt, was ich mit dem Gemüsegarten tun muss. Und sie haben mir das Herdfeuer erklärt.«

»Wirst das alles bald im Griff haben. Wir suchen dir ein Mädchen, das dir für wenig Geld zur Hand geht. Vor allem, wenn die Niederkunft naht, wirst du Hilfe brauchen.«

»Ja, das wäre schön.«

Er drückte sie an sich und gab ihr einen Kuss auf die Stirn.

Sie seufzte. »Es tut mir leid, dass ich so ein Biest war in den letzten Wochen.«

»Kein Grund, sich zu entschuldigen. Ich weiß, ich gefühlloser Torfkopf mache es dir nicht immer leicht.«

»Du magst vielleicht ein Torfkopf sein, aber ich liebe dich über alles.«

»Ich dich auch, Mette. Wirst sehen, wir schaffen das.«

Der Bastard

Luchow, November 1410

Mit einer Haselrute trieb Hans seine beiden Schweine zu ein paar Eichen, um sie dort mit ihren beringten Rüsseln im Herbstlaub wühlen zu lassen. Die Tiere stöberten nach Eicheln, die beste Nahrung, um das Vieh vor dem großen Schlachten zu mästen. Die borstigen Körper dampften im schrägen Licht der Wintersonne. Es roch nach feuchter Erde und moosigem Holz.

Carl begleitete ihn, die Gugel tief in die Stirn gezogen. Er hatte sich einen groben Sack auf den Rücken gebunden, der bereits zur Hälfte mit Laub gefüllt war. Gegen die kalte Luft hatte er die Unterschenkel mit breiten Stoffbändern fest umwickelt, ein Kniff, der half, auch die Füße zu wärmen.

Die toten Blätter, die sich hier im Wald einen ganzen Fuß hochtürmten, waren Carls Rettung. Er plante, sie zu Hause vor der Witterung geschützt trocknen zu lassen. Das Laub war passables Material für Viehstreu, Futter und Brennstoff. In seiner Not musste er sich alles zu eigen machen, was die Natur ihm gewährte.

Während die Schweine leise grunzend wühlten, zeigte er auf eine Gruppe Eichen, die etwas abseits stand. »In Ordnung, wenn ich mich dort drüben umsehe?«

»Du willst Eicheln sammeln?«, fragte Hans verblüfft.

»Mette sagt, sie kann die Schale knacken und sie ein paar Tage in Wasser einlegen. Dann lassen sie sich zu Mehl verarbeiten. Gut zum Andicken von Suppen oder zum Brotbacken.«

»Nur zu. Du musst mich nicht um Erlaubnis fragen. Sie gehören dem ganzen Dorf.«

»Will den Schweinen nichts wegnehmen. Schinken ist viel schmackhafter als Eichelmehl.«

»Es ist nicht mein Wald. Und es ist genug für alle da.«

Carl nickte und machte sich auf den Weg. Er trug für die Eicheln einen zusätzlichen kleinen Beutel über der Schulter.

Während er mit der Suche beschäftigt war, rief Hans zu ihm hinüber: »Wie geht's deiner Mette denn eigentlich?«

»Sie wird von Tag zu Tag runder. Jammert deswegen. Aber wir wissen beide, welch gutes Zeichen es ist. Die Schwangerschaft scheint ihr nichts auszumachen.«

Carl unterdrückte ein Grinsen. Ganz im Gegenteil. Mette hatte einen unsäglichen Appetit entwickelt, und dabei dachte er nicht nur ans Essen. Er hatte es einmal gewagt, Pfarrer Joachim von ihren geteilten fleischlichen Gelüsten zu beichten, und war scharf zurechtgewiesen worden. Die Kirche schätze solche Vorgänge nicht. Man empfände es als verwerflich, weil es nicht der Fortpflanzung diene. Die Buße, die man Carl aufgebrummt hatte, hatte es in sich gehabt. Er hatte daraufhin beschlossen, die nächtlichen Ausschweifungen mit seinem Weib besser für sich zu behalten.

»Ich hatte erwartet, sie öfter bei uns zu sehen. Rieke mag sie wirklich gern.«

»Ich weiß. Sie ist ein wenig stur. Will aus dem Haus ein echtes Heim machen. Dabei ist es seit einigen Tagen so kalt in der Diele, dass man seinen eigenen Atem aufsteigen sieht.«

»Reicht euch das Herdfeuer nicht zum Heizen?«

»Haben kaum Brennstoff. Wir sparen, wo wir können.«

»Rieke soll zu euch hinübergehen und die Einladung ein weiteres Mal aussprechen. Es wäre besser, wenn Mette sich tagsüber bei uns aufhält. Gesellschaft und Wärme, das ist es doch, was sie in ihrem Zustand am meisten braucht.«

»Ist gut. Danke.«

Carl hatte ein gutes Pfund Eicheln gesammelt, als er auf einen Hexenring mit Mönchsköpfen stieß. »Hans, schau mal! Lass die Schweine dort drüben, aber siehst du das? Pilze fürs Abendessen!« Bei der Vorstellung fing sein leerer Magen an zu knurren. Er hatte den ganzen Tag noch nichts gegessen und Mette seinen Anteil am Hirsebrei überlassen.

»Das freut mich für dich! Die mag ich besonders gern«, sagte Hans.

»Willst du auch welche?«

»Nein, nein. Nimm du! Es reicht ja kaum für mehr als zwei.«

Carl sammelte neben den Eicheln die Mönchsköpfe ein. »Wusstest du, dass die Slawen glaubten, dass an Orten wie diesen die Wilen tanzen?«

»Nein. Was sind Wilen?«

»Hübsche Mädchen. Feen oder so was. Sie sollen hier auf junge Männer warten, um sie vom rechten Weg abzulenken.«

Sein Schwager grinste verschlagen. »So? Und wo sind die Wilen dann? Ich sehe gar keine.«

»Vielleicht haben wir sie verscheucht. Oder sie mögen keine Schweine.«

Hans lachte. »Das wird's sein!« Kopfschüttelnd trieb er die Tiere ein paar Bäume weiter. Das Laub knisterte vernehmlich unter seinen Fußsohlen. Plötzlich wurde er ernst. »Wenn euch über den Winter das Essen ausgeht, Carl, dann bedient euch bitte an unseren Vorräten. Wir haben zwar auch nicht viel. Aber wir werden es strecken und dafür sorgen, dass es reicht.«

»Danke. Werde drauf zurückkommen.«

»Hast du dein Getreide ausgesät?«

»Ja. Hab auch Beerenbüsche und ein Apfelbäumchen im Garten gepflanzt. Wird noch nicht viel dabei rumkommen im Sommer, aber wir sind auf dem richtigen Weg. Der nächste Winter sollte uns weniger hart treffen.«

»Mette in ihren Umständen wird reichlich gutes Essen benötigen. Kommt zu uns für Milch und Eier.«

»Haben eigene Eier. Zumindest jeden zweiten Tag. Wenn die Hennen nicht beleidigt sind.«

»An den anderen kommt zu uns.«

Carl schaute auf. Hans stand da mit der Rute und kitzelte die Schweine am Rücken, die sich davon nicht weiter beeindrucken ließen.

»Danke. Werden wir tun. Und du solltest dich nicht so schuldig fühlen! Überlasse euch gern den Hof. Habt euch da über all die Jahre was aufgebaut. Wäre falsch, ihn euch zu nehmen.«

Hans senkte den Kopf. »So lass mich wenigstens im Gegenzug euch helfen, auf die Beine zu kommen. Blut ist dicker als Wasser und ihr seid beide Familie.«

»Natürlich. Nochmals danke.«

Das schien seinen Schwager zu beruhigen. Sein frühzeitig gealtertes Gesicht glättete sich.

Um das Gespräch in andere Bahnen zu lenken, sagte Carl: »Wenn das Kind da ist, werde ich ein paar Tage zu den Mönchen nach Neuruppin gehen. Will lernen, wie man Wein pflanzt. Sie geben Rebstöcke dazu.«

»Wein? Das ist ungewöhnlich.«

»Ich weiß. Aber mich reizt es, was Neues zu probieren. Wenn alles gutgeht, kann ich den Wein an die Mönche zurück verkaufen. Vielleicht fallen auch ein paar Trauben für uns ab.«

»Also, ich würde so etwas nicht versuchen wollen. Aber du stehst ja noch ganz am Anfang.«

»Hatte gehofft, dass du mich begleitest …«

»So was ist nichts für mich. Ich bin ein zu großer Hasenfuß.«

»Ich hingegen habe nichts zu verlieren.«

»Genau.«

Wie zur Bestätigung grunzte eines der Schweine laut auf. Die Männer lachten.

»Mette soll in der Zeit, in der du unterwegs bist, zu uns kommen. Rieke hat Übung darin, ein Neugeborenes durch die Nacht zu wiegen. Sie liebt Kinder.«

»Ja, ist eine gute Idee.«

Nachdem er den Beutel mit Eicheln und Pilzen gefüllt hatte, stopfte Carl noch mehr modriges Laub in seinen Sack. Dann begann er, Totholz und Stöckchen einzusammeln, die er unter den Arm geklemmt nach Hause tragen wollte. So konnten sie die Mönchsköpfe über dem eigenen Herdfeuer kochen und zugleich ein bisschen Wärme finden. Der Wald war eine ergiebige Quelle für alles, was man zum Überleben brauchte.

»Ich erinnere mich, als Rieke das erste Mal schwanger war. Es war eine aufregende Zeit«, sagte Hans wehmütig. »Als dann die Jungen zur Welt kamen, war ich der glücklichste Mann im Dorf. Und stolz! Nicht jede Frau bringt gleich zwei so stramme Burschen zur Welt. Viel zu oft ist es zunächst ein Mädchen.«

Carl zuckte mit den Schultern. »Ob Junge oder Mädchen, Hauptsache gesund. Und Hauptsache, Mette übersteht es gut.«

»Mädchen sind zu nichts zu gebrauchen. Aber Jungen, die können schon bald mit anpacken. Bereits jetzt helfen mir die Zwillinge beim Vieh.«

»Würde mich trotzdem über beides freuen. Ist und bleibt ein Geschenk Gottes.«

Hans grinste. »Wenn es ein Mädchen wird, musst du schnell nachlegen.«

Carl konnte nicht anders. Er musste zurückgrinsen. »Keine Sorge, Schwager. Ich bleib dran. Will einen ganzen Stall voller Bälger.«

Es war ein eiskalter Morgen im Januar, als Carl von einem scharfen Windzug geweckt wurde. Er tastete neben sich und stellte mit Bedauern fest, dass er allein auf der Matratze lag. Mette musste bereits aufgestanden sein, um den Tag zu beginnen. Grummelnd rieb er sich die Augen und blinzelte ins Halbdunkel.

Es war Mette, die die kalte Luft mit hereingebracht hatte. Auf leisen Sohlen war sie wieder ins Haus geschlüpft, obwohl man bei ihrer Statur nicht mehr von Schlüpfen sprechen konnte. Ihr Bauch war zu einer unfassbaren Größe angewachsen. Abends lag Carl jetzt immer neben ihr, hielt das Ohr an die Schwellung und betastete fasziniert die Tritte des Kindes unter der Haut.

Mette entzündete ein Talglicht an der Glut vom Vorabend und kniete sich ungelenk hin, um das Herdfeuer erneut zu entfachen. Sie trug einen neuen Mantel, der bei der Hausarbeit besonders praktisch war, weil man bei Bedarf aus den Ärmeln schlüpfen und sie auf den Rücken binden konnte. Carl hatte ihn ihr zum Weihnachtsfest geschenkt.

Sie sagte entschuldigend: »Ich habe nur kurz nach den Hennen geschaut. Ich könnte töten für ein paar Eier. Doch heute haben wir kein Glück.«

»Morgen ist ein besserer Tag«, sagte er, ein Spruch, der ihm immer häufiger über die Lippen kam.

Er zog sich eilig an und half ihr, das Feuer in Gang zu bringen, damit sie auf der Kochstelle den Hirsebrei zubereiten konnte. Der Brei war ihre tägliche Mahlzeit morgens und abends.

Da sich der Knecht nicht unter den Decken am Boden regte, gab Carl ihm mit dem Fuß einen auffordernden Stoß in die Rippen. Arndt kam stöhnend in Bewegung.

Mette baute sich vor dem Feuer auf und rieb die rauen Handflächen über den zögerlichen Flammen. »Ich glaube, ich werde mich nie an diese Kälte im Haus gewöhnen. Sie wird noch mein Tod. Die Halle in Kletzke war immer warm und stickig, selbst im tiefsten Winter.«

Carl hatte andere Erinnerungen, aber er widersprach nicht. Auch das hatte er mittlerweile über Schwangere gelernt. Man durfte nicht mit ihnen streiten. Er trat von hinten an sie heran und legte einen zusätzlichen Schal über ihre Schultern. Bei der Gelegenheit drückte er ihr einen Kuss in den kalten Nacken. Sie schloss die Augen und ließ es sich gefallen.

Von hinten bedeckte er mit seinen großen Händen ihren geschwollenen Leib. »Sobald wir das Getreide geerntet und verkauft haben, kann ich ordentliches Feuerholz beschaffen. Und wir werden bald eine Kuh haben. Die wärmt das Haus dann tüchtig auf.«

Sie schmiegte sich mit dem Gesäß an ihn. Plötzlich gab es einen Ruck unter seinen Händen. Sie stöhnte auf und krümmte sich zusammen.

»Tritt das Kind?«, fragte er beunruhigt.

Sie hielt sich den Bauch, so als wollte das Kind gleich herausrutschen, und nickte gequält.

Er stellte ihr einen Schemel hin, damit sie sich setzen konnte.

Sie ließ sich seufzend plumpsen, die Beine obszön gespreizt. »Ich habe schon die ganze Nacht Schmerzen. Aber jetzt tut es richtig weh.«

Sein Herzschlag beschleunigte sich. »Denkst du, es ist so weit?«

Sie nickte durch zusammengebissene Zähne.

»Geh und hol mehr Holz, Arndt!«, fuhr er den Knecht an. »Mir egal, wie weit du dafür laufen musst. Und wir brauchen sauberes Wasser.«

Arndt warf einen Umhang über und verschwand wortlos nach draußen. Die Aufgabe im dämmrigen Morgenlicht würde ihn eine Weile beschäftigt halten.

Mette beugte sich ungelenk nach vorn und machte sich an den Tonkrügen auf dem Boden zu schaffen.

Carl glotzte sie an. »Was tust du da? Willst du dich nicht wieder hinlegen?«

»Frühstück machen. Irgendjemand muss das doch tun.«

»Lass mich helfen!«

Sie lachte spöttisch. »Du und kochen? Niemals. Das ist Frauenarbeit.« Sie fing seinen beunruhigten Blick. »Es wird noch den halben Tag dauern, bis das Kind da ist. Bis dahin sollte ich mich nützlich machen und dafür sorgen, dass wir alle etwas zu essen haben. Gibt es nichts, das du erledigen musst? Wolltest du nicht schauen, ob du den alten Karren reparieren kannst?«

»Du musst dich schonen!«

»Wir werden alles vorbereiten. Aber glaub mir, das dauert! Vielleicht kommt das Kind erst heute Nacht. Und was soll ich in der ganzen Zeit machen? Faul herumliegen?«

Mit einer Handbewegung scheuchte sie ihn aus dem Haus. »Ich ruf dich, wenn das Essen fertig ist. Bis dahin will ich dich hier nicht mehr sehen.«

Widerwillig fügte er sich. Er zog sich einen warmen Wollmantel über und trat vor die Tür.

Die Welt lag in tiefen Blautönen vor ihm. Der Geruch von Schnee hing in der Luft.

Er zog den Mantel enger um seine Mitte und überquerte den Hof mit den überfrorenen Pfützen. Im Schuppen stand ein alter Karren vom Vorbesitzer. Das Gefährt benötigte zahlreiche Reparaturen, bevor es wieder einsetzbar war.

Heute ist der Tag, an dem ich Vater werde, dachte er. Nun wird es nicht mehr lange dauern. Ein kleines Menschenwesen, das Mette und ich gemacht haben.

Er stemmte die quietschende Scheunentür auf und betrachtete den klapprigen Wagen. Der Plan war, damit eines Tages die Ernte zum Markt zu bringen. Doch das Gefährt war so heruntergekommen, dass noch viel Arbeit vor ihm lag. In seinem jetzigen Zustand ließ es sich nicht einmal aus dem Schuppen schieben.

Er seufzte auf und kämpfte gegen die erdrückende Hoffnungslosigkeit an, die sich in ihm breitzumachen drohte. Hunger und Mangel schienen in diesem Jahr endlos. Alles musste er sich mühsam neu erarbeiten. Er hatte nicht mal einen Ochsen, den er vor den Karren spannen konnte. Er würde sich einen im Dorf leihen müssen.

Er begab sich ans Werk und ersetzte beim Schein eines Talglichts ein paar rostige Nägel. Doch es fiel ihm schwer, sich zu konzentrieren. Immer wieder wanderte sein Blick durchs offene Scheunentor zum Haus. Bald waren seine Finger steif vor Kälte. Er machte stur weiter, unfähig, selbstständig andere anfallende Arbeiten auszumachen und anzugehen. Als Mette vor die Tür trat und ihn und Arndt zum Frühstück lud, sprang er erleichtert auf.

Er eilte zum Haus und rieb sich die klammen Hände.

Das Feuer hatte die Diele ein wenig erwärmt. Er ließ sich eine Daubenschale mit Brei reichen und setzte sich auf eine der Baumscheiben, die sie als Sitzgelegenheiten nutzten, bis er Gelegenheit haben würde, ordentliche Möbel zu zimmern.

»Wie fühlst du dich?«, fragte er.

Die Flammen ließen Mettes Gesicht orange aufleuchten. Sie sah jung und kräftig aus. »Gut! Du musst dich nicht sorgen! Die Schmerzen kommen und gehen regelmäßig.«

»Soll ich nicht besser Riekchen holen? Kannst sie ja gleich wieder wegschicken, wenn sie auch sagt, dass es noch dauert. Würd mich wohler fühlen, wenn eine andere Frau im Haus wäre.«

»Deine Schwester hat doch zu tun! Du kannst gern hinübergehen und ihr Bescheid geben, damit es sie nicht unvorbereitet trifft. Aber ich weiß, es braucht noch eine Weile.«

»Werde gleich zu ihr gehen und sie warnen.«

Sie warf ihm einen Blick zu, der voller Liebe war. Er bewunderte ihre Besonnenheit und Furchtlosigkeit. Sie wird eine hervorragende Mutter, dachte er stolz.

Nach dem Essen machte er sich auf den Weg, um Rieke von der nahenden Geburt zu unterrichten.

Sie hörte sich geduldig seine Ausführungen an, dann nickte sie. »Deine Frau hat recht. Es wird noch eine Weile dauern. Ruf mich, wenn sie vor Schmerzen nicht mehr stehen kann. Kocht Wasser.«

Er wandte sich ab, um die Nachricht nach Hause zu tragen, da fügte sie hinzu: »Nimm von unserem Brennholz mit. Und halte sauberes Leinen bereit. Habt ihr so etwas?«

»Mette hat vorgesorgt. Ist alles da. Und danke fürs Holz.«

Er griff sich unbescheiden einen großen Stapel aus Hans' Vorrat und kehrte ein wenig beruhigter nach Hause zurück.

Mette verwies ihn ein weiteres Mal der Tür. »Geh in den Forst und sammle Nüsse. Oder mehr Laub. Du weißt, wir können es immer gut gebrauchen.«

Für den Rest des kurzen Tages streunte er kopf- und ziellos durch Wald und Flur. Er kehrte erst heim, als die Wintersonne hinterm Horizont verschwand.

Jetzt hatte sich das Bild gewandelt. Mette lag auf der Matratze. Obwohl das Feuer fast erloschen war, stand ihr der Schweiß auf der Stirn. Die rosige Gesichtsfarbe, die ihr sonst zu eigen war, war einem fahlen Weiß gewichen. Sie hatte die Beine angewinkelt, der Bauch wölbte sich unter dem Kleid wie eine vulgäre Kugel. »Jetzt kannst du deine Schwester holen«, zischte sie durch zusammengebissene Zähne.

Er warf seinen Laubsack in die Ecke und rannte zum Haus seiner Schwester. Rieke eilte gleich mit ihm zurück und schlug ihm die Tür ins verdutzte Gesicht. »Männer haben keinen Zutritt. Geh zu Hans! Er hat ein ganzes Fass für diesen Tag aufgespart.«

Carl war unfähig, den Hof zu verlassen. Seine Beine verweigerten ihm den Dienst. Er hockte sich draußen mit Arndt auf die Bank, während die Welt um sie herum erneut in winterlicher Dunkelheit versank. Von drinnen drang ein Klagen und Wimmern an ihre Ohren, das Carl einen Schauer nach dem nächsten über den Rücken jagte. Er wechselte einen unbehaglichen Blick mit dem Kossäten, der aufmunternd zurücklächelte.

»Sie wird's schaffen«, sagte Arndt. »Ist eine kräftige Frau. Nicht wie mein Weib. Die war immerzu krank, genauso wie die Kleinen, die sie zur Welt gebracht hat.«

Carl nickte betäubt und klemmte sich die Hände unter die Achseln. Arndt hatte nie erwähnt, dass er verheiratet gewesen war und Kinder gehabt hatte. Ob sie ihm alle gestorben waren? Vielleicht, als sein Haus abgebrannt war?

Wo auch immer sie heute steckten – es war nicht die Art von Gespräch, die Carl gerade benötigte. Er sprang auf die Füße. »Ich geh rüber zu meinem Schwager. Kommst du mit? Es gibt Bier.«

Das gab den Ausschlag. Zu zweit machten sie sich auf zu Hans, der sie nicht nur mit warmem Bier erwartete, sondern auch mit einem kräftigen Eintopf. Carl löffelte dankbar das gute Essen und ließ sich von seinen Neffen und seiner Nichte belagern, bis es Schlafenszeit für die Kleinen war. Die Magd wickelte die Kinder nahe dem Herdfeuer zu sich in die Decken und sang sie in den Schlaf. Arndt rollte sich in seinen Mantel und nickte ebenfalls ein.

Carl betrachtete die schlafende Ina, die den Daumen fest im Mund verankert hatte. Er fragte Hans: »Wie lang es dauern mag?«

»Das ist schwer zu sagen. Rieke wird uns Bescheid geben, wenn es vorbei ist.«

Carl brummte und schloss die Augen.

Er musste eingeschlafen sein, denn als seine Schwester schließlich ins Haus kam und ihn mit sanften Händen schüttelte, war er zunächst verwirrt und wusste nicht mehr, wo er sich befand.

»Du hast einen Sohn, Carl. Er ist bildhübsch.«

Er war so schnell auf den Beinen, dass sich für einen Moment die Welt um ihn herum drehte. »Und Mette?«

»Ihr geht's gut. Wir brauchen dich nun. Jemand muss die Nachgeburt vergraben. Am besten so weit weg wie möglich.«

Er griff seinen Mantel und folgte ihr hinaus. Der Mond war schmal und von einem Wolkenschleier verborgen. Wenige Sterne funkelten am Himmel.

Unterwegs plauderte Rieke gelöst. Sie war, im Gegensatz zu Carl, hellwach. »Deine Mette ist eine Meisterin im Kinderkriegen. Ich habe keine Zweifel, dass ihr viele weitere bekommen werdet. Sie ist wie dafür geschaffen! Das Kind ist förmlich aus ihr herausgerutscht. Sie hat fast gar nicht gejammert.«

Seine Schwester musste eine andere Erinnerung an den Nachmittag haben als er. Ihm jedenfalls dröhnte Mettes schmerzgeplagtes Stöhnen noch allzu deutlich in den Ohren. Aber er wollte mit Rieke nicht darüber streiten.

Sie erreichten sein Haus. Rieke schob ihn durch die Tür. Sie ließ sich absichtlich zurückfallen, um den kostbaren Moment der jungen Familie nicht zu stören. »Hier, Carl, mach dich mit deinem Sohn bekannt!«

Die Diele war vom sterbenden Feuer spärlich erleuchtet. Mette saß aufrecht auf der Matratze, die Haare zu zwei Zöpfen geflochten, die sie sich über die Schultern gelegt hatte. Sie lehnte an einer Truhe, in der sie ihre Kleidung aufbewahrten, und hielt ein Bündel in den Armen. Da sie den ganzen Tag geheizt hatten, herrschten zum ersten Mal frühlingshafte Temperaturen in der Stube.

Er kam langsam näher. Das Herz schlug ihm wie wild in der Brust.

Mein Sohn, dachte er bewegt.

Traumwandlerisch setzte er einen Fuß vor den Nächsten. In der Luft lag der metallische Gestank von Blut, wie er ihn vom Schlachtfeld kannte, doch die meisten Spuren der Niederkunft waren beseitigt. Nur der irdene Topf zu Mettes Füßen, in dem die Nachgeburt lag, deutete auf die Strapazen des Abends hin.

Er trat näher ans Licht. Mette schaute vom Kind auf. Sie sah müde aus. Doch da war noch ein anderer, unerwarteter Ausdruck in ihren Augen. Etwas, das ihm nicht behagte. Ohne es zu wollen, verkrampften sich seine Hände zu Fäusten. »Alles in Ordnung?«

Rieke rief von der Tür aus: »Der Knabe ist kerngesund! Sie hat ihn gleich gestillt und jetzt schläft er. War ja auch anstrengend für den kleinen Mann.« Man konnte am Klang ihrer Stimme hören, wie sehr sie sich für Carl freute.

Er trat zögerlich näher. Das Bündel wirkte wie ein Fremdkörper in Mettes Armen.

»Mette?«

Sie schaute ihn wieder an. In ihren Augen stand Trauer. Er konnte sich nicht erklären, wieso. Dann flackerte Furcht auf.

Sie hat Angst vor mir, erkannte er erschrocken.

»Carl, bitte, es tut mir so leid. Bitte vergib mir!«, flüsterte sie.

»Vergeben?« Er verstand nicht. Ihm dämmerte, dass da etwas war, was so nicht sein sollte. »Ist er missgestaltet?«

Sie brach in Tränen aus.

»Was auch immer es ist, wir kriegen das hin«, versuchte er, sie zu beruhigen.

Er hob die Hand, um behutsam die Decke zurückzuschlagen, unter der das Kind verborgen lag. Da waren weicher Flaum und die Rundung eines winzigen Köpfchens. Er deckte den Knaben weiter auf, um in das schlummernde Gesichtchen zu schauen. Es war perfekt. Mit dem Zeigefinger strich er sanft über die weiche Wange. Der Junge öffnete für den Bruchteil einer Sekunde die Augen.

Carl zog scharf die Luft ein und stolperte einen Schritt zurück. »Oh nein!«

Mettes Blick ging zu Rieke, die weiter hinten im Türrahmen wartete. »Bitte, Carl«, wisperte sie. »Ich kann's erklären!«

Doch da gab es nichts zu erklären. Diese Schandtat war nicht zu rechtfertigen. In ihm stürzte eine Welt zusammen.

Das Kind in ihren Armen hatte blondes Haar und blaue Augen. Es sah genau so aus, wie man sich einen Bastard von Dietrich von Quitzow vorstellte.

Der Verrat

Luchow, Mai 1411

Carl löste sich von den Gräbern, deren Holzkreuze er gerichtet hatte, und umrundete die steinerne Kirche. Es war früh am Morgen und nur wenige Nachbarn waren auf den Beinen. Die, die er antraf, grüßte er höflich, und sie grüßten ihn genauso höflich zurück. Einige wechselten im Vorübergehen ein paar Worte mit ihm.

Er traf auf Hans. Der Schwager trieb seine Kuh auf die Allmende, wo sie die warmen Sommermonate über stehen würde, um vom saftigen Gras zu weiden.

»Grüß dich, Carl! Was macht Mette?«, rief er Carl fröhlich zu.

»Alles bestens.«

»Rieke vermisst sie. Warum kommt sie nicht mal vorbei?«

»Hat viel zu tun mit dem Haus und dem Garten. Das Mädchen, das ihr zur Hand geht, ist langsam im Kopf und keine große Hilfe.«

»Und der kleine Carl?«

Carl zuckte zusammen. Er konnte sich nicht an den Namen gewöhnen. Mette hatte darauf bestanden, dass man das Kind nach ihm benannte, um mögliche Gerüchte und Spekulationen im Dorf im Keim zu ersticken. Er hatte widerwillig und nur nach einem hitzigen Streit eingewilligt. In Gedanken nannte er das Kind weiterhin »Bastard«.

Er versuchte ein Lächeln und zog die Mundwinkel steif nach oben. »Er rollt über den Boden und greift nach allem, was er in die Finger kriegen kann.«

»Genau so, wie es in dem Alter sein sollte! Bald wird er krabbeln!«

»Wunderbar«, bemerkte Carl gallig.

»Kommt doch alle mal wieder vorbei!«, schlug Hans vor. »Ina würde sich freuen. Sie hat einen Narren an dem Kleinen gefressen.«

»Werd's versuchen.« Das war es, was ihm über die Lippen kam, doch er schob den Gedanken sogleich wieder beiseite. Einen Teufel würde er tun! Er konnte nicht vor Schwager und Schwester den netten Familienvater spielen, wenn es keine Familie für ihn gab. Er wickelte das Gespräch schnell ab und eilte weiter.

Der kurze Austausch hatte ihm die Laune verdorben. Nicht, dass er in letzter Zeit häufig guter Stimmung gewesen wäre. Seit der Geburt hing bei ihm der Haussegen gewaltig schief.

Nachdem sein anfänglicher Ärger verraucht war und er Mette wieder hatte anschauen können, hatte er sie zum ersten Mal richtig ausreden lassen. Das war ungefähr zwei Wochen nach der Geburt gewesen.

»Ich hab's nicht gewusst!«, versuchte sie, sich zu verteidigen.

Er stieß einen höhnischen Laut aus. »Du hast nicht gewusst, ob du mit Dietrich von Quitzow ins Bett gestiegen bist? Hast du dabei etwa geschlafen?«

Sie wandte den Blick ab. »Ich hab nicht gewusst, dass es nicht deins ist, du Holzkopf.«

»Muss dir richtig Spaß gemacht haben mit ihm! Ich musste ja immer vorzeitig rausziehen.«

Sie starrte ihn aus zornigen Augen an, die Lippen eine schmale Linie. Plötzlich brüllte sie wütend auf, griff wahllos nach etwas und schleuderte den Gegenstand in seine Richtung. Er duckte sich. Im Vorbeiflug sah er, dass es ein kleines Holzscheit war.

»Du Mistkerl! Du denkst, ich hätte eine Wahl gehabt? Dass ich mich ihm wie eine widerliche Schlampe an den Hals geworfen hätte? Nein, Dietrich hat das mit jeder von uns so gehalten! Ja, nun schau doch nicht so entrüstet! Er hat jede der Mägde irgendwann in sein Bett gezogen. Man wäre schlecht beraten gewesen, hätte man sich ihm verweigert!«

Carl lief vor Zorn rot an. Natürlich war er sauer auf Mette, daran bestand kein Zweifel. Sie hätte ihm reinen Wein einschenken sollen, damals, als er am Ufer der Elbe eine Entscheidung hatte treffen müssen. Sie hatte es ihm wissentlich verschwiegen, aus Angst, dass er sie zurücklassen würde. Sie musste befürchtet haben, ihre Anstellung als Magd zu verlieren, denn Elisabeth hätte ihr so etwas nie verziehen. Doch er empfand auch Mitleid mit ihr. Ein winziger Teil von ihr hatte wohl die ganze Zeit gehofft, dass es doch Carls Kind war oder dass sie ihm den Bastard einfach hätte unterschieben können. Sie hatte nicht ahnen können, dass der Junge Dietrich so ähnlich sehen würde.

Was Carl jedoch vor allem ärgerte, war die Tatsache, dass Dietrich ganz genau gewusst hatte, dass Mette zu Carl gehörte. In seiner Selbstsucht hatte es ihn dennoch nicht davon abgehalten, sie sich anzueignen wie ein herrenloses Stück Vieh. Er starrte in ihr verweintes Gesicht. Immerhin war sie nicht aus Leidenschaft mit Dietrich ins Bett gestiegen. Der Gedanke tröstete ihn ein wenig.

Er schloss die Augen und fragte: »Wann ging's los?«

»Was soll das bringen, Carl?«

»Wann ging es los, Mette? Sag es mir!«

Sie dachte nach. »Als du bei Johann in Plaue warst.«

Er stierte sie fassungslos an. »So lange?«

Er versuchte, sich daran zu erinnern, was in dieser Zeit alles vorgefallen war. Kaum war er aus Plaue zurückgekehrt, war es ein ständiges Auf und Ab mit Mette gewesen. Sie hatte ihn angebettelt, sie aus Köpenick wegzuführen und er hatte sich geweigert. Nein, noch schlimmer. Er hatte sich von ihr abgewendet und sie fallen gelassen. Dann fiel ihm ein, warum er es getan hatte. Er hatte sich an Bord des Boots, das sie von Berlin nach Köpenick zurückgebracht hatte, bei Dietrich ausgeheult, woraufhin dieser Carl geraten hatte, mit Mette Schluss zu machen.

Er fluchte innerlich. Er hatte ihm vertraut! Und was hatte Dietrich getan? Er hatte die ganze Zeit hinter seinem Rücken mit Mette geschlafen, als ob nichts dabei wäre! Wie hatte er sie Carl gegenüber genannt? Eine Schlampe!

»Dieser gottverdammte Hurensohn!«, murmelte er. Er schloss die Augen abermals und atmete tief durch. »Wie oft ist es passiert?«

»Bitte, was sollen all diese Fragen? Was willst du jetzt hören?«

»Die Wahrheit.«

Als nichts kam, öffnete er die Augen. Sie stand zitternd vor ihm und wiegte das schlafende Kind im Arm. Scheinbar gleichgültig zuckte sie mit der Schulter und sah weg. »Einige Male.«

Er ballte die Fäuste.

»Bitte, Carl, ich hab nicht mitgezählt! Es hat nichts bedeutet, das musst du mir glauben!«

»Wart ihr allein?«

Sie schnappte empört nach Luft. »Bitte was? Natürlich waren wir allein! Was denkst denn du?«

Er nickte und wandte sich mit hängendem Kopf ab. »Und, hat's dir gefallen? War es besser als mit mir?«

Sie schnalzte gekränkt mit der Zunge. »Weißt du was? Du bist ein Arschloch, Carl. Geh mir aus den Augen.«

Und so hatte er sich vom Hof gemacht und war wie blind durch die Wälder gestreift. Wie von selbst war die Irrfahrt an seinem See geendet, doch das Wasser war im Winter zu frostig gewesen, um zur Insel zu schwimmen. Er hatte sich ans Ufer gesetzt und für eine Weile dem Scharren der Zweige in den nackten Kronen der Birken gelauscht. Als er völlig durchgefroren gewesen war, war er wieder in sein kaltes und liebloses Haus zurückgekehrt.

Seitdem wechselten Mette und er nur die nötigsten Worte miteinander. Davon unbeeindruckt wuchs in ihrer Mitte ein kleiner, kräftiger Junge mit blauen Augen und blondem Haar heran. Obwohl Carl wusste, dass es Sünde war, verspürte er tiefen Hass auf den Bengel. Er konnte ihn nicht ansehen, ohne Dietrich in ihm zu sehen und den Betrug, der an ihm begangen worden war.

Tief in Gedanken überquerte er auf dem Weg zu seinem Weinberg den matschigen Dorfanger. Als er vor einigen Tagen vorbeigeschaut hatte, waren die ersten zaghaften Triebe sichtbar gewesen. Er wollte sich ein Bild über den Fortschritt der Reben machen. Der viele Regen der letzten Wochen hatte die Bauern frohgemut gestimmt. Es versprach, ein gutes Erntejahr zu werden.

Am Löschteich fiel ihm eine einsame Gestalt ins Auge. Ein Halbwüchsiger, die Kapuze tief in die Stirn gezogen. Auf wackligen Beinen suchte er sich am steilen Ufer einen trockenen Zugang zum Teich. Vorsichtig beugte er sich übers Wasser nach vorn, in der Hand einen langen Stock, der ihn beinah aus dem Gleichgewicht brachte. Carl blieb stehen, um ihn zu beobachten.

Das Objekt, das der Junge aus dem Teich zu angeln versuchte, hatte sich an einer unzugänglichen Stelle im Schilf verhakt. Es sah aus wie ein großer Stein. Neugierig geworden ging Carl näher heran.

Plötzlich verlor das Kind die Balance und ruderte mit den Armen wild in der Luft. Carl rannte los.

Im letzten Moment konnte sich der Knabe von allein fangen. Er landete unsanft auf dem Hosenboden. Der Ast war ins Wasser gefallen, nun außer Reichweite und kein sinnvolles Werkzeug mehr, um irgendetwas aus dem Teich zu angeln.

Carl erreichte ihn ein wenig verspätet. Er schnappte nach Luft. »Holla! Jetzt wärst du fast selbst hineingeplumpst. Wie leichtsinnig! Kannst du überhaupt schwimmen?«

Das Kind schaute nicht auf und schüttelte den Kopf.

»Na, selbst wenn du schwimmen könntest, dein schwerer Mantel würde sich sofort vollsaugen und dich runterziehen. Du wärest nicht der Erste, der im Löschteich ertrunken ist.«

Das Kind hob den Kopf. Die Kapuze rutschte ihm vom blond gelockten Schopf. Carl blickte in leuchtend blaue, tränenfeuchte Augen. Die Oberlippe bebte. »Sie haben sie einfach in den Sack gesteckt und da hineingeworfen.«

Carl schaute zu dem Objekt im Schilf. Jetzt, wo er sich genähert hatte, war deutlich zu erkennen, dass es sich um einen Sack handelte. »Sie?«

»Meine Katze«, sagte Annes Erstgeborener.

Der Junge gab seine Selbstbeherrschung auf. Dicke Tränen kullerten über seine rosigen Wangen. Er zog die Kapuze wieder tief in die Stirn und vergrub das Gesicht in den Armen, die mageren Schultern bebten. »Die Kinder im Dorf sind gemein! Sie wussten, dass ich sie lieb habe. Und jetzt ist sie tot!«

»Wolltest sie begraben?«

»Ja. So macht man das doch mit den Toten, oder nicht? Man gibt ihnen ein anständiges Begräbnis.«

Nicht mit Haustieren, dachte Carl. Aber er biss sich lieber auf die Zunge, als es auszusprechen. Stattdessen suchte er sich einen neuen Ast und fischte die tote Katze für den Jungen aus dem Teich.

Sie betrachteten den triefenden Sack zu ihren Füßen.

»Wo willst du sie begraben?«, fragte Carl.

»Zu Hause. Wenn ich es woanders versuche, kommen sie mir auf die Schliche und graben sie aus. Dann finde ich sie am nächsten Tag auf der Türschwelle wieder.« Der Junge sagte das so, als sei es ihm schon Dutzende Male genau so passiert.

Carl hob den Sack auf. »Komm, wir bringen sie gemeinsam nach Hause. Ich bin Carl.«

»Rudi.«

Carl zuckte wie vom Blitz getroffen zusammen.

Natürlich, dachte er. Anne hatte ihr Kind nach ihrem geliebten Bruder benannt. Dennoch wirkte es falsch, beinah lasterhaft, sah der Knabe doch Dietrich so verdammt ähnlich.

»Du bist der neue Mann im Dorf. Den, den sie geraubt haben. Das war, bevor ich geboren wurde.«

Carl nickte. »Eine lange Zeit ist seitdem ins Land gegangen.«

»Warum bist du zurückgekommen? Du hättest doch auch woanders neu anfangen können.«

»Das Dorf ist mein Zuhause, Rudi. Es ist meine Heimat. Meine Familie lebt hier, meine Schwester und ihr Mann.«

Rudi schlug die Kapuze zurück und enthüllte ein sturmumwölktes Gesicht. Er nahm einen Stein auf und warf ihn weit von sich. »Ich hasse es hier! Ich würde überall leben wollen, nur nicht in diesem blöden Dorf!«

»Weil sie deine Katze ertränkt haben?«

»Ja, und weil sie meine Mutter wie Dreck behandeln. Dabei ist sie die beste Mutter, die man sich wünschen kann. Kennst du sie?«

Carl überlegte, was er darauf antworten sollte. Er entschied, bei der Wahrheit zu bleiben. »Hab früher mit ihr gespielt. War eine gute Freundin von mir.«

Der Junge schaute ihn verblüfft an. »Davon wusste ich ja gar nichts! Dann wird sie sich freuen, dich wiederzusehen.«

Da wäre ich mir nicht so sicher, Bürschchen.

Er begleitete Rudi trotzdem bis zum Hoftor.

Anne saß im Hof vor der Küchentür und rupfte ein Huhn. Sie trug ein blassweißes Kopftuch und ein kastanienbraunes Wollkleid mit einem Gürtel. Es brachte ihre üppigen Formen voll zur Geltung.

Sie schaute auf. Als sie ihren Sohn mit Carl herannahen sah, hielt sie überrascht in der Bewegung inne. Sie blickte zum Stall, doch dort war nichts zu sehen. Sorgfältig legte sie das Federvieh neben sich auf die Bank und stand auf, um ihnen entgegenzugehen. Dabei wischte sie sich die Hände an einer Schürze ab, die sie sich unter den Gürtel geklemmt hatte. Ihre breiten Hüften ließen den Rock mit jedem Schritt schwingen. »Was ist da in dem Sack, Rudi?«

»Meine Katze, Mama. Die Kinder haben sie in den Teich geworfen. Kann ich sie hinterm Haus vergraben?«

Sie nickte. Ihre Augen wanderten zu Carl. »Willkommen zurück in Luchow.«

»Anne, schön, dich wiederzusehen.« Er konnte nicht sagen, wie sehr. Ein verschämtes Grinsen stahl sich in seine Züge.

»Carl hat mir geholfen, die Katze aus dem Teich zu fischen. Er ist mein neuer Freund.« Rudis Traurigkeit war offenbar der Hoffnung gewichen, in dem großen Fremden einen Verbündeten gefunden zu haben.

Sie strich ihrem Sohn übers blonde Haar. »Das war sehr nett von ihm.«

»Ob er mir wohl hilft, die Katze zu vergraben? Papa hat immer so viel zu tun.«

Anne sah Carl eindringlich an. Ihm blieb beinah das Herz stehen. »Er hat bestimmt auch viel zu tun. Das wirst du allein erledigen müssen.«

Das war es, was sie mit dem Mund sagte, doch mit ihrem Blick forderte sie ihn auf zu bleiben.

Carl riss sich von ihren Augen los. Er hatte vergessen, wie honigbraun sie waren. Er schaute zum Stall. Er vermutete Kuno da drin.

Hastig wandte er sich ab. »Deine Mutter hat recht. Ich muss jetzt aufs Feld. Wenn dich noch einer von den Jungen ärgert, sag ihnen, sie sollen zu mir kommen für eine Abreibung.«

Rudi grinste von einem Ohr zum anderen. »Werde ich machen. Danke, Carl.«

Die Nymphe

Luchow, Juli 1411

»Carl, Carl, schau mal, ich hab schon drei Züge …« Das letzte Wort ging in Gurgeln über.

Carl stand neben dem Jungen hüfthoch im See und beaufsichtigte seine zaghaften Schwimmversuche. Sie hatten damit angefangen, als das Wetter beständig wärmer geworden war. Heute war der erste Tag, an dem sich Rudi von allein in tiefere Gefilde getraut hatte. Bevor er jedoch aus Übereifer ganz absoff, fischte Carl ihn mit einem kräftigen Arm wieder aus dem Wasser und stellte ihn auf die Füße.

Rudi spuckte freudestrahlend einen Schwall Seewasser aus. »Mannomann! Hast du das gesehen?«

Carl nickte ernst. »Hab's gesehen. Nicht mehr lange und wir können zusammen da rüber schwimmen.« Er zeigte auf seine Insel.

»Ich kann's kaum erwarten! Da müssen allerhand Schätze liegen.«

»Wirst es bald herausfinden.«

Der Junge hob die Arme über den Kopf, wie Carl ihm gezeigt hatte, und stürzte sich nach vorn. »Komm, noch mal!«

Carl zog ihn blitzschnell am Ohr wieder zurück. »Genug für heute! Dir gehen die Kräfte aus. Wir können es morgen Nachmittag wieder probieren.«

»Aber ich hab's bald!«

»Morgen ist auch noch Zeit.«

Enttäuscht schlug Rudi mit der Faust aufs Wasser. »Ach Mann!« Ein Blick zu Carl überzeugte ihn, sich geschlagen zu geben. »Na gut.«

Mürrisch watete er zum Ufer zurück. Carl folgte ihm.

»Wenn ich groß bin, möchte ich auch so viele Muskeln haben wie du. Dann wird es keiner mehr wagen, mich zu verprügeln.«

»Können dran arbeiten. Aber ich glaube eher, dass in dir ein schlanker und flinker Kämpfer steckt. Nicht so ein breitschultriger Bär wie ich.«

»Warum?«

Weil du deinem Vater zum Verwechseln ähnlich siehst, dachte Carl. Weil du jetzt schon beim Nachdenken mit den Fingern schnippst und beim Sitzen mit dem Oberschenkel wippst, genau wie Dietrich. »Das sieht man. Du wirst mal gertenschlank und schnell wie der Wind.«

Das schien Rudi zu freuen. Er kletterte ans Ufer und steuerte auf seine Wäsche zu. Beim Anziehen schaute er verstohlen zu Carl hinüber.

»So viele Narben! Kommt das aus der Zeit, als du weg warst?«

Carl nickte und schlüpfte in seine Bruche. »Musste kämpfen.«

Rudi runzelte die Stirn. »Wie alt warst du da?«

»Nicht viel älter als du. Siebzehn oder achtzehn.«

»Und hast du auch schon einmal einen Menschen getötet?«

Carl zögerte. Nach kurzem Überlegen befand er, dass nichts dagegen sprach, bei der Wahrheit zu bleiben. »So einige.«

»Echt? Wie viele?«

»Hab nicht mitgezählt. Es war schon ein Dutzend oder so.«

»Ein Dutzend? Wie fühlt es sich an?«

Carl dachte darüber nach. »Weiß nicht. Schrecklich. Gleichzeitig aufregend.« Als er die Bewunderung in Rudis blauen Augen einfing, schüttelte er den Kopf. »Aber weißt du, das war im Krieg. Verstehst du, was ich sagen will? Ich kannte diese Männer nicht. Und hätte ich sie nicht getötet, dann hätten sie es mit mir getan. Mir blieb keine Wahl.«

»Ich weiß, Carl. War kein Mord oder so.«

»Genau.«

Nachdem sich der Junge den Kittel über den Kopf gezogen und die nassen Haare glatt gestrichen hatte, sagte er: »Wenn ich einmal groß bin, möchte ich genauso furchtlos sein wie du. Ich will nie wieder von einem Kind im Dorf verprügelt werden.«

Carl legte ihm eine Hand auf die Schulter. »Kann ich gut verstehen. Wir werden daran arbeiten, ja? Ich zeig dir, wie du dich mit einem Stock verteidigen kannst.«

»Und machst du mich auch stärker?«

»Stark und schnell.«

»Versprochen?«

»Versprochen.«

Rudi sah ihn dankbar an, dann schlangen sich schlaksige Jungenarme um Carls Mitte. »Danke! Du bist mein bester Freund.«

Er schob den Jungen sanft von sich weg. »Nicht rührselig werden! Los, du musst nach Hause. Gibt bestimmt bald Essen.«

»Und du?«

»Ich schaue noch nach der Falle.«

»Na gut!«

Rudi machte sich auf den Weg zurück zum Dorf. Er war so guter Laune, dass er auf dem Waldweg kleine Luftsprünge machte. Carl sah ihm hinterher.

Zum Teufel, dachte er. Ich hab den Burschen wirklich gern.

Er mochte vielleicht aussehen wie Dietrich, aber innerlich erkannte er ein Stück weit sich selbst in ihm wieder. Der Junge hatte das Zeug, Großes zu vollbringen. Er musste nur lernen, auf sich selbst zu vertrauen und sich gegen die pöbelnden Kinder aus dem Dorf durchzusetzen. Carl hatte sich vorgenommen, ihm dabei zu helfen.

Es war eine gute Ablenkung von seinen häuslichen Sorgen. Der Bastard war nun alt genug, dass er Haus und Hof unsicher machte. Er konnte zwar noch nicht laufen, aber er war überall rollend unterwegs und steckte sich in beinah selbstmörderischer Absicht alles in den Mund, was er finden konnte. Mette konnte ihn keinen Moment aus den Augen lassen.

Da sie sich nicht anders zu helfen wusste, band sie sich das Kind oft auf den Rücken. Doch der Bastard ließ es sich nur für kurze Zeit gefallen. Dann strampelte und brüllte er so lange, bis man ihn aus dem Gefängnis wieder entließ. Dadurch blieb vieles im Haushalt liegen.

Nachdenklich zog Carl sich zu Ende an. Dann setzte er sich für einen Moment ans Ufer und schaute über die spiegelglatte grüne Fläche zu seiner Insel hinüber. Er war noch nicht wieder dort gewesen. Irgendetwas hielt ihn zurück. Vielleicht die Angst, dass sich alles verändert hatte. Er war so viele Jahre fort gewesen! Er befürchtete, dass sich seine kleine Welt, die ihm einst so viel bedeutet hatte, in Luft aufgelöst hatte.

Er seufzte. Wie viele Jahre hatte er davon geträumt, nach Hause zurückzukehren! Doch dann war alles ganz anders gekommen. Seine Eltern waren gestorben. Er wohnte nicht mehr daheim, sondern in einer baufälligen Hütte, von der er nicht wusste, ob sie den kommenden Herbststürmen standhalten würde. Anne lebte, aber sie war mit einem anderen verheiratet. Er wiederum war mit Mette verheiratet. Sie hassten einander und hatten sich nichts mehr zu sagen. Er war der ärmste Bauer in seinem Dorf und fühlte sich durch seine bewegte Vergangenheit wie ein Außenseiter.

Er dachte an Predöhl, an Klöden und Thomas und an die gemeinsam durchlittenen Abenteuer. Wehmut kam in ihm auf. Teufel noch mal, sie hatten sich erdreistet, den Bischof von Lebus zu überfallen! Und den Hauptmann der Mittelmark! Die Größten des Reiches hatten wegen ihnen nicht mehr ruhig in ihren Betten schlafen können. Dietrich hatte sie alle beherrscht, durch Angst, durch Dreistigkeit. Stargard fiel ihm ein und wie er bibbernd in einem Gebüsch am Ufer der Havel gehockt und darum gebettelt hatte, dass man ihn in sein Gefängnis zurückbringt. Bei der Erinnerung daran musste Carl lachen.

Dann dachte er an Mette. Er vermisste auch sie und die Unbeschwertheit, die sie einmal verbunden hatte. Seit ihrem Streit ließ sie ihn nicht mehr in ihr Bett. Ob sie sich jemals wieder zusammenraufen würden?

Sein Magen knurrte vernehmlich. Er suchte seine Falle im Wald auf und fand darin ein erdbraunes Kaninchen. Er war erleichtert. Endlich mal wieder Fleisch! Vorsichtig befreite er die Beute aus der Schlinge. Er setzte sich auf einen umgefallenen Baumstamm und zückte das Messer. Mit der Klinge fuhr er am Rücken unter die Haut, bis er ein Loch hatte, das weit genug für die Finger war. Er zog kräftig an den Rändern, bis sich das Fell von Kopfansatz bis zu den Hinterläufen vom Körper gelöst hatte. Dann schnitt er die Läufe und den Kopf ab und warf sie weg, doch er weidete das Kaninchen nicht ganz aus, denn Herz, Niere und Leber zählten zu seinen Leibgerichten.

Angesichts des Festmahls, das Mette heute Abend für ihn zubereiten konnte, kehrte er gut gelaunt nach Hause zurück. Sein windschiefes Wohnhaus stand traurig am Ende der Dorfstraße. Es wirkte vernachlässigt und verlassen. Der Anblick war beschämend.

Im Hof kam ihm Arndt entgegen. Er schleppte Wasser vom Brunnen zum Haus. Sie begrüßten einander mit einem Nicken. Die Tür stand offen und Carl trat hinter ihm ins dunkle Innere.

Mette saß auf einer der Strohmatratzen und spielte mit dem Bastard. Das Feuer war aus. In der Hand hielt sie einen getrockneten Gänsehals, der mit ein paar harten Erbsen gefüllt war. Sie schaute auf. »Wo bist du gewesen?«

»Hab die Fallen kontrolliert.« Er warf ihr das Kaninchen hin. »Hatten Glück.«

Der blutige Kadaver berührte ihre nackten Füße. Sie runzelte die Stirn. »Du warst den halben Tag fort. Es ist mir klar, dass du herumstreunerst und von hier fernbleibst. Dabei weiß ich vor lauter Arbeit kaum, wo mir der Kopf steht.«

Er sah sich um. Das Haus war ein Saustall. Im Kessel klebte eine dicke, schwarze Kruste. Die Matratzen waren noch vom Morgen ausgebreitet, sodass jeder darüber hinwegsteigen musste, wollte er den Raum durchqueren. Verdreckte Windeln lagen in einem stinkenden Haufen zusammengeknüllt am Eingang.

Als sein Blick auf einen zerbrochenen Krug fiel, aus dem sich teure Haferkleie auf den lehmbedeckten Boden ergossen hatte, wurde er wütend. »Du verschwendest unser Essen?«

»Carl war's. Er hat seine kleinen Finger überall.«

»Und warum hast du dann nicht besser auf ihn aufgepasst? Du weißt, dass wir uns so was nicht leisten können!«

»Weil ich das nicht alles allein machen kann! Ich kann nicht auf das Kind aufpassen und den Knecht beaufsichtigen, der sich im Übrigen heimlich an unseren Vorräten bedient und schon mittags betrunken ist, und nebenbei auch noch aufräumen, kochen, waschen, spülen, spinnen, den Garten bestellen, nähen und Essen einlagern!« Sie brach in Tränen aus.

Er schlug die Augen nieder.

»Ich schlafe kaum noch!«, schluchzte sie. »Das Kind hält mich die ganze Nacht wach, während du in süßen Träumen schlummerst, weil dich nichts auf der Welt wecken kann.«

Er setzte zu einer Erwiderung an, doch sie fuhr ihm über den Mund.

»Ich kann nicht mehr, Carl! Meine Arme sind schwer wie Blei. Ich bin hundemüde.«

Er sah sich stirnrunzelnd um. »Wo ist das Mädchen, das dir zur Hand gehen soll?«

Mit dem Handballen wischte sie sich übers Gesicht. Es hinterließ graue Streifen auf der Haut. »Sie ist vor einer Woche gegangen. Du hast nicht mal gemerkt, dass sie fort ist. Dir ist hier alles egal, du bist ja selbst kaum daheim.«

Er zog unbewusst den Kopf ein. Er hatte es in der Tat nicht mitbekommen. Die Magd war ihm gleich gewesen. Sie hatte ja nur im Haus helfen sollen. Überrascht erkannte er, dass er sich noch nicht einmal an ihren Namen erinnerte. Er hatte versäumt, sie danach zu fragen.

Dennoch konnte er diese Vorwürfe nicht auf sich sitzen lassen. »Mette, jetzt hör schon auf zu jammern! Da tun einem ja die Ohren weh. Hast wohl vergessen, dass das so ist bei uns Bauern? Ich als Mann hab den ganzen Tag draußen zu tun, kümmere mich um die Felder, die Zäune und das Vieh. Du bestellst das Haus und ziehst die Kinder groß. Glaubst du etwa, ich hätte weniger zu tun als du?«

Ihre Miene wurde zu Granit. Sie stand auf und sagte mit einer bedrohlichen Kälte in der Stimme: »Ja, Carl. Genau das glaube ich. Du bist sauber an Händen und Füßen. Du warst schwimmen, habe ich recht? Ich dagegen weiß nicht einmal, wann ich mich das letzte Mal waschen konnte. Es muss nach der Geburt gewesen sein, als Rieke mir ein feuchtes Tuch gereicht hat.«

Eine drängende Stimme in seinem Kopf flüsterte ihm zu, dass sie die Wahrheit sprach. Mette war überfordert und er hielt sich mit Absicht fern, damit er sich nicht mit ihr und dem kaputten Haus und dem Bastard auseinandersetzen musste. Er war ein Mistkerl. Dennoch war er nicht bereit einzulenken. Dafür war er viel zu gekränkt.

»Wenn es so unerträglich ist, Mette, warum packst du nicht deine drei Habseligkeiten und ziehst für eine Weile zu meiner Schwester? Bin mir sicher, da kannst du für ein paar Tage die faulen Füße hochlegen.«

Sie feuerte die Rassel in eine Ecke und nahm das Kind auf. »Weißt du was, Carl? Ich werde genau das tun!«

Sie hielt den kleinen Carl fest umklammert. Erwartungsgemäß fing er an, protestierend zu schreien und mit den nackten Beinen zu strampeln. Ohne ein weiteres Wort und ohne etwas mitzunehmen, stolzierte sie an ihm vorbei aus dem Haus.

Dann war es still.

Carl lehnte sich an den Türrahmen und schaute ihr verblüfft hinterher. Sie kam nicht zurück.

In seinem Hals bildete sich ein dicker Knoten. Er wechselte einen reuigen Blick mit Arndt.

Der Knecht zeigte auf den Kadaver. »Und das Kaninchen?«

»Weiß nicht. Kannst du kochen?«

Arndt schüttelte den Kopf.

Carl hob müde die Hand und winkte ihn fort. »Nimm es mit zu Werner. Der hat immer genügend Bier im Haus.«

»Und du?«

»Ich geh zum See.«

Mette kam nicht zurück. Carl war es gleich.

Er lieferte die verdreckten Windeln vor Riekes Haustür ab, leerte das letzte Fass Bier mit Arndt, ernährte sich von dem, was sich kalt verzehren ließ, und genoss die Stille im Haus.

Mit Fortschreiten des Sommers fasste er sich ein Herz. Er ging zum See und schwamm hinüber zu seiner Insel.

Seine Befürchtungen wurden bestätigt. Die kleinen Fundstücke waren in alle vier Winde verstreut worden. Er verbrachte ganze Nachmittage damit, sie einzusammeln. Er spürte die Holzmurmel auf, die er Anne als Kind gestohlen hatte, und den Anglerhaken. Auch einen Feuerstein und ein paar Muschelschalen fand er wieder.

Er platzierte sie wie Kostbarkeiten auf einen umgestürzten Holzstamm, setzte sich davor in den Sand und betrachtete sie stumm. Sein Kopf war leer, das Herz unerträglich einsam. Dietrich hatte ein zweites Mal in seinem Leben zugeschlagen und nun hatte Carl tatsächlich alles verloren.

Mit der Zeit fiel es ihm immer schwerer, abends nach Hause zurückzukehren. Es gab dort nichts, das ihn erwartet hätte. Das Haus war dreckig und unaufgeräumt, das Feuer ständig aus. Arndt schlief spätestens am Nachmittag sturzbetrunken auf der Bank im Hof. Gott allein wusste, woher er den Alkohol nahm, denn die Vorräte waren längst aufgebraucht. Der Gemüsegarten lag vertrocknet da, die Birnen verrotteten auf dem Boden. Das Scheunentor schloss nicht mehr richtig und schlug an windigen Tagen quietschend hin und her.

Es war ein schleichender, unbewusster Prozess. Carl begann, ein paar nützliche Gegenstände zu seiner Insel zu bringen. Decken und Feuerholz, ein gutes Messer, Körbe und ein großes Stück Leinen, das er gegen die Sonne zwischen die Zweige seines Verstecks spannte. Bald war es so heiß, dass man nachts auch draußen übernachten konnte. Er versuchte sich im Angeln und stellte erfreut fest, dass der See schmackhafte Fische für ihn bereithielt. Das war der Moment, da er abends nicht mehr ins Dorf zurückkehrte.

Eines Tages, als er gerade zur Insel hinüberschwimmen wollte, nahm er auf halber Strecke im Augenwinkel eine Bewegung am Ufer wahr. Jemand hatte sich dort mit angezogenen Beinen gegen einen Baumstamm gelehnt.

Das war ungewöhnlich. Die Dorfbewohner mieden den See. Er hatte nie verstanden, wieso.

Verwundert kehrte er um. Als er näher heran war, erkannte er, dass es Anne war.

Er grinste. »Pass auf, dass dich die Nymphen nicht holen und unter Wasser ziehen!«

Sie ging nicht darauf ein. »Habe ich mir gedacht, dass du hier steckst.«

Er schwamm bis zu einer Stelle, wo er stehen konnte. Sie hatte wegen der Hitze ihr Kopftuch abgenommen. Das dunkle Haar fiel ihr in langen Wogen über die Schultern. »Rudi hat mir viel von euren Schwimmversuchen erzählt«, sagte sie.

»Der Junge ist wie ein Fisch. Er schwimmt von hier bis zur Insel und wieder zurück, ohne Wasser zu treten. Kannst sehr stolz auf ihn sein.«

»Das war ich schon immer. Trotz allem.« Ihr Lächeln erstarb. Auf einmal war es so, als ob sich eine Wolke vor die Sonne geschoben hätte.

Er verfluchte sich. Er hatte sie nicht traurig machen wollen.

Sie sagte: »Du kommst kaum noch ins Dorf. Wo ist dein Weib?«

»Bei meiner Schwester. Das Haus ist ihr über den Kopf gewachsen. Doch eigentlich ist sie nur faul.« Er wusste nicht, warum er diesen letzten Satz hinterher geschoben hatte. Es entsprach nicht der Wahrheit und war gehässig.

»Es ist schwierig, wenn man ein kleines Kind hat. Selbst, wenn es so niedlich ist wie deins.«

Er wandte den Blick ab. Mit einem Räuspern fragte er: »Wirst du nicht daheim vermisst?« Bitte, sag nein, dachte er. Sag nein!

»Ich habe gesagt, dass ich eine Runde schwimmen gehen würde.«

»Du kannst schwimmen?«

»Ich hab's mir selbst beigebracht. Als du schon lange fort warst.«

»Gut?«

Sie grinste verwegen und hob den Finger. »Bis zur Insel und zurück schaffe ich es allemal!«

Plötzlich sah er in ihr wieder die kleine Anne, die damals mit ihrem Wagemut sein Herz verzaubert hatte.

Es war ein altes Spiel zwischen ihnen. Er war an der Reihe. Er musste sie herausfordern. »Glaub ich nicht!«

Sie reckte das Kinn in die Höhe. »Nennst du mich etwa einen Angsthasen?«

»Aufschneider wohl eher!«

»Ich lüge nicht!«

»Musst du mir erst beweisen!«

Sie sprang auf die Füße und zog sich mit einer geschmeidigen Bewegung das Kleid über den Kopf. Darunter trug sie ein Unterkleid aus Leinen. Auch dieses zog sie aus. Nackt stand sie da und schaute ihn herausfordernd an.

Er starrte sie sprachlos an. Sein Mund wurde trocken.

Über seine Reaktion lachend setzte sie mit wenigen Hüpfern ins Wasser, sodass es zu allen Seiten spritzte. Sie quiekte verzückt über die Kälte und kämpfte sich unerschrocken voran. In kürzester Zeit erreichte sie den Bereich, wo man nicht mehr stehen konnte. Sie begann, in gleichmäßigen Zügen davon zu schwimmen.

Er schaute ihr staunend und gleichzeitig zutiefst erschüttert hinterher.

Anne war schwanger.

Sie war schon immer füllig gewesen, doch jetzt wirkte der Bauch schwerer und der Bauchnabel stand hervor. Es sah aus wie damals bei Mette. Da war eine dunkle Linie vom Bauchnabel zur Scham gewesen, wie bei Mette. Und ihre großen Brustwarzen waren gerötet, wie bei Mette.

Die Erkenntnis machte ihn rasend vor Eifersucht und unendlich traurig. Er fühlte sich betrogen und hintergangen.

Während er damit kämpfte, seine Gefühle wieder in eine verdauliche Ordnung zu bringen, schwamm Anne ihm einfach davon. Sie machte nicht den Eindruck, als würde sie dabei ermüden.

Zögerlich folgte er ihr. Mit gleichmäßigen und kräftigen Zügen zerteilte er beim Schwimmen das glasklare Wasser vor sich. In seinem Kopf tobte ein Wirbelsturm. Er wusste genau: Was er tat, war verwerflich. Anne war die Frau eines anderen Mannes. Er hatte kein Anrecht darauf, sie nackt zu sehen. Wenn man sie beide hier entdecken würde, unbekleidet und allein, man würde kurzen Prozess mit ihm machen. Kuno dürfte ihn an Ort und Stelle erschlagen und das Recht würde dabei auf seiner Seite stehen. Ehebrecher waren eine Gefahr für Sitte und Gemeinschaft und konnten ohne Gerichtsurteil getötet werden.

Doch es handelte sich nicht um Ehebruch, versuchte er sich zu versichern. Sie schwammen nur zusammen im See. Schließlich waren sie zwei alte Freunde, die sich seit Kindertagen kannten. Darin konnte man nichts Schlechtes sehen. Es war ein harmloser Zeitvertreib. Dass man sich dabei entkleidete, war ganz natürlich.

Ja, das klang in seinen Ohren einleuchtend. Er beruhigte sich wieder.

Anne erreichte als Erste die Insel. Triefend nass stieg sie aus dem Wasser und verschwand im dichten Gestrüpp der grünen Büsche. Carl legte noch einen Zahn zu.

Er fand sie in seinem Lager.

Sie stand mit einer Wolldecke unter den Armen geklemmt da und sah sich gründlich um. »Du hast es dir richtig gemütlich gemacht.«

Er zuckte mit den Schultern und versuchte, nicht ihre Nacktheit anzusehen.

Ihr Blick fiel auf seine Schlafstatt. »Du übernachtest hier?«

»Das Haus ist so leer geworden. Und im Sommer schläft es sich sowieso besser draußen.«

Sie ging zu seinen kleinen Schätzen hinüber, die er auf dem Baumstamm aufgereiht hatte, nahm eine Muschelschale in die

Hand und hielt sie sich ans Ohr. Dann entdeckte sie die Holzmurmel, die er vor so langer Zeit gestohlen hatte.

»Ist deine Murmel. Hab sie dir als Kind weggenommen«, erklärte er kleinlaut.

»Ich weiß«, flüsterte sie und befingerte die glatte Oberfläche. »Ich habe sie überall gesucht und nie gefunden. Dabei war sie die ganze Zeit hier.«

»Tut mir leid.«

Sie wandte sich um, um ihn anzusehen. Ihm ging auf einmal auf, dass er immer noch nackt war. Beschämt griff er ein Leinentuch, um es sich um die Hüften zu schlingen.

Sie lächelte über seine Verlegenheit. »Ich bin in den letzten Jahren oft hierhergekommen. Es gab mir das Gefühl, dir nah zu sein.«

Dieses Bekenntnis erschütterte ihn. Er setzte sich auf den Baumstamm. »Sah nicht aus, als ob jemand jemals hier gewesen wäre.«

»Ich war so verloren, als du fort warst. Rudi war tot, und ich war ganz allein.«

»Muss fürchterlich gewesen sein für dich.«

Sie nahm ebenfalls Platz, doch sie wählte seine Schlafstatt auf dem Boden, um ihm gegenüberzusitzen.

»Dann kam Kuno. Er half mir, wieder auf die Beine zu kommen. Er brachte die Ernte ein und kümmerte sich darum, dass ich das Getreide verkaufen konnte. Er reparierte das Haus. Er schlachtete das Vieh im Herbst. Da entdeckte ich, dass ich schwanger war.«

Carl ließ den Kopf sinken. »Dieser Hurensohn«, murmelte er.

»Es war nicht Kunos. Er hat mich nicht angefasst.«

»Das meinte ich auch nicht. Es galt dem Ritter, der dir das angetan hat.« Gleichzeitig spürte er erneute Hochachtung für Kuno in sich aufsteigen. Er wusste nicht, ob er sich gleichermaßen galant in dieser Situation verhalten hätte.

»Ich habe es ihm gebeichtet. Ich war so verzweifelt, Carl! Schwanger, und kein Mann, der für uns hätte sorgen können!

Ich wollte mir ein Messer in den Leib stoßen, dieses Kind aus mir herausschneiden. Hätte nie gedacht, dass ich es würde lieben können. Ich wollte einfach nur noch tot sein.«

»Sag so was nicht.«

»Das hatte ich schon gewollt von dem Moment an, als mich dieser Ritter geschändet hat. Ich habe den Kerl angefleht, mir mit dem Dolch die Kehle durchzuschneiden. Gott weiß, er hatte ihn ja griffbereit genau dort. Doch er hat gesagt, dass er keine Frauen tötet.«

Carl schüttelte fassungslos den Kopf. Dietrich, du Hundsfott! Du hättest es mir sagen sollen! Doch du hast es nicht getan. Du hast mich in Unwissenheit gelassen, weil es dir Spaß gemacht hat, mich leiden zu sehen.

Anne erzählte weiter. »Ich wollte nur noch sterben. Was für eine Zukunft hätte mich als alleinstehende Mutter schon erwartet? Doch dann hat Kuno mir angeboten, mich zu heiraten. Er hat gesagt, die Leute würden denken, es sei seins. Schließlich war er in meinem Haus für Wochen ein und aus gegangen.«

»Er hat versucht, dich zu retten.« Seine Stimme war auf einmal belegt.

»Er wollte mich zu einem ehrbaren Weib machen.« Sie lächelte traurig. »Es konnte ja keiner ahnen, dass das Kind ihm überhaupt nicht ähnlich sehen würde. Es hat ihn schwer getroffen.«

»Trotzdem hat er dich nicht verstoßen.«

»Er ist der Grund, warum man mich nicht aus dem Dorf vertrieben hat. Sie achten ihn mehr, als dass sie mich verachten.«

Carl schwieg.

»Ich weiß, du konntest ihn nie leiden. Doch er ist ein aufrichtiger, hart arbeitender Mann. Er schlägt mich nicht. Er liebt beide Söhne gleich viel. Wir haben ein gutes Auskommen bei ihm.«

Er nickte betäubt. So sehr er sich für Anne freute – es schmerzte ihn, diese Worte von ihr zu hören. Er wollte Kuno hassen. Seine Eifersucht tobte in ihm wie ein Sturm und zerriss ihm das Herz. Er blickte auf.

Sie saß vor ihm mit ausgestreckten Beinen, die Decke unter die Achseln geklemmt. Wassertropfen kullerten von ihren nassen Haaren wie Tränen in den üppigen Ausschnitt. »Was du für Rudi getan hast, war das Beste, was dem Jungen je passieren konnte. Er spricht tagaus, tagein nur noch von dir.«

»Seine Wendigkeit mit dem Stock wird ihm bald viel Respekt im Dorf einbringen.«

»Das hat er alles dir zu verdanken.«

»Ist ein guter Junge. Aus ihm wird einmal ein anständiger Mann.«

»Er hat in dir den besten Meister.«

»Bin kein guter Mann, Anne. Ich hab viele böse Dinge getan. Schlimme Dinge, von denen du noch nicht einmal ahnst.«

»Du hast getan, was du tun musstest, um zu überleben.«

Er schluckte. Es war genau das, was er sich selbst immer eingeredet hatte. Es tat unendlich gut, dies von jemand anderem zu hören. Das machte es glaubwürdiger. Er nickte zögerlich und schaute ihr in die Augen.

Sie erwiderte den Blick, unerschrocken.

Er räusperte sich. »Und nun werde ich wohl wieder etwas Schlimmes tun.«

Sie öffnete die Decke für ihn. »Ich weiß. Deshalb bin ich gekommen.« Sie ließ sich rückwärts auf die Schlafstelle sinken.

Er starrte sie an. Ihre Brüste waren rund und schwer, so ganz anders als die von Mette. Sie waren flach, nun, da Anne auf dem Rücken lag, nicht spitz, dachte er verwirrt. Und das war das letzte Mal, dass er an Mette dachte.

Überhaupt dachte er an gar nichts mehr. Mit einem Satz war er bei ihr. Gierig presste er seine Lippen auf die ihren und sie kam ihm mit einer flinken Zunge entgegen. Berauscht von ihrem Zuspruch wanderten seine Hände zu ihren Brüsten. Unter seinen groben Fingern wurden die Spitzen sofort hart. Er nahm eine nach der anderen zwischen die Lippen, um an ihnen zu saugen. Ihre Haut war kühl und duftete leicht nach Seewasser. Wie die Verführung einer Nymphe. Sein Glied schwoll entzückt an. Sie bemerkte es und umschloss ihn mit der Hand. Er brummte lustvoll und ließ sich von ihr liebkosen.

Er hatte lange genug gewartet. Eine halbe Ewigkeit. Er wollte sie mehr als alles andere auf der Welt. Es war ihm gleich, sollte es ihn das Leben kosten. Ungeduldig rollte er sich zwischen ihre Beine und glitt in sie hinein. Sie schloss die Augen, die Lippen leicht geöffnet. Er nahm ihren Kopf in beide Hände, betrachtete ihr vertrautes Gesicht, die energischen Augenbrauen, den sanften Schwung ihrer Nase.

Nun, da sie vereint waren, ließ er sich Zeit. Sie umklammerte ihn mit den Beinen, wollte ihn gar nicht mehr loslassen. Mit jedem Stoß entwich ihr ein neues, leises Stöhnen. Der sanfte Rhythmus half ihm, die Jahre des Schmerzes und der Einsamkeit ein wenig zu vergessen. Immer wieder flüsterte er ihren Namen. »Anne, oh, meine Anne …«

Als ihm auch die kleinste Bewegung zu viel wurde, ergoss er sich mit einem wohligen Seufzer in ihren warmen Schoß. Mit Armen und Beinen hielt sie ihn fest. Völlig ausgepumpt vergrub er die Nase in ihrem Hals, während sie ihm mit den Fingerspitzen über seine Schultern strich.

Schließlich rollte er sich schweißnass ab und streckte sich erschöpft auf dem Rücken aus. Sie robbte zu ihm heran und legte ihren Kopf auf seine Brust, um seinem Herzschlag zu lauschen.

»Ich lieb dich, Anne. Hab dich immer geliebt«, flüsterte er.

»So hätte es von Anfang an sein sollen, Carl. Wir beide, du und ich. Ich glaube, ich habe dich von dem Moment an geliebt, als du mir deine Sammlung von goldenem Herbstlaub vorbeibrachtest. Du warst so stolz auf die hübschen Blätter.«

Er grinste. »Da muss ich sechs gewesen sein!«

»Gut möglich. Doch da wusste ich, dass du mein Mann sein sollst.«

»Wir werden einen Weg finden.«

»Du bist ebenfalls verheiratet, Carl. Wie willst du das anstellen?«

»Mette bedeutet mir nichts. Ich musste sie heiraten, weil sie schwanger war.«

»Und dann hat sich herausgestellt, dass es nicht dein Kind ist.«

Er fuhr wie vom Blitz getroffen hoch. Sie musste schnell abrücken. »Woher weißt du das?«

»Er sieht Rudi so ähnlich. Blond und blauäugig. Immer am Zappeln. Sie haben den gleichen Vater, oder?«

Carl zog die Beine an und stützte die Unterarme auf. Düster blickte er ins Unterholz. »Sie hat mir einen Bastard untergeschoben. Es ist der größte Verrat.«

»Sei nicht allzu böse mit ihr. Wahrscheinlich hatte sie keine Wahl.«

»Jetzt nimm sie doch nicht auch noch in Schutz!«

Sie winkte ihn wieder zu sich heran. Grummelnd legte er sich zurück auf den Boden. Sie kuschelte sich an ihn und streichelte seinen schlaffen Schwanz.

»Wir Frauen können uns manchmal nicht aussuchen, wen wir ins Bett nehmen. Schau mich an. Ich bin schwanger oder ist dir das etwa nicht aufgefallen?«

Sein Herz wurde zu einem kalten Stein. »Musst du mir gerade jetzt auf die Nase binden, dass du mit Kuno das Lager teilst? Nach allem, was wir gerade miteinander getan haben?«

»Es tut mir leid, wenn es dich schmerzt. Doch ich bin sein Weib. Er hat das Recht, das zu tun.«

»Nun sag mir nicht, dass es dir auch noch Spaß macht!«

»Er ist zärtlich zu mir ...«

Er ballte die Hände zu Fäusten.

Hastig fügte sie hinzu: »Du würdest nicht wollen, dass er nicht zärtlich zu mir ist! Also reg dich bitte nicht auf! Kuno will mehr Kinder. Ich kann ihm das nicht verwehren.«

»Er hat doch schon eins. Zwei, um genau zu sein.«

»Er hatte sogar mehr, aber die Kinder kommen alle zu klein zur Welt.«

Er sah sie betroffen an. »Du willst sagen, du warst schon öfters schwanger?«

»Natürlich war ich das. Alle Frauen hier im Dorf sind ständig guter Hoffnung. Was meinst du, warum deine Schwester immer noch stillt? Es ist eine Möglichkeit, nicht gleich wieder zu empfangen. Zumindest funktioniert es meist so.«

»Das wusste ich nicht.«

»Es ist das, was Gott für uns Frauen vorgesehen hat. Dass wir unter Schmerzen Kinder gebären.«

»Wie viele hast du Kuno bereits geboren?«

»Fünf. Das hier ist das sechste.«

»Fünf? Und sie sind alle bei der Geburt gestorben?«

»Alle bis aufs Erste. Kunos Mutter sagt, ich sollte besser keine mehr bekommen. Ich blute jedes Mal so. Wer weiß, vielleicht hat der Ritter damals etwas kaputt gemacht?«

»Und was sagt Kuno dazu?«

»Er will die Hoffnung nicht aufgeben.«

»Was für ein gottverdammtes Arschloch.«

Die Wende

Luchow, August 1411

CARL LAUSCHTE DEM Gottesdienst aus der letzten Reihe, den Rücken an die kühle Steinwand gelehnt. Er war mit Absicht zu spät erschienen, damit er mit den Schatten verschmelzen konnte und sich nicht neben Mette und seiner Schwester einreihen musste. Während er aus sicherer Entfernung seine Familie betrachtete, dachte er: Der Bastard ist schon wieder gewachsen.

Ein dicker Knoten bildete sich in seinem Bauch. Wenn das

so weiter ging mit Mette und ihm, würde das Kind noch ohne ihn aufwachsen.

Seine Schwester hatte das offenbar ebenfalls erkannt. Nach der Messe strömte die Gemeinde aus dem stickigen Gotteshaus, um sich für einen Plausch unter den schattigen Linden zu versammeln. Als ihr Blick beim Hinausgehen auf Carl fiel, stürmte sie mit ausgefahrenen Ellbogen auf ihn zu. Für einen Moment glaubte er, dass sie ihm eine kräftige Ohrfeige verpassen würde.

Empört baute sie sich vor ihm auf. »Wie lange willst du noch so weiter machen? Wann kehrst du wieder in das Haus zurück, das dein Heim sein soll?«, zischte sie.

Er schaute reuig zu Boden. »Geht euch Mette auf die Nerven? Oder das Kind?«

»Mette ist ein Engel. Sie vermisst dich über alles. Und du streunst durch die Gegend und lässt dich nicht mehr blicken. Wie kommt es, dass du heute zum Gottesdienst erschienen bist? Das ist das erste Mal seit Wochen! Die Leute fragen schon, ob du krank seist.«

Er scharrte mit den Füßen. »Weiß nicht. Vielleicht wollt ich euch alle einmal sehen. Aus der Entfernung.«

»Du bist ein Holzkopf! Die ganze Gemeinde wird sich das Maul über unsere Familie zerreißen.«

»Schieb es auf meine schrecklichen Erfahrungen, als ich fort war.«

»Einen Teufel werde ich tun!« Sie zog ihn am Ärmel ins Freie. »So, und jetzt kommst du mit nach Hause und dann setzen wir uns alle zusammen an einen Tisch und reden miteinander. Ich war letztens drüben bei euch. Euer Gemüsegarten ist vor Trockenheit eingegangen. Ich weiß nicht, wie ihr euch durch den Winter bringen wollt.«

»Das Getreide gedeiht gut.«

»Na, wenigstens etwas.«

Sie traten ins Freie. Die Vögel zwitscherten in der warmen Morgenluft. Die Kinder spielten kreischend rund um die dicken Stämme der Linden Fangen. Die Frauen standen in Gruppen zusammen, um Dorftratsch auszutauschen. Die Männer klopften einander freundschaftlich auf die Schultern und plauderten über Ackergeräte und Viehkrankheiten. Nur Annes Familie hatte sich, wie üblich, auf den Nachhauseweg gemacht.

Mette wartete mit dem kleinen Carl im Arm im Schatten der Bäume. Carl versuchte, beim Näherkommen zu ergründen, was in ihr vorging, doch ihre Miene war wie versteinert.

»Grüß dich, Mette«, sagte er mit belegter Stimme. Er überlegte, ob er besser Mette oder den Jungen anschauen sollte, und entschied sich dann für das Kind. Der kleine Carl glotzte ihn mit großen blauen Augen an und lutschte dabei an seinem Fäustchen. Er war verdammt niedlich.

»Schön, dich zu sehen, Carl.« Sie wusste es besser, als ihm den Jungen hinzuhalten, damit er ihn auf den Arm nahm.

Rieke sagte leise: »Ich weiß nicht, was zwischen euch beiden vorgefallen ist, aber so können wir nicht weitermachen. Wir machen jetzt eine ordentliche Aussprache und dann gehen wir gemeinsam die Probleme an, die euch beschäftigen. Komm, Carl, folge mir.«

Er blieb störrisch auf der Stelle stehen. »Nicht nötig.«

Mette starrte ihn mit großen Augen an.

Sie hat Angst, ging ihm auf. Angst, dass er sich aus dem Staub machen und sie hier sitzen lassen würde.

»Ich komm nach Hause, Mette«, erklärte er mit fester Stimme. »Und ich will, dass du auch wieder nach Hause kommst. Lass es uns noch einmal zusammen probieren.«

Die Frauen wechselten einen irritierten Blick.

»Einfach so?«, fragte Mette.

»Hattest recht. Hab mich vor der Verantwortung gedrückt. Werde dir mehr zur Hand gehen, auch im Haus. Wir suchen uns einen besseren Knecht.«

»Woher kommt der Gesinnungswechsel?«, fragte Rieke.

»Wir müssen vernünftige Entscheidungen treffen. Wir müssen an die Zukunft denken und uns auf den Winter vorbereiten.«

Es klang so einstudiert, dass es Mette nicht im Geringsten überzeugte. »Du willst tatsächlich wieder nach Hause kommen? Du willst, dass wir eine Familie sind?«

Er nickte ernst. »Es ist das einzig Richtige.« Doch eine Entschuldigung wirst du nie von mir hören, dachte er gleichzeitig. Nicht, bevor du dich nicht bei mir entschuldigt hast.

Rieke strahlte übers ganze Gesicht. »Das ist ja wunderbar! Ich wusste, du bist kein so großer Holzkopf, wie man immer sagt. Siehst du, Schwägerin, es wird sich alles richten.«

Mette öffnete den Mund, um etwas zu erwidern, da ertönte auf einmal Lärm vom anderen Ende der Straße. Die Dorfbewohner schauten erschrocken auf. Am Horizont blähte sich eine gewaltige Staubwolke auf.

Die Gespräche verstummten. Zu tief saß die Angst vor einem erneuten Überfall. Diesmal wollte man nicht so unvorbereitet sein. Die Frauen schlugen ein Kreuz und schickten die Kinder in die Kirche. Die jungen Burschen stoben davon, um sich mit Mistgabeln und Dreschflegeln zu bewaffnen.

Doch es war kein räuberischer Ritter, der in ihr Dorf kam, sondern ein Herold des Königs. Die Reitergruppe bestand aus sechs berittenen Männern in Livree, einer davon mit einem Bannerstab in der Hand, ein schwarzer Adler auf gelbem Grund. Der Auftritt sah offiziell und friedfertig aus.

»Das ist kein Quitzow-Banner«, bemerkte Mette.

»So was hab ich noch nie hier gesehen«, sagte Carl.

Die Besucher kamen vor den Linden zum Stehen. Die Bauern traten neugierig näher.

Der Bannerträger rief: »Der Herold des Königs hat eine Botschaft an jeden Vasallen in der Mark Brandenburg!«

Flüsternde Fragen wurden ausgetauscht, doch niemand wusste, etwas mit dieser Ankündigung anzufangen.

»Ich bin Wend von Ilenburg«, sagte der Reiter in der Mitte der Gruppe. »König Sigismund hat mich ausgeschickt, alle Männer der Mark darüber zu unterrichten, dass Markgraf Jobst von Mähren gestorben ist.«

Ein erstauntes Raunen ging durch die Reihen. Jobst war so lange Regent gewesen, dass sich viele von ihnen nicht mehr an eine Zeit vor ihm erinnern konnten.

Der Dorfschulze fragte: »Ist nun der König wieder der Landesherr? Ruprecht?«

»Ruprecht ist gestorben. Sigismund ist es nun.«

Der alte Werner quittierte die Neuigkeit mit einem entrüsteten Aufschrei. »Sigismund! Der ist nicht besser als Jobst von Mähren! Als er vor vielen Jahren noch selbst Markgraf war, hat er sich einen Teufel um unsere Belange geschert! Keiner dieser edlen Herren interessiert sich für die Zustände in der Mark!«

Ilenburg fuhr auf. »Hüte deine Zunge, Bauer, oder ich lasse sie dir rausreißen! Du bringst deinem König gefälligst den geschuldeten Respekt entgegen!«

Werner klappte den zahnlosen Mund zu, doch das Murren um ihn herum wurde immer lauter. Viele hatten gehofft, dass sich alles bessern würde, würde einst Jobst sterben und die Mark von jemand anderem regiert werden. Dass die Alten genauso schlecht von Sigismund dachten, beunruhigte die Jungen.

»Der König hat ein großes Interesse daran, dass dieses Land gerecht und gütig regiert wird. Und er hat es bereits bewiesen. Er hat einen neuen Landeshauptmann und Verweser für euch eingesetzt«, erklärte Ilenburg.

Carl wechselte mit Mette einen Blick. Sofort dachte er an Dietrich von Quitzow. Hoffentlich war nicht er es, oder einer seiner Verbündeten wie Kaspar Gans, dem man dieses Amt übertragen hatte!

»Der neue Verweser heißt Burggraf Friedrich von Nürnberg«, fuhr Ilenburg fort.

»Nürnberg?«, rief einer der Bauern. »Die Stadt kenne ich! Die ist nicht in der Mark. Der König setzt uns einen Fremden vor die Nase! Was sagt uns, dass dieser Friedrich sich nicht auch einfach nur an uns bereichern will, während uns der Adel tötet, schändet und ausnimmt?«

»Sigismund hat ein offenes Ohr für die Sorgen und Nöte der Mark. Er hat bereits alle Vertreter an seinen Hof nach Ofen gerufen, um sie über den neuen Verweser zu informieren. Dass der Adel im Gegensatz zu den Städten nur einen Vertreter geschickt hat, ist ihm nicht verborgen geblieben, und er hat Friedrich angewiesen, hart durchzugreifen.«

»So? Und wo ist der neue Verweser dann? Warum schickt er einen Boten?«, rief Werner.

»Friedrich kann sich noch nicht selbst um diese Angelegenheiten kümmern.«

Höhnisches Gelächter brauste auf.

Ilenburg ignorierte dies. »Bis dahin vertrete ich ihn in der Mark Brandenburg. Wer sich also nicht daran erinnert, wie man mit Respekt einem Höhergestellten entgegenkommt, der wird noch heute die gerechte Strafe zu spüren bekommen.« Sein pointierter Blick fiel auf den Pranger an der Kirchmauer.

Das ließ die Nörgler verstummen.

»Was ändert sich nun für uns?«, fragte Carl laut.

»Vorerst nichts. Ich bin hier, um eine Bestandsaufnahme zu machen und alles zu zählen. Bei dieser Gelegenheit könnt ihr mir mitteilen, was euch auf dem Herzen liegt. Ich werde eure Forderungen sammeln und Friedrich vorlegen, sobald er Zeit hat, sich darum zu kümmern.«

»Sobald …«, murmelte Carl zweifelnd. »Er sollte besser sagen ›falls‹.«

»Schweig«, zischte Mette.

Carl fuhr auf. »Warum sollte ich? Nichts wird sich ändern! Es kommt nur der nächste Fürst, der sich alles aneignet, was er sich in seinen gierigen Rachen stopfen kann! Und für uns Bauern und kleine Leute bleibt kaum genug zum Überleben! Gleichzeitig werden wir überfallen und ausgeraubt, weil kein Recht im Land herrscht.«

Sie schauten aus der Ferne zu, wie die Reiter von ihren Rössern stiegen und mit dem Pfarrer und dem gewählten Dorfvorstand in der Kirche verschwanden. Alle anderen verstreuten sich kurz darauf und kehrten für das Sonntagsessen zum heimischen Herd zurück. Niemand wollte mehr Zeit als nötig mit den Fremden verbringen. Das Misstrauen saß zu tief.

Rieke sammelte ihre Familie ein. »Anton, lass deinen Bruder los und komm. Du auch, Ina!«

Mit Hans und dem Gesinde machte sie sich auf den Weg. Sie schaute nicht zurück, sondern ließ Carl kommentarlos mit seinem Weib und dem Kind auf dem Dorfanger stehen.

Mette wandte sich zu Carl um, die grünen Augen voller Hoffnung. »Meintest du das ernst? Wir gehen nach Hause? Können wir noch einmal von vorn anfangen?«

Von vorn anfangen, dachte er bitter. Es würde nie wieder so sein wie früher.

Doch es stimmte: Er musste an die Zukunft denken. Es war Anne, die ihn bekniet hatte, ins Dorf zurückzukehren. Sie sorgte sich um ihn. In der kalten Jahreszeit konnte er nicht wie ein Einsiedler auf der Insel leben. Er brauchte ein Dach über dem Kopf und eine Frau an seiner Seite, die es zu einem Heim machte. Außerdem durfte er seiner Schwester nicht noch länger zur Last fallen und die Familie zum Gespött des Dorfes werden lassen. Er hatte widerstrebend zugestimmt.

»Lass uns nach Hause gehen. Die Hütte sieht erbärmlich aus. Es gibt einiges zu tun, damit wir dort heute Abend wieder schlafen können.«

Er reichte Mette die Hand.

Sie zögerte, dann legte sie ihre schmalen Finger hinein.

Die Wahrheit

Luchow, September 1411

Ratsch, ging die Sense durch das hüfthohe Gras. Ratsch, machte es ein weiteres Mal. Ratsch! Der Schmerz in Schultern und Rücken war eine endlose Qual.

Carl richtete sich auf und wischte sich mit dem Unterarm den Schweiß von der Stirn. Er hatte sich zu diesem Zweck einen Lumpen umgebunden, denn der Rest seines Oberkörpers war wegen der Hitze entblößt. Auf der tief gebräunten Haut standen die zahlreichen Narben blass hervor.

Er gönnte sich einen durstigen Schluck Wasser aus dem Schlauch, den er am Gürtel hängen hatte, und ließ den Blick über die Wiese schweifen. Gras, soweit das Auge reichte. Es war gutes Viehfutter. Er würde es diesen Winter benötigen, denn er plante, noch in diesem Herbst eine Kuh zu kaufen.

Hinter ihm lagen Wochen schwerster körperlicher Arbeit. Sofort nach Einzug in sein Haus hatte er sich mit Mette und Arndt daran gemacht, die Wintergerste einzubringen. Die Getreideernte war der Heuernte, die er jetzt – etwas verspätet – im Anschluss erledigte, nicht unähnlich. In Reihen waren sie übers Feld gegangen und hatten in mühevoller Kleinarbeit das Getreide mit der Sense geschnitten. Die Halme hatten sie in Büscheln säuberlich hinter sich abgelegt, später eingesammelt und auf die Tenne gebracht. Es war eine wahre Plackerei gewesen, von Sonnenaufgang bis Sonnenuntergang. Sie hatten das Korn gedroschen, die Spreu weggewedelt, die Erträge in Säcken gesammelt und auf den Dachboden gewuchtet.

Am Abend waren sie wie erschlagen auf ihre Lager gesunken und in tiefe Träume abgetaucht. Er hatte völlig vergessen, wie viel Mühe und Schmerz in der Getreideernte steckte. Jeden

Tag betete er, dass sich sein Weinberg bewähren würde, damit wenigstens ein Teil der Ackerfläche andere Arbeiten von ihm einforderten als den knochenbrechenden Schnitt mit der Sense.

Doch insgesamt war er zufrieden. Er hatte genug Gerste ernten können, um seine Familie durch den Winter zu bringen, selbst nach Abzug der Saat, die er fürs nächste Jahr zurücklegen musste. In Theorie hätte er sogar einen Teil der anfälligen Abgaben an den Grundherrn zahlen können, wären sie eingefordert worden. Der Überschuss ermöglichte es ihm, noch mehr Getreide zum Markt zu fahren und davon das erste Vieh und Materialien für sein baufälliges Haus zu kaufen.

Mit Mette hatte er sich wieder arrangiert. Schon in der dritten Nacht nach seiner Rückkehr war sie zu ihm gekommen. Er hatte sie nicht abweisen können. Innerlich jedoch hatte er sich einen Judas geschimpft. Der Zwiespalt, in dem er steckte, war wie eine eitrige Wunde. Er wusste nicht, wie er sich daraus befreien sollte. Er brauchte Anne, so wie sie ihn, doch gleichzeitig durfte er auch Mette nicht verlieren.

Heute zeigte sich seine Abhängigkeit von ihr besonders deutlich, denn Mette fehlte bei der Heuernte. Der Bastard zahnte und hatte die ganze Nacht über gegreint. Normalerweise hätten sie das Kind an den Wiesenrand in den Schatten gelegt. Doch das Geschrei hätte ihnen keinen ruhigen Moment beschert. Deshalb hatte Mette vorgeschlagen, das Kind in die Obhut von Riekes Magd zu geben.

So war es verabredet gewesen, doch nun stand die Sonne bereits hoch am Himmel und von Mette keine Spur.

Während er mit der Sense weitermachte, spürte er, wie der alte Groll wieder in ihm hochkochte. Faule Mette, dachte er. Sie drückt sich vor der schweren Arbeit und versteckt sich hinter diesem elendigen Kind!

Als er sich das nächste Mal aufrichtete, um den Schweiß aus den Augen zu wischen und den schmerzenden Rücken zu strecken, machte er im Augenwinkel eine Bewegung aus. Hoffnungsvoll dachte er, es sei Mette, die sich endlich freigemacht hatte, um ihnen zur Hand zu gehen. Doch dann erkannte er, dass die

Person keine Sense mitbrachte und sowieso größer und kräftiger gebaut war als sein Weib.

Neugierig blickte er dem Neuankömmling entgegen. Bei der Gelegenheit trank er noch etwas Wasser aus dem Schlauch. Beim Herunterschlucken sah er, dass es Kuno war. Er war darüber so erschrocken, dass er sich verschluckte.

Annes Mann hob steif die Hand. In seiner Haltung stand keine Freundlichkeit, allenfalls distanzierte Höflichkeit. »Sei gegrüßt, Nachbar.«

Oh je, dachte Carl voller Gewissensbisse. Ich hoffe, er hat es nicht herausgefunden. Bitte, süßer Jesus, lass ihn mich nicht vor meinem versoffenen Knecht bloßstellen und mir den Krieg erklären.

Doch nichts dergleichen geschah. Kuno schien besorgt zu sein. Für einen Moment starrte er neidvoll auf Carls nackte Brust, dann ließ er den Blick weiter gleiten, über die Wiese. »Anne kommt nieder mit dem Kind. Mette ist mit Rieke zu unserem Haus gegangen, um zu helfen. Das soll ich dir ausrichten.«

»Das Kind kommt?«, fragte Carl besorgt.

Im selben Moment ging ihm auf, dass es die falsche Frage war. Er hätte sagen sollen: »So ein Mist! Dann kommt Mette wohl nicht wie verabredet zur Heuernte.«

Kuno nickte. Sein Gesichtsausdruck war düster. »Sie ist zu Hause zusammengebrochen. Viel Blut diesmal. Sie hat den ganzen Boden dreckig gemacht.«

»Mette kann helfen, ihn zu säubern.«

Was reden wir da für einen Schwachsinn, dachte Carl verwirrt. Anne bekommt ein Kind und sie haben ihr gesagt, sie solle besser keine mehr bekommen, weil sie jedes Mal fast verblutet. Und ich versichere ihrem Mann, dass mein Weib seine Küche putzen kann.

»Es wird wohl nicht lange dauern. Es dauert nie lange bei Anne. Vielleicht ist Mette noch am Nachmittag bei euch.«

Carls Herz wurde ungebührlich schwer. Er räusperte sich. »Danke, dass du hier rausgekommen bist, um mir Bescheid zu geben. Werde mit Arndt alleine weitermachen.«

»Um deinen Sohn musst du dir keine Sorgen machen. Riekes Magd kümmert sich heute um alle Kinder.«

»Danke.«

Kuno hob verloren die Arme. »Ich würde ja helfen, wo jetzt bei euch Not am Mann ist, aber …«

»Schon gut. Wir kommen zurecht. Geh du zurück zu deinem Weib! Anne braucht dich dringender.«

Kuno schüttelte seufzend den Kopf. »Die Frauen werden mich nicht einlassen. Ich werde vor der Tür warten, wie jedes Mal.«

Carl ließ den Blick über die Wiese schweifen. Es war zu viel Arbeit. Er konnte sich nicht zu Kuno setzen und ihm Gesellschaft leisten, selbst, wenn er gewollt hätte.

»Solltest du doch Ablenkung brauchen, wir haben eine Sense zu Hause, die könntest du holen und dich uns anschließen. Das sag ich nicht, weil wir jede Hilfe gebrauchen können. Manchmal hilft es, sich körperlich zu verausgaben.«

Kuno lächelte schief. »Ich komme drauf zurück, wenn ich es nicht länger aushalte. Aber wie gesagt, bei Anne geht es immer schnell. Und dann möchte ich bei ihr sein.«

»Ist gut.«

Carl nahm scheinbar gleichgültig seine Sense wieder auf und machte den nächsten Schnitt. Ratsch! Kuno sah ihm einen Moment zu, dann wandte er sich ab und schlurfte zum Dorf zurück.

Ratsch! Die Sorge um Anne fraß Carl schier auf. Doch er durfte sich nichts anmerken lassen. Verbissen arbeitete er sich weiter durch seine Reihe, zerteilte die Büschel und legte sie säuberlich hinter sich ab, während die glühende Sonne am blauen Himmel stand und erbarmungslos auf ihn niederbrannte.

Um die Mittagszeit rief er Arndt zu sich, der am anderen Ende der Wiese geschnitten hatte, damit sie sich nicht mit den scharfen Sensen in die Quere kamen. Der alte Säufer war weiterhin in ihrer Anstellung, obwohl Carl Mette versprochen hatte, sich um einen neuen Knecht zu bemühen. Es hatte sich als unmöglich herausgestellt. Keiner der Burschen war bereit, für wenig

Geld die schweren körperlichen Arbeiten zu verrichten, die auf einem Bauernhof anfielen. Wer konnte, machte sich auf in die Städte, im Gepäck die Hoffnung auf eine Zukunft in Sicherheit und Wohlstand.

Immerhin konnte man Arndt nicht nachsagen, dass er sich jetzt, wo es darauf ankam, nämlich zur Erntezeit, vor den Aufgaben drückte. Er packte kräftig mit an und war eine große Hilfe. Er war ebenfalls auf dem Land aufgewachsen und wusste daher, dass nun jeder Augenblick zählte, wollten sie nicht einen weiteren Hungerwinter erleben. Dazu hatte er sogar vorläufig fast mit dem Trinken aufgehört.

Sie suchten sich einen schattigen Platz unter den Bäumen am Rand der Wiese, um dort den mitgebrachten Proviant zu verzehren. Carl verteilte Räucherwürste, Brot, Äpfel und Beeren aus dem Wald.

Arndt trocknete sich mit einem Lumpen das Gesicht und die hagere, haarlose Brust ab. »Wo steckt Mette?«

»Sie ist bei Anne und hilft dabei, das Kind zur Welt zu bringen.«

Der Knecht brummte. »Dann bekommen wir wohl heute keine Hilfe mehr.«

»Kuno meinte, es dauere bei Anne nie lange. Mette sollte heute Nachmittag dazu stoßen.« Hoffentlich behältst du recht, Kuno, dachte er besorgt.

Arndt schnitt sich mit dem Messer bissgerechte Stücke von einem Apfel. »Sollte die nächsten Tage nicht regnen. Ist nicht schlimm, wenn wir länger brauchen.«

»Ich weiß.«

Ein Rabe glitt mit breiten Schwingen unter das Laubdach, um ihnen Gesellschaft zu leisten. Er setzte sich auf einen Ast und legte den Kopf schief. Mit einem Auge schielte er auf die ausgebreitete Mahlzeit und krächzte laut auf.

»Der ist wohl auch hungrig«, brummte Arndt.

Carl räumte das Essen wieder in den Beutel. »Wir haben nichts, was wir teilen können. Er muss sich woanders bedienen.«

Der Rabe quäkte ein weiteres Mal auf.

»Tut uns leid, schwarzer Mann.«

Carls Hand mit dem Brot blieb mitten auf dem Weg zum Mund stecken. Sein Blick glitt zu dem Vogel, der ihn aus finsteren Knopfaugen still beobachtete und dann seinen spitzen Schnabel am Ast wetzte. Das Tier jagte ihm trotz der Mittagshitze einen eiskalten Schauer über den Rücken.

Er machte mit dem Arm eine scheuchende Bewegung. Der Rabe krächzte höhnisch auf und blieb sitzen. Carl warf einen Stein, doch er verfehlte sein Ziel. Der schwarze Vogel blinzelte unbeeindruckt. Er schlug noch nicht einmal mit den Flügeln.

Carl gab auf und sagte zu seinem Knecht: »Arndt, am besten gehst du gleich nach dem Essen ins Dorf und klopfst an die Türen, um zu fragen, ob uns jemand seinen Ochsen leiht. Gern auch gleich den Wagen dazu, denn unserer taugt nichts. Zur Not nimmst du aber doch unseren. Dann kommst du damit zurück und wir laden das Gras auf, das wir vor drei Tagen geschnitten haben. Es sollte jetzt genug getrocknet sein.«

Arndt zeigte sein lückenhaftes Gebiss. »Keine Sense für eine Weile? Danke dir! Ich mache mich sogleich auf den Weg.«

Carl blieb noch für einen Augenblick im Schatten und schärfte die Klinge. Dann stand er mit schweren Beinen auf, um ins gleißende Sonnenlicht zurückzukehren. Die Erde war trocken und heiß unter seinen Füßen.

Er dachte an Wend von Ilenburg, der vor wenigen Wochen in ihr Dorf gekommen war, um den Wechsel an der Spitze der Mark Brandenburg zu verkünden. Wer wohl dieser Mann war, den Sigismund zum Verweser benannt hatte? Carl hatte noch nie zuvor vom Geschlecht der Hohenzollern gehört. Er bezweifelte, dass der Burggraf hart durchgreifen würde. Und selbst wenn: An Dietrich und seinen adligen Kumpanen war bislang keiner vorbeigekommen. Sollte Friedrich tatsächlich versuchen, Ordnung ins Land zu bringen, würden ihm gewiss schnell Grenzen gesetzt werden.

Früher, so dachte er bei sich, während es ein weiteres Mal »Ratsch!« machte, da hätten ihm diese Gedanken ein Schmunzeln hervorgelockt. Dietrich hatte ein richtiges Stück Scheiße sein können. Doch den Schneid, den er immer wieder an den Tag gelegt hatte, hatte Carl bewundert. Ob er wohl immer noch in der Mark sein Unwesen trieb? Und was, wenn er eines Tages nach Luchow zurückkäme? Würde er Carl, von dem er annehmen musste, dass er ertrunken war, wiedererkennen? Und wenn ja, wie würde er reagieren?

Er wurde aus seinen Gedanken gerissen, als Arndt quietschend auf ihn zugesteuert kam. Vor sich schob er eine alte Schubkarre.

Carl wischte sich am Unterarm die Stirn ab. »Was ist mit dem Ochsen und dem Karren?« Eine Fliege schwirrte ihm um die Nase. Er schlug sie verärgert in die Flucht.

»Sind alle bereits woanders zugange. Allein kann ich den Karren nicht bewegen. Irgendwas klemmt.«

Carl ächzte resigniert. Erst fiel Mette aus, dann der Karren. »Nun gut. Lass es uns so machen. Immerhin sieht es nicht nach Regen aus. Wenn sie hier endlich aufkreuzt, wird sie uns helfen. Wird dauern, aber es ist zu schaffen.«

Doch Mette stieß auch am späten Nachmittag nicht dazu. Arndt musste das getrocknete Gras mit der Handkarre mühselig allein zurück ins Dorf bringen. Bei der letzten Fuhre schloss sich Carl ihm an. Er war völlig erledigt und konnte kaum die zwei Sensen schultern, die ihm den ganzen Tag über so gute Dienste geleistet hatten.

Als sie das Haus erreichten, fanden sie es verlassen vor. Sie brachten die Fuhre auf den Dachboden und das Werkzeug in den Schuppen. Arndt machte sich auf, Wasser am Brunnen zu ziehen und in einen Bottich zu füllen, damit sie sich waschen konnten. Für den Bruchteil eines Moments überlegte Carl, ob er sich ums Herdfeuer bemühen solle, aber dann entschied er sich dagegen. Er sah bei den Hühnern nach dem Rechten, sammelte ein paar Äpfel ein, goss mit Wasser aus der Regentonne das Gemüse im Garten und wusch sich schließlich mit dem Brunnenwasser, das Arndt umgefüllt hatte.

Erschöpft schleppte er sich zur Bank vor dem Haus. Obwohl die Sonne tief am Himmel stand, war es drückend heiß.

Er knetete und kugelte seine Schultern. Eigentlich war ihm dies immer die liebste Zeit des Jahres gewesen. Diese lauen Sommernächte, in denen man spät abends noch draußen zusammensaß, wenn es Nahrung im Überfluss gab und man den Kindern beim Blinde-Kuh-Spielen zuschauen konnte. Doch als sein Blick über seinen traurigen, leeren und verschmutzten Hof glitt, wünschte er sich nur ganz weit fort. Für einen Moment lehnte er sich an die Wand und schloss seine brennenden Augen. Er hätte auf der Stelle einschlafen können.

»Soll ich Bier von drinnen holen?«

Carl zuckte erschrocken zusammen. Er musste kurz weggedöst sein. »Hm? Ja, klar, Arndt. Weißt ja, wo's steht.«

Wenig später hielt der Knecht ihm ein Bier hin und gesellte sich ungefragt hinzu. Zu zweit leerten sie schweigend ihre Krüge. In der Ferne bellte ein Hund.

»Wir sollten einen Keller graben«, sagte Arndt nach einer Weile.

»Hm?«

»Damit das Bier kalt bleibt.«

»Ach, weißt du, Arndt. Es gibt so viel zu tun.«

»Ich weiß.«

»Vielleicht im nächsten Jahr.«

»Klingt gut. Ob Mette wohl bald zurückkommt?«

»Sie hätte schon längst hier sein müssen. Wahrscheinlich schwätzt sie noch mit den anderen Frauen. Kennst sie ja.«

Arndt nahm einen gewaltigen Schluck. Er schüttelte sich unwillkürlich. »Mette mag vielleicht viele Dinge beherrschen, aber aufs Bierbrauen versteht sie sich nicht.«

»Nein, das kann sie wirklich nicht. Das Zeug ist fürchterlich. Da würde auch ein Keller nicht helfen.« Doch er war zu durstig, um es wegzugießen.

»Werner macht besseres Bier.«

»Vielleicht solltest du bei ihm vorbeischauen. Hier wird es wohl heute noch nicht einmal eine warme Mahlzeit geben.«

Arndt kam träge auf die Beine. »Ist das in Ordnung für dich?«

»Klar. Sehen uns morgen früh. Hast gut gearbeitet heute.«

Das Lob freute den Knecht. Er entwand Carl den Krug aus der schlaffen Hand, trug ihn ins Haus und kehrte wenig später mit einem vollen zurück, den er seinem Herrn in die Pranke drückte. »Dann mache ich mich mal auf den Weg. Bis morgen.«

Es war beiden klar, dass es Arndt nach der Zecherei mit Werner nicht gelingen würde, spät nachts ins eigene Bett zurückzukehren. Solange er am nächsten Tag rechtzeitig zur Stelle war, war es Carl egal. Mit einem müden Wink ließ er den Kossäten ziehen.

Schweigend leerte er auch den zweiten Krug. Das Bier auf leeren Magen machte ihn noch schläfriger als zuvor. Er kam auf die schmerzenden Füße, wankte zum nächsten Baum, um seine Blase zu entleeren, und begab sich zu Bett.

Als er mitten in der Nacht erwachte, raste ihm das Herz in der schweißnassen Brust. Er hatte einen fürchterlichen Traum gehabt, die Einzelheiten so flüchtig wie Daunen im Wind.

Er starrte in die Dunkelheit. Das Haus war heiß und stickig, obwohl er die Tür sperrangelweit offengelassen hatte. Silbriges Mondlicht fiel auf den gestampften Lehmboden. Der Schlafplatz neben ihm war leer. Auch Arndts Schnarchen fehlte.

Von draußen kam ein ungewohntes Geräusch. Plätscherndes Wasser, gefolgt von einem leisen Schluchzen und Klagen. Carl rappelte sich auf. Jeder einzelne Knochen tat ihm weh.

Auf nackten Sohlen näherte er sich der offenen Tür. Es war immer noch warm. Die Grillen zirpten, in der Luft lag der sommerliche Gestank von Kuhmist.

Im fahlen Mondlicht entdeckte er Mettes dunklen Umriss im Hof. Weinend und fluchend wusch sie sich am Bottich die entblößten Unterarme und den Nacken. Sie bemerkte ihn nicht. Als er näher trat, sah er, dass ihr braunes Kleid vorn fleckig war.

»Mette?«

Energisch rieb sie mit einer Bürste über die Arme.

»Alles in Ordnung?«

Sie schaute auf. Im bleichen Mondlicht sah er, dass ihr Gesicht vom Weinen aufgedunsen war.

»Wo ist der Bastard?«, fragte er. Zu spät ging ihm auf, dass sie es hasste, wenn er das Kind so nannte.

Anstatt ihn anzufauchen, schluchzte sie auf. »Oh Carl, es war schrecklich!« Wie zur Unterstreichung ihrer Behauptung hielt sie ihm den verdreckten Rockschoß hin. »So viel Blut!«

Die Welt um ihn herum begann sich zu drehen. »Oh, bitte nicht, Mette! Sag nicht, dass sie tot ist!«

»Doch, das ist sie, Carl. Sie ist tot! Das Kind lag quer und sie hat so viel geblutet. All dieses Blut!«

Es fühlte sich an, als hätte ihm jemand mit der Faust in die Magengrube geschlagen. Er taumelte zurück und klammerte sich am Türrahmen fest.

Sie kam auf ihn zu wie ein böser Geist, blutverschmiert und nass vom Waschen. Der Anblick war so grausig, dass er sich mit dem Rücken gegen den Rahmen drückte.

»Wir haben den ganzen Tag gebetet und ihren Bauch mit Salben eingerieben. Wir haben Kräuter verbrannt. Die alte Rotraud hat sogar ein Amulett vorbeigebracht. Oh, Carl, Anne hat so geschrien! Ich werde das mein Lebtag nicht vergessen.«

»Sei still, Mette. Ich will es nicht hören«, murmelte er.

Anne war tot. Er konnte es nicht begreifen.

»Das Blut, es sprudelte einfach so aus ihr heraus. Ich hab nicht gewusst, dass so viel Blut in einem Menschen steckt. Schau mich an, ich bin voll damit!«

Wie ein verlorener Junge legte er die Hände über die Ohren. »Mette, sei still. Ich ertrag das nicht.«

Sie kam näher, bis sie direkt vor ihm stand. Tränen rannen ihr übers Gesicht. Sie umgab der Gestank von Schweiß, Blut und Erbrochenem. »Rieke hat in sie hineingegriffen, um das Kind zu drehen. Doch es war zu schwer. Sie muss ihm dabei alle Knochen gebrochen haben. Es war uns gleich. Wir wollten nur noch Anne retten.« Sie schüttelte den Kopf. »Wir haben es nicht geschafft.« Sie seufzte auf. »Am Ende war sie weiß, Carl! Weiß wie Schnee!«

Obwohl er seine Ohren zugehalten hatte, hatte er jedes Wort gehört, denn sie hatte in sein entsetztes Gesicht geschrien. Er starrte sie an und presste die Kiefer so fest aufeinander, dass es knirschte.

»Als wir wussten, dass es bald vorbei sein würde, haben wir Kuno eingelassen. Sein Herz ist gebrochen. Schließlich mussten wir Hans holen, damit er Kuno von seiner Frau wegzieht. Damit wir all das Blut abwaschen können.«

Sie plapperte immer weiter. Dabei hatte er ihr gesagt, dass er es nicht hören wolle. Doch sie scherte sich nicht darum. Sie wollte ihm Schmerz zufügen und ihn quälen. Ihm platzte der Kragen. »Sei endlich still, Mette! Ich. Will. Es. Nicht. Hören!«

Sie hob den Arm, um ihm eine Hand vom Ohr zu ziehen. »Carl, es tut mir so leid. Sie sprach nicht mehr von dir …«

Er holte aus und gab ihr eine so kräftige Ohrfeige, wie er sie eigentlich nur für seinen Knecht reservierte. Sie torkelte zurück und hielt sich erschrocken die Wange.

Er war rasend vor Zorn. Seine Hände ballten sich zu Fäusten, bereit für den nächsten Hieb. »Ich sagte: Sei verdammt noch mal still!«

Der Ausdruck in ihren Augen verwandelte sich von Trauer in blanken Hass. Sie spuckte aus. »Du mieser Frauenschläger! Wofür war das? Ich hab den ganzen Tag versucht, deine Schlampe zu retten! Und zum Dank schlägst du mir ins Gesicht?«

»Sie ist keine Schlampe, sie ist Anne!«

»Sie ist eine Schlampe! Oder glaubst du, ich wüsste nicht, wie du mich mit ihr hinter meinem Rücken den ganzen Sommer lang betrogen hast? Hast du vergessen, dass auch ich schwimmen kann?«

Er starrte sie bestürzt an, unfähig, die Anschuldigung zu leugnen. Die Vorstellung, dass Mette ihn in Annes Armen gesehen haben könnte, drehte ihm den Magen um.

»Ich hab geschwiegen«, fuhr sie fort. »Ich hab dich tun lassen, was du dir immer ersehnt hast. Weil ich wollte, dass endlich Frieden zwischen uns herrscht. Weil ich dich liebe, Carl! Ich wollte, dass wir eine Familie sind.«

Er lachte höhnisch auf. »Eine Familie? Wir werden niemals eine Familie sein, Mette, denn du hast mir einen verfluchten Bastard untergeschoben! Ich hasse dieses Kind, mehr noch, als ich Dietrich von Quitzow hasse.«

Sie stemmte die Hände in die Hüften und funkelte ihn an. »Du hasst Dietrich also, ist das so? Bist du dir da sicher? Ich habe andere Dinge gehört. Ist es nicht in Wahrheit so, dass du nur zu gern mit ihm ins Bett gestiegen bist? Hast du nicht bereitwillig für ihn nicht nur den Kopf, sondern auch den Arsch hingehalten?«

Er erbleichte. »Wer hat das behauptet?«

»Dietrich. Glühend warm hat er mir davon berichtet, wie er es dir einmal so richtig besorgt hat. In Berlin. Er hat sich köstlich darüber amüsiert, dass er uns beide nacheinander ficken konnte. Und dir hat's auch noch Spaß gemacht, du erbärmlicher Sodomit!«

Er fuhr schwer getroffen zusammen. Die Scham kroch über ihn hinweg wie eine gefräßige Raupe. Doch dieses Gefühl der Schwäche hielt nicht lange an. Stattdessen stieg unbändiger Zorn in ihm auf. Zorn, wie er ihn nie zuvor erlebt hatte. Die Welt vor seinen Augen wurde tiefrot.

Er stürzte nach vorn. Sie wich zurück, offenbar in Erwartung einer weiteren Ohrfeige. Doch anstatt sie zu schlagen, eilte er an ihr vorbei zur Scheune.

»Wo willst du hin?«, fragte sie.

Er brauchte nicht lange zu suchen. Mit dem Grabscheit in der Hand kam er wieder hervor. »Jetzt hau ich dich tot, Weib. Ich schwör's bei Gott!«

Sie schrie auf. Es gab für sie keinen Zweifel, dass er seine Drohung wahrmachen würde. Ihr Blick flog zum Tor. Sie schätzte ab, ob sie sich schnell genug davonmachen konnte. Offenbar beschied sie, dass es zu schaffen war. Oder vielleicht hatte sie erkannt, dass sie sowieso nichts mehr zu verlieren hatte. Mit einem Satz sprang sie zur Seite und stürzte durch das offene Tor, noch bevor Carl richtig ausholen konnte.

Er ließ sie laufen und setzte ihr nicht nach. Mit dem Werkzeug in der Hand starrte er das Tor an, während das Blut heiß durch seine Adern pumpte.

Nach und nach kehrte sein Verstand zu ihm zurück. Er war angewidert über sich selbst. Er ließ das hölzerne Grabscheit fallen und wankte zur Bank. Die Ellbogen auf die Oberschenkel gestützt vergrub er das Gesicht in den Händen. Bittere Tränen fielen vor ihm auf den sandigen Boden.

Anne war tot. Die Liebe seines Lebens war nicht mehr. Er war ganz allein. Er weinte um Anne und um sich selbst und auch um Mette, die er in seinem Schmerz und Zorn beinah umgebracht hätte. Er war fürwahr der größte Mistkerl, der auf dieser Erde wandelte.

Dabei hatte er versucht, sich dieses Leben zurechtzubiegen! Dietrich von Quitzow hatte ihm mit seinem Überfall alles genommen – seine Heimat, seine Familie, seinen besten Freund, seine Liebe. Die ganze Zeit hatte Carl sich danach gesehnt, sich all diese Dinge zurückzuholen. Er hatte so hart dafür gearbeitet! Und was war sein Lohn gewesen? Eine Handvoll Staub!

Am Ende hatte er nicht nur all das verloren, was Dietrich ihm an jenem verhängnisvollen Tag vor zehn Jahren genommen hatte. Er hatte noch dazu etwas viel Wichtigeres verloren: sich selbst. Er hasste sich in diesem Moment mehr als alles, was er jemals zuvor gehasst hatte, ja, sogar seinen größten Feind.

Auf wackligen Knien stand er auf. Der verwahrloste Bauernhof lag im matten Mondlicht still und einsam da. Er verabscheute diesen Ort. Er war ihm nie eine Heimat geworden, war Sinnbild seines Scheiterns.

Mit drei Schritten kehrte er zum Grabscheit zurück und hob ihn schwungvoll auf. Die Muskeln in seinen Armen schmerzten, weil sie sich an die Plackerei mit der Sense erinnerten, doch gleichzeitig empfand er das Gewicht in seiner Hand als tröstend.

Er ging zurück ins Haus. Eine Katze starrte ihn mit grünen Augen an. Sie machte einen Buckel und sauste durch seine Beine hindurch nach draußen.

Mit einem Grunzen riss er das Werkzeug über den Kopf, zielte und holte aus. Volltreffer. Mehrere Tonkrüge zerbarsten und ergossen ihre Inhalte auf den Boden. Er schlug nochmals zu. Körbe, die an den Balken gehangen hatten, fielen hinab. Der nächste Hieb brach ein Regalbrett aus der Wand, die Holzteller und ein paar Becher purzelten hinunter und rollten davon.

Mit der Zeit entwich die Wut, heiß und brennend, und der Knoten in seinem Bauch löste sich. Er fing an, sich besser zu fühlen. Keuchend richtete er sich auf und blickte sich um. Das Haus sah aus, als ob ein Wirbelsturm hindurch gefegt wäre. Gleichgültig zuckte er mit den Schultern. Er fand seinen Kittel und zog sich an. Dann machte er sich mit dem Grabscheit in der Hand auf zu Kunos Acker.

Er schaute nicht zurück.

Der Kaufmann

Berlin-Cölln, November 1411

Die Sonne stand schon tief, als sich Carls Wagen klappernd und quietschend dem Gertraudentor näherte. Die Zeltplane, die lose daran befestigt war, schlug laut im Wind hin und her. Er überquerte die zwei Holzbrücken, die den Seitenarm der Spree überspannten, und steuerte zielstrebig auf das Tor zu.

Das Sitzen auf dem ungepolsterten Kutschbock bereitete ihm Schmerzen. Die Wagenrillen in der Straße waren hartgefroren und hatten ihn auf der Fahrt kräftig durchgerüttelt. Er biss die Zähne zusammen und verlagerte das Gewicht.

Es war nicht viel los an diesem Tag. Lediglich ein paar Bauern kamen ihm entgegen, die Gugeln tief in die Stirn gezogen, Hände in den weiten Ärmeln. Sie eilten an ihm vorbei, offenbar bemüht, noch vor Einbruch der Dunkelheit zu Hause anzukommen.

Die Torwachen hatten sich ein Feuer in einem flachen Kessel entzündet. Sie schenkten Carls näherkommendem Wagen keine Beachtung. Zu sehr waren sie damit beschäftigt, die Flammen im Becken am Laufen zu halten und die klammen Finger darüber zu rösten. Doch als Carl nah genug heran war, nahmen sie pflichtbewusst Haltung an und überkreuzten die Spieße, um ihn an der Weiterfahrt zu hindern.

Einer der beiden rückte seinen wackligen Helm zurecht, der ihm bis zu den rotgefrorenen Ohren reichte. »Ein bisschen spät für den Wochenmarkt, Bursche.«

Carl zog an den Zügeln und brachte sein schnaubendes Pferd zum Stehen. Ihn hatte schon lange keiner mehr »Bursche« genannt. Er unterdrückte eine Entgegnung, die ihm auf der Zunge lag, und setzte ein höfliches Lächeln auf.

»Ich bin nicht auf dem Weg zum Alten Markt, Herr. Mein Wagen ist leer. Du kannst es gern überprüfen.«

Die beiden Wachen wechselten einen Blick, wohl, um ohne große Worte abzusprechen, wer diese lästige Aufgabe übernehmen sollte. Schließlich erbarmte sich der Ältere von ihnen. Er kletterte auf die Aufbauten, um unter die Plane zu lugen.

»Tatsächlich leer. Was willst du dann damit in der Stadt?«

»Mein Herr hat mich ausgeschickt, etwas abzuholen. Vom Heilig-Geist-Hospital.«

Die Wachen tauschten einen weiteren Blick.

»So?«, sagte der eine vom Tor her. »Und was wäre das?«

Carl zuckte mit den Schultern. »Muss ich euch das sagen?«

Der größere Wachmann kletterte wieder vom Wagen. »Nein.« Er ging einmal um das Gefährt herum. »Irgendwelche Waffen dabei?«

»Wo denkst du hin?«

Der andere Mann am Torhaus nickte. »Aber das Torgeld wird trotzdem fällig.«

Ohne zu zögern, zahlte Carl den verlangten Betrag in die offene Handfläche des Wachmannes.

Dieser rümpfte demonstrativ die Nase. »Pfui! Du könntest auch mal wieder ein Bad nehmen. Du stinkst wie ein ganzer Schweinekoben.«

»Werde ich machen, Herr. Habe ein wenig Geld dabei für die Badestube.« Er machte eine anzügliche Geste, die die beiden Männer zum Lachen brachte.

»Weißt du, wo sich das Hospital befindet?«, fragte der jüngere Wachmann.

»Am Spandauer Tor, nicht wahr?«

»Ganz recht. Immer geradeaus und dann am Alten Markt auf der Berliner Seite links halten. Kannst es gar nicht verfehlen.«

»Danke. Da ihr so hilfsbereit seid, will ich euch nun doch sagen, was ich von dort abholen will«, sagte Carl. Er beugte sich verschwörerisch zu ihnen hinunter. »Es ist eine Leiche. Sie soll auf unserem Dorffriedhof bestattet werden.«

Die Wachen machten ein ehrfurchtsvolles Gesicht. Wortlos traten sie beiseite und erlaubten ihm, das Tor zu passieren.

Erleichtert ließ Carl die Zügel knallen. Das Pferd setzte sich wieder in Bewegung. Er rumpelte durch das stattliche Tor, das eines von zwei Durchgängen in der zwölf Ellen hohen Mauer der Stadt Cölln war, und sah schon bald die Petrikirche neben sich aufragen. Die Straße vor ihm war die verkehrsreiche Hauptdurchgangsstraße zum Berliner Teil der Doppelstadt. Man hatte sie für die Fuhrwerke mit Holzbohlen ausgelegt. Die Fußgänger zu beiden Seiten stakten jedoch mehr, als dass sie schritten, denn das Holz war in der feuchtkalten Witterung rutschig geworden.

Mit klopfendem Herzen reihte er sich in den Verkehrsfluss ein. Sein Blick ging zu den Patrizierhäusern, die diesen Teil des Weges säumten, und in denen selbst zur späten Stunde noch ein reges Kommen und Gehen herrschte. Cölln war wie Berlin eine Stadt der Kaufleute. Allem Bürgerstolz zum Trotz lief Carl dennoch ein schwarzborstiges Schwein vor die Hufe und er musste fluchend das Pferd davon abhalten auszubrechen. Er ermahnte sich, wieder mehr auf den Weg zu achten und sich nicht von den protzigen Bürgerhäusern ablenken zu lassen.

Er erreichte den Mühlendamm, eine Holzbrücke, die die Spree überspannte. In dem Nadelöhr wurde der Verkehr noch dichter. Laut feilschende Händler hatten auf dem schmalen Durchgang zwischen den Mühlen ihre Buden und Kramläden eingerichtet. Im Vorbeifahren warf Carl einen flüchtigen Blick auf die Auslagen. Schuhe wurden hier angeboten, und Steingut. Er sah Hanfleinwand, Harnische, Tonschalen und Gürtelschnallen.

Auf der Berliner Seite der Doppelstadt kannte er sich besser aus. Er passierte das altstädtische Nikolaiviertel und kurz darauf den Alten Markt. Ein paar kräftige Kerle waren gerade dabei, das Marktkreuz abzubauen. Mürrisch dreinschauende Weiber rückten den Abfällen mit Kehrbesen zu Leibe. Den Haufen nach zu urteilen hatten heute reichlich Getreide, Gemüse und Kleinvieh den Besitzer gewechselt.

Die Straße machte einen Knick nach links. Auch sie war mit Bohlen bedeckt und von Patrizierhäusern aus Stein gesäumt. Die Häuser waren mehr als dreimal so groß wie die meisten Behausungen auf dem Land und mindestens zweigeschossig.

Eine Gruppe von Mägden mit weißen Kopftüchern schwatzte müßig miteinander auf den Steinstufen eines Wohnhauses. Als Carl an ihnen vorbei polterte, schauten sie auf. Er tippte seine Kappe zum Gruß und sie steckten tuschelnd und kichernd die Köpfe zusammen.

Auf dem Platz vor dem Rathaus lungerten ein paar Gassenjungen am Richtplatz herum. Sie spielten mit einem kläffenden Hund, dem ein halbes Ohr fehlte. Trotz der eisigen Temperaturen trug nur eins der Kinder Schuhe.

Carl stellte den Wagen in einer Ecke ab und rief eine dieser zerlumpten Gestalten zu sich. Beim Absteigen schnipste er dem Knaben vom Kutschbock aus eine Münze zu. Von außen betrachtet wirkte es weltmännisch, doch ihm zitterten vor Nervosität die Knie. Der Junge fing das Geldstück geschickt mit beiden Händen auf und trat zum Kopf des Pferdes.

»Kannst du dem Gaul Wasser geben und Sorge tragen, dass sich keiner mit ihm davonmacht?«

»Na klar!« Der Junge grinste und enthüllte ein Gebiss mit halb durchbrechenden Erwachsenenzähnen. Er kratzte seinen verlausten Kopf und ließ das Geld in einen Beutel an seinem Gürtel verschwinden.

»Wenn du alles gut machst, bekommst du eine zweite.«

»Jawohl, der Herr!« Der Bursche winkte seine Freunde heran, die Wasser vom Brunnen bringen sollten, und kletterte wie ein kleiner König auf den Kutschbock.

Carl wandte sich mit einem Kopfnicken ab und sah sich um. Das Rathaus war ein imposanter Backsteinbau mit übergroßen gotischen Fenstern. An einer Seite schloss sich die Gerichtslaube an, ein viereckiger Kasten, dessen untere Etage nur ein offenes Gewölbe war. Wenige Schritte entfernt stand in der Herbstkälte zitternd ein Mann am Pranger. Die Leute, die vorbeieilten, schenkten ihm keine Beachtung, doch für Carl war es eine eindringliche Mahnung, dass das, was er vorhatte, einen großen Preis von ihm fordern konnte.

Er atmete einmal tief durch.

Du schaffst das, sagte er sich und befahl den zweifelnden Stimmen in seinem Kopf, endlich Ruhe zu geben. Es war der einzige Weg nach vorn. Es gab nur dies oder den Tod.

Er zupfte seinen Kittel zurecht und bewegte sich auf wackligen Knien aufs Rathaus zu. Das untere Stockwerk, das wusste er bereits, beherbergte öffentliche Verkaufsräume und eine Schenke, wo das im Keller gelagerte Bier ausgegeben wurde. In der oberen Etage lag der prächtige Ratssaal, der auch von der mächtigsten Gilde der Stadt genutzt wurde, den Kaufleuten. Das war sein Ziel.

Kaum hatte er das Rathaus betreten, stürzte ein Mann mit einem ausladenden Samthut auf ihn zu. »Wer bist du? Was ist dein Begehr?« Mit einer galanten Bewegung zog er ein Tüchlein hervor und hielt es sich unter die Nase. »Gesindel hat hier keinen Zutritt.«

Carl musterte verstohlen die schattigen Winkel der Halle. Er befand sich in einem Eingangsbereich mit geripptem Gewölbe, dessen Wände bunt ausgemalt waren. Am fernen Ende dröhnte durch zwei Doppeltüren gedämpft der Lärm der Schenke. Was er jedoch suchte, war die Treppe zum oberen Stockwerk. »Ich möchte zur Kaufmannsgilde.«

»Männer in Lumpen haben keinen Zutritt.« Pikiert hob der Mann einen Arm und rief zur Eingangstür: »Wachen!«

»Herr, ich habe ein dringliches Anliegen, das ich gern selbst der Gilde vorbringen möchte. Glaubt mir, wenn ich sage, dass mir ein großes Unrecht widerfahren ist, weswegen ich Hilfe und Unterstützung ersuchen möchte …«

Er kam nicht dazu weiterzusprechen. Zwei Händepaare griffen ihm unter die Achseln, um ihn zum Ausgang zu zerren.

»Hinaus mit ihm! Er stinkt wie ein Schweinebauer!«

Der Mann wandte sich ab, um in den Tiefen der dunklen Halle zu verschwinden.

Carl strampelte protestierend mit den Beinen. Er hätte die beiden Büttel problemlos abschütteln können, doch er versuchte es mit Demut. »Um Christi willen, bitte hört mich an! Ich bin kein Bauer! Ich habe ein wichtiges Anliegen!«

Sie hatten fast die Tür erreicht, da fiel Carls Blick auf die Treppe nach oben. Er musste sie wegen seiner Aufregung beim Hereinkommen glatt übersehen haben. In diesem Moment kam dort ein Mann hinuntergeschritten, der mindestens genauso kostbar gekleidet war wie der Herr im Saal, wenn nicht sogar besser.

Er deutete mit dem Finger auf Carl. »Was ist hier los? Was soll dieser Radau?«

Carl hatte sich in einen schweren Sack verwandelt und ließ die Füße schleifen. Er wollte es den Wachleuten nicht zu einfach machen, ihn wieder nach draußen zu befördern.

Einer der beiden Büttel schnaufte. »Dieser Eindringling soll vor die Tür gesetzt werden!«

»Was hat er verbrochen?«

»Keine Ahnung. Wir erledigen nur unseren Auftrag.«

Carl hob unbeholfen die Arme. »Gar nichts habe ich verbrochen!«

Ihm ging auf, dass er nicht zu unterwürfig klingen durfte, wollte er Glaubwürdigkeit bei diesen reichen Bürgern erlangen. »Im Gegenteil. Es ist ein Skandal, wie man mich hier behandelt! Dabei bin ich gekommen, weil ich Hilfe benötige.«

Der Fremde war auf halber Höhe auf der Treppe stehen geblieben. Er hatte einen gewaltigen Schnauzbart und kurze graue Haare. »Hilfe? Von wem?«

»Von der Kaufmannsgilde.«

Der Mann ließ abschätzig den Blick über den bäuerlichen Alltagskittel gleiten, der aus dem groben Wollmantel hervorschaute. Zu den Bütteln sagte er: »Lasst ihn los.« Und zu Carl: »Warum sollten die Kaufleute einem wie dir helfen? Du siehst aus und stinkst wie ein Lump!«

Carl stellte sich wieder auf die Füße und befreite sich mit einem kräftigen Ruck aus den Klammergriffen der beiden Büttel. Er zupfte energisch seinen verdreckten Kittel zurecht und blähte empört die Brust auf. »Weil ich ein Kaufmann bin! Und weil ich ein wichtiges Anliegen habe, das die Gilde interessieren dürfte.«

»Ha! Das kann jeder behaupten!«

Carl hielt ihm seine Hand zur Begutachtung hin. »Ach ja? Trägt etwa jeder Lump, der ins Rathaus kommt, einen solchen Ring?«

Der Mann kniff blinzend die Augen zusammen. Es war zu düster in der Halle, um Details auszumachen, doch dass der Ring aus Gold war, war deutlich zu erkennen. »Wie lautet dein Name, Fremder?«

»Mein Name ist Rudolf. Rudolf Schlegel.«

Der Kaufmann schickte die Büttel fort und führte Carl die Treppe hinauf in den oberen Stock. Er ließ die großen Säle links liegen und betrat mit ihm eine ungenutzte kleinere Beratungskammer mit einem Tisch und vier Stühlen. Hier stellte sich der kostbar gekleidete Mann mit Schnauzbart als Albert Plotho vor.

Formell reichte er Carl die Hand. »Ich bin Kaufmann in Berlin und Mitglied des Stadtrats.« Er hatte einen Krug mit Wein aus Jüterbog hochschicken lassen und schenkte ihnen beiden ein.

Carl nahm den Zinnpokal dankend an und genehmigte sich einen bescheidenen Schluck. Er würde sich nie mit Wein anfreunden können, doch nun kam ihm die betäubende Wirkung des Alkohols entgegen. »Wie gesagt: Rudolf Schlegel. Ich komme aus Strausberg. Meine Familie handelt mit Tuch.«

»So, so.« Der Kaufmann nahm ihm gegenüber geräuschvoll Platz. Er lehnte sich auf dem knarzenden Stuhl zurück und musterte ihn argwöhnisch. »Verzeih, wenn ich Mühe habe, dir das abzukaufen. Du siehst nicht aus wie ein Tuchhändler. Die beweisen für gewöhnlich einen besseren Modegeschmack.«

Carl schwenkte den Wein in seinem Pokal. Vor Aufregung raste ihm das Herz in der Brust. »Das mag daran liegen, dass ich unterwegs überfallen wurde. Man hat mich ausgeraubt.«

Albert lehnte sich nach vorn und hob die Augenbrauen. Sein Blick blieb an dem schlichten Holzkreuz hängen, das Carl vergessen hatte abzunehmen. »Wo war das?«

»Auf der Straße zwischen Strausberg und Berlin. Es war ein räuberischer Ritter mit seinen Gefährten. Sie stürzten sich aus dem Unterholz auf mich. Mein Pferd scheute und brach aus, der Wagen rutschte in den Graben. Mit gezückten Schwertern zerrten sie mich vom Kutschbock und raubten mir alles, was ich nach Berlin bringen wollte. Sie waren so gierig, dass sie ihre Packpferde völlig überluden.« Die Erzählung kam ihm leicht von den Lippen. Er war oft genug an solchen Überfällen beteiligt gewesen – auf der anderen Seite.

»Warum nahmen sie nicht den Wagen?«

»Der hat einen Achsenbruch erlitten. Der, den du unten siehst, ist nicht meiner. Ich musste mir einen neuen besorgen, ehe ich weiterreisen konnte.«

Albert strich sich nachdenklich über den grauen Schnauzbart. »Und diese Aufmachung?«

Carl räusperte sich und vollbrachte es dank des Weins sogar, dass seine Ohren heiß anliefen. »Sie haben mich nackt ausgezogen und so den Elementen überlassen. Und das im November, stell dir nur einmal vor! Sie haben sich einen Spaß daraus gemacht. Nur meinen Siegelring haben sie mir gelassen, um mich zu verhöhnen.« Der erdichtete Überfall klang ganz nach den Machenschaften von Dietrich von Quitzow.

Hastig nahm Carl einen Schluck aus dem Pokal, wie um seine Verlegenheit zu überspielen. Er wusste, dieses kleine Detail seiner Geschichte, der Ring, würde dafür sorgen, dass man ihm Glauben schenken würde.

Die Augen des Kaufmanns glitten zu Carls Fingern, wo der alte Strausberger Siegelring matt glänzte. Er sprang auf und schritt mit hinter dem Rücken verschränkten Händen auf und ab. »Wann fand dieser Raub statt?«

»Vor zwei Tagen. Ich musste erst ein Dorf finden, wo man mir einen Kittel und einen neuen Wagen abtreten konnte.«

»Wie hieß das Dorf?«

Carl zögerte. »Ist das ein Verhör?«

»Nein, nein. Ich will mir nur ein Bild von der Angelegenheit machen.« Albert trat ans Fenster und fuhr mit dem Finger über die Butzenscheiben. »Und der Räuber? Kam er dir bekannt vor? Hatte er ein Wappen?«

»Er war blond und schlank. Er hat voll Stolz behauptet, sein Name sei Dietrich von Quitzow. Sagt dir das was?«

Albert fuhr zu Carl herum. »Quitzow! Dieser Teufel! Bist du dir sicher?«

»Ja. Er wurde von einem anderen begleitet. Schwarze Haare. Kaspar …?«

»Kaspar Gans zu Putlitz!« Albert setzte sich ihm wieder gegenüber und nahm einen kräftigen Schluck aus seinem Pokal. »Ich glaube dir. Dieser Quitzow treibt schon seit Jahren sein Unwesen in der Mark. Kein Kaufmann ist vor ihm sicher. Er will Berlin ausbluten lassen.«

Carl nippte am Wein. »Besteht eine Fehde zwischen den Quitzows und Berlin?«, fragte er unschuldig.

»Ach! Es geht um Köpenick! Dieser Quitzow will es der Stadt nicht aushändigen! Dabei hat er kein Recht, es zu halten. Jobst von Mähren hat es so verfügt.«

»Und jetzt überfällt er auch noch Kaufleute? Ist das nicht verboten?«

»Natürlich ist es verboten!«, fuhr Albert auf. »Eine Fehde ist das eine. Aber Kaufleute und Händler auf Straßen stehen unter dem Schutz der Krone. Dieser Quitzow ist ein Verbrecher, der aufgeknüpft gehört, Adel hin oder her.«

»Gern würde ich eigenhändig dieses Urteil vollstrecken, Albert«, sagte Carl mit dem Brustton der Überzeugung. »Doch vorher würde ich ihn ebenfalls seiner Kleidung entledigen.«

Das ließ Albert auflachen. Amüsiert strich er sich über seinen gewaltigen Schnauzbart. Er erkannte in Carl einen Gleichgesinnten. »Was ist also dein Anliegen hier in Berlin, Rudolf? Warum hast du ganz allein diese gefährliche Reise auf dich genommen?«

Carl nahm Haltung an und legte die Schultern zurück. Er musste selbstbewusst klingen. »Mein Vater war ein Kaufmann.«

»Du sagtest Strausberg, nicht wahr? Zu schade, ich habe keine Beziehungen dorthin. Doch erzähl weiter.«

»Ich habe ihm auf dem Sterbebett versprochen, dass ich seine Geschäfte weiterführe.«

»Wie man es von einem treuen und liebenden Sohn erwarten dürfte.«

Carl stellte den Wein auf den blank polierten Tisch und faltete die Hände. »Doch ich habe andere Pläne.«

»Und die wären?«

»Strausberg ist mir zu klein geworden. Ich möchte in Berlin investieren.«

»Investieren?«

»Ich will mich am hiesigen Fernhandel beteiligen.«

»Das sind hochfliegende Pläne.«

Carl grinste verschämt. »Ich bin kein Mann, der halbe Sachen macht. Wer nichts wagt, der nichts gewinnt. Das gilt auch im Handel.«

»Schon recht«, sagte Albert mit einem anerkennenden Nicken. »Doch der Fernhandel ist eine ganz andere Sache. Da werden große Beträge quer durchs Land befördert. Die Risiken sind enorm hoch. Man muss gut ausstaffiert sein. Man braucht Beziehungen.«

»Ich bin bereit, diese Risiken einzugehen.«

»Um in Berlin geschäftsfähig zu sein, muss man ein Bürger werden. Man muss Grund kaufen. Auch das kostet Geld.«

»Ich komme nicht mit leeren Händen, Albert.«

Albert sah ihn überrascht an. Dann prustete er los. »Verzeih, dass ich lache, aber du sitzt in einem verdreckten Bauernkittel vor mir. Der Ritter hat dich ausgeraubt.«

Carl grinste. »Nicht ganz.« Er stand auf und griff seitlich unter den Kittel.

Alberts Augen weiteten sich. Man konnte sehen, dass er sich keinen Reim darauf machen konnte, was Carl hier tat, und dass ein kleiner Teil von ihm überlegte, doch einen Büttel hinzuzurufen. Schließlich hatte der Fremde ein breites Kreuz und war kräftig gebaut. Dann erkannte er, dass sein Gegenüber nichts Arges im Schilde führte, und ließ die Schultern sacken.

Carl zauberte eine Stoffrolle in der Größe einer Räucherwurst hervor. Er legte sie auf den Eichentisch und öffnete die Schnüre an beiden Enden. Die Rolle entpuppte sich als eine Stange dicht aneinandergepresste Silbermünzen. Sie waren genau abgezählt. Es waren zwanzig Stück. Wenn man Dietrich glauben durfte, der Gegenwert von zwanzig guten Reitpferden.

Albert klappte die Kinnlade herunter. »Was ist das?«

»Ein Teil von dem, was ich in Berlin anlegen möchte.«

»Ein Teil? Aber ich dachte, dieser Ritter hätte dich bis aufs letzte Hemd ausgenommen?«

»Das ist wahr. Nur den Wagen, den hat er mir nicht genommen, weil die Achse gebrochen war. Was dieser Quitzow und seine finsteren Gesellen nicht wussten: Es gab einen doppelten Boden.«

»Du hast noch mehr davon?«

»Noch viel mehr.«

Albert begann zu kichern. »Mannomann! So viele Böhmische Silbergroschen! Der größte Teil deines Vermögens ist ihm also entgangen!«

Carl stimmte in sein Lachen mit ein und schnürte die Rolle wieder zu. »Wenn der wüsste!«

»Er würde sich schwarzärgern!«

Sie lachten beide so ausgelassen, bis Albert sich die Tränen aus den Augen wischen musste.

Carl ließ das Geld unter der Kleidung verschwinden und nahm Platz. Mit einem kräftigen Zug leerte er seinen Pokal.

Albert stand eifrig auf, um ihm nachzuschenken. »Ich gehe davon aus, dass du mit einem solchen Vermögen nicht in einem Gasthaus übernachten willst. Man weiß nie, welch Gesindel sich dort herumtreibt.«

Carl dachte an das Berliner Gasthaus, in dem Dietrich immer abgestiegen war. Er teilte ungute Erinnerungen daran. Erinnerungen, die Mette ihm brühend warm vor den Latz geknallt hatte. »Gibt es eine Herberge in der Stadt, die du empfehlen kannst?«

Albert winkte ab. »Alles Spelunken, wenn du mich fragst, lieber Rudolf. Da würde ich selbst meinen ärgsten Feind nicht unterkommen lassen. Deshalb möchte ich dich einladen, zu uns zu kommen. Bitte, sei mein Gast!«

»Danke, aber das kann ich nicht annehmen. Ich will niemandem zur Last fallen.«

»Nein, nein, keine Widerrede! Du bist ein Mann in Not, und ich bin in der Lage, dir zu helfen. Es ist meine Christenpflicht. Bleib für ein paar Nächte unter meinem Dach. Meine Familie wird dich fürstlich bewirten. Hier, trink!«

Carl lächelte und bedankte sich höflich. Folgsam führte er den Pokal an die Lippen und nippte. Innerlich frohlockte er.

Das klappte besser als erwartet.

Alberts Haus befand sich in bester Lage in der Spandauer Straße. Als sie dort eintrafen, waren die Angestellten soeben dabei, die Fenster für die Nacht abzudecken. Zu dritt wuchtete man die schweren Holzläden vor die glaslosen Öffnungen.

Im Vorübergehen erhaschte Carl einen kurzen Blick auf den Verkaufsraum. Im Schein der Talglichter stapelten sich die unterschiedlichsten Waren in Fässern und Kisten. Ausglühende Kohlebecken auf den Steinfliesen spendeten die letzte Wärme für den Tag. Im hinteren Teil des Hauses war vermutlich die Küche, denn von dort drangen Kochdüfte an seine Nase und ließen seinen leeren Magen grummeln. Ihn befiel leichter Schwindel. Er hatte das letzte Mal vor drei Tagen gegessen.

Die Angestellten hielten bei ihren Verrichtungen inne und grüßten den Kaufmann höflich. Albert warf einen prüfenden Blick in den Raum und nickte. Dann geleitete er seinen Gast eine steile Treppe hinauf.

In der Stube, die den gesamten vorderen Bereich der oberen Etage einnahm, deckte eine Magd den Tisch fürs Abendessen ein. Sie schaute nur kurz auf, als ihr Herr eintrat, und machte einen Knicks.

Carl folgte seinem Gastgeber durch die Tür und sah sich um. Der getäfelte Raum war prachtvoll eingerichtet. Er erinnerte ihn an den Festsaal der Kaiserburg in Tangermünde. So viel Wohlstand hatte er nicht erwartet. Schnell verbarg er sein Staunen hinter einer unbewegten Miene.

»Wo ist meine Gattin, Hilde?«

»Die Herrin gibt letzte Anweisungen in der Küche.«

»Dann ist das Essen bald fertig?«

»Ja, mein Herr.«

Albert strich sich über den Schnauzbart. »Gut. Bitte geh kurz hinunter und besorge diesem jungen Mann aus der Küche warmes Wasser zum Waschen. In der Truhe ist ein ausgedientes Gesellengewand und oben ist eine Kammer für ihn frei. Er wird für einige Nächte unser Gast sein. Richte die Kammer her, während wir uns zum Essen setzen.«

Die Magd knickste erneut und stob davon.

Albert wandte sich an Carl. »Sie wird dir gleich alles bereitlegen. Unterm Dach haben wir ein Bett frei. Es ist eigentlich für die Gesellen gedacht, aber für ein paar Nächte sollte es reichen.«

»Danke.« Carl war aufrichtig bewegt. Das Haus war warm und trocken. Er hatte lange nicht mehr so bequem schlafen dürfen. »Mein Karren? Ich habe den Gassenjungen einen Pfennig versprochen, dass sie auf ihn aufpassen.« Seinen restlichen Schatz hatte er vorsorglich nach Verlassen des Rathauses mitgenommen. Der Sack klimperte bei jedem Schritt.

»Ich werde einen Knecht schicken. Er soll das Gespann in unseren Hof bringen und das Tier versorgen.«

Sie mussten sich nur kurz gedulden. Als alles bereitstand, führte die Magd Carl in die Schlafkammer. Kaum hatte sie ihn allein gelassen, rückte er die Truhe am Fußende des Betts beiseite und bohrte mit dem Knauf seines Messers ein Loch ins weiche Fachwerkgeflecht der Wand. Er versteckte den Schatz zwischen den Holzbalken. Um die Lücke zu verdecken, schob er die Lade wieder davor. Anschließend zog er sich aus und wusch sich mit dem Wasser und einem Leinentuch. Man hatte ihm Seife bereitgelegt. Er machte großzügig davon Gebrauch, obwohl die Lauge seine Haut austrocknete und der scharfe Schaum ihm Tränen in die Augen trieb. Gern hätte er Haare und den Bart gestutzt, der sein Gesicht bedeckte, doch dazu fehlte ihm die Schere.

Am längsten hielt er sich mit seinen Händen auf. So sehr er sich jedoch bemühte, die schwarzen Ränder unter den Fingernägeln ließen sich nicht ganz beseitigen. Monate der harten Feldarbeit hatten ihre Spuren hinterlassen. Er versuchte, zumindest dem gröbsten Dreck mit dem Dolch beizukommen. Als er fertig war, reinigte er die Klinge im seifigen Wasser. Es musste genügen.

So gesäubert legte er die geliehene Kleidung an. Sie saß gut, lag weich auf der Haut und hatte einen Gürtel, an den er das Messer und seinen Geldbeutel befestigen konnte. Fast fühlte er sich wie neugeboren. In gewisser Weise war er das ja auch.

Frisch gewaschen und neu gewandet kam er die schmale Stiege wieder herunter. Die Familie hatte sich zum Abendessen versammelt und war in ein Gespräch vertieft, hatte jedoch mit dem Essen auf den Gast gewartet. Neben Albert waren es seine Gattin, eine junge Frau und ein Knabe im Stimmbruch. Als Carl durch die Tür trat, verstummte die Plauderei und alle sahen auf.

Der Hausherr kam auf die Füße, um ihm mit ausgestreckten Armen entgegenzugehen. »Was sage ich? Kleider machen fürwahr Leute!« Er geleitete Carl an einen freien Platz und rückte ihm den Stuhl zurecht. »Liebe Familie, dies ist mein verehrter Gast Rudolf Schlegel. Er ist ebenfalls Kaufmann. Doch man hat ihm übel mitgespielt! Rudolf, das ist meine allerteuerste Gattin Agnes, unsere Tochter Käthe und der Stammhalter Arnold.«

Sie alle starrten ihn unverhohlen an. Carl nickte ihnen zu und zwang sich, unbekümmert zu wirken.

Die Dame des Hauses lächelte. »Sei gegrüßt, Rudolf! Hätten wir gewusst, dass wir heute einen Gast zum Abendessen haben, hätte ich bessere Gerichte auftischen lassen.«

Carl deutete mit Hand auf der Brust eine leichte Verneigung an. »Ich bin überzeugt, ich werde nicht enttäuscht werden.«

Sein Blick fiel auf die Tochter. Sie saß ihm direkt gegenüber. Ihre blonden Haare waren unbedeckt, aber kunstfertig aufgesteckt. Unverheiratet, schloss Carl. Auf ihrem Ausschnitt lagen Perlen in Goldfassung, die sich mit jedem Atemzug hoben und senkten. Er schätzte sie auf sechzehn Jahre.

Albert setzte sich ans Kopfende und sprach das Tischgebet. Dann wurde das erste Gericht aufgetischt, Bachsaibling mit Kräutern. Er gab Carl mit einer Geste zu verstehen, dass er sich als Erster bedienen solle.

Carl lief das Wasser im Mund zusammen. Er nahm sich eine bescheidene Portion von der Zinnplatte und legte sie sich auf den Teller. Sein Magen rebellierte und forderte mehr, doch er zwang sich, das Grummeln zu ignorieren.

»Kommst du aus Berlin, Rudolf?«, fragte Agnes, als sich alle vom Fisch genommen hatten und zu essen begannen. »Oder vielleicht aus Cölln? Wir haben dich hier noch nie gesehen.«

Aufmerksam beobachtete er die anderen. Er war peinlich darauf bedacht, die besten Manieren bei Tisch zu zeigen. Vor Nervosität waren seine Hände dennoch schweißfeucht. Es war zwar nicht sein erstes Mal an einer feinen Tafel, doch nie zuvor hatte er dabei so unter Beobachtung gestanden. »Ich bin aus Strausberg.«

Alberts Tochter Käthe rief: »Strausberg, wer hätte das gedacht! Und was bringt dich nach Berlin?«

Er lächelte liebenswürdig. »Geschäftliches. Ich möchte mich gern hier niederlassen.«

Eine bezaubernde Röte schlich sich in ihre Züge. Sie schlug schnell den Blick nieder.

Albert fuchtelte schmatzend mit dem Messer vor sich herum. »Ich kann gut verstehen, dass du Strausberg den Rücken kehren willst. Die Stadt hat in den letzten Jahren mehrere Überfälle erlebt. Da ist kein Stein auf dem anderen geblieben. Hat es deine Familie schwer getroffen?«

Tief vergrabene Erinnerungen flackerten in Carl auf. Dietrich, und wie er den Morgenstern schwingend auf dem Strausberger Marktplatz seine Kreise gezogen hatte. Der irre Ausdruck in seinen eisblauen Augen. Es hatte Asche geregnet an jenem Tag und die Luft hatte nach Verzweiflung und Tod gestunken.

»Wir wurden zwar ausgeplündert, aber Vater hat das Geld immer gut versteckt. Zum Glück hat man die Häuser der Patrizier nicht angezündet.« Er räusperte sich und nahm einen Schluck vom Wein.

Albert ballte erregt die Hand zur Faust. »Eine Schande, was sich die Ritter dieser Tage alles herausnehmen! Zum Glück ist uns das in Berlin noch nie passiert. Aber unsere Bauern haben ganz schön unter ihnen zu leiden.«

»Eure Bauern? Ich dachte, du bist Kaufmann, kein Grundherr?«

»Viele von uns sind beides, Rudolf. Wir haben unser Geld in Dörfer und Hufen vor den Toren der Stadt angelegt.«

»Ach, und wozu?«

Während sie sprachen, wurden weitere Gerichte aufgetragen. Rindfleisch in Weinsauce, zu dem weiches Weißbrot gereicht wurde, dazu Pastinaken und saure Gurken. Carls Magen knurrte entzückt.

»Wir lassen die Bauern Roggen anbauen. Das lässt sich gut verkaufen. Macht ihr das in Strausberg nicht auch so?«

Carl wusste es nicht. Er wusste so vieles nicht! Er entschied sich, zu verneinen. »Nein, noch nicht. Lohnt es sich?«

»Der Roggen aus unserer Gegend ist im Norden heißbegehrt. Hat einen ausgezeichneten Ruf! Wir liefern es nach Hamburg und von dort wird es bis nach Skandinavien gebracht.«

»Ich hätte nicht gedacht, dass man mit Getreide so hohe Gewinne erzielen kann.«

»Im Norden des Reichs und darüber hinaus sind die Anbaubedingungen schlechter. Und du vergisst, dass wir nicht mit leeren Händen heimkehren! Wir verkaufen den Roggen und nehmen andere Waren wieder mit nach Hause. In meinem Fall überwiegend Hering und Gewürze.«

Carl nickte. »Das leuchtet mir ein.«

»Hering«, sagte seine Gattin mit einem Seufzer. »Ich kann die Fässer nicht mehr sehen. Der ganze Keller ist voll damit.«

Albert tätschelte ihr die Hand. »Und zur Fastenzeit werden sie alle abverkauft werden. Wie immer.«

Agnes schenkte ihrem Gatten ein müdes Lächeln und wandte sich wieder ihrem Gast zu. »Und womit handelst du, Rudolf?«

»Mein verstorbener Vater, Gott hab ihn selig, hat mit Tuch gehandelt. Ich gedenke, es ihm gleichzutun.«

»Woher hat er es bezogen?«

»Aus Brügge.«

»Direkt aus Brügge?«, fragte Albert erstaunt.

»Ja«, erwiderte Carl zögerlich. Angesichts der entrüsteten Reaktion seines Gegenübers war er nicht mehr sicher, ob seine Geschichte einer genaueren Befragung standhalten würde. Vorsichtig fügte er hinzu: »Wir sind über die großen Fernhandelsstraßen gereist. Über Leipzig.« Ihm ging auf, dass ihm die Namen dieser Straßen längst entfallen waren. Er stieß ein heimliches Stoßgebet gen Himmel, dass man ihn nicht weiter danach ausfragte.

»Da muss dein Vater wochenlang unterwegs gewesen sein. Warum bloß hat er es nicht aus Hamburg geholt?«

»Weil, nun ja ...« Er erkannte, dass der Gewandhändler aus Magdeburg damals gar nicht behauptet hatte, dass er über diese Straßen seine Tuche geholt hatte. Er hatte Carl nur die Frage beantwortet, wie man auf dem Landweg Brügge finden konnte. Ein Missverständnis, wie sich nun durch Alberts Verwirrung herausstellte. Eine Magd füllte Carls Kelch auf und er nahm dankbar einen eiligen Schluck.

Albert kam ihm unwissentlich zur Hilfe, indem er von seinen eigenen Geschäften berichtete. »Also, wir schiffen mit Prahmen über Spree, Havel und Elbe. Das geht viel schneller als auf dem Landweg. Und Schnelligkeit wirkt sich auf den Preis aus.«

Carl hob zustimmend den Zeigefinger. »Genau das habe ich meinem alten Herrn auch immer gesagt. Doch er wollte nicht auf mich hören. Deshalb möchte ich einen Neuanfang wagen.«

»Du willst dich also in Berlin niederlassen und einen Tuchhandel eröffnen?«, fragte Käthe.

»So habe ich mir das vorgestellt.«

»Tuche sind ein interessantes Handelsgut. Die Damen in Berlin werden sich um die edlen Stoffe reißen.«

»Das möchte ich hoffen.«

»Bitte versprich, dass du meinem Vater dann immer einen guten Preis machst. Ich will die schönsten Kleider von ganz Berlin tragen!«

»Ich werde dran denken.«

Sie wagte ein scheues Lächeln. »Und zieht die Familie bald hinterher?«

»Ich bin allein.«

Albert schob sich dazwischen. »Er will ganz von vorn anfangen, aber ein Quitzow hat ihn unterwegs ausgeraubt!«

Bestürzt fasste sich Käthe an die Brust. Mit Daumen und Zeigefinger begann sie, mit den Perlen dort zu spielen. »Das ist ja schrecklich! Gut, dass sie dir das Leben geschont haben. Warst du nicht bewaffnet?«

Er lächelte ihr zu und ihre Wangen wurden von einem Zartrosa überzogen. Das ermunterte ihn, dicker aufzutragen und die Geschichte, die er Albert im Rathaus aufgetischt hatte, ein wenig auszuschmücken. »Ich habe mich mit meiner Waffe verteidigt, so gut es ging. Doch gegen die ausgebildeten und gerüsteten Ritter hatte ich keine Chance. Zum Glück bin ich mit einem blauen Auge davongekommen.«

Ihr verträumter Blick wanderte zu seiner breiten Brust. »Ich habe gleich gedacht, dass diese Arme schon einmal ein Schwert geschwungen haben. Stammt diese große Narbe auf der Stirn von dem Überfall?«

Seine Hand ging unbewusst dahin. »Nein, die ist älter. Da habe ich mal nicht aufgepasst, als ich mit dem Pferd unterwegs war.«

»Das sieht man doch, dass die alt ist!«, rief ihr Bruder vorwitzig dazwischen.

Zu Carls Verblüffung streckte Käthe ihm die Zunge raus. »Halt die Klappe, Arnold!«

»Halt doch selber die Klappe!«

»Blödmann!«

»Dumme Kuh!«

»Kinder!«, donnerte der Hausherr.

Carl schmunzelte.

»Die Zustände in der Mark sind fürchterlich«, schimpfte ihre Mutter plötzlich am anderen Ende des Tisches. »Und das alles nur wegen Jobst von Mähren! Hätte er sich nur einen Deut um unsere Belange geschert, es hätte diese gewaltsamen Auswüchse nie gegeben.«

Albert stopfte sich einen Bissen in den Mund. »Nun ist er ja tot. Und der neue Verweser Friedrich von Hohenzollern soll ein kompetenter Mann sein. Ein guter Freund des Königs. Sie sollen zusammen gegen die Türken gekämpft haben und Friedrich soll dabei Sigismund das Leben gerettet haben.«

»Und wo ist er dann, dieser Friedrich? Warum residiert er nicht im Hohen Haus und greift beim Adel hart durch?«, fragte Agnes.

»Er wird kommen. Noch hat er zu tun, weil der König nicht auf ihn verzichten kann, aber du wirst sehen, meine Teure.«

Carl pflichtete ihm bei. »Viel schlimmer können die Zustände ja kaum werden. Ich bin zuversichtlich, dass uns eine blühende Zukunft bevorsteht.«

Albert bediente sich an den honigsüßen Pastinaken. »Das Vermögen, das du mit nach Berlin gebracht hast, wird dir dabei helfen, lieber Rudolf. Gern stehe ich als dein Gewährsmann ein, wenn du dich hier einbürgern lassen willst.«

Carl legte die Hand auf die Brust und verneigte sich. »Danke, Albert.« Er war aufrichtig ergriffen. Nie im Leben hätte er so viel Gastfreundschaft gleich am ersten Abend erwartet. Welche Türen sich doch mit Geld öffnen ließen!

Eine Magd brachte ihm eine Schale mit warmen und gesüßten Pflaumen. Sie sahen verführerisch aus. Er nahm den Löffel und kostete.

»Wenn du in Berlin Fernhandel betreiben willst, wirst du allerdings mehr benötigen als die Bürgerschaft. Du wirst um Aufnahme in die Gilde bitten müssen. Man wird wissen wollen, ob du einen zweifelsfreien Leumund hast.«

»Gewiss könntest du auch hier einstehen …?«, fragte Carl hoffnungsvoll.

»Wenn du einen Teil deines Geldes in meinem Geschäft anlegen willst, wäre mir dieser kleine Gefallen kein Problem. Doch ich muss dir sogleich dazu sagen: Das reicht leider nicht. Du wirst neben mir noch vier weitere Männer benennen müssen, die für dich bürgen. Wenn nicht aus Berlin, dann aus deiner Heimatstadt Strausberg.«

Carl ließ sich zurückfallen. Das hatte er nicht bedacht. Schnell ersann er eine List. »Könnte ein Brief aus der Heimat den gleichen Zweck erfüllen?«

»Hast du denn einen solchen Brief?«

»Ich hatte einen. Er wurde mir ebenfalls bei dem Überfall gestohlen.« Die Lügen kamen ihm immer leichter über die Lippen.

Albert seufzte bedauernd. »Dann wird es schwierig. Du wirst nach Strausberg zurückgehen und deine Bürgen bitten müssen, dass sie persönlich vor den Gildenmeistern für dich vorsprechen.«

Carl sackte in sich zusammen. »Ich verstehe.«

Albert lächelte aufmunternd. »Das sollte für dich doch nicht schwer zu bewältigen sein, Rudolf.«

»Nein, gewiss nicht«, sagte er.

Verärgert zupfte er einen Bissen vom Brot ab und stopfte es sich in den Mund. Er hatte nicht erwartet, dass es so kompliziert werden würde.

Für seinen Plan musste Carl sich eine gehobene Stellung in Berlin aufbauen. Er hatte ein enormes Vermögen, aber keinen

Einfluss. Er war ein Niemand in einer Stadt, in der ein guter Ruf unerlässlich war. Hier lief alles nur über persönliche Verbindungen und Vertrauen, das man sich über viele Jahre aufgebaut hatte. Dieser Kaufmann und Ratsherr Albert war zwar bereit, ihm zumindest ein Stück weit auf dem Weg dorthin zu helfen, doch auch er konnte als Einzelner keine Wunder vollbringen. Es musste eine andere Möglichkeit geben.

Carl schluckte das Brot hinunter und spülte mit einem Schluck Wein nach. Sein Blick wanderte zur gegenüberliegenden Seite des Tisches, wo Käthes Perlen im Licht der Kerzen schimmerten. Ihre Brust hob und senkte sich verführerisch mit jedem Atemzug. Sie betrachtete versonnen den halb gegessenen Teller vor sich, die vollen Lippen leicht geöffnet, eine glänzende Haarlocke um den langen Finger gewickelt.

Nachdenklich drehte er den Pokal in der Hand. Es gab noch eine andere Möglichkeit, zu einem Kaufmannstitel zu gelangen. Es würde einfacher sein, als vier ehrbare Männer in Strausberg zu finden und zu bestechen, damit sie für ihn ihr Leben riskierten und Meineid begingen. Dennoch behagte ihm nicht, was sich da als Idee in seinem Kopf zusammenbraute. Angestrengt suchte er nach anderen Möglichkeiten und fand keine. Es war der einzige Weg nach vorn, auch wenn es bedeutete, dass er Unschuldige mit ins Verderben ziehen würde.

In diesem Moment schaute Käthe auf. Als sie gewahr wurde, dass sie seine volle Aufmerksamkeit hatte, weiteten sich ihre großen blauen Augen. Die Mundwinkel zuckten verräterisch, ein wenig unbeholfen neigte sie den Kopf zur Seite.

Er zwang sich, den Blick zu halten. Es gab nur dies oder den Tod, sagte er sich.

Er tat es ihr gleich und legte den Kopf schief. Dies oder den Tod, Carl. Dies oder den Tod. Sein Mund verzog sich zu einem gewinnenden Lächeln.

Wie erhofft, errötete sie heftig. Ein verstohlenes Lächeln flackerte in ihren Augen auf, dann schlug sie schnell den Blick nieder.

Der Diamant

Berlin-Cölln, Februar 1412

Mit einem Kichern kletterte Käthe die Stiege hinauf. Sie war so steil und eng, dass sie kaum mehr als eine Leiter war. »Du musst auf deinen Kopf aufpassen, Rudolf!«

Er folgte ihrem bauschigen Rock und zog sich hoch. Staunend schaute er sich um. Der Dachboden des großen Kaufmannshauses, wo die kostbarsten aller Waren gelagert wurden, war bis in den letzten Winkel vollgestellt. Ein würziger Geruch kitzelte ihn in der Nase, und er musste niesen.

Sie lachte auf. »Das sind die Gewürze, lieber Rudolf. Zimt und Pfeffer und Muskat!«

Er rieb sich mit dem Ärmel die Nase. Das Aroma war durchdringend.

»Sie kommen aus aller Herren Länder. Vater hat viel Geld für sie ausgegeben. Aber jetzt wird er sie nicht los. Er ärgert sich sehr darüber.«

»Und was ist das da drüben?« Er deutete auf einen Stapel Waren, der mit Sackleinen abgedeckt war.

»Das ist Tuch aus Flandern. So wie das, womit du immer gehandelt hast. Vater sagt, es sei beste Qualität. Willst du mal schauen?«

Er nickte und sie führte ihn gebückt dorthin. Stolz deckte sie die Plane auf. Er hob die Hand, um den Stoff zu befühlen.

Energisch schlug sie sie weg. »Nicht anfassen! Wir haben doch ganz schmutzige Finger!«

Er grinste schelmisch. »Ach ja?«

Zu spät ging ihr auf, wie zweideutig ihr unbedachter Ausruf gewesen war. Sie lief tiefrot an und hauchte: »Oh mei…«

Hastig deckte sie das Tuch wieder zu und brachte Abstand zwischen sich und Carl. »Ich meine, von der staubigen Stiege.«

Sie flüchtete ans ferne Ende des Dachbodens und nahm auf einer kleinen Kiste Platz. Um ihre Verlegenheit zu überspielen, ordnete sie ihren Rock. »Ich bin froh, dass Vater dich bei uns aufgenommen hat, Rudolf.«

Er setzte sich mit überkreuzten Beinen auf den Boden. »Warum?«

»Nun ja, du bist der wohl interessanteste Mensch, den ich kenne.«

»Ist das so?«

Sie wurde noch eine Spur verlegener und zuckte mit der Schulter. »Du bist anders als die anderen Kaufleute, die Vater zu uns einlädt.«

Als er nichts erwiderte, sah sie auf, die blauen Augen voller Sehnsucht. »Irgendwie ... ungezähmter.«

»Du meinst, mir mangelt es an guten Manieren.«

»So könnte man es auch ausdrücken.« Sie wurde unvermittelt ernst und hielt ihn mit ihrem Blick fest. »Wie ein ungeschliffener Diamant.«

Er wusste, sie wollte ihm damit sagen, dass sie bereit war, von ihm geküsst zu werden. Doch er tat nichts dergleichen.

Sie hatten in den letzten Wochen viel Zeit gehabt, einander kennenzulernen. Aus den wenigen Tagen, die Carl anfangs in diesem Haus zugestanden worden waren, waren unversehens vier Monate geworden. Die Formalitäten hatten länger gedauert als gedacht. Carl war erst gestern in einer offiziellen Zeremonie eingebürgert worden. Wie versprochen hatte Albert für ihn gebürgt. Nun war Carl also Berliner und damit steuer- und wehrpflichtig.

Ihm war bewusst, dass Albert nicht aus Christenliebe handelte. Der Kaufmann spekulierte auf Carls Vermögen. Er wollte ihn davon überzeugen, das Geld in seinen Handel zu investieren. Jeden Abend saßen sie nach dem Essen in zermürbenden Gesprächen bei Kerzenschein und teurem Rotwein zusammen und Albert wurde nicht müde, Carl die Vorzüge dieses Arrangements in allen Details auszubreiten.

Carl weigerte sich jedoch entschieden. Solange er nicht in die

Kaufmannsgilde aufgenommen war, durfte er in der Stadt nicht offiziell tätig werden. Es war ihm zwar gestattet, Geld anzulegen, doch das war nicht dasselbe. Ohne rechtlichen Schutz lief er Gefahr, dass Albert Carl übervorteilen, die Einlage einbehalten und aus dem Geschäft drängen würde.

Lange konnte er seinen Gastgeber jedoch nicht mehr hinhalten. Der Ton im Haus wurde von Mal zu Mal rauer. Albert verlor die Geduld mit ihm.

Carl lehnte sich zurück und stützte die Hände auf. »Gibt es denn einen Kandidaten, den dein Vater für dich gewählt hat, liebe Käthe?«

»Ach! Keiner der Herren ist gut genug für ihn! Am ehesten würde er mich wohl seinem besten Freund zur Frau geben, aber der ist glücklicherweise bereits verheiratet. Der gute Mann ist schon über dreißig!«

»Dreißig ist doch kein Alter! Ich bin auch fast so alt.«

Sie schlug die Hände vor dem Mund zusammen. »Oh, das wusste ich nicht! Nun, vielleicht ist das Alter dann doch nicht so ausschlaggebend.« Als sie erkannte, dass sie sich damit verraten hatte, biss sie sich verschämt auf die Unterlippe.

Ihr unbedachtes Mienenspiel zerriss Carl das Herz. Er mochte Käthe. Sie war jung und unerfahren, beinah noch ein Kind. Es war falsch, was er mit ihr im Sinn hatte. Doch es gab keinen Weg zurück.

Das oder den Tod.

Er setzte eine unbewegte Miene auf. »Was für Qualitäten sollte der Kandidat deiner Wahl denn haben?«

»Er sollte groß und stark sein, damit er mich auf Händen tragen kann.«

»Wie eine Prinzessin?«

»Habe ich das nicht verdient?«, fragte sie kokett.

»Das und noch viel mehr«, flüsterte er.

Sie errötete abermals. Schnell versuchte sie, das Gespräch auf ihn zu lenken. »Und wie steht's mit dir, Rudolf? Gibt es für dich eine Braut? Vielleicht in Strausberg?«

»Wie könnte ich mir eine Braut suchen, wenn ich mein Herz schon längst in Berlin verloren habe?«

Seufzend versank sie in seinen Augen. Für einen Moment schien die Zeit stehen zu bleiben. Unter ihnen rumorte der Haushalt und auf der Straße rollten und klapperten die Fuhrwerke vorbei. Küss mich endlich, flehte sie wortlos. Na los, du willst es doch auch!

Er rührte sich nicht vom Fleck.

Sie konnte mit der Stille, die sich zwischen ihnen aufgetan hatte, nicht gut umgehen. Mit einem Räuspern begann sie ein neues Thema. »Nun … Hattest du zu Hause auch Tiere? Seit ich ganz klein bin, hatte ich schon immer ein Kaninchen im Garten. Flauschi ist mein drittes.«

Er stöhnte innerlich auf. Die Gespräche über ihr Haustier langweilten ihn jedes Mal zu Tode. Kaninchen waren seiner Meinung nach zum Essen da. Käthe kannte offenbar keinen wirklichen Hunger. Er beschloss, nicht darauf einzugehen. »Magst du mir den Keller zeigen? Da werden ebenfalls Waren gelagert, oder nicht?«

Sie verzog das Gesicht. »Der Keller? Aber der ist so dreckig!«

Er stand auf. »Nun gut. Wenn du ihn mir nicht zeigen willst, sollte ich mich wohl besser den Gesellen anschließen und schauen, wo ich mich im Verkauf nützlich machen kann.«

Sie sprang auf. »Ach nein, warte! Komm mit! Ich zeige dir, wo Vater die weniger kostbaren Sachen lagert.«

Er folgte ihr durch das geschäftige Haus bis ganz nach unten in den Gewölbekeller. Auch hier waren die Stufen schmal und erinnerten an eine Leiter. Damit man Säcke, Fässer und Kisten bequem ein- und auslagern konnte, gab es zur Hofseite hin eine Rutsche.

Eine Fackel leuchtete den Bereich am Fuß der Treppe aus, doch der Rest des Kellers lag in tiefer Schwärze. Es roch nach feuchter Erde und brackigem Wasser.

Jetzt im Februar war der Keller wärmer als der Dachboden. Käthe rieb sich dennoch über die Oberarme und schaute sich unbehaglich um. »Siehst du, Rudolf, hier ist es weniger schön. Mutter hasst diesen Ort. Keine zehn Pferde würden sie hier runterbringen.«

Carl sah sich aufmerksam um. Seit Wochen tat er nichts anderes, denn er musste das Kaufmannshandwerk von Grund auf lernen. Er beobachtete die Bewohner des Hauses und alle Vorgänge: den Weg, den die Waren nahmen, die Verhandlungen, die die Verkäufer führten, die Zahlenkolonnen, die Albert in seinem Register niederschrieb. Er fragte seinen unwilligen Gastgeber über Routen, Zölle, Kosten und Gewinnspannen aus, begleitete ihn zum Hafen, um die Prahmen zu begutachten, und schlenderte über den Markt, um die Konkurrenz auszuspionieren. Er verwickelte jeden, der ein wenig Zeit erübrigen konnte, in Gespräche und stellte Fragen. Dutzende davon, jeden Tag.

Er warf einen prüfenden Blick auf die Fässer. »Das sind alles Heringe?«

»Ja. Ganz schön viele, oder? Sie sind in Salz eingelegt, damit sie sich lange halten. Vater liefert sie an die Klöster. Zur Fastenzeit reißt man sie ihm regelrecht aus den Händen.« Sie hielt sich theatralisch die Nase zu. »Ich hasse Heringe. Sie stinken.«

Er zeigte auf ein paar Säcke, die in der Ecke lagen. »Und das da?«

»Roggen. Von unseren Bauern. Sie gehen bei der nächsten Fahrt nach Hamburg raus.«

Er nickte. Sein Magen, mittlerweile an feste Mahlzeiten gewöhnt, knurrte. Das sagte ihm, es war kurz vor Mittag und das bedeutete, eine Auslieferung stand bald an. Er deutete auf eine Ecke am Ende des Kellers. »Und was ist das hier?«

Sie folgte ihm in die Dunkelheit. »Was denn?«

Er verlangsamte den Schritt, bis sie so dicht hinter ihm war, dass er ihren warmen Atem im Rücken spürte. Im Nu wandte er sich um und legte die Arme um sie.

»Rudolf! Was tust du?«

Er erlaubte sich kein Zögern. Flugs beugte er sich zu ihr hinab, um sie zu küssen.

Sie hatte keine Erfahrung damit. Verunsichert hielt sie die Lippen geschlossen. Mit der Zungenspitze verschaffte er sich Zutritt. Als sie begriff, dass das der eigentliche Weg war, entglitt ihr ein Seufzer. Sie legte ihre Hände in seinen Nacken und küsste ihn enthusiastisch zurück. »Ich dachte schon, du würdest mich gar nicht mehr küssen, du Strolch!«, stieß sie atemlos zwischen zwei Küssen aus.

»Es ziemt sich nicht vor der Hochzeit, oder?«

Sie strahlte ihn an. »Du würdest mich heiraten?«

Er runzelte entrüstet die Stirn. »Wer würde das nicht, Käthe? Du bist das hübscheste Mädchen weit und breit.«

»Aber mein Vater! Oh Rudolf, ich glaube, er mag dich nicht besonders.«

»Dann musst du mit ihm sprechen, meine Teure.«

Sie seufzte. »Ich glaube nicht, dass er mir zuhören würde. Die Entscheidung ist zu wichtig. Sprich du mit ihm!«

Er wusste, dass Albert noch viel weniger auf ihn hören würde. Käthe war sein ein und alles. Es lag an ihr, ihren Vater zu überzeugen. Nur wie anstellen? Er nahm ihr Gesicht in beide Hände und küsste sie erneut voller Hingabe, um Zeit zum Nachdenken zu gewinnen.

Sie war eine begierige Schülerin. Ihre Zungenspitze wagte sich immer weiter nach vorn. Als Antwort darauf umschloss er sie fester.

Keuchend löste sie sich von ihm. »Oh, was tun wir denn nur? Ich liebe dich! Da, jetzt hab ich's gesagt. Ich will dich nie wieder loslassen, Rudolf! Doch Vater wird einer Ehe mit dir niemals zustimmen!« Sie wartete keine Antwort ab, sondern presste ihre Lippen wieder auf seine.

Er hatte sie unterschätzt. Aus ihrer harmlosen Schwärmerei war soeben eine tragische Liebesgeschichte geworden. Käthe war so gelangweilt von ihrem Leben, dass sie ein wenig Aufregung zu schätzen wusste. Tief im Inneren steckte in ihr ein Mädchen, das gern am Abgrund balancierte.

Er drängte sie in eine dunkle Ecke, umfasste sie an den Hüften und setzte sie vor sich auf eine Kiste. Sie kicherte, denn nun waren ihre Knie im Weg. Willig öffnete sie die Beine und zog ihn zu sich heran. Beim Küssen erkundete er ihre sanft geschwungenen Kurven, die unter seinen Händen zu glühen begonnen hatten.

Keuchend löste sie sich von ihm. Ihre Augen hatten sich in tiefe Seen voll inniger Lust verwandelt. Sie bebte vor Erregung.

Er führte ihre Hand an seinen Schritt. Sie ertastete seine halbe Erektion. »Oh.«

Er rieb sich an ihr und brummte. »Das gefällt mir, Käthe.«

Sie griff beherzt zu. Als seine Erektion wuchs, ging ihr auf, dass aus dem Spiel Ernst werden könnte. Sie wollte die Hand zurückziehen, doch er umklammerte schnell ihr Handgelenk.

»Das sollten wir nicht tun«, sagte sie schwach.

»Sprich mit deinem Vater, Käthe. Er wird dir deinen Herzenswunsch nicht abschlagen. Du weißt, wir gehören zusammen.«

»Ich würde nur einen Haufen Ärger bekommen. Er wird mich wegschicken. Zu meiner Tante nach Spandau.«

»Probier's wenigstens.«

»Besser nicht.«

Sie versuchte, ihr Handgelenk zu befreien. Er hielt sie weiter fest.

Zärtlich küsste er ihren Nacken und ließ die freie Hand unter ihren Rock wandern. »Willst du mich etwa nicht?«

Sie stöhnte auf. »Aber ja!«

Er schob die Hand bis ganz nach oben und begann, sie behutsam zu streicheln. Sie war bestürzend feucht. »Ich will dich auch, Käthe«, säuselte er.

»Wirklich, wir sollten nicht«, sagte sie und biss sich auf die Unterlippe.

»Heirate mich ... du willst es doch auch ...«

Sie versuchte, sich aus seiner Umarmung zu winden. »Nein, es geht nicht. Es tut mir leid. Wir sollten ...«

Er fluchte innerlich. Dieses Geplänkel führte zu nichts. Sie ließ ihm keine Wahl. Er brauchte Käthe, damit Albert ihm bei seinem Plan weiterhalf. Doch ihr Zögern konnte er sich nicht mehr leisten. Bald würde ihn Albert vor die Tür setzen.

Über ihnen schritten die Gesellen in der Verkaufsstube polternd auf und ab. Sie begaben sich zum hinteren Teil des Hauses, was bedeutete, dass eine Lieferung im Hof angekommen war. Er musste sich beeilen.

Er öffnete den Gürtel und die Hose rutschte ihm zu den Knöcheln. Käthe starrte auf sein aufgerichtetes Geschlecht. Er befürchtete, dass sie nun der Mut verlassen würde, doch zu seiner Überraschung winkelte sie die Knie an. »Oh bitte, tu das nicht«, sagte sie ergeben, so als sei es ein Spiel, und hob den Rock, um ihm den Weg frei zu machen.

Mit geschlossenen Augen trat er an sie heran und drang behutsam in sie ein. Sie war eng und da war eine Barriere, die er noch nie zuvor gespürt hatte. Er ließ sich nicht beirren und machte weiter. Etwas in ihr gab nach. Mit einem Ruck war er in ihr. Es fühlte sich besser an, als er sich eingestehen wollte. »Gut so?«, fragte er.

Sie nickte und krallte sich an seinem Nacken fest.

Er hatte es geschafft.

Er begann, sich in ihr zu bewegen. Käthe japste bei jedem Stoß.

In den Tiefen seines Bewusstseins nahm er das metallische Klicken eines Schlosses wahr. Mit einem Schleifen wurde die hölzerne Klappe der Rutsche beiseitegeschoben. Kurz darauf spürte er an seinem bloßen Hintern kalte Luft, die von draußen herein strömte.

Käthe hatte es ebenfalls bemerkt. Sie erstarrte und hielt erschrocken den Atem an. »Rudolf! Die Klappe zur Rutsche ist auf!«

»Hier ist es dunkel. Sie werden uns nicht sehen. Wir müssen nur still sein.«

Sie versuchte, die Beine zusammenzukneifen, doch Carl stand dazwischen und hielt sie davon ab. »Was, wenn jemand die Stiege herunterkommt?«, flüsterte sie bang.

»Gleich fertig, Käthe. Wir Männer können nicht einfach so aufhören. Aber das weißt du ja noch nicht.«

Ihr Blick ging zur Leitertreppe, wo schwere Fußtritte knarzend die enge Stiege hinunterkamen. Sie drückte mit den Fäusten gegen seine Schultern. »Bitte, Rudolf, sie werden uns erwischen.«

Er hielt sie fest in den Armen und legte einen Zahn zu. »Ich beeile mich«, murmelte er.

Es war ein gefährlicher Akt auf dem Drahtseil. Die Anspannung und die Angst ließen ihn erschlaffen. Wenn ihm das passierte, wäre alles umsonst gewesen.

Plötzlich stieg ihm der Geruch der gesalzenen Heringe in die Nase, die den halben Keller ausfüllten. Es erinnerte ihn an jenen unvergesslichen Sommer am See mit Anne. Das Honigbraun ihrer Augen, wenn sie lachte. Das Schaukeln ihrer weichen Brüste unter seinen Stößen. Ihre halb geöffneten Lippen, wenn er sie in Ekstase versetzte und sie unter ihm aufschrie.

Es war zu viel. Eine brausende Flut von warmen Erinnerungen stürzte über ihn herein. Er erreichte einen mickrigen Höhepunkt, der eher schmerzte, als ihm Erleichterung zu verschaffen. Halbherzig entlud er sich mit einem Ächzen in Käthes Schoß.

Verfluchter Mist! Er stöhnte auf, frustriert, dass er die Kontrolle verloren hatte. Er hatte sie verführen wollen, doch nur so weit, dass Albert keine Wahl mehr blieb. Nun war er einen Schritt zu weit gegangen.

»Oh, Rudolf, was haben wir nur getan?«, fragte Käthe entsetzt. Ihre Haare waren in Unordnung geraten, die Lippen von seinen Küssen gerötet, die Augen feucht von Tränen.

Er wollte sich entschuldigen, da vernahm er hinter sich ein Räuspern. Er fuhr herum und zerrte dabei linkisch die Hose hoch. Käthe ordnete hastig ihren Rock.

Doch es war zu spät. Einer der Gesellen hatte sich vor ihnen aufgebaut und hielt eine Laterne vor sich. Im Schein der Lampe war sein Gesicht bleich wie ein Stück Pergament.

»Aber mein Fräulein!«, rief er entrüstet. »Was wird nur Euer Vater dazu sagen?«

Der Verweser

Berlin-Cölln, Mai 1412

Die Hochzeit wurde ein rauschendes Fest.

»Wer hätte gedacht, dass Käthe noch vor dem Sommer unter die Haube kommt, nicht wahr, Albert?«, fragte Carl seinen neuen Schwiegervater.

Albert mied seinen Blick und biss erbost die Zähne zusammen. »Junge Liebe soll man ja nicht aufhalten«, erwiderte er säuerlich. Er nahm einen hastigen Zug aus dem Pokal, offenbar bemüht, den Tag gut angesäuselt an sich vorbeiziehen zu lassen. Selbst sein prächtiger Schnauzbart wirkte an diesem Tag geknickt.

»Ich weiß, es kam alles überraschend. Aber Käthe ist so ein bezauberndes Mädchen. Ich musste sie ganz einfach in mein Herz schließen.«

»In dein Herz schließen! Dreist verführt hast du sie!«

»Sie war nicht gerade unwillig.«

»Du kannst von Glück sagen, dass ich meine Tochter über alles liebe, Rudolf! Sonst hätte ich dich mit abgeschnittenem Schwanz vor die Tür gesetzt.«

Carl lachte. »Aber, aber, Schwiegervater! Habe ich nicht versprochen, nun doch einen Großteil meines Geldes in dein Geschäft zu investieren? So kommt es uns allen zugute. Jetzt ist es ein Familienbetrieb.«

»Pah!«

Carl ließ den Blick über die Festgesellschaft gleiten. Es war ein strahlend schöner Tag im Mai. Die Bürgerhäuser rund um den Neuen Markt waren geschmückt und der Wein floss in Strömen. Der gesamte Rat war gekommen, der Bürgermeister und die Familien der wichtigsten Kaufleute aus Cölln und Berlin. Soeben hatten sich vor ihrem Tisch die Ersten für einen

Reigen aufgestellt. Jeder ihrer gut betuchten Gäste sah erwartungsvoll zu den Spielleuten, die zum Tanz aufspielen sollten.

»Trotzdem war es deine Bedingung, dass man dich in die Gilde aufnimmt«, bemerkte Albert.

Carl ließ die Hochzeitsgäste nicht aus den Augen. »Mir blieb gar nichts anderes übrig. Ich kann doch nicht als Kaufmann in Berlin tätig werden, wenn ich offiziell keine Geschäfte führen darf«, sagte er lächelnd.

»Du hast mich genötigt, ehrbare Männer für dich zu schmieren, damit sie für dich bürgen.«

Carl nickte einem Nachbarn zu. »Es waren deine guten Freunde, Albert. Sie haben dir einen Gefallen getan.«

»Es war Betrug!«

»Der Gilde wird es nicht auffallen. Die Männer, die du bestochen hast, zählen zu den führenden Köpfen. Sie würden sich nur selbst ans Messer liefern, wenn es herauskäme.«

Carl nahm den Pokal auf und schwenkte den Wein darin. Albert hatte sich nicht lumpen lassen und trotz der hohen Zölle guten Rheinischen kommen lassen, zumindest für den Tisch der Familie und die engsten Freunde. Die anderen Gäste mussten sich mit dem üblichen Crossener zufriedengeben.

Das tat der fröhlichen Stimmung keinen Abbruch. Der gesamte Platz schallte vom Lachen und den wirren Stimmen der Gesellschaft wieder. Das einfache Volk wurde derweil mit hölzernen Barrieren auf Abstand gehalten und durfte nur aus der Ferne zuschauen in der Hoffnung, am Ende der Feier die Reste der Tafel zu erhaschen.

Alberts graue Augen musterten Carl. »Ich weiß nicht, woher diese Groschen kommen, die du so stolz mit dir herumträgst, aber ich werde dir nie und nimmer abnehmen, dass du ein Kaufmannssohn bist.«

»Wie kannst du daran zweifeln?«

»Du hast von Tuten und Blasen keine Ahnung! Mir ist nicht entgangen, dass du noch nicht einmal lesen kannst!«

»Aber ich kann rechnen.«

»Im Kopf, nicht auf dem Papier.«

»Und trotzdem weiß ich, dass dein Handel mein Geld gut gebrauchen kann. Du schließt immer wieder Geschäfte ab, die du dir eigentlich nicht leisten kannst. Noch ein weiteres Jahr und du wärest pleite gewesen. Kein Wunder, dass du mich Abend für Abend so beschwatzt hast. Also sag mir nicht, wie man Geschäfte führt! Ab heute werden wir mit meinem Geld deinen Handel wieder erblühen lassen.«

Albert starrte ihn an. »Ich werde dir kein Mitspracherecht einräumen.«

»Mal schauen, was Käthe dazu sagt. Oder die Gilde.«

Albert wandte den Blick ab. Er schnaubte erbost, dann besann er sich, dass er den glücklichen Brautvater zu spielen hatte, und setzte ein Lächeln auf. Der Bürgermeister blickte zu ihm hinüber. Er hob grüßend den Pokal und genehmigte sich einen weiteren Schluck.

»Nicht so erzürnt sein, Albert«, sagte Carl. »Du wirst sehen, gemeinsam werden wir Berlin im Sturm erobern. Wir werden dieses Geschäft zum größten der ganzen Stadt machen.«

»Träumer«, zischte Albert verächtlich. Er stand abrupt auf und kam wankend auf die Beine. Wie ein gebrochener Mann bewegte er sich fort, um zum Abtritt zu schlurfen.

Carl machte sich nicht die Mühe ihn zu fragen, ob er behilflich sein könne. Stattdessen wandte er sich seiner Braut zu. »Amüsierst du dich, Liebste?«

Käthe strahlte. »Das ist die schönste Hochzeitsfeier, die Berlin seit Langem gesehen hat. Schau, wie die Handwerkermädchen da drüben alle glotzen! So ein edles Kleid!« Sie hob die Hand und befühlte den Stoff an ihrem Ärmel und den Blumenkranz auf ihrem Haupt.

»Es freut mich, dass es dir gefällt. Die letzten Tage sahst du ein wenig mitgenommen aus. Ich habe mir Sorgen um dich gemacht. War es die Aufregung?«

Sie lächelte rätselhaft und fuhr mit dem Finger den Rand ihres Zinntellers entlang. »Nun, weißt du, Rudolf ... Ich habe mit Mutter gesprochen. Sie vermutet, dass unsere Zusammenkunft im Keller nicht folgenlos geblieben ist.«

Er schluckte trocken.

Sie runzelte die Stirn. »Was ist mit dir? Du bist so blass! Freust du dich denn gar nicht?«

Der heiße Knoten, der sich auf einmal in seinem Bauch gebildet hatte, war wie siedendes Pech. Das denkbar Schlimmste war eingetreten. Das war nun die Strafe für den Frevel, den er begangen hatte.

Schnell rief er sich zur Ordnung. Er tätschelte ihre Hand, die nun seinen Ring trug. »Doch, doch. Natürlich, Liebste.«

Sie ließ erleichtert Luft entweichen. »Jetzt hast du mir für einen kurzen Augenblick einen ganz schönen Schrecken eingejagt!«

»Das wollte ich nicht. Es kam nur überraschend. Normalerweise passiert das nicht gleich beim ersten Mal.«

Sie beugte sich zu ihm hinüber, um in sein Ohr zu raunen. »Um sicherzugehen, sollten wir heute Nacht weitermachen.«

Nichts lag ihm ferner. Er hatte erreicht, was er wollte. »Wo denkst du hin, Käthe? Die Kirche würde so etwas nicht gutheißen!«

Sie zog einen Schmollmund. »Aber es ist unsere Hochzeitsnacht!«

»Na, na, willst du mir etwa sagen, dass du der Wollust anheimgefallen bist?«

»Bitte was?«, rief sie entgeistert.

»Die Kirche lehrt, dass Mann und Frau sich nur zur Fortpflanzung zu begegnen haben, wenn du verstehst, was ich meine. Alles andere ist lasterhaft.«

»Du willst mich nicht mehr anrühren? Für Monate?«

Er lächelte besänftigend. »Nun ja, heute Nacht können wir noch eine Ausnahme machen, um die Ehe zu besiegeln. Doch dann sollten wir uns erst einmal um Zurückhaltung bemühen.«

»Das glaube ich nicht!«

»Es schmeichelt mir, dass du so enttäuscht bist. Aber es ist ja nicht für lange.«

Sprachlos glotzte sie ihn an. Sie öffnete den Mund und klappte ihn gleich wieder zu. Es erinnerte ihn an einen Fisch. »Wir reden später weiter, Gatte«, zischte sie. Sie drehte ihm den Rücken zu, um sich ihrer Mutter zuzuwenden.

Carl ließ sich zurückfallen und streckte die Beine unterm Tisch aus. Er hatte alles erreicht, was er sich vorgenommen hatte, und es hatte kaum länger als ein halbes Jahr gedauert. Er war nicht mehr ein Bauer auf dem Feld, der mit schmerzendem Kreuz mit der Sense das Heu schnitt. Er war ein Kaufmann, der die Tochter eines Ratsherren geheiratet hatte und nun Mitglied einer angesehenen Familie war.

Plötzlich kam am Rande des Festes ein Tumult auf. Die Spielleute brachen ihr Lied ab und die Tänzer machten verwundert Platz. Eine Gruppe von acht Reitern erschien auf den Marktplatz, in ihrer Mitte eine zweifellos adlige Dame mit einer aufwendigen Haube. Der vorderste Mann trug eine Standarte vor sich her. Die Schilde der Ritter waren schwarz-silbern geviert.

Eine Stimme in Carls Kopf sagte ihm, dass es sich hierbei nicht um gewöhnliche Besucher handelte. Sie waren voll gerüstet, doch es war mehr eine Zurschaustellung ihres Status als ein Zeichen kriegerischer Absicht.

Der Reiter hinter der Standarte war um die vierzig. Er hatte dunkles Haar, das sich bis in den Nacken kringelte. Die graublauen Augen in seinem sonnengebräunten Gesicht sahen sich interessiert um. Die Dame, die ihn begleitete, schloss zu ihm auf und ließ ebenfalls den Blick schweifen. Mit ihren mandelförmigen Augen, der leicht getönten Haut und dem großzügigen Mund war sie die wohl schönste Frau, die Carl je gesehen hatte.

Der Fremde rief: »Wessen Hochzeit wird heute so prunkvoll begangen? Ich wusste nicht, dass der König zu Berlin weilt!«

Carl schaute zu Käthe und stand mit buttrigen Knien auf. Das Herz schlug ihm heftig in der Brust. Er konnte nicht sagen, ob er Freund oder Feind vor sich hatte. Eins jedoch war klar:

Er hatte diesen Besucher nie zuvor gesehen. Er konnte also nicht zur Quitzow-Sippe gehören. Er räusperte sich und gab sich alle Mühe, seinen Mann zu stehen. »Es ist meine Hochzeit!«

Der suchende Blick blieb an ihm haften. »Und du bist …?«

»Rudolf Schlegel, Herr. Kaufmann aus Berlin. Und das ist meine bezaubernde Braut Katharina Plotho, die wir Käthe nennen.«

Die Dame lächelte und nickte Käthe freundlich zu. »Ganz reizend!«

Käthe strahlte.

Der Besucher stieg schwungvoll ab. Ein Knappe eilte leicht verspätet herbei, um das Zaumzeug zu halten. Mit ausgestreckten Armen hielt er auf die Brauttafel zu. »So erweise mir die Ehre, Rudolf Schlegel, dir als einer der Ersten an diesem Freudentag zu gratulieren.«

Carl umrundete den Tisch und schritt traumwandlerisch auf den Fremden zu.

Was zum Kuckuck wird hier gespielt, dachte er. Er sah sich verstohlen um, doch offenbar war er nicht der Einzige, der sich auf diese Vorstellung keinen Reim machen konnte.

Der Fremde schloss ihn wie einen alten Freund in die Arme und klopfte ihm die Schulter. Er packte Carl an den Oberarmen, um ihn auf Armeslänge von sich zu halten, und drückte bei der Gelegenheit mit beiden Daumen anerkennend zu. »Ganz schön kräftig für einen Kaufmann.«

Carl wusste darauf nichts zu sagen.

»Es war ein langer Ritt bis nach Berlin. Bitte, darf ich mich als Gast zu dir an die Tafel setzen? Ich verdurste!«

»Natürlich!« Carl führte ihn zum freien Platz an seiner Seite. Sein Schwiegervater würde sich einen neuen Sitzplatz suchen müssen, wenn er vom Abtritt zurückkehrte.

Für die Dame wurde schnell ein weiterer Stuhl hinzugestellt. Mägde strömten herbei und versorgten die Gäste mit Wein und Häppchen vom Spanferkel. Die Ritter, die das illustre Paar begleitet hatten, führten die Pferde ab und mischten sich unter die niedere Festgesellschaft.

Der Fremde riss den Pokal hoch, den man ihm hingestellt hatte. »Was soll das sein? Wein? Gebt mir Bier! Ich habe Durst, habe ich gesagt!«

Die Magd errötete und brachte schnell das Gewünschte.

Er leerte den Krug in wenigen Zügen und seufzte auf. »Schon besser! Wie nennt man dieses Bier?«

Die Dienstmagd sah Carl an, der sie mit einer hilflosen Geste aufforderte zu sprechen. »Alter Klaus, Herr.«

Der Mann lachte dröhnend auf. »Das gefällt mir!« Er wandte sich an die Dame. »Else, den Namen müssen wir uns merken.«

Sie nickte ernst, doch ihre Augen funkelten amüsiert.

Carls Gast nahm das Messer von seinem Gürtel und begann zu essen. »Gott, ich war am Verhungern! Doch schau, Else, welch Begrüßung uns die Berliner bereitet haben! Hast du damit gerechnet?«

Die Dame nippte geziert an ihrem Pokal. »Man heißt uns wie Freunde willkommen.« Ihre Gesichtszüge waren so fremdländisch, dass es Carl schwerfiel, wegzuschauen. In Käthes Augen stand unverhohlener Neid.

»Dabei wollte man mein fränkisches Gefolge nicht durchs Stadttor reiten lassen. Die Männer müssen allesamt draußen auf dem Feld kampieren. Doch ich will nicht nachtragend sein. Es ist der Berliner gutes Recht!«

Carl ging plötzlich ein Licht auf. »Fränkisches Gefolge? Ihr seid der neue Verweser Friedrich von Hohenzollern!«

Friedrich grinste ihn kauend an. »Die Überraschung ist mir wohl geglückt, oder?«

»Hat ja auch lange genug gedauert, bis wir nach Brandenburg gezogen sind, lieber Gemahl«, sagte Else.

Carl spürte Panik in sich aufsteigen. Es war eine Sache, den Berlinern vorzugaukeln, er wäre mehr als nur ein Bauer. Das Gleiche bei einem so hochgestellten Adligen vorzugeben, den der König persönlich in die Mark geschickt hatte, war etwas ganz Anderes. Er wusste nicht, wie er reagieren sollte. Erschrocken wandte er sich zu Käthe um, doch auch seine Frau war wie versteinert.

Albert kehrte vom Abtritt zurück und kam zur unverhofften Rettung. »Burggraf Friedrich!«, rief er erfreut. Er machte Anstalten, auf ein Knie zu sinken.

Friedrich hielt ihn mit einer Geste davon ab. Er winkte einen weiteren Stuhl heran. »Und du bist?«

Albert nahm Platz. »Albert Plotho, der Vater der Braut.«

»Ebenfalls Kaufmann?«

»Ganz recht.«

»Man hat mich schon unterrichtet, dass in Cölln und Berlin der ganze Rat nur aus Kaufleuten besteht! Aber das ist ja auch kaum verwunderlich. Berlin soll das Schatzkästchen Brandenburgs sein, Hüterin der wichtigsten Handelsstraßen der Mark.« Er wandte sich an seine Gattin. »Nun, dann wollen wir uns mal gut mit ihnen stellen, nicht wahr, Else?«

»Aber wie!«

Friedrich wischte sich mit dem Ärmel den Bratensaft aus dem Bart und blickte zufrieden in die Runde. Mit dem Messer gab er den Spielleuten ein Zeichen, dass sie wieder aufspielen sollten. Die Tänzer begaben sich zurück auf die Tanzfläche.

»Ein schönes Fest hast du da ausgerichtet, Kaufmann. Du hast keine Kosten und Mühen gescheut.«

»Meine einzige Tochter soll diesen Tag nie vergessen«, erwiderte Albert, nun plötzlich doch ganz der stolze Vater.

»Das kann ich gut verstehen.« Friedrich blickte zu Carl. »Und einen stattlichen Bräutigam hast du für sie ausgesucht.« Er schob sich eine Bratenscheibe in den Mund und dachte kauend nach. »Ich überlege, wie ich dem jungen Paar eine Freude machen kann. Doch ihr Kaufleute seid ja alle ohnehin schon reich. Da gibt es nichts, was man euch schenken kann.«

Albert rutschte nervös auf seinem Stuhl herum. Carl wusste, es gab nur eins, was seinen Schwiegervater glücklich machte, und das war silbrig und hart und wurde meist in Geldkatzen und Börsen aufbewahrt. Er musste sich ein Grinsen verkneifen, weil es mehr als offensichtlich war, dass sich Albert angestrengt auf die Zunge biss, um keine dreiste Forderung zu stellen. Hilfsbereit reichte er ihm ein Tüchlein, damit er sich den Schweiß von der Stirn wischen konnte.

Else hob einen schlanken Finger. »Ich habe eine brillante Idee, Friedrich! Lade sie zum Ständetag ein! Dann können sie miterleben, wie hohe Politik gemacht wird.«

Friedrichs fragender Blick ging zu Albert. »Schon davon gehört? Von der Ständeversammlung, meine ich.«

»Wir wussten nicht einmal, dass Ihr nach Brandenburg kommen wolltet.«

Friedrich lachte. »Weil Jobst sich nie hat blicken lassen, nicht wahr? Keine Sorge, hier werden bald andere Sitten einkehren.«

Albert hob die Hände. »Verzeiht! So habe ich das nicht gemeint …«

Friedrich winkte ab. »Ich hatte gehofft, dass Wend von Ilenburg ein nützlicher Vertreter sein würde, doch die Stände haben es ihm lange genug schwergemacht. Er braucht mal eine Pause. Ich kann das allgemeine Misstrauen ja verstehen, aber jetzt verspreche ich, werde ich auf Worte Taten folgen lassen.« Er hieb mit der Faust auf die Tafel, dass die Zinnteller scheppernd in die Luft flogen. »Es gibt viel zu tun!«

Albert zuckte erschrocken zusammen, doch Carl grinste.

Friedrich rückte sich den Stuhl zurecht. »So werde ich auf meine werte Gattin hören und euch beide offiziell zum Ständetag am zehnten Juli in der Altstadt Brandenburg einladen. Freut ihr euch?«

Albert grinste verdrießlich. »Zu freundlich, mein Herr, aber ich bin Mitglied im Rat. Ich hätte mich so oder so auf den Weg begeben.«

Friedrichs Augen wurden zu Schlitzen. Er blickte zu Carl. »Du etwa auch, Jüngchen?«

Carl schüttelte den Kopf. Er konnte sein Glück kaum fassen. Bei einer Ständevertretung kamen die Großen des Landes zusammen. Es war eine einmalige Gelegenheit, um Kontakte zu knüpfen.

»Ich bin nicht im Rat, mein Herr. Beim Ständetag dabei sein zu dürfen, wäre eine große Ehre für mich. Ich nehme diese Einladung sehr gern an.«

Der Ständetag

Altstadt Brandenburg, Juli 1412

»Wenn du mich vor all diesen Herren blamierst, Rudolf, ziehe ich dir eins über«, drohte Albert. Er schob Carl am Arm durch die überfüllten Straßen der Altstadt. »Und was soll dieser buschige Vollbart? Du siehst aus wie ein Wilder Mann.«

»Aber die Haare sind immerhin frisch geschnitten, werter Schwiegervater.«

Albert brummte verstimmt. Er hatte schon den ganzen Tag schlechte Laune.

»Du machst nur den Mund auf, wenn du etwas gefragt wirst. Was hoffentlich niemals passieren wird. Vor allem hältst du deine Klappe, während getagt wird.«

»Was hätte ich auch zu sagen?«

»Was weiß denn ich? Du Hochstapler, du! Wer weiß, was du als Nächstes ausheckst! Dich einfach so vom Verweser zum Ständetag einladen zu lassen! Du bist die wohl unverschämteste Person, die ich kenne. Schlimmer noch als meine Bauern.«

»Keine Sorge, Albert. Ich werde schon nicht auffallen.«

Im Gegenteil, fügte Carl in Gedanken hinzu, nun doch ein wenig eingeschüchtert. Der Marktplatz vor dem Rathaus war voller Ratsleute, die gekommen waren, um ihre Städte zu vertreten – Berliner und Cöllner, Spandauer, Bernauer, Frankfurter, Bötzower und Brandenburger. Auch Adelsfamilien und bischöfliche Gesandte hatten sich unter die Menge gemischt. Vorsichtshalber zog Carl die Kappe tiefer in die Stirn.

Albert stöhnte auf und wedelte mit der flachen Hand vor der Nase herum. Er kam mit Menschenansammlungen nicht gut zurecht. »Wird Zeit, dass sie die Türen öffnen. Hier bekommt man ja kaum Luft!« Er entdeckte eine ruhige Ecke. »Dort drüben können wir warten.« Energisch zog er seinen Schwiegersohn am Ärmel.

Carl stolperte hinterher. Durch den Schwung stieß er gegen einen breiten Rücken. Der Angerempelte fuhr erbost herum. Carl hielt erschrocken die Luft an.

Es war Kaspar. Verärgert stierte er Carl an. »Pass doch auf, du dummer Kerl!«

Carl drohten die Knie einzuknicken. Schnell senkte er den Kopf und drehte sich wie ein unterwürfiger Dorftrottel weg. »Entschuldigt«, murmelte er gegen seine eigene Brust.

»Was für ein Pack!« Kaspar wandte sich mit einem hochnäsigen Schnauben ab.

Carl atmete aus. Das war knapp gewesen!

Albert hatte von diesem kurzen Austausch nichts mitbekommen. Er reckte den Hals, um über die Menge zu blicken. »Mich wundert es, dass so viele Vertreter des Adels erschienen sind. Wenn ich richtig informiert bin, sind die meisten eingeschnappt, weil der Verweser ihnen ihre Burgen wegnehmen will.«

Carl hörte kaum zu. Durch den Zusammenstoß mit Kaspar war ihm plötzlich erschreckend deutlich geworden, dass es eine vermessene, geradezu törichte Idee gewesen war, Albert auf den Ständetag zu begleiten. Er würde den ganzen Tag Gefahr laufen, von jemandem aus seiner Vergangenheit erkannt zu werden. Was, wenn Dietrich von Quitzow auch angereist war? Ihm war es eher noch als Kaspar zuzutrauen, dass er in dem Kaufmann aus Berlin den Waffenknecht wiedererkannte, der jahrelang in seinem Haushalt gelebt und an seiner Seite gekämpft hatte.

Und dann, plötzlich, entdeckte er ihn tatsächlich. Blond gelockt und hochgewachsen stand Dietrich inmitten altbekannter Gesichter. Er wurde umlagert von seinem einäugigen Bruder Johann, von Wichard von Rochow, dem Verräter in der Schlacht von Brandenburg und nun offenbar wieder ein Verbündeter, und von seinem Hofmeister Götz von Predöhl. Sie scherzten und klopften einander gegenseitig auf die Schultern.

Carl verbarg sich schnell hinter dem Rücken seines Schwiegervaters.

Albert deutete mit dem Kinn in eine Richtung. »Ah, der Bischof von Brandenburg ist persönlich gekommen.«

Carl verzichtete darauf, dem Wink zu folgen. Er wünschte sich nur weit fort. Doch dann ging ihm auf, wie innerlich zerrissen er war. Ein Teil von ihm sehnte sich danach, seinem ehemaligen Dienstherrn frech ins Gesicht zu lachen und zu sagen: »Sieh her, mich gibt's noch!« Ein anderer wollte überlaufen und sich wieder der Quitzow-Partei anschließen. Was war nur los mit ihm?

Voller Leichtsinn wanderten seine Augen zurück. Im selben Moment schaute auch Dietrich auf. Über die Köpfe der Menge hinweg trafen sich ihre Blicke. Dietrich runzelte die Stirn.

Carl stockte. Ihm war es, als hätte ihn ein Blitz vom Scheitel bis zur Sohle durchbohrt. Alles in ihm schrie, sofort den Augenkontakt zu brechen. Doch es war unmöglich. Er war wie ein Kaninchen, das erkannt hatte, dass es dem Fuchs nicht entkommen würde.

Am fernen Ende des Platzes scheute plötzlich ein Pferd. Ein Ruck ging durch die Menge. Für den Bruchteil einer Sekunde geriet Dietrich durch eine Rempelei aus dem Gleichgewicht. Doch obwohl er die Füße neu ordnen musste, hielten die eisblauen Augen eisern an Carl fest. Carl starrte gebannt zurück. Er war nicht in der Lage wegzuschauen.

Schließlich legte sich ein kameradschaftlicher Arm um Dietrichs Schultern. Er wandte den Kopf ab und ließ sich von einem Bekannten begrüßen.

Mit offenem Mund starrte Carl auf den lockigen Hinterkopf. Das Herz raste ihm in der Brust. Er meinte, im letzten Augenblick gesehen zu haben, wie Dietrich ihm zugezwinkert hatte.

Auf dem Platz kam Bewegung auf. Die Türen des Rathauses wurden geöffnet.

»Es geht los!«, rief Albert erleichtert.

Die Menge begann, sich wie eine einzige Masse die Stufen hinaufzuwälzen. Die Vertreter der Städte gaben dem Adel den Vorzug und kurz darauf hatte Carl den gesamten Kreis rund um die Quitzow-Brüder aus den Augen verloren. Für einen irrationalen Moment fühlte er sich ausgeschlossen – ein Gefühl, das in ihm eine tiefe Scham freisetzte.

Albert zog ihn zielstrebig am Ärmel die Treppe hoch. »Komm, Rudolf, nicht trödeln! Wir wollen nicht die Letzten sein.«

Der altmodische Ratssaal der Altstadt Brandenburg war aus Holz erbaut. Es knarzte vernehmlich unter der Last der vielen Besucher. Das bunte Glas der Fenster zauberte farbenfrohe Muster auf die getäfelten Wände. Am fernen Ende stand ein Podest, wo Stühle mit hoher Rückenlehne aufgestellt waren. Neben dem Abzeichen der Doppelstadt Brandenburg hatte man zusätzliche Wappen entlang der Rückwand angebracht – den Adler der Luxemburger, das viergeteilte Emblem der Hohenzollern.

Es war ein einziges Geschiebe und Gedränge. Städtische Büttel und fränkische Ritter sorgten dafür, dass sich die Ständevertreter über den Saal verteilten. Als am Ende auch der letzte Platz belegt war, fand sich Carl in der gesichtslosen Menge der Bürgerschaft wieder. Der zahlenmäßig weniger vertretene Adel hatte sich die vordersten Reihen gesichert.

Ein livrierter Beamter bestieg das Podest und schlug mit einem Stab auf den Boden. »Der rechte Obrist, gemeine Verweser und Landeshauptmann Burggraf Friedrich von Nürnberg«, verkündete er lauthals und brachte damit die Versammelten zum Schweigen.

Friedrich erschien und nahm schwungvoll auf dem bereitgestellten Stuhl Platz. Nach dem gemeinsamen Gebet kam er sogleich zur Sache.

»Es ist mir eine Ehre, dass mir von König Sigismund die uneingeschränkte Verwaltung der Mark Brandenburg anvertraut wurde. Es ist mein oberstes Anliegen, dieses Land aus Lüchen und Wäldern in eine blühende Landschaft zu verwandeln. Mir blutet das Herz angesichts der vielen Wüstungen und vernachlässigten Ackerböden, die wir auf unserer Reise gesehen haben. Doch was mich noch mehr bedrückt, ist der Groll, der sich unübersehbar durch den märkischen Adel zieht.«

Die Rittersfamilien wechselten verstohlene Blicke.

»Dabei benötigen wir gerade jetzt ein Land, das in Einheit und Stärke zusammensteht. Schließlich steht der Feind vor unseren Toren.«

Ein Raunen ging durch die Reihen. Dies waren Neuigkeiten, mit denen man nicht gerechnet hatte. Die Mark wurde angegriffen? Alle warteten auf eine Erklärung, doch die blieb aus.

»Nur, wenn wir alle gemeinsam an einem Strang ziehen, können wir dem Feind an unseren Grenzen mit geforderter Macht begegnen.«

Zynisches Schnauben raunte durch den Saal. Das Stimmengewirr schwoll an. Einer der fränkischen Ritter trat an Friedrich heran und flüsterte ihm ins Ohr.

Dessen Gesicht leuchtete auf. »Ach so! Ich hatte vergessen, zu erwähnen, wer uns da von außen bedrängt. Es sind die Herzöge von Pommern-Stettin.«

Carls Blick wanderte zu Dietrich, der grinsend das Haupt neigte. Offenbar war er nicht ganz unschuldig an dieser Bedrohung. Fassungslos schüttelte Carl den Kopf.

Friedrich sagte: »Einigkeit, das ist es also, was die Mark Brandenburg braucht, und zwar unter meiner Führung. Mir ist jedoch nicht entgangen, dass einige Vertreter des Adels es bisher unterlassen haben, meinem Statthalter – und damit meiner Person – die geschuldete Huldigung entgegenzubringen. Heute räume ich euch eine letzte Gelegenheit ein, Versäumtes nachzuholen.«

Carl schaute in die Runde. Friedrichs Worte hinterließen keinen bleibenden Eindruck bei den Rittersleuten. Mit einem überheblichen Grinsen tuschelten sie einander in die Ohren und schüttelten die Köpfe.

»Mein guter Freund Wend von Ilenburg hat sich lobenswert für unsere Belange eingesetzt. Als Lohn für seinen Einsatz verfüge ich daher hier und heute, dass er die Feste Golzow erhalten soll, sollte der jetzige Besitzer Wichard von Rochow ohne Erben versterben.«

Aus der linken Ecke erklang ein entrüsteter Aufschrei. Es war Wichard.

Carl konnte sich das Grinsen nicht verkneifen. Was Albert noch vor der Tür angedeutet hatte, wurde wahr. Friedrich zögerte nicht, dem Adel seine Burgen wegzunehmen.

Angst machte sich im Saal breit, misstrauische Blicke flogen hin und her. Wer würde als Nächstes betroffen sein?

Kaspar trat vor die Menge. »Mit Verlaub, Friedrich, aber das könnt Ihr doch nicht einfach so verfügen! Die Feste Golzow gehört meinem Schwiegersohn. Ich verwehre mich gegen diese Inbesitznahme!«

»Euer Protest in Ehren, werter Kaspar! Ich erinnere mich an Euch. Ihr wart als einziger Vertreter des Adels in Ofen. Leider muss ich Euch mitteilen, dass ich gedenke, noch viele weitere Burgen, Festen, Städte und Dörfer neu zu verteilen. Ich werde sie alle auslösen und bei Bedarf verpfänden. Auch die Burg Plaue will ich zurücknehmen. Sie soll zusammen mit allen Rechten, Gerichten und Zöllen in die Hand meines Sohns übergehen.«

Die vorderen Reihen rund um die Quitzows lachten empört auf.

Carl biss sich nervös auf die Zunge. Friedrich ging nicht gerade taktisch klug vor. Er verprellte den gesamten Adel, der um seinen Besitz und Einkünfte zu fürchten hatte.

Das Gleiche musste Johann von Quitzow gedacht haben. Er war so aufgebracht, dass er rot angelaufen war. Energisch fuchtelte er mit dem Finger herum. »Niemals werde ich Plaue aushändigen! Und wenn es ein Jahr Nürnberger regnete, so werden wir unsere Schlösser doch behalten und tun, was uns beliebt!«

Seine adligen Freunde stimmten murmelnd und kopfnickend mit ein.

Friedrich fragte unbeeindruckt: »Plaue ist dein?«

»Ja, es ist meins. Rechtmäßig erworben und immer gut verwaltet.«

Der Bischof von Brandenburg trat vor. »Rechtmäßig? In deinen Träumen, Johann!«

Auch der Erzbischof von Magdeburg mischte sich ein. »Und derweil werden wir ausgenommen, wenn wir nur einmal die Havel überqueren wollen!«

Jetzt meldete sich Dietrich zu Wort. »Die Burgen auszulösen wird eine Menge kosten, Friedrich. Jobst von Mähren konnte sich so etwas nie leisten.«

»Dein Name?«

»Dietrich von Quitzow.«

Friedrichs Augen flackerten auf. Der Name war ihm offenbar nicht unbekannt. »Quitzow. Ich gedenke, für die Pfändungen Schuldscheine auszustellen.«

Dietrich lachte höhnisch auf. »Schuldscheine? Die sind doch nichts wert! Und überhaupt, was soll dieser Schwachsinn? Wir alle hier«, und er machte eine weit ausschweifende Geste, »sind zufrieden mit den Zuständen der Mark, gerade so, wie es ist!«

Die Vertreter der Städte schrien vor Empörung auf. Sie hatten unter der Gesetzlosigkeit und dem Faustrecht am meisten gelitten.

Der Ratsherr neben Carl reckte erzürnt die geballte Hand über den Kopf und machte seinem Ärger Luft. »Die Einzigen, die von diesen Zuständen profitieren, seid ihr Rittersleute! Die Handelswege sind nicht mehr sicher, die Viehherden werden uns weggetrieben, die Märkte geplündert! Friedrich, hört nicht auf diese Verbrecher! Ihr müsst hart durchgreifen.«

Friedrich machte einen gelangweilten Wink mit der Hand. Der Beamte mit dem Stab hämmerte auf dem Podest herum, bis das Stimmengewirr so weit abgeebbt war, dass sich fortfahren ließ.

»Sprich weiter, Quitzow.«

Johann blähte die Brust auf. »Mein Schwiegervater Lippold von Bredow hat mir die Burg Plaue zur Hochzeit geschenkt. Ich habe alle Dokumente, die belegen, dass er sie einst rechtmäßig als Pfand von Jobst von Mähren erhalten hat.«

Friedrich hörte bis zum Ende zu und fuhr sich mit der Zunge über die Zähne, den Blick unverwandt auf Johann gerichtet. Als er auch nach einer ganzen Weile des Schweigens nichts erwiderte, schaute Johann mit seinem verbliebenen Auge Unterstützung suchend in alle Richtungen.

Friedrich seufzte auf. »Ich vernehme deinen Protest, Johann, und ich werde deine Bedenken berücksichtigen. Doch lass dir gesagt sein, die Mark ist in Aufruhr. Es fehlt an Gesetz und Ordnung. Die landesherrlichen Burgen neu zu vergeben, ist die einzige Möglichkeit, wie wir dem Fehdewesen Einhalt gebieten können. Unser Ziel muss es sein, die Macht gerecht und ausgewogen zu verteilen.«

Johann rang nach Worten. »Im Havelland herrscht keine Gesetzlosigkeit! Ich habe als Hauptmann persönlich jahrelang dort für Recht und Ordnung gesorgt!«

»Recht und Ordnung?«, fragte Friedrich. »Da habe ich anderes gehört. Ist es nicht vielmehr so, dass du mit deinem Bruder mehrfach gemeinsame Sache gemacht hast? War es nicht Dietrich, der zahlreiche Städte mit Fehden bedroht hat, und hast du nicht daraufhin gegen zusätzliche Geldzahlungen deinen persönlichen Schutz angeboten? War das nicht ein abgekartetes Spiel, das die Quitzow-Brüder zu Lasten rechtschaffener Bürger gespielt haben?«

Johann erbleichte.

Dietrich sprang seinem Bruder zur Seite. »Was würde passieren, Friedrich, wenn der Adel sich weigert, diese Burgen auf Verlangen herauszugeben?«

Friedrich fixierte ihn mit einem unerbittlichen Blick. »Deine Frage ist ungehörig, Dietrich! Ich bin der vom König eingesetzte Landeshauptmann der gesamten Mark! Was ich sage, ist Gesetz. Wer sich widersetzt, verstößt nicht nur gegen den Willen des Königs, sondern versündigt sich auch auf die schlimmste nur mögliche Art und Weise gegen Gott!«

Die Erwähnung des Allmächtigen ließ selbst den letzten Tölpel im Saal verstummen. Alle Augen richteten sich auf Dietrich. Nicht wenige schlugen ein Kreuz.

Dietrich wirkte für einen Moment bestürzt. Er wechselte einen Blick mit Kaspar und Johann. Dann legte er die Hand auf seinen Bauch und brach in herzhaftes Gelächter aus. Mit ausgestrecktem Finger rief er: »Du willst mich aufhalten? Du?«

»Ja, ich!«, donnerte Friedrich mit hochrotem Kopf und schlug mit der Faust auf die Armlehne.

»Lass dir gesagt sein, werter Burggraf, dass bisher noch keiner es vollbracht hat, einen Quitzow aufzuhalten! Versuch es doch! Räuchere uns aus, aus Friesack, aus Plaue! Zeig uns, wer die Macht in der Mark besitzt!« Er hob seine linke Hand und wackelte mit ihr hin und her. »Ich zittere schon vor deinem Zorn!«

»Dietrich! Mäßige dich vor deinem Herrn!«, brüllte Friedrich.

»Mit Friesack gehört mir die stärkste Burg im Land! Ich möchte sehen, wie du mich da wieder rausholen willst. Und meine Freunde hier«, er zeigte auf den mit ihm verbündeten und verschwägerten Adel, »werden es mir gleichtun. Uns wird so schnell niemand kleinkriegen, besonders nicht so ein Tand aus Nürnberg!«

Mit diesen letzten Worten machte Dietrich demonstrativ auf dem Absatz kehrt und bahnte sich einen Weg nach draußen. Die Menge wich bestürzt zurück. Johann, Kaspar und ein paar weitere folgten ihm.

Sprachlos blickte man ihnen hinterher, dann brach im Saal Tumult aus. Alle redeten gleichzeitig.

»Eine Fehde! Eine Fehde!«, riefen einige aufgeregt.

»Er hat ihn einen Tand aus Nürnberg geschimpft«, riefen andere. »Er nennt den Verweser ein Spielzeug!«

Der Beamte mit dem Stab pochte auf den Boden. Niemand schenkte ihm Beachtung.

Friedrich tappte mit den Fingern auf der Armlehne herum und starrte verärgert geradeaus, während seine Zunge über die Zahnreihen glitt. Als sich abzeichnete, dass die Unruhe nicht zu bändigen war, sprang er mit hochrotem Kopf auf und eilte durch eine Tür neben dem Podest aus dem Saal.

Carl und Albert schauten einander verblüfft an.

»Sieht so aus, als würden wir erst morgen weiter tagen«, sagte sein Schwiegervater.

Carl sah zu der Tür neben dem Podest. Der Letzte, der nach Friedrich hindurchgegangen war, hatte sie aus Nachlässigkeit ein Stück weit aufgelassen.

Er kniff Albert aufmunternd in die Schulter. »Die werden schon alle zusammenfinden. Du weißt ja, wie der Adel ist. Immer sehr von sich selbst eingenommen.«

»Diese Quitzows! Du hast ja mit ihnen bereits Bekanntschaft gemacht.«

»Albert, weißt du was? Geh du doch schon mal vor zur Herberge. Ich bin durstig und würde gern eine Gaststube besuchen. Vielleicht schnappe ich da das eine oder andere auf von dem, was die Leute auf der Straße so reden.«

»Was willst du in einem Wirtshaus?«, fragte Albert misstrauisch. »Nicht etwa ein Schankmädchen aufreißen?«

»Wo denkst du hin? Ich würde meine Gattin niemals betrügen!«

Bevor sein Schwiegervater noch etwas erwidern konnte, ließ er ihn stehen und verschwand in der Menge. Er zwängte sich zwischen zwei Ratsleuten hindurch in Richtung Podest und schaute sich ein letztes Mal um.

Als er sicher war, dass ihn niemand weiter beachtete, schlüpfte er durch die halb offene Tür.

Die Donnerbüchse

Berlin-Cölln, April 1413

Käthe kam in die behagliche Wohnstube in der Spandauer Straße geplatzt und pfefferte einen Stapel Dokumente auf den Tisch. »Was soll das, Rudolf? Bist du nun völlig verrückt geworden?«

Carls Blick glitt zu den Papieren und wieder weg. Er hatte mit sich selbst eine Runde Karten gespielt, die beste Art, die langen Stunden des Müßiggangs zu überbrücken. Gelassen sammelte er die Spielkarten ein. »Was ist nun schon wieder?«

Sie wies mit dem Kinn auf die Unterlagen. »Schau doch selbst!«, fauchte sie.

Das kleine Mädchen auf ihrem Arm erahnte ihre Gemütslage und fing an zu weinen. Sie wog es sanft hin und her. »Tsch, tsch! Mama ist nur ein wenig böse mit Papa. Nichts Schlimmes.«

Er mischte die Karten und schaute aus dem Fenster. Draußen regnete es schon wieder Bindfäden. Seine Gedanken wanderten zu seinem Weinberg. Ob er wohl weiterhin gedieh?

Als ihr aufging, dass er sie ignorierte, wurde ihre Stimme bedrohlich hart. »Oder kannst du etwa nicht lesen?«, fragte sie spöttelnd.

Seufzend legte er die Spielkarten beiseite, um sich den Papieren zuzuwenden, die sie ihm auf den Tisch geworfen hatte. Sie waren dicht beschrieben, Zahlenreihen und Wörter. Er gab vor, jedes genau zu inspizieren, bevor er die Schriftstücke ordentlich aufeinanderlegte und sie zu einem sauberen Stapel zusammenschob. »So?«

Sie glotzte ihn aufgebracht an. »So?«, ahmte sie ihn nach. »Ist es wahr, dass du einen Großteil deines Geldes aus dem Geschäft wieder herausgenommen hast?«

»Und wenn es so wäre?«

»Das kannst du doch nicht machen! Wir brauchen das Geld!«

»Wir?«

»Wir! Die Familie, der Handel! Du hattest es bei uns angelegt! Vater wollte investieren damit. Er hat einen neuen Prahm in Auftrag gegeben.«

Carl lehnte sich zurück und betrachtete seine Gattin. Käthe war seit ihrer Eheschließung vor einem Dreivierteljahr sichtlich gealtert. Die blonden Haare versteckte sie nun unter einer altbackenen Haube, tiefe Runzelfalten durchschnitten ihre Stirn und der Zug um ihre vollen Lippen war ständig verhärmt. Das Mädchen auf ihrem Arm, nach Käthes Mutter Agnes getauft und Nessie gerufen, war dieser Tage ihre einzige Zier. Das Kind hatte kugelrunde Augen und dicke Pausbäckchen, die Carl in seinen schwachen Momenten schmerzhaft an Mette erinnerten.

Er hob die Arme, um anzudeuten, dass er Nessie gern halten würde.

Widerwillig übergab sie ihm die Tochter. Er setzte sie sich auf den Schoß und ließ sie mit einem lustigen Lied auf und ab reiten. Das Mädchen lutschte am Daumen und gluckste vergnügt, die Tränen längst vergessen.

Käthe schaute mit verschränkten Armen zu. »Und? Hast du gar nichts zu deiner Verteidigung zu sagen?«

»Ich wüsste nicht, warum man mich hier anklagen sollte. Es ist mein Geld.«

»Es ist gleichfalls meins. Ich bin dein Eheweib.«

Er grinste seine Tochter an und kitzelte sie am Bäuchlein. Nessie wand sich kichernd. »Wenn ich mich recht entsinne, ist es immer noch meins. Auch wenn wir verheiratet sind – du bist nur ein Weib.«

Käthe schnappte empört nach Luft. »Hast du wenigstens den Anstand mir zu sagen, wofür du all dieses Geld ausgegeben hast?«

»Nein, habe ich nicht.«

Das ließ ihre mühsam unter Kontrolle gehaltene Selbstbeherrschung in sich zusammenstürzen. Sie brach in Tränen aus. »Was bist du nur für ein Mann, Rudolf? Wen habe ich da nur geheiratet?«

Er räusperte sich und reichte ihr das Kind zurück. »Du hast den Mann geheiratet, den du willentlich zwischen deine Beine genommen hast. Es war deine freie Entscheidung.«

Mette hätte ihm für diese Retorte zweifellos kräftig eine gelangt, doch Käthe war zu gut erzogen. Sie starrte ihn lediglich fassungslos an. »Ich hasse dich«, zischte sie.

»Ich weiß. Du hast allen Grund dazu«, gab er zurück.

Sie ließ sich auf einen Stuhl sinken. »Warum nur treibst du uns in den Ruin?«

»Es ist nicht meine Absicht, euch zu ruinieren.«

»Dann erkläre mir bitte, was aus dem Geld geworden ist! Wenigstens das bist du mir schuldig!«

»Ich habe es Friedrich von Hohenzollern gegeben.«

»Aber wieso in Gottes Namen?«

»Es wird Krieg geben.«

Ihre Hand fuhr erschrocken an den Mund. »Gegen wen?«

»Gegen jeden, der dem neuen Verweser nicht huldigt.«

»Aber was hast du damit zu schaffen?«

Er nahm eine Handvoll Karten auf und begann, sie mit dem Gesicht nach oben auf dem Tisch auszubreiten. »Unser Geschäft floriert nur, wenn Frieden herrscht in der Mark. Wenn wir nicht befürchten müssen, dass wir unterwegs von Rittern ausgenommen werden. Wenn wir keine überhöhten Zölle zu zahlen haben. Wenn man nicht unsere Güter auf dem Land überfällt, das Vieh wegtreibt und uns das Korn von den Feldern raubt. Friedrich hat das ebenfalls erkannt. Vielleicht habe ich ihm auch ein wenig ins Ohr geflüstert, wie dringlich die Angelegenheit ist. Die Tatsache bleibt jedoch bestehen, dass bald etwas geschehen muss.«

Käthe schwieg betroffen. Ihr ging offenbar auf, dass ihr Gatte wohl doch nicht so unvorsichtig gehandelt hatte, wie ihr Vater ihr das heute Morgen vermittelt hatte. Was er sagte, hatte Sinn und Verstand. Nur im Frieden konnte ein Kaufmann Handel treiben. Das leuchtete auch ihr ein. Trotzdem gab es scheinbar eine nagende Stimme des Zweifels, die sich nicht abstellen ließ. »Aber warum dann so viel? Vater ist ganz verzweifelt, weil er vor seinen Handelspartnern das Gesicht verliert.«

»Dein Vater genießt einen ausgezeichneten Ruf. Er kann anschreiben lassen. Man wird ihm das Geld gern stunden. Außerdem ist es ja nicht für immer. Friedrich wird mir meine Investition zurückzahlen, sobald der Krieg vorbei ist.«

»Und wann wird das sein?«

»Das kann man nie sagen. Doch hoffentlich früher als später.«

Sie musterte ihn schweigend. Als das Mädchen auf ihrem Schoß anfing zu strampeln, legte sie es auf den blanken Holzboden. Nessie machte sich an die schwierige Aufgabe, sich auf den Bauch zu rollen. Sie hob die Ärmchen über den Kopf und streckte kraftvoll die Beine aus.

Carl sah von den Karten auf, um seine Tochter zu betrachten. Er musste unweigerlich schmunzeln. Das Kind hatte sich in sein versperrtes Herz geschlichen.

»Liebst du mich noch?«, fragte Käthe, den Blick auf Nessie geheftet, die wie eine Opfergabe zwischen ihnen auf dem Boden lag.

»Du bist meine vor Gott angetraute Ehefrau.«

Mette wäre nicht darauf reingefallen, doch Käthes Wangen überzog eine hoffnungsvolle Röte. Sie flüsterte: »Und wieso rührst du mich dann nicht mehr an?«

Er gab sich entrüstet. »Wie viel Wollust doch in dir steckt, Weib!«

»Wenn du mich nur einmal in den Arm nehmen würdest! Das würde mir schon genügen …«

Er erbarmte sich. Er hatte gelernt, dass ein bisschen Entgegenkommen ihren Zorn schnell verrauchen ließ. Er hob die Arme. »Dann komm her, liebe Käthe! Setz dich eine Weile auf meinen Schoß.«

Sie stand auf und eilte zu ihm hinüber.

»Vater ist sehr wütend auf dich. Er wird gleich hier sein und dich zur Rede stellen.«

Carl stöhnte auf. Er war der vielen Streitgespräche mit seinem Schwiegervater überdrüssig. »Ich werde es ihm erklären. In einfachen Worten. Er wird es verstehen.«

Alberts Kommen kündigte sich wenig später mit polternden Schritten auf der Treppe an. Er war lauter als üblich, was bedeutete, dass er über alle Maßen erzürnt war. Carl stählte sich innerlich.

Die Tür zur Wohnstube flog auf. Käthe sprang auf, um Nessie vom Boden aufzuheben. Albert stürmte schnaufend herein.

»Wo ist das ganze Geld geblieben, Rudolf?«, keuchte er.

Carl stand auf. Es war einfacher, seinem erbosten Schwiegervater zu trotzen, wenn man mit ihm auf Augenhöhe war. »Ich habe es dem Burggrafen gegeben.«

»Gegeben?«

»Geliehen.«

Albert stützte sich auf eine Stuhllehne. »So, so. Und wofür?«

»Ich glaube nicht, dass ich dir darüber Rechenschaft leisten muss.«

Albert lief noch röter an. Er machte eine Bewegung mit der Hand, als wolle er zuschlagen. Carl sah ihm unbewegt entgegen, doch anstatt seinem Schwiegersohn eine zu verpassen, griff sich Albert an den Kragen. Er zerrte hastig an der Kordel, um ihn zu weiten. »Du ungehobelter Bauer!«, schimpfte er.

Wenn du wüsstest, dachte Carl. Sein Blick wanderte zu Käthe. Sie kaute für einen Moment auf der Unterlippe herum, dann sprang sie, wie erhofft, zu seiner Verteidigung.

Sie legte eine besänftigende Hand auf Alberts Arm. »Schlag ihn nicht, Vater! Rudolf hat mit dem Geld eine gute Sache getan.«

Albert fuhr überrascht zu ihr herum. »Was sagst du da?«

»Er hat nichts Schlechtes getan. Im Gegenteil. Er will uns helfen.«

»Indem er uns ruiniert?«

Carl rückte seinem Schwiegervater einen Sitzplatz zurecht. »Hier, setz dich, Albert! Ich will es dir erklären.«

Albert ließ sich dankbar auf den Stuhl sinken. Die Treppe hatte ihn über Gebühr gefordert.

Carl nahm ihm gegenüber Platz. Er faltete die Hände. »Das Geld ist für den Krieg gedacht«, sagte er ruhig.

»Du willst Friedrich in seinem Kampf gegen den Adel unterstützen?«

»Ist es nicht das, was man als Märker tun sollte? Findest du nicht, dass er der Richtige ist, um Ruhe und Ordnung nach Brandenburg zu bringen?«

Albert dachte darüber nach. »Nun ja, er ist gewiss kein zögerlicher Jobst von Mähren. Die Städte stehen voll und ganz hinter ihm, weil er keine neuen Steuern und Gebühren verlangt hat.«

»Richtig! Und er hat die Pommern vernichtend geschlagen, oder nicht?«

»Du meinst die Schlacht am Kremmer Damm?«

Im Oktober hatten die Pommern versucht, von Norden kommend in Brandenburg einzufallen. Der Dammweg bei Kremmen führte durch die kaum besiedelten Niederungen zwischen dem Ländchen Glien und der Rüthnicker Heide, ein berüchtigtes Nadelöhr, über das man unbemerkt tief ins Land eindringen konnte. Glücklicherweise hatte Friedrich den Plan rechtzeitig durchschaut und mit Hilfe seiner fränkischen Ritter vereiteln können.

»Wie du dich erinnerst, die Schlacht war blutig und verlustreich. Einige der besten Männer aus Friedrichs Gefolge sind gefallen.«

»Hab davon gehört.«

»Er hat persönlichen Einsatz gezeigt.«

»Ja, das hat er gut gemacht …«, räumte Albert widerwillig ein.

»Als man Johann von Hohenlohe in der Klosterkirche zu Berlin zu Grabe getragen hat, hat er bittere Tränen geweint. Er zählte zu Friedrichs treusten Freunden.«

Käthe sah ihn erstaunt an. »Woher weißt du das alles?«

Carl lehnte sich zurück. »Weil ich derjenige war, liebe Käthe, der Friedrich an jenem Tag gestützt hat. Ich war bei ihm und habe mit ihm am Altar durch die Nacht gebetet. Ich habe seine Tränen getrocknet und mit ihm zusammen die Pommern verflucht. Ich war für ihn da, als er am meisten jemanden an seiner Seite gebraucht hat.« Er grinste. »Ich wage zu behaupten, wir sind darüber gute Freunde geworden.«

Carls Beine waren steif. Es war ein langer Ritt bis nach Trebbin gewesen. Hinterteil und Oberschenkel machten sich deutlich bemerkbar.

Da hol mich doch der Teufel, dachte er verdrossen. Das bequeme Kaufmannsleben hatte ihn weich gemacht. Aus dem muskelbepackten Kämpfer von einst war ein fetter Pfeffersack geworden, der schon bei der kleinsten Anstrengung ins Schnaufen geriet. Sogar einen Bauchansatz hatte er bekommen.

Er ließ sich von einem Pagen in das Zelt des Burggrafen führen. Es war angenehm warm, sodass Carl sich die Handschuhe ausziehen und den Mantel öffnen konnte.

Friedrich wärmte sich in Gesellschaft einiger Ritter an einem Kohlebecken die Finger. Als er seines vermögenden Besuchers gewahr wurde, breitete sich ein Lächeln auf seinem zuvor recht nachdenklichen Gesicht aus.

Er kam Carl entgegen und schloss ihn herzlich in die Arme. »Rudolf, mein Guter! Welch Glück, dass du da bist! Wir haben sie heute fertig aufgestellt.«

Carl nickte in die Runde. Er versuchte, sich seine Beklommenheit nicht anmerken zu lassen. Friedrich war mit seiner

Offenheit trotz seiner hohen Stellung umgänglich genug, doch die Ritter, die ihm aus seiner Heimat bis ins ferne Brandenburg gefolgt waren, erschienen ihm hochmütig. »Aufgestellt?«, fragte er.

Friedrich machte eine weit ausschweifende Geste. »Darf ich vorstellen? Das sind Ulrich Graf von Lindau, Johann von Biberstein, Otto Pflugk. Meine Herren, vor euch steht mein größter Geldgeber in diesem Krieg und ein großer Freund: Rudolf Schlegel, Kaufmann aus Berlin.«

Die Ritter nickten Carl kühl zu.

Johann sagte: »Wir kennen uns bereits.«

Friedrich überhörte den reservierten Ton. »Magst du dich zu uns ans Becken stellen für eine Weile, Rudolf? Ich kann ein wenig Glühwein kommen lassen. Bei Gott, es mag zwar nach Ostern sein, aber das Wetter ist immer noch unangenehm.«

»Danke, Friedrich.«

Eine Magd brachte das Gewünschte. Während Carl an dem heißen Getränk nippte, fragte Friedrich neugierig: »Und? Was sagst du zu unserem Aufgebot?«

»Ich bin überrascht, wer alles hier ist. Der halbe märkische Adel ist erschienen. Und dann so viele Pferde und Wagen!«

»Nicht wahr? Alles für unsere neue Wunderwaffe.«

»Wunderwaffe?«

»Die größte Donnerbüchse der Christenheit!«

Carl schaute in die Runde. Die Ritter grinsten verschmitzt.

»Ich befürchte, ich verstehe nicht, Friedrich.«

»Wir haben von deinem Geld und dem, was uns die Städte gegeben haben, beim Deutschen Orden eine gigantische Büchse geliehen. So ein Monstrum hast du noch nicht gesehen!«

»Die Geschosse dieser Kanone sind so groß wie ein ganzes Schwein«, erklärte Johann.

Die anderen lachten über den komischen Vergleich.

»Wir haben allein vierundzwanzig Pferde benötigt, um das Rohr zu ziehen!«, schwärmte Friedrich. »Dazu dreißig Wagen für all das Zubehör. Hebebäume, Schanzzeug, Werkzeug, Schießpulver, natürlich die Geschosse … Du hättest die Gesichter der Bauern sehen sollen, als wir damit durch die Dörfer gerollt kamen.«

Carl schüttelte verwirrt den Kopf. »Ich glaube, ich verstehe immer noch nicht.«

Graf Ulrich brummte. »Man muss es mit eigenen Augen gesehen haben.«

»Nichts verachte ich mehr als einen langen Belagerungskrieg. Alle meine Belagerungen der Vergangenheit haben mir kein Glück gebracht …« Friedrich erschauderte.

»So eine Katastrophe wie anno 1396 in Nikopolis will keiner ein zweites Mal erleben. Es war ein fürchterliches Gemetzel, als die Türken uns in den Rücken fielen. Ein Glück, dass du Sigismund damals in letzter Sekunde retten konntest, Friedrich«, pflichtete ihm Johann bei.

Otto setzte sich auf einen der Scherenstühle und streckte die langen Beine aus. »Oder in Rothenburg ob der Tauber. Die Belagerung der Stadt hat dich in den Ruin getrieben.«

»Daran musst du mich nicht erinnern, Otto! Schmerzhaft genug. Es wird dauern, bis ich dieses finanzielle Fiasko überwunden habe.«

»Gut, dass Sigismund deine Treue belohnt hat und dir in der Mark Brandenburg freie Hand lässt.«

Johann lachte. »Friedrich ist ja auch sein Königsmacher! Dieser fürchterliche Landstrich, zerrüttet und verbrannt, wie er ist, war ja wohl das Mindeste, das er ihm nach der gelungenen Königswahl hätte anbieten können.«

Carl blickte von einem zum anderen. Er hatte noch nie an Gesprächsrunden wie dieser teilgenommen und er wusste nichts Kluges beizusteuern. Ihm war es immer lieber, wenn er mit Friedrich allein sprechen konnte.

Als ahne dieser sein Unbehagen, sagte er mit einem Lächeln: »Genug von der Büchse geschwärmt. Was ist, Rudolf, möchtest du sie einmal sehen?«

»Gern!«

Sie verließen das Zelt und bahnten sich einen Weg durch das Zeltmeer. »Was machen Frau und Kind?«, fragte Friedrich.

»Danke, beiden geht es gut.«

»Wie hieß die Kleine noch gleich?«

»Agnes, doch wir nennen sie Nessie. Sie ist ein knappes halbes Jahr alt.«

»Kann sie schon krabbeln?«

»Meine Frau sagt, dass das noch ein paar Monate dauert. Aber sie ist unverschämt süß und man kann jetzt schon sehen, dass sie sehr schlau wird. Ich werde meine liebe Mühe haben, ihr einen passenden Ehemann zu finden.«

Friedrich strich sich über den Bart. »Ah, ja, von Kindern verstehe ich nicht viel. Obwohl ich selbst fünf habe. Bald sind es sechs.«

»Else ist schwanger?«

»Hoffentlich ist es ein weiterer Knabe! Mein Johann macht mir Kummer. Er ist mit dem Kopf ständig in den Wolken und interessiert sich überhaupt nicht für Politik. Neulich hat er gesagt, er wolle lieber den Stein der Weisen finden.«

»Wer hätte ihn nicht gern, diesen Stein der Weisen?«

Friedrich runzelte die Stirn. »Hirngespinste! Alchemisten sind allesamt Quacksalber und Scharlatane!«

Carl erkannte, dass er gut beraten war, den Gedanken nicht weiterzuführen. »Wo befindet sich Eure werte Gattin zurzeit?«, fragte er daher.

»In Tangermünde. Das Schloss dort ist ganz passabel.«

»Tangermünde«, wiederholte Carl tonlos. Er sah sich verstohlen um. Er hatte einen warmen Mantel angezogen und zog die Kapuze auf. Man konnte nie sicher sein, wer ihm im Lager über den Weg laufen würde.

»Die Stadt liegt direkt an der Elbe. Beeindruckender Fluss. Breites Bett. Schon mal dort gewesen?«

»Nicht, dass ich wüsste …«

Unterwegs machte Carl zahlreiche Wappen aus. Viele der märkischen Adelsfamilien hatten sich Friedrichs Feldzug gegen den abtrünnigen Christoph von Matlitz angeschlossen. Da waren die Bredows und die Stechows, die Rochows und sogar die Quitzows. Ein paar der Waffenknechte kamen ihm bekannt vor, doch er war sich nicht sicher. Von Dietrich jedoch keine Spur.

»Wir haben die Büchse direkt gegenüber von der Burg aufgestellt. Siehst du? Wir müssen ein wenig bergauf laufen. Dort unten fließt die Nuthe.«

»Und sie ist wirklich so groß?«, fragte Carl.

»Gewaltig!«, rief Friedrich stolz.

»Dann richtet sie wohl enormen Schaden an?«

»Der Deutsche Orden schreibt, die Kanone kann zwischen acht und zehn Kugeln am Tag abfeuern.«

»Nur acht bis zehn? Das klingt nicht nach viel«, sagte Carl enttäuscht.

»Das Rohr wird sehr heiß. Und das Beladen kostet Zeit. Aber du wirst sehen, eine einzelne Kugel hat so ungeheuerliche Schlagkraft, dass man viel weniger feuern muss.«

Carl hatte Zweifel, auch wenn er Friedrich gern Glauben schenken wollte.

Sie erreichten eine gerodete Freifläche, auf der man eine Wand aus massiven Holzblöcken errichtet hatte.

»Das ist der Schirm für die Büchse, damit die Männer in Ruhe arbeiten können«, erklärte Friedrich.

Carl warf einen Blick auf die Burg von Trebbin. Die kreisrunde Anlage war mit einer hohen steinernen Schutzmauer versehen, auf die man einen überdachten Wehrgang aus Fachwerk gesetzt hatte. Das Tor besaß keinen eigenen Turm und war daher nur schlecht vor Angriffen geschützt. Hinter der Mauer duckten sich ein runder Burgfried und ein längliches, flacheres Gebäude. Carl vermutete, dass alle anderen baulichen Anlagen niedriger und vermutlich aus Holz erbaut waren. Insgesamt eine mittelstarke Burg mit zahlreichen Schwachstellen.

Vor ihren Augen wurde emsig an einem riesigen Rohr gearbeitet. Es ruhte auf einem Bock aus solidem Holz und war fast anderthalbmal so lang wie ein ausgewachsener Mann.

Carl blieb ehrfürchtig stehen. »Ist sie das?«

Friedrich zog ihn grinsend weiter. »Komm ruhig ein paar Schritte näher! Wir haben sie noch nicht beladen. Du willst doch bestimmt dabei sein, oder?«

Sie näherten sich dem Koloss aus Eisen. Neben dem Rohr hatte man die Geschosse vorausschauend bereitgestellt.

Carl staunte. »Die Kugeln sind ja wirklich so groß wie Schweine!«

Friedrich stützte zufrieden die Hände in die Seiten. »Günther, erklär meinem verehrten Gast, wie sie funktioniert.«

Der Büchsenmeister richtete sich auf. Seine Knie waren vom schlammigen Untergrund, auf dem er gekniet hatte, durchfeuchtet. Bereitwillig deutete er auf den vorderen Teil. »Das Rohr steht auf einem Gestell aus Holz. Das nennen wir Lade. Die Balken fangen beim Feuern den Rückstoß ab.« Er zeigte auf das eigentliche Rohr. »Dieser hintere, schmale Bereich nennt sich Kammer. Da kommt die Ladung rein.« Er deutete auf eine andere Stelle. »Dieser Teil ist breiter, weil dort die Kugel zum Liegen kommt. Das dickere Ende nennt man Flug. Das ist der Weg, den das Geschoss nimmt. Das ganze Geschütz ist aus Eisenstangen geschmiedet und verstärkt.«

»Was treibt die Kugel aus dem Rohr?«, fragte Carl.

»Schwarzpulver. Fünfzehn Teile Holzkohle, zwölf Teile Schwefel, dreiundsiebzig Teile Salpeter. Man zerstampft es in Mörsern. Unter Lebensgefahr, denn die Mischung kann schnell explodieren.«

Carls Blick ging zu den massiven Mauern der Burg. Er fragte sich, ob sich tatsächlich mit nur einem Schuss eine Bresche ins Mauerwerk schlagen ließ. »Eine ganz neue Art, Krieg zu führen«, sagte er gedankenvoll.

Friedrich nickte ernst. »Sei dir gewiss, mein Freund: Wir lernen schnell dazu.«

Die Stückknechte begannen, die Treibladung behutsam in die Büchse zu schaufeln.

Carl schaute eine Weile aufmerksam zu. Der Prozess nahm einiges an Zeit in Anspruch, denn man leerte nach und nach ein ganzes Fässchen in die schmale Kammer. »Hat sich Matlitz schon gezeigt?«, fragte er.

»Die Männer berichten, er war ein paar Mal auf den Zinnen und hat zugeschaut, wie wir mit Seilzügen die Büchse aufgebaut haben. Er war jedoch nicht zu Gesprächen bereit.«

»Was glaubt er zu erreichen?«

»Er hängt an dieser Burg. Doch mit seinen Raubzügen auf Handelskonvois und Dörfer hat er sein Recht an der Festung verwirkt.«

»Wenn Trebbin fällt, dann wäre das die erste Burg, die Ihr erobert in der Mark.«

»Und es wird auch nicht die letzte sein, lieber Rudolf.« Siegesgewiss nickte Friedrich in Richtung Büchse. »Schau mal, jetzt, wo das Pulver versiegelt ist, kommt die Kugel obendrauf.«

Die Männer mühten sich schnaufend mit dem schweren Steingeschütz ab. »Ganz schön widerspenstig«, kommentierte Carl.

»Wie ein wildes Weib«, stimmte Friedrich lachend zu.

»Dann sollten wir sie nach einem Weib benennen.«

»Gute Idee! Doch Else wäre nicht passend.«

»Nein, Euer Weib ist viel zu edelmütig. Das wäre eine Beleidigung.«

»Der Name ist sowieso vergeben. Eine Böse Else gibt es bereits. Und dein Weib scheidet ebenfalls aus. Käthe ist zu liebreizend.«

Der Büchsenmeister richtete sich schnaufend auf. »Die Grobe Furzerin gibt's auch schon. Steht in Landshut.«

Die Umstehenden grunzten vergnügt.

Friedrich rief: »Furzerin! Ein wenig derb, aber mir gefällt's! Ja, es braucht etwas mit Schlagkraft, nicht wahr? Eine Frau, die man nicht so schnell wieder vergisst. Weiß Gott, mir fallen Unzählige ein! Leider habe ich ein schlechtes Namensgedächtnis. Gibt es jemanden aus deiner Vergangenheit, Rudolf?«

»Mette«, rutschte es Carl heraus.

Friedrich grinste. »Mette? Was ist das denn für ein Name? Bist du mal mit einer Bäuerin im Heu gelandet, oder was?«

»Sie war eine Magd. Ist eine Magd«, korrigierte er sich schnell.

»Mette ist kein Taufname, oder?«

Carl dachte nach. »Ich glaube, sie sagte, sie sei nach ihrer Mutter benannt worden. Die hieß Margarethe.«

Friedrich strich sich mit der Zunge über die Zahnreihe, während die Stückknechte die schwere Kugel in das Rohr gleiten ließen. »Ja, das klingt vernünftig. Doch Margarethe ist der Name vieler adliger Damen. Das scheint mir ebenfalls nicht passend.«

»Dann machen wir daraus Grete«, sagte der Büchsenmeister.

»Grete? Das mag ich!«, prustete Friedrich. »Was denkst du, Rudolf?«

Carl grinste, doch sein Herz war ihm schwer geworden. Er vermisste Mette. Dass er im Streit mit ihr auseinandergegangen war, machte es besonders schmerzhaft. »Grete ist ein guter Name«, murmelte er.

Das Geschoss lag nun an seinem Platz. Die Männer begannen, das Rohr mit Lehm und Keilen abzudichten.

»Damit keine heiße Luft an den Seiten austritt und die Kugel einen mittigen Schub erhält«, erklärte der Büchsenmeister. Mit einem lückenhaften Grinsen fügte er hinzu: »Wir nennen das ›Verpissen‹.«

Während die Stückknechte erhitzten Sand von einem eigens geschürten Feuer ins Rohr schaufelten, um dieses für den Schuss behutsam aufzuwärmen, trat ein Knappe an Friedrichs Seite. »Herr Burggraf, der Herr von Matlitz zeigt sich. Er möchte verhandeln.«

Friedrich wechselte einen überraschten Blick mit Carl. Er lugte hinter dem Balkenschirm zur Burg und winkte Carl zu sich heran. »Komm, Rudolf! Mal schauen, was der Verräter zu sagen hat.«

Sie kamen hinterm Schirm hervor und der Burggraf formte seine Hände zu einem Trichter. »Matlitz, du kommst genau im rechten Moment! Unsere Grete ist gleich bereit für dich. Es sei denn, du bist zur Kapitulation bereit.«

Matlitz verschränkte herausfordernd die Arme. Er hatte schütteres Haar und eine Knollnase. Er ließ den Blick über die versammelten Männer schweifen, bevor er mit zusammengekniffenen Augen antwortete: »Grete? Wer ist Grete?«

»Das ist unsere Büchse, die hier hinterm Schirm steht. Du kannst sie leider nicht sehen, aber sie ist wunderschön. Sie schafft bis zu zehn Kugeln am Tag.«

Matlitz lachte auf. »Zehn? Ist wohl eine faule Grete, Eure Büchse!«

Friedrich knurrte. »Dem wird das Lachen gleich vergehen.«

»Deine Büchse macht mir keine Angst, Friedrich!«, rief Matlitz. »Zehn Kugeln! Und nur eine Kanone! Meine Mauern sind dick! Wie lange willst du wohl auf die Burg schießen? Vorher wird sich das Rohr verbiegen.«

Friedrich raunte Carl zu: »Der hat wirklich keine Ahnung, was ihm blüht. Welch ein Narr.« Laut sagte er: »Die Büchse wird deine schöne Burg in ein Trümmerfeld verwandeln.«

»Neumodischer Kram! Jeder weiß, dass diese Dinger nicht funktionieren. Ist einer von den Bredows hier?« Matlitz erkannte das entsprechende Wappen an einem der Waffenknechte. »Ja, da vorn. Nun, die Bredows werden sich gewiss noch daran erinnern, wie dem guten Lippold 1391 beim Beschuss auf die Burg Milow gleich das ganze Pulverfass um die Ohren geflogen ist.«

»Das ist viele Jahre her. Die Technik hat sich verbessert.«

»Wer's glaubt!«

Friedrich seufzte und schüttelte den Kopf. Er formte seine Hände abermals zu einem Trichter. »Eine allerletzte Chance für dich und deine Brüder, damit du erkennst, dass du auf dem Irrweg bist. Schau dich um! Siehst du nicht, wer sich hier alles um mein Banner geschart hat, wie viele Feinde unter meiner Führung zu Freunden geworden sind?«

Friedrich hatte in der Tat begonnen, in diplomatischer Kleinarbeit und mit gezielten Drohungen das Fehdewesen in der Mark auszurotten. Carl hatte ihm dabei geholfen, die komplizierten Beziehungsgeflechte der märkischen Adelsfamilien zu entwirren, mit dem Ergebnis, dass einige der Familien, die sich jahrelang bekriegt hatten, an diesem Tag wieder vertrauensvoll Seite an Seite kämpften.

»Ich gebe zu, ich bin ein wenig erstaunt darüber, wer sich hier auf einmal Freund statt Feind dünkt. Und wie viele von euch da unten am Rockzipfel des Burggrafen hängen. Ein Fremder, Leute!« Matlitz' Stimme wurde schrill. »Er schert sich nicht im Geringsten um uns!«

Friedrich blieb besonnen. »Sie haben erkannt, dass es sie teuer zu stehen kommt, wenn sie sich mir widersetzen, Christoph.«

Matlitz stützte herausfordernd seine Hände auf die Zinnen und spuckte über die Mauer. »Unfug! Sie hängen ihr Mäntelchen nach dem Wind. Wende nur für einen unbedachten Moment den Blick ab, Friedrich, und sie werden alle wieder übereinander herfallen wie räudige Hunde. Denn das sind sie. Eine wilde Meute, die man nicht kontrollieren kann. Wenn du nicht aufpasst, werden sie auch nach deinen Waden schnappen, werter Burggraf.«

»Sie werden sehen, dass ihre Wahl klug war. Ich bin nicht Jobst von Mähren, den man so einfach an der Nase herumführen kann.«

Matlitz brüllte vor Lachen auf. »Bist du nicht, Friedrich? Dann schau dich um! Du erkennst Verrat noch nicht einmal, wenn er vor dir steht!«

Die Männer warfen sich beunruhigte Blicke zu.

Friedrich senkte den Kopf und raunte: »Was meint er damit?«

Carl zuckte mit den Schultern, doch in seinem Inneren tobte ein Sturm. Hatte Matlitz etwa herausgefunden, dass er ein Hochstapler war?

Friedrich schnalzte mit der Zunge und donnerte: »Was willst du damit sagen, Christoph?«

»Das will ich gern tun. Oder besser noch, der Quitzow soll es dir sagen.«

»Der Quitzow?«

»Ja, hol Dietrich von Quitzow her! Frag ihn, ob er wirklich bereit ist, für dich in den Krieg gegen seine Freunde zu ziehen.«

Friedrich wollte sich soeben suchend umsehen, da trat ein Waffenknecht aus dem Quitzow-Gefolge an seine Seite. »Ihr braucht nicht nach ihm schicken, denn er ist nicht hier, Herr.«

»Dein Name?«

»Liebenau, Herr.«

»Liebenau, was soll das heißen, er ist nicht hier? Ich habe ihn doch selbst im Lager gesehen.«

»Er ist gestern davongeritten, Herr. Zusammen mit Wichard von Rochow.«

»Er ist was?«, fragte Friedrich entgeistert.

»Er hat uns befohlen hierzubleiben, und einen kleinen Trupp aus engsten Vertrauten mitgenommen.«

»Zweifellos seine besten Kämpfer! Wo ist er hin?«

»In Richtung Kloster Zinna.«

»Wieso das?« Zornig packte er den Mann am Revers. »Und jetzt mal bitte Klartext. Lass dir nicht alles aus der Nase ziehen.«

Carl warf einen Blick zu den Zinnen der Burg. Matlitz wippte auf den Füßen vor und zurück. Er schien sich königlich zu amüsieren.

»Dietrich von Quitzow hat noch eine Rechnung offen mit dem Erzbischof von Magdeburg«, sagte Liebenau kleinlaut.

»Er desertiert und unternimmt eine Kleine Reiterei gegen einen Verbündeten der Hohenzollern? Gegen meinen …« Friedrich schüttelte fassungslos den Kopf. »Gegen meinen Freund?«

»Er hat gehofft, es würde nicht weiter auffallen, Herr.«

Der Verweser ließ ihn wieder los und brüllte mit geballten Fäusten: »Ich habe ausdrücklich jegliche Fehdehandlung in der Mark untersagt! Das gilt ganz besonders für die Herren von Quitzow! Ich kann nicht glauben, dass ich so hintergangen werde!« Sein Blick fiel auf Matlitz, der sich das Grinsen nicht verkneifen konnte. Er zeigte auf ihn mit ausgestrecktem Arm. »Und du hast es gewusst!«

»Der Adel hält zusammen, werter Burggraf. Ihr seid ja doch nur zugereist.«

Friedrich stieß einen Fluch aus. Der Gesichtsverlust hatte ihn schwer getroffen.

Der Büchsenmeister meldete sich zu Wort. »Die Faule Grete ist einsatzbereit, Herr.«

Alle Augen richteten sich auf den Burggrafen. Friedrich antwortete nicht. Sein Blick ging in die Ferne. Für einen Moment schien es, als würde er Carl und die Männer um sich herum, die Kanone und die Burg überhaupt nicht wahrnehmen. Voller Ungeduld begannen die Knechte, sich die Köpfe zu kratzen und die gefundenen Flöhe mit den Fingern zu zerdrücken.

Schließlich nickte Friedrich dem Büchsenmeister grimmig zu. »Feuer frei.«

Die Männer zerstreuten sich erleichtert und suchten sich einen sicheren Platz hinter den aufgeschichteten Erdwällen. Während man damit beschäftigt war, den schweren Balkenschirm auf seinem Drehlager beiseitezuschieben, um für die Büchse freie Bahn zu schaffen, kletterte Matlitz auf die Brüstung der Mauer. Demonstrativ öffnete er seine Hose und pinkelte vor allen Augen in den Graben. Dann vollführte er einen letzten Diener und verschwand hinter den Zinnen.

»Dem wird das hämische Lachen gleich vergehen«, kommentierte Friedrich diese Unverfrorenheit.

Mit klopfendem Herzen beobachtete Carl, wie die Stückknechte einen Lumpen an einem langen Holzstab befestigten und dem Büchsenmeister reichten. Alle bis auf einer entfernten sich. Der Stofffetzen wurde entzündet.

Hinter dem Wall steckte Friedrich sich die Finger in die Gehörgänge. Er stupste Carl mit dem Ellbogen an. »Zuhalten, wenn du das Geplapper deiner Tochter noch einmal hören möchtest.«

Eilig folgte er Friedrichs Beispiel.

Der Stückknecht entfernte sich vom Geschütz. Nur der Büchsenmeister blieb mit dem brennenden Lumpen zurück.

Er brachte den größtmöglichen Abstand zwischen sich und der Büchse und ließ das Stück Stoff vor der Lunte baumeln. Sie fing Feuer. Schnell sprang er in den Graben, um in Deckung zu gehen, die Arme schützend über dem Kopf zusammengeschlagen. Die Zuschauer hielten den Atem an.

Ein gewaltiger Donnerschlag zerriss die Stille. Es war ohrenbetäubend. Die Kanone machte trotz der Lade, die den Rückstoß bremsen sollte, einen energischen Satz nach hinten.

Carl zuckte zusammen und sein Herz geriet ins Stolpern. Die Erde unter seinen Füßen bebte. Rauch puffte auf. Das schwere Geschoss pfiff im hohen Bogen durch die Luft. Der unmenschliche Lärm allein jagte ihm schon einen Riesenschrecken ein. Doch als die Kugel wenige Schritte vor der Wehrmauer der Burg Trebbin einschlug und dicke Klumpen aus Erde und Gras in die Luft schleuderte, erkannte er, was für ein Teufelswerk diese Kanone war. Er bekam eine Gänsehaut.

Die Steinkugel hatte sich tief in den weichen Boden gefräst und einen riesigen Krater hinterlassen. Zurück blieb der grässliche Gestank von Schwefel, so als hätten sich für einen Moment die Pforten zur Hölle geöffnet.

Eine bedrückende Stille senkte sich über den Platz. Alle waren wie erstarrt. Diese neue Waffe, die Friedrich ins Land gebracht hatte, konnte nur eins bedeuten: Von heute an gehörten Burgen im herkömmlichen Sinne und monatelange Belagerungen der Vergangenheit an.

Friedrich war der Erste, der sich wieder unter Kontrolle hatte. Er schlug sich mit der Faust in die flache Hand. »So ein Mist! Wir haben es falsch berechnet! Sie hätte die Mauer treffen sollen. Aber jetzt können wir Winkel und Ladung anpassen. Die nächste Kugel wird das Mauerwerk in tausend Stücke reißen!«

Carl war zu durcheinander, um etwas zu entgegnen. Der Knall war markerschütternd gewesen, der Schuss kraftvoll, der Einschlag gewaltig. Dies war das fürchterlichste Kriegswerkzeug, das er jemals erlebt hatte. Sein Blick fiel auf seine rechte

Hand. Verstört stellte er fest, dass sie zitterte. »Sie hat einen riesigen Krater hinterlassen«, sagte er dümmlich.

Die Männer kamen langsam aus ihren Verschlägen und Gräben hervor. Keiner sprach ein Wort. Der Büchsenmeister begab sich zum Rohr, um nachzuprüfen, ob es Schaden genommen hatte.

»Wir müssen warten, bis sie sich abgekühlt hat, aber dann probieren wie es gleich noch einmal. Wär doch gelacht, wenn wir nicht heute noch eine Bresche in die Mauer schießen könnten!«, sagte Friedrich.

Carl konnte seinen Blick nicht vom Krater abwenden. »Daran habe ich keinen Zweifel. Die Schlagkraft ist immens«, murmelte er.

Friedrich zog ihn mit sich fort. »Komm, Rudolf! Das kann dauern. Wir wollen uns noch einen Glühwein genehmigen! Oder lieber einen Alten Klaus? Wahrlich, nach diesen Neuigkeiten, die ich soeben über den verräterischen Quitzow erfahren habe, brauche ich einen kräftigen Schluck.«

Sie hatten kaum den ersten Becher geleert, da stürzte ein Knappe ins Zelt.

»Mein Herr, mein Herr! Der Büchsenmeister sagt, es seien keine weiteren Schüsse nötig! Matlitz hat soeben kapituliert!«

Die Bündnisse

Cölln-Berlin, Juni 1413

»Wünsche einen schönen guten Tag, Herr Schlegel!« Der Mann mit den modischen Schnabelschuhen tippte sich im Vorbeigehen an den Hut. Er übersah Käthes mürrischen Gesichtsausdruck und fügte genauso liebenswürdig hinzu: »Gnädige Frau.«

Carl grüßte höflich zurück. Er suchte eine freie Lücke zwischen den Gespannen und Reitern, um Käthe galant am Arm über die Straße zu geleiten. Die Amme mit Nessie auf dem Arm sprang hinterher, das Köpfchen mit der feinen weißen Leinenhaube schützend an die Brust gedrückt.

Es hatte seit einer ganzen Woche nicht mehr geregnet und die Spandauer Straße war trocken und staubig. Dennoch musste man den zahlreichen Pferdeäpfeln und sonstigem Unrat ausweichen, wollte man sich nicht das kostbare Schuhwerk beschmutzen. Wenigstens war der Verkehr heute nicht nennenswert. Den Händlern und Handwerkern war es untersagt, an Sonntagen zu arbeiten. So waren auch die Holzläden der Bäcker, an denen sie vorbeikamen, verrammelt und nicht wie sonst quer über die Fensterbank gelegt, um mit der Auslage die Köstlichkeit der Waren anzupreisen.

Käthe war übellaunig und gab sich wenig Mühe, diesen Umstand zu verbergen. Sie sprach so leise wie ein Schauspieler auf der Bühne. »Ich verstehe nicht, warum du darauf bestehst, dass wir einen Spaziergang machen, Rudolf! Es ist Sonntag. Die Geschäfte haben geschlossen. Und es ist warm. Die Straßen stinken.«

»Es ist ein ausgezeichneter Tag, um sich mal wieder zu zeigen.« Carl grüßte einen weiteren gut gekleideten Bürger, der ihnen mit Gattin am Arm entgegenkam. »Es gibt in Berlin mehr zu tun, als hart verdientes Geld auszugeben«, fügte er hinzu.

»Du willst uns doch nur vorführen. Ganz der liebende Familienvater.«

»Ich liebe meine Familie! Da gibt es nichts vorzuführen. Schönen guten Tag auch, Herr Marquardt«, grüßte er den Nächsten.

Sie nickte Herrn Marquardt säuerlich zu und zischte, sobald sie an ihm vorbei waren: »Hach! Wir sind für dich nur Zierrat. Glaube nicht, dass ich dich nicht längst durchschaut habe!«

Er ignorierte ihr Gezeter und zog sie zum Stralauer Tor. »Schau, wir machen nur einen kurzen Spaziergang an der Spree. Da ist doch nichts dabei! Und das Kind kann die frische Luft gut gebrauchen.«

Sie durchschritten das Tor und Carl grüßte die Wachen. Käthe quittierte dies mit einem weiteren mürrischen Brummen. Als sie außer Hörweite waren, sagte sie: »Du machst das alles nur, weil du in den Rat kommen willst.«

»Und wenn es so wäre?«, fragte er ungerührt. »Dein Vater hat den Posten nach den üblichen zwei Jahren abtreten müssen. Es wäre gut für die Familie, wenn wenigstens einer von uns noch einen Ratssitz hätte.«

Sie entwand ihren Arm und blieb stehen. »Du bist ein Narr. Du gehörst nicht zu dieser Familie.«

Er machte einen bedrohlichen Schritt auf sie zu. Sie wich erschrocken ein Stück zurück. Er packte ihre beiden Hände und drückte fest zu. »Mäßige dich, Weib!«

Sie starrte in seine Augen. Was sie darin fand, ließ sie erbleichen.

Er zog sie weiter, die Hauptstraße entlang. Anschließend nahmen sie die Abzweigung zu einem schmalen Wanderpfad, der der Spree folgte.

Es war ein Bild des Friedens. Auf dem glitzernden Wasser segelten gemächlich die Prahme, die die Schiffer heute statt zur Arbeit für einen sonntäglichen Ausflug nutzten. Am Ufer kauten ein paar Angler selbstvergessen auf langen Grashalmen.

»Ich finde es nicht verwerflich, dass ich in den Rat gewählt werden möchte«, erklärte Carl. »Ich bin Mitglied der Kaufmannszunft.«

»Du bist alles, Rudolf Schlegel, aber du bist kein Kaufmann.«

Er bedeutete ihr mit einem Ruck am Handgelenk, still zu sein. Käthe wurde in letzter Zeit immer bockiger. Er musste eine Möglichkeit finden, sie wieder zu besänftigen. »Ich weiß nicht, wie du darauf kommst. Ich bin ein liebender Ehemann und Familienvater, der das Geschäft deines Vaters gerettet hat.«

»Nichts hast du gerettet! Im Gegenteil. Du weißt doch gar nicht, wie man Geschäfte führt! Und dann hast du das ganze Geld für den Krieg weggegeben. Nur Vaters guter Ruf konnte uns vor dem Untergang bewahren.«

»Ich habe es getan, weil mir bewusst war, dass euch das Geld nicht fehlen würde.«

»Ha! Und wann sehen wir es wieder?«

»Bald«, log er. Die Wahrheit war, er wusste es nicht. Friedrich hatte die Büchse des Deutschen Ordens immer noch in seinem Besitz, doch sie war bisher kein zweites Mal zum Einsatz gekommen. Er war den ganzen Sommer über damit beschäftigt gewesen, diplomatisch zu wirken. Das benötigte jedoch in einem Land, das so groß war wie die Mark Brandenburg, Zeit.

Auf dem Spazierweg kam ihnen ein betucht aussehendes Paar entgegen. Sie hatten ebenfalls eine Amme dabei, die an beiden Händen zwei rotznäsige Bengel hinter sich her zerrte.

Käthe blieb wie angewurzelt stehen. »Das glaube ich nicht! Bist du das etwa, Marianne?«

»Käthe?«, rief die junge Frau.

Käthe riss sich von Carl los und flog in die Arme der anderen. »Marianne, wo hast du nur die ganze Zeit gesteckt?«

Marianne fixierte mit der Hand die Haube auf ihrem Kopf, damit sie bei der ungestümen Umarmung nicht verrutschte, und drückte sich sanft von Käthe weg. Sie nahm sie an beiden Händen und drehte sich zu dem Mann an ihrer Seite um. »Ich habe meinen Vetter dritten Grades geheiratet. Martin Bockheimer.

Wir wohnen in der Neustadt von Brandenburg und sind auf Besuch hier.«

»Ei, wie fein! Ich habe mich auch vermählt«, rief Käthe. Sie winkte Carl zu sich heran. »Das ist mein Gatte, Rudolf Schlegel. Er ist ein Kaufmann aus Strausberg.«

Carl schüttelte insgeheim über den rasanten Stimmungsumschwung seiner Gattin den Kopf. Käthes Geltungssucht hatte die bröckelnde Fassade ihrer Ehe im Nu wieder in perfekte Ordnung gebracht.

Marianne hielt ihm die Hand hin. »Sehr erfreut!«

Er wollte sie soeben schütteln, da zog sie die Hand verdutzt weg. »Rudolf Schlegel?«

Ihn durchlief es eiskalt. Kannte er diese Frau etwa von irgendwo her?

Käthe grinste stolz. »Als Rudolf dabei war, sein Geschäft nach Berlin zu verlegen, ist er Vater über den Weg gelaufen. Und was soll ich sagen? Kurze Zeit später haben wir geheiratet.« Bei der Erinnerung an den genauen Ablauf dieser Vorgänge errötete sie leicht. Eilig schob sie hinterher: »Er hat sein enormes Vermögen bei uns investiert. Wir florieren!«

Doch Marianne hörte nur mit halbem Ohr zu. Verwundert bot sie ein zweites Mal die Hand zum Gruß. Er griff schnell zu, bevor sie es sich noch einmal anders überlegen konnte. Während sie einander begrüßten, studierte sie Carls Gesicht. Ihr Blick blieb an seiner Narbe hängen. »Ganz schön große Schramme.«

Seine Hand schnellte zur Stirn. Im selben Moment verfluchte er sich dafür, denn das war immer das Erste, was er tat, wenn man ihn auf die Narbe ansprach. Genauso wie vor einigen Jahren an der Festtafel des Bürgermeisters. Damals, als man den Sieg der Quitzows über die Pommern gefeiert hatte. »Ist schon sehr alt.«

»Er ist selbst mit diesem Makel ein stattlicher Mann, findest du nicht auch, Marianne?«, fragte Käthe und schmiegte sich an Carls Seite.

»Äußerst stattlich.«

»Wie lange seid ihr noch in der Stadt?«, fragte Käthe.

»Wir reisen nächste Woche wieder ab. Martin muss zurück ins Geschäft. Ist es nicht so, Gatte?«

Dieser nickte. »So ist es.«

Die Kinder an den Händen der Amme begannen zu quengeln.

Carl, der nie eine Gelegenheit verstreichen ließ, um sich über die neuesten Entwicklungen in der Mark zu informieren, fragte Martin: »Wie stehen denn die Geschäfte in Brandenburg?«

»Hervorragend. Auch wenn man sich nie sicher sein kann, was als Nächstes passieren wird. Die Fehde der Quitzow-Fraktion mit dem Magdeburger Erzbischof treibt immer wildere Blüten.«

»Ich habe davon gehört. Einige Dörfer rund um Luckenwalde wurden von den Quitzows, den Rochows und den Putlitzern ausgepocht. Aber da müsst ihr euch doch keine Sorgen machen! Das ist weit weg von Brandenburg.«

»Man kann nie wissen, was diese Teufel als Nächstes aushecken. Letzte Woche erst stand Genthin in Flammen. Der Erzbischof wird Rache dafür nehmen wollen.«

»Das wird Friedrich von Hohenzollern hoffentlich zu verhindern wissen.«

»Ja, aber wer weiß schon, ob der Verweser wirklich zu etwas taugt? Für uns Bürger hat sich jedenfalls noch nichts gebessert.«

Das Gespräch über die Politik langweilte die Damen. Käthe rollte mit den Augen. Sie wollte ebenfalls mit ihrer Freundin plaudern, doch als sie deren Gesichtsausdruck einfing, schloss sie schnell den Mund.

Marianne tippte nachdenklich mit dem Finger gegen ihr Kinn. »Diese Narbe … Ich kannte mal jemanden, der genau so eine hatte. Das war, Moment, war das nicht, als diese Quitz…«

Carl brach der Schweiß unter den Achseln aus. Er drückte Käthe an sich und sagte schnell: »Wir würden uns sehr freuen, wenn ihr uns an einem der nächsten Abende besuchen kämt! Käthe weiß bestimmt viel über unser junges Eheglück zu berichten.«

Marianne klatschte in die Hände. »Ja, das wäre schön! Wir werden etwas ausmachen.«

»Ausgezeichnet«, sagte auch Käthe.

Sie verabschiedeten sich und trennten sich in unterschiedliche Richtungen.

Carl stieß die Luft aus. Er würde sich einen guten Grund ausdenken, wie er das geplante Essen im letzten Moment absagen konnte.

Käthe runzelte die Stirn. Ihr war seine Erleichterung nicht entgangen. »Was ist nur los mit dir? Kennst du Marianne oder ihren Mann etwa?«

»Nein. Ist sie eine gute Freundin?«

»Ihr Vater ist im Rat und war mal Bürgermeister. Sie schien dich zu kennen.«

»Unmöglich. Sagte sie nicht, sie lebe in Brandenburg?«

Schweigend folgten sie dem Fluss in Richtung Südosten.

Nach einer Weile fragte Käthe zaghaft: »Findest du Marianne hübsch?«

Carl lachte auf. »Was soll das denn? Wir haben sie doch soeben erst getroffen. Bist du etwa jetzt schon eifersüchtig?«

»Warum sollte ich das nicht sein? Du behandelst mich nicht wie deine Frau, eher wie eine Schwester.«

Ihm kam Rieke in den Sinn, seine wahre Schwester. Er hatte sie ohne ein Wort des Abschieds zurückgelassen. Sie musste sich fürchterlich um ihn sorgen. Gott allein wusste, was Mette ihr erzählt hatte über jene katastrophale Nacht, in der Anne gestorben war. Er war ihr ein treuloser Bruder gewesen. Ob sie ihm je verzeihen würde? Die Vorstellung lähmte ihn. Eilig schob er den Gedanken beiseite.

»Du begehrst mich nicht«, stellte Käthe bitter fest.

»Du weißt ganz genau, wieso ich dich nicht anrühre. Wir teilen mit deinen Eltern eine Kammer. Da kann man jegliche Lust verlieren.«

»Du findest immer eine Ausrede.«

»Es ist die Wahrheit.«

Sie blieb stehen. »Aber ich will noch ein Kind. Ich will einen Jungen. Du kannst mir kaum Wollust vorwerfen, wenn ich doch einfach nur Mutter sein will.«

Er seufzte. Er hatte befürchtet, dass er sich nicht mehr lange davor drücken konnte. Es war eine Sache, seiner Gattin beizuliegen. Jeder Mann hätte sich gefreut, mit Käthe das Bett teilen zu dürfen. Doch er wollte kein weiteres Mal verantworten, dass dabei ein neues Leben entstand. Nessie, so sehr er seine Tochter auch liebte, hätte nie geboren werden dürfen.

Er zog Käthe zu einem umgestürzten Baumstamm, um sich mit ihr dort hinzusetzen. Die Amme suchte sich eine trockene Stelle am Ufer und schaute im Gras sitzend mit Nessie den Prahmen zu.

»Ich verstehe dich, meine Liebe«, sagte er. »Du bist eine junge Frau und willst eine große Familie haben. Doch …« Er brach beschämt ab. »Unter diesen Umständen bin ich nicht dazu in der Lage. Wir … wir müssen warten, bis deine Eltern verreist sind.«

»Und wann soll das sein?«

»Im Herbst?«, fragte er zurück. »Wenn dein Vater die letzte Fahrt des Jahres nach Hamburg macht. Ich werde anregen, dass er Arnold und deine Mutter mitnimmt.«

»Du behauptest steif und fest, dass all diese Leute erst das Haus verlassen müssen, bevor du mir beiliegen kannst?«

»Lach nicht, Käthe. Aber genau so sieht es aus.«

Sie musterte ihn kritisch. »Du lügst. Das hat dich damals im Keller auch nicht abgehalten.«

»Da kam eins zum anderen. Aber was du jetzt verlangst, ist etwas völlig anderes.«

»Du bist ein Mistkerl.«

Er lächelte traurig. »Das höre ich nicht zum ersten Mal.«

Am Ufer zeigte Nessie auf einen gelben Schmetterling im Schilf. Sie sagte: »Tata!«

Die Amme nickte ernst. »Ta.«

Nessie drehte sich zu ihren Eltern um und rief erfreut: »Ta!«

Carl lächelte, doch Käthe ließ den Kopf hängen. Sie murmelte: »Du hast andere Frauen neben mir.«

»Wie kommst du denn darauf?«, fragte er überrascht.

Sie zuckte mit den Schultern. »Nur so ein Gefühl.«

»Du irrst dich. Es gibt da keine anderen Frauen neben dir.«

»Dann gab es jemanden in deiner Vergangenheit. In Strausberg. Eine Frau, die du nicht vergessen kannst.«

Er ergriff die Hand in ihrem Schoß. Sie war kühl. Er drückte sie. »Es gibt niemanden.«

Sie schaute mit feuchten Augen auf. »Du lügst schon wieder, Rudolf.«

Er schwieg betroffen. Die Gespräche mit Käthe wurden von Mal zu Mal schwieriger. Ihr Unglück machte auch ihm zu schaffen. Sie hatte sich nichts zu Schulden kommen lassen, und dennoch litt sie an seinem Schicksal mit.

Stumm betrachtete sie die Prahme, die auf dem Fluss an ihnen vorbeiglitten. Die Familien mit den sich gegenseitig nassspritzenden Kindern. Die im Wind flappenden Segel. Die rundlichen Schiffersfrauen, die Brote und Biere an Bord verteilten. »Ich wünschte, ich wäre jemand anderes.«

Er folgte ihrem Blick. »Wieso?«

»Ich hasse mein Leben.«

Er führte ihre Hand an seinen Mund, um sie zu küssen. »Es tut mir leid, dass du so unglücklich bist.« Er meinte es ernst. Er wollte Käthe nicht ausnutzen, doch das Schicksal hatte ihn genau hierher geführt.

Ihr entwich ein zynisches Schnaufen. »Ja, das glaube ich dir aufs Wort.« Sie grinste bitter und ruckte mit dem Kinn zum Fluss. »Ich wäre gern ein einfaches Mädchen, so wie die da vorn im Boot. Keine Kaufmannstochter. Keine Kaufmannsgattin. Vielleicht wäre dann alles leichter.«

»Ich glaube, du machst dir da falsche Vorstellungen …«

»Wäre ich ein einfaches Mädchen, vielleicht würdest du dann nicht zögern, uns dort in diesem Gebüsch ein Lager zu bereiten«, unterbrach sie ihn. »Dann wären wir nicht mit meinem

Vater in einer Kammer und du könntest mich einfach nur liebhaben.«

Carl folgte ihrem Blick zum jenseitigen Ufer, wo die Büsche dicht am Wasser standen. Er dachte an die verträumten Sonntagnachmittage, die er mit Mette an genau solchen Stellen entlang der Spree verbracht hatte. Er war ein Narr, dass er damals nicht erkannt hatte, wie kostbar diese Momente mit ihr gewesen waren.

Er schüttelte den Kopf. »Glaub mir, das willst du nicht. Ein einfaches Mädchen sein. Die haben es auch nicht leicht. Sie werden herumgeschubst und ausgenutzt, verraten und verkauft.« Er hätte noch hinzufügen können »betrogen und verlassen«, unterdrückte jedoch den Impuls.

Sie dachte darüber nach, dann sagte sie: »Ich denke, ich verstehe, was du meinst. Vielleicht hast du recht. Aber ich bin trotzdem neidisch auf all die Mädchen, die nicht in so einem goldenen Käfig leben müssen wie ich.«

»Das ist reichlich naiv. Du begreifst ja gar nicht, wie hart so ein Leben ist. Solche Mädchen frieren und hungern.«

Sie sprang auf wie eine Furie. »Du kannst mich viel nennen, aber nicht naiv, Rudolf! Das war vielleicht das Mädchen im Keller. Aber heute weiß ich ganz genau, was für ein Spiel du spielst.«

Für einen Moment befürchtete er, dass sie seine wahre Identität erfahren hatte. Doch das wäre unmöglich gewesen, beruhigte er sich sogleich wieder. Er zwang sich, gleichmäßig weiter zu atmen. »Und welches?«

»Du hast mich benutzt, um dir einen Weg in diese Familie zu erschleichen. Weil du ein Hochstapler bist. Und ich dummes Schaf habe dir vertraut! Doch damit ist jetzt Schluss! Ich weiß noch nicht, wie ich es anstellen werde, doch deine Tage bei uns sind gezählt.«

Einige Monate später saß die Familie Plotho für das Weihnachtsessen zu Tisch: Carl an einem Ende der Tafel in einem neuen Wams, zu seiner Rechten seine Gattin mit kostbaren Perlenohrringen, die sie von ihm am Morgen erhalten hatte und die vorzüglich zu der hübschen Kette passten, die Friedrich ihr geschickt hatte. Käthe hatte es nicht zugeben wollen, doch die kleine Aufmerksamkeit durch den Verweser hatte ihr sehr geschmeichelt. Neben ihr saß Frau Agnes in neuer Robe, ebenfalls ein Geschenk des Verwesers, gegenüber Käthes Bruder. Einzig der Hausherr am gegenüberliegenden Ende fehlte.

Der Raum war festlich geschmückt, die Luft schwer vom Aroma der immergrünen Zweige, die die Mägde an den Wänden befestigt hatten. Echte Bienenwachskerzen spiegelten sich in bestem venezianischen Glas. In der Ecke stand ein Tannenbaum: Es war Käthes Idee gewesen, ihn mit Äpfeln, Pfefferkuchen und Nüssen zu behängen. Es sollte wohnlich aussehen, doch auf Carl wirkte es lächerlich. Welche Tanne trug im echten Leben schon Äpfel? So etwas konnte sich nur ein Stadtmensch einfallen lassen.

Niemand sprach ein Wort. Die Stimmung war so eisig wie das Winterwetter, das sich hinter den Holzläden austobte, dabei knackten im Kamin eifrig die Holzscheite. Man hatte so kräftig eingeheizt, dass Carl der Schweiß den Rücken hinunter rann. Während er die leere Tafel vor sich betrachtete, dachte er an sein eigenes Haus zurück, das im Winter so erbärmlich kalt gewesen war. Mette, Arndt und er hatten sich in Mäntel gehüllt um den offenen Herd gesetzt und die Finger an die spärlichen Flammen gehalten. Mette hatte damals ebenfalls ein paar Tannenzweige an den Balken angebracht, kugelrund, wie sie da noch gewesen war, doch es war nichts im Vergleich zu dem überschwänglichen Schmuck dieser Stube.

Er sah in das hagere Gesicht seiner Schwiegermutter. Agnes wirkte siech. An manchen Tagen schleppte sie sich nur noch lustlos von Raum zu Raum und ihr Atem roch ranzig. Auch wenn keiner wagte, es offen auszusprechen: Dies würde wahrscheinlich ihr letztes Weihnachtsfest sein.

Sein Blick wanderte weiter zu Arnold, der eifrig an den Nägeln kaute. Das Klacken von Zähnen auf Horn war neben dem Kaminfeuer das einzige Geräusch, das die Kammer erfüllte. Sein Gesicht war von Akne gezeichnet. Obwohl Carl sich bemüht hatte, hatte sich der Knabe ihm gegenüber nie geöffnet. Er wusste wieso. Arnold war voller Verdruss. Er war gefangen im Körper eines Halbwüchsigen mit dem Verstand eines jungen Mannes, der vom Vater nicht für voll genommen wurde. Er machte Carl dafür verantwortlich. Albert schenkte seinem vermögenden Schwiegersohn mehr Aufmerksamkeit als dem eigenen Spross.

Schließlich schaute er zu Käthe. Ihr Gesicht war wie eine steinerne Wand, die Mundwinkel nach unten gezogen. »Vater wird gleich hier sein«, sagte sie frostig.

Er pflichtete ihr lächelnd bei. »Er hat sich bestimmt im Rathaus verplaudert.«

Sie lächelte nicht zurück. All seine Bemühungen, sie ihm gewogen zu halten, waren gescheitert. Erst am Vortag, Heiligabend, hatte sie ihm an den Kopf geworfen, wie sehr sie ihn hasse und dass sie ihm den Tod wünsche. Es wurde immer deutlicher, dass ihm nicht mehr viel Zeit blieb.

Ein unverhoffter Knall unter ihren Füßen ließ sie alle zusammenzucken. Albert war da. Der Wind musste ihm die Tür aus der Hand gerissen und zugeschlagen haben. Kurz darauf vernahmen sie ein Schnaufen und Knarzen. Albert erklomm die Holztreppe zur oberen Etage. Die Tür zur Stube schwang auf und brachte einen Schwall kalte Luft mit hinein. Die Magd trat eilig hinzu, um die Tür nach Eintreten des Hausherrn zu schließen.

Albert schlurfte zum fernen Ende der Tafel und plumpste erschöpft auf seinen Stuhl. Er war nassgeschwitzt von der Anstrengung und ein wenig käsig um die Nase, doch er war guter Laune. Vergnügt zwirbelte er die Spitzen seines Schnäuzers und wünschte der Familie ein gesegnetes Weihnachtsfest.

Er hob die Hände an, um anzudeuten, dass er sich waschen wolle. Die Magd eilte mit einer glänzenden Bronzekanne in der Form eines Ritters zu ihm.

Verdutzt hob er die buschigen Augenbrauen. »Was ist das? Wo ist der Krug geblieben?«

Carl stützte die Ellbogen auf und bettete das Kinn in die gefalteten Hände. »Ein Geschenk zum Weihnachtsfest, werter Schwiegervater. Man nennt es Aquamil.«

»Aquamil?« Albert entriss der Magd das Gefäß, um es von allen Seiten zu begutachten. Der Ritter saß auf einem langbeinigen Pferd und war korrekt proportioniert. Die Kanne war so geformt, dass sich das Wasser elegant aus dem Pferdemaul ergoss. Carl hatte darauf geachtet, nichts zu erwerben, was wie billiger Schund aussehen würde.

Albert verzog anerkennend den Mund. »Eine erlesene Handarbeit! Wo hast du es her?«

»Das bleibt mein Geheimnis! Gefällt es dir?«

Käthe gab ein schnaubendes Geräusch von sich, doch Albert schien es nicht zu bemerken. Er liebte alles, was kostbar und edel war. Das Bronzepferd war erstklassig verarbeitet.

»Es ist wunderbar! Eine Zier für jede Tafel.« Er schaute mit leuchtenden Augen auf. »Danke, Rudolf. Eine sehr großzügige Gabe.«

»Sie kommt von Herzen.«

»Können wir jetzt endlich mit dem Essen beginnen?«, murrte Arnold. »Ich verhungere.«

»Ich dachte, du hättest dich mittlerweile an deinen Fingernägeln sattgegessen«, sagte Käthe gallig.

Albert fuhr auf. »Still, Tochter! Du wirst von Tag zu Tag zänkischer!«

Sie biss sich getroffen auf die Unterlippe und senkte den Kopf.

Albert nickte Carl zu. »Danke nochmals, Rudolf. Ich hätte nicht gedacht, dass du mich noch überraschen könntest.« Er überreichte der Magd das Aquamil und ließ sich damit Wasser über die Hände in ein passendes Bronzebecken gießen. Geruhsam trocknete er sich mit einem weichen Tuch ab.

Carl warf Käthe einen triumphierenden Blick zu. Eins zu null für mich, liebe Käthe. Du wirst härtere Geschütze auffahren müssen, wenn du willst, dass dein Vater mich vor die Tür setzt.

»Warum hast du dich so verspätet?«, fragte Agnes.

»Die Ratsherren haben mich abgefangen. Sie wollten mir von den neusten Entwicklungen in der Mark berichten. Ich will euch gleich alles darüber erzählen. Doch zunächst wollen wir beten, damit unser Arnold nicht verhungert.«

Er streckte die Arme aus und ergriff die Hände seiner Frau und seines Sohns. Carl tat es ihm am anderen Ende der Tafel gleich mit Arnold und Käthe und sie alle senkten die Häupter, damit der Hausherr den Tischsegen sprechen konnte.

Die Mahlzeiten wurden aufgetragen. Für eine Weile war jeder damit beschäftigt, die Teller voll zu häufen und die ersten Bissen zu kosten. Nach der langen Fastenzeit knurrten angesichts der Köstlichkeiten, die die Mägde zu Tisch brachten, die Mägen: Linseneintopf und Hering im eigenen Rogen, frisches Roggenbrot, Schweinebraten und in Honig gebackene Äpfel.

Nach einer höflichen Weile fragte Carl: »Also, Albert, nun erzähl schon! Was sagen die Ratsleute?«

»Der Rat ist aufgebracht. Die Fehden in der Mark nehmen kein Ende.«

»Ein erneuter Zwischenfall?«

»Der Erzbischof von Magdeburg hat die Stadt Rathenow überfallen und geplündert.«

Carl runzelte die Stirn. Rathenow gehörte Dietrich. »Wann war das?«

»Vor wenigen Wochen. Es war bitterkalt und hat geschneit. Die Männer des Erzbischofs haben es dennoch gewagt, die Bürger nur mit den Hemden auf ihren Rücken vor die Tore zu jagen. Sie mussten in den umliegenden Dörfern Schutz suchen.«

»Die armen Rathenower!«, rief Agnes. »Keiner hat sie gefragt, ob sie die Quitzows zu ihren Herren haben wollen. Und jetzt lässt man sie dafür büßen.«

»Erst Luckenwalde, dann Genthin im Sommer und nun Rathenow«, sagte Carl.

»Die alte Fehde …«, stimmte Albert zu. »Der Erzbischof hat sich für die Schäden gerächt, die ihm die Quitzows zugefügt haben. Und die Quitzows wussten sogleich, darauf zu antworten.«

»Sie haben ebenfalls eine Stadt überfallen?«

»Das nicht, aber sie haben einige Hauptleute des Erzbischofs gefangen genommen. Sie warten in Plaue darauf, dass ihr Lösegeld gezahlt wird.«

»Das nimmt ja kein Ende!«, rief Agnes. »Und Friedrich schaut weiterhin nur zu? Nach Trebbin, als ihm der Quitzow einfach so unter der Nase davongerannt ist, hatte ich erwartet, dass er entschiedener durchgreifen würde.«

Albert tätschelte beschwichtigend ihre Hand. »Oh, das wird er.« Zu Carl sagte er: »Rudolf, genau das ist es, worüber ich mit den Ratsherren gesprochen habe. Sie haben erzählt, dass Friedrich sich in den letzten Wochen stärker bemüht, mit Parteien von außen Bündnisse zu schließen.«

»Mit wem?«

»Zum Beispiel mit Wolgast. Sie sollen ihm die Stettiner vom Hals halten. Das sind zwar beides Pommern, aber sie sind sich nicht grün. Schwerin und Stargard haben sich ebenfalls Friedrichs Sache angeschlossen.«

»Das ist gut, oder?«, fragte Käthe, dich sich nicht vom Tischgespräch ausgeschlossen wissen wollte.

Ihr Vater nickte. »Der Norden sollte uns für die nächste Zeit nicht mehr in den Rücken fallen. Friedrich kann sich nun ganz auf die internen Streitigkeiten konzentrieren.«

Agnes sagte: »Er beweist jedenfalls mehr diplomatisches Geschick als Jobst von Mähren. Es bleibt also zu hoffen.«

»Und mehr Tatkraft, meine Liebe. Es ist sogar noch viel mehr passiert.«

»Noch mehr Bündnisse?«, fragte Carl.

»Vor den Anhaltern brauchen wir nun auch nicht mehr zu zittern. Sie haben die Quitzows fallen gelassen. Doch hier kommt das Beste. Sitzt du gut, Rudolf? Stell dir vor: Kaspar Gans zu Putlitz ist in Haft!«

Carl fiel vor Schreck das Messer aus der Hand. Es landete scheppernd auf dem Rand des Zinntellers. »Er wurde verhaftet? Was ist geschehen?«

»Der Hauptmann des Brandenburger Bischofs hat in Dallgow einen Glücksgriff gemacht und die schlüpfrige Gans überwältigt. Er sitzt nun in Ziesar ein.«

»Damit verlieren die Quitzows einen ihrer wichtigsten militärischen Verbündeten«, sagte Carl. Einen Verbündeten und einen Freund, dachte er gleichzeitig. Kaspar war Dietrich so teuer wie ein Bruder. Die Neuigkeit von der Verhaftung wird ihn schwer getroffen haben.

»Nach den Anhaltern den wohl momentan Wichtigsten«, stimmte Albert zu. Er hob den leeren Becher, damit die Magd ihm nachschenkte.

»Er ist genau dort, wo er hingehört«, schimpfte Agnes. »Eines Verbrechers würdig.«

Käthe verdrehte die Augen. »Können wir jetzt aufhören, über Politik zu reden? Immer geht es nur um Fehden, Kriege, Bündnisse … Es wird nie einen Frieden in der Mark geben. Wir sollten uns einfach alle an diesen Gedanken gewöhnen.«

»Tochter, du hast ja keine Ahnung! Es sind aufregende Zeiten! Rudolf versteht mich!« Er hob den frisch aufgefüllten Becher und prostete Carl über die Tafel hinweg zu.

Carl stimmte mit ein. »Prost!«

Käthe ließ sich zurückfallen und verschränkte die Arme vor der Brust.

Albert sagte: »Friedrich hat außerdem zu Zerbst weitere wichtige Schlüsselfiguren einbestellt, um auch innerhalb der Landesgrenzen Bündnisse zu schließen. Natürlich stand auf seiner Liste ganz oben der Erzbischof von Magdeburg.«

»Dieser grausame Mann, der zu verantworten hat, dass die Bürger von Rathenow bei Wind und Wetter aus der Stadt gejagt wurden?«, fragte Agnes.

»Genau der. Ich bin mir gewiss, Friedrich wird dem Erzbischof deswegen die Leviten gelesen haben. Doch auch andere waren geladen. Hans von Torgau, genauso wie die Äbte der Klöster Zinna und Lehnin. Und der Herzog von Sachsen-Wittenberg. Frankfurt hat über 538 Schockgroschen versprochen, und Berlin – ja, Berlin will nicht nur Kirchenglocken für die gute Sache geben, sondern die Bürgermiliz schicken!«

»Sie wollen für den Burggrafen die Glocken läuten?«, fragte Käthe.

Carl und Albert prusteten los.

»Aber nein, meine Liebe! Sie werden sie einschmelzen. Für Kanonen.«

Sie fasste sich erschrocken an die Brust. »Der Krieg kommt zu uns?«

Albert lächelte ihr beruhigend zu. »Mach dir keine Sorgen, mein Kind. Der Krieg kommt nicht zu uns, sondern zu den Quitzows!«

»Wenn dieser Dietrich sich nicht doch wieder in letzter Sekunde herauswinden kann. Vor dem Verweser gibt er sich unterwürfig, aber hinter seinem Rücken bricht er den Landfrieden«, sagte Agnes.

»Du unterschätzt ihn, meine Liebe. Er hat schon vor langer Zeit erkannt, wen er mit Dietrich von Quitzow vor sich hat. Diesmal wird es ernst.«

Wollen wir es hoffen, dachte Carl. Er hatte Friedrich mit allem ausgestattet, was er benötigte, um hart durchzugreifen. Nun lag es an dem Hohenzollern, mit Diplomatie und Krieg die Widersacher aus dem Weg zu räumen.

Albert fuhr sich kichernd über den Schnauzbart. »Stell dir vor, Rudolf – als sich Friedrich mit seinen neuen Freunden in Zerbst traf, um das Bündnis zu besprechen, da kreuzte auf einmal Dietrich von Quitzow persönlich auf. Völlig überraschend bat er ebenfalls um Einlass.«

»Hat er nicht begriffen, dass es dabei um ihn ging?«

»Vielleicht hat er gehofft, er könnte sich im letzten Moment herausreden und an alte Loyalitäten anknüpfen … So, wie er es immer getan hat. Doch Friedrich hat ihn eiskalt abblitzen lassen. Er hat ihn so lange in der Vorhalle warten lassen, bis dem Quitzow ganz von selbst aufging, dass sich die Tür zum Ratssaal nicht für ihn öffnen würde. Es war ein regelrechter Affront! Er musste unverrichteter Dinge wieder abreisen.«

Oh, Dietrich, dachte Carl mit einem hämischen Grinsen. Er konnte sich diese Szene nur allzu lebhaft vorstellen. Wie ungeduldig Dietrich doch damals gewesen war, als er im Hohen Haus auf seine Audienz mit Jobst von Mähren hatte warten müssen. Und diesmal hatte man ihn gar nicht erst vorgelassen! Wie beschämend das für ihn gewesen sein muss! »Was sind die nächsten Schritte, Albert?«, fragte er. »Das Geld ist da, die Kanonen auch, es gibt Soldaten in Hülle und Fülle …«

»Es geht zum Angriff! Friedrich hat angekündigt, alle Quitzowschen Besitzungen gleichzeitig zu belagern.«

Käthe ließ enttäuscht Luft entweichen. »Ach, belagern! Das wird Monate in Anspruch nehmen, bis etwas passiert.«

»Friedrich hält nichts von langen Belagerungen. Wenn die Faule Grete zum Einsatz kommt, wird der Albtraum schnell vorbei sein«, sagte Carl.

Agnes schnalzte mit der Zunge. »Dass ihr Männer diesem Teufelswerk aber auch immer Frauennamen geben müsst! Es ist eine Beleidigung für jede anständige Frau.«

»In diesem Fall muss ich dir widersprechen, werte Schwiegermama. Wenn du wüsstest, wie mächtig diese Büchse ist, würdest du vor Neid erblassen.«

Käthe grinste plötzlich verschlagen. »Dann willst du doch bestimmt sehen, wie deine Investition den rebellischen Adel zu Fall bringt, oder, Rudolf?«, fragte sie. »Friedrich würde sich gewiss freuen, dich an seiner Seite zu wissen. Schließlich seid ihr so gute Freunde!«

Er betrachtete sie amüsiert. »Würdest du nicht um mich bangen, meine Teure?«

»Ich würde jeden Tag für deine sichere Heimkehr beten.«

Er setzte eine neutrale Miene auf, die die ihre widerspiegelte. Käthe konnte nicht ahnen, wie sehr er sich darauf freute, dabei sein zu dürfen, wenn Dietrich von Quitzow aus seinem geliebten Friesack geschossen wurde! »Mehr kann ich nicht verlangen von meiner Gattin. Nun gut, liebe Käthe – ich werde den Gefahren trotzen und mich dem Burggrafen anschließen.«

Die Belagerung

Friesack, Februar 1414

Die Belagerung von Burg Friesack war zu hören, lange bevor die ersten Zelte am Horizont auftauchten. Der Knall der Faulen Grete zerriss so urplötzlich die Stille, dass Carls zwei Pferde vor Schreck scheuten, obwohl sie noch viele Meilen zurückzulegen hatten. Von dem vereisten Feld, an dem er entlang ritt, stieg krächzend ein Schwarm Krähen auf.

Carl warf einen Blick über die Schulter zu seinem Packpferd, das nervös den Kopf hochwarf. Er klopfte beiden Tieren nacheinander den Hals. Keine Sorge, sprach er zu ihnen in Gedanken, es wird eine Weile dauern, bis die nächste Kugel geladen ist. Bis dahin sind wir längst im Lager.

Als er am Ziel eintraf, stieg er dankbar ab. Seine Beine waren steif, die Knie schmerzten. Die Reise einmal quer durch die Mark war lang gewesen und er war das Reiten nicht mehr gewöhnt. Er führte seine Gäule am Zügel weiter. Trotz der gefütterten Handschuhe waren seine Finger taub.

Die Ställe glichen einem Bienenstock. Hunderte Pferde warteten gesattelt auf ihren Einsatz, andere wurden schweißnass zurückgeführt. Ein Stallknecht eilte dienstfertig herbei und nahm Carl die Tiere ab. Er wies den Burschen an, sein Gepäck sicher aufzubewahren, bis er Zeit haben würde, es abzuholen.

Der Stallmeister führte Friedrichs Schlachtross am Zügel. Carl erkannte es sofort. Es war ein riesiges schwarzes Biest, das gern zuschnappte. Der Gaul dampfte in der feuchten Luft.

Carl deutete auf das erhitzte Tier. »Ist der Burggraf etwa ausgeritten?«

»Er überwacht persönlich alle Aufbauarbeiten. Ist gerade erst zurückgekehrt.«

»Wo finde ich ihn jetzt?«

»Er ist zu Besprechungen in seinem Zelt. Es ist das große da ganz hinten in der Mitte. Ihr könnt es kaum verfehlen.«

»Danke. Wie steht es um Friesack?«

»Wir schießen seit einigen Tagen ohne Pausen. Seit dem dritten Schuss hat der Hauptturm ein klaffendes Loch. Gleichzeitig schleudern wir mit Katapulten brennende Teerfässer über die Mauer. Wir vermuten, dass die Wirtschaftsgebäude im Innern alle niedergebrannt sind.«

»Irgendwelche Gegenwehr?«

»Vier Donnerbüchsen auf den Mauern. Doch sie haben bei uns bisher keinen Schaden angerichtet.«

»Das ist alles?«, fragte Carl verblüfft.

»Letzte Nacht hat eine Handvoll Männer einen Ausfall gewagt, doch wir haben sie rechtzeitig entdeckt. Nun sind alle tot. Alle bis auf einer.«

Carl runzelte die Stirn. Das war äußerst unklug von Friedrich. Wo immer möglich, machte man Gefangene. Die Männer hätten wichtige Informationen liefern können. »Warum hat man sie nicht einfach überwältigt?«

»Sie haben sich alle in ihre eigenen Klingen gestürzt.«

Carl glotzte ihn verständnislos an. »Bitte was?«

»Sie haben sich umgebracht. Sie haben gesagt: für Dietrich von Quitzow.«

»Sind diese Männer des Wahnsinns?« Er war fassungslos. Er hatte noch nie zuvor von so etwas Teuflischem gehört.

»Sie sind ihm wohl treu ergeben.«

»Ja, aber das ist zu treu! Sich das Leben zu nehmen ist eine große Sünde.«

»Für sie war es wohl der einzige Ausweg. Sie wollten nicht als Druckmittel benutzt werden.«

Carl bedankte sich verstört und ließ den Mann seine Arbeit machen. Er zog sich den mit Fuchspelz gefütterten Mantel enger um den Körper und begab sich auf die Suche nach Friedrichs Zelt.

Das Lager war ein wahres Labyrinth. Man hatte riesige Erdwälle aufgeschüttet, um Soldaten, Kanonen und Schießpulver vor dem Beschuss aus der Burg zu schützen. Unzählige Knechte waren dabei, mit Hacken und Schaufeln weitere Körbe mit Sand und Dreck zu füllen, um die Wälle zu verstärken. Das gesamte Areal war riesig. Noch dazu war es voll. Waffenknechte, Ritter und Knappen aßen und tranken um Dutzende Kochfeuer herum. Händler mit Bauchläden durchkämmten die Reihen und versuchten lauthals, ihre Waren an den Mann zu bringen. Kinder spielten rund um die Zelte Verstecken. Eine bibbernde Trosshure entblößte hinter einem Stapel Fässer ihre hängenden Brüste. »Süßer, für dich zum halben Preis!«

Er lehnte dankend ab und studierte stattdessen die Wappen. Der halbe märkische Adel war gekommen, ebenso wie Verbündete von außerhalb. Friedrich hatte seinen Plan in die Tat umgesetzt und zeitgleich alle Burgen der Quitzows eingeschlossen. Beuthen, das Götz von Predöhl für Dietrich verteidigte, wurde von Johann von Torgau, Truppen der Klöster Zinna und Lehnin sowie den Bürgermilizen aus Jüterbog und Treuenbrietzen bedrängt. Johann von Quitzows geliebte Burg Plaue wurde ebenfalls belagert, und zwar von niemand Geringerem als dem Erzbischof von Magdeburg und dessen Verbündetem Herzog Rudolf von Sachsen-Wittenberg. Friesack jedoch, Dietrichs Stammburg und sein vermuteter Aufenthaltsort, umzingelte der Burggraf höchstpersönlich.

Dabei kam ihm das frostige Februarwetter zugute. Die Sümpfe waren zu einem soliden Untergrund erstarrt, sodass man nicht Gefahr laufen musste, durch das Gewicht im Morast zu versinken. Es waren beste Bedingungen, um schwere Geschütze wie die Faule Grete zu bewegen.

Carl erspähte das Hauptzelt anhand der im Wind flatternden Wimpel. Er freute sich schon auf einen wärmenden Würzwein und auf ein anregendes Gespräch mit Friedrichs Rittern am Kohlebecken. Er beschleunigte den Schritt.

»Carl!«

Das war sein Name. Sein echter Name. Verwirrt blieb er stehen.

Sofort schalt er sich einen Trottel. Das hätte er nicht tun dürfen! Nun hatte er sich selbst verraten. Ein glühend heißer Schauer kroch ihm über den Nacken und bis in die Haarspitzen. Die Stimme war ihm bestürzend bekannt vorgekommen.

Er inspizierte die Umgebung. Wie durch ein Wunder war er allein.

Mit wild hämmerndem Herzen wandte er sich um. Hinter ihm war ein Pfahl, an den man einen einzelnen Mann gebunden hatte – ein erbarmungswürdiger Anblick. Er musste der einzige Überlebende des Ausfalls von letzter Nacht sein. Die verlotterte Figur hatte ein zugeschwollenes Auge, die aufgeplatzten Lippen waren vor Kälte blau angelaufen. Carl wusste dennoch sofort, wen er vor sich hatte.

»Ich dachte, du wärst tot«, sagte der Gefangene.

Carl riskierte einen Blick über die Schulter. Keiner schenkte ihm weiter Beachtung. Langsam kam er näher, die Beine wie aus Butter.

Was er sah, zerriss ihm das Herz. Der Unglückliche zitterte am ganzen Körper.

Er räusperte sich und zwang sich, dem Mann arglos in die Augen zu schauen. »Ich weiß nicht, von wem du sprichst.«

Thomas spuckte aus. Sein Gesicht war von den Schlägen aufgetrieben und blutverschmiert. »Du kannst mich nicht verscheißern, Junge! Du bist vielleicht dicker und älter geworden. Aber so einen Bären wie dich hätte ich auch in einer Menge aus Tausend sofort erkannt, Carl.«

Carl sah ihn eindringlich an. »Carl ist tot. Er ist ertrunken.«

»Ja, das habe ich auch immer gedacht.«

»Mein Name ist Rudolf Schlegel.«

Thomas lachte höhnisch »Ja, schon klar. Du Schurke!«

»Ich bin ein Kaufmann.«

»Du bist ein Arschloch!«

Carl starrte ihn betroffen an. Thomas hatte ihm eine Chance gegeben und ihn aufgenommen wie einen Sohn. Er hatte ihm alles beigebracht, was man über Schlachtrösser wissen musste, und noch so einiges mehr. Er war ihm wie ein Ziehvater gewesen.

»Na los, gib mir wenigstens deinen Mantel! Noch so eine Nacht hier draußen überlebe ich nicht. Ich habe schon überall Frostbeulen.«

Carl schüttelte bedauernd den Kopf. »Das kann ich nicht tun.«

»Dann hol mich hier raus! Um der alten Zeiten willen.«

»Nein.«

»Lass deine Beziehungen spielen.«

»Unmöglich.«

»Komm in der Nacht! Erschlag die Wache. Ist nur eine. Ich bin mir sicher, du weißt noch, wie man tötet.«

Carl fragte: »Wie geht es Dietrich? Ist er wirklich da drin?«

»Natürlich. Und es geht ihm nicht gut. Er weiß ganz genau, dass er verloren hat.«

»Dann soll er sich ergeben.«

»Das wird er niemals tun. Du kennst ihn.«

Carl nickte. »Ist das der Grund, warum ihr letzte Nacht versucht habt, euch am Lager vorbeizuschleichen?«

Thomas ließ den Kopf sinken. »Wir wollten uns nach Plaue durchschlagen, um Hilfe zu holen.«

»Plaue wird ebenfalls belagert.«

»Na wunderbar! Dann war also alles umsonst.«

Carl legte ihm eine Hand auf die Schulter. »Mach dir keine Illusionen, Thomas. Friesack wird fallen. Friedrich wird Dietrich gefangen nehmen und für seine Schandtaten büßen lassen.«

»Dietrich wird sich niemals einkerkern lassen. Eher stürzt er sich ins Schwert.«

»So wie die Männer letzte Nacht?«

Thomas wandte den Blick ab.

»Wer war dabei? Arno? Klöden?«

»Niemand, den du kennst.«

Carl wusste nicht, ob das gelogen war. Und eigentlich wollte er es auch gar nicht so genau wissen. Kopfschüttelnd wandte er sich ab.

Wenige Augenblicke später kehrte er mit einer heißen Suppe zurück. Er hob den dampfenden Becher behutsam an die aufgesprungenen Lippen und gab Thomas davon zu trinken. »Vorsichtig! Verbrenn dich nicht!«

Thomas nippte. »Ich wusste schon immer, dass du ein anständiger Kerl bist.«

»Hab dir viel zu verdanken. Werde es nie vergessen. Aber mehr kann ich im Gegenzug nicht für dich tun.«

»Ich würde dir keine Scherereien machen, Carl. Du lässt mich ziehen und ich kehre zu meiner Familie zurück. Du wirst nie wieder von mir hören.«

»Wer sagt mir, dass du nicht zu Dietrich flüchtest und ihm darüber berichtest, was du hier bei uns im Lager beobachtet hast? Vielleicht würdest du ihm auch von mir erzählen.«

»Dietrich liegt mir nicht so sehr am Herzen wie meine Familie. Ich will mein Weib und meine Kinder noch mal sehen. Deshalb konnte ich mich nicht wie die anderen selbst töten.«

»Wenn herauskommt, dass ich hinter deiner Flucht stecke, werde ich viel Ärger bekommen. Das kann ich nicht riskieren.«

Thomas' Augen wurden kalt. »Und wenn man erfährt, wer du in Wirklichkeit bist, würdest du dann auch viel Ärger bekommen?«

Carl warf einen unbehaglichen Blick über die Schulter. »Wage es ja nicht«, raunte er.

Thomas grinste böse. »Das soll wohl niemand erfahren, oder? Warum nicht? Hast du etwas zu verbergen?«

»Gibt nichts zu verbergen.«

»Ach ja? Und wenn ich deinem Friedrich erzähle, wie dicke du mal mit Dietrich warst? Wart ihr nicht eine Zeit lang wie Busenfreunde? Seid zusammen um die Häuser gezogen?«

»Weiß nicht, wovon du sprichst.«

»Nein, natürlich nicht. Ich jedenfalls habe nicht vergessen, dass du Carl der Bauer bist. Der, der Dietrich einmal das Leben gerettet hat, obwohl er die Wahl gehabt hätte, ihn einfach krepieren zu lassen und nur seine eigene Haut vor dem fallenden Baum zu retten. Du spielst ein falsches Spiel, mein Junge, ob mit Friedrich oder Dietrich ist doch gleich. Doch lass dir eins gesagt sein: Wenn du mich ans Messer lieferst, werde ich dafür sorgen, dass du ebenfalls mit über die Klinge springst.«

»Thomas, du warst wie ein Vater für mich!«

»Und jetzt stehst du auf der Seite des Feindes. Und das ist es, was Feinde einander antun.«

Carl stieß in Gedanken einen Fluch aus. Thomas' Blick zeugte von zu viel Entschlossenheit. Er ließ ihm keine Wahl. Widerwillig nickte er. »In Ordnung. Ich komme heute Nacht zurück. Versprochen.«

Der Stallmeister grinste. »Das ist mein Junge!«

Der Fall

Friesack, Februar 1414

Kurz vor dem frühen Einbruch der winterlichen Dunkelheit ließ man den Beschuss auf die Burg einstellen. Die Wachen entlang der Lagergrenzen wurden für die Nacht verdoppelt.

Carl hatte sich in Friedrichs Prunkzelt eingefunden. Der übliche Stab aus fränkischen Vertrauten war ebenfalls da. In einem Stuhlkreis rund ums knackende Feuer balancierten die Männer auf ihren Schößen Zinnteller mit gebratenem Biber, gedünsteten Äpfeln und frischen Brotfladen. Zu ihren Füßen dampfte erhitzter Wein in irdenen Krügen. Schmausend besprachen sie das weitere Vorgehen.

Friedrich nagte an einer Rippe. »Es ist auf jeden Fall gesichert, dass Dietrich noch da drin ist. Er ist fest entschlossen, sich nicht zu stellen.«

Carl nahm einen winzigen Schluck aus seinem Becher. Er musste vorsichtig sein. Er durfte nicht riskieren, dass der Alkohol heute Abend seine Sinne benebelte. »Er lässt Euch lieber seine Burg zerschießen, als dass er aufgibt«, sagte er.

»Wir haben ihm mit jedem Tag ein neues Ultimatum gestellt. Doch er zeigt sich noch nicht einmal zu Verhandlungen auf der Mauer oder schickt einen Unterhändler. Er ist äußerst stur.«

Ja, so ist Dietrich, dachte Carl.

»Die Spione berichten, dass die Vorratslager von Friesack gefüllt sind und dass man die Burgmauern hat verstärken lassen«, sagte Otto.

Friedrich warf die Knochen ins Feuer. »Volle Lager werden ihm nichts nützen, wenn wir in den nächsten Tagen die Burg erstürmen.«

»Ich kann es kaum erwarten«, brummte Johann.

»Er hat nicht mit einer Faulen Grete gerechnet, der Narr«, sagte Graf Ulrich.

Friedrich kniff die Augen zusammen und schaute über das Feuer hinweg zu Carl. »Rudolf, sag, willst du etwa mitkämpfen?«

Carl sah an sich runter. »Warum nicht?« Er war gerüstet und hatte sich ein ordentliches Schwert besorgt. Auf dem Boden neben ihm lag ein glänzend polierter Helm mit Gesichtsschutz.

Die Männer im Zelt prusteten los.

»Ein Kaufmann, der das Schwert schwingen will? Das ist kein Jahrmarkt«, rief Otto. »Da fließt echtes Blut!«

Carl hätte ihm liebend gern seine Schwertkünste am eigenen Leib demonstriert. Zum Glück gewann die Vernunft die Oberhand. »Ich werde mich hinten verstecken. Aber ich wäre gern dabei, wenn die Burg fällt.«

»Wieso?«, fragte Friedrich.

Carl gab sich unschuldig. »Wieso?«, wiederholte er.

»Was liegt dir so daran? Dass du Geld gibst für den Krieg, mehr als jeder andere, das kann ich nachvollziehen. Du willst die Straßen wieder sicher sehen, damit du Handel treiben kannst. Doch du scheinst die Sache sehr persönlich zu nehmen. Wieso?«

Carl zögerte. Er konnte unmöglich mit der Wahrheit herausrücken. Dann fiel ihm ein, dass zu seiner Verstellung die erfundene Geschichte von dem Überfall gehörte. »Dietrich von Quitzow hat mir einmal alles geraubt.« Und das war noch nicht einmal gelogen.

»Du unterschätzt die Gefahr, Kaufmann«, murmelte Graf Ulrich in seinen Becher.

Plötzlich fühlte sich Carl genötigt, seinen Entschluss zu verteidigen. »Er hat mir bei dem Überfall mehr genommen als nur mein Hab und Gut.« Schon wieder keine Lüge, ging ihm auf. Dietrich hatte sich für vieles zu verantworten.

Friedrich horchte auf. »Was hat er getan, der Sauhund?«

Carl wurde rot. Mit einem Räuspern betrachtete er die kalte Mahlzeit auf seinem Schoß. »Ich … ich kann nicht darüber sprechen.«

Mehr war nicht zu sagen. Die Ritter wechselten betretene Blicke. Otto und Johann ruckelten beschämt auf ihren Scherenstühlen hin und her.

»Was für ein Hurensohn«, murmelte Graf Ulrich in seinen Würzwein.

Friedrich schoss auf die Füße und hob feierlich den Becher. »Das bestärkt mich noch mehr darin, diesem Schuft endlich das Handwerk zu legen! Er ist fürwahr der Teufel in Person! Wenn Friesack fällt, wird sein letztes Stündlein geschlagen haben.« Er wandte sich an Carl. »Rudolf, du warst ein formidabler Unterstützer und bist mir ein treuer Freund geworden. Ich gebe dir mein Versprechen: Wenn wir diesen Dreckskerl in den Fingern haben, darfst du deine Rechnung mit ihm begleichen, so wahr ich hier stehe. Nur töten darfst du ihn nicht.«

Die anderen hoben die Krüge. Carls Schicksal hatte sie alle betroffen gemacht. Er war soeben als vollwertiges Mitglied in ihrem verschworenen Kreis aufgenommen worden.

Er bedankte sich, leerte den erkalteten Wein und klaubte den Helm vom Boden auf. Es wurde Zeit.

»Meine Herren, ich muss meine Blase erleichtern. Und dann werde ich versuchen, ein wenig Schlaf zu finden. Gute Nacht!«

Er trat ins Freie. Die Luft war klar und es war windstill. Am Himmel funkelten Millionen von Sternen.

Unauffällig sah er sich um. Das Lager war bis auf ein paar zischende Fackeln, das Schnauben der Pferde und verhaltene Schnarchgeräusche still. Die meisten Männer hatten sich bereits für die Nacht zurückgezogen.

Um nicht erkannt zu werden, setzte Carl den Helm auf. Dann wandte er sich zur Latrine. Unterwegs schlug ihm das Herz bis zum Hals. Immer wieder inspizierte er die Umgebung, doch das Lager war wie ausgestorben. Nicht einmal die Trosshuren, sonst verlässliche Schatten, die sich lautlos wie Diebe in den Gassen bewegten, ließen sich blicken.

Auf dem Rückweg von der Latrine machte er einen Umweg über den Pfahl mit dem Gefangenen. Er erreichte ihn von hinten. Die Seile um Thomas' Körper hielten ihn zwar aufrecht, aber er war leicht zusammengesackt, so als würde er schlafen. Die Hände hatte man mit einer Kette vor dem Leib gesichert. Er trug immer noch lediglich das, worin man ihn überwältigt hatte. Er musste bitterlich frieren.

Nicht mehr lange, dachte Carl. Der Gedanke tröstete ihn ein wenig.

Lautlos trat er näher. Ein einzelner Mann war als Wache eingeteilt worden, ein junger Kerl. Im Schein der Fackel stiegen weiße Atemwölkchen vor ihm auf. Er trippelte von einem Fuß auf den anderen und rieb die Hände aneinander. Den Spieß trug er nachlässig unterm Arm, am Gürtel hing ein Dolch. Die Kapuze seines Mantels hatte er sich regelwidrig über den Helm gezogen, um den Nacken zu wärmen. Das war sein Fehler, denn so konnte er nicht hören, wie sich ihm von hinten jemand näherte.

Carl schlich sich heran, bemüht, in seinem Harnisch kein Geräusch zu machen. Weder Thomas noch die Wache bemerkten sein Näherkommen. Langsam holte er ein Stück Seil aus der Tasche, das er am Nachmittag aus dem Stall entwendet hatte. Er wand es sich um die gewärmten Hände, sodass gut eine Elle zwischen sie gespannt war, und zog es straff. In seinen Fäusten fühlte es sich gut an, fest und solide.

Es war niemand zu sehen. Der Moment war günstig.

Er tat drei hastige Schritte nach vorn, bis er direkt hinter der Wache stand. Er überkreuzte die Hände und schlang von oben die Arme über den Kopf. Der Kerl war so überrumpelt, dass er vergaß, den Spieß gut festzuhalten. Mit einem gezielten Tritt beförderte Carl die Waffe aus dem losen Griff. Sie fiel scheppernd zu Boden.

Schnell zog er die Schlinge zu. Der Wachmann fuhr sich instinktiv mit den Händen an die Kehle. Carl hatte damit gerechnet. Er verstärkte den Zug. Der Kerl röchelte. Er machte Anstalten, sich um die eigene Achse zu drehen, um sich aus dem ehernen Griff zu winden, doch Carl ließ das nicht zu. Mit den Knien stieß er ihm in die Kniekehlen. Die Beine knickten nach vorn ein.

Der Mann stürzte zu Boden, nur aufgehalten von der Schlinge um seinen Hals. Carl ließ ihn langsam nach unten gleiten. Sobald er lag, drückte er ihm das Knie ins Kreuz. Sein Opfer rang gurgelnd nach Atem und strampelte mit allen vieren. Carl stieß einen leisen Fluch aus. Es steckte immer noch viel Leben in ihm.

Die linke Hand des Wachmanns verlor das Interesse am Seil und wanderte stattdessen zur Hüfte, wo der verborgene Dolch war. Carl sah es aus dem Augenwinkel. Er musste es hier und jetzt beenden.

Rasch riss er an beiden Enden. Ein klickendes Geräusch war zu hören, dann kam der Atem nur noch pfeifend. Carl lies erst los, als das Pfeifen aufhörte und der Körper erschlaffte.

Erleichtert seufzte er auf. Es gab ihm eine unendliche Befriedigung zu wissen, dass immer noch genug in ihm steckte, um einen Menschen mit reiner Muskelkraft zu töten.

Trotzdem wollte er sichergehen. Er nahm dem Wachmann den Helm ab und griff in die Manteltasche, wo er einen faustgroßen Stein verborgen hatte. Mit Schwung ließ er ihn auf den Hinterkopf niederfahren. Da er nicht sicher sein konnte, ob all das reichte, schlug er ein zweites Mal zu. Und ein drittes Mal. Der Schädel knackte wie eine Walnuss auf.

Schnaufend kam er auf die Füße. Das Herz raste ihm in der Brust. Der Mann war tot.

Es war keine Zeit zu verlieren. Geschwind bückte er sich und zog dem Wachmann den Dolch vom Gürtel.

Thomas grinste verschlagen. Er war hellwach. »Ich wusste, dass der Kerl für dich kein Hindernis sein würde.«

Carl hatte den Helm aufbehalten. Er war froh darum, denn er wollte nicht, dass Thomas ihm in die Augen sehen konnte. Als finsterer Schatten glitt er hinter den Pfahl.

»Du warst schon immer ein Pfundskerl, Carl!«, plapperte Thomas erleichtert. »Der beste Faustkämpfer in meinem Stall.« Er ruckte ungeduldig am Pfahl hin und her. »Na los, schneid das Seil durch!«

Carl hob die Hand mit dem Messer.

Das oder den Tod.

Seine Finger hielten das Heft fest umschlossen. Das oder den Tod. »Tut mir leid, Thomas. Wirklich.«

Er setzte an.

Thomas zuckte zusammen, als er die kalte Klinge an seinem Adamsapfel spürte. »Carl?«, fragte er verstört.

Es war das letzte Wort, das ihm über die Lippen kam.

Als Carl am nächsten Morgen schlaftrunken aus dem Zelt kroch, war das Lager in hellem Aufruhr. Er hatte eine gewisse Ahnung, warum.

Ein Laufbursche eilte an ihm vorbei. Er erwischte ihn am Ärmel und zog ihn zu sich heran. »Was ist passiert?«

»Eine Bewegung auf den Zinnen, Herr.« Verärgert befreite der Bursche sich aus Carls Griff und rannte weiter.

Eine Bewegung? Verdutzt sah Carl sich um. Er hatte erwartet, dass der Mord an der Wache der Grund für die Unruhe im Lager war. Jetzt war Dietrich ihm offenbar zuvorgekommen.

Er machte sich auf den Weg zur Büchse, um mehr herauszufinden. Vorsichtshalber nahm er Schwert und Helm mit.

Unterwegs sah er, wie um ihn herum Waffen in Ordnung gebracht und Pferde gesattelt wurden. Als die Burg vor seinen Augen auftauchte, hielt er unweigerlich den Atem an. Friesack. Eine der stärksten Festungen der Mark, wenn nicht gar die stärkste. Durch Gräben und Mauern und dem morastigen Land am Ufer des Rhin geschützt. Reich bewehrt mit nur einem schmalen Zugang und einer Holzbrücke, die man wohlweislich hatte abreißen lassen.

Doch jetzt war der Boden gefroren, der sumpfige Untergrund unnütz. Die Faule Grete stand auf einer eigens errichteten Schanze und hatte das Rohr auf die dicken Feldsteinmauern gerichtet. Zahlreiche Treffer hatten das Mauerwerk bereits an einigen Stellen zum Einsturz gebracht. Es fehlte nicht mehr viel, und dann würde es die heiß ersehnte Bresche geben, die den Sturm ermöglichte.

Carl gesellte sich zu einem Fußknecht. »Ist es Dietrich?«

Der Soldat schüttelte den Kopf, ohne den Blick von der Wehrmauer abzuwenden. »Eine Frau mit Kind.«

»Wirklich?«

Er ging näher heran, bis er freie Sicht hatte. Auf der Mauer über dem Tor stand wahrhaftig eine Frau, eine Dame. Ihr Mantel war bis auf eine goldene Brosche an der Brust offen. Die unbedeckten Haare flatterten, genauso wie der Umhang, ungestüm im Wind. Auf dem Arm hielt sie ein Kleinkind, der Kleidung nach zu urteilen ein Mädchen.

»Wer ist das wohl?«, fragte ein Kerl neben ihm.

»Keine Ahnung. Auf mich wirkt sie wie eine Wile, wie sie da steht«, sagte ein anderer.

»Unheimlich«, fiel ein dritter ein.

»Es ist Dietrichs Gattin Elisabeth«, sagte Carl.

Alle Köpfe fuhren zu ihm herum.

»Seine Gattin?«

Einer der Rottmeister befahl: »Schafft Friedrich her. Man ist bereit zu verhandeln. Büchsenmeister, stell das Beladen vorerst ein.«

Wenige Augenblicke später traf der Verweser ein. Er sah so gepflegt aus wie bei einem Staatsempfang. Das Einzige, was fehlte, waren die Handschuhe, die er sich nun noch schnell gewissenhaft überstreifte. »Dietrichs Gattin ist das da oben? Hat sie schon etwas gesagt?«

»Sie verlangt, Euch zu sprechen.«

Friedrich strich sich über den Bart und nickte. »Ich werde vortreten.« Er löste sich aus der Menge und breitete zum Zeichen des Friedens die Arme aus.

Elisabeths Schultern, die sie steif aufrecht gehalten hatte, sackten nach unten. »Burggraf Friedrich von Nürnberg«, rief sie. Es klang verbittert.

Er vollführte eine galante Verbeugung. »Frau Elisabeth, es ist mir eine Ehre! Hat Euer Gatte Euch zu mir geschickt? Ist er bereit zu verhandeln?«

Das Mädchen in ihrem Arm fing an zu weinen. Sie wiegte es mechanisch hin und her und strich ihm über den Rücken. »Das hat er nicht.«

»Seid Ihr auf eigene Veranlassung hier, werte Elisabeth?«

Sie nickte verdrossen. »Ich bin es, die mit Euch verhandeln will.«

»Das freut mich zu hören. Wir sind zu Gesprächen bereit.«

»Ich will, dass Ihr mich und die meinen gehen lasst. Ich will zu meinen Eltern zurückkehren.«

»Selbstverständlich. Wir gestatten allen Frauen und Kindern und jedem ohne Waffen aus Eurem persönlichen Haushalt, zu ihren Familien zurückzukehren. Doch zunächst müsst Ihr mir Euren Gatten aushändigen.«

Zornig wischte sie sich mit dem Handballen über die Augen. »Das kann ich nicht.«

»Warum nicht?«

»Er ist nicht da.«

Ein Raunen ging durch die Reihen. Carl wechselte einen verblüfften Blick mit dem Kerl neben sich.

»Was heißt das, er ist nicht da?«, fragte Friedrich.

»Er ist letzte Nacht auf seinen Gaul gestiegen und geflohen.«

Die Männer schrien entrüstet auf und schüttelten den Kopf. Der Gedanke war zu absonderlich, als dass man ihm Glauben schenken wollte.

Friedrich ballte die Fäuste. »Das kaufe ich Euch nicht ab. Wir haben die Burg umstellt und die Wachen verdoppelt.«

»Mein Gatte ist mit dem Teufel im Bunde. Oder habt Ihr das etwa noch nicht bemerkt?«

Der Burggraf hob die Faust und spuckte einen unchristlichen Fluch hinein. Als er sich wieder gefasst hatte, rief er: »Wo ist er hin?«

»Das weiß nur Gott allein. Er hat es nicht für nötig befunden, mich in seine Pläne einzuweihen. Als ich heute Morgen aufwachte, war er verschwunden. Ihr seht mich genauso überrascht wie Euch.«

Carl glaubte ihr. Dietrich wäre der Letzte gewesen, der Skrupel gehabt hätte, seine Leute auf Burg Friesack im Stich zu lassen. Er hatte immer nur den eigenen Vorteil im Sinn gehabt. Kameradschaft, Familie und Treue hin oder her, am Ende musste jeder für sich selbst einstehen.

Die Enttäuschung im Lager war greifbar. Trotz des massiven Aufgebots hatte es der Quitzow vollbracht zu fliehen. Er musste in Nacht und Nebel über die gefrorene Luch durch den Belagerungsring geschlüpft sein, ohne dass jemand etwas davon mitbekommen hatte.

Carl ging auf, was das für ihn bedeutete. Mit dieser Flucht stand er wieder ganz am Anfang. Sein Feind war ihm entwischt wie ein listiges Frettchen. Bleierne Enttäuschung machte sich in ihm breit.

»Also, was ist nun, Friedrich? Wenn ich Euch die Tore öffne, dürfen wir dann unbeschadet abziehen?«, fragte Elisabeth.

Friedrich fuhr auf. »Hm?«

»Ich habe mir nichts zu Schulden kommen lassen.«

Friedrich nickte abwesend und hob die Hand. »Ja, ja, Elisabeth. Kehrt zurück zu Eurem Vater.« Er wandte sich knurrend ab und stapfte davon. Unterwegs rief er Befehle über die Schulter: »Sofort alle Zelte abbrechen! Hievt die Büchse wieder auf den Karren! Wir ziehen weiter und verstärken die Truppen des Erzbischofs vor Plaue. Wäre doch gelacht, wenn uns nicht wenigstens einer der beiden Quitzow-Brüder ins Netz geht!«

Ein Ritter aus Ruppin fiel an seiner Seite in einen Trab. »Und Dietrich?«

»Ich werde eine Rotte abstellen, die ihn suchen soll. Aber er ist gewiss bereits auf und davon. Ich wette, Elisabeth hat abgewartet, um ihrem Gatten den größtmöglichen Vorsprung zu geben.«

»Wo soll er denn hin sein? Gans zu Putlitz ist in Gefangenschaft!«

»Bestimmt hat er sich gen Norden aufgemacht. In Stettin würde man ihn mit offenen Armen empfangen. Swantibor ist nicht gut auf mich zu sprechen …«

Carl kehrte ebenfalls zu seinem Zelt zurück. Er war niedergeschmettert.

Otto Flugk gesellte sich an seine Seite. Im Gegensatz zu Carl war er in bester Plauderstimmung. »Ich glaube nicht, dass es hier mit rechten Dingen zugeht! Erst die Nachricht, dass jemand die Wache ermordet hat, die bei unserem einzigen Gefangenen Posten geschoben hat. Und jetzt ist auch noch dieser Quitzow geflohen.«

Carls Herz stolperte. In all der Aufregung hatte er sein nächtliches Unterfangen vergessen! Eigentlich hatte er es so erscheinen lassen wollen, als hätte Thomas sich befreien und die Wache überwältigen können. Er hatte beide Leichen so platziert, als hätte man sich im Handgemenge gegenseitig zur Strecke gebracht.

Die halbe Nacht hatte er wachgelegen und sich gefragt, ob man ihm diesen Hergang abkaufen würde und ob er den Tatort schlüssig angeordnet hatte. Nun erkannte er, dass Dietrichs Flucht einem unverhofften Segen gleichkam. »Meinst du, zwischen den beiden Vorfällen besteht ein Zusammenhang?«

Otto blieb abrupt stehen. »He! Das hatte ich gar nicht bedacht! Jetzt wo du das sagst ...« Er schüttelte sich und schlug hastig ein Kreuz. »Wie gruselig! Ob der Quitzow sich wohl des Nachts in unser Lager geschlichen hat, um seinem Gefolgsmann die Kehle durchzuschneiden? Vielleicht, damit dieser nichts verrät?«

»Ich weiß nicht. Mutig genug scheint er jedenfalls zu sein. Was denkst du?«

»Das wäre sehr gewagt!« Otto stutzte. »Doch je mehr ich darüber nachdenke ... Schon möglich, dass dieser Kerl tatsächlich mit dem Teufel im Bunde ist ... Nichts geht hier mit rechten Dingen zu! Friedrich will davon nichts wissen, aber ich glaube, wir haben es mit bösen Mächten zu tun.«

Carl legte ihm einen Arm um die Schultern. Sanft zog er ihn weiter. »Weißt du was, Otto? Ich befürchte, da hast du recht. Wir sind gut beraten, Augen und Ohren immer offen zu halten.«

Der Ritter stöhnte auf. »Diese Mark Brandenburg war mir vom ersten Tag an unheimlich! All diese Sümpfe und Wälder und Sandböden! Die Leute sind verschlagen und haben kein Herz. Und dann diese wendischen Sagen von Wilen und Waldgeistern! Keine Ahnung, warum Friedrich das Land so liebt. Ich für meinen Teil kann es kaum erwarten, zu meiner Familie nach Franken zurückzukehren.«

Der Bruder

Plaue, Februar 1414

FRIEDRICH HATTE ES gern gemütlich, weshalb man das Hauptquartier der Belagerer hinter den festen Mauern der steinernen Dorfkirche von Plauen eingerichtet hatte. Als man jedoch vorschlug, auf dem Boden der Kirche ein Feuer zu entzünden, zeigte sich der Pfarrer entrüstet. Ein Gotteshaus sei kein Feldlager, hatte er gewütet. Aus Protest hatte er sich in die Arme der Männer gestürzt, die sofort damit begonnen hatten, in der Vierung Holzscheite aufzuschichten.

Friedrich hatte den Pfarrer für ein vertrauliches Wort beiseite genommen. Sie hätten keine Kohlebecken, die man aufstellen könne, hatte er besonnen erklärt. Mit wenigen Gesten hatte er dem Kirchenmann zu verstehen gegeben, dass er Widerworte nicht duldete. Dann hatte er seinen Männern befohlen, den Holzstapel zu entzünden. Die angenehme Wärme zeigte

Wirkung. Kurze Zeit später war der Pfarrer ebenfalls von der Idee des Feuers angetan gewesen.

Auch am dritten Tag hielt der Geistliche die klammen Finger so nah wie möglich an das züngelnde Feuer. Es war der 26. Februar. Mittlerweile lag der so genannte Spukturm, der Hauptturm von Plaue, in Trümmern. Johann von Quitzow hatte nichtsdestotrotz alle Angebote zu Verhandlungen stur ausgeschlagen.

Friedrich thronte auf einem mit Schafsfellen gepolsterten Stuhl, fuhr mit der Zunge die Zahnreihen entlang und starrte in die Flammen. Heftige Schneestürme unterbrachen immer wieder den Beschuss. Die Belagerung zog sich dadurch unerwartet in die Länge.

Seufzend genehmigte sich der Erzbischof einen weiteren Schluck. »Er lässt uns diese schöne Burg in Schutt und Asche legen. Er ist so störrisch wie ein Esel.«

Carl wusste, Erzbischof Schwarzburg erhoffte sich, nach der geglückten Eroberung selbst in Plaue Einzug nehmen zu dürfen. Seit Jahren hatte das Erzbistum ein Auge auf die Festung, die den Übergang an der Havel bewachte, und selten hatte man so kurz davor gestanden wie heute.

Ein weiteres Donnergrollen durchschnitt die Stille. Keiner der Anwesenden zuckte zusammen, selbst die Pferde nicht, die man in den Seitenschiffen angebunden hatte. Der Lärm war zu einer gewohnten Begleiterscheinung des neumodischen Kriegs geworden, den Friedrich von Hohenzollern in die Mark Brandenburg gebracht hatte.

»Eins ist gewiss: Wenn wir die Faule Grete nicht hätten, hätte er mit dieser Strategie zweifelsohne Erfolg gehabt«, sagte der Erzbischof. »Belagerungen können mit Ausdauer und Geduld ausgesessen werden. Und Johann hat angeblich jede Menge Speck im Keller liegen. Doch mit dieser riesigen Büchse hat er nicht gerechnet. Sie beschleunigt die Dinge enorm.«

»Hoffen wir, dass er nicht auf die gleiche Idee kommt wie sein Bruder und versucht zu fliehen«, grummelte Otto.

Friedrich hieb mit der Faust in seine hohle Hand. »Ich lass mich nicht ein zweites Mal an der Nase herumführen. Johann wird mir nicht ebenfalls entwischen.«

»Die Havel ist vereist.«

»Ich habe den Ring verdreifacht. Da kommt keine Maus mehr durch.«

Hoffen wir, dass er recht hat, dachte Carl. Johann war kaum weniger verschlagen als Dietrich. Dass er wie sein Bruder die Besatzung von Plaue im Stich lassen und fliehen würde, lag ihm ebenso nah wie Dietrich. Ein Quitzow kannte keine Loyalität oder Ehre. Und Johann war listig und draufgängerisch. Ihm würde es nicht wie Stargard damals passieren, dass er sich am jenseitigen Ufer der Havel in ein Gebüsch kauerte und darauf wartete, dass man ihn in eine warme Gefängniszelle führte.

»Ob man Dietrich bald erwischen wird?«, fragte Graf Ulrich.

Friedrich lehnte sich mit einem missmutigen Brummen zurück und streckte die Füße aus. »Ich bezweifle, dass er sich noch in der Mark befindet.«

»Ohne Vermögen und Burgen ist er geschwächt.«

»Ja, es bleibt zu hoffen, dass das genügt. Es wäre reichlich töricht von ihm zurückzukehren, vor allem, wenn wir jetzt seinen Bruder in die Finger kriegen.«

Carl hörte mit schwerem Herzen zu. Er teilte Friedrichs Zuversicht nicht. Dietrich fand immer einen Weg. Ihn beschlich das quälende Gefühl, dass mit dieser Niederlage noch lange nicht das Ende der Quitzow-Ära erreicht war.

Der Pfarrer hob den Krug, der neben seinen Füßen stand, und goss sich neuen Wein ein. Seine Augen hatten einen glasigen Glanz. »Ich habe gehört, mein Herr, dass Ihr Wichard von Rochow habt gehen lassen. Das war sehr christlich von Euch«, sagte er leicht betrunken.

Friedrich winkte ab. »Ein jugendlicher Heißsporn, von den Quitzows verführt. Er bewies echte Reue. Er hat nach nur wenigen Tagen aufgegeben und sich unterworfen. Ich habe ihm alles genommen und ihn ziehen lassen.«

»Sehr edelmütig.«

»Ein Mitläufer. Die wahren Übeltäter sind die beiden Brüder. Und die werden wir früher oder später zur Strecke gebracht haben.«

Eine dunkle Stimme ertönte vom fernen Ende des Kirchenschiffs. »Wohl eher früher als später.«

Durch die offene Tür war eine Gruppe Kriegsleute eingetreten.

Die Männer am Feuer fuhren herum. Fünf Waffenknechte mit dem Wappen des Grafen von Schwarzburg und drei Anhaltiner führten zwei Gefangene herein. Sie trugen Pelzmäntel, die Hände waren vor den Körpern gefesselt. Es war unübersehbar, dass einer von ihnen nur ein Auge hatte.

Friedrich sprang auf. »Ihr habt ihn erwischt?«

Der Ritter knurrte und gab einem der Gefangenen einen kräftigen Stoß. Johann von Quitzow war zwar ein Edelmann und gehörte mit dem geschuldeten Respekt behandelt, doch das hielt seinen Bewacher nicht davon ab, seine Abscheu kundzutun. Johann stolperte überrascht nach vorn. »Er wollte feige fliehen. Ist nicht besser als sein großer Bruder.«

Friedrich grinste. »Nur dümmer. Denn dich konnten wir offenbar erwischen, Johann.«

Johann starrte ihn hasserfüllt mit seinem gesunden Auge an. »Pass auf, dass du dich nicht an deiner Selbstherrlichkeit verschluckst, Friedrich von Nürnberg!«

Die Anwesenden lachten auf.

Der Burggraf deutete mit dem Kinn auf die zweite Person, die hereingeführt worden war. »Und du bist …?«

»Dietrich Schwalbe, Herr. Ich bin der Diener.«

Carl erinnerte sich an Schwalbe, wenn auch vage. Johanns Kammerdiener hatte immer freimütig alles ausgeplaudert, was zwischen den Laken seines Dienstherrn geschehen war, beziehungsweise eben nicht geschehen war. Mit seinen Indiskretionen war er auf Plaue bei jeder Zechrunde ein gern gesehener Gast gewesen.

Friedrich nickte und wandte sich an die Männer, die Johann hereingeführt hatten. »Wo habt ihr ihn erwischt?«

»Die Brandenburger hatten ihn beobachtet, wie er sich über eine Pforte am Ufer davonstehlen wollte. Sie standen auf der anderen Seite der Havel, um von dort aus die Burg zu beschießen. Als Johann an ihnen vorbeizog, riefen sie schnell uns Schwarzburger zu Hilfe.«

»Er hat sein Pferd unterwegs zurückgelassen, wohl in der Hoffnung, dass er sich so besser im Röhricht verstecken kann. Aber so einfach lassen wir uns nicht austricksen«, fügte ein Zweiter hinzu.

Friedrich schmunzelte. Sein Blick ruhte auf Johann, der ihn trotzig zurück anstarrte. Er legte den Kopf schief. »Warum in Dreiteufelsnamen bedeckst du nicht dieses Loch? Es sieht fürchterlich aus.«

Johann blieb ihm die Antwort darauf schuldig. Ihm war bewusst, dass er geschlagen war, und hatte offenbar wenig Lust auf sinnloses Geplänkel. »Was passiert nun?«

Friedrich ging ein paar Schritte. »Ich denke, für heute Nacht werden wir dich hier in der Kirche in Verwahrung nehmen. Gewiss finden sich eine Kette und eine Öse, an die wir dich festbinden können. Morgen geht es für dich nach Calbe. Dort wirst du bis auf Weiteres einsitzen.«

Johann blickte starr geradeaus. Diese Aussichten waren nicht gerade verlockend für ihn. »Und Plaue?«

Der Erzbischof stand auf. »Ich werde eine Nachricht in deiner Handschrift über die Mauer schießen lassen, dass wir dich gefangen genommen haben. Wenn sich die Besatzung ergibt, wird der Burg nichts weiter geschehen.«

»Ist dein Weib da drin, Johann?«, fragte Friedrich.

»Ich habe sie zu ihrer Mutter geschickt, bevor es richtig losging.«

»Wenigstens eine edle Tat, die du dir zuschreiben kannst.«

Johann ließ den Kopf sinken. »Irgendwelche Neuigkeiten von meinem Bruder?«

»Dietrich ist auf der Flucht. Er hat zunächst bei Werner von Holzendorf in Bötzow Unterschlupf gefunden, aber da ist er nicht mehr. Holzendorf hat mit diesem Freundschaftsdienst seine Lehnsgüter verwirkt.« Friedrich schien sich an etwas zu erinnern und lachte auf. »Stell dir vor, Johann, Dietrich hat von dort aus einen Brief in die Stadt Brandenburg geschickt und sich bei den Bürgern über mich beschwert. Er glaubt, dass ihm ein großes Unrecht widerfahren sei.«

Johann nahm es mit einem Nicken zur Kenntnis.

»Glaubst du, dass er dir zu Hilfe kommen wird?«

Ein Kopfschütteln.

»Wieso nicht?«

»Weil er klug ist. Ich täte es ebenfalls nicht.«

»Bereust du denn deine Taten?«

Johann hob den Kopf. »Sind damit alle Festungen gefallen?«

»Dein Schloss Hundeluft hat vor wenigen Tagen Fürst Albrecht eingenommen. Golzow fiel fast zeitgleich mit Friesack. Einzig Beuthen steht noch aus.«

»Predöhl ist dort. Doch er hat nicht den gleichen Biss wie ein Quitzow.« Er seufzte. »Dann war's das wohl.«

»Ja, dann war's das wohl für euch Quitzows. Hättet ihr mir doch besser gehuldigt. Aber ihr wolltet ja nicht auf mich hören.«

»Hinterher ist man immer klüger. Wir haben die Situation ein wenig unterschätzt. Jobst von Mähren hätte uns nie solche Scherereien gemacht.« Johanns Auge wanderte von Mann zu Mann, dann blieb es an Carl hängen. Er runzelte die Stirn. »Dich kenn ich doch!«

Carl erblasste. Alles in ihm schrie, den Blick abzuwenden, aber er wusste, dass ihn das garantiert verraten hätte. Mit klopfendem Herzen fixierte er die leere Höhle in Johanns Gesicht und setzte eine gelassene Miene auf. »Das würde mich wundern.«

»Du bist Carl. Carl der Bauer.«

Carl wurden die Knie weich.

Friedrich lachte auf. »Aber was sprichst du denn da für einen Unsinn? Carl der Bauer! Das ist der ehrenwerte Rudolf Schlegel, Kaufmann aus Berlin. Der größte Geldgeber in diesem Krieg.«

»Geldgeber? Der Kerl ist aus dem Schoß einer Bauernschlampe direkt in den Kuhmist gerutscht. Arm wie eine Kirchenmaus. Der stinkt doch, sobald er das Maul aufmacht.«

Friedrich legte Carl amüsiert einen Arm um die Schulter. »Weißt du, wovon er spricht, mein Lieber?«

»Keine Ahnung. Er muss mich mit jemandem verwechseln.«

Johann lief rot an und stapfte nach vorn. Seine Bewacher zerrten ihn sofort zurück. »Du bist Carl, der zunächst in Dietrichs Haushalt gelebt hat und dann in meinem! Du warst doch immer dabei! Diese Narbe da auf deiner Stirn, die verrät dich! Du hast sie bei einer Kleinen Reiterei davongetragen.« Er hob die gefesselten Hände und zeigte damit auf den Erzbischof von Magdeburg. »Als wir die Männer seines Vaters überfallen haben!«

Carl fasste sich an die Stirn. Schwarzburg warf ihm einen fragenden Blick zu. Carl schüttelte schnell den Kopf und räusperte sich. »Du scheinst auf deinem letzten Auge zu erblinden, Johann. Ich bin nicht dieser Mann, von dem du sprichst.«

»Du Lügner! Du hast meinem Bruder das Leben gerettet! Du hast mit ihm Strausberg gestürmt und mit mir zusammen Brandenburg! Wir mussten fliehen, weil uns Stargard in den Rücken gefallen war.« Er stutzte. »Herrgott noch mal! Da fällt mir ein, du hast ja auch mir das Leben gerettet! Damals, als Wulfen mir das Auge genommen hat. Du warst da und hast mir Rückendeckung gegeben!«

Carl schaute zu Friedrich und machte mit dem Finger eine kreisende Bewegung am Kopf, die andeuten sollte, dass Johann nun völlig den Verstand verloren hatte. »Johann, dieser Mann klingt wie ein wahrer Held. Doch ich bin das nicht. Du irrst dich.«

Der Verweser hatte genug gehört. »Na los, da hinten bei den Pferden ist eine Ecke frei. Seht zu, dass sie es warm haben, und gebt ihnen zu essen und zu trinken. Ich mag sie für den Rest des Tages weder sehen noch hören.«

Die Männer führten die Gefangenen unter Protest ab. Kurz bevor man Johann in eine Seitenkapelle zu den Pferden schubste, rief Carl ein letztes Mal seinen Namen.

Johann wandte sich um.

»Merke dir, Johann: Wenn Gott einen strafen will, tut er ihm die Augen zu.«

Der Tod

Berlin-Cölln, Juni 1414

MIT EINEM HOLZSPACHTEL fuhr Carl langsam die Worte entlang. Der Mönch hatte es ihm nicht erlaubt, den Finger zu benutzen, denn er wollte nicht, dass er das kostbare Pergament beim Lesen verschmutzte. Das zerbrechliche Holzstäbchen sollte ihm helfen, die Zeile zu halten. Doch das war angesichts seiner großen Hände gar nicht so leicht zu bewältigen.

Die lateinischen Worte wirkten wie Zauberformeln, melodisch und mysteriös. Er mochte den Klang seiner eigenen Stimme, während er das Auf und Ab der Silben verfolgte. Es erinnerte ihn an die langen sonntäglichen Morgenstunden seiner Kindheit, wenn Vater Joachim in der Dorfkirche die Messe gehalten hatte. Doch er verstand von dem, was er vorlas, kein Wort.

»Ego autem dico vobis, diligite inimicos vastros …«

Bruder Claudius riss die Augen auf und schlug mit der flachen Hand auf den Tisch. »Vestros! Vestros!«

Carl brach ab und schaute auf.

Für einen Moment sah es aus, als wollte Bruder Claudius ihm mit dem Rohr eins überziehen. Wäre Carl kein ausgewachsener Mann gewesen, er hätte es zweifelsfrei getan. »Schau genau hin, du Trottel! Der Kringel ist ein e, kein a.«

Carl ließ Luft entweichen und lehnte sich erschöpft zurück. Lesen war anstrengender, als er gedacht hatte. Dabei sah es bei den Gesellen in der Verkaufsstube immer so mühelos aus. »Es wäre einfacher für mich, wenn ich wüsste, was ich da vor mir habe. Aber die Texte, die du mir vorlegst, sind alle auf Latein.«

»Es ist eine gottgefällige Sprache. Jeder Mann lernt das Lesen zunächst auf Latein. Und wir hoffen natürlich, dass du dabei auch gleich ein paar Vokabeln mit aufnimmst.«

Carl runzelte verärgert die Stirn. »Und wozu soll das gut sein? Ich wollte nicht in dein Kloster eintreten. Nur Handelstexte lesen.«

»Aber willst du denn nicht die Stimme Gottes verstehen?«

Carl seufzte geschlagen. »Also gut. Willst du mir dann helfen und sagen, was das bedeutet?«

Bruder Claudius baute sich erfreut auf und nahm seinen eigenen Holzstab zur Hand. Nach und nach fuhr er die einzelnen Worte entlang. »Sie bedeuten: ›Ich aber sage euch, liebet eure Feinde, segnet, die euch fluchen. Tut wohl denen, die euch hassen. Bittet für die, so euch beleidigen und verfolgen.‹«

Carl blies die Backen auf. »Wer behauptet denn so etwas?«

»Unser Herr Jesus Christus.«

»Oha«. Carl dachte darüber nach. »Das ist wohl diese christliche Nächstenliebe, von der die Pfaffen immer faseln.«

Der Mönch lachte laut auf. Er hatte einen guten Sinn für Humor. »Es ist einer der Grundsätze von Jesu Lehre.«

»Aber ist es nicht reichlich unsinnig, sich den Feinden so liebevoll entgegenzustellen? Was, wenn sie das nur ausnutzen und noch mehr Böses anrichten?«

»Wir müssen ihnen dennoch mit Nachsicht begegnen. Sonst unterscheiden wir uns nicht von den Heiden.«

»Aber am Ende triumphiert dann doch der Feind, oder etwa nicht?«

Bruder Claudius schüttelte enttäuscht den Kopf. »Wie ich sehe, es gibt bei dir noch eine Menge nachzuholen.«

»Ich bin eigentlich gekommen, damit man mir Lesen und Schreiben beibringt.«

»Und das wirst du auch, mein Sohn. Ich erlebe selten erwachsene Männer, die solche Fortschritte machen.«

Eine Tür in ihren Rücken öffnete sich, und eine Gruppe Knaben strömte auf leisen Sohlen herein. Sie waren in Begleitung eines Mönchs, der genauso wie Bruder Claudius einen grauen Kittel trug.

»Gott zum Gruße, Claudius. Verzeih, ich wusste nicht, dass du hier drin bist.«

Jener hob die Hand. »Wir sind gleich fertig. Nur ein kurzer religiöser Disput zum Abschluss.«

Carl erhob sich. »Kein Disput. Ich sehe ein, dass ich noch viel lernen muss. Nicht nur das Lesen.«

Der Mönch stand ebenfalls auf und klappte das schwere Buch zu. »Wann sehe ich dich wieder?«

»In zwei Tagen? Oder ist das zu früh?«, fragte Carl.

Bruder Claudius geleitete ihn zur Tür. »Deine Wissbegier und dein Lerneifer sind vorbildlich. Gern heiße ich dich hier übermorgen willkommen. Sagen wir, direkt nach dem Angelus?«

Carl verabschiedete sich. Gut gelaunt schlenderte er vom Franziskanerkloster zurück zu seinem Haus in der geschäftigen Spandauer Straße.

Auf den frostigen Winter war ein feuchter Sommer gefolgt. Auch heute hatte es geregnet und die Wege hatten sich in Flüsse aus Matsch verwandelt. Die meisten Berliner Bürger hatten sich zum Schutz hölzerne Trippen unter die Schuhe geschnallt. Carl fand die stelzenartigen Trippen lächerlich. Er bevorzugte es, von einer trockenen Insel zur nächsten zu hechten. Vorsichtshalber hatte er Stiefel angezogen, die man bei seiner Rückkehr ausbürsten konnte.

Wegen des verdreckten Schuhwerks nahm er den Hintereingang durch den Hof. Er erreichte die Küche, wo er sich auf eine Bank setzte, um sich der Stiefel zu entledigen. Eine Magd eilte sofort mit bequemen Hausschuhen herbei. Er schlüpfte hinein und durchquerte den Verkaufsraum, bevor er die steile Stiege ins obere Stockwerk erklomm.

Kaum hatte er die Tür zur Stube geöffnet, traf ihn der erste Vorwurf.

»Wo hast du den ganzen Vormittag gesteckt?«

Käthe saß mit der Amme zusammen am Tisch. Vor ihnen rollte seine Tochter voller Begeisterung ein Holzpferdchen über den Dielenboden. Als Nessie von ihrem Spiel aufschaute und ihren Vater in der Tür erblickte, leuchteten ihre Augen auf. Vergessen war das Spielzeug. Sie stemmte sich auf die Stummelbeine und hob die Arme. »Papa!«

Er schloss die Tür und nahm Nessie auf den Arm, um ihr einen Kuss auf die kugelige Backe zu setzen. »Na, du kleiner Engel? Hast du denn auch schön brav deinen Brei gegessen?«

Anstatt zu antworten, patschte ihm Nessie mit der hohlen Hand gegen die Wangen. »Au! Rau!«

Er lachte. »Ja, ich weiß, meine Kleine. Ich muss mal wieder zum Bader.«

Käthe stand auf, um ihm das Kind abzunehmen. Das tat sie neuerdings immer. Es war, als wolle sie ihn damit bestrafen. »Vater hat dich überall gesucht.«

»Nun bin ich ja hier.«

»Er sah heute Morgen gar nicht gut aus. Ich mache mir Sorgen.«

»Er war gestern auch schon so blass. Er wird doch hoffentlich nicht krank? Vielleicht sollten wir einen der Juden kommen lassen.«

Sie reichte das Kind der Amme. »Sie muss neu gewickelt werden, Emma.«

»Jawohl, gnädige Frau.« Mit Nessie im Arm verschwand sie aus dem Zimmer.

»Und?«, fragte Käthe, kaum dass sich die Tür hinter ihr geschlossen hatte. »Du hast meine Frage nicht beantwortet. Wo bist du gewesen?«

Er bediente sich am gewässerten Wein, der auf dem Tisch stand. Nachdenklich nahm er einen Schluck und schritt zum Fenster. »Ist dein Vater drüben im Rathaus?«

»Er kommt gleich zurück. Er wollte sich nur umhören, ob die Straßen weiterhin sicher sind. Wie's scheint, hat dein Friedrich ja richtig durchgreifen können. Seit dem Winter herrscht Ruhe in der Mark.«

»Er ist nicht mein Friedrich.«

»Und dennoch hast du ihm all dein Geld gegeben.«

»Jetzt fängst du schon wieder damit an, Weib.«

»Ja, und ich werde auch nie Ruhe geben, Rudolf! Du hast dein ganzes Vermögen in den Sand gesetzt.«

»Es kam von Sand und es wurde zu Sand.«

»Was meinst du damit?«

Sie verstand ihn nicht. Natürlich nicht. »Vergiss es.«

Ein Fuhrwerk rollte an ihrem Haus vorbei. Es war voll beladen und drohte, im schlicken Grund zu versinken. Der Kutscher hieb erbost mit der Peitsche auf den Ochsen ein. Das Tier brüllte.

Carl schüttelte verständnislos den Kopf. »Wenn er noch im Herbst Freude an dem Ochsen haben will, sollte er ihn besser behandeln.«

Käthe ließ sich auf einen Stuhl sinken. »Was soll nur aus uns werden, Rudolf?«

Er wandte sich zu ihr um. Eine Alarmglocke begann, wie wild in seinem Kopf zu schrillen. Diese Art von Gespräch kam ihm nur allzu bekannt vor.

Er schaute wieder aus dem Fenster. »Ich weiß gar nicht, was du willst, Käthe. Du lebst in einem der größten Häuser der Stadt. Du hast ein Heer von Bediensteten, das dir jeden Wunsch von den Augen abliest. Du hast ein gesundes, bildhübsches Kind, das dich über alles liebt.«

Im selben Moment ging ihm auf, dass all das auch auf ihn zutraf. Es war ein Leben voller Privilegien und Vorzüge. Mehr, als sich ein Bauer jemals hätte erträumen dürfen. Dennoch war er nicht glücklich.

»Und ich habe einen Ehemann, der mich nicht liebt.«

Er verschränkte die Arme. »Es wäre nicht die erste Ehe, wo das der Fall ist. Die wenigsten heiraten aus Liebe.«

»Aber ich habe es getan!«

»Das war reichlich närrisch von dir.«

»Ich war noch ein halbes Kind.«

Als er nichts erwiderte, sprang sie auf die Füße. In drei Schritten war sie bei ihm und riss ihn an der Schulter zu sich herum. »Du hast mir vorgegaukelt, dass du für mich das Gleiche empfindest! Du hast mich hinterrücks getäuscht!« Sie hob die Fäuste, um gegen seine Brust zu dreschen. Sie war so schwach, dass er es noch nicht einmal spürte. Sie brach in Tränen aus.

Sanft nahm er sie an den Handgelenken und schaute ihr in die Augen. »Ich habe dich verletzt, Käthe. Das tut mir leid. Ich war eine Zeit lang sehr abgelenkt. Es herrschte Krieg. Aber jetzt möchte ich es wiedergutmachen.«

Energisch versuchte sie, sich aus seinem Griff zu befreien. Er ließ es nicht zu.

»Du widerliches Schwein. Lass mich los!«

»Käthe, bitte nimm meine Entschuldigung an! Ich weiß, ich habe Mist gebaut. Doch ich verstehe dich. Auch ich will glücklich werden. Hier mit dir. Ich will mit deinem Vater zusammen das Geschäft weiter ausbauen. Ich habe große Pläne.«

Ihre Gegenwehr hörte auf. Sie schaute ihn mit verengten Augen an. »Das glaube ich dir nicht.«

Er beugte sich zu ihr hinab, um sie zu küssen. »Vielleicht überzeugt dich das.« Sanft strich er mit seinen Lippen über die ihren.

Seufzend öffnete sie den Mund und schmolz in seine Arme. Sie war beschämend empfänglich für seine Zuwendung.

Carl ließ die Hände über den straffen Rücken ihres Kleides bis zu ihrem Gesäß gleiten. Es war immer noch jugendlich rund. Er konnte sich gut vorstellen, es wieder für sich neu zu erkunden. In seinen Lenden machte sich ein lang vermisstes Kribbeln bemerkbar. Ja, es bestand Hoffnung, dass er dieses Leben als Berliner Kaufmann für sich erobern und dabei glücklich werden konnte.

Die Tür ging auf und Albert stolperte schnaufend herein. Schnell lösten sie sich voneinander wie zwei heimliche Geliebte.

Die Treppe hatte Albert immer schon kurzatmig gemacht, doch heute war sein Gesicht aschfahl. Carl schob ihm eilig einen Stuhl zurecht. Sein Schwiegervater ließ sich geräuschvoll darauf fallen und zerrte an der Kordel, die den Kragen zusammenhielt.

»Danke, Rudolf«, schnappte er. »Diese Treppe scheint mir von Mal zu Mal länger.« Er grinste schief. »Wir sollten den Verkaufsraum nach oben schaffen und selbst mit dem Haushalt nach unten ziehen. Sollen doch die Kunden sich damit abmühen.«

Carl schüttete ihm einen frischen Becher mit gewässertem Wein ein. »Das wäre dem Geschäft nicht zuträglich. Hier, trink einen Schluck.«

Albert nahm den Wein dankbar entgegen.

Käthe legte ihrem Vater eine Hand auf die Schulter. »Gibt es etwas Neues? Was hast du im Rathaus erfahren?«

Albert bedeutete ihnen, ebenfalls Platz zu nehmen. »Friedrich von Hohenzollern hat der Mark Brandenburg den Rücken gekehrt. Es sind schon wieder überall Strohfeuer ausgebrochen.«

Carl war verblüfft. »Das kann nicht sein! Es gibt niemanden mehr, der den Landfrieden brechen könnte. Meinen letzten Informationen zufolge ist Dietrich von Quitzow weiterhin flüchtig und sein Bruder sitzt in Haft, genauso wie Kaspar Gans.«

Albert schüttelte den Kopf. »Dietrich ist wieder da.«

Carl fiel aus allen Wolken. »Er ist zurückgekehrt? Ist er völlig verrückt geworden?«

»Die Leute sagen, kaum dass Burggraf Friedrich abgereist war, war er plötzlich wieder im Land.«

»Aber wieso ist er bereits abgereist? Die Königskrönung sollte doch erst im November stattfinden!«

»Sigismund hat einen dringlichen Appell geschickt, dass Friedrich nach Konstanz kommen solle.«

»Warum nach Konstanz?«

»Es findet ein großes Kirchenkonzil statt. Sigismund will, dass die Wirren um die Doppelpäpste beendet werden. Und er fürchtet den gefährlichen Einfluss solcher Ketzer wie den Hussiten.«

»Aber was hat Friedrich damit zu schaffen?«, fragte Käthe.

»Sigismund hat ihm das Amt des Feldhauptmanns auf dem Konzil übertragen, damit er dort für Sicherheit sorgt. Der König weiß, dass er in ihm einen Freund hat, dem man vertrauen kann.«

»Hat Friedrich für Brandenburg einen Statthalter eingesetzt?«, fragte Carl.

»Seine Gattin Else.«

»Oh«, stieß Carl enttäuscht aus.

Er fühlte sich betrogen. Er hatte so viele Hoffnungen in Friedrich gesetzt! Doch der Burggraf war zu eingebunden in die Belange des Reichs, um sich angemessen um die Mark zu kümmern. Kaum hatte er diesen einzigen militärischen Sieg gegen die Quitzows errungen, war er abgezogen und hatte den Adel wieder sich selbst überlassen. Er würde vielleicht für ein ganzes Jahr nicht zurückkehren. Ob seine Gemahlin solange für Ruhe und Ordnung sorgen würde? Carl konnte es nicht sagen.

»Was reden die Leute sonst noch über Dietrich von Quitzow, Albert?«, fragte er.

»Er hat sich mit seiner Schwägerin zusammengetan. Wie hieß sie noch gleich? Ich glaube Agnes. Sie haben gemeinsam Männer angeworben, die im ganzen Land rauben und brandschatzen.«

Der Gedanke war so abstrus, dass Carl laut auflachte. »Mit dieser grauen Maus?«

Käthe zog eine Augenbraue hoch. »Du kennst sie?«

»Nur flüchtig.«

»Ein paar der Leute, die die beiden zu Freveltaten angestiftet haben, konnte man fassen. Sie sitzen derzeit in Haft und sollen zur Strafe auf dem Marktplatz von Brandenburg gerädert werden. Seitdem ist Agnes von Quitzow unauffindbar. Sie muss außer Landes geflüchtet sein.«

Carls Blick wanderte zum Fenster. Am Himmel zogen neue graue Regenwolken auf.

Er konnte kaum glauben, was er da hörte. Dietrich war zurück, und er machte genauso weiter wie bisher. »Was will er nur damit bezwecken?«, fragte er laut.

»Das ist eine ausgezeichnete Frage, Rudolf.«

Sein Schwiegervater hob den Becher zum Trinken an die Lippen. Das volle Gefäß rutschte ihm unvermittelt aus der Hand. Es landete mit einem Poltern auf dem Dielenboden, der Wein spritzte in alle Richtungen. »Oh je ...«

Käthe sprang verärgert auf. »Ich hole eine Magd.«

Doch dazu kam sie nicht mehr. Sie schrie entsetzt auf. »Vater, was ist mit dir?«

Albert verdrehte die Augen. Seine Hand krallte sich an die Brust. Er rutschte von der Sitzfläche und schlug mit einem lauten Knall auf dem Boden neben der Weinlache auf.

Carl glitt vom Stuhl und kniete sich neben ihn. »Hol Hilfe, Käthe! Schick einen der Burschen in die Jüdengasse.«

Sie nickte und stürzte hinaus.

Carl zog sein Wams aus und stopfte es unter Alberts Kopf.

Der Kaufmann war bleich im Gesicht, seine Augen traten vor Schreck weit hervor. »Werde ich sterben?«, flüsterte er.

Carl schluckte. So etwas hatte er noch nie erlebt. Der Anblick erfüllte ihn mit Grauen. »Gleich kommt Hilfe, Albert. Halte durch!«

Alberts Kehle klickte trocken. »Rudolf, du sollst wissen, dass ich dich als meinen Erben eingesetzt habe.«

»Ruh dich aus. Wir brauchen jetzt nicht über solche Dinge zu reden.«

Doch Albert ließ sich nicht beirren. Er keuchte. »Die Abschrift liegt bei der Gilde hinter Schloss und Riegel. Sie werden alles Weitere für dich in die Wege leiten. Ich möchte, dass du dich meines Sohnes annimmst. Er … hat noch viel zu lernen. Wenn er volljährig ist, soll er seine Hälfte des Handels übernehmen.«

»Denk jetzt nicht dran.« Er legte ihm die Hand auf die Brust. Wo ein kräftiger Herzschlag hätte sein müssen, war nur ein Flimmern. Still begann er, für Albert zu beten.

»Du musst noch mehr Land erstehen und Roggen anbauen lassen. Und kauf Bauholz im Osten. Schiff es nach Hamburg. Eiche ist immer gefragt. Für … den Schiffsbau.«

Carl bedeutete ihm zu schweigen. Albert, sichtlich erschöpft, schloss zunächst den Mund und dann die Augen.

Es dauerte, bis Hilfe kam. Eine Traube von Menschen bildete sich derweil um den sterbenden Kaufmann – die Köchin, die Magd, die Amme mit dem Kind, die Gesellen aus der Verkaufsstube, ein Lieferant, der zufällig gerade vor Ort war, der Bursche, der sich vormittags um das Vieh im Stall kümmerte. Doch niemand wusste mehr zu tun, als zu beten. Betreten starrten sie alle in die schmerzverzerrte Miene des Hausherrn.

Carl schaute in die Runde. »Wo sind seine Gattin und der Sohn?«

»Sie sind auf Besuch bei einer Nachbarin«, sagte einer.

»Worauf wartest du? Hol sie her!«

Einer der Gesellen stürzte rumpelnd die Stiege hinunter.

Eine Magd brachte eine Schale mit kühlem Wasser. Carl benetzte Albert Stirn, Lippen und Handgelenke. Er wusste nicht, was er sonst hätte tun sollen. Nach einer Weile wurden die Gesichtszüge des Kaufmanns friedlich. Der massige Körper erschlaffte.

Carl wurde das Herz ganz schwer. Trotz der Differenzen hatte er den alten Herrn gerngehabt. Prüfend hielt er das Ohr an die Nase. Es war kein Atem mehr festzustellen. Als er den Kopf schüttelte, schluchzte die Köchin laut auf und vergrub das Gesicht in der Schürze.

Käthe und einer der Laufburschen kamen mit einem Mann mit spitzem Hut zurück. Mit argwöhnischen Blicken machte der Haushalt dem Juden Platz.

Der Arzt sank, ohne zu zögern, auf ein Knie. Er fühlte den Puls an Hals und Handgelenk, dann holte er eine polierte Spiegelfläche hervor, die er dem Patienten unter die Nase hielt.

Schließlich kam er wieder auf die Füße. Er schüttelte bedauernd den Kopf. »Ich kann nichts mehr ausrichten. Er ist bereits bei seinem Herrn.«

Die Verbannung

Berlin-Cölln, September 1414

Nessie streckte strampelnd die Arme aus. »Papa! Will mit!«

Die Amme schnalzte mit der Zunge und wandte sich mit dem Kind auf dem Arm ab. »Du kleiner Wildfang kannst nicht mit. Dein Herr Vater geht auf Geschäftsreise.«

»Will aber!« Mit ihren Patschehänden versuchte sie, sich aus den Armen der Amme zu drücken. »Will runter!« Die Beine traten und zappelten.

Carl schaute auf. Er hatte noch einmal die Trense und das Gebiss an seinem Reitpferd überprüft. Auf den Stufen zur Küche stand die Amme. Sie kämpfte verzweifelt mit dem störrischen Kind auf dem Arm, das alles daransetzte, zum Vater vorgelassen zu werden.

»Lass sie runter, Emma. Sie darf ruhig zu mir laufen und sich von mir verabschieden.«

Dankbar befolgte die junge Frau auf dem Treppenabsatz die Anweisung und setzte Nessie auf die Füße.

Das Kind rannte sofort los. Mit hochgerissenen Armen überquerte es den Hof. »Papa!«

»Rutsch mir nicht auf dem vielen Laub aus!«, rief die Amme.

Carl betrachtete seine Tochter. Für ein Mädchen ist sie schnell wie der Wind, dachte er vergnügt.

Er ging in die Knie und las sie auf. Sofort schlangen sich ihre Arme um seinen Hals. »Papa«, seufzte sie. Sie vergrub das Gesicht in seinem Nacken. Die weichen Kinderlocken kitzelten ihn in der Nase. Sie dufteten nach Milch und Honig.

»Bitte verzeiht, Herr«, rief die Amme vom Treppenabsatz zu ihnen hinüber. »Sie ist fürwahr ein sehr eigenwilliges Kind.«

Er winkte ab und strich seiner Tochter über den Rücken. »Sachte! Oder willst du mich etwa zerquetschen?«

Nessie kicherte. Die Vorstellung, dass sie ihrem Vater mit ihrem Fliegengewicht wehtun könnte, war zu lustig. Sie rückte von ihm ab, um Carl ins Gesicht zu sehen. Eine Hand ging zur Narbe auf seiner Stirn. Sie streckte den Zeigefinger aus, um ihn dort sanft zu berühren. »Aua«, sagte sie kritisch.

Er betrachtete ihr Näschen, die Sommersprossen auf den drolligen Bäckchen, den Mund, den sie gern schmollend verzog. Er war hoffnungslos verliebt. »Ich bin nicht lange verreist, meine Kleine. In einer Woche bin ich zurück.«

Nessie konnte mit solchen Zeitangaben nichts anfangen. Schnell schmiegte sie sich wieder an ihn und ließ sich von ihrem Vater auf dem Arm halten.

Der Stallbursche hüstelte in seine Faust. »Wir sind bereit, Herr.«

Der Anführer der drei Waffenknechte, die Carl eigens für diese Fahrt nach Bötzow eingestellt hatte, nickte. »Meine Männer und ich ebenfalls. Wir können jederzeit los.«

Carl, der sich mindestens genauso ungern von seiner Tochter trennte wie sie sich von ihm, hob die Hand und machte eine abwartende Geste. »Ich brauche hier noch einen Moment.«

Die Männer grinsten und wechselten einen Blick. Der hünenhafte Kaufmann mit dem kleinen Mädchen auf dem Arm, das sich an ihn klammerte wie ein Äffchen, ließ selbst das Herz des grimmigsten Kriegers schmelzen.

»Wann auch immer Ihr den Befehl zum Aufbruch gebt, Herr.«

Carl ging ein paar Schritte mit seiner Tochter auf dem Arm, bis er die schmale sonnenbeschienene Mitte des Hofs erreicht hatte. »Hast du denn die Mama irgendwo gesehen?«

Nessie schüttelte den Kopf. Dann zeigte sie aufs Haus. »Da?«

»Ja, das ist eine gute Frage, nicht wahr? Komm, lass uns doch mal nachschauen.«

Er betrat die dämmrige Küche, wo die Köchin klappernd die Töpfe und Pfannen zurück an die Deckenbalken hängte, und durchquerte den Verkaufsraum. Die Angestellten und zwei Kunden begrüßten ihn höflich und er nickte ihnen zu. Er wollte soeben mit Nessie die Treppe hinaufgehen, da kam ihm Käthe von oben entgegen.

Wie immer waren ihre ersten Worte ein geschickt verpackter Vorwurf. »Du willst also wirklich selbst nach Bötzow fahren?«

Seufzend machte er auf dem Absatz kehrt und ging mit ihr wieder zurück nach draußen in den Hof, wo die Männer mit dem vollbeladenen Gespann warteten. »Ich fühle mich wohler dabei, wenn ich persönlich nach dem Rechten sehen kann. Die Straßen sind sehr unsicher geworden.«

»Und gerade deshalb solltest du hier in Berlin bleiben, Rudolf. Du bist ein Kaufmann, kein Waffenknecht. Das ändert auch der Dolch an deiner Seite nichts.«

»Wir werden schon gut auf Euren Gatten aufpassen, Frau Plotho«, sagte der Anführer der bewaffneten Truppe, die Carl auf dieser Fahrt bewachen sollte.

Käthe ignorierte den vorlauten Einwurf. »Hast du nicht selbst gesagt, Rudolf, dass Dietrich von Quitzow erst letzte Woche Nauen überfallen hat? Eine ganze Stadt! Und du glaubst, du kannst mit ein paar finsteren Waffenbrüdern etwas gegen ihn und seine Meute ausrichten?«

Die Neuigkeit, dass der berüchtigtste aller Quitzows wieder in der Mark Brandenburg sein Unwesen trieb, hatte sich in Windeseile bis in die Berliner Wohnstuben herumgesprochen. Es war ein Racheakt gewesen, da Nauen sich erdreistet hatte, offen dem Burggrafen als Landesverweser zu huldigen.

Die schändliche Tat hatte ganz Dietrichs Handschrift getragen. Bevor er mit Brandpfeilen die Stadt attackiert hatte, hatte er voller Arroganz den Bürgern ein Ultimatum gestellt. Er hatte ihnen erlaubt, sich rechtzeitig aus dem Staub zu machen oder sich auf den Überfall vorzubereiten. Doch da im August noch die letzte Ernte eingebracht worden war, hatten sich zum Zeitpunkt der Drohung viele Nauener draußen auf den Feldern befunden. Die Zeit war zu knapp gewesen, um Hab, Gut und Familie in Sicherheit zu bringen. Dietrich war mit seiner Räuberbande über die Stadt hergefallen, hatte beinah alles in Schutt und Asche gelegt und sich mit reicher Beute wieder in Luft aufgelöst.

»Bötzow ist weit weg von Nauen. Es ist unwahrscheinlich, dass ich ihm in die Hände falle. Außerdem: Wenn ich nicht selbst nach Bötzow reise, riskiere ich, dass mich die Bauern dort übers Ohr hauen. Sie tun sich schwer damit, mich als neuen Geschäftsinhaber zu akzeptieren.«

Käthe runzelte die Stirn, doch sie entschied, nichts weiter in dieser Sache zu sagen. Stattdessen strich sie ihrer Tochter über den Rücken.

Nessie hatte sich aufs Schluchzen verlegt. »Papa nicht gehen!«

»Du solltest sie auf die eigenen Füße stellen, Rudolf. Wenn du sie weiter so an dich drückst, wirst du nie von hier fortkommen.«

Er wusste, sie hatte recht. Doch es fiel ihm unendlich schwer. Er gab seiner Tochter einen Kuss auf die tränenfeuchte Wange und beugte sich hinab, um sie auf den Boden zu lassen. Der eigensinnige Tollkopf beschloss, dieses Vorhaben zu boykottieren, und strampelte los.

Er richtete sich wieder auf und versuchte es mit Bestechung. »Nessie, wenn du jetzt brav bist, bringe ich dir ein kleines Geschenk mit. Was denkst du?«

Der Vorschlag zeigte Wirkung. Die Beine hörten auf zu strampeln. Artig ließ sie sich absetzen und strahlte ihn an. Mit den Fäusten rieb sie sich die Tränen aus dem Gesicht. »Geschenk?«

»Ja, eine kleine Überraschung. Ich lass mir etwas einfallen. In Ordnung?«

»Geschenk!«

»Aber du musst brav sein und auf die Mama und deine Amme hören.«

»Geschenk! Lieb dich, Papa!«

Käthe schüttelte den Kopf. »Du kannst ihr doch nicht schon wieder etwas schenken! Sie ist viel zu verwöhnt.«

Nessie stob im Hüpfschritt davon. Am Rande des Hofs fand sie einen langen Stock, mit dem sie zu spielen begann. Carl schaute hingerissen hinterher. »Sie hat in letzter Zeit viel durchgemacht. Erst ist ihr Großvater gestorben, kurz darauf die Großmutter …«

Als hätte Alberts plötzlicher Tod ihr den Rest gegeben, war Käthes Mutter eine Woche später einfach nicht mehr aufgewacht. Sie lag nun neben ihrem Gatten in einem prunkvollen Grab auf dem Friedhof der Marienkirche zur Ruhe.

Käthe beschloss, den Einwand zu überhören. »Warum nimmst du meinen Bruder nicht mit auf die Reise? Er könnte etwas lernen.«

»Er ist in der Schule besser aufgehoben, Käthe. Du hast selbst gesagt, die Straßen sind nicht sicher.«

Sie stemmte die Hände in die Hüften. »Du schließt ihn absichtlich aus. Damit du volle Kontrolle über das Geschäft hast. Dabei lässt du dich die ganze Zeit übervorteilen und wickelst ungünstige Verträge ab.«

Er tat einen Schritt auf sie zu und senkte die Stimme. »Das haben wir oft genug durchgekaut. Ich hatte ein wenig Pech in letzter Zeit. Doch ich arbeite hart, um diese Verluste wieder auszugleichen.«

»Ich kann kaum fassen, dass Vater dir so viel Vertrauen entgegengebracht hat.«

»Und ich kann nicht glauben, wie wenig du mir entgegenbringst.«

»Du bist ein unfähiger Kaufmann«, zischte sie.

»Gib endlich Ruhe, Weib!«

»Ich lass mir meine Meinung nicht mehr verbieten! Du treibst uns alle in den Ruin.«

»Es war ein schlechter Sommer, das gebe ich zu. Ich musste mich nach dem Tod deines Vaters erst einmal zurechtfinden. Mich mit den Geschäftspartnern bekanntmachen und sie …«

»Du hast von nichts eine Ahnung! Und ungehobelt bist du noch dazu. Hinter deinem Rücken lacht sich die halbe Stadt über dich kaputt. Es ist mir peinlich, mit dir verheiratet zu sein.«

Er schaute sie betroffen an. Was war nur geschehen, dass diese Frau ihn so verachtete? Er hatte alles versucht, damit seine Ehe funktionierte. Er teilte pflichtschuldig das Lager mit ihr und behandelte sie mit Respekt. Das war mehr, als so manch anderer Ehemann von sich behaupten konnte. »Das meinst du nicht so«, sagte er hilflos.

»Oh doch! Du bist ein jämmerlicher Kaufmann und ein armseliger Gatte. Wenn du diese Fahrt nach Bötzow …«

Ein spitzer Schrei gellte durchs Hoftor.

Es folgten weitere Stimmen, die plötzlich alle durcheinanderriefen.

Käthe fragte besorgt: »Was ist da los?«

Er schaute sich um. Der Hof war leer. »Wo ist Nessie?«

»Sie wird wohl bei der Amme sein …«

Emma stürzte aus der Küche. »Nessie!«

Carl erbleichte. Ihm war, als hätte eine unsichtbare Klaue seinen Nacken gepackt und unbarmherzig zugedrückt.

Er rannte los, in die Richtung, aus der der Lärm gekommen war.

Der Hof öffnete sich zur Spandauer Straße. Vor dem Haus war der Verkehr zum Erliegen gekommen. Ein schweres Ochsengespann stand unbeweglich mitten im Weg. Der Wagenlenker war vom Bock gestiegen und kniete neben einem Gegenstand. Er hatte die gleiche himmelblaue Farbe wie Nessies Kittelkleid und schaute halb unterm Ochsenkarren hervor.

Carl war mit wenigen Schritten bei ihm. Es war Nessie.

Der Fahrer wollte aufstehen, vermutlich um Hilfe zu holen, da packte Carl ihn von hinten am Kragen. Der Mann glotzte in sein vor Zorn rot angelaufenes Gesicht. »Ich weiß nicht, wo die Kleine hergekommen ist, Herr!«, stammelte er. »Der Ochse ist einfach weiter getrottet. Sie geriet unter die Hufe und in die Speichen …«

Carl schmetterte ihm mit voller Wucht eine Faust gegen den Kiefer. Weil er ihn gleichzeitig festhielt, konnte der Mann nicht zu Boden fallen. Das gab Carl die Gelegenheit, gleich ein weiteres Mal zuzuschlagen. Ein Knochen knirschte. Blut spritzte ihm entgegen.

Käthe eilte herbei. Sie schrie und zerrte an Carls Arm. »Lass ihn los, du Unhold!«

Er tat, wie ihm geheißen, und ließ den Wagenlenker los. Dieser sackte an Ort und Stelle schwer getroffen zusammen. Die Haut am Jochbein war aufgeplatzt und er blutete. Wimmernd versuchte er, vor seinem Peiniger davonzukriechen.

Rasch bildete sich eine Menschentraube. Der Judenarzt, der damals bei Alberts Anfall dazu geholt worden war, befand sich zufällig unter den Schaulustigen. Er kniete sich nieder und untersuchte das leblose Kind, doch auch er konnte nichts mehr ausrichten. Ein paar Nachbarinnen schlossen Käthe und die schluchzende Amme in die Arme und führten sie fort.

Carl bekam von all dem nur am Rande mit. Sein ganzer Zorn konzentrierte sich auf nur einen Punkt. Er stürzte dem Wagenlenker hinterher und holte mit dem Fuß aus. Mit voller Wucht trat er ihm in die Weichteile. Der Mann ächzte auf. Er schmiss sich auf die Seite und krümmte sich zu einer Kugel zusammen. Mit den Armen versuchte er, Kopf und Bauch gleichzeitig zu schützen.

Vergebens. Carl trat weiter auf ihn ein, bis sich sein Opfer wimmernd erbrach und zugleich anpinkelte.

Erst jetzt schalteten sich ein paar Passanten ein. Sie packten Carl an den Schultern. Doch der unendliche Zorn war stärker. Er riss sich grunzend los und trat abermals zu. Diesmal erwischte er den Mann am Kopf. Sein Opfer schloss die Augen und erschlaffte. Ein roter Blutfaden sickerte ihm aus dem Ohr.

Die Waffenknechte, die Carl für seine Fahrt nach Bötzow angeheuert hatte, hatten verständnisvoll zugesehen, wie ihr Herr den Fahrer zu Brei verarbeitete. Doch jetzt griffen sie ein. Gemeinschaftlich warfen sie Carl zu Boden und legten sich zu viert auf ihn.

»Ihr dürft ihn nicht umbringen, Herr!«, schnaufte ihr Anführer Carl ins Ohr. »Er muss vor ein Gericht gebracht werden. Dort soll man über die gerechte Strafe entscheiden.«

Carl ächzte. Unter dem vereinten Gewicht der Männer, die ihn zu Boden drückten, drohte er beinah zu ersticken. Jemand brüllte, man solle die Stadtknechte holen, damit man den Unglücksfahrer ins Gefängnis warf. Ob man Carl gleich daneben einbuchten wollte, der ja nur ein Vater in Trauer war, wusste man in diesem Moment nicht so recht zu entscheiden. Um sie herum entbrannte eine angeregte Diskussion.

Carl bettete die Wange in den Staub und ließ sie reden. Es war ihm unmöglich zu begreifen, was soeben geschehen war. Sein kleines Mädchen war tot. Sein ganzer Stolz. Das, was ihn jeden Morgen angetrieben hatte, aufzustehen und den neuen Tag mit Zuversicht und Tatkraft zu begegnen. Der einzige Grund, warum er nach dem Fall von Plaue überhaupt nach Berlin zurückgekehrt war.

Zwei Stadtknechte trafen ein und nahmen die Szene in Augenschein. Als sie den zerschmetterten Körper des Kindes unter dem Wagen entdeckten, schlugen beide ein Kreuz.

»Schlimm, so was«, murmelte der eine. »Erst letzte Woche ist etwas ganz Ähnliches drüben in Cölln passiert.«

Sie wandten sich dem verprügelten Fuhrmann zu und griffen ihm unter die Arme, um ihn grob auf die Beine zu zerren. Er war nicht mehr bewusstlos, doch er war übel zugerichtet. Die Tritte mussten ihm etliche Rippen gebrochen haben. Sein Gesicht hatte die Farbe von Pergament.

Mit dem Eintreffen der Büttel ließen die Waffenknechte wieder von Carl ab. Er blieb auf dem Bauch liegen, doch als er im Augenwinkel sah, wie der Wagenlenker abgeführt wurde, sprang er auf. Mit Gebrüll stürzte er sich ein weiteres Mal auf ihn.

Damit hatte niemand gerechnet. Carl entriss den Bütteln ihren Gefangenen und gab ihm einen kräftigen Stoß. Sein Opfer stolperte überrascht nach vorn. Mit dem Gesicht knallte er gegen einen geschlossenen Fensterladen. Er stöhnte vor Schmerz auf.

Carl packte ihn von hinten am Schopf. Er holte aus und rammte die Stirn ein zweites Mal gegen den Laden. Dann ließ er ihn keuchend los.

Der Mann fuhr benommen herum, um seinem Peiniger ins Angesicht zu blicken. Er hatte nun nicht nur eine Platzwunde über dem Jochbein und einen gebrochenen Kiefer. Auch das Nasenbein war angeknackst.

Das genügte Carl nicht. Er ballte die Faust und schlug zu. Zuerst auf die Nase, dann in den Magen. Als sein Opfer ohnmächtig nach unten rutschte, griff er ihm in die Haare, um ihm das Knie ins Gesicht zu rammen. Der Wagenlenker sackte blutüberströmt zusammen.

Carl trat zurück. Mit einem bitteren Lächeln betrachtete er sein Werk.

Wieder stürzten sich seine Waffenknechte auf ihn und rissen ihn zu Boden. Doch allen war klar, sie kamen zu spät.

Der Mann war längst tot.

Carl teilte seine Gefängniszelle mit einem verschlagenen Beutelschneider und einer zänkischen Wirtsfrau.

Der kreisrunde Kellerraum befand sich vier Ellen unter einem der beiden Türme des Oderberger Tors. Es gab weder Türen noch Fenster. Der einzige Weg hinein war von oben über eine Seilwinde.

Die Einrichtung war spärlich. Es gab keine Möbel, nur eine Schicht aus verwanztem Stroh. Als Abort diente ein Eimer mit Deckel. Das Zankweib wurde nicht müde zu erklären, dass dies ihre größte Erniedrigung sei.

Carl war von den Stadtknechten übel zugerichtet worden. Das rechte Auge war zugeschwollen und er hatte einen Zahn verloren, seinen dritten. Bei allem Verständnis für einen trauernden Vater – niemand war erpicht darauf gewesen, ein weiteres Opfer dieser stahlharten Fäuste zu werden. Sie hatten so lange auf ihn eingetreten, bis er vor Schmerz wimmernd und wehrlos am Boden gelegen hatte. Erst dann hatten sie ihn wie einen leblosen Sack auf einem Karren bis zum Oderberger Tor verfrachtet. Wenigstens hatte man ihn nicht in das Loch hinunter geworfen, das seit einer Nacht und einem Tag sein Gefängnis darstellte. Genauso wie seine Mitinsassen hatten sie ihn behutsam auf einem Holzbrett sitzend hinabgelassen.

Kurz vor Einbruch der Dunkelheit öffnete sich eine schwere Holztür, die zu dem Raum über ihrem Loch führte. Zumindest glaubte Carl, dass es sich um den späten Nachmittag handeln musste, wollte ihn sein Zeitgefühl nicht völlig betrügen.

Ein Gesicht erschien in der kreisrunden Öffnung, erleuchtet von einer Fackel. »Rudolf Schlegel, wir lassen dir die Seilwinde hinab. Du sollst mitkommen.«

Carl nickte und kam auf die Beine. Sein ganzer Körper schmerzte.

Der Beutelschneider begann sofort zu protestieren. »He! Was soll das? Darf der Schläger etwa schon wieder raus?«

»Reg dich ab, Mann. Wahrscheinlich wird er dem Richter vorgeführt«, sagte die Wirtsfrau. »Der kommt bald zurück.«

»Unsinn! Guck dir doch mal diese piekfeine Kleidung an! Der hat Geld. Bestimmt kauft man ihn frei.«

»Er hat einen Mann ermordet. Da hilft kein Geld der Welt.«

Carl ließ sie weiter spekulieren und wartete auf das Sitzbrett. Er wusste genauso wenig wie seine Mithäftlinge, was als Nächstes geschehen würde.

Die beiden Wachen betätigten die quietschende Kurbel und beförderten ihn ächzend nach oben. Sie führten ihn eine schmale Treppe hinauf und in einen Gang mit gewölbtem Boden, der offenbar über der Tordurchfahrt lag. Dann ging es an einem Aborterker vorbei wieder eine Stiege hinab. Carl fiel das Gehen schwer. Er trug eine eiserne Kette zwischen den Händen, die bei jeder Bewegung rasselte.

Schließlich erreichten sie eine geheizte Stube, wohl der Aufenthaltsraum der Wachen. An einem Tisch in der Mitte saß Käthe. Sie war blass und hatte Ringe unter den Augen. Als sie sein geschundenes Gesicht erblickte, flackerte Furcht in ihnen auf.

»Dein Weib will mit dir sprechen«, sagte der Wachmann. »Auf ihren Wunsch hin postieren wir eine Wache am Eingang. Komm also nicht auf dumme Ideen.«

Carl nickte. Er glitt auf den zweiten Stuhl, der Käthe gegenüberstand.

»Was hast du dir dabei nur gedacht?«, fragte sie, sobald sich die Tür geschlossen hatte.

Er zuckte mit den Schultern, was die Kette zum Rasseln brachte. »Hab überhaupt nicht gedacht. Der Kerl hat mein Kind auf dem Gewissen.«

»Sie war auch mein Kind.«

Er nickte.

»Bereust du denn gar nicht, was du getan hast?«

»Tut das was zur Sache?«

Sie seufzte. »Ich habe immer gewusst, dass ich mit einem Grobian verheiratet bin, der weder Gefühle noch ein Gewissen hat. Aber dass er auch ein Mörder ist …«

Ich habe noch so viel Schlimmeres getan, dachte Carl. Du kennst ja nur die halbe Wahrheit. Er leckte sich die trockenen Lippen. »Wie geht's weiter?«

»Ja, richtig.« Sie beugte sich zu etwas hinab, das neben ihren Füßen auf dem Fußboden ruhte, und legte es sich auf den Schoß.

»Was ist das?«

»Da drin sind Unterlagen. Ich war bei einem Rechtsgelehrten.«

»Das ging schnell. Woher kennst du Rechtsgelehrte?«

»Die Gilde hat mir geholfen.«

»Verstehe.«

Sie grinste matt und zog eine lederne Mappe hervor, die sie vor ihm auf den Tisch legte. Als sie sie öffnete, sah er, dass darin mehrere Schriftstücke lagen.

»Unsere Scheidungspapiere?«, fragte er spöttelnd.

Um ihren Mund erschien ein bitterer Zug. »Nein, das hier ist eine Urkunde, die besagt, dass du deinen Anteil am Geschäft meinem Bruder überschreibst.«

»Dein Bruder ist noch ein Kind.«

»Unser Onkel in Spandau wird der Vormund sein. Aber er wird mir freie Hand lassen.«

Er ließ sich zurückfallen. »Aha. Das hast du dir sehr geschickt überlegt.«

»Was hast du erwartet, was jetzt passiert, Rudolf? Glaubst du, du gehst als freier Mann hier raus? Als unbescholtener Bürger?«

»Hab gar nichts gedacht. Hab dem Kerl nur das gegeben, was er verdient hat.«

»Das hätte ein Richter zu entscheiden gehabt! Doch du hast dich über das Gesetz gestellt und den Kutscher mit bloßen Händen ermordet.«

»Er hat Nessie auf dem Gewissen.«

»Es war ein Unfall! Das Kind ist ihm zwischen die Speichen gelaufen. Er hätte nichts mehr ausrichten können.«

Er sah sie stumm an. Es war sinnlos, mit ihr darüber zu streiten. »Du willst also, dass ich mich aus dem Geschäftsleben zurückziehe.«

»Dir bleibt gar nichts anderes übrig. Die Gilde hat dich ausgeschlossen. Du hast keine Möglichkeit mehr, in Berlin als Händler zu arbeiten.«

Er nickte. Er war wenig überrascht.

»Und der Rat hat entschieden, dass du die Stadt zu verlassen hast. Du bist auf Lebenszeit gebannt.«

Das war ein schwerer Schlag. »Auf Lebenszeit?«

»Du darfst weder Cölln noch Berlin jemals wieder betreten. Wirst du hier aufgegriffen, wird man mit dir kurzen Prozess machen. Dann verlierst du den Kopf.«

»Steckst du etwa dahinter? Hast du dafür gesorgt, dass man mich auf immer und ewig der Stadt verweist?«

»Ich habe eine hohe Summe dafür gezahlt, dass es nur dabei bleibt. Der Rat war fest entschlossen, dich enthaupten zu lassen. Es war dein Glück, dass du nicht auch noch den Dolch gezückt hast. Das hätte dir garantiert das Kreuz gebrochen.«

Er schluckte und wandte den Blick ab.

»Das hast du dir alles selbst zu Schulden kommen lassen, Rudolf. Jetzt bist du ein verurteilter Verbrecher. Du wirst nie wieder ein Kaufmann sein können. Dein Ruf ist ruiniert.«

Er kniff die Lippen zusammen und starrte die Wand an. Erst jetzt wurde ihm die Tragweite seines Handelns völlig bewusst. Er hatte soeben seine gesamte Lebensgrundlage verloren.

Sie zeigte mit dem Finger auf die Urkunden. »Deshalb musst du meinem Bruder das Geschäft übergeben.« Sie blickte hoffnungsvoll auf.

»Reich mir Feder und Tinte.«

Sie schüttelte und entkorkte das kleine Fläschchen, das auf dem Tisch stand, und schob ihm einen Federkiel zu. Hilfsbereit deutete sie auf die richtige Stelle. »Dorthin musst du ein Kreuz setzen.« Sie öffnete die Tür und winkte den Wachmann heran, der die Unterschrift bezeugen sollte.

Carl nahm die Feder zur Hand und schrieb in wackeligen Buchstaben »Rudolf Schlegel«.

»Wie schön, du kannst sogar deinen Namen schreiben«, kommentierte sie giftig.

Er schob ihr die Urkunde zu. »Jetzt möchtest du bestimmt auch noch die Scheidung einreichen.«

»Ich habe mich erkundigt. Das wird nicht so einfach sein. Dass man dich bannt, reicht nicht aus, um eine Annullierung zu erwirken.«

»Was, wenn ich dir sage, dass ich ein Bigamist bin. Würde das ausreichen?«

Sie riss die Augen auf. »Du bist was?«

»Ich war bereits verheiratet, als ich dich zur Frau nahm. Unsere Ehe ist also nicht rechtens.«

»Du machst Witze, Rudolf!«

»Ich heiße auch nicht Rudolf.«

»Eine Lüge!«

»Ich war nie ehrlicher zu dir, liebe Käthe.«

Ihr blasses Gesicht wurde noch bleicher. »Was sonst hast du mir verschwiegen?«

»Nicht viel. Außer vielleicht, dass ich nicht aus Strausberg komme. Und dass mein Vater kein Kaufmann war. Du hattest also immer recht mit deinen Vermutungen.«

»Du bist ein Schwein.«

»Ich weiß.«

Sie betrachtete die Urkunden, auf denen die Tinte trocknete. »Willst du mir erzählen, wer du eigentlich bist?«

»Ich sage dir nur eins: Wenn du eine Scheidung erwirken willst, dann musst du jemanden in das Dorf Luchow im Ruppiner Land schicken. Dort gibt es einen Pfarrer namens Joachim. Der hat mich getraut. Mein Name steht im Kirchenbuch.«

»Wie lautet dein richtiger Name?«

»Carl.«

»Und deine Frau?«

»Mette.«

Sie kräuselte die Lippen. »Mette.«

Die Angaben würden ausreichen, um zu beweisen, dass er niemals einen Bund der Ehe mit ihr hätte eingehen dürfen. Es war das Mindeste, was er für sie tun konnte. »Eine Bitte hätte ich allerdings an dich. Warte, bis ich weit fort bin.«

»Weil auf Bigamie die Todesstrafe steht.«

Er grinste schief. »Sieht so aus, als hätte ich den Tod gleich mehrfach verdient.«

Sie betrachtete ihn mit traurigen Augen. »Ich werde Nessie neben ihren Großeltern auf dem Friedhof an der Marienkirche beerdigen lassen. Solltest du dich eines Tages mal in die Stadt schleichen.«

»Danke.«

»Du hast es nicht verdient, dass ich dir das sage.«

»Ich weiß.«

»Du hast mich nur benutzt.«

Er erwiderte darauf nichts.

»Ich wünschte, ich hätte dich nie gekannt.« Sie begann, die Urkunden sorgfältig in die Ledermappe zurückzulegen. »Ich will dich nie wieder sehen. Wage es ja nicht, eines Tages bei uns vorbeizuschauen. Ich will das alles hinter mir lassen. Vielleicht heirate ich eines Tages noch einmal.«

»Ich würd's dir wünschen, Käthe.«

Sie fuhr auf. »Und ich wünsche mir, dass dich der arge Quitzow holt!« Es war eine neue Redewendung, die seit einigen Monaten in der Mark die Runde machte.

Wie passend, dachte Carl verdrossen.

»Wenn ich die Wachen richtig verstanden habe, wirst du nach mir raus eskortiert. Ich habe dein Pferd mitgebracht. Es steht gesattelt bereit.«

»Ich werde nach …«

»Sag mir nicht, wohin du gehst. Ich will es nicht wissen.«

Mit den Dokumenten unterm Arm schritt sie zur Tür. Sie rauschte mit hoch erhobenem Kopf hinaus. Carl sah ihr nicht hinterher. Sie hatte es nicht für nötig befunden, sich von ihm zu verabschieden.

Nach einiger Zeit kam jemand mit einem Schlüssel. Er befreite Carl aus den Handfesseln. Er stand auf, um dem Wachmann nach draußen zu folgen.

Die Sonne schickte sich an unterzugehen. Es war ein ungünstiger Zeitpunkt, um eine Stadt zu verlassen. Er würde irgendwo im Wald nächtigen müssen.

Sein Pferd begrüßte ihn mit einem Schnauben. Der Sattel war mit einigen Dingen bestückt, die Käthe ihm gnädigerweise überlassen hatte, unter anderem ein warmer Mantel, sein Schwert und ein Schlauch mit Wein.

Er nahm einen kräftigen Schluck, füllte seine Lungen mit der kühlen Abendluft und schwang sich in den Sattel. Der Schmerz in seinen Rippen war enorm. Er biss die Zähne zusammen und steuerte das Pferd vom Tor weg. Mit einem Schnalzen wandte er sich der Brücke zu. Sein Herz war gleichzeitig schwer und leer.

Die Sonne am Horizont färbte den Himmel in ein leuchtendes Orange. Hinter Carl verschlossen die Wachen mit lautem Rumpeln das Tor für die Nacht.

Jenseits des Stadtgrabens bog er nach rechts ab, vorbei an den armseligen Hütten der Vorstadt. Die Straße vor ihm war verwaist. Ohne sich noch einmal umzusehen, gab er dem Pferd die Sporen und lenkte das Tier in Richtung Teupitz.

Der Sand

Luchow, Januar 1417

Die Nacht war pechschwarz und bitterkalt. Carl hob die Faust und pochte ein zweites Mal gegen die schwere Holztür. In seinem Rücken überschlug sich der Hofhund beinah vor Gebell. Es war eines von diesen Tieren, die eher vor Furcht als aus Beschützerinstinkt keiften. Carl schmerzten vom Kläffen bereits die Ohren.

Nichts tat sich. Enttäuscht ließ er die Hand sinken. Sie fürchtet sich zu sehr, dachte er. Die Zeiten werden immer unsicherer. Sie wird mir nicht aufmachen.

Plötzlich öffnete sich zögerlich vor ihm die Tür, zunächst nur einen Spalt weit, dann ganz. Sein Herz machte einen freudigen Satz.

Vor ihm stand Mette. Ihre Wangen waren gerötet, um den Kopf hatte sie ein schlichtes weißes Tuch geschlungen. In der zitternden Hand hielt sie einen gefährlich aussehenden Dolch.

»Kann verstehen, wenn du mir den direkt ins Herz stoßen willst«, sagte er.

Ihre Augen wurden vor Überraschung groß wie grüne Seen. »Carl!«

Er schloss die Lider, wölbte die Brust nach vorn und hielt den Atem an. »Nur zu.«

»Du Mistkerl!«

»Ja, ich weiß.«

»Wo bist du all die Zeit gewesen?«

Er öffnete vorsichtig ein Auge. »Ist eine lange Geschichte.«

»Warum bist du zurückgekommen?«

Als der Stoß immer noch ausblieb, wagte er, das Zweite zu öffnen. »Das will ich dir gern erklären. Darf ich vielleicht vorher reinkommen? Der Köter bellt sich sonst die Lunge aus dem Leib.«

Ihr Blick wanderte zur gezückten Klinge in ihrer Hand. Beschämt senkte sie den Arm und bedeutete ihm mit einer Geste einzutreten.

Er folgte ihr mit dem Pferd ins Haus. Es war drinnen kaum heller als draußen. In der Diele knisterte ein lebhaftes Feuer. Es roch nach Kuhmist und süßlichem Getreidebrei, vertraute Düfte seiner Kindheit. Am fernen Ende machte er eine kleine schlafende Gestalt und eine aufrecht sitzende Person aus. Als er näher kam, erkannte er, dass es Arndt war. Er begrüßte ihn, doch der Knecht regte sich nicht, sondern starrte nur nachdenklich in die Flammen.

»Er ist so gut wie taub«, erklärte Mette. Sie ging zu Arndt hinüber und berührte ihn sacht an der Schulter. »Arndt, guck mal, wer hier ist!«

Der Kossäte schaute auf und kniff die Augen zusammen. Er glotzte verdutzt Carl an. »Da hol mich doch …«

Carl blieb mit dem Pferd unschlüssig im Raum stehen. Es war zwar finster, aber im Schein des Feuers konnte er erkennen, dass Mette sich im Laufe der Jahre eingerichtet hatte. Es gab niedrige Schemel, auf denen man sitzen konnte, und diverse Gefäße und Behälter, um Lebensmittel zu lagern. An der Wand hingen Werkzeuge und Kochutensilien. Hinter ihm muhte eine von drei Kühen.

»Ist wärmer, als ich es in Erinnerung habe«, sagte er.

Mette rückte ihm einen Schemel zurecht. »Wir haben das Haus mit Schafswolle abgedichtet. Und wir haben endlich genügend Holz, um im Winter dauerhaft zu heizen. Wir hatten ertragreiche Ernten.«

»Freut mich«, sagte er unbeholfen.

»Du kannst das Pferd bei den Kühen anbinden. Da ist noch Platz.«

Er machte sich ans Werk, band das Tier an und befreite es vom Sattel. Während er den Gaul für die Nacht vorbereitete, schritt Mette zu einem Fässchen, öffnete den Deckel und schöpfte Bier in einen irdenen Krug.

Carl nahm auf dem bereitgestellten Schemel Platz und sie reichte ihm das Getränk. »Danke. Ist nach der langen Reise genau das Richtige.« Er trank durstig. Verblüfft setzte er ab. »Das ist köstliches Bier, Mette!«

Arndt lachte über Carls lustigen Gesichtsausdruck. »Sie hat sich von den anderen Frauen zeigen lassen, wie es richtig geht.«

Mette schüttelte den Kopf. »Undankbar.«

»Es ist herrlich! Danke.« Carl nahm gleich noch einen zweiten Zug.

»Also, warum bist du hier, Carl? Glaub ja nicht, dass ich dich wie einen lang entbehrten Gast bewirten werde.«

»Nein, ich weiß. Hätte ich wirklich nicht verdient.«

Sie musterte ihn mürrisch. Dann nahm sie einen Hocker zur Hand, setzte ihn unter einen Leinenbeutel, der von der Decke hing, und kletterte hinauf. Als sie dort oben stand, erhaschte er einen Blick auf ihre wohlgeformten Unterschenkel, die in langen wollenen Strümpfen steckten. Er versuchte wegzuschauen, doch es war unmöglich.

Sie zog einen runden Käse aus dem Beutel. Mit dem Messer schnitt sie ein großzügiges Stück ab, befestigte das Säckchen wieder am Balken und stieg vom Hocker. Sie reichte Carl den Käse. »Hier.«

Als er das Essen entgegennahm, berührten sich zufällig ihre Finger. Eilig zog sie die Hand weg und nahm den Schemel auf, um sich auf die gegenüberliegende Seite des Feuers zwischen Arndt und das schlafende Kind zu setzen.

Er ließ es sich schmecken. Der Käse war würzig und frisch. »Ich war die letzten Jahre bei Elisabeth.«

»Elisabeth wer?«

»Dietrichs Frau.«

Ihr klappte vor Staunen der Mund auf. »Warum warst du bei Dietrichs Gattin?«

»Hab mich dort als ihr Waffenknecht verdingt.«

»Die ganze Zeit?«

»Zwei Jahre ungefähr.«

»Aber warum?«

»Weil ich an Dietrich dranbleiben wollte.«

»Also hast du ihn endlich getötet? Bist du deshalb zurückgekommen?«

»Nein.«

Sie schnaubte. »Warum hast du's nicht getan?«

»Weil er nicht da war. Elisabeth war bei ihrem Vater, während Dietrich als Söldnerführer durchs Land gestreift ist. Ich hatte gehofft, dass die Sehnsucht nach seiner Gattin eines Tages so groß sein würde, dass er sich zu ihr schleicht. Wie eine Spinne im Netz habe ich auf ihn gewartet, hab jeden Tag gebetet, dass er endlich durchs Tor reitet. Doch die Luft war ihm wohl zu heiß. Er hat's nicht getan.«

Sie schwieg und starrte in die Flammen. »Und warum bist du jetzt hier?«, fragte sie nach einer Weile.

»Elisabeth ist gestorben. War lange krank.«

Mette schlug ein Kreuz. »Die arme Frau. Ich werde für sie beten. Sie war immer so gut zu mir.«

»Ein Engel. Doch Dietrich war in den letzten Stunden nicht bei ihr. Ist auch nicht zur Beerdigung erschienen.«

»Er ist ja auch ein Sauhund.«

Carl schüttelte den Kopf. »Er hat sie sehr geliebt. Ich denke, er hätt's gern getan, wenn er die Möglichkeit dazu gehabt hätte. Aber sein unstetes Leben ließ das nicht zu.«

Sie stand nachdenklich auf und legte ein Holzscheit nach. Die Flammen loderten zischend und funkenschlagend auf. »Du klingst immer noch wie ein verliebter Narr, Carl.«

Er wusste darauf nichts zu sagen.

Arndt grummelte in seiner Ecke vor sich hin. Sie ging zu ihm hinüber und half ihm, sich auf der Strohmatratze auszustrecken. Fürsorglich deckte sie ihn zu und strich ihm mit der Hand die schütteren Haare aus der Stirn. »Gute Nacht, alter Mann.« Er schloss folgsam wie ein kleines Kind die Augen.

»Erzähl mir von dir«, sagte Carl, als sie sich wieder hingesetzt hatte.

Sie lachte bitter auf. »Was gibt's da zu erzählen? Mein Mann hat zuerst gedroht, mich umzubringen, weil seine Geliebte gestorben ist, und dann hat er mich mit einem alten Trunkenbold und einem kleinen Kind auf einem baufälligen Bauernhof sitzen gelassen.«

Er grinste zerknirscht. »Klingt schlimm, so, wie du das sagst.«

»Du bist ein Arschloch, Carl. Ich hätte dich gar nicht über die Schwelle treten lassen sollen.«

»Ist mein Haus.«

»Nur in deinen Träumen.« Der Schalk blitzte auf in ihren Augen.

Er lachte leise und sie schmunzelte.

Zögerlich fragte er: »Du hast dir keinen neuen Mann genommen?«

Sie zuckte mit den Schultern. »Bin doch schon verheiratet. Und dann ist da Arndt.«

Er nahm einen verlegenen Schluck aus dem Krug. Mit einem Kinnrucken auf das schlafende Kind sagte er: »Der Bastard hat seine blonde Lockenpracht verloren. Sieht seiner Mutter immer ähnlicher.«

Sie folgte seinem Blick. »Oder seinem Vater.«

»Dietrich ist blond.«

»Eben. Der Junge sieht dir immer ähnlicher, Carl. Ich glaube, wir haben uns damals geirrt.«

»Was?« Er sprang auf, um das Kind eingehender zu betrachten. Der Bastard war dunkelhaarig und stämmig gebaut. Die breite Kinnpartie kam ihm schmerzhaft bekannt vor. In der Mitte war genauso ein Grübchen wie bei ihm.

Für einen Moment vergaß er zu atmen. Er war nicht in der Lage, Mette anzusehen. Er schämte sich zu sehr.

»Manchmal sehen wir nur das, was wir glauben, sehen zu wollen«, sagte sie leise.

Auf wackligen Knien kehrte er zu seinem Schemel zurück. »Wie ist er so?«

»Du hinkst«, stellte sie fest.

»Alte Kriegsverletzung. Bin vor einem Jahr aus dem Sattel gefallen und hab mir das Bein gebrochen.«

Sie nahm es mit einem Kopfnicken zur Kenntnis, dann sagte sie: »Er ist ein wildes Kind. Klettert auf alles drauf, findet aber nur selten allein wieder herunter. Und er liebt Pferde.«

»Da wird er sich freuen, wenn er morgen auf einem sitzen darf. Mein Gaul ist lammfromm.«

»Kannst du dich jetzt doch mit dem Gedanken anfreunden, dass er existiert?«

Er ließ die Schultern sacken. »Tut mir leid, Mette. Weiß nicht, was ich sagen soll. Hab alles falsch gemacht.«

»Ja, das hast du.«

»Wenn du mich jetzt hasst, kann ich's dir nicht verdenken.«

Sie sagte darauf nichts.

»Ich weiß nicht, wie viel du darüber weißt, was die letzten Jahre alles passiert ist«, sagte er. »Friedrich von Hohenzollern hat Dietrichs Rebellion niedergeschlagen. Hat ihn aus seiner Burg Friesack geschossen. Dietrich musste fliehen und ist dann untergetaucht.«

»So haben wir das hier auch gehört. Doch Dietrich ist nicht wirklich untergetaucht.«

»Richtig. Er hat bei verschiedenen Fürsten angeheuert. Hat sich am Krieg um die Neumark beteiligt. Später war er im Dienst von Herzog Ulrich von Mecklenburg-Stargard.«

»Der Bruder desselben Stargard, den er einmal, ohne Lösegeld zu verlangen, gefangen genommen hat?«

»Genau der. Doch in Pommern wollte man ihn irgendwann nicht mehr. Friedrichs langer Arm hat dafür gesorgt, dass man ihn trotz seiner militärischen Erfolge rausgeschmissen hat.«

»Wohin ist er dann gegangen?«

»Er war nie weit fort. Zuletzt war er im Dienst des Erzbischofs von Magdeburg.«

Sie runzelte verwirrt die Stirn. »Waren die beiden nicht verfeindet? Auch wegen Burg Plaue? Der Erzbischof wollte doch immer Johanns Burg haben.«

»Friedrich hat Burg Plaue wieder an sich genommen. Jetzt gehört sie keinem von beiden. Johann war nach seinem Sturz lange Zeit in der Haft des Erzbischofs. Doch er konnte ihn irgendwann davon überzeugen, dass er der beste Mann wäre, um ein Heer für ihn gegen die Stadt Brandenburg anzuführen. Und so hat ihn der Erzbischof wieder freigelassen.«

»Was für ein Trottel.«

»Johann wiederum hat Dietrich in seinen Dienst genommen.«

»Die Brüder also wieder vereint.«

Carl nickte. »Und Kaspar Gans ist auch frei.«

»Er war gefangen?«

»Von Friedrich höchstpersönlich festgesetzt und dann auch wieder befreit. Der Verweser ist darauf aus, mit dem Adel zusammenzuarbeiten, nicht, ihn sich für immer zu Feinden zu machen. Doch so ganz bezahlt gemacht hat sich dieses Vertrauen nicht. Zuletzt kämpfte die Gans an der Seite der Brandenburger gegen den Erzbischof.«

»Sie sind wie wilde Tiere. Unbezähmbar.«

Er trank ein letztes Mal aus dem Krug und wischte sich mit dem Handrücken über den Mund. »Kannst dir sicher vorstellen, welch ein Konflikt das für die Quitzows gewesen sein muss, die ja nun im Dienst eines Verbündeten des Verwesers gegen ihren guten Freund Kaspar kämpften.«

»Schwer zu glauben, dass sie für Geld diese Freundschaft aufs Spiel gesetzt hätten. Kaspar ist den Quitzows wie ein Bruder.«

»Genau. Dietrich hat daher die ihm anvertrauten Männer genommen und begonnen, abermals die Altmark zu verwüsten. Er wollte Friedrich damit einen möglichst großen Schaden zufügen. Dass er Friesack verloren hat, hat ihn in seinem Stolz sehr verletzt.«

»Sein Stolz stand ihm schon immer im Weg.«

»Johann hingegen ist klüger. Gibt Gerüchte, dass er sich dem Burggrafen beugen will. Das könnte ihm einen Teil seiner Besitzungen wiederbringen.«

»Er mag das Söldnerführerleben wohl nicht besonders«, schloss Mette.

»Er war noch nie ein Feldherr. Dietrich jedoch ist anders. Er würde es nie übers Herz bringen, das Knie für Friedrich zu beugen.«

»Und Friedrich zieht nun gegen ihn in den Krieg?«

»Nein. Er ist auf dem Konzil in Konstanz. Die Verhandlungen dort nehmen einfach kein Ende. Solange er damit beschäftigt ist, kann er sich nicht um den ständigen Störenfried in den eigenen Reihen kümmern.«

Sie stöhnte auf. »Also hat sich in all diesen Jahren überhaupt nichts geändert! Magdeburg und Brandenburg fechten eine Fehde aus, Dietrich verdingt sich als Räuber in der Altmark, Johann hofft weiterhin auf Burg Plaue …«

»Doch, es hat sich etwas geändert«, unterbrach er sie. »Denn Dietrich hat die Altmark verlassen und ist zu seiner Schwester gezogen.«

»Ich habe gar nicht gewusst, dass er eine Schwester hat«, sagte sie verblüfft.

»Mathilde. Lebt weit fort von hier in Anhalt, auf Burg Harbke.«

»Und was tut er dort in Harbke?«

»Er stirbt.«

Sie starrte ihn über das Feuer hinweg an. »Er stirbt?«

»Irgendetwas rafft ihn dahin. Soll nur noch ein Schatten seiner selbst sein.«

Sie legte den Kopf in den Nacken und atmete erleichtert aus. »Dann ist es bald vorbei.«

»Er darf nicht so einfach sterben, Mette.«

»Warum nicht?«

»Weil ich ihn töten will.«

»Was? Aber wieso? Er ist doch schon so gut wie tot! Du hast es doch gerade selbst gesagt!«

»Er muss durch meine Hand sterben. Das ist meine Art von Gerechtigkeit.«

»Deshalb bist du also zurückgekommen. Um mir das zu sagen.«

»Bin zurückgekommen, weil ich mich entschuldigen wollte. Weil ich dich über alles liebe. Und weil ich ohne dich nicht sein kann.«

Ihr entwich ein Schnauben. »Die Einsicht kommt reichlich spät, Carl. Schon mal überlegt, dass ich dich nach all den Jahren vielleicht gar nicht mehr will?«

»Ich weiß. Ich Mistkerl hab alles falsch gemacht.«

»Ja, das hast du. Du hast ein Leben in Frieden aufgegeben, um einem Gespenst hinterherzujagen.«

»Hätte anders niemals Ruhe finden können. Und ich brauchte Abstand.«

»Abstand von mir?«

»Abstand von mir.«

Sie nickte mechanisch, während sie sich das soeben Gesagte durch den Kopf gehen ließ. Dann stand sie plötzlich auf, um die Reste ihres Biers in einen leeren Bottich zu gießen. Mit einem Schürhaken brachte sie Ordnung ins ersterbende Feuer und legte ein letztes Holzscheit für die Nacht nach. Funken stoben verloren in die Dunkelheit und ließen ihr Gesicht aufglühen. Ihr entwich ein Gähnen. »Es ist spät, Carl. Wir sollten morgen weiterreden. Wie lange bleibst du?«

»Ein paar Tage.« Er sah sich um. »Hast du noch eine freie Matratze für mich? Oder soll ich mich zu den Kühen legen?«

»Ich habe keine freie Matratze.« Sie zögerte. »Aber du kannst bei mir schlafen. Ich habe nichts gegen ein wenig Wärme.« Sie hob die Hände über den Kopf und löste in ihrem Nacken das Kopftuch. Darunter kamen lange braune Haare zum Vorschein. Mit einem sehnsüchtigen Seufzen stellte er fest, dass sie sich seit ihrer ersten Begegnung in der Burgküche kaum verändert hatte.

Er hob mit schwerem Herzen seine Hand zum Schwur. »Danke dir. Verspreche, ich werde dich nicht anrühren.«

Sie tat einen Schritt auf ihn zu und stemmte die Fäuste in die Hüften. Kopfschüttelnd sah sie von oben auf ihn herab. »Ich sehe schon. Du Torfkopf hast immer noch nichts dazugelernt.«

Am nächsten Morgen schickte sie ihn schlaftrunken zum Friedhof. »Sie liegt neben ihrem Bruder.«

Er küsste ihr nacktes Schlüsselbein, kam in der Dunkelheit auf die Beine und zog sich an. Als er vor die Tür trat, sah er, dass es in der Nacht geschneit hatte. Die Gräber waren von pulvrigem Schnee bedeckt, dessen Jungfräulichkeit noch keine Fußstapfen zerstört hatten.

Kuno hatte für Anne ein schlichtes Holzkreuz aufstellen lassen, so wie es beinah jedes Grab in Luchow zierte. Niemand in der Gegend verstand sich auf das Beschlagen von Steinen und ein Grabstein wäre sowieso unerschwinglich gewesen. Carl hatte nichts, was er mitten im Winter darauf hätte ablegen können. Deshalb sprach er nur ein stummes Gebet für Anne und Rudi, bevor er sich den Grabstätten seiner eigenen Familie zuwandte und hier das Gleiche tat.

Tief in Gedanken versunken kehrte er zum Haus zurück, wo Mette inzwischen das Frühstück kochte. Als er den Hof betrat, schlug abermals der Hofhund an, ein schwarzes Biest mit furchterregenden Zähnen. Er machte seine Aufgabe so gut, dass Carl vor Schreck zusammenfuhr. Amüsiert warf er dem Köter einen Stock zu.

Während der Hund abgelenkt war, überquerte er zügig den Hof. Er bemerkte, dass jemand das verfluchte Scheunentor geölt hatte. Es quietschte nicht mehr im Wind. Dann fiel ihm ein, dass er gut fünfeinhalb Jahre fort gewesen war. Natürlich hatte jemand in der Zwischenzeit das Tor geölt.

Er trat in die warme Stube und klopfte sich am Eingang den Schnee von den Schultern.

Mette stand hinten am Herd, die Wangen herrlich gerötet. »Schneit es draußen immer noch?«

Auf der Bank saß ein Junge mit vom Schlaf verwuschelten Haaren. Mit beiden Händen trank er durstig aus einer Holzschale. Unterm Tisch schwangen seine Beine rastlos vor und zurück.

»Nur ein paar Flocken«, antwortete Carl.

Er zog den Mantel aus und trat langsam näher. Als er am Morgen das Haus verlassen hatte, hatte der Junge noch geschlafen. Er ließ sich gegenüber auf die Bank sinken, um dem Kind beim Trinken zuzuschauen.

Als der Kleine die Schale absetzte, hatte er einen Milchbart.

Mit ernstem Gesichtsausdruck fragte Carl: »Bier?«

Der Knabe runzelte die Stirn und wechselte einen Blick mit seiner Mutter. »Warme Milch natürlich!«

Die Art, wie er es sagte, ließ Carls Herz sich schmerzhaft verkrampfen. Ihm war, als schaute er in einen Spiegel. Er wagte ein zögerliches Lächeln. »Ich bin Carl.«

»Ich auch.«

»Das ist dein Vater«, sagte Mette. »Er war lange fort.«

Der Junge setzte geräuschvoll die Schale auf den Tisch. Er schien nicht beeindruckt oder verunsichert. Mit dem Finger zeigte er auf den Stallteil des Hauses. Carl drehte sich um, um in die gleiche Richtung zu schauen. »Ist das da drüben dein Pferd?«

»Ja. Ich habe ihn Sigismund genannt. Nach dem König.«

»Ob der König das wohl mag?«

»Er muss es ja nicht erfahren.«

Der kleine Carl gluckste. »Dann ist er ein Junge?«

»Ja, ein Wallach.«

»Was ist ein Wallach?«

Carl wechselte einen Blick mit Mette. »Nun ja …«

»Wie alt ist er?«

»Vier.«

»Dann bin ich älter!« Er legte den Kopf schief. »Wie alt werden Pferde denn?«

»So zwanzig, fünfundzwanzig Jahre.«

»Kann man sehen, wie alt ein Pferd ist?«

»Man sieht es an den Zähnen.«

»Kann ich mal gucken?«

Carl schnappte nach Luft. Er schaute zur Decke und stöhnte auf. »Herr im Himmel!«

»Später«, sagte Mette schmunzelnd.

Das entlockte dem kleinen Carl ein Lächeln. »Mama, ob ich wohl mal auf Sigismund reiten darf?«

Sie füllte Brei vom Kessel am Feuer in eine Schale. »Das musst du schon deinen Herrn Vater fragen.«

Carl schüttelte fassungslos den Kopf. »Der fällt wohl gern mit der Tür ins Haus.«

Die großen Kinderaugen gingen fragend zu ihm zurück.

Carl nickte. »Wir machen heute zusammen einen Ausritt. In Ordnung?«

Mette stellte dem Kind den Brei hin. »Erst wird gefrühstückt.«

Der Junge machte sich mit Feuereifer ans Werk.

Arndt kam durch die Hoftür mit einem Stapel Holz unterm Arm herein. Ächzend legte er die Last ab und schlurfte zum Tisch. Mette versorgte auch ihn mit einer Schale Brei und er begann zu löffeln. Nach einigen Bissen sah er grinsend auf. »Das Einzige, was ich noch essen kann. Kein Zahn ist mir geblieben.« Er sprach ein wenig zu laut, wahrscheinlich, weil er nicht mehr gut hörte.

Auch Carl bekam sein Frühstück serviert. Er nahm den Löffel vom Gürtel und begann zu essen. Mette setzte sich neben ihren Sohn.

Zwischen zwei Bissen sagte Carl: »Wie ich sehe, kommt ihr gut zurecht.«

»Arndt ist nicht mehr der Jüngste. Aber er hilft, wo er kann. Zur Ernte stelle ich immer zusätzliche Leute ein. Doch eigentlich habe ich das meiste Rudi zu verdanken.«

Rudi, dachte Carl. Annes Sohn. Wie alt mochte er jetzt wohl sein?

»Er ist sechzehn. Ein gestandener Mann«, sagte Mette, so als hätte sie seine Gedanken gelesen. Manchmal war sie ihm richtig unheimlich.

So alt wie ich damals, dachte er. Damals, als alles begann.

»Er hat ein nettes Mädchen gefunden. Du würdest sie mögen. Sie wollen im Frühjahr heiraten.«

Diese Nachricht machte ihn unbändig stolz, dabei wusste er, dass er sich nichts davon selbst zuschreiben konnte. Rudi war ganz von allein erwachsen geworden. Wenn überhaupt, dann konnte man Kuno als seinen Ziehvater für diese Entwicklung verantwortlich machen. »Ich kann nicht glauben, wie schnell die Zeit vergangen ist.«

»Du müsstest dich nur einmal im Spiegel angucken, Carl. Dein Haar ist weiß geworden.«

Er fuhr sich an den Schopf. »Nur ein paar Strähnen.«

Grinsend schüttelte sie den Kopf. Über den Tisch hinweg ergriff sie seine Hand und sah ihm in die Augen. »Nur ein paar Strähnen.«

Er führte ihre Hand an seine Lippen und küsste die Finger.

Arndt löffelte weiter, doch ihm entging diese vertraute Geste nicht. Auf seinem Gesicht zeichnete sich ein zahnloses Grinsen ab.

Der kleine Carl war weniger feinfühlig. Er zerstörte den kostbaren Moment mit einer weiteren Frage. »Mama, kann ich noch mehr Brei haben?«

Mette sprang auf und füllte am Herd die Schale nach. »Wann willst du mit dem Jungen den Ausritt machen?«, fragte sie dabei.

»Nach dem Essen? Ich hatte gehofft, dass du mitkommst.«

Nachdenklich hielt sie beim Napfbefüllen inne. »Ich weiß nicht. Es gibt viel zu tun.«

»Möchte dir etwas zeigen.«

»Ich will deine Insel nicht sehen, Carl.«

»Nicht die Insel.«

Sie verzog das Gesicht, doch sie fragte nicht weiter nach.

Nach dem Essen half er ihr bei der Reinigung des Geschirrs und sie ließ es geschehen. Dann sattelte er das Pferd und sie kleidete ihren Sohn in einen warmen Umhang. Zu dritt machten sie sich stapfend auf den Weg, das Kind im Sattel.

Als sie angekommen waren, schaute sie sich verwirrt um. »Wo sind wir?«

Carl ließ den Blick über die nackten Bäume und wintertrockenen Gräser schweifen. Die fahle Sonne war hervorgekommen und ein paar verirrte Stare zogen am eisblauen Himmel ihre Kreise. »Das ist Kunos Acker.«

»Warum führst du uns hierher?«

»Weil hier mal ein Schatz vergraben lag.«

Sie schaute ihn verdutzt an. »Ein Schatz?«

Er holte eine lange Leine hervor und befestigte sie an einem Ring in der Trense. Er führte Sigismund zum Rand des brachliegenden Feldes und entrollte die Leine. Mit leichtem Humpeln kehrte er zur Mitte zurück. Mette folgte ihm.

Er knallte mit der Peitsche. Das Pferd setzte sich folgsam in Bewegung. »Gerade sitzen und nicht zappeln!«, rief er dem kleinen Carl zu.

»Tue ich auch nicht!«

Mette sagte: »Lass ihn traben. Dann wird er richtig müde.«

»Ich möchte erst schauen, wie gut er sich hält. Später wird getrabt.«

»Einverstanden.«

Sie beobachteten eine Zeit lang, wie ihr Sohn auf dem Pferd seine Runden drehte. Nach einer Weile sagte Carl: »Kurz bevor Dietrich von Quitzow das Dorf überfallen hat, haben Annes Bruder und ich hier auf diesem Acker einen vergrabenen Schatz mit Silbermünzen gefunden. Ziemlich genau an der Stelle, an der du jetzt stehst.«

Ihr Blick ging nach unten auf ihre Schuhe, die sie mit Schafswolle gegen die Schneekälte gefüttert hatte.

»Haben ihn wieder zurückgetan«, fuhr er fort. »Doch als Anne gestorben ist, habe ich den Schatz ausgegraben und bin damit nach Berlin gegangen.«

»Warum?«

»Hab mir erhofft, mit dem Geld gegen Dietrich vorgehen zu können.«

»Und dafür bist du nach Berlin gegangen?«

Er runzelte verärgert die Stirn. »Carl, hab gesagt, du sollst dich gerade halten! Und schau nach vorn! Wenn das Pferd stolpert, willst du nicht runterpurzeln, weil du nicht richtig aufgepasst hast.«

»Was hast du in Berlin gemacht?«, fragte Mette.

»Bin ein Kaufmann geworden.«

Sie stolperte einen Schritt zurück. »Ist nicht wahr!«

Er grinste spitzbübisch. »Habe mir das Vertrauen der Gilde erschlichen und wurde ein Mitglied.«

»Das glaube ich nicht, Carl! Das hätten die dir nie und nimmer abgekauft.«

»Hast recht. Musste nachhelfen.«

»Nachhelfen?«

»Sie wollten mich nicht haben ohne Leumund. Hab alles versucht – unmöglich. Also hab ich eine Kaufmannstochter geheiratet.« Innerlich wappnete er sich gegen den Schlag, doch der blieb aus.

»Dann stimmt es tatsächlich«, murmelte sie.

»Du hast davon gehört?«

»Weißt du, vor einigen Jahren kamen Fremde ins Dorf. Sie klopften bei mir an die Tür und fragten, ob ich mit dir verheiratet sei.«

Er erinnerte sich daran, dass er Käthe damals diesen Hinweis gegeben hatte. »Und was hast du gesagt?«

»Ich habe ihnen die Wahrheit gesagt.«

Er stieß erleichtert die Luft aus. »Das ist gut. Danke.«

»Aber dann bist du ja ein Bigamist!«, rief sie erschüttert.

»Hast recht. Sollte mich wohl nicht erwischen lassen.« Er hob die Stimme und rief seinem Sohn zu: »Bereit für ein bisschen Traben?«

Der Junge strampelte aufgeregt mit den Beinen, so als würde dies das Tier antreiben. »Ja!«

»Gut festhalten!« Carl schnalzte mit der Zunge und ließ die Peitsche knallen. Sigismund wechselte in einen lockeren Zweitakt.

Mette legte eine Hand an seinen Oberarm. »Dafür können sie dich hinrichten.«

»Ich weiß. Ging nicht anders.«

»Hast du sie geliebt, diese Kaufmannstochter?«

»Nein«, sagte er freimütig.

»Habt ihr Kinder bekommen?«

»Eins.«

Sie schwieg und ließ die Hand sinken. Er wusste, er musste ihr Zeit geben, um das alles zu verdauen. »Was ist dann passiert?«, fragte sie schließlich.

»Hab mein Geld in eine große Donnerbüchse investiert, die sich Friedrich von Hohenzollern vom Deutschen Orden leihen wollte. Man sagt, es sei die größte der Christenheit.«

»Du hast ihn getroffen? Friedrich von Hohenzollern? Etwa persönlich?«

»Sind so was wie Freunde geworden.«

Sie schüttelte ungläubig den Kopf. »Potzblitz! Und wie weiter?«

»Mit der Kanone haben wir Dietrich aus seiner Burg verjagt.«

»Dann steckst du also dahinter!«

»Ja. Doch leider konnten wir ihn nicht erwischen. Dietrich ist geflüchtet, und danach verlor sich vorerst seine Spur.«

»Und anschließend bist du zu Elisabeth gegangen? Hast du dafür deine Frau verlassen? Weil sie dir nicht mehr nützlich war?«

»Es ist komplizierter als das.«

»Carl, wo auch immer du hingehst, du hinterlässt eine Schneise der Zerstörung!«

»Wär geblieben. Hätte wirklich versucht, mit Käthe und meiner kleinen Familie in Berlin glücklich zu werden. Irgendwie. Doch dann ist plötzlich meine Tochter gestorben. Ein Unfall. Jetzt ist sie ein Engel beim Herrgott im Himmel.« Er schluckte trocken.

Sie hob die Hand, um ihn sanft am Oberarm zu berühren. »Das tut mir leid.«

»Der Kerl, der das zu verantworten hatte, ist unter meinen Fäusten gestorben.«

Sie schwieg betroffen.

Als die Vorwürfe ausblieben, entschied er sich, reinen Tisch zu machen und ihr alles zu erzählen, was ihm auf der Seele lag.

»Bin ein verurteilter Totschläger und ein Bigamist. Und Thomas habe ich auch noch auf dem Gewissen. Und den Mann, der ihn bewacht hat.«

»Thomas? Etwa den Stallmeister? Der Mann, der wie ein Vater zu dir war?«

»Eben der.«

»Aber warum in Gottes Namen?«

»War mir im Weg. Drohte, mich zu verpfeifen.« Er warf ihr einen unsicheren Blick aus dem Augenwinkel zu. »War wohl Mord. Kann verstehen, wenn du mich jetzt aus dem Haus jagen willst. Verspreche dir, ich komm nie mehr wieder.«

Doch stattdessen schlang sie die Arme um ihn und schmiegte den Kopf an seine Brust. Er musste stehen bleiben und das Pferd anhalten, weil er sich so unmöglich weiter um die eigene Achse drehen konnte.

Verlegen drückte er sie an sich und bettete das Kinn auf ihren Scheitel. »Du solltest mich jetzt über alle Maßen hassen, weißt du.«

»Das kann ich nicht, Carl. Alles, was du getan hast, hast du wegen Dietrich getan. Ich weiß, dass du eigentlich so nicht bist. Er hat dich verdorben.«

»Dein Vertrauen in allen Ehren, aber es waren alles Entscheidungen, die ich selbst getroffen habe. Hab eine Frau ins Unglück gestürzt und drei Männer getötet.«

Vom Ackerrand kam lautstarker Protest. »He, geht's hier gleich mal weiter?«

Mette ließ ihn los, damit er sich um das Pferd kümmern konnte. Carl schnalzte und Sigismund setzte sich wieder in Bewegung. Er reichte Mette das Ende der Leine.

»Was soll ich damit?«, fragte sie.

»Einfach im Kreis drehen. Übernehme gleich wieder.« Er ging in die Hocke und zog ein ledernes Säckchen hervor. Mit der nackten Hand schob er den Schnee beiseite und füllte den Sack mit Erde.

»Was tust du da?«

Er richtete sich wieder auf und verschnürte den Sack. Dann zog er sich den Siegelring vom Finger. Er drückte Mette das Schmuckstück in die Handfläche und legte die Finger darum, bevor er seine eigene Faust darum schloss. Er sah ihr in die Augen. »Bitte hör mir genau zu, Mette. Ich will zurückkommen. Das verspreche ich dir, so wahr ich hier stehe. Ich liebe dich über alles. Aber wenn etwas schiefgeht, bring diesen goldenen Ring nach Neuruppin und mache ihn zu Geld. Zur Not geh zu den Mönchen dort. Vielleicht erinnern sie sich an mich. Ich war das letzte Mal vor Berlin da, um einen Teil des Schatzes in brauchbare Münzen umzutauschen.«

»Brauchbare Münzen?«

»Ich musste einen Karren kaufen und ein Pferd. Einen doppelten Boden einbauen lassen. Kleidung und Proviant … Naja, es gab einiges vorzubereiten für meinen Plan. Sie haben mir dabei geholfen.«

»Wie du willst«, sagte sie zögerlich. »Aber was soll das heißen ›wenn du nicht mehr zurückkommst‹? Ich dachte, Dietrich läge im Sterben und er ist mittellos bei seiner Schwester untergekommen?« Misstrauisch blickte sie auf. »Was hast du vor? Carl, du siehst doch, der Junge braucht dich!«

»Habe genau das vor, was ich dir gesagt habe. Aber wenn ich eins vom Leben gelernt habe, dann dies: Das Schicksal lässt sich nicht vorherbestimmen.«

Am Nachmittag machte er sich auf zum Haus seiner Schwester. Er hatte mit Vorwürfen gerechnet, mit Beschimpfungen und Tränen. Stattdessen wurde er zunächst von Rieke stürmisch umarmt, dann fielen vier Nichten und Neffen wie ein hungriges Wolfsrudel über ihn her. Sie klammerten sich an seine Beine und ließen sich auf seinem Rücken über den Hof tragen.

Rieke lehnte sich kopfschüttelnd in den Türrahmen. Mit einem erleichterten Grinsen schaute sie zu, wie Carl im Schnee mit ihrem Nachwuchs spielte. »Ich kann nicht glauben, dass du tatsächlich noch einmal zurückgekommen bist.«

Er hob den Jüngsten, Hans, von den Schultern und stellte ihn auf die wackligen Füße, um ihn in die Obhut seiner großen Schwester Ina zu geben. Behutsam legte er die beiden winzigen Hände ineinander. Das Geschwisterpaar trollte sich, um mit dem Rest der Bande eine Schneeballschlacht zu beginnen.

»Ich weiß. Nichts davon lässt sich entschuldigen oder gar erklären, Riekchen. Ich …« Er brach ab und hob hilflos die Arme.

Sie lächelte. »Du bist wieder da. Das ist das Einzige, was zählt. Mette hat sich zwar tapfer ohne dich durchgeschlagen, aber deine Familie braucht dich.«

Er seufzte und kam zu ihr hinüber. »Umso schwieriger wird es für mich sein, sie ein letztes Mal allein zurückzulassen.«

Sie richtete sich kerzengrade auf und schaute ihn mit verengten Augen an. »Wo willst du nun schon wieder hin?«

Er hob eine Hand, um ihr über die kalte Wange zu streichen. »Ich muss einen Mann töten. Das habe ich mir und ihm vor vielen Jahren geschworen.«

Sie wandte sich schnaubend ab und stapfte zurück ins Haus. Die dämmrige Diele lag verlassen da. Hans war bei einem Nachbarn, um bei der Ausbesserung eines Dachs zu helfen.

Mit einem Fauchen schleuderte sie einen trockenen Ast ins Herdfeuer. »So ein Unfug, Carl! Du musst niemanden töten! Ich weiß genau, wovon du sprichst! Mette hat mir alles erzählt. Ich sage dir: Du bist auf dem Holzweg! Lass den Ritter in Frieden!«

»Verstehe, dass du wütend bist und dass du mir das nicht verzeihen willst. Aber ich muss es tun. Damit ich zur Ruhe komme.«

»Du riskierst dein eigenes Leben.«

»Ich habe so viele Male mein Leben riskiert, es tut jetzt nichts mehr zur Sache.«

Sie schüttelte den Kopf und nahm einen großen Metalllöffel von der Wand, um in einem Topf herumzurühren, der im Feuer stand. Sie zögerte und wog den schweren Löffel in der Hand. Für einen Moment sah sie aus, als überlegte sie, ob sie ihrem Bruder damit eins überziehen sollte. »Und Mette?«

»Sie versteht es.«

Frustriert ließ sie Luft entweichen, da öffnete sich auf einmal die Tür. Ein junger Mann mit blonden Locken trat ein. Mit den Händen rieb er sich wärmend über die Oberarme. Er blieb verblüfft in der Tür stehen und blinzelte in die Dunkelheit. »Carl?«

»Junge, Junge, bist genauso rank und schlank geworden, wie ich das immer gesagt habe!«

Rudi kam mit langen Schritten auf ihn zu und ließ sich umarmen. »Und du bist grau geworden, mein Freund.«

Sie droschen sich herzlich auf die Schultern.

Carl reckte das Kinn. »Na, also! Wer hat dir beigebracht, so eine dicke Lippe zu riskieren?«

Rudi grinste verschmitzt. »Der Meister der dicken Lippe.«

Rieke, die die Begrüßung aus der Ferne zugeschaut hatte, fuchtelte mit dem Löffel in der Luft herum. »Na los, Carl! Erzähl Rudi, was du vorhast. Rudi, freu dich nicht zu früh. Mein Bruder reist bald wieder ab.«

Carls Lächeln verblasste. »Wir reden später weiter, Riekchen.« Er legte einen Arm um Rudi und zog ihn ins Freie, um mit ihm ungestört zu sprechen. »Komm, lass uns zum See gehen.«

Sie überquerten den Dorfanger und wandten sich zur Trift.

Unterwegs fragte Rudi: »Wo hast du all die Jahre gesteckt? Die Leute haben gesagt, die Zeit in Gefangenschaft hat dich ganz weich im Kopf gemacht, und deshalb bist du mitten in der Nacht einfach verschwunden.«

»Die Leute reden viel, wenn die Winterabende lang sind. Aber ja, in gewisser Weise haben sie recht. Ein bisschen weich im Kopf bin ich bestimmt.«

»Mette hat gesagt, du wärst fortgegangen, um meinen Vater zu finden. Meinen richtigen Vater, meine ich. Ist das wahr?«

»Stimmt so ungefähr.«

»Und? Hast du ihn gefunden?«

»Ja, ich hab ihn mehrfach gesehen. Ist mir immer wieder entwischt. Doch jetzt habe ich ihn da, wo ich ihn immer haben wollte.«

»Bist du deshalb zurückgekommen? Um Mette und Rieke das zu sagen? Und willst du aus diesem Grund bald wieder weg?«

Sie erreichten das Seeufer. Es war zu kalt zum Sitzen. Carl ging dennoch beim Blick über die stille Oberfläche das Herz auf. Das Schilf am Ufer war im Eis festgefroren und starr. Er seufzte auf. »Hatte vergessen, wie sehr ich diesen Ort liebe. Bist du auch mal allein zur Insel geschwommen?«

»Nein. Es ist dein kleines Paradies. Ich habe da nichts verloren.«

Carl nickte und kniff die Augen zusammen. Die nächsten Worte fielen ihm unglaublich schwer. Er atmete einmal tief ein, bevor er weitersprach. »Bin auch wegen dir zurückgekommen.«

»Was, wegen mir?«

»Rudi, ich glaub, du solltest mitkommen, wenn ich zu deinem Vater gehe.«

Der Junge schüttelte erschrocken den Kopf. Abwehrend riss er die Hände hoch. »Nein, nein, nein. Das ist keine gute Idee! Er interessiert sich doch gar nicht für mich.«

»Hab lange drüber nachgedacht. Glaube, du bist derjenige, der ihn zur Strecke bringen sollte.«

»Was? Ganz gewiss nicht! Das ist Mord!«

»Es ist eine einmalige Gelegenheit, um sich für das zu rächen, was er uns angetan hat.«

»Deine Vorstellung von Rache ist, dass ein Mensch sein Leben verliert!«

»Er hat es mehr als einmal verdient. Dein Onkel, deine Mutter, …«

Rudi schwieg. Nach einer Weile sagte er: »Ich verstehe, warum du so empfindest, Carl, aber für mich ist es anders. Ich hatte eine schwere Kindheit, aber das hat sich alles zum Guten gewendet. In mir schlummert nicht die gleiche Rachsucht wie in dir.«

Carl betrachtete den Horizont und die nackten Gerippe der Bäume. Er konnte nicht abstreiten, dass er enttäuscht war. Seine Stimme war belegt, als er weitersprach. »Kann ich verstehen.«

»Es … es tut mir leid. Doch was du da von mir verlangst, das kann ich nicht. Für Mord kommt man in die Hölle.«

»Du könntest auch nur so mitkommen. Wenn du es nicht übers Herz bringst, übernehme ich.«

»Das Ansinnen allein ist schon Sünde!«

Carl wollte etwas darauf erwidern, doch dann ließ er den Kopf sinken. »Ja, hast wohl recht.«

Für eine Weile sprach keiner von ihnen ein Wort. Die Stille war beklemmend.

Schließlich winkte Carl mit einem matten Lächeln ab und legte dem Jungen eine Hand auf die Schulter. »Tut mir leid, Rudi. Das möchte ich nicht verantworten.«

Rudi nahm einen flachen Kieselstein auf und ließ ihn mit Schwung über die Oberfläche tanzen. Eine gestörte Ente quakte vor Entrüstung laut los. »Jetzt bist du enttäuscht von mir.«

»Ein wenig. Vielleicht. Aber eigentlich habe ich kein Anrecht darauf, das zu sein. Solltest dir nicht solch eine Schuld aufladen.«

»Ich habe eine Braut, weißt du.«

Carl schlang den Mantel enger um sich. »Ich weiß. Mette hat's mir erzählt.«

»Ihr Vater hat uns im Sommer im Heu erwischt. Nicht, dass etwas passiert wäre«, fügte er eilig hinzu. »Doch ich möchte gern mein Versprechen halten und sie heiraten. Und das geht nicht, wenn ich bei dem Versuch, meinen Vater zu töten, draufgehe.«

»Ja, verstehe. War eigensüchtig von mir, dich zu fragen. Du sollst nicht auch unter diesem Fluch leiden.« Er entschied, es dabei zu belassen und setzte ein Lächeln auf. »Wie heißt das Mädchen?«

Rudi grinste selig. »Johanna. Sie wohnt in dem Haus mit dem großen Kirschbaum.«

»Ärgern dich die anderen im Dorf immer noch?«

»Nein. Als sie gemerkt haben, dass ich gut mit dem Stock umgehen kann, haben sie mich in Ruhe gelassen. Jetzt sind einige sogar meine Freunde.«

»Das ist schön …« Carls Blick schweifte in die Ferne. Er war tatsächlich geknickt. Er hätte Rudis Hilfe gut gebrauchen können bei seinem gefährlichen Plan.

Rudi sagte: »Ich habe mich um deine Rebstöcke gekümmert, als du weg warst. Sie werfen bereits richtig viele Trauben ab. Aber man sollte sie nicht essen. Sie sind sauer und bitter.«

»Hast du sie nicht zum Kloster gebracht?«

»Nein. Ich hab sie an die Schweine verfüttert. Im nächsten Herbst kannst du es selbst tun.«

Er nickte und betrachtete das Schilf am Ufer.

»Also, wie willst du es anstellen, Carl?«

»Was anstellen?«

»Wie willst du zu meinem Vater gelangen? Du hast es all die Jahre vergeblich probiert. Jetzt auf einmal glaubst du, dass es klappen wird?«

»Er liegt im Sterben. Sollte nicht allzu schwierig sein, zu ihm vorzudringen. Er kann nicht mehr fliehen.«

»Er könnte schwer bewacht sein«, gab Rudi zu bedenken.

»Er ist mittellos und auf die Hilfe seiner Schwester und seines Schwagers angewiesen. Hab gehört, sie erdulden ihn nur widerwillig.« Es klang selbstsicher und überzeugt, doch Carls Herz war in Aufruhr. Er fürchtete sich davor zu versagen.

»Ich verstehe«, sagte Rudi. Er reichte Carl die Hand. »Es tut mir wirklich leid, Carl. Ich habe dir so viel zu verdanken. Du warst mein erster und mein bester Freund. Ich wünschte, ich könnte es irgendwie zurückzahlen.«

Carl schlug ein und drosch ihm auf den Oberarm. »Nein, du hast recht. Ich werde das allein erledigen. Es ist nicht deine Fehde, sondern meine.«

»Wann wirst du gehen?«

»In einer Woche.«

»Und man kann dich nicht umstimmen?«

Carl schüttelte den Kopf. »Und wenn es das Letzte ist, was ich in meinem Leben tue. Dieser Dreckskerl gehört für all das bestraft, was er angerichtet hat.«

Die Asche

Luchow, Februar 1417

Es war mitten in der Nacht, als Carl das Haus verließ, lautlos und zügig. Sigismund führte er am Zügel hinter sich her. Da der Hofhund bellte, was das Zeug hielt, schwang er sich noch im Hof in den Sattel und trabte am Hund vorbei zum Dorfanger.

Der Abschied war ihm schwergefallen. Er hatte nicht gelogen, als er gesagt hatte, dass er nicht wusste, ob er jemals wiederkehren würde.

Er hob den Ärmel an die Nase und atmete tief ein. Er duftete schwach nach Mette. Sie war die stärkste und zähste Frau, die er kannte. Nicht einmal geweint hatte sie, als er von ihrem warmen Lager aufgestanden und durch die Tür geschritten war. Sie hatte versprochen, für ihn zu beten. Ihre bedingungslose Liebe hatte ihn überwältigt, er würde ihre Großzügigkeit und ihre Nachsicht nie vergessen.

Er wandte sich nach links und ritt an der vertrauten Gestalt der Feldsteinkirche vorbei. Hier war er getauft worden, ebenso wie sein Sohn, und hier hatte er geheiratet. In ihrem Schatten lagen die Menschen, die ihm immer teuer gewesen waren: seine Eltern, sein Bruder, sein bester Freund, seine Liebe. Ihm wurde das Herz schwer. Es fühlte sich fürwahr wie ein Abschied für immer an.

Als er das letzte Haus am Anger passierte, vernahm er hinter sich trabende Huftritte. Er hielt Sigismund an und drehte sich im Sattel um. Im Schein des Mondes konnte er einen einzelnen Mann ausmachen, die Kapuze tief in die Stirn gezogen.

Als der Reiter auf gleicher Höhe war, schlug er die Kopfbedeckung zurück und enthüllte einen Schopf blonder Locken. »Ich habe mich umentschieden.«

Carl grinste. Er hatte kaum zu hoffen gewagt, dass Rudi seine Meinung noch einmal ändern würde. »Du willst mitkommen?«

»Ich habe lange darüber nachgedacht. Und dabei habe ich festgestellt, dass ich diesen Dietrich von Quitzow noch einmal treffen möchte, bevor er aus dem Leben scheidet. Jeder im Dorf kennt ihn, doch ich weiß nichts über ihn. Dabei ist er mein Vater. Ich habe ein Anrecht darauf, ihn zu sehen. Klingt das seltsam?«

»Ganz und gar nicht.«

Rudi nickte erleichtert.

»Was hast du vor, wenn du ihn triffst?«

»Ich will ihn zur Rede stellen. Ich will wissen, warum er es getan hat. Und ich will ihn wissen lassen, dass er uns großes Leid angetan hat.«

»Bin mir nicht sicher, ob das bei ihm Gewissensbisse auslösen wird, Rudi«, gab Carl zu bedenken. »Dietrich hat nichts übrig für uns Bauern.«

»Trotzdem. Das bin ich meiner Mutter schuldig.«

»Aber der Plan bleibt, dass ich ihn im Anschluss töte?«

»Vielleicht tue ich es sogar selbst. Mal sehen, was sich so ergibt«, erwiderte Rudi mit tapferer Miene.

»Will dich nicht drängen, Rudi. Es ist riskant. Könnten beide dabei draufgehen.«

»Ich weiß. Deshalb wollte ich zunächst nicht. Doch dann habe ich mit Johanna gesprochen. Sie meinte, es wäre der richtige Weg.«

»Scheint eine tolle Frau zu sein.«

»Die Beste.« Rudi trieb die Fersen in die Flanken und steuerte auf den Waldweg zu. »Also, was ist? Können wir? Wenn ich das richtig verstanden habe, haben wir einen weiten Weg vor uns.«

Carl schnalzte mit der Zunge und fiel grinsend hinter ihm ein.

Am Abend überquerten sie mit der Fähre bei Fischbeck die Elbe. Sie ritten zwei weitere Tage, bis sie kurz nach Einbruch der

Dunkelheit ein verlassenes Dorf erreichten. Es war ein Rundling, die bevorzugte Siedlungsform der wendischen Bevölkerung der Ostgebiete. Im Gegensatz zu ihrem Heimatdorf waren die Häuser in einem losen Kreis um einen zugefrorenen Teich angeordnet.

Carl stieg mit steifen Beinen ab und klopfte dem Pferd den Hals.

Rudi sah sich vom Sattel aus um. Sein Blick blieb an den abgedeckten Strohdächern hängen, deren struppige Reste in der eisigen Brise leise raschelten. »Du willst allen Ernstes hier die Nacht verbringen?«, fragte er zweifelnd.

»Nur eine Wüstung, Rudi, ein aufgegebenes Dorf. Hab viele davon in meinem Leben gesehen. Musst dich nicht fürchten.«

Rudi blieb stocksteif im Sattel sitzen. »Aber was, wenn in den Ruinen doch Geister hausen?«

»Tun sie nicht. Müssen nur aufpassen, dass keins davon über uns zusammenbricht, weil die Balken morsch sind.«

Carl band sein Pferd an und begab sich hinkend auf eine kleine Erkundungstour. Der Platz war voller überfrorener Pfützen und es war rutschig. Die teils eingestürzten Behausungen starrten ihn aus finsteren Augenhöhlen stumm an. Der Anblick war gruselig. Er konnte Rudis Beklemmung nachvollziehen. Ihm lief selbst ein eiskalter Schauer über den Rücken.

Rudi rieb sich die Oberarme und sah sich zu allen Seiten um. »Können wir nicht wieder in einem Gasthaus übernachten, Carl? Ich glaube nicht, dass es ein gutes Omen ist, in einem Geisterdorf die Nacht zu verbringen!«

Carl ignorierte ihn. Er war auf der Suche nach einer geeigneten Unterkunft. Er steuerte ein Haus an, das in einem akzeptablen Zustand schien. Beim Überqueren des Platzes rutschte er plötzlich aus. Im letzten Moment stolperte er zurück und kam dabei auf dem falschen Bein auf. Sein schlecht zusammengewachsener Knochen schickte ihm einen scharfen Blitz durch den Körper.

»Gottverdammt!«, zischte er.

Mit rasendem Herzen verlagerte er sein volles Gewicht auf das gesunde Bein, bis der Schmerz wieder nachgelassen hatte. Bei genauerem Hinsehen erkannte er, wie viel Glück er gehabt hatte. Wenn er nicht ausgerutscht wäre, wäre er geradewegs in einen Brunnenschacht gehumpelt. Er schlug hastig ein Kreuz.

Rudi sah seine Befürchtungen bestätigt. »Siehst du, Carl? Ich hab's doch gewusst! Wir sollten weiterziehen.«

»Geht nicht. Die Bauern haben gesagt, wie sind kurz vor Harbke. Morgen früh werden wir ans Burgtor klopfen.«

»So schnell?«, rief Rudi alarmiert.

»Im Morgengrauen. Will keine Zeit verlieren. Dietrich könnte jeden Tag sterben. Vielleicht sind wir schon zu spät.«

Carl umrundete den Brunnen und begab sich zu dem einzigen Haus, das nicht völlig verfallen war. Behutsam drückte er die Tür auf und trat ein. Das Dach war halb zerstört, silbriges Mondlicht beschien die hintere Hälfte. Es roch nach alter Asche und modrigem Stroh. Er ging weiter hinein. Unter seinen Sohlen knirschte es vernehmlich. Tonscherben.

Er wagte einen kleinen Rundgang. Immer mit einem wachsamen Auge auf das morsche Dachgebälk schaute er sich um. Hoch oben über seinem Kopf nisteten Tauben. Angesichts des ungebetenen Besuchs zu später Stunde schlugen sie gurrend mit den Flügeln.

Die Hütte war für ihre Zwecke ausreichend.

»Das hier ist es«, bestimmte er.

Rudi rief von draußen: »Niemals! Ich sage, wir reiten weiter.«

Carl kehrte zur Tür zurück. »Versteh deine Angst. Mir ist selbst nicht ganz wohl dabei. Aber wir brauchen einen Unterschlupf für die Nacht. Muss ein Ort sein, wo man uns nicht erkennt und verrät.«

Rudi schwieg betreten. Schließlich stieg er ab. »Na gut.«

Sie brachten die Pferde ins Haus, nahmen die Sättel ab und rieben sie trocken. Carl fütterte sie mit ein wenig Hafer, den sie bei sich führten, und Rudi besorgte von draußen Wasser. In ihre Mäntel gehüllt setzten sie sich auf eine Bank und schauten den Tieren beim Fressen zu.

»Wo hast du den Gaul her?«, fragte Carl.

»Kuno hat ihn mir gegeben. Für die gute Sache, sagte er.«

»Ein wackerer Bursche.«

Rudi ließ den Blick zu einem Holzkreuz gleiten, das an der Wand über der Eingangstür hing. »Warum die Leute wohl von hier weggezogen sind?«

»Gibt viele Gründe. Muss nicht einmal ein Unglück oder Siechtum gewesen sein. Vielleicht gab es woanders besseres Land zu bestellen.«

Das schien Rudi ein wenig zu beruhigen. Er rieb seine Hände aneinander und pustete hinein, um sie zu wärmen.

»Möchtest du was essen?«, fragte Carl.

»Ich bin viel zu aufgeregt. Würde keinen Bissen runter bekommen.«

Carl ging es nicht anders. An Schlaf war ebenfalls nicht zu denken.

»Bevor wir morgen aufbrechen, solltest du dir einen langen Stab im Wald suchen. Einen Wanderstock.«

»Was hast du vor?«

»Wir werden uns in Harbke als Mönche vorstellen. Die Pferde bleiben hier.«

Rudi machte große Augen. »Wie soll das gehen?«

»Hab mir Mönchskutten ausgeliehen. In Neuruppin.« Carl grinste verschlagen. »Obwohl ich glaube, sie werden nicht allzu böse sein, wenn wir sie nicht zurückbringen. Hab nämlich vergessen zu fragen.«

»Du hast die Mönche in Neuruppin bestohlen?«

»Nur geliehen.«

Rudi wandte den Blick ab und starrte schweigend in die Dunkelheit.

»Können unmöglich als Carl und Rudi dort anklopfen. Sie würden sofort misstrauisch werden.«

»Schon recht«, sagte Rudi. Es klang grummelig.

»Werde die Sachen zurückbringen«, bot Carl an. »Dann war's kein Diebstahl.«

»Du musst mich nicht wie ein Kind behandeln. Ich weiß, dass du nicht wirklich ein Dieb bist.« Er sprang unvermittelt auf und ging zu seiner Satteltasche, um etwas hervorzuholen. Die Klinge eines kleinen Messers blitzte im Mondschein hell auf.

»Was soll das?«, fragte Carl.

Rudi wendete und rollte nachdenklich das Heft zwischen seinen Handflächen. »Na, wenn wir glaubhaft Mönche sein sollen, dann brauchen wir wohl beide eine Tonsur. Oder habe ich das etwa falsch verstanden?«

Am nächsten Morgen näherten sie sich zu Fuß dem Burgtor von Harbke. Es wurde von zwei Männern in Livree bewacht.

»Lass die Kapuze auf und überlass mir das Reden«, flüsterte Carl beim Näherkommen.

Rudi brummte. »Keine Sorge. Ich glaube, ich scheiße mir gleich in die Hose.«

Das konnte Carl gut nachvollziehen. Was sie hier taten, war gewagt, nicht zu sagen aberwitzig. Wenn herauskam, wer sie waren und wofür sie gekommen waren, würde es böse Konsequenzen für sie geben.

Carl beobachtete eingehend die Vorgänge am Tor. Jeder, der die Burg betreten wollte, wurde kurz mit einem Blick gestreift, durfte aber unbehelligt an den Wachen vorbeischreiten. Das gab ihm Hoffnung.

Doch als sich die beiden Mönche näherten, einer jung und agil, der andere älter und mit einem lahmen Bein, überkreuzten die Männer misstrauisch die Spieße.

Der Linke fragte: »Wohin des Wegs, Brüder? Hat man etwa nach euch geschickt?«

Carl räusperte sich, bevor er die Kapuze zurückschlug und lächelnd mit der Hand ein Kreuz in der Luft machte und anschließend die Hände wie zum Gebet faltete. »Man hat uns gesagt, Dietrich von Quitzow befände sich hier, mein Sohn.«

Die Burgwachen wechselten einen Blick.

Bitte, sei noch nicht tot, dachte Carl. Lass uns nicht zu spät kommen!

»Der Bruder der Herrin liegt im Sterben, das ist korrekt«, antwortete der Rechte.

Carl atmete erleichtert auf. »Man hat uns ausgeschickt, damit wir ihn auf seinem letzten Weg begleiten.« Nur eine halbe Lüge, erkannte er in diesem Moment. Der Gedanke erheiterte ihn so sehr, dass er Mühe hatte, ein irrsinniges Lachen zu unterdrücken, das aus ihm herauszusprudeln drohte.

Die Wachen musterten die fremden Mönche. Schließlich zuckte der Erste mit den Schultern und wies mit ausgestrecktem Arm auf den Burgfried. »Die Treppe da rauf und geradeaus durch bis zur Halle. Dort müsst ihr euch weiter durchfragen.«

Carl schlug die Kapuze wieder über den Kopf und machte abermals das Kreuzzeichen. »Danke, mein Sohn. Dominicum vobiscum.«

Ohne Verzögerung humpelte er an den Wachen vorbei in den Burghof.

Rudi stob eilig hinterher. Sein langer Stab klackte laut auf dem Pflaster auf. »Was hast du zu ihm gesagt?«, raunte er.

»Keine Ahnung. Irgendwas auf Latein. Hoffe, es hatte Sinn.« In Gedanken dankte er seinem Lehrer, Bruder Claudius von den Grauen Brüdern in Berlin.

Sie gingen schnurstracks auf die Treppe zu, die zum Burgfried hinaufführte. Die hölzernen Stufen waren vereist und unter den Sohlen ihrer Sandalen sehr rutschig. Carl zischte vorsichtshalber eine Warnung. »Pass auf.«

Die Halle war voller geschäftiger Menschen. Ein paar Waffenknechte waren mit der Pflege von Rüstungsteilen beschäftigt. Ein Schreiner reparierte einen Tischbock, drei junge Damen arbeiteten vor dem wärmenden Feuer an großen Webstühlen. Beamte und Geistliche eilten hin und her, Dokumente und

Schriftrollen unterm Arm. Am fernen Ende fegte ein Page den Steinboden und focht dabei einen aussichtslosen Kampf mit der Burgkatze aus.

Rudi sah sich staunend um. »So ein riesiges Steingebäude! Es ist viel, viel größer als unsere Dorfkirche.«

»Das ist nur das untere Stockwerk, Junge. Darüber liegen noch mehr Kammern zum Schlafen, Arbeiten und Lagern.«

Weil sie ihn zu sehr behinderte, schlug Carl die Kapuze zurück. Aufmerksam blickte er sich um. Er musste jemanden abpassen, der ihnen die Richtung zu Dietrich weisen konnte. Er entschied sich für einen weibisch aussehenden Beamten in schwarzer Robe, der einen ausladenden Samthut auf dem Kopf balancierte.

Kurzentschlossen winkte er ihn zu sich heran. »Sohn, wo finden wir den Bruder der Herrin? Der Ritter, der im Sterben liegt?«

Der Angesprochene inspizierte die beiden Mönche von Kopf bis Fuß. »Wer seid ihr? Was wollt ihr?«

Carl setzte zu einer Antwort an, da wedelte der Beamte bereits einen Waffenknecht herbei, der soeben durch eine der Türen getreten war. »Klaus, komm mal her. Die Mönche wollen zum Herrn von Quitzow.« Er eilte ohne ein weiteres Wort davon.

Als der Herbeigerufene näher kam, durchfuhr Carl ein riesiger Schreck. »So'n Mist.«

Rudi sah ihn fragend an. »Was ist los?«

Der pockennarbige Mann blieb vor ihnen stehen und sah Carl von oben bis unten kritisch an. »Was wünschst du von meinem Herrn?«

Carl versagte für einen Moment die Stimme. Vor ihm stand Klöden.

All die Abenteuer, die sie über die Jahre zu zweit durchgestanden hatten, zeichneten sich plötzlich in leuchtenden Farben vor seinem inneren Auge ab. Wie Klöden ihm das Würfelspiel beigebracht hatte. Wie sie versucht hatten, gemeinsam

Brandenburg zu stürmen. Wie er ihm im Gebüsch auf Stargard lauernd das Holzkreuz geschenkt hatte, das Carl seitdem voll falscher Nostalgie um den Hals trug. Nun wünschte er sich, er hätte es unter der schlichten Kutte verborgen. Stattdessen ruhte es wie ein glühendes Eisen für die Welt sichtbar auf seiner Brust.

Er zwang sich, Klöden unbeirrt in die Augen zu schauen so als sei er ein Fremder. »Wir sind hier, um ihn auf dem letzten Weg zu begleiten, Sohn.«

Ihm rauschte das Blut in den Ohren. Ob Klöden ihn erkannt hatte? Es war schwer zu sagen. Carl war verkleidet. Er trug eine Mönchskutte und Rudi hatte ihm eine großzügige Tonsur verpasst. Viele Jahre waren ins Land gegangen, seit sie einander das letzte Mal gesehen hatten. Klöden kannte den jungen Carl, den, der kurz nach dem Fährunglück von Tangermünde verschwunden war. Damals hatte er noch keine grauen Strähnen im Haar, keine Tränensäcke unter den Augen, kein hinkendes Bein gehabt. Würde er ihn dennoch in dem Mönch vor sich erkennen?

Klödens Augen verengten sich. Er fixierte Rudi. »Wer hat euch beide geschickt?«

Der Junge zuckte eingeschüchtert zusammen. Er vollbrachte es nichtsdestotrotz, glaubhaft eine demütige Antwort zu murmeln. »Ein ungenannter Verehrer des Herrn von Quitzow, mein Herr.«

»Nicht sein Bruder?«

Rudi schüttelte den Kopf.

»Kaspar Gans?«

Carl fuhr eilig dazwischen, um Rudi aus der Verlegenheit zu bringen. »Es war eine Dame, mein Sohn. Wir haben geschworen, ihren Namen nicht zu nennen.«

Klöden wirkte wenig überzeugt. »Dem Herrn von Quitzow geht es sehr schlecht.«

»Deshalb sind wir gekommen. Um ihm seine letzten Tage so angenehm wie möglich zu bereiten.«

Klöden zögerte, doch dann nickte er. »In Ordnung. Hier entlang. Mein Herr kann geistlichen Beistand in diesen Tagen gut gebrauchen. Und jemanden, der für ihn betet. Er hat nicht gerade ein gottgefälliges Leben geführt.« Mit ausgestrecktem Arm wies er den Weg. »Bitte sehr.«

Carl und Rudi gingen voran. Sie steuerten auf eine schmale Tür mit Rundbogen zu. Für einen Moment fragte sich Carl, ob man ihn nicht vielleicht doch entlarvt hatte. »Wo liegt der Herr von Quitzow denn?«

»In einem Turmzimmer.«

Die Worte waren Klöden nüchtern über die Lippen gekommen. Unmöglich zu sagen, ob es eine Lüge war.

Sie hatten fast die Tür erreicht, als sich diese vor ihren Augen öffnete. Eine hübsche Magd mit Tablett schritt hindurch, darauf ein Napf, ein Kanten Brot und ein kleiner Krug. Dahinter konnte man eine steinerne Wendeltreppe ausmachen, die nach oben führte.

Die Magd knickste, als sie Klöden erkannte. »Er hat nichts gewollt, Herr.«

»Bring es zurück in die Küche. Wir versuchen es heute Mittag noch einmal.«

Sie senkte den Kopf und stob davon. Carl sah ihr erleichtert hinterher. Dietrich war also tatsächlich in einer Kammer in diesem Turm untergebracht. Er wechselte einen heimlichen Blick mit Rudi, schlüpfte durch die Tür und stieg die engen Stufen hinauf. Rudi folgte ihm.

»Ist es ganz oben, mein Sohn?«, fragte Carl.

Klöden machte sich ebenfalls leichtfüßig an den Aufstieg. Er war wendig wie eh und je. »Es ist die erste Tür. Keiner hat Lust, wegen Dietrich mehrmals am Tag bis unters Dach zu steigen.«

Das leuchtete Carl ein. Er gelangte zu einer Tür und schaute über die Schulter zurück. »Hier also?«

Klöden vollführte eine ungeduldige Geste mit der Hand. »Geh voran. Die Stufen sind so eng, ich kann nicht auch noch die Tür für dich öffnen, Mönch.«

Carl schlug das Herz bis zum Hals. Beinah hatte er sein Ziel erreicht. Hinter dieser Tür war Dietrich von Quitzow, siechend und wehrlos. Sachte drückte er die Klinke herunter und trat ein.

Die Kammer vor ihm war ungewärmt. Sie führte ringförmig einmal um das Treppenhaus im Zentrum des Turms herum. Carls Blick fiel auf eine Truhe und einen Hocker sowie etwa fünf gefüllte Säcke unterm Fenster. Das war alles.

Klöden hatte ihn reingelegt.

Verdammt, dachte er und fuhr herum.

Zu spät. Ein überrumpelter Rudi prallte gegen ihn und riss ihn dabei beinah von den Füßen. Klöden hatte ihm einen kräftigen Stoß die Treppe hinauf verpasst und ihn durch die offene Tür geschubst. Instinktiv breitete Carl die Arme aus, um den überraschten Jungen aufzufangen.

Im Augenwinkel nahm er wahr, wie sein alter Waffenbruder hinter ihm eintrat, die Tür zuknallte und schleifend das Schwert zog. »Ich hätte nicht gedacht, dass du dich noch einmal hierher traust.«

Carl stellte Rudi auf die Füße und schob ihn zum Schutz hinter sich. Eilig zog er den Dolch, den er im weiten Ärmel seiner Kutte verborgen hatte. »So sieht man sich wieder, Klöden.«

Sein Gegner hatte zwar die bessere Waffe, doch er blieb sicherheitshalber auf Abstand. »Was zum Teufel hast du hier verloren, Carl? Kann mir nicht vorstellen, dass du dich von Dietrich ein letztes Mal verabschieden willst. Dazu hättest du keine Maskerade gebraucht.«

Carl wog seine Möglichkeiten ab. Er war zwar bewaffnet, doch er hatte eine viel kürzere Klinge als sein Gegner. Außerdem befand sich Rudi mit ihnen in der Kammer, unbewaffnet und mit dem Messer ungeübt. Mit der freien Hand stieß er den Jungen weit von sich, damit dieser ihm bei dem zu erwartenden Gerangel nicht im Weg stand.

»Was hast du vor?«, fragte Klöden. »Willst du Dietrich etwa umbringen?«

»Und wenn's so wäre?«

»Findest du das nicht ein wenig übertrieben? Schließlich bin ich derjenige, der an jenem Abend den Arsch für dich hingehalten hat. Dietrich hat dich nicht angerührt.«

Das hat ihn dennoch nicht davon abgehalten, sich vor Mette damit zu brüsten, dachte Carl erbost. »Glaubst du, mir geht es nur um meine Jungfräulichkeit? Dietrich hat mein ganzes Leben zerstört.«

»Er hat dir im Austausch ein Neues gegeben.«

»Ich pfeif drauf! Er hat mir nie eine Wahl gelassen.«

»So oder so. Du bist reichlich spät dran. Noch ein paar Tage, und er wäre ohnehin tot.«

»Aber so soll es nicht sein. Ich will Angst in seinen Augen sehen, bevor er aus dieser Welt scheidet.«

Klöden schnaubte. »Und ich Narr habe geglaubt, dass du ihn liebst wie einen Vater.«

»Wo Liebe ist, da ist auch reichlich Hass.«

»Du bist ein elendiger Verräter.«

»Ich habe bei den Besten gelernt.«

Klöden hob sein Schwert und holte mit Schwung aus.

Carl wich verdattert aus. »Du willst mich tatsächlich töten?«

»Ich lass dich nicht an Dietrich heran. Nur über meine Leiche.« Er stieß abermals zu.

Carl taumelte weiter zurück. Noch ein Schritt und er würde in dieser kleinen Turmkammer die Wand erreicht haben. »Ich dachte, wie wären so etwas wie Brüder, Klöden! Wir haben so viel miteinander erlebt.«

»Drauf geschissen, Bauer. Du bist gekommen, Dietrich zu töten. Das kann ich nicht zulassen.« Er vollführte einen weiteren Hieb.

Carl stolperte zurück und stieß mit dem Rücken gegen die Wand, das unnütze Messer in der Hand.

Das war's, dachte er. Mit dem lahmen Bein konnte er sich niemals schnell genug an der Schwertklinge vorbei ducken.

Klöden hob beide Arme hoch über den Kopf. Seine Augen leuchteten auf. »Jetzt hab ich dich!«

Das Schwert sauste nieder. Carl war vor Schreck wie erstarrt. Es gab für ihn keinen Ausweg. Dies war das Ende.

Doch der Hieb blieb aus. Aus dem Nichts fuhr ein Holzstab plötzlich quer gegen Klödens Hinterkopf und Schultern. Mitten im Schwung wurde er ausgebremst. Er stieß einen überraschten Laut aus und ließ leicht benommen den Schwertarm sinken. »Was zum Teufel …«

Weiter kam er nicht. Rudi war einmal um das zentrale Treppenhaus geeilt, um Klöden von hinten anzugreifen. Entschlossen schritt er um sein Opfer herum, holte ein zweites Mal aus und erwischte den pockennarbigen Krieger mit dem improvisierten Wanderstab mitten im Gesicht. Der Schlag hatte es in sich. Der Junge hatte all seine Kraft in den Schwung gelegt und nicht gezögert.

Mit einem Scheppern fiel das Schwert zu Boden. Klöden sackte schwer verletzt auf die Knie und fasste sich mit einem Jaulen an die Nase. Blut sprudelte zwischen seinen Fingern hervor.

Rudis Blick wanderte von seinem Opfer zu Carl, die Augen schreckgeweitet. Zitternd hielt er den Stab fest umklammert, bereit für den dritten Schlag, sollte dieser benötigt werden. Gleichzeitig sah er aus, als wolle er in die nächste Ecke kotzen.

Flink hob Carl das Schwert auf und drückte die scharfe Kante an Klödens Kehle. »Wie kannst du Dietrich immer noch folgen? Du weißt, er ist ein räuberisches Dreckstück.«

Klöden starrte ihn über seine blutverschmierte Hand hinweg unversöhnlich an. »Ich habe einen Eid geleistet. Bis zum Tod, sagt der. Du kannst dich gewiss nicht daran erinnern, aber du hast das ebenfalls mal geschworen, du treuloses Arschloch.«

Carl senkte die Spitze des Schwerts und richtete sie auf Klödens Herz. »Wenn ich eins gelernt habe in Dietrichs Haushalt, dann dies: Treue und Kameradschaft sind nur ein Trugbild. Es wird dir nicht vergolten.«

»Dann stoß schon zu, du Wichser.«

Carl nickte grimmig. »Leb wohl, Klaus.« Ohne Zögern trieb er die Spitze tief in Klödens Herz.

Der trotzige Blick des Waffenknechts brach. Er sah beinah erleichtert aus. Mit einem letzten Gurgeln sackte er in sich zusammen.

Carl befreite mit einem Ruck die Waffe und ließ den leblosen Körper auf den Steinfußboden prallen. Sofort bildete sich ein tiefroter See um seinen alten Freund.

»Alles in Ordnung?«, fragte er Rudi.

Rudi starrte stumm und käsebleich auf den Leichnam.

»Musste ihn töten. Hat mir keine Wahl gelassen. Er wollte so sterben. Das siehst du doch auch, oder?«

Rudi blinzelte. »Ja. Er hätte sonst uns getötet.«

»Brauchst du einen Moment?«

Der Junge ließ den Stab sinken und drehte Carl den Rücken zu.

»Kann verstehen, wenn du jetzt von deinem Vorhaben ablassen willst«, sagte Carl.

»Aber kehrtmachen können wir auch nicht mehr.«

»Nein, zurück geht's nicht mehr für uns. Dafür haben wir uns zu schuldig gemacht.«

Rudi seufzte auf und wischte sich mit dem weiten Ärmel der Kutte übers Gesicht. Als er sich wieder umdrehte, wirkte er gefasster. »Dann los.«

Sie zerrten Klöden an den Armen in den Winkel der ringförmigen Kammer, der von der Tür aus als Letztes einzusehen war. Aus Platzmangel brachten sie ihn in eine aufrecht sitzende Position und lehnten ihn an die Wand. Wäre nicht all das Blut gewesen, er hätte ausgesehen wie nach einer üblichen durchzechten Nacht.

Carl richtete sich stöhnend auf. Der Schmerz in seinem Bein wollte nicht mehr vergehen. Es rächte sich für den langen Ritt, den abgewendeten Sturz in den Brunnenschacht und die unbequeme Nacht.

Er inspizierte die Kammer. Als wollte er es ihnen nicht so leicht machen, hatte Klödens Leiche eine rote Blutspur auf dem

Steinfußboden hinterlassen. Er fluchte. Nie zuvor hatte er sich mit dem Problem der Leichenbeseitigung beschäftigen müssen.

Rudi starrte auf den deutlichen Schmierstreifen, der von der Mitte der Kammer bis zu Klöden ging. »Was sollen wir denn nur tun?«

»Können nur hoffen, dass hier nicht allzu oft vorbeigeschaut wird. Vielleicht hat er uns deshalb in diese Kammer geführt«, sagte Carl. Er durchquerte hinkend den Raum und öffnete mit dem Dolch einen der Säcke. Er enthielt Sand. »Komm, wir verteilen das auf die Lache. Es ist das Beste, was wir tun können.«

Sie leerten einen der Beutel über der Pfütze und betrachteten ihr Werk. »Sieht aus, als hätte jemand gekotzt«, sagte Rudi.

Carl nickte zustimmend. Er legte das Schwert an Klödens Seite. Es war klüger es zurückzulassen, als ihre Verstellung aufzugeben und sich mit der Waffe in der Hand zu verraten. Außerdem hätte Klöden als Krieger mit dem Schwert beerdigt werden wollen. »Sollte uns ein wenig Zeit kaufen«, ächzte er. »Los jetzt, wir müssen weiter. Ich wette, Dietrich liegt doch unterm Dach.«

Lautlos schlichen sie sich aus der Kammer und erklommen die Wendeltreppe nach oben. Sie hätten sich nicht sorgen müssen. Keiner kam ihnen unterwegs entgegen.

Es gab nur zwei weitere Türen auf ihrem Weg. Carl war dennoch fest entschlossen, es zunächst direkt unterm Dach zu probieren. Die Dachkammer war die beste aller Turmkammern. Dietrich hätte nicht gewollt, dass man ihm eine schlechtere Kammer zusprach, und sei es nur zum Sterben.

Oben angekommen blieb er auf dem Treppenabsatz stehen, um zu lauschen. Es war totenstill. Mit schweißnasser Hand berührte er die Klinke. Wenn er jetzt das Metall hinunterdrückte, würde es kein Zurück mehr geben. Er war gekommen, weil er die letzten Momente des Mannes erleben wollte, der ihm alles genommen hatte. Es war seine Bestimmung, dass es heute so zu Ende gehen würde.

Er gab sich einen Ruck und drückte die Klinke hinunter. Die Tür war schwer. Er stemmte die Schulter dagegen und stieß sie auf.

In der Kammer war es dämmrig. Jemand hatte die drei winzigen Fenster mit Holzläden vor der winterlichen Kälte verschlossen. Einzig eine Handvoll Kerzen sorgte für schummriges Licht und ließ die Schatten rastlos über die groben Mauern tanzen. In der Luft lag der säuerliche Gestank von Siechtum und Tod.

Auf der linken Seite machte Carl den Umriss eines Betts aus. Daneben war ein kleiner Tisch. Es gab zwei Stühle im Raum, eine Truhe und etwas, das wie ein Altar mit Holzkreuz aussah. Das verblüffte ihn. Dietrich wurde doch nicht etwa auf seine letzten Tage fromm?

Schlurfend trat er ein, Rudi folgte. Unter einer dick gefütterten Decke lag eine magere Gestalt, der bleiche Kopf von den Kissen ein wenig aufgestützt.

Carl trat ans Fußende. Der Anblick war erschütternd. Dietrich war nur noch ein Schatten seiner selbst. Er hatte jegliches Kopfhaar eingebüßt. Der Schädel war von einer dünnen, wachsartigen Haut überspannt, durch die sich bläulich die Adern zogen. Die Wangen waren eingefallen, sodass die krumme Nase scharf hervorstand. Die Lippen waren schmal und bleich, die Mundwinkel verkrustet. Die Augen, früher so eisblau und klar, hatte er geschlossen. Jedes Mal, wenn sich der magere Brustkorb unter dem Leinenhemd hob und senkte, ertönte ein vernehmliches Pfeifen.

Rudi blieb stehen. »Ist er das?«, flüsterte er beklommen.

Carl ergriff seine Hand und drückte bestätigend zu.

Dietrichs Augenlider öffneten sich langsam, so als hätte er gespürt, dass zwei Besucher in seine Kammer gekommen waren. Sein trüber Blick glitt zu Carl und Rudi, doch er schien geradewegs durch sie hindurchzusehen.

»Er ist schon mehr tot als lebendig«, flüsterte Rudi.

Die Augenbrauen verengten sich plötzlich und in die beiden Augen kehrte die altbekannte Klarheit zurück. Sie suchten die

Quelle für diese Stimme, und als sie sie fanden, entwich Dietrich ein überraschtes Keuchen. Der Brustkorb hob sich, um pfeifend neue Luft nachzufüllen. »Sohn?«

Rudi schüttelte erschrocken den Kopf. Er war ihm offenbar unbegreiflich, wie Dietrich das gewusst haben konnte. Hilfesuchend schaute er zu Carl.

Dieser schlug die Kapuze zurück.

Dietrichs müde Augen folgten der Bewegung. Zunächst ein Wiedererkennen, dann flackerte so etwas wie Wiedersehensfreude in ihnen auf. »Bauer?«

»Hab deinen Sohn mitgebracht, Dietrich.«

Dietrichs magere Hand, die auf der Bettdecke gelegen hatte, hob sich unmerklich. Sie war voller brauner Flecken. Dietrich machte ein krächzendes Geräusch. Er deutete ein Lächeln an, was die Krusten in seinen Mundwinkeln zum Aufplatzen brachte. »Sohn.«

»Es ist nicht Didi, wenn du das glaubst.«

Die Hand erschlaffte, die Mundwinkel nahmen wieder eine neutrale Position ein.

»Auch nicht Kuno. Oder Johann, dein Jüngster.«

Dietrichs Augenbrauen zogen sich verärgert zusammen. »Lass mich raten«, sagte er mit leiser, aber klarer Stimme. »Es ist der Bastard, den ich dieser wilden Katze eingepflanzt habe.«

»Er wollte dich sehen, bevor es mit dir zu Ende geht.«

Der Totenschädel verzog sich zu einer Fratze. »Er ist gekommen, um mich zu töten, willst du sagen.«

»Sehen und töten, ganz recht.«

Dietrich schloss die Augen. Sein Körper schüttelte sich mit einem Mal ruckartig, durch die trockenen Lippen pfiff ein rhythmischer Laut. Für einen Moment sah es so aus, als ob er wegen seiner Krankheit einen Anfall hätte. Dann erkannte Carl, dass er in Wahrheit herzlich lachte.

»Was für Helden! Ich bin doch schon so gut wie tot!«

Der Spott ließ in Carl einen altbekannten Zorn aufsteigen. Er kämpfte gegen den heftigen Impuls an, seine Pranken um Dietrichs drahtigen Hals zu legen und solange zuzudrücken, bis keine Regung mehr von ihm ausging. »So einfach kommst du uns nicht davon, Dietrich. Wir sind hier, um dir den Abschied so qualvoll wie möglich zu bereiten.«

Das Lachen brach ab. Die blauen Augen glitten von Carl zu Rudi. »Du siehst deinen Brüdern sehr ähnlich, Bursche.«

Der Junge starrte ihn entsetzt an.

Carl nickte. »Kann ich bestätigen. Didi im Besonderen ist Rudi wie aus dem Gesicht geschnitten. Und weißt du, was sie noch gemein haben, Dietrich? Sie wünschen dir alle beide den Tod an den Hals.«

»Mein Erstgeborener wünscht mir nicht den Tod. Ich bin sein Vater.«

»Falsch. Er hasst dich über alles. Er ist der Meinung, du hast ihm sein Leben verbaut.«

»So ein Unfug! Er ist der Spross einer der wichtigsten Familien der Mark Brandenburg.«

»Er ist der Sohn eines Verräters, Räubers und Mörders. Er wird niemals in eine große Familie einheiraten. Mit deinem Räuberleben hast du seine Zukunft ruiniert.«

Dietrich fletschte die Zähne. »Du hast ihn vergiftet, Bauer. Du hast ihm eingeflüstert, dass sein Vater an allem schuld sei.«

»Du unterschätzt deinen Sohn. Didi ist da ganz von allein drauf gekommen. Er hat es mir unter Tränen gestanden. Er leidet. Der Konflikt mit seinem Gewissen bringt ihn beinah um den Verstand.«

»Niemals!«, zischte Dietrich.

»Weißt ganz genau, dass ich recht habe.«

»Wo denkst du, hast du meine Söhne gesehen?«

»Bei deiner Gemahlin.«

Dietrichs Augen leuchteten auf. »Bei Elisabeth? Wie geht es ihr?«

»Sie ist tot.«

Der dürre Körper fiel kraftlos in sich zusammen. Dietrich schluckte und schloss die Augen. »Das glaube ich nicht.«

»Sie starb einen einsamen, qualvollen Tod im Haus ihres Vaters. Sie hatte Schmerzen, Dietrich. In ihren schlechten Nächten hat sie in ihrer Qual nach dir geschrien. Doch du hast sie im Stich gelassen und warst nicht bei ihr.«

Der Kopf ging nach links und rechts. »Eine widerliche Lüge.«

»Sie hat ihr Schicksal verflucht. Den Tag, an dem du sie zur Frau genommen hast. Sie wusste, dass du sie immer wieder betrogen hast. Sie hat dich dafür gehasst.«

»Unsinn. Das hat sie nicht. Sie wusste, dass sie die Einzige für mich war.«

»Ihr Sterben war grausam. In den Monaten vor ihrem Tod hat sie nichts mehr bei sich behalten. Die Pein war unerträglich. Sie haben ihr Mohnsaft eingeflößt. Doch ihr Körper wollte auch das nicht. Am Ende bettelte sie darum, dass man sie sterben lässt.« Carl erschauderte bei der Erinnerung an jene fürchterliche Nacht in ihrer Kammer. »Sie hat sich den Dolch an die Brust gesetzt und mich angefleht, dass ich ihr den Gnadenstoß gebe«, sagte er mit belegter Stimme.

Rudi schlug entsetzt die Hand vor den Mund.

Dietrich röchelte. »Hast du es getan?«

»Nein. Ich hätte dieser Frau niemals etwas antun können.«

Dietrich presste die Lippen zusammen und nickte. »Und ich war in diesen schweren Stunden nicht bei ihr.«

»Sie hatte was Besseres verdient, Dietrich.«

»Ich weiß.«

»Dann verstehst du ja jetzt, warum deine Söhne dich hassen. Sie haben an ihrem Sterbebett einen Eid geschworen, dass sie dich aus ihrem Leben streichen werden.«

»Aber Johann und Kaspar werden mir die Treue halten. Für immer.«

Carl schaute sich in der düsteren Kammer um. »Und wo sind sie dann? Kann sie nirgendwo entdecken.«

»Sie wurden gewiss aufgehalten …«

»Du Narr! Sie haben dich längst vergessen! Sie huldigen dem neuen Verweser und warten darauf, dass man ihnen ihre Burgen zurückgibt! Sie scheren sich einen Dreck um dich.«

»Bist du gekommen, um zu quatschen, Bauer? Ich dachte, du wolltest mich töten?«

»Du hast recht.« Carl griff sich an den Gürtel.

»Mach's nicht zu blutig. Der Bursche bepisst sich sonst noch vor Angst.«

»Keine Sorge.« Doch als Carl seine Hand hob, hielt er keinen Dolch, sondern ein Beutelchen in die Luft.

Rudi fragte erstaunt: »Was ist das?«

Dietrich fragte ebenfalls: »Ja, Bauer, was ist das?«

»Das, was du dir in deiner Gier immer am meisten gewünscht hast, lieber Dietrich.« Er löste die Kordel und öffnete den Beutel. »Dachte mir, du sollst es wenigstens in deiner letzten Stunde bekommen.«

»Geld?«, fragte Dietrich ungläubig.

Carl hob den Sack über den Totenschädel und kippte ihn aus. Ein stetiger Strom aus feinem märkischen Sand rieselte auf Mund, Nase und Augen. Dietrich wandte den Kopf ab, doch das hatte nur zur Folge, dass der Sand sein Ohr fand. Er war zu geschwächt, um dem Dreck zu entkommen. Gedemütigt fauchte er: »Was zum Teufel, Bauer? Du schüttest mir Sand ins Gesicht?«

»Nur eine letzte Gabe an dich. Er soll für die Mark Brandenburg stehen. Ich schenke dir ein wenig davon. Du wolltest sie ja immer so gern haben. Stattdessen hast du nur Asche hinterlassen.«

Dietrich rollte angewidert mit dem Kopf hin und her. Der Sand lag ihm schwer auf den Lidern und ließ ihn blinzeln. Kraftlos spuckte er winzige Kieselsteine aus. »Du bist ein Narr!«

Carl zückte seinen Dolch und hielt ihn Rudi hin. »Hab alles gesagt, was ich sagen wollte. Kannst ihn jetzt töten.«

Rudi wich zurück. »Ich … ich kann nicht, Carl. Es tut mir leid.«

Carl nickte. Er hatte diese Reaktion erwartet. »Ist vielleicht besser so. Im Gegensatz zu deinem Vater möchte ich niemanden zu Mord und Totschlag anstiften und dabei den Eindruck erwecken, dass man nur so zu einem wahren Mann wird.« Er kam näher und setzte den Dolch an den dürren Hals. Mit der Spitze zielte er auf die pulsierende Ader unter der wachsartigen Haut.

Als das eisige Metall ihn dort berührte, hörte Dietrich auf zu zappeln. Sein Blick war voller Hass. »Na los, tu's endlich, du Feigling!«

Carl stockte. Er hatte seinen alten Feind genau da, wo er ihn immer haben wollte. Er brauchte nur noch zuzustoßen. Seine Finger schlossen sich fester ums Heft. Die Spitze drückte eine Delle in die pergamentfarbene Haut.

Der Ausdruck in Dietrichs Augen wandelte sich. In ihnen stand endlich die nackte Angst.

Plötzlich kam Carl Anne in den Sinn. Ihr Geist war mit ihm in dieser stinkenden Dachkammer und legte eine kühle Hand auf seinen Arm. Schweigend schüttelte sie den Kopf, die honigbraunen Augen voller Liebe.

In Carls Kehle bildete sich ein schwerer Brocken. Er zog den Dolch zurück. »Nein.«

Dietrich blinzelte ihn ungläubig an. »Nein?«

»Mir ist grad aufgegangen, dass du in einem entscheidenden Moment das Gleiche getan hast wie ich jetzt. Du hast dich damals entschieden, Anne nicht zu töten. Obwohl sie dich angefleht hat.«

»Ich töte keine Frauen«, schnaubte Dietrich verächtlich. »Wer Frauen tötet, gehört aufgeknüpft.«

»Ja, richtig. In deiner Welt schändet man sie und stürzt sie ins Unglück. Aber man tötet sie nicht. Deshalb werde auch ich dich nicht töten. Denn ich bringe keine wehrlosen Greise um.«

Dietrich atmete so erleichtert auf, dass das Pfeifen von den Wänden der Kammer zurückgeworfen wurde.

Carl frohlockte. Er hatte sich tatsächlich gefürchtet! Der Gedanke gab ihm ein einzigartiges Gefühl der Genugtuung. »Ich überlasse dich dem Herrgott«, sagte er. »Er ist es, der den

Zeitpunkt bestimmen soll, an dem du aus dieser Welt scheidest. Ich hoffe, er wird dich noch eine Weile zappeln lassen.«

»Aber Carl …«, warf Rudi ein.

»Weißt du, warum ich das tue, Dietrich?«

Der alte Mann schüttelte den Kopf.

»Weil ich weiß, dass dich nach dem Tod das Fegefeuer erwarten wird. Dort wirst du gefangen sein, bis du genug für deine zahllosen Sünden gebüßt hast. Und das kann dauern. Denn niemand hier wird für dich beten, um dir den Weg in den Himmel zu ebnen. Deine Gattin nicht, deine Söhne nicht, deine Brüder nicht, Kaspar nicht, niemand. Dein Schwager will noch nicht einmal einen Grabstein für dich in Auftrag geben. Du sollst einfach nur auf dem Friedhof des Klosters Marienborn verscharrt werden.«

»Das hat er gesagt?«, fragte Dietrich gekränkt.

»Du wirst in alle Ewigkeit im Fegefeuer gefangen sein. Ein unsteter Geist, der durch die Welt der Lebenden streifen wird, in Einsamkeit und voller Qual. Du wirst keinen Frieden finden, so wahr ich hier stehe. Du sollst niemals wieder mit deinen Lieben vereint werden.«

Dietrich unternahm den kümmerlichen Versuch, sich im Bett zu winden. Seine Augen waren vor Schreck weit aufgerissen. »Nein, nein!«

Carl betrachtete ihn entzückt in seinem Grauen. Dietrich war tatsächlich auf seine alten Tage fromm geworden. Grinsend steckte er den Dolch wieder ein. »Komm, Rudi, lass uns nach Hause gehen. Da sind zwei tolle Frauen, die auf uns warten.«

Der Junge schloss sich ihm erleichtert an.

Dietrich richtete sich mühsam keuchend auf die Unterarme auf. »Warte, Bauer!«

Carl blieb nicht stehen. Sie verließen die Kammer und eilten so schnell, wie sie gekommen waren, die gewundene Treppe hinab. Innerlich jauchzte er. Dietrich hatte ihm einst versprochen, damals am Lagerfeuer nach dem Überfall, dass er Carl brechen würde. Doch Carl hatte sich nicht brechen lassen. Er war sich selbst treu geblieben.

Stockwerk um Stockwerk schraubten sie sich nach unten. Die verzerrte Stimme schallte ihnen noch lange hinterher. »Lass mich nicht so zurück! Bauer! Bauer!«

Schmunzelnd schüttelte Carl den Kopf. Dietrich war einfach unverbesserlich. Selbst in diesem letzten Moment hatte er es nicht für nötig befunden, ihn bei seinem richtigen Namen zu nennen.

Er war in der Tat ein äußerst sturer Hurensohn.

Berlin, Juli 2020 – April 2022

Figuren

Historische Figuren sind mit * gekennzeichnet.

In Luchow

Carl der Bauer
Rieke, seine Schwester
Frank, sein Bruder
Rudi, sein bester Freund
Anne, dessen Schwester
Kuno, ein Nachbar
Rudi, Annes Sohn
Hans, Riekes Gatte
Ina, ihre Tochter
Anton, ihr Sohn
Frank, ihr Sohn
Hans, ihr Sohn
Carl, Mettes Sohn
Joachim, Geistlicher
Arndt, Carls Knecht
Werner, Dorfältester

Der Quitzow-Haushalt

Dietrich von Quitzow*, märkischer Adliger
Elisabeth Schenk von Landsberg*, seine Gemahlin
Dietrich (Didi)*, sein ältester Sohn
Kuno*, sein Zweitgeborener
Johann*, sein Drittgeborener

Johann von Quitzow*, sein jüngerer Bruder
Agnes von Bredow*, dessen Gemahlin
Conrad von Quitzow*, ebenfalls ein Bruder
Henning von Quitzow*, der jüngste Bruder
Mathilde von Quitzow*, eine Schwester
Mette, eine Magd
Klaus von Klöden*, Waffenknecht
Götz von Predöhl*, Hofmeister
Thomas, Stallmeister
Bertram, Waffenknecht
Arno, Waffenknecht
Ottokar, Waffenknecht
Heinrich, Waffenknecht
Dietrich Schwalbe*, Johanns Kammerdiener
Otto, Stallbursche
Justus, Dietrichs Knappe
Liebenau*, Waffenknecht

Märkischer Adel

Kaspar Gans zu Putlitz*, Jugendfreund der Quitzows
Anna von Bülow*, seine Gattin
Johann*, Herzog von Mecklenburg-Stargard
Ulrich*, sein Bruder, ebenfalls Herzog von Stargard
Johann von Treskow*
Heinrich von Isenburg*
Ludwig von Neuenburg*
Wichard von Rochow*
Graf Günther von Schwarzburg*, Erzbischof von Magdeburg
Graf Günther von Schwarzburg* der Ältere, Landeshauptmann der Alt- und Mittelmark
Kuno von Wulfen*, Hauptmann des Erzbischofs
Henning von Bredow*, Bischof von Brandenburg

Albrecht Schenk von Landsberg*, Dietrich von Quitzows Schwager
Hans von Torgau*
Gebrüder Holzendorf*
Albrecht von Uchtenhagen*
Heinrich von Stechow*
Christoph von Matlitz*, abtrünniger Adliger

In Berlin

Albert Plotho, Kaufmann
Agnes Plotho, seine Gattin
Käthe Plotho, seine Tochter
Arnold Plotho, sein Sohn
Nessie, Käthes Tochter
Hilde, Magd in Plothos Haushalt
Emma, die Amme
Henning Perwenitz*, Bürgermeister von Berlin
Marianne, seine Tochter
Martin Bockheimer, ihr Gatte

Sonstige

Jobst von Mähren*, Markgraf der Mark Brandenburg
Sigismund von Luxemburg*, König der Deutschen
Friedrich von Hohenzollern*, Burggraf von Nürnberg und Verweser der Mark
Elisabeth (Else) von Bayern*, seine Gemahlin
Wend von Ilenburg*, sein Statthalter
Johann von Hohenlohe*, Ritter und Freund von Friedrich
Graf Ulrich von Lindau*, Ritter in Friedrichs Gefolge

Johann von Biberstein*, Ritter in Friedrichs Gefolge
Otto Pflugk*, Ritter in Friedrichs Gefolge
Hans Sterkow, Kaufmann aus Magdeburg
Christian, Gesandter des Erzbischofs von Magdeburg
Bruder Jacobus, Dominikanermönch aus Neuruppin
Bruder Claudius, Grauer Bruder aus Berlin

Nachwort

Immer, wenn ich im Bekanntenkreis von meiner Romanidee erzählt habe, kam die gleiche Frage zurück: »Dietrich von Quitzow – muss man den kennen?«

Nein, muss man natürlich nicht. Doch was viele Berliner (und Zugereiste – denn seien wir mal ehrlich, die trifft man heutzutage viel häufiger an!) nicht realisieren, Dietrich von Quitzow weilt auch heute noch direkt unter uns, und zwar als robinhoodartige Darstellung am Fries des Roten Rathauses in Mitte. Wenn Sie also nächstens wieder einmal davorstehen, halten Sie ruhig Mal danach Ausschau.

Zu dem Zeitpunkt, als der Fries entstand (die Siebzigerjahre des 19. Jahrhunderts), waren die Quitzows noch in aller Munde. Deshalb konnte ich mich bei meinen Recherchen auch so ausgiebig beim guten alten Fontane bedienen, der in seinen berühmten »Wanderungen durch die Mark Brandenburg« den Quitzows ganze Kapitel gewidmet hat. Besonders die dort beschriebene Tauffeier samt Fährunglück bei Tangermünde weist einige Parallelen zu meiner eigenen Darstellung auf. Ich habe versucht, Fontane zum Dank mit einem Zitat (na, wer findet das »weite Feld« im Text?) und in der Figur des Albert Plotho zu ehren.

Auch andere Episoden aus dem Leben der Quitzows sind schriftlich verbrieft, so die Überfälle auf den Bischof von Lebus und später auf den Landeshauptmann der Alt- und Mittelmark, die Entführung des Herzogs von Stargard ohne Lösegeldforderung und der gescheiterte Befreiungsversuch durch die Brandenburger Bürger aus Plaue, die Stadterstürmungen von Strausberg und Brandenburg und vieles mehr. Bei den Silbermünzen habe ich mir allerdings die künstlerische Freiheit erlaubt, den Wert drastisch in die Höhe zu schrauben. Auch wenn es heute recht schwer nachzuprüfen ist, wie es sich mit der Kaufkraft von mittelalterlichen Währungen verhielt, so glaube ich persönlich nicht, dass man mit einem Prager Groschen ein ganzes Pferd hätte erstehen können.

Waren die Quitzows nun Schurken oder Volkshelden, die es verdient haben, dass man sie am Roten Rathaus verewigt? Das ist heute schwer zu sagen. Ich habe bewusst vermieden, in diesem Buch vom Raubrittertum zu sprechen (nicht nur, weil der Begriff eine moderne Erfindung ist). Die Quitzows haben ein für das Mittelalter typisches Rechtsmittel genutzt, das Fehdewesen. Es war im gesamten Deutschen Reich gang und gäbe und hätte bei allen Beteiligten damals kaum ein Naserümpfen hervorgerufen. Es gab feste Regeln zu befolgen, wie zum Beispiel eine fristgerechte formelle Absage. Der Unterschied zu den Quitzows war jedoch, so wage ich zu behaupten, dass Dietrich im Besonderen sich das Fehdewesen für seine persönlichen Zwecke zu eigen gemacht hat. Sein Verhalten ging über das Übliche hinaus und nahm teilweise mafiöse Züge an. Er nutzte die Kleinen Reitereien, um seinen Feinden zu drohen, er erpresste Schutzgeldzahlungen von den Städten und provozierte absichtlich Scharmützel und Kriege, um sich mit Hilfe der zu erwartenden Lösegeldzahlungen zu bereichern.

Fast alles, was wir heute über die Quitzows wissen, entstammt einer einzigen Quelle. Der Hofschreiber Engelbert Wusterwitz hielt alle Schandtaten der märkischen Adligen penibel fest. Erst später und besonders zu seinem Tod hin verliert sich die Spur unseres Dietrichs (was es mir einfach gemacht hat, dessen Ende mit Carls Rache zu verbinden). Jedoch muss man bedenken, dass Wusterwitz im Dienst von Friedrich von Hohenzollern stand, und wer schreibt schon positiv über den Feind?

Deshalb sollte man differenziert auf das Erbe eben jenes Burggrafen aus Nürnberg schauen, der der Urvater der preußischen Könige und Kaiser sein würde. Ja, er lieh sich die Faule Grete vom Deutschen Orden aus und räumte damit kräftig in der Mark auf, doch echten Frieden vermochte auch er nicht in die gesetzlose Region zu bringen. Dafür war er wegen der ständigen Anforderungen seines Busenkumpels Sigismund viel zu abgelenkt (diese wechselhafte Bromance wäre übrigens auch einen Roman wert). Wer sich noch weiter für die Quitzow-Ära der Mark Brandenburg interessiert, dem möchte ich wärmstens das Buch »Mit Fehde, Pfand und Schwert« von Uwe Michas ans Herz legen.

Dietrich von Quitzow starb allein und verarmt im Schloss seiner Schwester in Harbke. Sein Schwager sorgte für eine formlose Beisetzung im nicht weit entfernten Kloster Marienborn, dessen ursprünglicher Aufbau heute größtenteils zerstört ist. Auch andere Schauplätze dieser Geschichte sind heute so gut wie ausgelöscht. Die Ruinen von Kletzke befinden sich auf Privatgrund und zeigen nur Mauerwerk aus späteren Jahrhunderten, Friesack ist nicht viel mehr als ein Hügel mit einem hölzernen Monument für den Quitzow, die historische Innenstadt Berlins wurde zu DDR-Zeiten in eine riesige Betonwüste verwandelt. Auch die Landschaften der Region haben sich verändert. Wer ein Gefühl für das mittelalterliche Brandenburg bekommen möchte, der würde wohl im wunderschönen Spreewald noch am ehesten darauf stoßen.

Kein Buch schreibt sich von ganz allein. Riesiger Dank gebührt meinem Göttergatten, der als unermüdlicher Betaleser und Geschichtenausdenker, Tränchenwegputzer und Zechkumpan an meiner Seite stand. Hinzu kommt eine weitere kleinere Armee an Testlesern, die ich hier nicht unerwähnt lassen möchte, denn sie haben entscheidend zum Gelingen dieses Buchs beigetragen: Rotraud, Ute, Sandra, Nadine, Nicky, Yvonne, Ambra und Benjamin – ihr seid die Besten! Danke auch an den Gmeiner-Verlag, der so mutig war, an diese Idee zu glauben.

Für die geschichtlichen Hintergründe zum Buch und aktuelle Neuigkeiten besuchen Sie doch mal www.silkeelzner.de